KB231407

강경애

Series of Korean Literature at China

이 전집은 대산문화재단의 2005년 해외한국문학연구 지원을 받았습니다.

연세국학총서73
중국조선민족문학대계 8

강경애

연변대학교 조선문학연구소
허경진·허휘훈·채미화 주편

보고사

◉ 허경진

연세대 국문학과 및 동 대학원 졸업. 문학박사. 목원대 국어교육과 교수를 거쳐 현재 연세대 국문학과 교수로 있다. 2005년 중국 연변대 겸직교수를 지냈으며, 저서로 『한국의 한시』 40권, 『허균평전』, 『조선위항문학사』, 『평민열전』, 『사대부 소대헌 호연재 부부의 한평생』 등이 있다.

◉ 허휘훈

연변대 조문학부 및 동 대학원 졸업. 문학박사. 현재 연변대 조문학과 교수로 있다. 연변대 조선문학연구소 소장, 연변민간문예가협회 이사장, 중국민간문예가협회 회원이다. 저서로 『조선민간문화연구』, 『조선문학사』(공저), 『조선한국당대문학사』(공저), 『중조한일민담비교연구』(주필) 등이 있다.

◉ 채미화

연변대 조문학부 및 동 대학원 졸업. 문학박사. 현재 연변대 조선-한국학학원 원장이며, 연변대 여성연구중심 주임, 연변조선족자치주지식여성연합회 회장으로 있다. 저서로 『고려문학미의식연구』(1995년 박이정), 『조선고전문학사』(1998년 3월 연변대학출판사), 『조선-한국당대문학사』(2004년 곤륜출판사) 등이 있다.

편집자 : 전성호

연세국학총서73
중국조선민족문학대계 8

강경애

초판 1쇄 발행 _ 2006년 2월 28일

주편자 _ 허경진·허휘훈·채미화
　　　　연변대학교 조선문학연구소
발행인 _ 김흥국
발행처 _ 도서출판 보고사
등　록 _ 1990년 12월(제6-0429)
주　소 _ 서울시 성북구 보문동 7가 11번지 2층
전　화 _ 922-5120/1(편집) 922-2246(영업)
팩　스 _ 922-6990
메　일 _ kanapub3@chol.com
홈페이지 _ www.bogosabooks.co.kr
ISBN _ 89-8433-401-4(세트)
　　　　89-8433-409-X(94810)

정　가 _ 30,000원

간 행 사

　우리 조상들이 중국땅에 이주해온 이후, 오랜 역사를 통해 탁월한 저력으로 독자적인 문화를 창출해냈고 또한 많은 문화유산을 물려주기에 이르렀다. 그 가운데 우리 조상들의 알찬 삶의 지혜와 다양한 경험들이 축적되어 있다. 바로 이 때문에 문화유산중 큰 비중을 차지하는 구비문학과 기록문학이 소중하며, 다시 읽어야할 보전(宝典)으로 남게 되었다.

　과경(跨境)민족으로서의 중국 조선민족은 19세기 후반이래로 수차의 문화적 격변의 시대를 살아왔다. 이른바 개화기의 격류 속에서는 전통문화와 서구문화사이의 갈등, 한문학과 국문문학간의 교체를 경험했고, 식민지시대에는 국문문학의 문체혁신과 일제에 의해 책동된 전통문화의 쇄멸말살이라는 시련을 겪기에 이르렀다. 이런 변화와 역경속에서도 중국땅에 망명하였거나 이 땅에서 류이민 혹은 정착민으로 생활해온 우리 겨레의 지조있는 애국문인들은 결코 붓을 던지지 않았다. 류린석, 김택영, 신규식, 신채호, 안중근, 리상룡, 김정규, 김소래, 최서해, 렴상섭, 주요섭, 최상덕, 강경애, 현경준, 김창걸, 안수길, 박영준, 황건, 김조규, 윤동주, 박팔양, 리륙사, 함형수, 리학성, 천청송, 김학철, 윤해영, 채택룡, 설인 등 헤아릴 수 없이 많은 문학도와 시인, 작가들이 바로 필설로 그 시대를 증언해온 대표적인 지성인들이다.

　그들 중에는 고국을 떠나 갈바람에 흩날리는 낙엽처럼 정처없이 떠돌다 두만강, 압록강을 건너와 허허넓은 만주벌판, 낯선 이국땅 서러운 추녀 밑에서 간도아리랑을 부른 망향시인이 있었고 하늬바람 불어치는 산해관을 넘어 북경, 서안, 상해, 무한 등 천년고도에 떠돌이로 남아 언론매체를 빌어 ≪천고≫를 울리고 ≪진단≫을 노래하고 청구의 ≪광명≫을 만방에 호소한 청년전위가 있었는가 하면 백산, 흑수, 송료, 제로, 태항, 중원의 고전장에서 융마 일생을 수놓아 가며 목숨을 바친 무명용사도 있었다. 려순, 나가사끼, 후꾸오까의 감옥에서 단지혈맹의 뜻을 굽히지 않고 다리를 절단해가면서도 끝까지 혁명의 지조를 지켜왔거나 끝내 ≪한점 부끄럼없이≫ 꽃처럼 피여나는 피를 민족의 제단 앞에 바친 암흑기의 푸른 별들도 있다. 그들은 문자에 앞서 몸으로 지탱해온 삶 그 자체가 더 고결하고 값진 것으로 여겨왔던 것이다. 그들의 피와 땀으로 가꾸어온 문화의 숲은 헌걸찬 우리 민족의 에너지를 부단히 충전시켜 주는 불멸의 혈맥, 끈질긴 생명력의 고동으로 무성하게 자라고 있으며 영광과 비애의 굴곡, 흥망과 성쇠의 기복이 교차되는 수많은 역사 주체의 명멸을 간직한채 굳건하고 강인한 기백으로 오늘날까지 민족의 정기를 면면히 이어주고 있다.

그들이 남긴 풍부한 문학유산은 그동안 중외(中外)학자들에 의하여 적지 않게 발굴 연구되었으나, 지금까지의 연구는 단편적인 자료에 근거를 둔 것으로서 그 진면목을 체계적으로 파악하기에는 역부족이라고 할 수 있다. 이런 의미에서 중국 조선족과 광복전 재중 한인, 조선인들의 문학자료를 체계적으로 발굴, 정리, 출판하는 것은 정체(整体)적인 민족문학연구에서 대단히 중요한 작업이 아닐 수 없다. 그들이 남긴 문학자료는 지금도 중국각지와 해외의 여러 도서관, 박물관, 문서보관소에 신문, 잡지, 일기, 필사본, 프린트본, 활자본 등 형식으로 흩어져있다. 이런 현실을 감안하여 본 대계는 선배들이 중국땅에 남긴 문학자료들을 집대성하여 후세인들로 하여금 문화민족으로서의 자긍심을 갖게 하고 애국애족의 정신을 계승 발양하며 문학, 언어, 역사, 민속, 언론, 사회 등 여러 분야를 망라한 학계인사들에게 21세기 중국 조선민족문화의 새로운 비약을 위한 계통적인 연구자료를 제공하는데 그 목적과 의의가 있다.

중국조선민족문학의 진수를 정리, 간행하기 위한 계획이나 준비작업은 연변대학 조선언어문학연구소(현재의 조선문학연구소)의 창립과 더불어 20세기 80년대부터 본격적으로 시작되었다. 권철교수를 비롯한 연변대학 조선언어문학연구소의 조선문학관계 선배학자들은 1950년대부터 벌써 재중조선인 문학자료수집에 착수하였고 1990년에는 권철, 조성일, 최삼룡, 김동훈 등 네 연구원의 공동집필로 된 ≪중국조선족문학사≫를 공개출판하기에 이르렀다. 1992년 연변대학 조선언어문학연구소(현재의 조선문학연구소)는 한국 숭실대학교 인문대학과의 공동연구과제로서 소재영, 권철, 김동훈, 조규익 교수를 중심으로 집필한 ≪연변지역조선족문학연구≫를 펴냈다. 같은 시기에 김영덕, 최문식교수를 비롯한 연변대학 고적연구소에서는 ≪류린석전집≫, ≪김택영전집≫, ≪윤동주유고집≫, ≪한양가≫, ≪연변조사실록≫ 등 중국 지역에서 발굴, 정리한 17권의 민족고전을 출판하였다.

이와 동시에 문학현장의 사실을 증언하기 위해 두 연구소 산하의 수십 명의 연구원들은 연변의 각 현시와 북경의 백림사, 상해의 서가회, 남경의 용반리, 심양시 서류보관소 그리고 할빈, 대련, 서안, 남통 등지의 도서관, 박물관 등 중국 국내 수백처의 자료관을 누비면서 우리 민족의 해방전 문학자료들이 흩어져 실려 있는 ≪천고≫, ≪진단≫, ≪천고≫, ≪진단≫, ≪독립신문≫, ≪민성보≫, ≪북향≫, ≪만선일보≫, ≪카톨릭소년≫, ≪광복≫, ≪신한청년≫, ≪조선의용대통신≫, ≪한민≫, ≪연변문화≫ 등 신문과 잡지, 그리고 지난 세기초부터 이 땅에서 유전되였던 ≪백두산민담≫, ≪장백산강강지략≫, ≪초등소학수신≫용 우화집과 ≪싹트는 대지≫, ≪재만조선인시집≫, ≪혈해지창≫ 등 최초의 소설집, 시집 및 극본들을 속속 발굴하였으며 무려 1,500만자에 달하는 작가문학자료와 800여수의 민요, 2,000여편의 전설과 민담을 수집하였다. 그들은 하늘을 비상하는 나비가 아니라 발로 땅을 기여다니는 지네와 같이 지나간 역사와 문화현장에 파고들어 문학현상 자체를 자기의 피부로 촉감하고 확인함으로써 오늘의 이 방대한 민족문학대계의 탄생을 준비하였던 것이다.

본 대계의 출간과 관련하여 우리는 다음과 같은 몇 가지 원칙에서 이 사업을 추진키로 하였다.

첫째, 본 대계에는 중국 조선족 작가와 재중 한국인, 조선인 작가들이 건국(1949년) 이전에 창작한 시, 소설, 일반 산문, 극작품 등 일체의 문예작품들을 수록한다.

둘째, 우리 문학의 세 가지 큰 갈래인 조선문문학, 한문문학, 구비문학을 통해 역사적으로 이룩한 모든 양식을 함께 수록한다. 먼저 건국 전에 창작된 작품을 30권에 나누어 1차적으로 간행하고 이를 더욱 확대하여 진정한 의미의 문학대계가 되게 한다.

셋째, 구비문학작품은 건국 전에 수집된 것과 건국 후에 수집된 것을 망라하며, 그 내용이 해방 전에 이미 구전으로 전승되었음을 감안하여 이를 모두 1차 간행분에 포함시킨다.

넷째, 언어상으로나 역사적으로 가치가 있는 일부 원전은 원전과 현대역을 동시에 수록한다. 현대역을 통하여 한문과 원전의 감상을 가능하게 하고 정확한 원전의 제시로 그 연구의 자료가 되게 한다. 단 일부 한시와 고문은 번역사업이 미처 미치지 못해 원문만 그대로 싣기로 한다.

다섯째, 건국 전의 작가문헌은 그 문체들이 발생한 시대적 선후를 염두에 두면서 한시, 현대시, 소설, 산문, 희곡 순으로 배열하고 구비문학은 민요, 전설, 민담 순으로 배열한다. 건국 이후의 작품은 대부분 쉽게 찾아볼 수 있는 것들이어서 2차적으로 그 출간을 계획해보려 한다.

1차 간행에 교부된 작품집 목록은 아래와 같다.

제1-3권 한시집

제4-6권 시집(조선문)

제7-13권 소설집

제14-16권 산문집

제17권 희곡집

제18권 민요집

제19권 문헌설화

제20-21권 전설집

제22-27권 민담집

제28-29권 중국에 번역 소개된 문학작품

제30권 별책(색인)

끝으로 본 대계가 편집 출판되는 동안 관심있는 모든 분들의 협력과 질정을 바라며 어려운 가운데도 이 사업에 동참해주신 편찬위원, 책임편자, 역주자 여러분과 연변대학 고적연구소 임원들에게 감사드린다.

그리고 본 사업의 취지를 이해하고 편집비를 지원해주신 한국 대산문화재단, 학교 특성화사업으로 선정하여 간행비를 지원해주신 한국 연세대학교의 후의에 감사드리며, 아울러 편집과 교정에서 제작에 이르기까지 노고를 아끼지 아니한 보고사 여러분께도 고마움을 표한다.

2005년 12월 26일

중국 연변대학교 조선문학연구소 전 소장 김동훈

중국 연변대학교 조선문학연구소 소장 허휘훈

한국 연세대학교 국학연구원 허경진

이 ≪대계≫는 다음과 같은 요령으로 엮었다.

1. 중국 조선족의 기록, 구비문학작품을 비롯하여 재중한인(漢人), 조선인이 중국 지역에서 창작한 작품들을 함께 수록하였다.

2. 20세기 전반기에 창작발표된 문학작품을 일차적 선제대상으로 확정하였다.

3. ≪대계≫ 각권의 출판은 한시, 현대시, 소설, 산문, 희곡, 민요, 전설, 민담 순으로 배렬하였다.

4. 한시와 기타 한문(漢文)으로 씌여진 원전은 매편마다 원문을 앞에 싣고 역문을 뒤에 함께 수록하여 상호 참조하기에 편리하도록 하였다.

5. 원전에 나오는 일부 지명, 인명, 전고, 방언과 알기 어려운 글자, 루락, 오기 등에 대해 필요한 주를 달았다.

   주석표기는 원문(혹은 역문)에 번호를 붙이고 해당면 하단에 각주(脚注)함을 원칙으로 하였다.

6. 고한문 원전은 번체자로 표기하고 리해가 어려운 한자어의 경우에는 괄호안에 한자를 넣어 병기하였다.

7. 맞춤법, 띄여쓰기, 외래어 표기는 중국에서의 현행 조선말 규범원칙을 따르되 어학적, 민속적 가치가 높은 해방전 원전은 원문 그대로 수록하였다.

8. 이 ≪대계≫에서 사용한 주요 부호는 다음과 같다.

   1) (   ) : 음이 같은 한자를 병기함.

   2) [   ] : 음은 다르나 뜻이 같을 때나 혹은 풀이한 한문을 병기함.

   3) ≪ ≫ : 책명, 작품명, 대화나 인용을 나타냄.

   4) 〈 ? 〉 : 불확실한 경우를 나타냄.

   5) □ : 원전 또는 원문에서 루락된 문자를 나타냄.

   6) 주석은 ①②로 표시하여 해당면 하단에 표기함.

차 례

간행사 … 5

일러두기 … 10

해제: 강경애와 그의 소설세계·전성호 … 13

단편소설

破琴 … 33

월사금(콩트) … 54

菜田 … 72

有無 … 87

母子 … 104

解雇 … 121

地下村 … 144

장산곶 … 192

麻藥 … 221

그 여자 … 45

父子 … 57

蹴球戰 … 80

同情 … 95

原稿料二百圓 … 113

煩惱 … 129

山男 … 180

어둠 … 205

검둥이 … 229

장편소설

⊙ 어머니와 딸 ··· 241   ⊙ 소금 ··· 352

⊙ 人間問題 ··· 395

부록 1: 수필

- 염상섭 씨의 논설 「명일(明日)의 길」을 읽고 ··· 669
- 양주동 군의 신춘평론 ··· 673
- 간도를 등지면서 ··· 676
- 커다란 문제 하나 ··· 686
- 간도의 봄 ··· 688
- 나의 유년시절(幼年時節) ··· 690
- 이역(異域)의 달밤 ··· 693
- 간도 ··· 695
- 두만강 예찬 ··· 697

2. 작가, 작품 년보 ··· 701

해제

강경애와 그의 소설세계

전성호

이 해제를 씀에 있어서 리상경선생의 저서 ≪강경애-문학에서의 성과 계급≫ (건국대학교출판부, 1997. 3.)을 많이 참조했음을 미리 밝혀둔다.

1

강경애는 1931년에 고국인 조선에서 조선일보에 단편소설 ≪파금≫을 발표한후 당시 간도라 일컫는 중국 연변 룡정에 와서 생활하면서 일제에 의한 우리 민족의 궁핍을 비롯한 식민지 조선의 현실을 진실하고도 진지하게 그려냈고 그 현실에 대한 저항의 의지를 표현한 많은 소설을 창작한 작가이다.

20년대 후반으로부터 조선문단에는 프롤레타리아문학이 대두하였는데 이 시기에 문학창작의 습작기를 보냈던 강경애는 이와 같은 풍토에서 커다란 영향을 받았다. 그리하여 강경애는 1929년부터 민족주의나 절충주의를 반대하면서 프로문학에 완전히 일변도를 하였다. 강경애는 자기의 창작태도를 두고 ≪작가가 作品을 쓸 때에는 무엇보다도 먼저 必要한 것은 眞摯한 態度≫이고 진지한 태도를 가지고서 ≪描寫하고 表現하려는 온갖 對象物을 힘끝 吟味하지 않으면 안 된다.≫ 이렇게 진지하개 현실을 관찰해야만 ≪自己希望과 自身의 觀念的 態度를 客觀的 現實과 바꾸어 놓고 煽動的 言辭를 戱弄하랴는 위험한 過誤를 犯하지 않을 수 있기때문이다≫고 하였다. 그리고 강경애는 현실을 비판, 해부하여 대중들에게 나타내 보이는 것을 작가의 사명이라 생각했다. 강경애는 바로 이와 같은 창작태도와 사명감을 가지고 1931년에 ≪파금≫을 발표해서부터 1938년 5월에 삼천리(三千里)에 미완성작품 ≪검둥이≫를 발표하기까지 약 8년동안에 20여편의 작품을 발표하였다.

강경애는 38년이라는 짧은 인생을 산 작가이다. 하지만 그는 우리 민족 민중의 삶을 자신의 문학창작에 통일시키면서 소설창작에 전력하여 우리에게 귀중한 정신유산을 남겨주었다.

2

강경애는 1906년 4월 20일황해도 송화의 한 가난한 농가에서 태여났다. 그러나 강경애는 1909년 겨울, 그러니 네 살나던 해에 아버지를 여의고 병약하고 유순한 어머니의 슬하에서 호구지책을 바로 찾지도 못하면서 자랐다. 그러다가 다섯 살(1911년)에 어머니가 최도감이라는 늙은이에게 개가를 하게 되자 어머니를 따라 황해도 장연군 장연읍으로 이주하였고 이곳에서 그는 유년기를 보내게 되였다. 바로 이러한 가정적인 원인으로 하여 강경애의 작품에는 온전한 형태의 가정이 없고 온전한 형태의 가족관계도 찾아보기 어렵다. 그의 자서전적인 소설 ≪어머니와 딸≫도 그렇고 ≪채전≫도 그러하다.

이 장연군 룡연읍에는 룡소 전설을 가진 룡소가 있는데 그의 대표작 ≪인간문제≫의 서두에서 ≪원소≫로 등장한다. 이곳에 또한 해수욕장으로 유명한 몽금포와 구미포가 있는데 그의 처녀작 ≪파금≫이나 그후의 ≪부자≫ 등 작품의 배경으로 된다.

강경애는 여덟살 나던 무렵에 의부가 보던 ≪춘향전≫에서 한글을 깨치고 구소설을 읽기 시작하여 ≪삼국지≫, ≪옥루몽≫, ≪조웅전≫, ≪숙향전≫ 등을 거의 외우다싶이 하였다. 그리하여 그녀는 동네사람들에게 불려다니면서 소설을 읽어주어 ≪도토리소설장이≫라는 별명마저 얻었다. 이는 강경애가 어렸을 때부터 소설에 흥미를 가졌음을 설명해주고 이러한 문학재능 때문에 억눌렸던 자기 표현의 기회를 가질수 있게 되었으며 특히 그녀는 리기영이나 조명희와 같이 외국류학을 통해서가 아니라 조선 고전소설양식을 계승하면서 근대적소설을 발전시켜나간 작가라는것을 보여준다.

강경애는 1915년 열살이 넘어서야 장연녀자청년학교를 거쳐 장연소학교에 들어갔다. 그러나 가난때문에 항상 월사금과 학용품을 제대로 갖출수 없어 남의 돈과 물건을 훔치기라도 했으면 하는 잠의식도 가지고있었는데 이것이 그녀의 자서전적인 소설 ≪원고료 이백원≫이나 ≪월사금≫ 등에 반영되고 있다. 그리고 그때의 그 절박한 체험들이 강경애로 하여금 가난하고 억압받는 이웃과 근로대중들에 대한 관심으로 승화하여 그의 작품들로 하여금 작품활동으로써 착취와 피착취로 얼룩지고있는 현실모순의 근본문제에 대해 해명하는데로 나가게 하였다.

강경애는 열여섯살 무렵인 1921년에 이붓언니의 남편인 형부의 도움으로 기독교계통의 사립학교인 평양숭의녀학교에 진학하였는데 이 시기는 그의 세계관의 발전과 작가로서의 준비과정에서 중요한 의의를 가지는 시기로 된다. 이곳에서 그녀는 독서회 같은 진보적인 조직에 가입하여 학생활동을 하였고 1923년 10월에는 학생동맹휴학과 관련하여 퇴학처분을 받았다. 평양숭의녀학교의 동맹휴학사건이란 이 학교 학생들이 학교당국이 ≪숭의녀학교는 평양 제2감옥≫이라 할 정도로 학생들을 죄수 다루듯 지나치게 단속하고 심하게 간섭하면서 기숙사에서의 규칙제1주의를 감행함과 동시에 학생들의 자유를 지나치게 압제하는데 반기를 들고 10월 15일에 감행한 동맹휴학사건이다. 당시 학생들은 기숙사의 규칙을 개정하여줄것과 사감을 사퇴시켜줄것을 요구하였다.

이에 앞서 강경애는 1923년 봄부터 양주동과 교제를 하였는데 양주동은 와세다대학 예과를 마치고 장연으로 돌아와 봉건혼인제도에 의하여 이루어졌던 혼인을 파기하고 서구의 자유주의사상을 부르짖던 사람이다. 강경애는 양주동의 한차례의 강연을 듣고 그에게 매료되어 주동적으로 그를 찾아갔던것이다. 그리고 학교에서 퇴학당한후인 1924년 봄부터는 양주동을 따라 서울에 올라와 양주동이 주재하던 ≪금성≫사에서 함께 기거하면서 동덕녀학교 3학년에 편입되어 1년간 공부하기도 하였다. 그러면서 강경애는 1924년 5월에 시 ≪책한권≫을 써서 강가마라는 이름으로 ≪금성≫지에 발표하였다. 이 시기에 강경애는 ≪근대문학 10강≫, ≪근대사상 16강≫ 등을 공부하는 한편 ≪자본론≫, ≪맹자≫ 등을 읽으면서 자신의 시야를 넓혀갔다.

1924년 가을에 강경애는 양주동과 헤어지고 장연으로 돌아와 언니가 경영하던 ≪서선려관≫에서 지내면서 문학수업을 하는 한편 야학도 열면서 사회활동을 하였다. 그후 양주동은 지주집 딸과 결혼하여 처가의 도움으로 일본류학을 하게 되였고 강경애는 계속 문학공부를 하면서 1925년 12월에 ≪가을에≫라는 짧은 시를 ≪조선문단≫에 발표하였다. 물론 이 시는 ≪책 한권≫과 함께 모두 이 작가의 습작품으로 된다.

양주동과의 관계 파탄은 강경애로 하여금 막연한 문학소녀의 꿈을 접고 자기를 반성하게 함과 더불어 점차적으로 무산대중에 경향하는 자신의 세계관을 수립하게 하였는데 1929년 6월경에 근우회 장연지회가 세워지자 강경애는 거기에 참가하여 무지, 무의식상태에 놓여있는 농촌녀성들의 정치의식을 끌어올리기 위한 녀성계몽운동을 벌렸다. 그러면서 그녀는 프롤레타리아문학에 경향하는 진정한 작가로서의 길을 모색하였다. 그 징표로 되는 것이 민족주의문학과 무산계급문학 사이에서 절충주의를 부르짖는 렴상섭이나 양주동 등에 대한 강경애의 비판이다. 강경애는 한편의 글에서 ≪상섭씨뿐 아니라 요새 문단에서 뒤떠드는 사람들을 돌아보면 …… 대중보다 훨씬 초월한 단계에 있는 것으로 자임하는 방종심을 끝까지 채우기 위하여 문예의 민중화를 꺼려하며 따라 대중이 그 령역을 침범하여 드디어 그 정체가 나타나면 대중의 뒷발길에 채어 떨어질 것을 아는 소위 소부르조아지 문인들은 의식 무의식으로 그저 대중을 초월코자 하는 것이다. 조선의 거인(?) 양주동씨가 이 표본이요…≫ 라고 쓰고 있다.

강경애가 처음으로 간도 룡정에 온 시간은 확실하지 않다. 김헌순의 기록에서 보면 강경애는 1929년 겨울에 중국 간도에 와서 ≪근 2년 가까운 동안 때로는 교육기관의 임시교원으로 일해 보기도 하고 때로는 끼니를 넘기는 가난의 고초를 겪어 보기도 했≫고 리상경의 기록에서 보면 ≪…1931년 6월에 만주로 이주했다가 1932년 6월에 귀국≫했으며 리규회의 기록에서 보면 1932년에 간도행차를 하였다. 그리고 박충록의 기록에서 보면 강경애의 1차이주는 1929년부터 1931년, 2차이주는 1932년으로 되여있다. 아무튼 이 사이에 강경애는 장하일과 결혼을 하였고 1932년 6월에 장연으로 돌아갔다.

장하일은 같은 장연사람으로서 수원 농림학교를 나와 장연군청에서 서기로 있다가 간도로 간 사람이다. 그는 구녀성을 전처로 맞았다가 리혼하고 강경애와는 련애결혼을 하였는데 이에 대한 상세한 기록은 어디에도 없다. 다만 장하일이 룡정 동흥중학교에서 수학교원으로 근무하였다는것과 ≪사람 좋은 호주가≫였다는것이 전해질뿐이다. 그러나 강경애의 편단적인 기록에서 보면 그는 비단 호주가인 남편이였을뿐만아니라 사회운동에도 관여하였던 사람이고 무엇보다도 강경애의 원고를 가장 처음으로 읽으면서 조언을 주는 녹자였다. 즉 삶의 태도를 두고 토른을 하면서 합의를 이루어내고 실천하는 동지였다. 그것은 그들의 재차로 되는 간도의 삶에서 보여지는데 강경애는 1933년에 다시 간도로 이주하여 본격적인 창작생활을 시작하였다.

강경애의 재차로 되는 간도이주는 단순히 살길을 찾아서의 이주가 아니다. 물론 많은 사람들의 경우에는 조선이 일제의 식민지로 전락되면서 빚어진 경제문제에 의한 ≪살길 찾기≫라는 해명이 주되는 원인으로 되겠지만 독립투사거나 사상운동가, 지성인의 경우에는 흔히 독립투쟁, 무장항일, 사회주의운동 등과 관계된다.

먼저 장하일의 경우를 더듬어보자. 호주가로 불려진 그는 30년대에 간도 룡정 동흥중학교에서 교편생활을 하였고 또 ≪원고료 2백원≫ 등 강경애의 부분적인 작품들에서 모델로 등장하고있지만 해방후에는 황해도 인민위원회에서 위원장을 지냈고 황해도의 대표로 1946년 8월에 열린 조선로동당 창립대회에 참가하여 발언을 하였으며 1947년과 1948년에는 로동당 기관지에 글까지 실었다고 하니 그가 룡정에 있었던 시기 그저 단순한 교원이라는 신분만이 아니고 지하당투쟁에 깊이 참여하여 지도자역할을 한 인물임을 짐작할수 있다.

강경애의 경우도 역시 그러하다. 처녀작 ≪파금≫으로부터 시작하여 ≪소금≫, ≪모자≫, ≪번뇌≫, ≪어둠≫, ≪검둥이≫ 등 간도소재 많은 작품들에 사회주의운동가들이거나 항일유격대의 자취가 나타나고 있다.

이렇게 볼 때 강경애의 재차로 되는 간도이주는 남편 장하일의 행각과 관계되고 간도의 사회주의운동, 무장항일과 관계된다. 즉 정치적목적성을 띤 행각이였다.

강경애는 1935년부터 간도 룡정에서 발족한 ≪북향회≫에 가담하여 동인으로 있었으나 그때부터 신병으로 앓고있었다. 그후 1939년에 조선일보 간도 지국장을 력임하다가 병세의 악화로 다시 고향에 돌아갔다. 그리고 1940년 2월에는 상경하여 경성제대병원에서 치료를 받기도 하고 삼방 약수터에 내려가 휴양도 하였다.

그러다가 1944년 4월 26일에 강경애는 38세를 일기로 생을 마쳤다.

3

앞에서 이미 언급하다싶이 강경애의 소설세계에는 간도지방의 사회주의운동이나 항일유격대의 활동과 관계되어있는것이 무엇보다도 많다. 그의 작품속에서 간도는 민족해방운동과 사회주의운동에 있어서의 특별한 의미를 가지는 공간으로 부상되고있었다.

그 의미를 처음으로 제시한 작품이 소설 ≪파금≫(1931. 1)이다. 이 작품은 강경애의 소설작품으로서의 처녀작이고 작가의 창작태도와 경향성을 보여주는 작품이다. 주인공 형철이는 고시에 합격하여 경제적으로나 사회직위로 모든것이 보장된 앞날을 택하는가 아니면 가난한 대중들 편에 서서 사회와 맞서 싸우는가 하는 두갈래의 길에서 번민하였다. 자기가 애용하는 만돌린으로 자신의 갈리는 마음을 달래도 효과를 보지 못하였고 녀자친구인 혜경이와 의론하여도 별로 뽀족한 답안을 얻어내지 못한다. 그러다가 집안이 빚에 몰려 만주로 야간도주를 하게 되자 자기의 번민을 털어버리고 선뜻이 만주행을 단행하면서 투쟁의 한길을 선택한다. 그는 만주로 향하는 수레에 앉아 만돌린을 타다가 던져서 깨뜨린다. 그러면서 ≪여기에 무슨 미련이 남아서 또 다시 이것을 가지고 오던 것이냐? 나의 손은 지금 줄 위에서 춤출 때가 아니다. 나에게 남은 것은 오직 돌진뿐이다≫라고 절규한다. 작품은 에필로그에서 ≪그후 형철이는 작년여름 ××에서 총살을 당하였고 혜경이는 ××사건으로 지금 ××감옥에서 복역중이다≫고 썼다. 이로써 소설은 주인공 형철이와 그의 녀친구 혜경이가 모두 자신의 젊음을 민중을 위한 투쟁에 헌신하였음을 암시하고 있는데 그 투쟁의 장소는 간도로 되여있다.

소설 ≪채전≫(1933)은 간도의 어느 농촌 농민들의 집단적인 소작쟁의를 직접 그린 작품이다. 채소값이 떨어졌다는 리유로 수방의 부모(지주임)들이 맹서방을 해고시키련다는 말을 엿들은 수방이 이를 맹서방에게 알려줌으로써 맹서방이 다른 일군들과 함께 쟁의를 일으켜 지주 왕서방의 음모가 파탄되게 한다. 여기서 주인공 수방이 자기 부모들의 음모를 맹서방에게 알려줄수 있었던 원인은 비록 그녀가 지주의 딸이지만 의붓어미의 구박을 받으면서 생활하는 사람이고 부모의 정보다 자기집 소작농들과의 정이 더 두터운데 있었다.

소설 《축구전》(1933)은 간도에서의 우리 민족 청년학생들의 투쟁을 알레고리적인 수법으로 표현한 작품이다. 이 작품은 룡정의 D학교 학생들이 승호와 혜숙의 창의에 의하여 축구대회에 참가하기 위한 비용을 마련하려고 철도공사장이나 경마장의 녀급으로 나가 일하였고 이 학교 축구선수들은 출전하여 힘차게 공을 찼지만 체력이 딸려 지고 말았다는 이야기를 다루고 있다. 이 학교 축구선수들이 먹지 못하고 축구화도 갖추지 못한 상황에서도 출전한 리유는 작년에 있었던 일제의 검거사건으로 많은 교유들이 일본령사관에 잡혀가고 학교도 지금 너무 위축되여있는 상황에서 《우리의 꺾이지 않는 존재를 대중에게 알려 주자》는 목적에서였다. 그 결과 이 학교 선수들은 비록 축구에서 지기는 하였지만 그들은 계획하였던대로 행렬을 지어 시내를 행진함으로써 자신들의 의지를 세상에 과시하였다.

소설 《소금》[1](1934)은 강경애의 간도소재문학에서의 대표작으로 된다. 이를 두고 리상경은 《「소금」은 ‘간도문학’이 우리 민족문학에 기여할 수 있는 바의 최대치를 구현한 작품이라고 할 수 있다》[2]고 하였다. 이 소설은 일제에 의한 우리 민족 민중의 비참한 생활정경을 보여주면서 이러한 사회를 뒤엎기 위해 총을 들고 일떠선 항일유격대의 모습과 그에 대한 민중의 감정을 암시적으로 보여준 작품이다. 일제와 지주의 수탈에 의해 고향에서 쫓겨난 봉염네 가족은 간도에 와서 중국인 지주의 땅을 소작한다. 그러다가 봉염 아버지가 자위단으로 활동하다가 정체를 모를 총에 맞아 죽고 평소에 아버지와 뜻이 맞지 않던 아들 봉식이도 집을 떠나자 봉염 어머니는 지주 팡둥의 집에서 식모살이

---

1) 이 소설을 작자는 장편이라 하면서 창작하였지만 지금 적지 않은 연구자료들에서는 중편이라 하고 있다.
2) 리상경, 앞의 저서. 81쪽.

를 한다. 그러다가 팡둥에게 겁탈당하여 그의 애까지 가졌지만 팡둥은 봉식이가 공산당으로 사형까지 당했다는 것을 리유로 집에서 쫓아낸다. 쫓겨난 봉염 어머니는 남의 집 헛간에서 아이를 낳았는데 먹을것이 없어서 파를 씹어 삼킨다. 그후 그녀는 극도의 빈궁상태에서 남의 집 유모로 일하다가 전염병으로 봉염이와 갓난애(봉희)마저 잃는다. 팡둥한테서 말로만 전해들었을뿐 아들의 죽음을 직접 확인하지 못했던 그녀는 아들과의 만남을 위하여 살아야 했고 살기 위하여서는 소금밀수에 나선다. 그러다가 한차례의 밀수길에서 공산당과 조우한다. 그런데 공산당은 풍문으로만 듣던 그런 사람들이 아니였다. 소금도 빼앗지 않았고 그저 연설만 하고 가던 길을 가라고 돌려보냈다. 그후 그녀는 소금한줌도 팔기 전에 사염을 단속하는 순사들에게 걸려들었는데 소금도 빼앗겼다. 그 순간 그녀는 전날밤 공산당의 연설을 새삼스럽게 생각하고 벌떡 일어났다. 작품은 그녀가 공산당에 대한 새로운 인식을 얻게 되는 부분에서 먹칠한 흔적이 나타나면서 열독이 불가능해졌다. 미상불 공산당이 나쁘다는 팡둥이나 왜놈들의 선전이 틀린것이며 아들 봉식이가 택한 길도 바로 그 공산당이 걷는 그러한 길이리라는 그녀의 확신이다.

소설 《모자》(1935) 역시 간도에서 유격대원으로 활동하던 남편이 죽은 뒤 그 유가족의 이야기를 쓰고 있다. 《우리가 아무리 잘 살자고 하나 잘 살수 없다》고 부르짖던 남편은 《잠 한잠 뜨뜻이 자지 못하고 밥 한끼니 달게 먹어보지 못하고》산으로 간 뒤 적들에게 잡혀 죽었다. 물론 공산주의자이고 유격대원임이 틀림없다. 그후 주인공 승호 어머니는 이웃과 친척의 도움을 요청하나 모두 그들 모자를 배척한다. 이에 승호 어머니는 아들을 업고 남편이 간 산으로 간다. 아들 승호만은 결코 자신과 같은 인간을 만들지 않으리라 결심하였지만 아들을 업고 가는 그녀의 길은 현실적으로 꽁꽁 닫혀있었다. 필경 눈속에서 죽을수밖에 없을것임을 예시하고있다.

이밖에 소설 《번뇌》(1935)에서는 감옥에 갔다 나온 투사가 현실속에서 격는 고민을, 소설 《어둠》(1937)에서는 전선에서 죽은 투사의 유가족이 극도로 악화된 상황과 변화된 민심속에서 격는 고통을, 소설 《검둥이》(1938)에서는 운동에 투신을 했던 사람들이 일제의 탄압과 변화된 세태속에서 자신을 지켜가는 모습을 각각 그리고 있다.

4

앞에서 이미 언급했지만 강경애는 간도를 지향하거나 배경으로 한 상술한 소설들에서 우리 민족의 사회주의적인 로농운동이거나 항일투쟁을 반영하고 있다. 그러나 그러한 운동이나 투쟁은 적지 않은 경우에 지나치게 생략되고 또 추상화되고 있다. ≪파금≫에서 보면 주인공 형철의 만주행이 피동적인데다가 그의 투쟁의지나 목표 등은 아무런 구체적인 서술이 없이 다만 후기로써 그가 투사였음을 보여줄뿐이다. 그리고 ≪채전≫도 보면 맹서방이 일으키는 소작쟁의가 그 구체적인 과정이 생략되고 결과만을 제시하고있고 ≪축구전≫도 승호와 혜숙이를 비롯한 청년학생들의 리념투쟁이 독자들에게 몽롱하게만 안겨올뿐이며 ≪소금≫이나 ≪모자≫에서도 혁명투사로 알려지고있는 봉식이나 승호 아버지의 행적이 소설에서는 그저 기정된 사실로만 교대될뿐 그 형상은 구체적으로 안겨지지 않는다. 특히 계급모순을 드러내고자한 소설 ≪유무≫에서도 보면 복순 아버지가 자기의 꿈에 B(부르죠아의 략호)들이 나타나서 애들을 잡아다 죽이고 자기를 괴롭힌다는 말을 하면서 이런 일이 현실에 있을수 있겠는가 하는 물음에 ≪나≫는 아무런 말도 못하고 만다.

이에 반하여 조선반도를 작품공간으로 하고있는 소설 ≪부자≫(1933)에서는 해고를 당한 아버지와 아들의 투쟁방법이 시대에 의한 변화에 따라 서로 비교되면서 보다 구체적인 형상으로 드러나고 있다. 아버지인 김장사는 선주에게 해고당한후 도둑질로 나날을 보내다가 선주를 살해하는 길을 택하였지만 아들 바위는 해고당한후 아버지와 같은 그런 울분에 의한 충동적인 개인복수가 아니라 랭정한 자세를 유지하면서 ××회라는 조직에 참가하여 그 지령에 따라 행동하는 조직적이고도 집단적인 투쟁의 방법을 택한다. 하지만 이 소설도 ××회의 구체적인 역할은 추상적으로만 나타난다.

강경애의 대표작인 소설 ≪인간문제≫(1934)는 상술한 작품들과는 달리 식민지시대의 친일지주와 농민의 대립, 자본가와 로동자의 대립, 그리고 로농대중의 목적의식적인 투쟁 등 현실변혁에 대한 작자의 리념이 작중인물의 사고

와 행위를 통하여 현실성과 구체성을 가지고 형상적으로 드러나고 있는데 이를 두고 리상경은 ≪1920년대 중반부터 1930년대 중반까지 카프의 작가들 중심으로 전개된 프롤레타리아 문학 운동이 소설상에서 지향했던 목표에 가장 가까이 가 있는 작품이 <인간문제>≫3)라고 하였다. 작자는 간도라는 특수한 공간에서 장연과 인천을 비롯한 조선반도를 특수한 시각으로 바라보면서 그것을 배경으로 하여 이야기를 펼치고 있다.

이 소설의 이야기는 대체로 두개의 부분으로 이루어졌다. 첫부분은 황해도 룡연마을을 배경으로 하면서 지주이고 면장인 정덕호의 압박과 착취에 의하여 신음하는 빈고농민들의 생활상을 그리고 있다. 정덕호에 의하여 주인공 선비의 아버지는 죽었고 순박한 농민 첫째는 땅을 떼우고 인천에 가서 부두로동자로 되었으며 간난이와 선비는 선후로 유린을 당하고 모두 인천에 가 방적공장의 로동자로 된다. 두번째 부분은 인천을 배경으로 하면서 부두로동자로 된 첫째와 방적로동자로 된 선비 등을 중심으로 한 로동자들이 자본가들의 비인간적인 로동을 강요당하고있는 비참한 정경을 펼치고 있다. 이 과정에서 로동자들은 점차 계급적으로 각성하고 조직적으로 뭉쳐 파업투쟁에로 나아가게 된다. 그리고 이 과정에서 주인공 선비는 공장에서 얻은 페병으로 죽게 되고 시체로 변한 후에야 비로소 련인인 첫째와 만나게 된다. 물론 소설에서는 로동자들 각성의 초기단계에서 신철이를 비롯한 지식인들이 일으킨 의식계몽작용도 보여주었고 지식인들의 연약성도 보여주었다. 그리고 주인공 선비도 자기의 락관적인 전망을 력사적인 필연성으로 구현하는 긍정적인 인물로까지는 그려지지 않았다. 하지만 이 인물의 설정은 ≪1930년대 식민지 자본주의화를 겪고 있는 조선사회의 다양한 측면과 민중의 삶의 실상을 폭넓게 수용하는 효과≫를 거두는데 있어서 매우 큰 감응력을 일으키다.

5

강경애의 소설세계에서 사회변혁의 리념과 함께 또 주목을 끄는것이 바로

---

3) 리상경, 앞의 저서. 104쪽.

녀성해방문제이다. 강경애는 자기의 많은 작품들에서 녀성을 주인공으로 내세웠고 또 녀성들의 질고를 다루었는데 작가의 첫 장편소설 《어머니와 딸》(1932) 은 녀성해방문제를 toghlamns제로 내세운 이 면에서 커다란 성과를 거두고 있다. 이 소설은 조선민족의 문학사에서 녀성에 대한 경제적, 성적 억압과 봉건적인 조혼제도에 의한 억압으로부터의 해방을 로동계급의 해방이라는 슬로건속에서 모색한 최초의 장편소설로 자리매김을 하고있다.

소설은 예쁜이와 산호주를 제1세대 녀성으로 하고 옥이를 제2세대 녀성으로 하여 리춘식, 강수, 봉준이라는 남성들 사이의 대립을 기본구조로 하고있지만 소작인과 지주라는 계급적갈등과 기생과 대학생이라는 신분적갈등, 그리고 신구 질서의 갈등 등으로 얽혀지면서 사회현실을 폭넓게 반영하고 있다.

소작농의 딸 예쁜이는 지주 리춘식에게 첩으로 팔려갔다가 딸 옥이를 낳자 옥이와 함께 지주집에서 쫓겨난다. 예쁜이의 아버지는 지주 리춘식을 죽이러 갔다가 실패하여 죽고 어머니도 어린 아들을 데리고 자살해버린다. 그후 이쁜이는 모녀의 생계를 위하여 술장사를 하면서 타락한 생활을 한다. 옥이를 불쌍히 여긴 봉준의 어머니 산호주가 옥이를 데려다 키우는데 산호주는 원래 기생으로서 고학생 강수를 사랑했지만 이를 이루지 못하고 사생아 봉준이를 데리고 농촌에 내려와 조용히 살고있는 녀성이다. 그녀는 옥이를 보통학교에 보내여 공부도 시키면서 친딸처럼 키우나 얼마 안되어 병으로 죽는다. 그러면서 옥이에게 봉준이와 부부를 맺고 지내면서 봉준이를 돌볼것을 부탁한다.

산호주가 죽은후 봉준이에게 언제나 헌신적인 옥이는 홀로 농사를 지으면서 봉준이를 일본류학까지 시킨다. 하지만 봉준이는 조혼으로 부부인연을 맺은 옥이를 누나나 친구로 대할뿐 안해로 생각하지 않는다. 오히려 자기의 눈에 신녀성으로 보이는 숙희라는 녀학생을 죽도록 사랑한다. 이러한 사랑의 모순과 갈등 속에서 고민하고 방황하던 어느날 옥이는 로동운동을 하다가 잡혀간 친구의 오빠가 붉은 죄수복을 입고 끌려가는 것을 길에서 보고는 문득 삶에 대한 새로운 깨달음이 있어 한 남성의 사랑에만 집착하고있는 자기를 반성하고 남편과의 리혼을 작심하면서 집을 뛰쳐나온다.

강경애는 이 소설을 통하여 당시 우리 민족 녀성들이 받고있었던 억압에 대하여 복잡한 사회적인 관계속에서 다양한 각도로 파악하여 그 근본적인 해결책을 모색하고자 했다.

우선 지주 리춘식과 소작농의 딸 예쁜이의 경우, 지주 리춘식은 자기의 소작농들을 억압하고 착취했을뿐만아니라 소작농의 딸마저 마음대로 데려다 성적수탈을 감행한다. 그 리유는 가문을 이를 아들을 보기 위한 것이였다. 그리하여 예쁜이가 아들이 아니라 딸을 낳자 또 헌 신짝처럼 내친다. 식민지시대 빈부 격차에 의한 특권과 사회적인 남성중심사상이 녀성들로 하여금 이중, 삼중적 중압을 받게 하였고 예쁜이로 하여금 다시 헤여나올수 없는 타락의 수렁에 빠지게 하였다. 그리고 이와 같은 중중의 억압을 운명으로 체념하고 그 운명에 순응하게 하였다.

다음 고학생 강수와 기생 산호주의 경우, 강수는 기생인 산호주의 미모를 사랑했고 또 그녀의 도움으로 공부를 마쳤지만 다른 녀학생과 결혼하였다. 즉 ≪명분상의 일부일처제를 유지시키는 기생제도를 이용하여 산호주를 자기의 출세의 도구로 이용했했을뿐이다.≫4) 사생아로 태여나 기생의 길을 걸은 산호주는 고학생인 강수를 공부시키노라 헌신을 하였지만 강수의 버림을 받았고 오히려 가정을 이룬 강수가 다시 찾아왔을 때 이를 받아들이지 않은 것으로 하여 강수로부터 ≪그새 다른 놈 붙인 것≫이라는 모욕까지 당한다. 하지만 그녀도 이를 숙명적인 것으로 받아들인다.

이와는 달리 딸의 세대인 옥이에 이르러서는 상황이 많이 달라진다. 처음에는 남편을 위하여 자기를 헌신하는 전통적인 녀성의 덕을 그대로 지켜오다가 후에는 자신의 삶에도 남편의 삶과는 다른 주체적인 것이 있어야 한다는 점을 깨닫게 되자 분연히 일떠나 자신의 삶을 찾아 나선다.

이 작품에서 보면 물론 옥이의 각성이 너무도 우연하고 계기가 불충분하지만 어쨌든 작자는 녀성해방문제를 로동운동의 사회적변혁에 련계시켜 사고를 하였음은 너무도 분명하다. 그 징표로 되는 것이 또한 강경애의 대표작 ≪인간문제≫이다. 이 작품에서 작자는 ≪어머니와 딸≫의 예쁜이와 옥이의 특징을 집대성한 인물을 창조하였는데 그 인물이 바로 선비이다. 지주 정덕호에게 억

---

4) 리상경, 앞의 책 98쪽.

압받고 유린당하던 낡은 관념의 소유자였던 선비가 예쁜이처럼 타락하는 것이 아니라 과감히 지주집에서 뛰쳐나 로동운동의 현장에 뛰여들었고 거기서 점차 각성하여 마침내 로동운동의 조직자의 한사람으로 성장하는과정이 바로 진정한 녀성해방의 길임을 작자는 제시해주고있다.

6

강경애의 소설세계에서는 일제의 식민지로 전락된 조선민족사회의 궁핍을 시종 묘사대상으로 하고 있다. 그리하여 강경애의 소설들은 조선민족사회의 궁핍을 묘사하는것으로 일관되었다고 하여도 과언이 아니다. 앞에서 이미 언급한 소설들도 그렇고 특히 콩트 ≪월사금≫(1933)으로부터 시작하여 소설 ≪해고≫(1935), ≪지하촌≫(1936), ≪마약≫(1937) 등은 이러한 궁핍의 주제로 이루어졌다고도 할수 있다. 이러한 궁핍의 주제는 모두 현실에 대한 비판을 전제로 하고 있다.

그중 소설 ≪지하촌≫(1936)은 농촌의 궁핍을 자연주의적으로 극명하게 보여준 작품이다. 이 소설은 사실상 큰년이에 대한 칠성이의 사랑이야기를 주선으로 하고 있지만 작자가 이를 통하여 보여주고자 한것은 농촌의 궁핍상황이다. 그리하여 소설에서는 어릴 때 병으로 앓다가 팔다리가 병신이 되어 동냥을 다니는 칠성이네와 그 이웃에 사는 장님 큰년이네 궁핍한 상황에 대한 묘사가로 일관되여있다.

작품의 주인공 칠성이는 불구의 몸으로 밖에 나가 동냥을 하여서는 살림에 보탠다. 그는 날 때부터 병신인것이 아니라 어렸을 때 병으로 앓았는데 돈만 아는 의사가 가난한 그에게 제대로 치료를 해주지 않아 병신이 되었다. 아버지는 어렸을 때 잃었고 어머니, 남동생 칠운이, 젖먹이인 녀동생 영애 등이 그의 가족 전부인데 어머니는 영애를 낳은 뒤 몸관리를 제대로 하지 않아 몸을 움직일 때마다 고통을 받지만 밭농사도 하고 품팔이도 해여 자식들의 입에 풀칠을 한다. 칠성이는 병신이여서 농사를 지을수 없기에 여기저기 동냥을 다녀서는 성냥도 얻고 과자 부스레기나 식은 밥덩이 등을 얻어 식구들을 먹인다. 그러면서도 그는 동냥하여 얻는것중에서 제일 좋은것은 남몰래 숨겨두었다가 큰년이에게 주는것을 자기의 은밀한 기쁨으로 여기고있다. 그러면서 그는 자기 집 다른 가족들은 자기가 동냥하여온 그 음식들을 그저 빼앗아먹을 작정만 하는것으로 생각되여 모두가 미워만 보인다. 그리고 자기가 팔다리를 우습게 놀리는 병신이여서 동네 애들한테 놀림은 당하지만 큰년이가 장님이기에 자신의 불구인 그 꼴을 보지 못하는것을 다행으로 여긴다. 하지만 마음만은 항상 조마조마하다.

큰년이네 역시 가난하기는 마찬가지이다. 그 가난은 큰년이의 어머니가 애를 밴 무거운 몸으로도 밭에 나가야 하고 또 밭고랑에서 죽은 아기를 낳아야 하는 지경에까지 이른다. 그런데 이제 그 집에 운이 트일 징조인지 큰년이가 읍내 부잣집에 아들을 낳아줄 첩으로 팔려간다는 소문이 떠돌고있다.

이 소식을 어머니로부터 전해들은 칠성이는 자기가 모아둔 돈으로 옷감을 끊어다 큰년에게 안겨주면 큰년이 자기에게 시집오려고 하지 않을가 하는 꿈을 꾼다. 그리하여 마침내 어느날 동냥하러 나갔다가 옷감을 끊어 동냥자루에 넣었다. 그런데 그날따라 비바람이 세차게 몰아쳐 옷감이 젖을것이 념려된 칠성이는 그대로 귀로에 들어설수 없었고 또 밥 한술 얻어먹으려다가 부자집 개에게 물렸으며 그런대로 길가의 텅 빈 방앗간에 머물다보니 그는 하루를 지나고 이튿날에야 집에 들어섰다. 집에 들어서니 그사이 칠운이는 눈병을 얻어 괴로워하고 앓던 영애는 엉뚱한 민간처방으로 상처가 더 악화되어 있었다. 그리고 큰년이는 이미 부잣집에 팔려갔단다. 칠성이의 꿈은 산산이 부서지고 말았다. 칠성이는 비바람 휘몰아치는 하늘을 묵묵히 노려보기만 하였다.

이 소설의 주인공 칠성이는 몸도 불구지만 마음마저도 불구이다. 그는 모든것을 미워만 하고 저주를 한다. 철모르는 두 동생에 대해서도 그렇고 홀로 애를 태우고있는 어머니에 대해서도 그렇다. 언제나 도전적이고 공격적이다. 그리하여 거칠기만 하다. 자신을 포함하여 빈궁에 짖눌려있는 무력한 가정 전체가 그저 밉게만 보이기때문이다. 즉 극도의 궁핍이 빚어낸 결과로 심리상에서 질병을 얻었고 또 그 질병에 의하여 심리상에서 불구로 되였던것이다. 이에 따라 이 가족의 분위기를 보면 모두가 절망적이다. 칠성이가 유일하게 애정을 가지고있었던 대상은 큰년이뿐이였는데 그녀마저도 그의 꿈을 깨뜨리고 팔려갔다고 하니 그야말로 이제 이 주인공의 불구로 된 마음을 고쳐줄 상대는 이 세상에 더는 없는 것이다. 작품 제목이 암시해주는 공간의 의미 그대로 그들을 구원해줄 빛은 어디에도 없고 그저 모든 것이 폐쇄된 상태에서 느끼게 되는 절망뿐이다.

극도의 궁핍에 의한 심리상의 실병 일례는 강경애의 다른 소설인 ≪마약≫에서도 볼수 있다. 간도를 배경으로 한 이 소설은 주인공 보득이 어머니가 남편의 마약빚으로 중국인 상인에게 팔려갔다가 탈출하는 도중에 죽어간 이야기를 쓰고 있다. 보득이 아버지는 해고를 당한후 그 지긋지긋한 궁핍상태에서 해탈하기 위하여 마약에 손을 대였는데 그만 헤여나올수 없는 중독자로 타락되고 말았다. 즉 그 궁핍이 그를 정신불구자로 만들었던것이다. 그리하여 나중에 인성마저 상실한 그는 자기의 아편빚을 갚기 위하여 안해를 중국인 상인에게 팔아버린다. 후에야 자기가 남편의 마약빚 대신으로 팔려온 것을 알게 된 보득이 어머니는 추운 겨울 야밤삼경에 중국인 상인으로부터 탈출하다가 그만 길에서 죽고만다.

이밖에도 강경애는 콩트 ≪월사금≫이나 소설 ≪해고≫에서 정도부동하게 우리 민족의 굴핍상을 리얼하게 다루고 있다.

<h1 style="text-align:center">7</h1>

강경애의 1인칭소설들인 ≪유무≫(1934), ≪동정≫(1934), ≪원고료 이백원≫(1935), ≪산남≫(1936) 등은 또 작자 자신의 자아성찰로 특징을 이루고 있다. 그 자아성찰은 물론 우리 민족의 극도의 궁핍과 사회주의적로농운동, 그리고 항일투쟁에 대비한 자아성찰이다.

소설 ≪유무≫의 경우, 이 소설에 등장하는 화자로서의 ≪나≫는 작자임이 분명한 인물이다. 어느날 밤 설거지를 끝낸 ≪나≫는 뜻밖의 방문객인 복순이 아버지를 맞는다. 몹시 람루하고 피곤한 모습이다. 복순이 아버지는 2년전에 ≪나≫의 웃집에서 막벌이꾼으로 셋방살이를 하였는데 끼니를 굶는 일이 보통이였다. 그러다가 어느날 갑자기 야간도주를 하였다. 이웃으로 살 때 ≪나≫는 그들의 어린 딸 복순이를 동정하여 종종 찬밥덩이나 찌개를 내다주었다. 그러면서 ≪나≫는 그들을 은근히 부담꺼리로 생각하였고 그들의 야간도주를 시원섭섭하게 생각하였었다. 그런데 그가 오늘 이렇게 찾아왔다. ≪나≫는 몹시 불안하면서도 그가 시장해하는 것 같아 밥을 지어주었더니 그는 달게 먹어치웠다. 그리고는 ≪그실 나는 지금 내가 웨 이렇게까지 된 것을 말하겠수. 물론 내가 아저머이를 보통 부인네들과 같이 알면 이런말도 하지않겠수마는 아저머이는 글을 쓴다는 말을 들었으니……그글은 지금까지 어떤글을 써왔는지 내가 모르나…≫하고 말문을 떼면서 자기의 이야기를 시작하였다. ≪글을 쓴다≫는 말이 나오자 ≪나≫는 그를 마주보기가 거북스러웠고 일종의 위압까지 느꼈다. 그러면서 지금까지 허위와 가상이 많았던 자기의 붓끝을 검토하면서 자기가 인생의 어느 한 부분이라도 진지하게 그리어 보았던가를 심심히 자책한다.

이어 복순이 아버지는 자기가 날마다 괴상한 꿈에 시달리고있음을 말하면서 ≪그런일이 혹 현실에 실재해 있을 것 같우?≫하는 의문을 제기한다. 그의 이 물음에 대답할수 없었던 ≪나≫는 또 낯을 붉히면서 자신의 무지를 반성한다. 즉 자기는 작가로서의 자격을 가지지 못하였다는 것이다.

소설 ≪동정≫의 경우, 역시 작자임이 분명한 ≪나≫는 아침마다 의사의 분부에 따라 우물가에 나와서 우물을 마시는데 비록 대화는 없었지만 한 녀인과 계속 만나게 된다. 그러다가 어느날 대화를 하였는데 황해도 풍천이 고향인 그녀는 12살 때 빚 때문에 팔려 결국 창기로 전락되었고 온갖 수모를 받으면서 천역을 치르는 신세였다. 그녀의 몸값은 5백원이였다. ≪나≫는 그녀를 동정하여 도망치라고 권고를 하였고 집에 놀러오라고까지 하였다. 그러던 어느날, 그녀가 정말 피투성이의 얼굴로 보따리를 들고 ≪나≫의 집을 찾아왔다. 도망치기 위하여 려비를 구하러 온것이였다. 순간 ≪나≫는 난처하였다. 그렇지 않아도 어제 수재구제음악회에 3원을 기부했고 이번달엔 생활비도 빡빡한데 또 돈 쓸 일이 생겼으니 말이다. 그리하여 ≪나≫는 예고도 없었던 그녀의 행동을 못마땅한 것으로 말하였고 그녀는 한동안 잠자코 있다가 밖으로 나가버렸다.

그러나 다음날 아침, 그녀가 우물에 빠져 자살하였다는 소식을 듣자 ≪나≫는 목놓아 울면서 극한의 상황에 처한 그녀에게 도와줄듯한 말을 하고서도 막상 도움을 청하니 이를 랭정히 외면해버린 자신을 반성하고 질책하였다.

소설 ≪원고료 이백원≫의 경우, 이 소설은 강경애의 자전작품으로 알려져 있고 또 이 작가의 소설들에서 자아성찰의 성격을 가장 잘 드러내주는 대표작이라 할수 있다. 작중화자로서의 ≪나≫가 작자 자신으로 간주됨은 물론이다. 녀학교 졸업을 앞둔 동생 K가 ≪나≫에게 ≪나≫의 런애관 내지 결혼관을 편지로 물어왔는데 소설은 ≪나≫가 K에게 회답하는 형식으로 씌어졌다.

≪나≫는 D신문에 장편소설을 련재하여 월고료 2백원을 받았다. ≪나≫는 일생을 통하여 처음으로 이렇게 많은 돈을 만져본다. 곤궁하던 어린 시절도 떠올리고 형부의 도움으로 어렵게 공부하던 녀학교시절도 회상한다. 그리고 평소에 갖기를 원하던 털외투며 여우목도리며 구두며 금반지며 금시계 등을 생각해본다. 그러면서도 ≪나≫는 그러한 뜻을 숨긴채 남편에게 이 돈의 용처에 대하여 상의한다. 남편은 ≪우리 같은 형편에는 돈이 없는 것이 오히려 마음 편하거든……≫하고 입을 연 뒤 뜻밖에도 출옥후 앓고있는 응호를 입원시키고 수감중인 홍식의 부인을 돌봐야 하지 않겠느냐 하는 의견을 제출했다. 너무나도 엉뚱한 소리에 할말을 잃고있던 ≪나≫는 어린애처럼 소리내여 울기 시작했다. 그러자 남편은 벌떡 일어서서 ≪나≫의 뺨을 후려치고는 ≪너도 요새 소위 모던걸이라는 두리해능년이 되고싶은게구나. ……금시계에 금강석반지에 털외투 입고 입으로만 아! 무산자여라고 부르짖는 그런 문인이 되고 싶단 말이지≫ 하면서 ≪나≫를 밖으로 내쫓았다. 북국의 찬바람속에서 ≪나≫는 많은 생각을 하면서 자기반성을 하였다. 그리고는 남편에게로 돌아가 그 돈을 남편의 동지이자 ≪나≫의 동지인 그들에게 쓰기로 마음을 먹었다.

≪지금 삼남의 이재민은 어떠냐? 그리운 고향을 등지고 쓸쓸한 이 만주를 향하야 몇만의 군중이 달려오고 있지 않느냐, 만주에 와야 누가 그들에게 옷을 주고 밥을 주더냐, 그러나 행여 고향보다는 날까하고 와서는 처자는 요리간에 혹은 부호의 첩으로 빼앗기우고 울고불고하며 이 넓은 벌을 헤매이지 않느냐. 하필 삼남의 이재민뿐이냐. 요전에 울릉도에서도 수많은 군중이 남부여대하야 원산에 상륙하지 않았더냐. 하여간 전조선의 빈한한 군중은 아니 전세계의 무산 대중은 방금 기아선상에서 헤매이고 있는 것을 너는 아느냐 모르느냐. K야, 이 간도는 토벌단이 들어밀리어서 지금 한창 총소리와 칼소리에 전 대중이 공

포에 떨고 있는 중이다. 그러니 농민들은 들에서 농사를 짓지못하였으며 또 산에서 나무를 베지 못하고 혹시 목숨이나 구해볼까하야 비교적 안전지대인 용정시와 국자가같은 도시로 몰려드나 장차 그들은 무엇을 먹고 살겠느냐. 이곳에서는 개목숨보다 사람의 목숨이 헐하구나≫

이것은 이 소설의 마지막부분에서 ≪나≫가 K에게 쓰는 편지의 내용이다. 여기서 우리는 이 작가의 사상경지를 들여다보게 되면서 작가 강경애의 자아성찰의 계기나 내용, 표준이 어디에 있었는가를 알게 된다. 즉 강경애의 자아성찰은 민족이 처한 불운에 의하여 이루어졌고 또 그러한 상황에서 자신이 한 일이 무엇인가 하는것때문에 이루어진것이다. 바꾸어 말하면 민족의 전도와 운명을 자신의 전도와 운명으로 하는 그러한것이다.

이밖에 소설 ≪산남≫에서는 선명하지는 않지만 위험에 처한 뻐스를 구해내노라 허리에 바를 동이고 피투성이가 되도록 헌신작으로 애를 쓰고도 오히려 자기의 정당한 요구를 거절당하여 달리는 뻐스에 돌팔매를 안기는 한 순박한 청년의 형상을 그려내는 과정에서 각박한 현실의 인심을 드러내보였고 또 이 과정에서 자신의 초조함만을 생각했던 자신을 반성하고 있다.

단편소설

1

인천진남포를 늘래왕하는 긔선 명덕환은 옹진긔린도를외로히 뒤에남겨노코 검은연긔를 짙게 뿜으며 서편으로 서편으로향하여 움즉이고잇다 동쪽하늘에 엉긴구름속으로 손길가려 내쏨는 붉은햇발이 음습한 안개를 일시에 거두어 먼산밋헤 흰막을두리우고그우로 보이는 붉은하늘은 사람의마음을 가벼웁게한다 마치 질곡에서 해방된 노예의마음과가티……

수평선우에 정처업시닷는흰돗붉은돗은절벽에 느러저바람에 시달리는 소나무와가티 외로웁다 바우에부듸치고 부서지는파도는 쏘부듸친다 멋번이나……멋번이나……마치 인류의 생존과가티……

×

여름방학을 리용하여 집으로도라오는 형철이는 뱃머리에 긔대여 시선을 멀리 던지고잇다 배는마합도를 지나처 구미포(九美浦)뒤로 살작보이는 불타산을향하야 머리를돌리엇다 자는듯이 조용하든배안에는 한사람두사람 첫솔을 입에물고나오는것이보인다

그러나 선부멋명은 고단한 모양인지 연늘밋해서 모자로 얼골을덥고 비스

◉ 강경애는 이 작품을 1931년 1월 ≪조선일보≫(1. 27~2. 3) 부인문예란에 련재하여 발표하였는데 본고는 그 영인본에 근거하여 다시 옮겼다.

들이누어 아죽자고잇다 형철이는 좀이상한 감정에 눌리며 갑판우를천천히
걸어 상등실층층대를내려왓다 동행하는혜경은 배ㅅ멀미로인하여 간밤에몹
시시달리다가 지금은 좀진정된모양인지가지고오른『추렁크』에마리를 대이
고 업듸여잇다 형철이는 그옆에안저 책을펴들고 읽으려하엿스나 정신이 집
중되지 안엇다 형철의눈쏘리는 자연히혜경에게로향하지안홀수가업는까닭
이다 붉은볼에 흐터진머리ㅅ카락이 얼그러저부튼귀엽고도 어엽쁜귀밋흐로
가는허리를지나 흘으는 풍염한곡선은이성의마음을뒤흔들만한 절대의권력
의매력을 녹여합친묘선그것이엇다

그째에갑작이 집웅우로이산저산에울리여 가슴속까지흔들어내는『우––』
하는 긔적 소리에 미로에 방황하고 잇든 형철이는비로소자긔의 할바를깨닷
게되엿다『아!! 벌서 구미포에닷스니 어서내립시다』

그는 썰리는 목소리로 혜경을향하여 겨우내치고 혜경의 행구까지 뒤달어
들고 이러난다

『네? 벌서닷세요』하고 혜경은 그의볼에느러붓튼머리카락을 색기손으로
두어번슬어올려밀고 도라안저거울을듸려다볼동안에 형철이는 갑판우로 행
구를옴긴다

구미포의해수욕장은 동양에서도 몃재로가지안는조혼곳이라하여 여름이
면 미국선교사들이 오륙백명식피서로온다 그들의집은 그곳봉내라하는놉직
하게된곳에다 이백호가량지엇다 그곳에서바라보면 압흐로는 망망한황해요
뒤로는 구불구불한불타산이다

형철이와혜경이가 갑판에옴겨타고 긔선을떠나 거츠른물결을 넘어올째에
봉내위공중에 놉히달린 성조긔는 가는파동을내이고펄펄그린다(中略)

나는불상한 조선의아들 당신은 가련한 조선의쌀––이런 마음으로 가득
찬형철이는 무심이 혜경이를슬적보자 눈물이어리어지고말엇다

×

방학에 집으로내려완 형철이는 해변을 스치고 건너오는맑은공긔의『오증』
을 힘쯧듸리마시고 태양이반사하는『자외선』을 마음대로 마즈며 바다ㅅ물

에서 쒸노는것이 그의일과의하나이엇다 어썬날 그가 피로한몸을 바다ㅅ가
모래우에 두다리를 던지고 쉬 고잇섯다 긔름이쑥쑥흐르는듯한 울울한 수목
사히로 붉은집웅과회ㅅ벽으로 조화된 양옥이 힐금힐금보이는 그곳에서 쑥
쩌러져 수평선은 일자로――바른편으로 쑤―ㄱ 것침업시 단본에거잇다 갈맥
이는펄펄 한마리……두마리……흰돗은섬뒤로도라간다 이쌔형철의 마음은
육체를쩌나 우주에합치되여――어느곳을배회하고잇는지를 자신으로도 쌔닷
지못하고 안저잇슬뿐이엿다 돌연히 형철이는『옵바!』하는 소리를들엇 휘
돌아다보니 거긔에는 혜경이가 형철의누이동생 은숙이의 손목을잡고서잇지
안느냐 형철이는 의외라는표정으로 슬적 이러나 그들압흐로 쑹쑹거러간
다 혜경이는 힐쑥미소를 씌우고몸을한번뒤로비꼰다 그쌔『파라솔』의전폭은
그의반신을 한번살작 가리워보인다

2

『옵바! 이꼿봐!』 은숙은 쌔만눈을 아글아글하며 어엽쑌조그만손으로 옵
바에게 내보인다 슬슬부러오는 바람에 은숙의 머리가 남싯남싯하고 혜경의
치마에는 가는파동이쓴어지지안는다 형철이는 이여 그꼿을바더들고 코에다
대면서 혜경에게로말을건넨다
『참 오늘일긔가퍽좃습니다』
『네! 하도심심하기 은숙이를 데리고 놀러나왓서요』하고
혜경은 무슨량심에가책이나 바들변명이나 한듯이 갑작이 얼굴 밝이지애
고말 엇다
『잘나오섯세요 오늘은 바람도업고 물결도얼마놀지안어배타기퍽좃습니다
자! 배를태워드리지요』하고 그는 용감히 바다ㅅ가로 쒸여간다 짜라오라는
듯이 잇짜금 뒤를도라다보면서……
해수욕복에 몸을가리운 형철이는 얼굴과 팔다리가 마치흑인모양으로 캄
하게탓스나 가슴이쑥나온 꼿꼿한 그몸은 참미듬감스려웟다 간혹우슬쌔마다
쓴은 입술로 살쫙내보이는 윤택한흰니는 틀님업시 전선에서싸우는 용사이

며억임없이 그는남성적이다 혜경은 은숙을보고 샐죽웃고 천천히 그의뒤를
따라-모래우에 형철이가 먼저 자취를내인 발작우를 그대로 밟어보며-삽
분삽분 은숙이손목을잡고 거러간다

　형철이의 굵은팔에 큰물결을라넘어가는 배는 바닷가운데로……가운데
로……달큼한사랑의행복을싯고 정처업시방황한다 잇다끔 배가 물결에 부듸
치고 흔들릴때 그들의시선도 서로마즈치고 미소를건는다 이것이 그들에 더
업는 행복이엿스며 두본보지못하는 청춘의 환희이엿다 그러나그러나 우리
들은 이 향락조차 마음대로 밧지못할 환경에잇슴을니저서는 안된다 그것을
생각할째에 형철이는 가슴이답답하고 사랑의쓴맛을-괴로운맛을-오히려
더깨닷게 된다『고새봐!』천진하고도 단순한 어린은숙은 방금물속에서 쏙비
지는 새를가르친다 형철이는그천진이 무한이도 귀여워보이고 부러웟다 형
철이와혜경이사이에는아즉서로 사랑을 속삭여 보지못하엿스나 서울로공부
하러 래왕하는동안에서로생각하게된 몸이되고야말엇다 그생각은날이가고
달이갈사록쓰겁고도 쓰거운불덩어리가됨을 그들도점점 깨닷게되엿다벌서
해는붉은노을을남겨노코서산으로 넘어간다 구실구실얽히여 산우에 돌고잇
는 구름은 연분홍으로 채색하고-붉어지는 바다ㅅ물-검으러지는섬-그찰
나의변화는 각일각으로 굴어가나 그들의사랑의 불길은 여전히 타오르고잇
슬것쑨이다 배를 간역에 대인그들은 어렴풋한 솔밧을 지나 엇던조밧머리로
돌게되엿다 산빗탈오막사리에서 나오는저녁연긔는 수목사이로숨어들어 산
골작이로 기여든다 그째에 온데업는 농부의김매기소리가 처량히들린다

　웨생겨、웨생겻나、웨생겨 고다지도알쓰리 웨생겻노

　억백이신짝을 발에다칠칠끌며 정든님을얻어 갈가보다

3

하로종일 피쌈을 흘리고 집으로도라오는 농부의평화의노래이다

그들이지은곡식은어슬렁어슬렁 펴오른다 금년은 대풍연이다

그러나 그들이죽을힘을다하여지은농사는 가을이되면다 쌔앗기고 조밥한

술먹기가 어려울것이다 그것은 마치목장에서기르는 소와갓다 양과갓다 도야지외갓다 그들은 엇든특수계급사람들에게 부리우기 위하여살어잇다 털과젓과고기를 제공하기위하여살어잇다 단지 로력과털과고기와젓을 목자에게 제공하기위하여목자가주는 양식을먹고생을 연장하여가는 소와양과도야지와 무엇이달음이잇을것이냐? 형철이는이런의미의말을혜경이에게 건느고

『그럼으로……혜경씨! 저는 대학을고만나오려합니다』

『왜그러세요? 그러구시고우리들은더배워야되지안어요』 혜경은 어엽뿐눈에 비참한빛를 띠우고 형철이를 바라보며그의답변을 요구하엿다

『물론 그럿습니다 그러나우리동족간에 대학나온사람이몇사람이나되는줄 알어요? 쏘전판억지무식한사람이 얼마나되는줄 압니까? 우리들은 영웅심리로 소수의무리가 □간이 대중을리론으로끌고나가기는벌서어리석다는것을 알엇습니다』[1]

차츰차츰그의말구조에는 열이올러왓다 『맑ー쓰니 레ー닌이니 다무엇입니까? 벌서 지금은 그전사람들의리론으로 ×을시대는 지낫답니다 대중은 창자를쥐고 그들의주린것을 참고잇습니다 우리들도 그들의 하나겟지요 어서나도 그들과가티×워야될것을 요즘와서 더욱더욱늣기게됩니다』 그럭저럭 말하는동안에 세사람은 송천동에다다럿다 어슬어슬어두운공긔를세트리고 레베당종소리가처량이들린다 어려서부터 종교속에서잘안 혜경은자연히머리가 숙으러지며 묵도를올리게되엇다 창으로흐르는 불빛은 점점완연하다

그들은서로집으로헤여젓다

여름방학도 이럭저럭어느덧 지나버리고 형철이와 혜경이도 다시서울로 올러왓다 벌서 가을의첫거름을 내밟은서울도 요세는 저녁에는 좀선선함을 깨닷게한다 따라서 형철의가슴속에는 남몰래복잡한 번민과 싸우기를 시작

---

1) 이 대화내용을 이상경 편 ≪강경애전집≫(소명출판, 1999년 4월 제1판)에서는 "물론 그렇습니다. 그러나 우리 동족간에 대학 나온 사람이 몇 사람이나 되는 줄 알아요? 또 전판딱지 무식한 사람이 얼마나 되는 줄 압니까? 우리들은 영웅심리로 소수의 무리가 만든 이론으로 대중을 이끌고 나가기는 벌써 어리석다는 것을 알았습니다." 라고 정리하였다.

한다학교서 나오면 형철이는 정신업시청량리벌로헤매인다 그는문득발밋헤
서 우즐우즐 춤추고잇는 벌국화를 물끄럼이 듸려보다가—그것을썩거쏘다시
드려다보다가 고만화나는것가티부비여 팽개치고만다 그리고쏘거러간다 그
는 혜경을생각한다는것보다도그의앞길을채잡지못하고 긔로에서서 방황하
는까닭이엿다—사람이 한번무한히길고긴 우주의생명가운데서 틔끌만한생
명을 어더가지고 이세상에나오는것이다 나는 그생명조차 거지의생명 불우
의생명을잇고 나온몸이 아니냐? 나는법률을배워 결국 무엇을하려하느냐?
가령고등문과시험에 파쓰되여 소위고등관이 된다고하여보자 그러면 그것이
무엇이명예스러우며 쏘깃불것이냐? 오히려수치일것이다   만일변호사가된
다하여보자 그리고 사회를위하여교수대에올으는 용감한투사의변호인일망
정하여본다고하자 그러나 그변호가무슨효험이잇스리요   쏘 돈을힘끗모아
갑부가 되여본다고하자 이것은 도저히 불가능할것이며쏘 된다하여도 시원
할것이 무엇이냐? 도리여못사는동족을위하여미안할것이다

그럼으로 나는사회를위하야 용감하야져야할것이다   의미잇고가치잇고
아름다운 인생의 쏫을 피워야될것이다 이것이 사람다울것이다 그러나……
가만이 잇자 나에게는 이것을 감행할 용긔도업고 준비도 업지안느냐? 결국
긔로에선 이몸이다 발은편길로 가야되겟느냐? 외인편길을거러야되겟느
냐? 서산에지는해는 나의발길을 재촉한다—

형철이는 이런번민과 싸울수박게업섯다   그의머리속은오즉 의문쑨으로
만 꽉차고말엇다

4

그날밤이다 형철이가 잠을 자려고 전긔ㅅ불을 끄고자리에누엇다 창으로
흘으는 달빛은 벼개ㅅ밋을 고요히차저준다 요즘멧칠동안 그는잠을자지못
하고 밤이되면 번민과 고통으로 애만쓰는것이다 그날밤도 어즈럽게된머리
를 좀 쉬여보려고 일즉자리에 누엇든것이다 역시그는잠들수가업섯고 신경
은삼오락이모양으로 거츨하게 피어오를뿐이다 그는할수업시다시이러낫다

슬슬 부러오는 가을바람에 창문에 그림자를지으며 나뭇닢은 술렁술렁떠러진다 이럴째마다형철이게게 조흔동무가되여주는『맨도링』을 쓰러당겨 그는옆에슬쩍씬다 그의손가락은 저절로줄우에서 흔들리고잇다 그러나 그것도 극도로착란된그의마음을 위로하기에는 너무나 빈약하엿다

그는다시『맨도링』을 기슥이로 되는대로 미러던지고 머리우까지 이불을 푹뒤집어썻다 그는잠들기위하여하나 둘 셋 넷……오천까지헤엿스나역시효력이업섯다

그잇흔날아츰에 형철이는묵어운머리로 이러낫다 거울을 듸려다보니 눈알에는 얼기설기 피줄이 억매여잇고 얼골은 몹시도 창백하다 그가조반상을 물려노코 학교에가려고 문밧게나스니 일본군 둘이 낫창을총끗에씨여메이고 일소대가량 저벅저벅발거름을마추어지나간다 — 참남아의할일이로다 얼마나용감하냐! 이날은 군대연습날이다 그들은병영으로부터거리까지 넘치여 오락가락한다 가두에서 청결통 뒤짐하는 일본거지까지라도 웃는낫으로 그들을 맛는다 그러타! 아니다 나도총쓰테 창을씨여 달고 한명쯤되여그가운데에 석겨 의긔양양하게 충충거러갈것이다 그러나 나는……필부의 용맹이라고 조롱을밧들외에는 다른것이더업는것이다 참 가련한 인생이아니냐? — 형철이와 지나치든사람들은 각금 형철에게 마주치고 그를힐글힐글 바라보며간다 형철이는 멋슥서서 머리를 좌우로 두어번 씨웃씨웃하다가 무엇을 해득한지 쓰덕쓰덕하고 쏘거러간다 맛치밋친사람모양으로 — (하략)

엇던날 형철이가 학교로부터 도라오자 그의책상우에는 편지한장이 떠러저잇섯다 얼핀 들어보니 그의집에서 올려온편지이엿다 반가히피봉을뚝떼이고보니 참놀라지안을수가업섯다

형철이의가족은 아버지 어머님 은숙이 그리고자긔까지 네식구다 그는 자긔네 토지를 가진 대농가로 그동리에서는 남부럽지안케산다 그러나 그의아버지는 외아들형철이를쯧까지 공부식이기를위하여서는 거지되기를 그리혜아리지안엇다 그럼으로 빗은매해 태산가티느러가든중 갑작이불경의 바람이불어 곡가가털썩내려진까닭에 그빗을 이루감당치못하게되여이번에 고만집행을만낫다 성미가 좀 칼칼한 형철이의아버지는 결국 그곳에서 살기실타

하여 만주영고탑 엇던친척을 의지하고 떠나게되엿스니 곳내려오라는 그아
버지의편지이엇다

5

그동안 그아버지가 이런내용이나마 그아들에게 비치워두엇드라면 그리
놀라지도 안엇슬것이다 혹공부에나 방해될라염려한 그아버지는 그아들에게
그런긔색조차 보이지 안엇든것이다 형철이는 그편지를 쑤러져라하고 뒤집
허읽어보앗스나 틀림업시 곳내려오라는 편지이엇다 한동안은 정신업시 그
편지를쥐고서잇든 형철이의 얼굴에는 무슨결심이나한듯이 비장한빛이 써올
으며 눈방울은 분노에타오르는것가타엿다

『잘되엇다 잘되엇다 이제야 바로나의길을 걷거되엿다 벌서부터 잡아야
되여슬것이지…나는 반드시 약자이엇스며 나의힘으로 나의길을걸어나아갈
용긔가 업섯든것이다』

그는 주먹을 부르쥐고 부르짓다가 홱 그편지를 책상우에힘긋 메치엇다

창문에불리는바람은 간혹울컹거리는 소리를두고 창호지에 솔솔눈을쑤린
다 방안에는 시계소리가 쟁쟁들릴쑌……

×   ×

남산조선신궁압넓은 마당에서 번쩍이고잇는 전등불은 산들산들한겨울의
감정을 더욱이르키고잇다 그광선에 펄펄날어드는눈은 여름밤등불에서 죽음
의길을 다토고잇는 하루사리 모양이다 그곳을지나치는 형철이와혜경이는
눈우에 긴그림자를 쓰을고 남대문을향하야천천히 층층대를내려온다

남산을중심으로오색불빛밑에각선으로묘사된 현대화건물은 확실히 대도
시를표증한다 북악산밋 백아관도어둠속으로쑤럿이그거체를나타내고잇다
그러나 그주위는 황막한광야모양으로 어두컴컴한가운데에 다만여긔저긔벌
려잇는 불자루가썸벅이고잇는것이 도리여슬플쑌이다 형철이와혜경이는발
길을 멈추엇다

『혜경씨! 이가티 치운데서 저를 위하여 여긔까지와주시니참감사합니다

또긔숙사에 계시는몸이니어서가셔야되겟지요』

혜경은 『안이요』하는말을겨우내치며 고개를쩌러트리고섯슬뿐이다 혜경이를바라보고잇든형철이는한숨을한번 푹쉬이고다시말을계속한다

『저는 이짜에잇지못하고 나아가나 혜경이는 끗짜지우리땅을 직혀주십시요꾸준히직혀주시요 이것이최후의부탁입니다』

여긔까지 말한 형철에게는 북악산밋흐로도 오글오글 하는 현상을지금눈압헤 보이여주는 대경성이 조선의축도로보이엇다 잠간동안 침묵이 계속되엇다 전차소리 탁시소리는 요란히들린다 고개를숙이고잇든 혜경이는무엇을결심한듯이 고개를들고 형철이를 바라보다가……

『저도가티가겟서요』 그는쑤렷이말하엿다

『?………』 형철이는 자긔의 귀를의심하엿다 그리고 그의 가슴은 술렁술렁 끌어올러올뿐이엇다 혜경이의 두눈에서 넘치는눈물은 어엽쑨얼굴에 두줄을 그리고 흐른다 흐르고쏘흐른다 형철이는 혜경이에게로 한거름 갓가히닥어스며대담히도 혜경이 억개에두손을 올려노앗다

『오! 당신도 역시녀성이엇습니다그려! 아즉까지 나에게는 오즉우정으로만 대하여주는줄만 알엇더니……역시역시……』

『네! 당신의 영원한 동무요쏘 안해가되기를 바랏든것이외다』

『그럭섯습니까? 사랑의불은 내가슴속에서만타는 줄알엇습니다 그러나 그러나나와가티불행한사람을여트지 마시요』

형철이의말은 몹시쩔리엇다

『우리들에게 행복이 어듸잇겟습니까? 쏘나는 행복을쫏는사람만이아니랍니다』

혜경의마음은 이제는 대담하여지고 말에는 아무거츠럼이업섯다

『그러나 모든것을 리지로대접할것이아닙니까? 나는당신을 데리고갈형편이못되고 당신도 나를 쏘출경오가아니니어서공부나 부즈런히하시고 이후에 훌륭한모성이되어주시며쏘씩씩한일군이 되어주시는것을 끗짜지바라며 따라서이것이 오로지 저를위하는것으로도생각하겟습니다』

6

그들이말할째마다 쑴는입김은 불빗에 완연히보인다 다시발길을 옴기기 시작한그들은 남대문을 썩지나어느듯 경성역짜지거럿다 남으로 부터올러오는 급행렬차는 경성역구내로 미쓰러져드러온다

어름으로 백화를조각한 차창을 쩌올려밀고 머리를내밀은형철이와『플랫트홈』에슨혜경이와의사이에는 묵어운침묵이계속되고 그들은 서로바라보고만 잇을쑨이엇다 간혹뱃속으로부터 올러오는 긴한숨을 서로바꾸며……그것은 영원히 보지못할그들의운명을두려워하는 탄식일것이엇다 도련히『쌔 —ㄱ』하는 긔적소리가나자 긔차의박퀴는 돌기시작하엿다 그째형철이와 혜경이는 서로손을 쥐엇다가노앗다

『안녕히 가세요』

『편안히 계셔요』……차창으로 번쩍번쩍흐르는 불빛을통하여보이는—조는사람 무엇을 먹는사람 신문보는사람 밧글내여다보는 사람들이 휙휙 눈압을지나갈째 홋쯘홋쯘썩은 공긔는 콧밋을스친다 혜경이는 얼마간 긔차를짜르다가고만발길을 멈추고섯다 형철이의얼굴은 컴컴한어둠속으로사라져버리고 나종에는 발차『레일램프』조차 보이지안케되엇다 혜경이의 전신의피는 머리우로 치밀어올러오고 다리가훌훌썰리는 그는 고만그곳에쓰러질듯하엿다 겨우 두다리를 힘씾드티며 두손으로 얼굴을 가리고 정신을가다듬은 혜경이는 비로소 얼골이 화근하여지며 눈물이 압을가리움을 깨다럿다 불빗은 얼숭얼숭해지어 이리저리 긴꼬리를내이고 압흘지나치는 사람들의쪠는 흘으는 엇든큼직한 유동체로밧게안보이엇다……형철이가업는 경성은 ……이제부터 혜경이에게는 고만 무의미한 경성이되고 말엇슬것이다 방춘의희망에춤추든 혜경의가슴속은 돌연히 락엽이훌훌타는쓸쓸한 가을이되고 말앗슬것이다

×   ×

형철의 네식구가 만주로 쩌난—그날이엇다 어제밤에내려부은 함박눈은 온세상을희게하고말엇다 나뭇가지에 피인눈은 훌훌써러진다 동쪽하늘에

높이쓴해는—눈우에그빗이반사되여—사람의눈을 찌르는듯이 찬란한광채를
내이고잇다 저편언덕우에서 먹을것을찻고잇든 가마귀한쌍은 압산으로 나
려간다 송천서수교역까지는 륙로일백삼십리다 그역에서야 비로소 긔차를
타게된다 그럼으로 그들은 그곳까지 우차로 쩌나게되엿다 나제 쩌나는것
은 남보기에창피할듯하여 그날밤에 쩌나려 모든준비를 다하여노앗다 우차
는 두대인데 한차에는 가구를 약간실어노코 쏘한차에는 사람이타고 가기위
하여그우에다가 삿닙으로 둘러 집모양으로 맨드럿다 그것을압마당에노코
물그럼히 보고만서잇는 형철이의가슴은 몹시도쓰리다 그때 혜경의 얼골이
그의머리속을 희끈지나친다 눈압헤보이는 아름다운강산과 정든향토도 아주
오늘로하직이다 형철이는『맨도링』을타며 서산에 푹잠겨드는 붉은해ㅅ발을
바라본다 흰눈에 막무친오막사리 굴둑에서는검은연긔가 구불구불올러온다

7

우차에 몸을실은 형철네—네가족은 짐실은 우차를앞세우고 눈우에 두줄
기박휘자곡을내이며 송천동네를뒤로
압흐로—압흐로—
휘휘 소리를지르며 길가에선나무ㅅ가지를지나치는바람에 눈은 연긔가티
불린다 사면은 망막하다 오죽집집의창문이벌거케 여긔저긔 뚜렷이 보일쑨
이다 검은하늘에서 반짝이는찬별……그중의 하나가 긴꼬리를물고 사라진
다 그때먼곳으로들리는 컹컹짓는개소리가 더욱슬픈다
형철이는 비스듬히 누어 무엇이라고할것업시—복잡한생각에 눈을감고잇
다—형철이의아버지는 퍽퍽담배만 피우고잇다 쏘그의어머니와 은숙이는
묵묵히안저잇다……그적막을 깨트리고 덜걱덜걱굴러가는 수레박휘소리에
짜라그들의몸은 좌우로움직이고 잇슬쑨이다
굴고 굴고쏘굴어가는 수레박휘가 장연읍을 지나칠째에 새벽닭은재재운
다 넓은길좌우로느러선집은 죽은듯이 잠드럿고 거리에는 한사람도보이지안
헛다……세상이넓다하여도우리 네식구를 용납할곳이업고나하는생각에 형

철이의가슴은 몹시도 압헛다 그째에읍은다지나치고 쏘다시고요한 빗탈로 소방울소리를 내이며돌아간다

형철이는 무심히 『맨도링』을 쩌내여타고잇섯다……그리고그는은숙이를 돌려다본다

『은숙아! 노래좀 불러다고 즐거운노래좀불러다고 슬픈노래는실타……어서즐거운노래좀불러다고!』

천진하고도 죄업는 어린은숙이는 어엽분입을열어 노래를불으기시작한다 형철이의 손가락은 『맨도링』줄우에서 흔들리고 잇다

옵바여! 어머니는울으시여요내머리만즈시며 울으시여요 엄지손피나도록글거모은돈 양복쟁강구옵바 쩨여갓대요 옵바여! 어머니는울으시여요 내머리만즈시며 울으시여요 조밥에된장먹고 농사지은것 쉬염난할아버님 쩨여갓대요

은숙이의노래가끗나기도전에 형철이는『맨도링』을 휘집어 메치고말엇다 『맨도링』은산산히 부서젓다 깜짝놀란 은숙이는 무슨영문인지도 모르고 눈이동그러지며 어머님겻흐로 밧작다가 안는다 형철이는이가티부르지젓다 주먹을 부르쥐이고……

『여긔무슨 미련이남어서쏘다시이것을 가지고오든것이냐? 나의손은지금줄우에서 춤출째가아니다 나에게남은것은오죽 돌진뿐이다』

새벽의찬바람은 몸에숨여든다 동은붉어케터오른다……

X

그후 형철이는 작년여름××에서 총살당하엿고 혜경이는 ××사건으로 지금 ××감옥에서 복역중이다

(完)

그 여자[●]

그는 얼결에 머리를 들며 눈을 번쩍 떴다. 그리하여 한참이나 서면을 둘러보다가 아무 인기척도 발견하지 못함에 그의 긴장되었던 머리는 다소 진정되었다.

어디선가 쩩! 쩩! 하는 새소리에 그는 꿈인가 하여 겨우 눈을 뜨고 보니 아까 미친 듯이 일떠나던 자신의 꼴이 얼핏 생각키워 문켠을 바라보며 선뜻 일어앉았다.

재잘대는 참새소리는 그의 젊음을 노래해주는 듯 그의 전신은 어떤 새 힘이 물결침을 느꼈다. 그리고 이 순간에 모든 영화는 자신만을 위하여 존재한 듯싶었다.

그는 젖통을 어루만지며 이 손이 만일 남자의 손이라면 하는 생각이 들자 갑자기 귀밑이 확확 달아 얼핏 손을 떼면서도 어떤 쾌감을 느끼었다. 그리고 옷을 끌어당기며 보니 벽에 걸린 면경 속으로 아름다운 그의 어깨 위가 둥그렇게 드러났다. 그리고 그 밑으로 칠같은 머리카락이 구슬구슬 내리어 있었다. 이 순간에 그는 옷 입을 생각도 잊고 무엇에 홀린 사람처럼 한참이나 우두커니 앉아있었다.

꿈 같은 이 방안도 차츰 새어온다. 어느덧 전깃불이 껌풋하고 꺼져버림에 그는 벌컥 일어나 옷을 입고 뒷문을 열었다.

밖으로부터 들어오는 산뜻한 바람은 그의 전신을 날 듯이 해주었다. 그리

[●] 이 작품은 강경애가 1931년에 써서 1932년 9월에 ≪삼천리≫에 발표한것인데 본문은 이상경 편 앞의 전집에 수록된것을 그대로 옮겼다.

고 이슬에 빛나는 백양나무 숲속으로 늦은 봄 짙은 풋냄새가 그윽히 새어들었다.

그 문켠에 몸을 기대고 서서 머리를 들었다. 그믐밤의 별같이 종종한 나뭇잎과 나뭇잎, 그 속으로 웃을 듯 웃는 듯이 나타나는 파란 하늘, 그리고 나뭇잎가로 붉은 선을 치고 돌아가는 광선에 그는 자신을 떠나 멀리 허공으로 헤매었다.

아까 면경 속으로 비치던 그의 둥근 어깨 위가 나타나며 그를 중심으로 덤벼드는 수많은 사내들의 얼굴이 꼬리에 꼬리를 물고 휙휙 지나쳤다. 따라서 잡지에 실린 그의 소곡(小曲)과 자신의 사진이 선히 떠올랐다.

그는 생긋 웃으며 '놈들, 저들이 백날 그러면 소용이 무언가.' 무의식간에 이런 말이 굴러나오며 입모습에는 비웃음이 떠돌고 있었다.

그에게 남자들에게서 오는 편지가 많을수록 그리고 그의 지은 글이 어떤 잡지에 달마다 실리게 되었을 때 그의 자존심은 까맣게 높아져 갔다. 그리고 그는 어떤 높은 탑 위에 선 듯하였다.

그는 생김생김과 같이 감각이 예민하였다. 누구에게나 어느 시기에 있어서는 시 한 구 지어보지 않는 사람이 없고 소설 권이나 읽지 않는 사람이 없는 것처럼 시기가 시기인 것만큼 그에게 있어서도 애틋한 정서가 흘렀다.

그래서 그런지 그는 신문을 보거나 잡지를 대하게 되면 반드시 문예란부터 뒤져보곤 하였다. 그래서 본 대로 몇 번 장난 비슷이 지어보다가 어떤 아는 남자 편지 화답 끝에 써보낸 것이 동기로 그는 일약 여류문사가 되어버리고 말았다.

그에게 있어서는 어째서 자기가 이렇게 쉽사리 여류작가가 되었는지 반성해 보려고도 하지 않았다. 그저 자기와 같은 재사(才士)는 드물다는 것 그것밖에는 없었다. 그러므로 누구를 대하든지 먼저 상대자가 마리아라는 자기의 이름은 말하지 않아도 다 알고도 지나친 것으로 생각되었다.

길가에 나서면 모든 사람들의 눈이 자기 한 사람에게로 집중된 듯하며 그만큼 자기는 인기인물같이 생각되었다. 무엇보다도 여자로서는 글쓰는 사람이 적은 것만큼 자기 한 사람에게만이 가능하다고 인정됨으로써였다.

　　그는 지금도 이러한 생각으로 가슴이 뿌듯함을 느꼈다. 그리고 앞에 전개되는 모든 경치를 의미있게 바라보며 무엇이라도 써볼 까 하고 요리조리 뜯어 모아보았다. 그러나 어쩐지 모르게 그럴 듯 그럴 듯한 곳은 있건마는 막상 붓을 들고 쓰려고 하니 홀랑 어디로 달아나버리고 만다.

　　"선생님 진지 잡수시어요"

　　그는 놀라 학생 선 켠을 돌아보며 자기 손목을 내려다보았다. 있으려니 한 시계는 없고 흰 팔 위에 시계자리만이 음쑥하니 남아 있었다. 순간에 그는 가슴이 선듯하여 머리맡 켠으로 머리를 숙이니 면경 옆에서 째깍째깍하는 다정스러운 세계소리에 그는 안심하고 시계를 집었다.

　　"무슨 아침이 그리 이르냐."

　　아까와는 딴판으로 살짝 웃으며 이렇게 물었다.

　　"선생님 오늘 외촌에 가신다면요."

　　"오, 참…… 내 있었구나. 그래 나가마."

　　그제야 엊저녁 늦도록 연제될 성경 절 찾던 생각이 얼핏 들었다. 따라서 오늘 자기가 갈 얼두거우(二頭溝)라는 지명이 새삼스럽게 생각키웠다.

　　학생은 돌아서 나갔다. 그의 삼단 같은 머리채 끝에 나풀거리는 댕기꼬리가 뚜렷이 그의 눈에 비쳤다. 여기에 따라 옛날 그의 학생시절이 다시금 그리워졌다.

　　학생의 신발소리가 멀어지자 그는 수건과 비누를 가지고 밖으로 나왔다. 언제 떠놓았는지 세수소래에는 물이 가득하여 가는 바람결에 잔주름이 약간 잡혔다. 그는 참새소리 틈에 어렴풋이 들리는 학생들의 시시대는 소리를 들으며 가만히 물 속에 손을 넣었다.

　　세수를 다한 그는 방으로 들어서자 면경 앞으로 다가앉았다. 면경을 대하니 아까 비치던 자기의 토실토실한 그 어깨가 다시금 보이는 듯했다. 그는 크림을 손에 묻혀가지고 가볍게 부벼친 후 불그레한 얼굴 위에 마찰을 시작하였다. 방안은 크림냄새로 자욱하였다.

　　가볍게 흔들리는 나뭇잎소리를 따라 외줄기 광선이 방안 가운데 얼씬얼씬 떨어졌다. 방안은 갑자기 환해지는 듯하였다. 그리고 차츰 희어가는 그의 얼굴.

화장을 다 마친 그는 면경 옆에 펼쳐 있는 성경책을 끌어당기며 '과연 내가 사내놈이라도 너를 보면 반하겠다.'하고 면경 속을 들여다버며 머리를 끄덕이었다. 이렇게 생각만을 하고서도 누가 있지나 않았나 하는 불안으로 뒤를 돌아보고야 안심하였다.

그는 성경책을 뒤적거려 어제 찾아본 성경 절을 찾아놓고 다시금 생각해 보았다. 뒤이어 농민들의 이 모양 저 모양이 보이는 듯했다. 그리고 그의 고향에서 본 선하게 낯익은 농부들의 모양이 보였다. '그들이 알아들을까?' 하고 그는 얼굴을 잠깐 찌푸렸다.

그가 고향에서 본 농부들이란 오직 먹는 것과 애 낳는 것, 일하는 것밖에 아무것도 모르는 듯했다. 좀더 그들 중에서 무엇을 안다는 것을 기어코 지정하자면 고담(古談)에 나오는 유충열이나 조웅을 알 법이지, 그 외에는 나라가 어찌 되는지 민족이 어찌 되는지 그저 태평이었다.

되산자 보에다 바가지 몇 짝을 달아매고 구럭짐 몇짐 짊어지고 어린것들을 앞세우고 나서면서까지도 어째서 자기네는 그리운 고향을 등지게 되나? 어째서 가산을 탕패케 되었나?를 생각해보지 못하고 다만 운명에 돌리고 못나게 우는 농부들이었다.

그런 생각하니 마리아는 얼두거우에 가고 싶은 생각이 없었다. 농부들은 어디 농부들이나 마찬가지로 생각되었던 것이다. 제일 못난 것이 농부들인 동시에 제일 불쌍한 사람이 농부들이라고 생각되었다. 구할래야 구할 수 없는 그런 불쌍한 인간들로 생각되었던 것이다.

아침을 먹은 마리아는 학생들의 전송을 받으며 마차 위에 몸을 실었다. 뒤따라서 심얼심얼 얽은 전도부인이 까만 책보를 들고 올랐다.

말똥 냄새가 훅 끼치며 가슴이 메슥해지는 것 같아 그는 소매로부터 수건을 꺼내 입에 대었다. 수건 끝에서 가볍게 이는 크림냄새는 곁에 앉은 전도부인에게까지 물큰 스치었다.

보기에도 험상궂은 마부는 무엇이라고 소리를 빽 지르며 채찍을 둘러메니 말은 네 굽을 안고 뛰었다.

한번 대답해놓은 것이라, 더구나 교장의 명령을 받아 할 수 없이 마리아는 이렇게 떠나나 어쩐지 불쾌하고 께름직하였다. 그러나 한편으로 문예가는 때때로 여행도 해야 한다더라 하는 생각을 하자 농부들보다도 농촌의 자연미를 구경하는 호기심 그것에서 어떤 명작이나 하나 얻을까 하는 바람이 그로 하여금 커다란 기대를 갖게 하였다.

그가 용정에 들어온 후에 이렇게 외촌으로 나가보기는 아마 이번이 처음일 것이다. 이번에도 얼두거우 예수교 안으로 설치된 부인 청년회에서 정화여학교 교장에게 연사 부탁한 것이 하필 마리아가 떠나게 된 것이다.

그는 돌아보았다. 아직도 학생들은 서서 손짓을 하였다. 그도 마주 손짓을 하며 약간 미소를 띠었을 때 마차는 어떤 집 모퉁이를 돌아섰다.

콩기를 냄새가 그들의 코를 훅 찌르며 기름 튀는 소리가 복질복질 부지지 하였다. 그는 얼핏 바라보니 부엌문 사이로 아궁에서 일어나는 장작불이 발갛게 보였다.

마리아는 어쩐지 섭섭한 생각이 들어 다시금 뒤를 돌아보니 지붕과 지붕 위로 기숙사 울타리인 백양나무 가지가 반공 중에 푸르러 있었다. 그때에 '내가 이 학교일을 그만 보고 아주 고향으로 이렇게 간다면.' 하는 생각을 하며 다시금 뒤를 돌아보았다.

아침 연기 속에 어린 용정시가는 콩기름과 돼지기름 냄새로 둘러싸였다. 그리고 가고오는 물지게 소리며 고기 사오, 백채 사오, 하는 서투른 조선말로 외치는 중국인의 굵고도 줄기찬 소리가 모퉁이 모퉁이에서 굴러나왔다.

구멍가게 옆에는 반드시 길다란 나무가 꽂혔으며 그 위에는 널조각나무로 가로지른 후에 그 가운데에는 '천흥호(天興號)' '원흥태(元興泰)'라고 한 간판이 뚜렷하게 써 있었다. 그리고 오색종이를 체바위같이 둥글게 뭉쳐 문전 좌우에 매단 집 문앞에는 시커먼 널빤지가 놓였으며 그 위에는 새로 쪄다놓은 만두가 가는 김을 토하고 있었다.

대통로를 들어선 그들은 신록에 빛나는 가로수를 바라보았다. 그리고 중국애와 조선애들이 서로 손을 잡고 뛰어 다니는 꼴이 나무 사이로 얼씬얼씬 보였다.

네거리를 지날 때마다 등 굽은 순사들이 무엇이 추운지 아직도 솜바지 저고리를 통통하게 입고 총자루를 가로 쥔 후에 지나가고 오는 사람들을 흘끔흘끔 쳐다본다. 이마에는 기름기가 번질번질, 손톱은 매발톱처럼 비쭉한 것으로 이따금 코진자라를 훙켜내고 있다.

갑자기 지릉지릉 울리는 종소리에 놀란 마리아는 어디서 그런 소리가 나는가 하고 둘러보니 자기가 탄 마차에서 그런 소리가 났다. 그러므로 그는 마부의 뒷덜미를 바라보며 '종 하나는 제법 친다.' 하고 픽 웃었다.

앞으로 오는 채마장수는 종소리에 이편으로 물러서며 땀을 씻는다. 광주리에 실은 배추는 약간 이슬을 품은 채 다문다문 흙에 묻히어 있었다.

"아이 저 배채 보아요. 저렇게 자랐어."

전도부인은 배추에 탐이 났던지 이런 말을 하였다. 마부도 휘끈 돌아보며 다소 알아들었다는 듯이 싱긋 웃으며 그 누런 이를 내놓았다. 마리아는 그만 그 이에 놀라 머리를 돌리었다. 그리고 금시로 먹은 것이 나오는 듯해서 그만 입을 다물고 눈을 내리떴다.

전도부인도 이 눈치를 채었는지 빙긋이 웃으며,

"저것들은 아마 평생 이를 닦지 않는 모양입니다."

"아이참 어쩌면……"

마리아는 이렇게 중얼거리며 해종일 저 꼴 볼 것이 난처하였다. 그리고 저것들도 인간이라고 할까? 하는 의문이 불시에 일어났다.

어느덧 시가지를 벗어난 마리아는 푸른 들을 바라보다가 무심히 뒤를 돌아보았다. 차츰 멀어져가는 용정시가 속에 붉고도 푸른 벽돌집 위에는 대양볕이 둥그렇게 번쩍이고 있었다.

아득히 바라보이는 산기슭에는 젖빛 안개가 뭉실뭉실 떠돌고 시선 끝까지 푸르러 있는 위에는 햇빛이 천 갈래로 만 갈래로 찢어 떨어져서 한층 더 푸르게 하였다.

가다가다 토담으로 둘러싼 포대는 산새똥으로 허옇게 되었다. 돌아올줄 모르는 손주를 기다리는 자애로운 늙은이의 그 얼굴 그 슬픈 표정이었다.

길가 좌우에는 이름 모를 좁쌀꽃이 빨갛게 노랗게 피었다. 그 푸른 잔디

밭 속에 개미가 토굴을 파고 쇠똥구리가 쇠똥을 나르는 그 세계에도 이러한 자연이 그들을 얼싸 안고 있었다.

그날 오후 두시에 마리아는 얼두거우 예수교내 강당 위에 높이 서서 요한복음 3장 16절을 가지고 믿음이란 문제로 강연을 시작하였다.

교회당은 불과 열 칸이 될까 말까 한데 교인은 방이 터져라 하고 모여들었다. 물론 교인뿐만이 아닌 줄 마리아도 잘 알았다.

문안으로 들어서는 이마다 모두가 흑인종같이 보였다. 그 옷주제며 햇빛에 그을 대로 그을은 얼굴들이 바라보기에도 끔찍하였다.

마리아는 입으로는 무엇이라고 지껄이면서도 속으로는 딴 생각이 지꾸만 들어왔다. 말하자면 자기는 닭으 무리에 봉이 한 마리 섞인 듯하고 흑인종에 백인종이 섞인 듯한 느낌이었다. 따라서 저들이 나를 얼마나 곱게 볼까, 내 말에 얼마나 감복이 될까, 하는 갱각이 들자 자기도 모르게 생각지도 않은 열변이 낙수처럼 떨어졌다.

비록 성경책을 내놓고 믿음이란 문제를 걸어놨을망정 사뭇 문제와는 딴판으로 노동자 농민을 부르짖고 현대 조선 사회상을 들추어냈다.

군중은 비 오다 그친 것처럼 잠잣하여 마리아의 놀리는 입술과 그 요리조리 굴리는 눈동자를 바라보았다. 어쩐지 자기들과는 딴 인종 같으며 따라서 열과 피가 없고 말하자면 어여쁜 인형이 기계적으로 말하는 듯한 ― 그의 입 속으로 노동자 농민이 굴러 나올 때 황솔 거북스럽고도 미안하게 생각되었다. 그리고 저가 어떻게 노동자 농민을 알게 되었는가? 하는 의문을 품지 않을 수가 없었다.

마리아의 폐병자의 초기 같은 그의 얼굴빛이며 짙게 그린 눈썹 아래로 깜빡이는 눈만이 살은 듯하고 그 나불거리는 입술만이 마리아의 전체에 대하여서는 너무나 부자연한 듯하였다. 따라서 그들의 머리에는 '공부한 신여성' 무엇을 안다는 여자는 다 저 모양이지 하는 생각만으로 뚜렷이 짙게 되었다.

"여러분, 죽어도 내 땅에서 죽고요, 살아도 내 땅! 내 땅에서 살아야 한단 말이어요. 무엇하러 여기까지 온단 말이어요! 네. 그렇지 않아요 네. 내 잔뼈를 이룬 땅이요, 내 다만 하나인 조업이란 말이지요! 여러분, 아십니까? 모르십니까? 산명수려한 내 땅을요!"

마리아는 그의 백어 같은 손으로 책상을 치며 부르짖었다.

군중은 무의식간에 흐응! 하고 비웃음과 함께 이때껏 지리하던 한숨이 흘러나왔다. 무엇보다도 어린 처자를 앞세우고 울며불며 내 고향 떠나던 생각이 떠올랐던 것이다.

"그래도 내 땅 안에 있으면 이 쓰림, 이 모욕은 받지 않지요. 그래 남부여대하여 이곳 나와서 한 일이 무엇입니까. 네? 아무래도 내 동포밖에 없지요. 우리가 외로울 때 즐거울 때 가난에 찌들 때 같이 울고 같이 걱정해줄 이가 누구여요. 우리 동포가 아니여요. 그러니까 이 목이 달아나고 이 몸뚱이가 분골쇄신이 되더라도 내 땅에서 살아야 한단 말이어요. 네?"

마리아의 눈에서는 눈물까지 흘렀다. 군중은 이 이상 더 참을 수 없이 저리 뱃속 깊이 가라앉았던 분까지 치떠밀었다. 그들의 앞에는 지주들의 그 꼴이 시재 보는 듯이 나타났던 것이다.

손발이 닳도록 만지고 또 만져 손끝에서 보드라워진 그 밭! 그 밭이랑에 쌓여 있는 수없는 풀뿌리며 논귀에 숨어 있는 그 잔돌까지라도 헤이라면 헤일 수 있는 그렇게 정들인 그 밭! 그 논을 무리하게 이유없이 떼이었을 때, 아아, 그들의 가슴은 어떠했으랴!

그들의 즐거움과 기쁨이 있었다면 오직 이 밖에 없었고 그들의 용기와 삶의 애착이 있다면 여기에 있었던 것이다.

그러나 하루아침에 가볍게 놀리는 그 무서운 입술에서 떨어지는 그 잔인무도한 말은 그들을 쫓아내고야 말았던 것이다.

마리아의 말과 같이 슬픔과 괴로움을 같이하는 그들이었던가! 그들의 사정을 털끝만치라도 보아주는 그들이었던가.

준중의 눈앞에는 그 지주의 그 눈! 그 얼굴이 새삼스럽게 커다랗게 나타나 보이었다. 그리고 자기들이 쫓겨났던 그때 일이 다시금 나타나 보이었다.

"민족이 뭐냐! 내 땅이 뭐냐!"

저켠 창 밖으로부터 이런 소리가 오레소리같이 났다. 순간에 마리아는 가슴이 선뜻하였다. 그리고 '간도농민'하고 그의 머리에 얼핏 떠올랐다.

그것은 전일 간도농민은 무던히 무섭다는 말을 들었던 까닭이었다.

마리아는 가볍게 한숨으로 일어나는 공포를 쓸어치어 '적어도 나는 조선의 최고 학부를 마치었으며 더구나 조선에서 드문 여류작가이고 게다가 어여쁜 미모의 주인공이다.' 이러한 생각을 하며 까칠한 눈으로 그들을 노려보았다. 그 입술에는 확실히 비웃음이 떠돌았다……'농민이 아니냐' 하고 마리아는 속으로 부르짖었다.

군중은 마리아의 이러한 태도를 바라보았을 때 이때껏 어여쁜 귀여운 마리아로만 생각했던 것이 잘못임을 깨달았다. 그리고 자기들이 극도로 미워하는 돈 많은 계집의 특성이 마리아의 전체에서 물결침을 느꼈다. 마리아의 하늘거리는 흰 치맛가의 가는 파동은 군중의 무지를 조롱하는 듯 비웃는 듯하였다. 이때에 군중의 머리에는 며칠 전에 미음 한 그릇 따뜻이 못 먹고 죽은 그들의 아내며 그들의 누이며 사랑하는 딸들이 마리아의 좌우로 나타나는 것을 보았다.

자기들의 누이와 아내는 이 여자를 곱게 먹이고 입히기 위하여, 공부시키기 위하여 이 여자 살빛을 희게 하여주기 위하여, 못 입고 못 멀고 못 배우고 엄지손에 피가 나도록, 그 험악한 병마에 걸리도록 피와 살을 띠우지 않았던가?

이러한 생각을 하고 나니 마리아의 뒤에 둘러앉은 목사와 장로까지도 자기들의 살과 피를 빨아먹는 흡혈귀같이 보였다. 아니 흡혈귀였다.

그들은 갑자기 욱 쓸어 일어났다. 그리하여 자기들도 모르는 사이에 교회당이 짓모이고 종각이 쓰러졌다.

마지막 비명을 토하는 종 옆에 갈갈이 옷을 찢긴 마리아는 쓰러져서도 자기의 미모만을 상할까 두려워서 두 손으로 얼굴을 꼭 싸쥐고 풀풀 떨고 있었다.

월사금[*]

어느날아츰

이천여호나되는 C읍에 다만하나엣 교육긔관인 C보통학교운동장에는 언제나 어린학생들이 귀엽게⌒뛰놀고 잇섯다。

금년 열살나는 셋재는 아즉컬벤도것치안은 컴〃한 교실에남아잇서 멍하니 안저잇섯다 난노에불은 이글⌒타오른다 그러고 난노우에노힌 주전자에서는 물쓸는 소리가 설〃한다

밧게서는 여전히 애들의쩌드는소리 싸홈하는소리가 쑤렷이들여온다 맛츰 손벽치는소리와함끠 「하하」 웃는소리에 셋재는 얼핏 창문컨으로가서 썰텐을들첫다 눈허리가 싯큼해젓다

밧게는 함박꼿갓흔눈이 소리업시 폭〃쏘다진다 그러고 저켠울타리로 도라가며 심은 다방솔포기며 아까시아나무엔 꼿이하얏케송이송이피엿다

운동장 가운데는 눈사람이 눈을부릅쓰고 한일자입을 멋잇게 담을고섯는 주위학생들이 죽－느러서서 손벽을치며 웃는다 그들의 입김과 입김……

엇든학생이 제모자를버서 씨우며 나무가지로 쉬엄을쏘자놋는다 그들은 발까지 구르며 웃는다 셋재도 빙긋이 웃스며 나두나가 보겟다는 충동에 머리를 획근돌엿슬때 저켠복도로 선생님의 그무서운 얼골이 천〃히지나친다 그는쑴칠놀나 몸을소수라치며 잠간 이젓든 월사금생각이 쏘다시 그의가슴을보채인다 (오늘은 꼭가저오랫는데 안가저오면 저－밧그로 좃차낸다고햇

는데…) 이런생각과 함끠 엇더하다고 말로형용키 어려운 그무엇이 목구멍이 쌔듯하도록 치밀어 얼핏두손으로 눈을 쏙가리웟다

유리창을통하여 쭈렷이 낫하나보이는 눈사람의 그눈! 그입 그수염! 셋재는 손으로 두눈을폭−가리우고서도 색기 손까락을 배움하니열고 억지로 훙훙하고 모라우섯다

「깅산사이!」

부르는소리에 그는선생님이 월사금을 달나고 찾는구나하고 그만 얼골을 푹숙이며 눈물이 것득해젓다

그러나 셋재는 그것이 봉호인줄을 알째 풀끠업시 멀둥∧바라보앗다

「이돈봅구 우리아부지가 저금하랫서야 그러구 외투도 해준다고햇단다 우리아부지입고단이는것 싸위로……」

그는 자랑겸 은전을 들어보이고나서 책상속에다 돈소리가 나도록집어엿코−벼락치듯밧그로튀여나간다 그씩〃히 놀이는 팔과 다리

셋재는 그가 보이지안토록 멍−하니 바라보다가 무심히 손끗을입에물며 「엄마는 웨돈이업나?」 이럿케 중얼그리자 눈등이 짜그워지며 눈물이 주루루 흘너나렷다

그는 주먹으로 눈물을 좌우로씻츠며 「우리엄마두 내일은 꼭준대서야 호감자 팔아서 월사금준대서야−」 이럿케 허공을향하여 중얼거리고도 어제 선생님끠 꾸지람밧든일을 생각하면 그선생님으로써 내일까지 참아줄것 갓지안엇다 이제 종만치면 그러고 선생님이 저−교단우에 올나서 호명하고나면 자신은 저−눈오는 밧그로쏘기여나서 엉〃울고 잇슬것만갓핫다 국어도 못배우고 조선어도 못배우고……

순간에 그의눈에는 앗가본 은전이 쭈렷시보엿다 짜라서 그것만잇스면 여기서 쏘끼여 나지안코 다른애들과 함끠 글을 배우겟거니 하는 생각이 눈섭 끗헤서 번개갓치 일어나는 것을 늣기엿다

셋재는 한숨을 가볍게 쉬이며 봉호의책상을 바라보앗다 이재까지 캄캄하든 그의 눈에는 일종의 이상한빗− 환희의빗 돌진의빗이 번적이는것을 볼수가잇섯다

상학종은 뎅그렁⌒울니기 시작하엿다 셋재는 종소리를 따라 봉호의 책상을 향하여 밋친듯이 다름질치고잇섯다。

父子

「이애 큰아부지 맛나거든 쌀가저온 인사를하여라 잠잠하고잇지말고」

저녁술을 노코 나가는 아들의 뒤덜미를 바라보며 어머니는 이런말을하엿다。 바위는 드럿는지 말엇는지 잠잠히 나와버리고마럿다。

사릿문밧글 나서는길로 그는 홍철의집으로 발길을 돌엿다 오늘이나 무슨 기별이 잇는가하는 궁금ㅅ증이낫든것이다 홍철의집까지온 그는 한참이나 주점주점하고 망서리다가 문안으로 드러스며 기침을하엿다。 뒷니어 방문이 열리며 내다보는 홍철의안해는

「오심닛가 그런데 오늘도 무슨긔별이 업슴니다그려」

바위가 뭇기전에 압질너 이런걱정을하며 어린애를안고 나온다。

「아무래도 무사치안을모양이예요 그러기에 소식이업지요그만내가 가볼까하여요」

바위는 언제나 홍철의안해와 마즈스면 얼골을 조금외면하고 짠곳을바라본다 그러고 두손을 부자연하게 합수하고 아모말도 못하는것이 그의 늘하는 버릇이다。

「여기서 읍이백리라지요」

「네」

바위는 머리를숙이며 겨우 대답하고 쏘가만히잇다。 홍철의안해는 바위의 이모양이 호의로 해석이되면서도 이런째는섯업시 안타까윗다。

● 강경애는 이 작품을 1933년 제일선 3월호에 발표하였는데 본고는 그 영인본에 근거하여 다시 정리하였다。

「드러가십시다요」

하도 각갑해서 방안으로나 드러가면 무슨말을할까하야 홍철의안해는 방으로드러가며 바위를 도라본다.

「가겟슴니다」

언제나처럼 그는 이런말을 남기는 밧그로나왓다. 대문밧글나스니 이째껏 지리쎳든 갓분숨이 후유—하고 나왓다.

홍철이는 N포구에서는 업지못할 존재엿섯다. 아는것으로도 중학정도 이상이엿스며 더구나 청년들에게 더할수업는 신망을가지고 쑤준히 야학을계속해왓든것이다. 그러나 몃칠전 주재소로부터 돌연히 야학폐쇄명령을 나리는길로 홍철의집을삿삿치뒤저보고나서 무슨 비밀서류등을 다수히 압수해가지고홍철이를 압세우고 드러간후로 곳읍으로 호송하여놋쿠는 이째까지 아무런소식이 업섯든것이다.

바위는 어정어정걸엇다 그의신변에는 일대위긔가 박두한듯하엿다. 아니 박두하엿다고 생각하엿다 그것은 미리부터 각오한일이나 그러나 목전에 당하고나니 난처밧게는하지안엇다 보담도 당장이라도 먹을것이 업는터이라 내일로라도 무슨버리라도 하지안으면 안되게되엿다.

이런생각을 질서업시하며 어느듯 정신을차려 가만히 삷혀보니 멀니보이는농장을 휩싼 아짜시아숩! 마음먹고 저—농장을 바라보지도 말자면서도 발길가는데로 맛겨두면 번번히 농장을 찻곤하엿다.

어슴프레한 황혼은 농장을싸고 어실어실 얼히엿는데 그뒤로 쑴인듯이 소사 오르는달은 잠간 송림으로 몸을숨키고 두어낫에 긴—빗을 던지고잇섯다. 농장집을 중심으로 막연히넓어보이는 농장! 언제보아도 대견한농장! 이농장만은 언제나 바위를 반겨맛는듯십헛다.

지금으로부터 육년전일이다 지금의농장감독으로잇는 전중이는 돌연히 N포구에낫하나 면사무소의힘을 빌어가지고 농민을다수히 모아논후에 이런선언을하엿다.

N포구 뒷벌을 개간할터인데 여기에참가하는 농민들에게는 뒷벌이 다—개간된후에는 소작료업시 삼년을 붓처먹을것 더구나 집까지 새로지어서 준

다는것이다。

이말이 N포구를 통하야 그근방까지 소문이나니 너도 나도 농민이 불녀들엇다 한동안은 이 N포구에 대혼잡을일우어 그나마 서로붓지못하여 쌈질까지하다가 쫏기여간농민이 그수를헤일수업섯다。

멋칠후 여기에 추림을바든 농민들을 아침다섯시만되면 일제히 광이를둘너메고 뒷벌로모   혓다。

뒷벌이야말로 돌각닥이벌이다 더구나 집채갓흔바위가 드문드문 박혀잇스며 칙덩굴이며 가시덤불이 쎅쎅이 얽혀잇섯다 그러나 그들은 장내에 태산갓흔희망을 바라보고 힘든단말한마듸도 내지못하엿다。

집채갓흔바위를 쓸어낼때에는 그들에게서는 비지ㅅ쌈이 흘넛다 그럴때마다 전중이는 상글상글우스며

「어렵지요 여러분 그럿치만 이러케힘드러서 만들어노면 다―당신들에것이요」

이말에는그들은 다시힘을내고 더할수업는위안을 늣겻든것이다

그러나 이러케 다정히 약속하든 그달큼한말! 육년이지낸 오늘에는 엇더햇든가 바위는 이런생각을 할때마다 등허리에서 식은쌈이 벗적나는것을 늣기곤하엿다。

오늘의바위는 저농장을 일허버린 바위엿다。 전중이눈밧게낫든까닭이다。 전중이는 야학교를 미워하엿다。 보다도 홍철이를 미워했든것이다。 그럼으로 농장농민들로하여금 야학교에 가는것을 엄금하엿다。 그러나 바위는 못드른체하고 쑤준히 다닌결과 전중에게 미움을사게되여 맛츰내는 변변치안은것을 구실로 농장을 그만두라고하엿다。

그가 홍철이를 알면서부터 이농장에서 어느때이든지 자긔들에게 이런일을 감행할줄은 쌘―이알은것이나 그러나 마츰내 당하고나니 예상하든바와는 너무나엄청난것을 깨달엇다。

그후로 바위는 주소로다니든 이농장이건만 원망스럽고도야속해보이며 바라보기도 쯤직하엿다。 그러나 웬일인지 발길은 그리로만 돌아섯든것이다。

어느듯 달은 송림을버서낫다 여기에따라 쑤렷이 낫하나보이는농장! 그의

눈에흙들기전에야 엇지 이농장을 참아이즈랴 가시덤불을 헤치면서 헤치면서만든이밧! 숨이막히도록 흙을안고 쏘안어서 어든이밧! 그리고 육년동안 하로갓치만저손독에 보드러워진 이밧 이흙은 꿈에도 만저보지못한 지주의 것이다!

바위는 하늘을 우르러 호소하고십헛다 쌍을 구르며 무러보고십헛다. 이쌍! 이흙이 누구의것이냐? 고

이런생각에 그의 전신의피는 갑작이 머리우로 침더미는것을 늣겻다 짜라서 피가얽힌 눈매로 전중의사택편을 바라보자 달빗에 빗나는 함석창고는 소리를치고 그의가슴으로 쮜여드는듯하엿다.

한참후에 쩨걱쩨걱소리에 바위는 쌈작놀나 자신을 살혀보앗다. 그의손은 창고쇠를 비틀고잇지안느냐! 순간에 그는누구에게 몹시 어더마진듯한 늣김으로 두눈을 번쩍쩟슬때 홍철의 그얼골이 쑤렷시 낫하난다.

그는 얼핏손을두고 누구에게 들키지나 안엇나하는 불안으로 가만히 둘너보앗다. 맛츰 전중의방에서는 취중에하는 혀곱은 일본소리가 어울려들넛다 짜라서손벽치는소리며 쿵덩쿵덩소리가 석겨나온다. .

그는 가볍게 숨을도라쉬며 얼핏 아까시아숩편으로 건너왓다. 그래도 못미더워 이번에는 농가편으로 머리를 돌리고한참이나 동정을 삶헛다.

창고를 쑥—쩌러저 원형으로 느러안진 농가들은 컴컴하엿다. 그러나 어렴풋이 문소리가 들림에 얼는 그는 한보뒤로 물너스며 자세히 바라보앗다.

창고겻흐로 오는사람 순간에 그는몸이 쑤ㅅ해지면서도 어뭔가모르게 반가워서 눈을부비며 바라보니 그는 자신과갓치이농장을 개간하든 아부지겸 동무이든 서영감이 아니엿느냐! 그는 「서영감!」하고 얼핏나가는것을 그만 손으로 쑥트러막엇다.

뒷니여 숨이 칵막히며 쓰거운눈물이 소리업시 주루루흘너나렷다.

그는 단숨에 아까시아숩을 버서낫다 그리하여 한참이나밋친듯이 밧고랑을 넘어 용도리치다가 웃득이러스며 「올타! 나는××회원의 한사람이다!」 이러케 힘잇게 부르지젓다. 짜라서 불만에불만을 품고잇든 아부지의 과거가 눈물겨웁게 낫타낫다.

그의 아부지인 김장사는 일흠그대로 남달리 힘이세엿다。 그래서 동내에서 장사—장사하고 놀녀대든것이 맛츰내는 그의일흠이 되여버리고 말엇다。

장사의아부지의어머니는 일즉도라가고 고아가되니 그만 선주집 고용사리로 드러가게되엿다。 이래몃십년을 바다에서 사는동안 그는 훌융한 어부가뇌엿나 그래서 선주에게도 상당한미듬을엇고 더구나 힘이센까닭으로 마만이보지를 못햇다。

삼십여세가 되도록 장가를 못들게되니 장사는 그만 락망을하엿다。 그러다가 어느동리에 참한과부가잇다는 말을듯고 그길로가서 지금의바위어머니를 매로욱여서억지로 다려다살게되엿다。

바위어머니는 자긔의 수절을깨친 장사를 몹시미워하엿다。 그래서 틈만잇스면 다라나려고하엿다 그러나 장사는 기어코 붓잡아다놋코는 반씀죽도록 째려서는 여전히 다리고살엇다。

이러는사이에 바위를배게되엿다 그후부터 바위어머니도 모든것을 단념하고 새생명나오기만 손꼽아 기다렷다。 십삭을채워 지금의바위를 나아놋케되엿다。

노총각으로 늙을줄알엇든 그가안해를 엇게되고 짜라서 독장군갓흔아들을엇게되니 장사의깃븜이야말로 어듸다가 비할곳이업섯다。 그래서 그런지 그후로장사는 독으로 퍼붓든 술싸지끈허버리고 돈모기에 열중하엿다。

바위가 세상에 나온지 몃달이지나니 꼿송이갓흔 입을버려 압바압바! 엄마엄마! 하엿다。 장사는 이소리가 엇지나 신통하고 깃브게들넛는지 몰낫다 여기에짜라 장사의 하로종일 피로는 깃븜으로변해가고 날로희망은 커가고잇섯다。

이래서 그해도 그해갓치 빠르게지나가는사이에 바위의나히는 벌서 다섯살잡히게되엿다。 이제는제법 아부지마종나간다고저혼자 아장아장집모통이를 드라단엿다。 그래서 어장으로부터 도라오는 아부지에게 안겨가지고 도라오군하엿다。

엇던날 바람이 몹시 일어나든날 장사는 밤이깁도록 도라오지안엇다。 이날도 바위는 아부지마종나간다고 휘죽휘죽나가는것을 어머니는 잡아쓰러안

치고

「이제 아부지온다 바람부러 못나가」

「아니야 압바와 ――」

이러케 소리질으며 어머니의 손을쌜리치다가 못견듸여 주저안고는 으악하고 우름발을 내첫다. 바위어머니는 바위를꼭끌어안으면서 엇전지 이째까지 도라오지안는 남편에게 불안을 품지안을수가업섯다. 하필 오늘에한하여서만 그런것이안이라 언제든지 바람이불거나 비가몹시오거나 날이침침하거나하면 바누질하든손을 멈추고 봉당대든퇴ㅅ돌우에 올나서서 멀니바라보이는 푸른바다를 근심스러운듯이 바라다보군하엿든것이다.

어느듯 바위의 색색하는 숨소리가 방안을 한층더 고요하게하엿다. 그는 안엇든아들을 아랫목에 조심이뉘여노코 가만히일어섯다.

밧게서는 여전히 바람소리가 획-하고 몰녀갓다온다 짜라서후두둑쩌러지는 비방울이 문풍지를 드리마친다 그의가슴은웬일인지 점점더 초조해서 가만히 잇슬수가업섯다. 그래서왓다갓다하며 귀를기우리고 한참식이나 숨을 죽이고 지나치는바람결에 행여신발소린가하여들엇다.

그에게잇서서는 이째처럼 남편의존재가 큰것을늣긴째는업섯다. 맛츰내 그는 선주의집짜지가서 알어보기로 결심하고 자는아들을 도라보앗다.

평화스럽게 잠이든바위! 젓살이올은 포동포동한볼우에 그의긴-속눈섭이 푹-나려덥혓다. 순간에 저것이 나업는새쌔면엇저나하는생각으로 그만 펄석 주저안젓다.

한참후에 그는 문을꼭꼭 다더걸고 치마를 폭-쓴후에 방문을나섯다. 사정업시모라치는 바람세는 그의숨을 턱턱막히게하엿다. 그럴째마다 그는 가든길을 멈추고도라서서 숨을태우면서도 아들의우름소리가 나지안는가하여 귀를기우리곤하엿다.

바람에 치마폭을 갈갈히찟기고 머리를가래가래 풀어헤친채겨우 선주의집짜지오니 불빗이 가늘게 문새로 흘너나온다순간에 그는 공포심이 저윽이 들여지며문을 흔들엇다.

몃번이나 고함을 치고나니 안에서 신발소리가나며

「거누구이니 어 장사인가?」

이소리에 그는 지하에써러지는듯이 앗득함을 늣겻다。 이안에 자긔의 남편이업는것을 알엇든까닭이다。

문이 덜거덕 열리며

「누구요」

「저애요 저바위아부지 여기게시나요?」

사나희는 뜻밧게 녀인네목소리에 반가워햇다 그리하여 그는밧짝닥어서며

「네 헤- 아주머님닛가 그사람 아즉안드러왓슴니다。 아마역풍이 부닛가 섬에서 자나봄니다 이어두운데 엇더케여기를………」

이사나희는 천연스럽게 대답한다 그의느러진말에 바위어머니도 다소 안심을어드며

「섬에서 꼭지무실까요」

「네 그렷쿠말구요 헤헤 걱정이되서서 더구나 그사람은배를 잘부리지안슴닛가 걱정말으슈」

이말에 그의 불안과공포는 봄날눈녹듯이 스르르풀려서 그만도라섯다。

「그럼 안령히즈무십쇼 이러케 차저와서 안되엇슴니다」

그의 눈에는 아들이 깨여우는것이 보이는듯해서 총총히발길을옴겻다。

다음날 저녁때 장사는 엇던 낫선사람에게 업히여 집으로도라왓다。 바위어머니는 깜짝놀나 맛바다나가며

「이게 웬일임닛가?」

장사는 겨우 눈을쓰면서

「바위! 바위!」

멋번부르더니 그만 긔색을한다 엽헤잇든바위는

「압바!」

칵-매여달녀 그의감은눈을조고만손으로 쎅이며드려다본다。

장사를 업고온 어부는 숨이차서 이런말을하엿다。

「그래도 저사람은 천행으로 바우를 붓잡엇기에 살엇지다른이들은 어듸로

갓는지 알수가업스니…살앗는지 죽엇는지허그거참………」

바위어머니를 흘끔치어다본다 장사는 그제야눈을 번쩍쓰고

「바위 어듸갓나?」

「압바! 압바고기잡아왓서」

아모철모르는것은 저녁때면 고기몃마리씩 가저오든생각이낫든것이다.

「오- 이제가저오지」

바위를 꼭끼여안는다 바위어머니는 부자의 이모양을 눈물겨웁게 바라보고섯다.

몃칠후에 바위어머니는 엇지된까닭을무르니 장사는 한숨을푹-쉬며

「엇저나 살아낫는데야 지난말해서 무슨소용인가……역풍째문이지」

그는 배파선당한 이야기는 하지안엇다. 자존심이 상하엿든것이다 바위어머니는 남들에게서 들어 남편이 엇지되되엿다는것을 번연히 알기째문에 더 뭇지안코 말엇다.

한십여일후에 장사는 몸도 튼튼치못한채 일어나고말엇다. 무엇보다도 어서 바다에나가서 고기를 잡고십헛든것이다. 그러케 신물이 나도록 바다에서 헤매엿건만 그째일은 언제잇섯드냐한듯이 바다가 그리웁다 그래서 안해의 말니는것도듯지안코 부득부득 어장으로 나갓다.

우선 선주의집을 들넛다 선주는아즉도 자리에서일지안은채

「어- 장사인사 드러오게 그새 몸은튼튼햇는가」

풀기업시 드러와안는 장사를보고 이런말을하엿다.

「그런데 좀더치료를할것이지」

그는 벌쩍이러나안저서 담배를피여물며 자리를 밀어낸다 장사는 머리를 굽실해보이며

「덕분에 쾌차햇슈다」

장사는 선주의 이갓흔 후한말이 얼마나 고맙게들넛는지몰낫다.

「음 그런데 자네배는 아조째젓지………자네가 너무 무슨일을 재지안코하느니………」

담배ㅅ대로 재트리를 짱짱구른다 장사의전신은웃쓱함을늣겻다. 선주는

약간골피를 찡그리며

「우선 다른배 사오기까지는 놀아야하겟네 어듸배가잇는가」

「아니 저」

「아 글세글세 자네말은 다알엇서 그것은 새작장네가 부리기루되엿네」

이러케 그의말문을 막어버린다 전갓흐면 잠간이라도 못놀게할 그연만 하필 오늘에 한하여서만 이러케 말하엿다. 순간에 그는 앗득함을 늣기엿다 무엇보다 어린바위가 눈물겨웁게 불상하게 생각이들럿다.

선주는 장사의눈치를 삷히며

「뭘 그럴것잇는가 우리가 새배를 마련하게되면 언제나자네를 쓸터이닛가 우선 몸이나 튼튼해지기까지 놀나는 말이어」

선주는 이번긔회에 장사를 아조 내여쫏츠러고 마음을먹엇다 무엇보다도 비록목선이나마 두개씩이나 못쓰게만든까닭으로 당장에 손해난것만 앗갑게 생각되엿든까닭이다. 장사는엇더케 드르면 선주의말도 올흔듯하여

「네 그러면 곳 마련함쇼」

장사는 이럿케말하고 쒸여나왓다.

멀니보이는 비단결갓흔 서해바다에 벌서 동무들의 고깃배가 조으는듯이 둥실쩟다. 「오늘날세좃타!」그도 몰으게이런말이 나왓다. 짜라서 그는 못견듸게바다가 그립고 더구나 잔잔한물결이 얼마나 탐스럽고도 동무들의 그웅자……야말로 얼마나 부러윗는지 몰낫다.

그는 맥업시 바다를 바라보다가 획근도라슬때 쯧하지안은 한숨에 가슴이 메여지드록 압핫다 그러고 늠실늠실 놉핫다나자지는 물속으로 팔쑥갓흔 칼치가 올신갈신하는것이 시재보이는듯해서 눈을크게 쩟슬때 자신은 안타까운 듯에 두발을 붓치고잇섯다.

그후 장사는 선주의말을밋고 멋번이나 다녀보앗스나 그는하로잇흘 미루다가 아조 잘나말하고말엇다. 장사는 그만밋칠지경이엿다. 무엇보다도 어린바위가 밥달나고 졸으는데는 그만 그럿케 꼿꼿하고 배ㅅ심좃튼 장사연만 머리가 숙지안을수업섯다. 그래서 그는 집안에 가만히붓터잇지를안코 낙시대나 질머지고 바다로가서 해중일잇다가 밤중에나되여서 겨우 드러오군하

엿다.

엇던날 바다로부터 드러오니 바위어머니 치마귀를잡고잠이들엇다.

「애기자나?」

「네」

안해는 눈을 나려감으며 고름끈으로 눈물을 씻는다 이꼴을보는 장사는 차라리 저것이 다라날째에 내버려나 두엇드라면 조왓지하는 후회가 뭉쿨이 러낫다.

「고기몃마리 잡아윗스니 이것이라도 지저먹지」

그리하자 바위는 자다가 입맛을다시며 무엇을 맛잇게먹는 잠꼬대를한다 목으로 넘어가는침이 짠드럼이 드려다보인다. 이것을본 그들은 약속이나한 듯이 일시에 눈물이것득해지며방안이 캄캄함을늣겻다 별안간 바위는 벌쩍 일어나안지며

「엄마 나밥!」

소리질넛다 장사는 두말업시 바위를업고 밧그로튀여나오고말엇다. 어듸 가서든지 밥술이나 어더먹으려는것이다 그리하야 그는 그의 의형인 김서방 을 차저갓다.

그째에 김서방은 남의집을 살고잇섯다 그럼으로 장사의형편을 대강짐작 하나 엇더케하는수는업섯다.

「형님 게슈」

「어! 아운가」

다정스레 마저주는 김서방은 색기꼬든집단을 제처노코 바위를안는다 그 의이마에는 번질번질한 기름기가 윤택하게 홀넛다 따라서 트림까지 자조자 조하엿다.

「압바 나밥 응야!」

김서방은 놀나 장사를보며

「아저머님 어듸 편치안으신가?」

「네」

그는 얼핏 이럿케 대답하며 차라리 안해가 알아누어서쓰니를 굼는다면

얼마나 복일지몰낫다.

「어 안되엿구먼 우리바위가」

김서방은 장사의 요즘형편을 모르는바는안이나 그럿케 쓰니까지 쓸이지 못하는줄은 몰낫다 그는 얼핏일어나 밧그로나가더니 밥한그릇과 김치를 가시고 드러왓다.

바위는 밥을보자 밥바리를안고 도라간다.

「자네도 좀쩌보지」

밥냄새에 구미가동하여 장사는 침만 쓸꺽쓸꺽 삼키고잇는것이 난처하야 이런말을하엿다.

「안이유 난………」

침을삼키며 문편으로 머리를 돌린다 그의눈에는 눈물이한업시 홀넛다 김서방이안이면 바위라도 물니치우고 먹고십흔 욕심에 가슴이 펄펄쮜는것을 늣겻다.

이럿케 지나는새 장사는 끗업시 세상을원망하고 저주하엿다. 싸라서 반항심 복수심은 나날이 자라가고잇섯다. 그러나 어린바위를 생각하고 그는 모든것을 참지안을수가업섯다. 그래서어터케해서든지 버리를하량으로 농사를하려고 하엿스나 배부리든사람은 농사할줄도 모를쑨만안이라 밧싸지그릇친다는말이 예전부터 남아잇서 밧한쌕이를 엇는수가업섯다.

이리하여 그는 밤이면 차듸찬칼을품고 남들이다자는 밤거리를 헤매이지 안을 수가업게되엿다. 이럿케 이산골로 저산골로피신하야 단이면서도 아들의건강! 안해의건강을 마음썻빌엇다.

엇던날 그는 엇던마을을 지나칠째 바위갓혼 어린애를 보고는 그만 붓쩍 보고십흔마음이일어나서 단숨에 M포구로 발길을돌넛다 여기서 M포구가 백리길이나되엿다. 그러나 그는 밤낫을 헤아리지안코 쮜여서 M포구압까지 왓슬째는 그의발은 퉁퉁부어 피가줄줄홀넛다.

이럿케오고도 버젓시 드러올수가업서서 밤이들기를 기다려 겨우 자긔집 까지왓다.

「엄마 자자오 흥」

바위의 음성이다 장사는 더참을수가업서 사면을휘휘도라본후 가만히 방문을열엇다。 안해는 비상히놀나 얼핏이러섯다 그리하야 장사의주는 짐을바다 웃방으로 올너간다。

「아가 바위야!」

아부지는 바위를 안으려하엿다。 바위는눈을둥그럿케쓰고 어머니치마귀에 꼭매여달니며 머리를파뭇는다 이꼴을본 바위어머니는

「아가 아부지야 너 아부지보고십댓지」

바위는 울멍울멍하며 점점도라안는다 순간에 장사는 말할수업시 섭섭함을 늣겻다 아부지하고 칵매여달닐줄 알엇든바위가 그새만하여도 낫치 서러진모양이니 가슴이 퍼지도록바라보고온 그긔대가그만 슬픔과 압흠으로 변함을 코허리가식큰하도록 늣겻다。

「진지지을까요」

「안이 난안먹겟서 불쓰지」

훅— 하고 불을끈다 그러고 안해의손을넌즈시 잡아단긴다 순간에 바위어머니는 전신이 웃쓱하도록 무서움을늣겻다。 반가워야할 남편이지만! 웨이럿케 무서운지 몰낫다。

「바위 알치안엇나」

「네」

「자네두 잘잇구?」

이럿케 귓속ㅅ말울하며 어느새 잠든바위를 가루세루 어루만진다。

「저— 나제 순사가 왓두구면요」

바위어머니는 나오는줄모르게 이런말을툭하고도 그만 무안하엿다。

「음 몃치?」

천연스레뭇는 장사는 속으로는 비상히 낭패하엿다 그러고 갓가운시일안에 자신은 그나마 이럿케도 안해와 아들을 맛나보지못할것을 절실히늣겻다。

바위어머니는 지금 남편의속이 엇덜것을 생각함애 내가웨이런말을해서 잠시나마 그의마음을 놋치못하게하나 하는생각에 자긔의혀가 베여내고십게 미웟다。

한참이나 묵묵히 안젓든장사는

「형님좀 모서오게」

바위어머니는 얼는일어나 밧그로 나왓다 장사는 잠든바위볼우에다 볼을 맛대고 언제까지나 쩨일줄몰낫다。

하참후에 안해와 김서방은 드러왓다。

「형님인사드럽니다」

어듬속으로 인사를밧는 김서방은

「그새 몸이나 튼튼햇는가」

「오래간만이니 형님 저- 술막으로 나가십시다」

김서방이 술을 조와하는줄 아는까닭이다 김서방은 그만실혀지며

「아 뭘 그냥 이럿케 보는것이 반갑지」

「안이여요」

장사는 벌쩍이러나 김서방의손을 잡아끌엇다。 그는 하는수업시 장사를 따라섯다。

술막집까지온 그는 우선술과 맛잇는안주를 청해놋코 김서방과 마조안젓다 멋달지간에 처음이엿다。 그래서 반갑기는무던히하면서도 뭐라고 말해야 조흘지몰낫다。 짜라서 엇던보이지안는 큰철판으로 그와 자긔새이를 가로막은듯한 그럿케 가슴을 터러놋코 이야기할수업섯다。

김서방은 웬일인지 가슴이 초조해지며 엇던불안이 작고만 박두해오는것을 늣것다。

술상이 드러온다 장사는 잔이철철넘게 술을부어 김서방을주며

「형님! 바드슈」

「어」

대답만은 전과갓흐나 전과갓치 마음놋코 술을밧지안는 그긔색이 장사에게잇서서는 더말할수업시 슯헛다 더구나 앗가순사가 왓다갓다는 그생각이 불시에 그의가슴을 더압흐게하엿다。

장사는 자긔혼자 술병을기으려 드리마시며

「형님 우리바위 불상하지요」

자긔가 이제 감옥으로 갈생각을하며 이런말을하엿다.

「아 뭐」

김서방은 어리쌩쌩하게 이런말을하엿다. 무엇보다도 장사의행동이 아무래도 수상스레만 그의눈에 빗처진다 그러고어서 이자리를 버서나야할터인데 그러고 내가취하지를 안어야겟는데 이런생각으로 주는술잔을 무릅우에다 절반넘어 홀넛다.

「형님 이술한잔만 바더주슈!」

장사는 김서방의 이모양이 너무나 가슴압흐게 억울하여그만 소리처 울고십헛다.

「어 저 그런데 난 어서 가야겟는데 주인에게 맨목숨이라 이럿케 오래잇스면뭐라고할는지아나」

「네 그럿습지요」

김서방은 말냇친김에 벌쩍이러나 밧그로나왓다 장사는뒤를따랏다 김서방은자긔뒤를 짜라스는 장사의모양이 한층더무서웟다 그리하야 이마에 쌈이 벗쩍벗쩍홀넛다.

비는 부실부실나려온다 김서방은 자긔집까지왓슬때 비로소 엇던마굴에서 버서나온듯한늣김으로 벼락치듯 방으로 뛰여들어갓다.

「형님! 형님!」

장사는 김서방의 「어」하는 그음성이나마 다시한번 더들어볼량으로 문살우에다 입을대고 이럿케 간곡히 불너보앗다. 인제 헤여지면 영원히 못맛나볼것으로 생각되엿든것이다. 그러나 맛츰내 아모대답도 듯지못한채 그는도라섯다.

그는 터벅터벅자긔집까지와서 문을잡아단엿다. 문은걸넛다. 예민해진 그의 전신경은 그만 칼끗갓햇다. 그는 한참이나우둑허니 섯다가 댓돌아래로 나려섯다.

비방울은 앗가보다 커진다. 그때에 자신에게는 안해도업스며 자식도업다 짜라서 벗도업는것을 머리털끗까지늣겻다. 다음순간 그의압헤 쑤렷이 낫하난것은 그느긋느긋한 선주의얼골! 이것이 자긔로하여끔 이럿케 고단하고도 외로운몸을만드러주엇거니하는 생각을하니 이째까지 누르고눌넛든 분짜지 왈칵치밀엇다 그는 맹호갓치 날쒸엿다. 그리하야 그는밋친듯이선주의집을 향하야 다름질첫다.

여기짜지 생각한바위는 정신이 번쩍들어 사면을 휘휘도라보앗다. 이슬에 저진창コ는 달빗에 한층디빗나고 선중의흥겨워웃는 우숨소리는 아직도 긋치지안엇다.

맛츰 발밋헤서는 벌네소리가 씩씩하고들닌다. 어듸선가 갈넙구으는소리가 바삭바삭하엿다.

아부지의 이러반항은 무슨결과를 지엇다 무가치하게 희생당한것쑨이다 그우에 자손인 자신에게까지 도적놈의아들! 살인자의아들 이것만을 남기여주엇슬쑨이다.

그는 이러한생각을하며 벌쩍일어섯다. 그리하여 두손으로허리를 꼭-집고 머리를 숙엿슬째 앗가창고쇠를 빗틀든그찰나가 생각키우며 짜라서 자신이 이만큼 구원밧게된것이 전연히 ××회재문임을 가슴이쓰거워지도록째다럿다.

그째에 홍철이가 일상하든말이 생각키운다 「우리는 무슨일이나 신중하게 합시다 개인적감정에 홀으지말고……」 그러고는몃번이나 바위의손을 잡아 흔들엇다. 그럴째마다 손을통하야 건너오는 짜뜻한체온! 그는 이순간에야 그체온의 참맛을 맛보는듯하엿다.

바위는 천천히 밤길을옴기며 내몸은 나개인의몸이 안이다. ××회에 밧친 몸이다. 그러면 그지령에의하여 움직일내가안이냐!………

멀니 들녀오는 바다물결소리는 그의거름발을 따라 차츰놉하가고잇다.

(끝)

　어렴풋이 잠이 들엇을때 중얼중얼하는 소리에 수방이는 가만이 정신을 차려 귀를 기우렷다. 그것은 아버지와 어머니가 집안 살림에 대한 걱정인듯 싶엇다. 그래서 그는 포로로 눈이 감기다가 푸루릉하는 바람소리에 그는 또 다시 눈을 번쩍 떠서 문켠을 바라보앗다. 「아이 저바람 저것을 어쩌나!」 무의식간에 이러케 중얼거리며 밤새이에 많이 떨어젓을 사과와 복숭아를 생각하엿다. 이생각을 하니 웬일인지 기뻣다. 무엇보다도 덜익은것이나마 배껏 먹을것으로 알기때문이다.

　「이번 바람에 저-실과가 다-떨어질터이니……」

　「그러니 내말이 그말이애요 실과도 돈값에치가 못되고 채마니 뭐변변하오 그러니까 일꾼을 주려야 하지않겠수」

　「글세 나도 그런생각이여 그러나 지금 배추밭 부침때가 아닌가 그러니……」

　「그게 뭐걱정이되어요 배추밭 부침이나 해놓고 나서내보내지」

　「그럴까?」

　「그러면요」

　수방이는 어느덧 졸음이 홀랑 달아나버리고 말엇다. 그러고 누구를 내어보내려누。 맹서방이 안될는지 혹은 추서방인지……아이 누굴까? 하고 귀를 기우리나 그들은 잠잠하고 숨소리만 높을 뿐이다.

◉ 강경애는 이 작품을 1933년 신가정 9월호에 발표하였는데 본고는 그 영인본에 근거하여 정리하였다.

어느때인가 깜짝 놀라 깨니

「수방아 어서 밥지어!」

어머니의 음성이다。 그는 덜쩍 일어는 나면서도 눈이 자꾸만 감겨지며 정신차릴수가 없엇다。

「이애 얼른」

그는 재차 놀라보니 문턱을집고 자고잇엇다。

「이놈의 게집애 또 한개 붙여주어야 일어날 모양이구나!」

지정이 저러릉 울린다。 그는 그제야 안탁갑게 감겨지는 눈을 손으로 부벼치며 문밖으로 나왓다。

산듯한 바람이 그의 앞머리칼을 살랑살랑혼들어 주엇다。 그는 저윽히 정신이 드는것 같엇다。 그래서 무심히 하늘을처다보며는 언제나 잠을 싫건 자보누」 하엿다。

아즉도 하늘은 컴컴하엿다。 그러나 저동컨 하늘쪽으로는 회색빛선을 뿌옇게돌라치고 잇엇다。 그는 한참이나 멍-하니 바라보다가 부억문을 홀끔 바라보앗다。 이러케 밖에 섯는것은 무섭지 않으나 오히려 부억이무섭게 생각되엿다。 「어찌누 맹서방이든지 누구든지 일어낫으면 좋겟서」하며 부·억 뒤로 연달린 방을 바라보앗다。

마츰 우물에서 드레박 넣는소리가 찌꺽찌꺽 나므로 그는 주춤 물러서다가 담배불이 껌벅껌벅하는것을 보고

「누구요?」

「내다」

맹서방의 음성이다。 그는 얼핏 달려가며

「맹서방 부억에 불좀 헤주」

물울 꿀꺽꿀꺽마신 맹서방은 이리로왓다。 그래서 부억문을 비꺽 열고 들어간다。 수방이는 뒤를 따르다가 부억속에서 뛰어 나오는듯한 싱검언 어둠에 그는주춤하며 저속에 무엇이나 들어 잇지안나? 하는 불안이 불숙 일어낫다。

박-것는 성냥소리에 그는 얼핏 문안으로 들어서며 맹서방의 굵단 팔이

등불을 차차 시렁우로 올라가는것을 보앗다.

「자 이전 되엇지 이러케 네청을 들어주엇으니 내청도 들어줘야해」

맹서방은 빙긋이 웃는다. 그는 마주웃으며

「응 또 그말이구려」

「그래」

「마마가 허게해야지……」

그때에 얼핏 생각키운것은 어제 저녁잠결에 들은말이다. 그래서 그는 남보는줄 모르게

「정— 맹서방—」

안방을 흘끔 바라보다가 머리를 푹-숙인다.

「웨」

맹서방은 수방의 눈치를 살피며 한걸음 닥어섯다. 그리고 주인마누라에 대한말이 아닌가 하고 직각되엇다.

「저-이따 이아기 할께」

고개를 개웃이 들엇다. 맹서방은 싱긋웃으며 밖으로 나간다. 수방이는 물그럼이 어둠속으로 중중 걸어나가는 그의뒤꼴을 하림없이 바라보며 맹서방일지 누가아나? 이러케 생각되엇다.

드레박 소리가 또난다. 그리고 중얼중얼하는 여러사람의 소리에 그는 얼핏돌아서며 붓두막으로 왔다. 연기에 걸은 냄새가 아궁에서 뭉클뭉클난다.

그는 솜을 횅횅 부시며 마마는 나쁜사람이어 그리고 바바두……하고 생각되엇다.

밥이 우구구 끓어날때에야 그의 어머니는 부시시 나온다. 수방이는 얼핏 몸을 바루가지며 무엇을 또 잘못햇다고 하지 않을까 하는 불안에 속이 울울하엿다.

「함—」하고 방정 맞게 하품을 하고난 어머니는 이켠으로 기웃등 기웃등 걸어오며

「채는 무엇이냐?」

「부추채야요」

「기름 또 많이 들럿니?」

「아니오」

어머니는 말둥말둥바라보다가 돌아서나간다. 수방이는 그제야 흘끔 처다 보앗다.

불빛에 빛나는 어머니이 귀고리! 걸음발을ㅅ라 부서운 빛을 발하엿다. 귀 고리가 깜웃 없어질때 그는 뜻하지않은 한숨을 후― 쉬며 무심히 자기 귀를 만저보앗다.

어려서 끼워준 이귀고리― 어떤때는 싱검언 빛이 미워서 면경을 보며 몇 번이나 얼굴을 찡그렷는지 몰랏다. 그리고 떼어서 내치려다가도 어머니의 꾸지람이 무섭고 매손이 두려워 그냥 두곤 하엿든 것이다.

「함―음―」하는 어머니의 하품소리가 또들린다. 그는 흘끔 문켠을 바라 보앗다. 저켠으로 포도넝쿨이 회색빛을 두루고 어실어실하니 보인다.

그는 불을 멈추고 벌컥일어나며 「포도두떨어젓나」하고 머리를 넘석하여 보앗다. 그러나 아직도 채밝지를 않아서 분명히 보이지를 않엇다.

나가볼까 하고 한발 내드디엇다가 어머니가 밖에잇는것을 생각하며 단념 하고 말엇다. 그러나 끊이지 않고 눈이 그리로만간다.

한참후에 또다시 보니 포도는 한송이도 떨어지지 않엇다. 그는 가볍게 실 망을하며 사과나 복숭아야 좀떨어젓겟지하고 생각하엿다.

밥을 퍼드리고 설거질을하고나니 해가떠오른다. 그는 솔치를 긁어 먹고나 서 바구미를 들고 채마 밭으로 나왓다. 그제야 우방이는 깡충깡충 뛰어오며

「언니 복숭아 떨어지지 않엇수」

「여기는 없구나 저아래나 가보렴」

곁에섯든 맹서방이 우방이를 보며

「아까 마마가 다―주어 들여갓다. 까우리 애들한테 눅게판다고……」

우방이는 머리를 끄덕끄덕하며 다름질처 들어간다. 수방이는 물그럼이 바라보며 재는 복숭아를 먹겟구나 생각을하니 웬일인지 새벽부터 조리든 가 슴이 슬픔과 아픔으로 변하는것을 그는 깨달앗다.

맹서방은 광이를 높이 들어 땅을 푹―파헤친다. 뒤따라서 감자가 왜그르

르일어난다. 수방이는 얼핏 감자를 들어보이며

「맹서방 이거보우!」

「대견하니」

수방이는 머리를 끄덕끄덕해보인다. 속눈섶까지 폭-나려 덮은 그의 앞 머리칼을 맹서방은 사랑스러운듯이 바라보며 나두 언제 게집을 하나 얻어 더리고 살아볼거나 하고 생각되엇다.

훅군끼치는 똥내에 수방이는 바라보니 배추밭 부침을 하려고 추서방과 그외몇몇 일꾼들은 똥통을 배추밭에 날럿다. 그는 깜빡 잊엇든 생각에 얼굴이 확근 다는것을 깨달앗다. 그러나 마츰 말을하려고 맹서방을 바라 보앗을 때 웬일인지 얼핏 입이 벌려지지를 않엇다.

그러고 이말한것을 마마나 바바가 안다면 어떠커나 하는 불안이 뒤밀어 일어난다. 그는하는수 없이 머리를 폭-숙엿다.

매미 소리가 맴맴하고 낫다. 그는 얼핏 매미 우는편으로 머리를 돌리다가 무심히 띄인 우방이를 보앗다.

그는 새로사온 산듯한 분홍빛 양복을입고 책보를끼고 그리고 한켠손에는 복숭아가 쥐여 잇엇다.

한참이나 부럽게 바라본 수방이는 맥없이 머리를 숙일때 자기의 보기싫은 퍼렁옷이 새삼스럽게 더보기싫고 추잡스러워보엿다. 난 밤낮 이런것만 입고 잇어야하나 우방이는 그러케 잘해주고 마마두잘해입고 바바두 그래두 나만 안해줘 이런 생각을 할때 눈물이 글성글성하엿다.

「애-감자주어라. 야-이것은 꽤크다 너만이나 하구나」

광이 끝으로 밀어보낸다. 수방이는 냉큼집어 보앗다. 눈물고인 눈에는 어느덧 웃음이 돌앗다. 그리고 이감자를 삶아서 먹엇으면 맛이 잇겟다 하고 맹서방을처다보앗다.

「너 웨 울엇니?」

맹서방은 똑바루 처다보며 이러케 물엇다. 수방이는 깔아앉으려든 슬픔이 맹서방의 말에 기세를 돋혀 으악 쓸어나오는것을 혀끝을 꼭깨물엇다.

맹서방은 얼핏 새벽에 무심히 들어두엇든 수방의 말이 생각히우며 아마

어제밤에 저애가 매를 또 맞은 모양이구나 하고 가만이

「마마가 또 따리드냐」

그는 좌우로 머리를 흔든다.

「그럼 웨울어?」

수방이는 머리를 번쩍들엇다.

「맹서방!」

너무나 침착한 그의 음성에 맹서방은 눈이 둥글해질뿐 대답이 얼핏 나가지않엇다.

「수방이는 고추 따거라!」

어머니가 소리치는 바람에 그는 솟으라처 놀란다. 그리고 귀밑까지 뻘애진다. 맹서방은 의아하여 멍-하니 바라볼뿐이엇다.

수방이는 얼른 일어나 고추 밭으로왔다. 그래서 고추를따며 이말을 해야 좋은가 안해야되나? 하고 맘으로 물어 보앗다. 물론 마마와 바바를 생각한다면 안해야 될것 같엇다.

그러나 웬일인지 이말을 하지 않고는 자기맘이 이러케 편치않고 곧 슬펏다.

어떠커나……맹서방도 이서방두 그러구 그러구 모두다들 좋은 사람들이 어러케 나와 같이 일만 할줄알지 일만 하는 사람은 나쁜 사람인지몰라? 바바와 같이 마마와 같이 노는사람이 좋은 사람일까 그러면 이고추가 어떠케 달리며 감자가 어떠케 땅속에서 나와 마마같이 놀고 가만이 잇다면 말이야

그러면 일하는 사람이 좋은사람들이지 뭐야 그래두 우리들은 좋은 옷은 못입으니……

그의 생각에는 고운 옷입는 사람이 훌륭하고도 무엇을 많이 아는사람으로 짐작 되엇든것이다.

그는 뜨거운 햇볓을 피하여 복숭아나무아래로 왔다. 그때에 무심히 흘러들는광이소리가 뚝-끊어지고 한참이나 들리지 않음에 그는 머리를 번쩍 들며 감자를다-캐엇나? 얼마나캤누? 하고 바라보앗다.

맹서방은 감자담은 광주리와 참대바구미를 어깨에 올려놓고 손에 들고

벌컥일어난다. 그래서 왜죽왜죽집으로 들어간다. 이것을 바라보는 수방이는 가벼운감격이 사르르 올라오는것을 깨달엇다. 그리고 더구나 광주리우으로 수북이 담어올러간 감자를 보니 말로 형용할수 없이 기뻣다.

저것을 내일 장에 갓다가 팔면 돈이되지 그돈은 아부지가 가지구서 쌀두사오구 나무도사오지 그리고 우방의 양복도 사오구 마마의 옷두사오구 내것만안사오지 ……바바는 나쁜사람이어……

만일에 그돈을 맹서방이 아니 다른일꾼들이 가지면 반듯이 자기의 옷부터사다줄것 같엇다. 누가아나? 그 사람들도 다—내맘과 같지않아 이러케 생각하다가 얼핏 맹서방이 자기머리에 꽂은 핀을 담배용에서 떼어서 사다 준것을 생각고 아니야 그들은 그러치 않아하고 머리핀을 슬슬 어루만젓다.

마츰 맹서방이 중중 걸어온다.

「맹서방!」

「너핀 또 만지누나 허허」

빩안유리알박힌 핀만지는 손을 보다가 무심히 바라본 구슬같은 눈물이 방울방울떨어진다.

「맹서방 나핀사주엇지 후담에 또 뭐사줄테야?」

어붓어머니 한테서 시달리는 그라 항상 불상하게 보앗지마는 더구나 몇푼주지않고 사다준 핀을만지며 저렇할때에는 눈허리가 시큼시큼해서 바라볼수가 없엇다.

「그래 너원하는대로」

「정말!」

그의 조그만 가슴은 감격에 넘처 들먹이는것을 보앗다. 그리고 그의 눈은 충혈 되는것을 보앗다.

수방이는 한걸음 닥아서며 사면을 휘휘 돌아본후에 맹서방귀에다 입을 대고 종알종알하엿다. 맹서방의 눈은 점점 둥글해지며 비분한 기색이 양볼우으로 뚜렷이 홀러나려온다.

다—듣고난 맹서방은 한참이나 무슨생각을 하엿다.

수방이는 안달을하야 저리가라고 하엿다. 그리고 바바와 마마에게 말하지

말라고 몇번이나 부탁하고도 맘이 안뇌어 얼굴을 찡그리면서도 어딘가 모르게 시원하엿다.

다음날 아츰 맹서방은 수방의 아부인 왕서방과 마주앉고 이러한 조건을 제출하엿다.

一. 어떠한일이 잇드라도 우리들을 겨울까지 내보내지 말일.

二. 우리들의 옷을 한벌씩 해줄일.

이두 조건을 듣지 않으면 그들은 오늘로 나가겟다는것이다.

왕서방은 눈이 둥글하엿다.

어제밤 자리속에서 귓속말로 한것을 어떠케 저들이 알엇을까 하는 의문과 함께 어떠케 처리를 해야 좋을지를 몰라 무겁게 나려덮은 그의 눈까풀이 가늘게떨렷다.

「우리는 말로 만은 신용을 할수 없으니까 이런것을 대서방에 맡기어 써왓습니다」

조이 쪼각을 내놓는다. 아무리 생각해도 갑작이 일꾼을 사대서 채마밭 부침을 한다구 하면 돈이 더들터이고 그들의 말을 들어 주는수 밖에 없엇다. 그래서 그는 그조이에다 도장을 눌럿다.

×   ×

몇칠후에 수방이는 소문 없이 죽고말엇다. 그의 머리에는 여전히 핀이 반짝엿다.

(끝)

어렴풋이 잠들었든 승호는 깜짝 놀라 벌떡일어나며、이젠 시간이 되지 않었나? 하고 문을 열고 내다보았다.

그리 번화하든 이거리도 어느듯 고요하고、전등불만이 가로수새이로 두어줄의 긴 빛을 던지고있었다. 그는 눈을 두어번 부비고나서 밖으로 뛰어나왔다.

한참이나 나오든 그는 한동안 볼을 어루만지며 지긋머리에 모자가 없음을 새삼스럽게 깨달았다. 그래서 곧 돌아와서 모자를 눌러쓰고 총총이 걸었다.

그가 목적지인 S공원까지 왔을 때、하늘을 찌를듯이 올라간 백양나무 숲을 바라보면서、히숙이가 와서 기다린지가 오래지나 않엇나하는 불안과 어떤 감격으로 발길이 허둥허둥해졌다. 그러나 그가 S공원 안으로 들어와서 정자까지 왔을 때、히숙이가 아직 안와 있으므로 다행하면서도 섭섭하였다.

그는 정자 난간에 비껴앉어、어디로부터 히숙이가 나타날지 몰라 두리번두리번 살펴보았다. 그리고 누가 이공원에 놀러나오지 않엇나 하는 불안도 일어났다.

마츰 싸늘한 바람이 소루루 정자안으로 밀려 들어오며 나무잎을 대그르르 굴린다. 그는 웬일인지 소름이 옷싹끼치며 무시무시한 생각까지 든다.

벌서 이곳은 완전한 가을이었다. 내지같으면 아직도 홋옷을 입을터인데

● 강경애는 이 작품을 1933년 ≪신가정≫ 12호에 처음으로 발표하였는데 본고는 그 영인본에 근거하여 다시 정리하였다.

두틈한 고구라양복을 입엇는데도 이렇게 왼몸이 싸늘하게 얼어들어온다. 그는 팔장을끼며、아직 시간이 멀었는가、어째안와 하고 무심히 손목을 굽어볼 때、일년전에 전당포에 들어간 시계생각이 문득났다.

　일년전에 바로이때、학교에 검거가 일어났을때 다수한 그의 동무들이 영사관으로 잡혀들어가게 되었다。그런데 날은 치워오고、그들이 훗옷을입고 들어갔으니 어떻게서라도 솜옷을 만들려고 두루애쓰다가、마츰내 동무들에게서 약간얻은 돈과 시계를 잡히어 솜옷을지어 차입해 주었든것이다.

　그는 이러한 생각을하며 지금까지도 나오지못한 동무들을 생각하였다。그 어두운 감옥에서、지금쯤은 잠을자고 있을까? 혹은 우리들을 생각하며 그나마 잠도 이루지 못하고 있는것인가? 하는 생각과함께 무어라고 형용못할 불길이 가슴이 벅차도록 울려온다.

　그는 한숨을 푹쉬며 무심히 정자아래를 굽어보았다。정자아래로 깔린 연못에는 달빛이 걸어져 유리알같이 빛났다。그는 나오는줄 모르게 「달밤이구나!」 하며 머리를 들었다.

　어두컴컴한 수림속으로 약간씩 보이는 저 전등불은 마치 그의 문무들이 이Y시에 섞여있는듯이 그렇게 드물었다。그러나 저불이 마츰내 이공원을 정복할때가 머지 않은것같았다。어째 안올까하고、그는 가만히 일어나 정자안을 거닐었다.

　멀리 이십오세(마차이름)가 지나는 말발굽소리가 툭탁 들리며、지르릉 지르릉 울리는 종소리가 가늘게 들려온다。종소리가 끊어진 후에、자박자박 신발소리가 나므로 승호는 얼핏 몸을숨기며 바라보았다。저편 수림속으로 아장아장 걸어오는 사람은 확실히 히숙인듯 하였다。그는 맘을놓고 앞으로 나갔다.

　히숙이는 멈칫섯다가 승호의 기침소리를 듣고야 이편으로 걸어왔다.

　「기다리섰지오。」

　「네。」

　겉으로는 히숙의 가는숨결 소리를 들으며 승호는 맘이 푹 놓였다。그들은 가즈런히 난간에 걸터앉었다.

「동무를 나오라고 한것은……」

히숙이는 머리를 번쩍들며 승호를 똑똑히 바라본다.

「이번 ××회 주최로 열리는 축구대회에 우리학교도 참가하는것이 좋을듯한데 동무의 의견은 어떠합니까. 」

히숙이는 잠잠히 무엇을 생각하는듯 하드니

「동무! 표면만이 ××회의 주최이지 그실은 이Y시안에 온갖×들이 주최하는 것입니다」

승호는 말끝을 얼른 받었다.

「네 잘압니다! 그러나 우리들이 그들틈에 섞여서 뛰논다드라도 과오만 범치않으면 됩니다。 그런데 특히 이번에 나가야 할필요를 말하겠습니다…… 우리학교가 작년 검거사건이래 너무나 죽은듯한감이 있었읍니다。 그래서 이번 출전하는것은 하필 승리를 겨루어 보겠다는것보다도 우리들의 꺾이지 않은 존재를 대중에게 알리워 주고저함이외다 !」

승호는 기침을 칵하고있다。 그리고 다시말을 계속하였다.

「지금과같은 반동긔에 있어서는 지배 계급의 적극적탄압에 대중이 낙망을하고 비관하게 됩니다。 그러므로 우리들의 활동이 어느면으로나 더욱 게을으지 않어야 합니다」

히숙이는 작년이때 검거가 일어났을때 동무들을 숨겨주노라 밤중에 돌아다니던 기억이 얼핏 떠올으며 그때에 몹시도 얄밉든 저달이 또솟앗구나! 하고 흘끔쳐다 보았다。 그리고 웬일인지 주위가 그날밤같아 휘휘돌아 보았다.

「출전하랴면 다소의 경비가 들터인데 그것은 어떻게 할 예정입니까」

「글세요……그것이 난처합니다。 번히 아는바라、 학교에서는 날곳은 없고……아무래도 동무들이 힘써야지오……위선 우리들은 이렇게생각해 보왔읍니다 우리 동무들 몇몇은 지금 길회선 철도공사 인부로 들어 가서 몇일 일하기루요!」

히숙이는 어떤 감격으로 조고만가슴이 터질듯하였다。 그리고 우리들이 돈벌것은없을까하고 이리저리 생각하다가

「우리들도 좀 어떻게 했으면 좋겠는데요」

「글세요、 저……이것 해보시렵니까。 이번 축구대회가 열리는 동시에 경마대회까지 열린답니다。 축구장서 바라보이는 바루 정거장 앞벌입니다。」

「네」

히숙이는 무슨 좋은 벌이자리가 나는가하야 바짝 곁으로 온다。

「그런데 그곳서 임시 녀급을 채용하겠다고 거리에다 광고를 붙쳤드구면요。 혹 동무도 보았는지요?」

히숙의 머리에는 경마장이 얼핏 떠올으며 부끄러운 생각이 눈가으로 사르르 지나치는것을 느꼈다。 그러나 남동무들이 길회선 철도공사 인부로 나가겠다든 승호의말을 다시금 생각하였을때 오냐 무엇인들 못할것이 뭐냐! 하고 맘을 푹 가라앉히며 승호를 쳐다보았다。

「똑똑히 보셨나요……참이라면 우리들은 그곳에 운동해보겠읍니다! 대체 녀급이란 뭘 어떻게 하는게인지오? 호호」

이제 자긔들이 그사람 많은곳에서 녀급으로 행세할것이 웃읍기도하고 어찌 생각하면 눈물겨운 장면같았다。

승호는 히숙의 손이라도 콱 붙들고 싶게 고맙고도 다정해보였다。 그리고 그의 몸 전체에서 발산하는 냄새는 확실히 이성을 초월한 동지로서의 믿음직한 냄새었다。

「별게 있겠읍니까。 그저 차물이나 부어놓고 혹은 그곳에오는 손님들에게 길안내 같은것을 하겠지오……그러면 내일 학우회에서 출전여하 문제는 정식으로 결정합시다。」

승호는 말을 마치며 가마니 일어났다。

양 어깨가 딱바라진 승호를 쳐다보는 히숙이는 새삼스럽게 그의 담력이 뚜렷이 보이는듯했다。

「몇시나 되었을까」

이렇게 혼자하는 말처럼 중얼거리며 히숙이도 따라 일어났다。

「아마 퍽이나 오래 되었으리다。」

그들은 정자안을 벗어나 나무그늘로 들어섰다。

×　　　　×　　　　×

　몇일후 히숙이와 그의 동무들은 드디어 경마장의 임시녀급으로 채용되어 경마장우편 「바락크」속에서 경마권증을 팔며 혹은 손님들에게 차물을 날렀다.

　용긔를 내어 여기에 들어는왔으나 차완을 들고 손님들앞에 서게될때는 참아 얼굴을 들지 못하리만큼 두볼이 확끈거렸다. 그리고 모든사람들의 시선이 자긔들에게만 집중된듯하였다. 그러나 좀안심되는것은 이 「바락크」가 사면이 꼭꼭막혀서 경마장은 보이지 아니함이었다. 그러므로 이안에 들어오는 손님들만 대할뿐이다.

　날세가 이 북국에서는 얻기어려운 따뜻한 날세었다. 밖으로부터 약간의 말똥내를섞은 몬지가 사람들의 발길에채어 후끈후끈 들어온다. 그리고 얼마나 사람들이 모엿는지 여러사람의 말소리가 한뭉치되어 와와하고 떠들었다. 그틈으로 어린애 우름소리만은 버들피리 부는것같았다.

　벨이 즈릉즈릉 운다. 경마권파는 입구에는 사람들이 디리몰리어 제각기 표를사려고 덤볐다.

　히숙이와 그의 동무들은 차완을들고 이리가고 저리가면서도 맘만은 축구장으로 쉴새없이 다라났다. 이젠 운동이 시작되었나? 우리선수들이 어느학교팀과 시합이되었나 혹은 되지않았나 벌서 꼴을 먹지않었나? 하는 불안과 초조로 발길이 허둥거렸다.

　밖에서는 사람들이 뛰어가고 뛰어오는 소리가 요란스리난다. 그때마다 그들은 저소리가 선수들이 뽈을 다놓쳐 뛰어 오는신발소리같다. 가슴이 섯뜻해서 한참이나 멍하니 「바락크」벽을 바라보군 하였다.

　그리고 낯선손님이 들어오면 웬일인지 반가웠다. 막연하게나마 축구장을 거쳐오지 않었는가 그래서 그가 축구장에대한 말을 하지않는가 하야 한참이나 그들을 주시해보군 하였다. 그러나 그많은 사람이 들어오고 나가고 하것만은 축구장의 이야기는 한마디도 끄내지않었다.

　경마권파는 입구에는 벌서 지화가 드려몰리어 사무원이 미처 손놀리기가 바쁜모양이다。 그들은 저지화를 바라보며 이때까지 느껴보지 못한 어떤 욕심을 부쩍 느꼈다。 저것을가지면 선수들이 신고싶어하는 축구화도 살수있고 쌀밥도해서 배가 부르도록 먹일터인데 그러면 이번에는 꼭승리를 할터이지 하며 아츰에 조밥을 먹고 출전한 동무들의 그모양이 애처롭게 떠오른다。 글세 조밥을 먹고야 어찌 이긴담! 그해여진「지까다비」를 신고야 어찌 뽈을 찬담!

방금 동무들의 발끝에 채어 돌아가는뽈은 축구화를 신은 적에게 무참히도 빼아끼어 긔가말라 쫓아가는 동무들의 모양이 뚜렷이보인다。 그들은 가슴이 송구해졌다。 그래서 다시한번 돈뭉치를 바라보았을때 당장에 사무원이라도 집어치우고 그 돈뭉치를들고 다라나고싶었다。 그러나 그것은 쓸데없는 맘뿐임을 깨달으며 가볍게 한숨을 모라쉬었다。

벨이 또다시 운다。 경마장에서는 말 발굽소리와함께 사람들의 환호소리가 우뢰같이 일어난다。

그들은 이소리가 저편 축구장에서 오는 동무들의 힘찬 응원소리같아서 긔운이 붓쩍나는것을 등허리에서 땀이나도록 느꼈다。

「아이 어쩌면!」

동무하나가 거이 울듯이 중얼거린다。 그들은 일시에 시선을 마주치고 헤어졌다。 그들의 눈에는 어느듯 눈물이 글성글성 했다。

이호다! 이호다! 웨치는 소리를 따라 발자취소리가 벼락치듯난다。 그리고 이십원! 이십원배당! 하고 목이말나 고함치는 소리가 이「바락크」를 잡아 흔드는것같았다。 저편 배당구에서는 십원짜리 지화기 훨훨 내달아간다。 그들은 물끄럼이 이모양을 바라보며 증오의 불길이 확 이러남을 느꼈다。

오늘 저 축구장에는 세상이 다죽은것으로 알었든 자긔들의 동무가 씩씩한 웅자로 나타나서 맘껏 뽈을차는데 그뽈은 이Y시 하늘우에 감앟게 높이 떴을터인데 그축구장을 지나처온 저들! 그뽈을 무심히 바라본 저들! 아아 저들은 과연자긔들과는 딴인종 같았다。 아니 딴인종이다!

이렇게 가슴을 조리며 하로의 사무를 지루하게 마친 그들은 축구장으로 달었다。

마츰 어떤 부인이 마조오는것을 보자、그들은 그새가 바빠서

「D학교가 어떻게 되었읍니까?」

부인은 그들을 한참이나 돌아보다가

「젓소꼬마! 뽈을 잘차드구먼드 웨퍽퍽 걱구러지기를 잘해. 아마 먹지를 잘 못했는지? 아이 그게야 애처러워서 어디 보겠드라구……저편 선수들은 무엇을 잘먹이는 모양이두먼 그냥 운동장에서까지 뭘자꾸 먹이두먼그래. 그런데 이편은 랭수만 드리키어 아이 볼수없어. 다리를채어 피가 흐르고 한 학생은 골이터저서……」

부인은 눈쌀을 찌프리며 머리를 절은다. 그리고 눈에는 눈물이 그득고인다.

그들은 젓다는말에 그만 왼전신이 하사분해서 다시 두말도 못하고 멍하니 서 있었다.

「학교에 아마 친척이다니나 보우……나는 친척도 아무것도 다니는것 없으나……」

말끝을 흐리며 머리를 돌리는 부인의눈에는 선수들의 피나는 다리와 골머리가 확실히 보이는모양이다.

「어서 가보우. 그리고 위로나 잘해주우」

그들은 울음이 북받처 어쩔줄을 모르다가 부인이 앞을 떠나감을 알었을때 휘끈 돌아보니 아주 남루한옷을 입은 부인임을 새삼스럽게 발견하였다.

그들은 순간에 어떤힘을 불숙느끼며 축구장으로 달려왔다. 벌서 동무들은 행렬을지어 한끝은 시가로 향하였다.

행진곡이 쾅쾅울린다. 얼핏 바라보니 승호가 긔빨을 쥐고 앞장섰다. 행진! 그뒤로는 군중이 물밀듯 따라섰다.

마자 넘어가는 해몇에 D학교의 긔빨은 피같이 붉었다.

-끝-

有無●

나는 그러한 일이 이현실에 실재해 있는지? 없는지? 그가 묻던말에 아직까지도 그대답을 생각지 못하였읍니다.

그것은 바루 지금으로부터 一년전 그 어느날 밤이었읍니다. 언제나 저녁밥을 늦게 짓는 나는 그날도 늦게 지어 먹고 막 설거질을하고 방으로 들어와 앉었을때 밖에서

「아저머이 게시유」

하는 굵은 음성이 들려 왔읍니다. 나는 냉큼 일어나 문을 열고 내다 보았읍니다. 그러나 너무 밖이 어둡고 더구나 그음성이 평시에 듣지 못하던 음성이므로 누구인지 얼핏 생각 나지 않었읍니다.

「누구를 찾으시오?」

나는 한참이나 머뭇머뭇 하다가 이렇게 물었읍니다. 그는 앞으로 닥아서며

「아저머이 나유。 복순아비유」

그순간 나는 반쯤 열어 잡았던 문을 활작열고 달아 나갔읍니다.

「복순아버지! 이게 웬일입니까。 어서 들어 오세요」

그제야 그는 방안으로 들어 앉었읍니다. 나는 일변 담배를 사오고 잿터리를 내놓며 그를 똑똑히 바라 보았읍니다. 그의 옷은 아주 형용할수 없이 남누 하였으며、 그의 얼굴은 전보다 더 우울한빛이 었읍니다. 이마전이 툭솟

● 강경애는 이 소설을 1934년 ≪신가정≫ 2월호에 처음으로 발표하였는데 본고는 그 영인본에 근거하여 다시 옮겼다. 인쇄상의 문제로 전혀 알아볼수 없는 곳들에 대하여서는 복자처리를 하였다.

아 나온 아래로 눈은 깊이 들어가서 눈가이 잘보이지 않았읍니다. 다만 검
엏게 보이는그눈속으로 이따금 번쩍이는 안광은 나의 가슴을 서늘케 하였읍
니다. 그때마다 이렇게 오래간만에 만났음에도 불구하고 싫은 생각이 들었
읍니다. 그리고 뭘 하러 그가 우리집에를 돌연히 찾어 왔을까하는 불안이
시간이 지날수록 강해짐을 나는 느꼈읍니다.

복순아버지는 바루 우리 웃집에서 단간방을 세얻고 살았읍니다. 그들은
일정한 버리가 없이 그저 그날그날 노동이나해서 돈푼이나 생기면 먹고 안
생기면 굶고 지나는것을 나는 종종 보았읍니다. 나는 그의 안해와 좋아지내
고 어린복순이를 귀애 하면서도 한편으로 그들이 귀찮은 존재었읍니다. 그
것은 발힐것도 없이 그들이 구차하게 지난까닭입니다. 그들이 끼니를 끓이
지 못하고 우두먼이앉은것을 뻔히 알면서 우리만 밥을 지어다놓고 먹기가
거북스럽고 미안하야 맘놓고 술이나 저를 구를수가 없었읍니다.

나는 때때로 찬밥덩이나 찌개국물이나 먹다 남은것이 있으면 그들을 주
었읍니다. 주면서도 내맘만은 항상 아수하야 어서 그들이 어대로 이사해 갔
으면 하였읍니다. 그러나 그의딸 복순이가 나를보면 먹을것을 줄줄알고 발
발 기어오르는데는 귀엽고도 가엾어서 나는 한참씩이나 안아 주었읍니다.

「너 몇살?」

복순이는 아직 말은 못하였읍니다. 그러나 이지가 엉뚱하게 발달 되었읍
니다. 그는 나를 말뚱말뚱 쳐다보다가 그의 여윈 두손까락을 쭉펴 보이었읍
니다. 나는 복순이를 꼭 껴안으며

「두살……이게 말두 못하는것이 어떻게 알까」

나는 그의 어머니를 돌아 보았읍니다. 항상 얼굴을 찌그리고 있던 그의
어머니도 그제야 빙긋이 웃었읍니다. 그러나 그웃는것은 참말 웃는것인지
우는것인지 분간 할수가 없었읍니다. 그의 양볼에는 항상 눈물이 흘러 나리
는듯 보일락 말락하게 선이 그어 있는것이었읍니다. 나는 속으로 저렇게 얼
굴이 궁하게생기고야 고생을 안할수가 있나하고 그와 마주 앉을때마다 생각
하였읍니다.

나는 복순이의 재롱을 보려고 무시로 그의 집에 갔으나 복순아버지는 볼

수 없었읍니다. 어쩌다 혹간 마주 앉게 되면 나는 곧 나와 버렸읍니다. 그와 마주 앉기는 대단히 거북스럽고 일종의 불쾌한 감을 갖게되는 까닭입니다. 그리고 복순어머니의 궁하게 보이는 그얼굴도 무의식간에 남편의 영향을 받은것이라고 나는 깨달았읍니다. 그러나 그들가운데서 나온 복순이만은 눈이 새별 같이 빛났읍니다.

「우리 복순아버지는 도무지 말을 안해서 나는 영 죽겠구려」

복순어머니에게서 이러한 말을 나는 종종 들었읍니다. 그리고 어떤때는

「우리 복순아버지는 밤마다 어데를 가기에 집에 오면 그모양이우、땀이 옷에 척척하게 배는구려……누구보고 말슴마세요」

나오는줄 모르게 남편의 걱정을 하고서도 나를 꺼리는 모양이었읍니다. 나는 점점 복순아버지에 대하여 어떤 불안을 갖는 동시에 말할수 없는 호기심을 가지고 복순어머니만 마주 앉으면 이리저리 물어 보았읍니다. 그러나 속시원한 대답은 듣지 못하였읍니다.

그런데 지금으로부터 이태전 그어느날 아침에 나는 복순이를 주려고 두부찌개에 밥을 비벼가지고 복순네집에 와보니 방안은 어지러우며 아무도 없었읍니다. 나는 그가 혹시 누구네 집으로 쌀을 꾸러 갔는가하야 한참이나 기다리다 못해서 그가 찾어 갈만한집에는 다 다니어 보았읍니다. 그러나 모두가 모르는 모양이었읍니다. 그후로도 나는 이제나 저제나하고 그들을 문뜩문뜩 생각하였읍니다. 그러나 마침내 그들은 돌아 오지 않았읍니다、나는 섭섭하면서도 시원 하였읍니다. 반면에 그들의 소위에 나는 분개도 하였읍니다. 아무리 밤도망갈 형편이라도 내게만은 말하고 갈터이지 하는 노여운 생각을 하였던것입니다.

그들이 간다 온다 말없이 자취를 감춘지 일년이 지난 그날밤 내머리에서는 복순의 그 샛별 같은 눈이 히미하게 살아진 그때 돌연히 찾아온 복순아버지―나는 반가우면서도 불안을 느꼈읍니다. 그리고 무엇을 얻으러 온것 같이 생각 되었읍니다.

「그새 복순이랑 복순어머니도 잘있나요」

묵묵히 앉은 그에게 이렇게 물었읍니다. 그러고 대답을기다리며 그의 눈

치를 살피니 저녁도 굶은것같었읍니다. 그래서 나는 금방 벗어 걸은 앞치마
를 입고 부엌으로 나오며

　「저녁 진지 가져 올것이니 찬은 없으나마 좀 떠보세요」

　하고 그를 보았읍니다. 그는 홀끔 나를 쳐다보며 자리만 옮겨 앉을뿐 하
등의 표정을 그의 얼굴에서 찾아 낼수가 없었읍니다. 나는 본래부터 그의
성격이 그리된것을 짐작하므로 새삼스럽게 놀랄것은 없으나 그의 얼굴이 전
날보다 한창 더 파리했으며 인생으로써 막다른길까지 걸어본듯한 자취가 확
실히 나타나 보이었읍니다. 그리고 그의눈에서 발하는 안광은 볼수록 소름
이 쭉 끼쳐졌읍니다. 나는 남편이라도 얼른 들어와주었으면 하면서 부엌으
로 나왔읍니다. 웬일인지 부엌도 무시무시 해지며 발길이 허둥거렸읍니다.
나는 전날 복순어머니가 그의 남편의 말을 하던것을 다시금 회상하며 얼른
밥을 지어가지고 방으로 들어왔읍니다. 그는 밥상을 보자 권할 여지가 없이
버썩 닥아 앉아서 먹었읍니다. 나는 그의 밥술을 보아 배가 고파서 우리집
에 들어온것을 알수가 있었읍니다.

　「그런데 가실때는 웨 말슴도 없이 가셨나요?」

　그가 밥술을 놓았을때 나는 물었읍니다. 그는 여전히 잠잠하고 앉어 있을
뿐이었읍니다. 나는 나의 말이 그의 비위를 거스려 놓았는가? 하는 생각을
하며 이우에 더 묻기가 곧 힘이 들고 어려웠읍니다. 따라서 방안의 공기가
무거워지는것을 깨달았읍니다. 그러나 그를 대해서 그런지 복순의 그눈동
자가 내눈 앞에 얼른거리며 한번 꼭 보고 싶었읍니다.

　「복순이가 이젠 말두 잘하고 걷겠읍니다그려」

　나는 나오는줄 모르게 이렇게 또 물었읍니다. 그러나 그는 여전히 아무말
도 없었읍니다. 나는 하는수 없이 머리를 숙였읍니다. 무거운 침묵은 우리
사이를싸고 언제까지나 돌았읍니다. 나는 답답하였읍니다. 저렇게 할말이
없으면 밥까지 먹었으니 이젠 가든지、그리고 무엇을 얻어가지고 갈생각이
있거든 달라고 말을하든지、좌우간 뭐라고 의사 발표를 했으면 좋겠는데 저
렇게 앉어만 있으니 나는 땀만 부진부진나고 수없는 불길한 예감이 나의 조
고만 가슴을 꽉채우고 말았읍니다. 그리고 몇달이나 깎지 않은듯한 그의 머

리며 턱밑으로 검엏게 나온 수염은 나로 하여금 한칭더 불안을 느끼게 하였읍니다. 그러나 반면에나는 그에게 대하여 어댄가 모르게 일어나는 호기심도 없지않어 있었읍니다.

한참후에 나는 그가 번번히 대답지 않을것을 알면서도 주인으로써 너무 잠잠하고 있을수가 없기에

「그동안 지내신 이야기나 좀 하시구려」

나는 막연하게 이렇게 말하였읍니다. 그때 그는 뜻밖에 「허허」웃었읍니다. 그 웃음소리는 내가 일즉이 세상에서 들어보지 못한 칼날과 같은 차디찬 웃음이었읍니다. 아주 무섭게 냉냉한 기운을 띄운 그런 웃음이었읍니다. 나는 그웃음에 기가 질리어 머리를숙이고앉었노라니 그는 기침을캭하였읍니다. 그리고 의외에도 말을 꺼냈읍니다. 나는 놀라 머리를 들고 똑똑히 바라 보았읍니다. 그입술놀리는것이 하도 이상스러워서.

「아저머이! 나는 복순이, 복순어미가 어대서 어떻게 되었는지 난모루!」

이렇게 무책임 하고도 몽롱한 말끝을 내놓았읍니다. 나는 그의 말에대하여 웨그러냐? 고 반문을하고 싶었으나 그가 보통 사람 같지 않어 어찌다 저렇게 말을 내놓은것이니 내물음에 그만 그말끝이 들어가고 말까하여 나는 잠잠히 듣고 있을 뿐이었읍니다.

「그실 나는 지금 내가 웨 이렇게까지 된것을 말하겠수. 물론 내가 아저머이를 보통 부인네들과같이 알면 이런말도 하지 않겠수마는 아저머이는 글을 쓴다는 말을 들었으니……그글은 지금까지 어떤글을 써왔는지 내가 모르나…」

그는 잠깐 나를 바라 보았읍니다. 나는 웬일인지 그를 마주 보기가 거북스러웠으며 그말에 일종의 위압까지 느꼈읍니다. 그러고이때까지 놀린 나의 붓끝이란 참말 인생의 그어느 한부분이라도 진지하게 그리어 보았던가? 하는 의문이 불시에 들었읍니다. 따라서 나의 붓끝이란 허위와 가장이 많었음을 느끼는 동시에 그의 솔직한 말에 나의 가슴은 선듯 찔리우는것 같었읍니다.

「나는 밤마다 어떤 악몽에 붙잡히우. 나는 이꿈에 붙잡히지 않으려고 온

갖 애를 다써보았으나 하등의 효과도 없고 도리어 점점 더하여가우. 그러니
지금와서는 이것이 꿈인지 현실인지 현실인지 꿈인지 도무지 분간 할수가
없을만큼 되었수. 그래서 밤이면 나는 새우오. 그꿈이란 말하면 이러우. 나
는 언제나 눈을 감으면 벌서 어떤 괴악스럽게 생긴 인간들이 나의 앞에나타
나서 나를 끌고 어떤 암흑의 천지로가우. 그인간들은 분명히 인간 같은데
나와같은 인간 같지는 않우. 그러고 나를 끌어다 두는 곳 역시 세상은 틀림
없는듯 한데 굴속 같이 어둡소」

하나의 무식한 노동자로만 밖에 알지않었던 그가 이렇게 조리 있게 말하
는데는 나는 적지않게 놀랐읍니다. 그러고 납덩이 같이 묵직묵직한 그의 음
성에 나의 가슴은 어떤 압박을 느꼈읍니다.

「그 암흑 천지에 가니 나와 같은 인간들이 얼마던지 있수. 그들도 역시
나와 같이 끌리어 와서 있는 모양이우. 어쨋든 꿈이니 분명 하지는 않우.

우리들은 끌어간 그인간들을 편의상 B라고 부르오 밤만 되면 B들이 나타
나서 우리들중에 몇사람을 불러내우. 그들이 B들에게 불려 문밖에만 나가
면 다시 돌아 오는것을 보지 못하였수. 그러므로 우리들은 무슨 일인가? 하
였으나 차츰 시일이 지나니 누가 가르처 주지 안는데도 우리들은 다 알었수.
그다음부터 우리들은 B들에게 불리울것을 두려워하였수. 그래서 밤만 되면
우리들은 죽은듯이엎디어 있었수.

어느날밤 「콩크리트」바닥을 걸어오는 B들의 구두소리가 뚜뻑뚜뻑 들리
었수. 그러고 문이 덜그럭 열렸수. 우리들의 전신은 쭈뼛해지며 소름이 끼
쳤수. 그때 B들은 누구누구를 불렀수. 그러나 그들은 못들은체 하였수. 그
러니 B들은 우루루 달려와서 구두발로 차고 채찍으로 따리우. 그때 「갈때
로 가보자!」 동무의소리가 벼락 같이 들렸수. 그뒤를 이어

「가보세」후하는 한숨소리가 났수. 그들의 음성은 인생의 최후 순간에서
나오는 생에대한 애착의 무서운 발악이우. 그들의 무거운 신발 소리를 들으
며 우리들은 부루루 떨었수. 그러나 손발하나 까딱하지 못하였수」

그는 숨을 몰아쉬며 등불을 바라보았읍니다. 그의 시선은 불꽃 같이빛났
읍니다. 그때 나는 몸이 한줌만 해졌읍니다. 그러고 가늘게 떨었읍니다.

「어떤날 나는 또 그꿈을 꾸었수。 B들이 나타나는 그밤이우。 그때 나는 불림을 받았수。 벌서 나의 의식은 마비 될대로 되어서 내뒤로 누구누구를 불렀으나 나는 몰랐수。 나는 땅을 어루 만졌수。 그리고 무엇을 찾었었수。 행여나 붙들것이 있으면 붙들고 나는 저들에게 끌리어 가지 않으려는 것이 었수。 그때 내몸을 후러지는 매에 나는 나의 몸에 살이란 한점도 없고 뼈만 남었음을 알었수。 마침내 우리 일행은 아마 문밖에 나온듯 싶우。 나는 한발 걸음에 주저하고 두발걸음에 앙탈 하였수。

달은 밝었수。 힌눈에 비최는 달빛은 몹시도 밝었수。 그러나 그달은 마치 해골덩이가 힌니를 내놓고 웃는듯 하였수。 우리들을 보고 조소하는듯 하였수。 우리들이 어떤 산비탈까지 왔을때 나는 걸어 왔는지 끌리어 왔는지 분명하지 않었소。 그때는 아픈것도 쓰린것도 장차 어떻게 될것까지도 생각이 되지 않었수。 그저 멍하니 하라는대로 할것뿐이었수。

지금 생각하니 나는 어떤 나무궁터리를 붙들고 앉었던 모양이우。 그때 「으악」하는 소리에 나는 흠칫하며 눈결에 그곳을 바라보았소。 B들은 어린 애기를 칼끝에 끼어 들었수。 애기는 다리팔을 팔팔팔 날리우。

「어마 엄! 마!」

애기는 제어미를 부르오。 제어미라는 여인은 바보같이 멍하니 애기를 바라만 보았소。 애기는 흑!흑!하고 기를쓰오。 그때 나는 그것을 바라보면서도 웬일인지 나도 저렇게 죽엄을 받는다는 생각은 없고 그저 막연하게 살것만 같었수。 하늘과 따에서 어떤 변동이 일어나서라도 나만은 살것 같었수。

그때 어대서 언제 왔는지 모르는 자동차가나타났수。

「이리와 !」

고함치는 소리에 나는 흠칫하여 바라보니 내옆에 앉어 있던 동무가 벌떡 일어나우。 그도 나와 같이 어리석은 생각에 아마 자기만은 자동차를 태어 보내려는것으로 알었던 모양이우。 그때 나두 덤벼 일어났수。

「가만이 앉었어!」

나는 고함소리를 들으면서도 달려 가려 하였수。 내발에는 쇠사슬이 무겁 게 달려 있었수。 B들은 그동무의 목을 쇠사슬로 매어 놓우。 그러고 그끝을 자동차에 매었수.

「너 이차를 따라오면 살려주마!」

나는 이말을 분명히 들었수。나는 또다시 덤볏수。

「하하하하 따러오너라 오너라」

차에 오른 B들은 손질을 하우。그리고 엔진을 틀었수。차는 다라나우。그동무는 살겠누라 두팔을 바람같이 날리듯하며 따라가우。그러나 몇발걸음 나가지 못해서 푹거꿀어지는 모양이우。그러고 땅을 쓰는 소리와 가치 자동차는 뿌옇게 사라지우。

다음은 내차례우。그때 B하나가 총끝에 칼을 끼어가지고 내곁으로 왔소。그때까지도 저가 참말 나를 죽이려는가? 하였수。B는 그칼을 나의 가슴에 대었수。비로소 나는 삶의 히망이 아주 탁끊어 젔수。그때유 아저머이! 그때라우。나는 그절망에서 어떤 힘을 벼락같이 얻었수。그러자 나의 의식은 명확해젔수。동시에 내가 누구에게 죽임을 받는다는것을 똑똑히 알았수。나는 B를 보았소。그때나의 가슴에는 칼이 드리 박혔수。나는 소리를 버럭 질렀수。그러고 솟으라쳐 깨었소。꿈이란 그뿐이우」

그는 말을 마치며 눈을 무서웁게 떴읍니다。나는 뛰는 가슴을 쥐며 그를 바라 보았읍니다。그의 얼굴에는 분노의빛이 팽팽히 잡아씨웠읍니다。그러고 그의입은 무겁게 다물리었으며 턱을 거불거불 채었읍니다。나는 너무나 흥분이 되어서 어쩔줄을 몰랐읍니다。등불은 여전히 그의 얼굴을 고요히 비쳐 줍니다。한참후에 그는 나를 보았읍니다。

「그런일이 혹 현실에 실재해 있을것같우?」

나는 눈등이 뜨거워서 그의 시선을 피하였읍니다。그러고 그의 물음에 입이 벌려지지 않었읍니다。그러고 온 몸이 무서웁게 떨렸읍니다。그때 함석 집웅에 빗방울 듣는 소리가 듯떵듯떵 들리어 왔읍니다。

-끝-

同情*

「아침마다 냉수 한곱부식 자시고 산보를 하십시오」 하는 의사의 말을 들은 나는 다음날부터 해란강변에 나가게 되었으며 그곳에있는 우물에서 냉수 한곱부식 먹는것이 일과로 되었읍니다.

처음에 나는 다오루 비누갑 곱부등만 가지고 나갔으나 부인네들이 물길러오는 것이 하도 부럽게 생각되어서 어느듯나도 조고만 물동이를 사서이고 다니게되었읍니다. 번번히 우물가에는 부인으로 꼭 채여서 밀어 자리 얻기가 대단히 힘듭니다. 아마도 이우물의 물맛이 용정에서는 제일가는탓으로 부인들이 이렇게 몽여드는 모양입니다.

내가 물동이를이고、가지가 조롱조롱맺힌 가지밭을 지날때마다 혹은 그 앞에이슬이 뚝뚝듣는수수밭 옆을 지날때마다 꼭맞나는 여인이 있으니 언제나 우리 사이는 모른체하고 가즈런히 걸어서 우물까지 가군합니다. 모른체하는이가하필 그뿐이며 어깨우를 스치는 수수입속에서 맞나는 사람이 어찌 그이뿐이리오만은 어쩐지 그를 맞날대마다 「또맞났구나! 또모른체하누나!」 하고 나는 생각하였읍니다. 이렇게 지나가기를 월여나 지난 어느날 아침 나는 여전히 가지밭까지 왔읍니다. 흙진주알 같았던 가지에는 어느듯 검붉은 가을물이 들었으며 수수닢 역시 바람결에 우수수하고 가을소리를합니다. 그때 신발소리가 자박자박나므로 나는 그가 아닌가? 하고 획근 돌아보았을때 아니나 다를가 그였읍니다. 그는 웬일인지 얼굴이 푸석푸석 부은듯 했으

● 장경애는 이 작품을 1934년 청년조선 10월호에 발표하였는데 본고는 그 영인본에 근거하여 다시 정리하였다.

며 바른볼에는 퍼렇게 피진자죽이뚜렸하였읍니다. 나는 선듯 남편과 쌈을 했나 혹은 어대서 너머졌는가하는 생각을하며 그와 가즈런히 걸었읍니다. 나는어쩐지 오늘 아침은 그와 꼭 말을건니이고 싶었읍니다. 그래서 나는

「아니 어디 다으셨나요。 웨 그볼이 그리 되셨우」

그는 폭나려뜻던 눈을 들며 나를보자 생긋웃었읍니다。 그러고 곧 한숨을 폭쉬면서

「팔자 사나와서 다그렇지요!………아니 어디 게시길래늘 그리로 나오서요?」

그도 역시 나와 말을 건니고 싶었다는것을 나는 얼핏느끼며、 나는 반가웠읍니다.

「난 영신학교 뒤에라오. 어디오 댁이?」

그는 한참이나 말없이 걷다가

「날같은 년에게 무슨집이다 있겠어요!」

역시 한숨끝에 이렇게 말하였읍니다。 나는 그가 남다른 환경에 있다는것을 짐작하며

「웨요? 나는새도 깃이 있다는데 사람이돼서………」

이기까지 말했을때 그는

「흥! 난 새만두 못한게라요、 새나 되었으면 여북 좋게요。 . 맘대루 창공을 펄펄날면 얼마나 좋아요」

그는 눈을 들어 하늘을 멍하니 바라보며 어느듯눈물이 어리었읍니다。 나는 그가 어째서 이렇게 비관하는지를 꼭알고 싶었으며 그가 끝없이 가엾어 보였읍니다。 우리들은 어느듯 우물까지 왔읍니다。 아직 일러서 그런지 우물에는 아무도 없으며 새소리만이 어지럽게 들렸읍니다。 나는 물을 다푼후에 곱부에 물을담아가지고 우물 곁을 떠나 버들가지 척척 늘어진 아래로 왔읍니다.

「항상 냉수를 잡수워요。 퍽도 냉수를좋아하시는게야요」

그는 철철 물소리를 내면서 물을깃습니다。 나는 내몸의 병을 말하기 싫고해서 그저 그의 말대로 시인해버렸읍니다。 그러고 냉수를 꿀걱꿀걱 마신후

에 나는

「우리 산보좀 안하실래요?」

턱밑에 물방울을 쥐여뿌리며 그를 치다보았읍니다. 그는 잠간 주저하는 빛을보이더니

「가볼까요………」

우리들은 풀숲을 헤치고 가늘게 뻗어나간 길로 가즈런히 걸었읍니다. 풀끝에대롱대롱 맺힌 이슬방울은 밤하늘에 별을 보는듯 풀끝에 얽힌 푸른어둠은 수없는 이슬방울을 포옹하며 그빛을 한칭더 빛나게 합니다. 그러고 약간 산미를띠운 산듯한바람은 우리들의 치마폭에품겨 가볍게 돌아갑니다. 나는 모르는사이에

「좋지요!」

하고 그를 치다보았읍니다. 그는 소복히 부은 눈에 슬픔을 가득히 띠우고 아는듯 모르는듯 한숨을 쉬었읍니다. 그러고 내말에 대접을 했음인지 잠간 웃음을웃어보이다가 곧 지어버렸읍니다. 나는 어째 저가 저리도 슲어하는 가하며 그의 얼굴을 다시금 치다보았읍니다. 머리우에는 여전히 새무리들이 조잘그리고 백양나무가 빽빽히 들어차 하늘도 보이지않습니다. 오직 푸른어둠을 헤치고뚜렷이보이는 회백색의 표피를가진 백양나무가 올라라 올라라 하늘끝까지 다을듯 마디하나없이 죽올려 뻗치었읍니다.

나는 언제나 저백양나무를 바라볼때마다 이상에 불타는 청년들을 문득 생각합니다. 동시에 저백양나무에서 어딘가모르게 침착치못한 불만을 이르킵니다. 그러고 어쩐지 백양나무의 뿌리가 든든해보이지를 않습니다. 반면에 우리고향 뒷산의 솔나무를 회상하며 이백양나무에비하지못할 고상함과 침착하를 발견하군합니다. 나는듯 마는듯 송진내 그윽히피우는 그솔나무! 모진산바람을 겪고 또겪은 검붉은 껍질을갖잇 그솔……나는 어느듯 물소리를 들으며 이런생각을 끊지고 어떤 버들나무밑에 앉으며 그도 앉기를 권하였읍니다.

신발소리가 나며 담배연기가 물쿤스칠때 그의 코가 벌룸하는것을 나는 놓지지 않았읍니다. 그래서 나는그가 담배를 먹을줄 아는가하고 생각하며

「아니 웨 그리 한숨만 쉬어요?」

담배를 피여문 사내들은 우리들을 홀금바라보며 지나칩니다.

「버릇이 돼서 그래요 암만 그러지않으랴구 해두 모르는새 그렇게 나오는 걸요. 아주 방정맞지요?」

「뭘요………아이 볼이 아프겠네 어째 이리돼서요?」

「글세요………」

그는 쓸쓸한 웃음을 띠우며 뾰족한손끝으로 피진볼을 슬슬 어루만졌읍니다。 그러고 여전히 한숨을 쉬다가 나를 바라보았읍니다。

「날 어떻게 보아요 말하자면 부인같아요. 남의 어멈같아요. 혹은 술집게 집이나이런것들같아요?」

나는 그를말그럼히 보면서

「글세………부인이겠지………?」

어된가모르게 그의 전체에서 화류계의냄새가 나는듯 나는 문득 깨달았읍니다。 그러고 다시보니 그의 버들날같이 곱게지운 눈섭이 새삼스럽게 내눈에 거치었읍니다。 나는 갑작이 환멸에 가까움을느끼는 동시에 그가 한칭더 불상하게 보였읍니다。

「그래 뭐요?」

「홍! 매소부 매음부 아시지요!」

그의 입은 비쭉하면서 비웃음을 가득띠웠읍니다。 나는 갑작이 할말을잊으며 멍하니 바라보았읍니다。

「그렇게 더러운 계집이라요. 이담부터조심하서요」

「누가 되고 싶어되는가. 다 환경이 그리맨들었지요」

나는 한참후에 이렇게 말하며 문득방망이 소리를 들었읍니다。 그러고 머리를 돌리니 강건너 마제산봉에는 젖빛안개가 뭉실뭉실 떠돌고있읍니다。 그러고 그푸른하늘에는 어느듯 해살이 퍼지기 시작하였읍니다。 그는 벌떡 일어났읍니다。

「가십시다。 늦게가면 또……」

나도 그의 뒤를딸아 곧 일어났읍니다。

며칠후에 우리들은 역시 이자리에 또와서 앉았읍니다.

「그까짓말은 해서 뭘해요」

그의 과거를 이애기하라는 나의 말에그는 이렇게대답하고나서 꺼냈읍니다。

「고향은 황해도 풍천이지요。 우리아버지는 농사를 했어요。 그런데 나를 열두살에 팔았읍니다。 지금 생각하니 빗값에그리했던모양이애요。 그러니 그때 나는 아무것도 몰랏지요。 그때나 떼를쓰고 안갔더라면 어찌되었을는지。 그러나 저러나 안가구야 백이는수가 있으야지 후……어머니와 아버지는 그 사람만 딸아가면 이밥에 고흔옷을준다면서 나를 얼리다못해서 회차리를 해갖이고 날작구 따렸다오。 그러니 어떻게요。 나는 앙앙 울면서 낯선 사나히를 딸아나섰지요。 나는 한발거름에 주저하고 두발거름에 앙탈하다가 문득 돌아보니 우리집 울뒤의 대추나무에는 대추가 밝앟게 익었구레。 그래서 나는 펄석 주저 앉고 울다가 아버지한테되게 얻어맞고야 일어났죠. 난 지금도 그대추가 생각나요」

그는 눈을 가늘게 뜨며 옛날을 추억하는듯 하였읍니다。

「그길로 나는 신천으로 왔죠。 그래 다음날부터는 날다리고온 우리수양아버지는 나를 소리하는 광대있는 곳에 다려다주면서 소리를 배우라겠죠。 나는 그때 얼마나 울었는지 몰라요。

어떤날 밤이래요。 문득 눈을 뜰대 곁에자는 우리수양어머니가 어머닌가 하야나는 젖가슴을 어루 만지다가 한개 얻어맞았죠。 열두살이나 났년이 젖가슴을만저 하고 사정없이 날따리겠죠。 나는 그때우리어머니가 얼마나보고 싶었겠어요。 그래서 이불을 콱막쓰며 어머니하고 부르며 울다가 우리수양어머니가 잠든것을 알자가만히이불을 들치고서 일어났죠。 창문엔 달빛이 가득하죠。 흡사히도 우리집창문같죠。 나는 문득 창문앞에 싸아두었던 내소꼽노리 작난감을생각하면서 문을가만히 열고 나왔죠。 역시 뜰앞에도 달이 가득하구레。 우리뜰악같이 어머니와 내가모기불을 피우며 풋콩까던 우리마당같겠죠。 불시에 나는 어머니가 이뜰악에 어디에 숨어 있는듯해서 어마이 어마이하고 속으로 부르면서 맴도리치다가 달을보며 작구만 다름질 쳤죠。

그때는 어린때라 저달만보고 자꾸가면 우리어머니를 맞날것같겠죠.………
후 지금 생각하니 어쩌문 싶어요.」

　그래도 풍천가는길은 동무들에게 묻고 또어떤 어툰들에게 물어 알아 두
었었죠. 그래서 그길로 자꾸만 다름질치다가 우리수양아버지가 어떻게 알
구 딸아와서얼마나 매를 따렸다구요. 그후부터는 감히 나갈생각은못했지만
그래두 해가바랑바랑 서산에 넘어갈때나、 달이 창문에환활때는 우리어머니
가 보고 싶어서 안타까워요. 아이 무엇같다구나할까? 목마른데 물먹고 싶다
고나할까 아니아니 그것보다 더해요. 그저 덮어놓고 어머니가보고싶겠죠.
더구나 길게 돌아간 행길을볼때마다 이게 우리집가는 길인가 싶어서 자꾸만
그길로 달아나구 싶었세요. 그러던것이 차츰 자라니 좀낳지껬죠. 그때는 벌
서 아리랑 타령을하구 사내들 앞에서 아양을 피우지않으면 안된신세가 되었
죠. 아이구 그까짓말 그만둡시다 후」

　그는 얼굴에 원망의 애수를 띠우며 쓸쓸히 웃었읍니다. 나는 엇결에 그의
손을잡고

　「아이참 퍽이나 고생하셨어요. 지금 몸값이 얼마야요」

　「오백원이래요. 처음 우리수양아버지가어떤 요리점으로 나를 넘길때는
삼백원이었는데、 지금은 그리되었에요. 손수 옷을지어입으면서 가진 애는
다쓰건만 나날이 늘어만 가겠죠. 그저 평생 이노릇이지요. 어제밤도 과히
잘못하지않았는데 주인놈이 이리따렸다우. 물길리고 빨래식히고 동지식히
고 또 그노릇식혀서 돈벌어처였치요. 이세상은 언제 망할까요. 그저대포로
모두 쾅쾅놔부렸으면……」

　그의 눈에는 불이 번뜻 일어났읍니다. 한참후에 나는 웃는말 비슷히

　「아니 연인이 없어요. 연인이 상당하면 몸값을치루고 나오는수도 있두면
두」

　「흥 연인、 날같은 신세에 연인이 있어요. 사내들이 사람같애요. 모두 개
새끼같이밖에는 내눈언 않보여요. 그저 그것 밖에야 아라요. 사내 사내 흥」

　나는 얼핏 나의 남편을 생각하며 싫은 생각이 들었읍니다만은 지금 그의
처지로써는 사내들을 이렇게 저주하지않고는 못견딜것을 나는 깨달았읍니

다。 나는 어디까지든지 그가 불상하였읍니다。 그가보통유녀와같지않고 어덴가모르게 침착하믈 가졌으며、 남자에게 꺾이지 않을듯한 그의 성격이 나로하여금 그러한맘을 일어나게하는것이었읍니다。

「내가 열여들살에 어떤 사나히를 교제해갖이고 그사나히에게 나의 온갓 힘과정성은 다들있어요。 부끄러운 말이지만 이손보세요。 단지까지 했더랍니다」

그는 언제나 쥐고있던 손을 내보였읍니다。 한숨을 길게 쉬인후에

「내가 손님들에게서 받은돈을 푼푼히뫃았다가、 그가오면 주인몰래 그의 포케트에 너어줄때마다 나는 얼마나 장내를약속………약속했껬……어요。 어리석은것은 게집이라요。 그는 어떤 여학생과 혼인을했껬죠……자 일어납시다」

그는 벌떡 일어납니다。 그는 이애기하면서도 맘은 놓지못하는 모양입니다。 나는 그의 손을잡고 우리집에도 한번놀러오라고 신신부탁하였읍니다。 그후로 우리들은 틈만 있으면 이렇게 산보하면서 나는 그를 어디까지든지 동정하였읍니다。

나무닢이 뜰가을 쓰는 어느날 밤이었읍니다。 나는불을막 끄려는데 문밖에서

「형님 자우? 문좀 열어유」

하는소리에 나는 벌떡 일어났읍니다。 그러고 산월인것을 짐작하며 달아나갔읍니다。

「웬일이어? 이밤중에………아니 또 매를맞았어?」

나는 방안으로 들어오자 그의 피투성이한 볼과 흩어진 머리카락을 바라보았읍니다。 그는 남편에게 인사를하고 가만히 앉았습니다。 그의 손에는 조고만 봇짐이 쥐이었읍니다。

「형님 난 나갈래!」

그의 눈은 빛났읍니다。 나는 전날 어떻게든지 기회만봐서 도망이라도하면 내 여비 같은것은 담당해주마던 기억이 얼핏떠오르며 지가 여비를 구하라왔구나! 하며 버쩍 싫은 생각이 들었읍니다。 남편도 눈이 둥글해서 그를

처다보았읍니다.

「가기는 어될 간단말야 갑작이」

나는 불숙 이런말을 하였읍니다. 그러고 어제 수해구제음악회에서三원을 기부하였는데、또돈쓸일이 나지않느가? 그러랴면 이달에살기가 좀어려울터인데 필시 이달엔 저금은 못하지하는 속궁리가 뒤뜰이어 내달았읍니다. 그는 언제까지나 잠잠히 앉았읍니다. 그러나 그의 얼굴빛은 시시로달라지는 것을 나는 보았읍니다.

「가두 말야 가는 목적지를 정하고 나와도 며칠전부터 의론이 있어야지、그러구 여기일도 연마큼 치워놓구가야지、그러다가 붙들리면 어쩔래? 그렇지않어?」

나는 전에 그보고 한말이 있으니 이렇게 어물어물말하는수 밖에 없었읍니다. 그는 나를 홀금 처다보구서 얼핏일어났읍니다.

그는 아무말 없이 튀어일어나갔읍니다. 나는 어쩐지 불쾌하믈 느끼면서 도시언하였읍니다.

아침에 나는 여전히 물동이들이고 가지밭을지날 때、문득 산월이가 생각나며 그가어제밤 집으로갔는가 혹은 도망을했나? 하는 생각이 들었으나 그가 돈이 없는것을 뻔히 아는고로 나는 안심하였읍니다만은 어쩐지 우물가서에 그와 맞날것이상쾌하였읍니다.

그때 이리로 뛰어오는 부인이 숨을가쁘게쉬면서 얼굴이 질려서

「물길러 가지마라요. 사람이 빠저서……아이 저거 여뿌장한…… 아니……웨……함께 다니던 그이말요. 그이가 죽었에요!」

나는 그순간 아찔하였읍니다. 그리고윈몸에 무서움이 홈신끼칩니다. 나는 두말없이 돌아서서 횡횡히 돌아왔읍니다. 정신없이 우리집까지온 나는

「아이……산월이가 죽었다우 여보!」

남편도 벌떡 일어났읍니다.

「뭐야? 산월이가 어디서?」

「우물에 빠저」

나는 무섭던김에 왈칵 남편에게 매어달리며

「산월이가 죽었대우! 불상해!」

하고 나는 목을 놓아 울었읍니다. 그러고 그가 그렇게 속히 죽게된 원인은 내가 말노나마 동정을 해서 죽었는지? 안해서 죽었는지? 어느 한가지에 있으리라고 나는 얼핏느꼈읍니다.

母子◉

눈이 펄펄나리는 오늘아침에 승호의어머니는 백일기침에 신음하는 어린 승호를둘러업고 문밖을나섰다. 그가 중국인의 상점앞을 지나칠때 며칠전에 어멈을그만두고 쪼끼어나오듯이 친가로 정신없이가던 자신을 굽어보며 오늘 또 친가에서 의모와 쌈을하고 이렇게 나오게되니 이전 갈곳이 없는듯하였다. 그나마 그는 의모는 말할것 없지만 아버지만 처다보고 그대로 딸자식이니 몇해는 그만두고라도 몇달은 보아주려니보다도 승호의 백일기침이 낫기까지는 있게되려니 하였다가 그역시 딴남인 애히네보다도 못하지안음을 그는 눈물겨웁게 생각하였다. 어디로가나? 그는 우뚝섰다. 사람들은 부절히 그의 옆으로 지나친다. 그는 멍하니 하늘을 처다보면서 이제야말로 원수같이 지나던 시형네집에나마 머리숙여 들어가지 않을수가 없었다. 그렇게 생각하고나니 자신은 도수장에 들어가는 소모양으로 왼몸이 부루루 떨리고 참아 발길을 떼놋는가 없었다. 그러나 생각하면 비록 그의 남편은이미 죽었지만 남편의 뒤를이을 이승호가 있지않은가! 이승호야말로 친가에서보다도 시형네집에서는 유리한 조건이 되지않는가 족하자식도 자식이지 오냐 가자! 하고 억지로 발길을 떼어놓았다. 더구나 시형네는 방금 약방을펼처놓고 있으니 들어가기가 어려워서 그렇지 그가들어만가면 승호의 이기침도 곧 나질 것같았다. 그는 용기가났다. 아무러한 모욕을 주더라도 꿀꺽참자하고 느려지는발길에 힘을주었다. 그러나 동세의 그낙시눈과 시형의 호박씨 같은눈

◉ 강경애는 이 작품을 1935년 1월호 개벽지에 발표하였다. 본고는 그 영인본에 근거하여 다시 정리하였다.

이 작고그의 발길을 돌리려고만 하였다.

만주사변전만하여도 시형이 자기의 남편을 하눌같이 떠받치었으며 그래서 자기들까지도 시형이 군말없이 생활비를대주었던것이나 일단 만주사변이 일어나고 그러고 이용정사회가 돌변하면서부터는 시형도 맘이 변하야 끔직하게알던 그아우를 밤낮으로 욕질을해가며 역시 자기네 모자를 한결같이 대하였다. 그래서 일절 생활비도대주지 않는까닭에 승호의어머니는 남의 어멈으로 들어가게되었던것이다. 그러고 특히 일년전에 남편이 객지에서 죽었다는 기별이왔을때 시형은 오히려 좋아하는 눈치를보이었기때문에 승호의어머니는 있는악이다치밀러서 큰쌈을하게되었으며 그후로는 발길을 아주끊고 말았던것이다. 그런데 오늘 이렇게 그가 머리숙여 들어 간대야 시형네 내외가 물론 덜좋아할것을 뻔히 아는터이고해서 그는 이렇게주저하고 망스리지않고는 견디지 못하였다.

가만히 엎디어있던 승호는 갑작이 머리를 들며 그몹쓸 기침발을 또내놓았다. 그러고 기침에 못이겨서 숨이 꼴깍너머가는소리를한다. 그는 얼른 승호를 앞흐로 돌려아느며 승호의 볼우에볼을 맞대고 몸을부루루 떨었다.

「승호야! 아가!」

그는 안타가워서 이렇게 부루루 승호의입에 그의 입술을대고 입김을 흠뻑빨았다. 그것은 아들의 백일기침이 자기에게로 옮아오고 말었으면하는 생각으로 그는 언제나 승호가 기침을 내놀때마다 이렇게 하군하였다. 그러고는 승호가 기침한지가 한참이지나도록 하지않으면 그가 입김을 빨은효과가 나는가하야 가슴을 태우다는 번번히그기침발을 또다시맞나군하였던것이다. 승호의 기침이 좀진정한뒤에야 그는 다시 걸었다. 어느듯시형네 담모통이로들어섰다. 그는 멈칫섰다. 시형이 웨왔느냐? 물으면 뭐라구하나? 살러 왔읍니다… 그러나? 뭐라나 그만잠잠꾸있을까 아니 어멈그만둔것은 말해야지 그러나 그집에서도 모른다면은 어찌나? 그는 어떤지하에나 떨어지는 듯 아찔하야 그만 돌아섰다. 차라리 그렇게 될바에는 아이에 들어가지도 말었으면도하였다. . 그러나 그러고보니 갈곳이없다. 그만 오늘밤이나 누구네 집에가서 자구서눈이나 끊치거던 어디로든지 갈까? 그때는 애히네집에서 쪼끼어 나오던 광경을 머리에 그리며 남이야 다같이 누구라우리모자를 하루 밤인들 재울소냐 이몹쓸기침에 걸린 우리승호를 나외에에야 누가좋다고 할 사람이 어디있어 그나마 자식값에가니 그래도 시형이 났겠지 가서말이나 해 보자 설마한들 내쫓을까 그는다시 발길을 옮겼다. 발길은 점점 무거우며 작 구 망스리게된다. 그러고 승호가 시형과 마주 앉아 이야기할때 그기침을하 면 어찌나 그래서 다소 불상한 맘이들어 집에 두랴고했다가도 그만 그기침 에놀라 딱잡아떼면 어떻거나! 좀 기다려서 승호가 기침을한후에 들어가지 그는 우뚝서서 승호가 어서 기침을 하기를 고대하였다.

이렇게 바람차고 눈오는날에 밖에서오래있는것이 승호에게 해롭다는것 은 모르는것은 아니지만 그는 이렇게 망스리며 가슴을 조리지 않을수가 없 었다.

「승호야 너 큰아버지 앞에서 기침을참아야한다 그래야한다.」

자는듯이 업디어있든 승호의 등을 가볍게 두다리며 이렇게 애원하다 싶 이하였다. 그는 멈칫섰다. 시형네 문이 눈에선듯띠웠던것이다. 그러고 새 로뺑기칠을한시형네 대문은 그가 오래간만에 왔다는것을 말해주는듯 그는 뛰는 가슴을쥐며 또다시 망스렸다. 그때 별안간 문이 열리며 H보통학교에 교사로있는 시형의딸이 앞뒤를 굽어보며 나온다. 그는 흠칫하야 물러설때

「아이 작은어머니 오래간만이네…」

눈같이 힌얼골에 보더러운 그의 외투깃털이 살작살작스친다.

「잘있었니……」

그는 질여만보아도 머리가 숙어지며말문이 꾹막힌다.

「어서 들어가요 승호는 자우?」

질여는 곁으로 오는체하더니 도루 물러난다.

「난 저기 다녀올께 작은어머니는 어서들어가요. 나오기전에 가면 못써응 작은어머니」

질여의 음성은 몹시도 명랑하였다. 그때、그는 질여를붙들고 이런사정을 해볼까? 하는 생각도 들었으나 질여는 말을마치자 생긋웃어보이고 돌아서 간다. 그는하는수없이 문안으로 들어섰다. .신발소리를들었음인지 맞동세

의 낙시눈이 유리창으로 나타난다. 그는 얼굴이 확근달며 마치원수를 대하
는듯하였다.

「이거 웬일이어? 자네가 다우리집엘올때가 있나?」

미다지를 드르르 열고 내다보는 동세는 은연중에 노기를 띠우고 그를 대
하여준다. 그는 아무말 없이 방으로 들어가 앉았다. 약내가 물쿤스치며 훈
훈한방기운이 그의 다는볼우에 칵덮씨운다. 그는 승호가 기침을 할까하야
누덕이를승호머리까지 뒤집어씨우고 앉어서 가슴을 조리었다.

「그때 돈버리한다더니 돈많이 모아겠구먼……사람이 못쓰느니 자네 아직
도 자네가 옳게한것 같으냐?」

동세는 장죽을 당기어 담배를 담는다.

「잘못했어요」

「그러구 말이지 싸울때는 혹 싸왔더라도 성이 까라지면 잘못했다고 비러
야허는게지 그래 일년이 넘도록 발길하지않으니 아랫사람으로 웃사람 대하
는법이 어디 그런가」

잘못했다는말에 동세는 성이 좀풀린모양인지 이러한말을한다. 그는 목을
놓아울고 싶은것을 겨우 진정하며 자신의맘이 참말 좁은것 같았다. 그는 감
격하였다. 웃방에서는 중국인이 약을사러왔는지 중국인의 음성틈에 시형의
굵단음성이 들린다. 그는 동세가 성이 좀풀린때에 모든것을 탁털어놓고 사
정하리라하였다. 그러고 무슨말을 꺼내렸으나 앞서는것은 눈물뿐이요 입을
떼는수가 없었다. 그러자 승호가 머리를 들더니 기침발을또내놓았다. 그의
어머니는 어쩔줄을 몰라 쩔쩔매었다.

「아니 그애가 백일 기침이 아니라구?」

동세는 금시로 눈이 샐쭉해진다. 승호어머니가 어째서 온것을 짐작하였
던것이다.

「백일기침에는 약이 없다네 언제부터 그병에 걸렸나?」

승호어머니는 약없다는 말에 기가 질리어 얼굴이 새하얗케 되었다. 그러
면 승호는 죽는수밖에 없구나! 하는 생각이 그의 머리를 아뜩하게 하였던것
이다.

「애를 잘간수 할것이지 자네 있는집에누가 알튼가?」

「아아니유」

「그러면 그집에서도 싫여하지 않겠는가」

「아아주 나왔어요!」

말끝에 그는 울고야 말었다。 동세는 횡돌아앉는다。

「백일 기침은 전염병이니 누가 좋아하겠나」

동세는 처음에 약을얻으러 온것으로만 알었으나 지금생각하니 있을곳이 없어 온것임을 알었다。 동세는 갑작이 멸시하는 생각과함께 까라앉으려던 분이치받친다。

「흥 좋을때는 발길 안하더니 새끼가 죽게되구 있을데가 없으니 온단 말이어。 우리는 모르네 아 자네 웨그리 기세좋게떠들고 나가더니 일년이 못되어 돌아오는가。 우리는 그런꼴 못보와。 자네친정집있지 그리가던지 시집을가든지 우리와는 그때부터 인연을 끊지안았나!」

담배대로 재터리를 땅땅친다。 승호어머니는 볼을 쥐여박힌듯 왼얼골이 안아픈곳이 없었다。 그는 입술을 꼭 다물어 다시한번 사정하리라하였다。

「어찌겠읍니까! 한번 용서하십시요」

「흥! 용서 용서라는게 몇푼짜리가는게야 우리는 몰라」

그때 웃방미다지가 열리며 시형의 얼골이나타난다。

「이거 웨들 이리 싱커럽게구니!」

소리를 지르며 눈알을 굴린다。

「글세 생전 면대하지 않을것같이 굴더니 새끼가 병들고 있을곳이 없으니 또왔구려」

「듣기싫여!」

시형은 소리를 냅다치며 미다지를 도루닫는다。 그나마 실끝같이 믿었던 시형조차도 저 모양이다。 그는 벌떡일어났다。

「잘들 살아요」

그는 미친듯이 밖으로튀 어나왔다。 그는 정신 없이 행길까지 나왔다。 눈은 여전히 소리없이 푹푹쏟아진다。 그는 우뚝섰다。 남편을 그는 원망하지 않을수가없었다. 그러나 그는 곧 후회하였다. 잠한잠 뜻뜻이 자지못하고 밥 한끼 달게먹어보지못하고 산으로 들로 돌아다니다가 적에게 붙들리어 죽은 남편을 원망하는자신이야말로 너머나 답답한녀자 같았던것이다.

남편이 산으로 가기전에 그를 붙들고 뭐라구 말했던가. 우리는 아무리 잘 살고저하나 잘살수가없나고 하던 남편의말 그때는 무슨말인가 하였으나 그가 살아올사록 남편의말이 옳은것 같았다. 아니 옳은것이다. 승호에게도 우리는 그렇게 가르처야하오…남편의말 아아 그남편을 잃은자신은 어떻게해야 좋을까. 남편이 살았을때는 아무러한 고생을 하여도 그래도 히망이 떠나지 않더니 지금에야 그는 무슨히망이 있으랴. 그저 앞이 캄캄한것뿐이었다.

그는 우뚝섰다. 이런생각을하니 그런지 남편의 그눈 그입모습이 작고 떠올라서 그는 소리처 울고 싶었던것이다. 그는 떨어지는 눈송이를 멍하니 바라보았다. 그러고 저눈송이가 혹은 기침에 약이나되지 않을가하는 생각에 그는 넙적 입을버리고 눈송이를 받았다. 그때 그는 시형네방에서 맡던 약내를 얼핏 생각하며 혀끝이선듯해지는 눈송이를 느꼈다. 그러고 모정하게 말하던 동세의 말이 떠올라 그는 눈을 무서웁게 떳다. 다음순간에 그는 승호가 이몹쓸 바람을 쐬여서 더기침을하게되면 어찌나하는 불안에 그는 머리에 썼던 수건을벗어 승호를 씨웠다. 그러고 걸었다. 어디로가나? 아무데라도 가지 그저 용정만 벗어나자 인심이 야박한 이 용정 아니 돈만아는 놈이 사는 이용정! 자기모자를 내쫏는 이용정! 이용정만 떠나서 자기네모자와 같은 이러한궁경에 있는 사람들이야 말로 자기네모자를 박대하지는 않을것 같았다. 이렇게 생각고나니 남편이 처음 떠나누라는 그산이 문득 생각키웠다. 「아니 어딜가서요 글세 말이나해요」그의 안타가워 묻던말 남편은 묵묵히 앉었다가 「산으로가우」 남편의말 「어느산?」 「그저 산이라구만 아라두지……」

그후부터 그는 멀리바라보이는 산을유정하게 바라보게 되었으며 누구의 입에서나 산이 어떻다는 말만 들어도 그는 가슴이 뛰군하였던것이다. 산! 남편은 필시 어느산인지는 모르나 산으로 갔을것만은 틀림없었고 그래서 죽는때까지도 산에서 산으로 옮아다니다가 ×에게 붙들리었을것이라 하였다. 그는 눈을 들었다. 눈송이에묻치어 잘보이지않는 저산 꿈같이 아득히보이는 저산 자기네 모자는남편의 뒤를딸아 저산으로 갈곳밖에 없는듯하였다.

「가자 승호야 아버지를 딸아!」

그는 흥분에 겨워 이렇게 말하였다. 그렇게 생각하니 그런지 저산에를가면 남편의 해골이나마 대할것같고 그러고 죽으면서 자기네 모자에게 남긴 말이나얻어 들을것 같았다. 그는 힘이 버쩍났다. 눈송이 송이는 그의 타는듯한볼에 떨어지고 또떨어진다.

한참후에 그는 휘휘 돌아보았다. 보이는 이눈에 묻치인 끝도없는 들뿐이요 아무도 없는듯하였다. 오직 자기네모자와 그나마 자기네모자로하여금 히망을가지게하는 산뿐이었다. 그러나 그산은 웬일인지 앞으로 가면 갈사록 아득해 보일뿐이다. 그러고보니 그의 얼굴도 눈바람에부닥치어 못견디게 쓰리고 아팠다. 딸아서 그의 전신에서 활활붓는듯하던 열도 흔적도 없이 살아지고 자기는 쓸데없는 환영을 쫏고 있었다는것을 그는 후회하면서 돌아보았다. 용정은 보이지않았으며 벌서二리 三리가량이나 온듯하였다.

그는 돌아 갈가도하였다. 그러나 용정으로 돌아가기전에 먼저 얼어 죽을 것같았다. 그는 다시 돌아섰다. 가는데까지가보자 그래서 집이 있으면 자구서 내일어떻게 하더라도 위선가자 그는 발길을옴기며 어디가 집이있는가를 삶였다. 이제부터는 확실이 날이 어두워 가는것임을 그는 알았을때 그는 한층더 조급하였다. 그러고 그는 인가를 찾아 헤매였다. 승호는 몇번이든지 된기침을 하였다. 그는 기침에도 관심하지않고 오직 인가만찾았다. 그가 이 길이 초행이 아니오 늘 다니던 길이므로 이길곱이를 지나가면 마을이 있을 것을 짐작하나 웬일인지 그길 곱이를 다지나와도 집이란 없고 그저 눈에 묻인 들뿐이었다. 한참이나 이렇게 헤매이던 그는 그가 필시 길을잘못 들은것이라고해서 눈을 똑바루뜨고두루 삶여보았으나 어딘지를 짐작하는수가 없었다. 그저 무서운바람속에 현기증을 일을만큼 빛나는 아니 그의 머리를 흔드는흰눈뿐이었다. 그는 우뚝섰다. 그러고 눈에 손을갖다대었다. 눈을 부비치고저 함이었다. 그러나 손은 마치 나무로만던 손같았으며 이미로 움직이는수가없었다. 그는 정신이바짝들었다. 자기가 지금 죽어가는것이 아닐까 하는 생각이 번개같이 들었던것이다. 그는 손발을 작구 놀려보며 승호를 불러도 보았다。 그러나 그는 이러하고 있을때가 아니라하야 앞으로 걸었다。 그때 그는 저멀리 인가같은것이 보이는듯해서 허방지방 뛰어왔다。 그러나 역시 인가가아니오 눈을 뒤집어쓰고 있는 기둥몇개었다。 그는 놀랐다。 이집 터가 마차정유소터 이었던것을 알수가있었다。 그런데 기둥몇개만남고 이리 딕지 않았는기 그때 그는 토벌난에 농촌에 집이란 대개가다 탔다던말을 얼 른 생각하며 전신의맥이란 탁풀리었다。 그는 어쩔줄을 몰랐다。 그러고 저앞 에 높은 토성을 가지고있던 중국인의 집을 삶여보았다。 역시 그집도보이지 않았다。 그는 몇거름 앞으로 나와 삶여보았으나 역시없었다。 확실히 없었다。

바람은 좀자는듯하나 눈은 점점더나린다。 그러고 땅에깔린 눈은 그의 무 릎마디를 지나쳤다。 그는 기둥을 바라보며 어찔까하다가 에라 죽으면 죽고 살면 살구 가보자! 그는 이를 악물고 걸었다。 그러나 어쩐지 앞이 캄캄해보 이고 작구만너머지려고하였다。 그러고 그의 고무신은 언제 어디서 벗어졌 는지 버선뿐이었으며 버선발에는 눈이 떡같이 달라붙어서 무겁게 천근이나 되는듯 암만 떨어도 떨어지지는않고 조금식이라도 더붙음으로 어쩌는수가 없었다。 그러고 모리와 눈섭끝에는 눈가루가허옇게 불리었으며 입술에도 역시 그랬다。 그는 다름질쳤다。 그의 생각만이 다름질칠뿐이요 그자리에 그 냥서서있었다。

그는 갑작이 허쩐해지며 스르르 미끄러지자 눈이 눈으로 코로 입으로막 쓸어 들며 숨이 콱막힌다。 그는 어떤구렁이나 혹은 개천으로 빠저 들어오는 것임을 직각하였을때 나는 죽는구나! 참말죽는구나 생각이 버석들었다。 그 는 두손을 내저으며 무엇을 붙잡으려하였다。 붙잡히는것이 푸실푸실한 눈 덩이 뿐이고 아무것도 잡히는것이없었다。 그는 소리를 질으려고 악을썼다。 그러나 들어올데까지는 들어오구야 만듯 그는 마침내 우뚝섰다。

그는 우선 숨이나 쉬도록 손으로 머리를 내휘둘러서 구멍을 내이려하였 다。 그러나 구멍을 내이면 내일사록 우에서눈이 작고 내려밀린다。 그때 그 는 갑작이승호가 이눈에 묻치어서 그만 죽었는가하야 승호를 붙들고 승호편 을 머리로 작고 바다서 구멍을 내놓았다。 눈은 머리털밑으로새여서는 차디 찬물로변하야 그의 목덜미로 배암같이 길게 달아 내려온다。 그는 이물이 승

호에게로 새여들어갈가하여 그의 저고리깃에 슴여들도록 목을 좌우로내저
었다。 그러나 물줄기는 이리저리 슴여들어간다。 그는 맥이 탁풀렸다。 그러
고 우리모자가 참말 죽는구나! 하고 다시한번 생각되었다。 그때 그는 남편
의 죽음을 생각하였다。 그가 죽게된것은 이러한눈속에서 헤여나지못함도
아니요 바다속에서 혹은 어떠한 구렁이나 개천이아니다。「우리는 아무리 살
랴고 가진애를 다써도 결국은 못살게되고 또죽게된다。 남편의말 그렇다! 옳
다! 그가 살랴고 얼마나 애를썼던가 그래도사람이 산이상에야 살수있겠지
설마한들죽을까 이러한 미련에 그날도 그날같이애쓰다가 결국은 이러한 눈
속에서 죽게되지 않았는가 남편의 죽음과 지금 자기네 모자의 죽음 얼마나
차이가 있는죽음이냐

그는 얼결에 아들을 불으며 이아들로하야는 결코 자신과 같은 인간을 만
들지 않으리라 결심하였다。 그리고 아버지가 못다한 사업을 이아들로 완성
하게하리라하였다。

「승호야!」 그는 가슴이 벅차서 이렇게 승호를불우지않고는 견디지 못하
였다。 그리고 이까짓 눈속같은것은 아무꺼릴것이 없다고부쩍 생각키웠다。

(끝)

原稿料二百圓●

친애하는 동생 K양。

간번 너의 편지는 반갑게 받아 읽었다。 그러고 약해졌던 너의몸도 다소 튼튼해짐을 알았다。 기쁘다。 무어니 무어니 해야 건강밖에 더있느냐。

K야 졸업기를 앞둔 너는 기쁨보다도 괴롬이 앞서고、 히망보다도 낙망을 하게된다고? 오냐 네환경이 그러하니만큼 응당 그러하리라。 그러나 너는 그 괴롬과낙망 가운데서 단연히 깨달음이 있어야한다。 그래서 기쁘고 히망에 불타는 새로운 길을 발견해야한다。

K야 네가 물은바 이언니의 연애관과내지 결혼관은 간단하게 문장으로 표현할만한 지식이 아직도 나는 부족하구나。 그러니 나는 요새 내가 지나는 생활 전부와 그생활로부터 일어나는 나의감정 전부를 아주 꿈일줄 모르는 서투른 문장으로 적어 놀터이니 현명한 너는 거기서 버릴것은 버리고 취하여다고

K야 내가 요새 D신문에 장편소설을 연재하야 원고료로 이백여원을 받은 것은 너도 잘알지。 그것이 내일생을 통하야 처음으로 많이 가져보는 돈이구나。 그러니 내머리는 갑작이 활기를 얻어 온갖 공상을 다하게 되두구나。

K야 너도 짐작하는지 모르겠다만은! 나는 어려서부터 순조롭지 못한 가정에서 자랐고 또 커서까지라도 순경에 처하지못한 나는 그나마 쥐꼬리만큼 배운 이지식까지마도 우리형부의 덕이었너라。 그러니 어려서부터 명일빔

● 강경애는 이 작품을 1935년 산거정 2월호에 처음으로 발표하였는데 본고는 그 영인본에 의하여 다시 정리한다。

한벌 색들여못입어봤으며 먹는것이란 언제나 조밥이었구나. 그러고 학교에 다니면서도 맘대로 학용품을 어디 써보았겠니. 학기초마다 책을 못사서 울고울다가는 겨우 남의 낡은책을 얻어가졌으며 종이와 붓이 없어 나의 조고만 가슴은 그몇번이나 달막그리었는지 모른다.

K야 나는 아직도 잘기억한다. 내가학교 일년급때일이다. 내일처럼 학기시험을 치겠는데는 종이 붓이없구나. 그래서 생각다 못해서 나는 옆의 동무의 것을훔치었다가 선생님한테 얼마나 꾸지람을 받았겠니. 그러구 애들한테서는 애! 도적년 도적년하는 놀림을얼마나 받았겠니 더구나 선생님은 그 큰눈을 부라리면서놀시간에도 나가 놀지못하게하고 벌을 세우지 않겠니. 나는 두손을 버리고 유리창 곁에 우둑허니 서있었구나. 동무들은 운동장에서 눈사람을 맨들어 놓고 손벽들치며 좋와하지 않겠니. 나는 벌을 서면서도 눈사람의 그입과 그눈이 웃으음에 킥하고 웃다가 또 울다가하였다.

K야 어려서는 남의것을 훔칠생각을 했지만 소위 중학교까지 오게된 나는 아무리 바쁘더라도 그러한맘은 먹지 못하였다. 형부한테서 학비로 오는돈은 겨우식비와 월사금 밖에는 못물겠더구나. 어떤때는 월사금도 못물어 머리를들고 선생님을 바루보지 못한쩍이 많았으며 모르는학과가 있어도 맘 놓고 물어보지를 못했구나. 그러니 나는 자연히 기운이 죽고 바보 같이 되더라. 따라서 친한동무한사람가저보지못하였다. 이렇게 외로운까닭에 하느님을 더의지하게 되었으니 나는 밤마다 기숙사 강당에 들어가서 목을 놓고 울면서 기도하였다. 그러나 그괴로움은 없어지지않고 날마다 달마다 자라만 가두구나. 동무들은 양산을 가진다 세루치마 저고리를 입는다 털목도리 짜켔을짠다 시게를 가진다. 지금 생각하면 그모든것이웃읍게 생각되지만은 그때는 웨그리도 부러운지 눈물이 날만큼 부럽두구나. 그폭신폭신한 털실로 목도리를짜는 동무들 보면 나도모르게 그실을 만저보다는 앞서는것이 눈물이두구나. 여학교시대가 아니구서는 맛보지못하는 이털실의맛! 어떤때 남편은 당신은 웨 짜켓하나 짤줄 모루? 하고 처다볼때마다 나는 문득 여학교 시절을 회상하며 동무가 가진 털실을 만지며 가이 짜르르하게 느끼던 그 감정을 다시한번 느끼군하였다.

K야 어느 여름인데 내일같이 방학을하고 고향으로떠날터인데 동무들은 떠날준비에 바뿌구나. 그때는 인조신이 나지않을때이다. 모두가 쟁친 모시 치마 적삼을 잠자리 날개처럼 가볍게 해입고 힌양산검은 양산을 각기 사두 구나. 그때에 나는 어쩨야 좋을지 모르겠더라. 무엇보다도 양산이 가지고 싶어 영죽겠두구나. 지금은 옆십무인들도 양산을 가지지만 그때야 말로 여 학생이 아니구서는 양산을 못가지는줄로 알았다. 그러니 양산이야말로 무 언중에 여학생을 말해주는 무슨표인것 같이 생각 되었니라. 철없는 내맘에 양산을 못가지면 고향에도 가고 싶지를 않두구나. 그래서 작구울었지만 않 았겠니. 한방에 있는 동무하나가 이눈치를 채었음인지 혹은 나를 놀리누라 구 그랬는지는 모르나대부러진 낡은 양산하나를 어대서 갖다주두구나. 나 는 그만 기뻤다. 그러나 어쩐지 확근달며 냉큼 그양산을가질수가 없두구나. 그래서 새침하고 앉았노라니 동무는킥웃으며 나가두구나. 그동무가 나가자 마자 나는 얼른 양산을쥐고 벌이어보니 하나도 성한곳이 없더라. 그때 나는 무어라 말하수 없는 울분과 슲음이 목이 막키도록 지받치두구나. 그러나 나 는그양산을 버지리는 못하였다.

K야 나는 너무나 딴길로 달아나는듯싶다. 이만하면 나의 과거생활을 너 는짐작 할터이지……나의 현재를말하려니 말하기 싫은 과거까지 들추어노 았다. 그런데 k야 아까 말한 그원고료가 오기전에 나는 밤오래도록 잠을 못 이루고 그돈으로 무엇을할까? 하고 생각하였다. 지금 생각하면 부그러운 말 이지만 위선 겨울이니 털외투나 하고 목도리 구두 내앞니까 너무 새가 넓으 니 가늘게 금니나하고 가늘게 금반지나하고 시게나……아니 남편이 뭐랄지 모르지 그래두 뭘내벌어서 내해가지는데야 제가 입이 열이니무슨말을 한담 이번 기회에못하면 나는 금시게하나도 못가지게 ── 눈딱감고 한다. 그러 고 남편의 양복이나 한벌 해줘야지 양복이 그꼴이니 나는 이렇게 깡그리 생 각해 두었구나. 그런데 어느날 원고료가 내손에 쥐어졌구나 K야 남편과 나 와는어쩔줄을 모르게 기뻐했다.

그날밤 나는 유난히 빛나는 등불을 바라보면서

「이돈으로 뭘하는것이 좋우?」

남편의 말을 들어보기 위하야 나는이렇게 물었구나. 남편은 묵묵히 앉았다가 혼자하는말처럼

「거참 우리같은 형편에는 돈이 없는것이 오히려 맘편하거던……글세 이왕 생긴것이니 써야지. 위선 제일급한것이 웅호동무를 입원시키는게지……」

나는 이같이 뜻밖에 말에 앞이 아뜩해지며 아무말도 할수가 없두구나. 그러고 나를 처다보는 남편의그얼굴이 금시로 개모양같고 또 그눈이 예전 소눗깔 같두구나.

「그러고 다음으로는 홍식의부인이지. 이겨울동안은 우리가 돌봐야지 어찌겠우?」

나는 이이상 남편의 말을 듣고 싶지않더라. 그래서 머리를 돌려 저편벽을 물끄럼이 바라보았구나. 물론남편의 동지인 웅호라든지 혹은 같은 친구인 홍식의부인라든지를 나역시 불상하게 생각하지 않는배는아니오 그래서 이 돈이 오기전까지는 우리의 힘이미치는데까지는 도와주고 싶은맘까지 갖었지만 그러나 막상 내손에 이백여원이라는 돈을 쥐고나니 그때의 그생각은 흔적도 없이 사라지두구나. 어쩔수 없는 나의 감정이더라. 남편은 대답이 없는 나를 한참이나 바라보다가 약간 거색인 음성으로

「그래 당신은 그돈을 어떻게 썼으면좋을듯 싶소?」

그물음에 나는 혀를 깨물고 참았던눈물이 샘솟듯쏟아지드구나. 그순간에 남편이야 말로 돌이나 깎아논듯 그렇게도 답답하고 안타갑게 내눈에 비춰어 지두구나. 무엇보다도 제가 결혼당시에 있어서도 남들이 다하는결혼반지하나 못해 주었고 구두한켤레 못사주지 않았겠니. 물론 그것이야 제가 돈이 없어서 그리한것이니내가 그만한것은 이해못하는것은 아니다. 그러나 돈이 생긴오늘에 그것도 남편이 번것도 아니오 내손으로 번돈을가지고 평생의 원이면 반지나 혹은 구두나를 선선히 해신으라는것이 떳떳한일이 아니겠니. 그런데 이등신같은 사내는 그런것은 염두에도 먹지않는 모양이더라. 나는 이것이 무엇보다도 원망스러웠다. 그러고지금 신은 구두도 몇해전에 내가 중이염으로 서울갔을때 남편의 친구인 김경호가 그의 안해가 신다가 벗어논 구두를 작구만 신으라구 하두구나. 내신발이 오죽짠아야 그리했겠니. 그때

나의 불쾌함이란 말할수 없었다。 사람의 맘은 일반이지 낸들 웨 남이 신다 벗어논것을 신고 싶겠니。 그러나 내신발을 굽어볼때는 참아 딱잘라 거절할 수는 없두구나。 그래서 그구두를 둘러보니 구멍난것은 없더라。 그래서 약간 신고 싶은맘이 있지만 남편이 알면 뭐라고 할지몰라 그다음으로 남편에게 편지를 헸구나 메칠後에 남편에게서는 승낙의 편지가 왔겠지。 그래서 나는 그구두를 신게되지않았겠니。 그러나 항상그구두를 볼때마다 나는 불쾌한 맘이 살아지지 않두구나。 그런데 오늘밤 새삼스러히 그구두를 빌어신던 그 때의 감정이 목구멍까지 치받치며 참을수 없이 울음이응응 터지는구나。 나 는 마침내 어린애같이입을 버리고 울지 않었겠니。 남편은 벌덕일어나며왱 소리가 나도록 나의 뺨을 후려치누나。 가뜩이나 울분에 못이겨 울던나는 악 이 있는대로 쏟어나두구나。

「웨때려 날웨때려!」

나는 달려들지 않았겠니。 남편은 호랑이눈같은눈을 뻔쩍이며 재차 달려들 더니 나의 머리끄댕이를 치는바람에 등불까지 왱그렁 젱하고 깨지두구나。 따라서 윈방안에 석유내가 확뿜기누나。

「죽여라。 죽여라」

나는 목이 메여 소리쳤다。 이제야 말로이사나이와는 마즈막이다 —— 싶 더라。 남편은 씩은벌덕이며

「응 너따위는 백번 죽어싸다。 내 네맘은 모르는줄 아니。 흥 돈푼이나 생 기니까 남편을 남편같이 안 알구 에이 치사한년가라! 그돈다 가지고 내일 네집으로가 너같은 치사한년과는 내못살아。 윈 여호같은년……너도 요새 소위 모던껄이라는 두리홰눙년이 되고 싶은게구나。 아 일류문인으로써 그 리해야하는게지 허허 난그런 일류문인의 사내될 자격은 못가젔다。 머리를 지지고복고、 상판에 밀가루치을하구 금시게에 금강석반지에 털외투를입고 입으로만 아! 무산자여하고 부르짖는 그런문인이 되고싶단 말이지。 당장나 가라!」

내손을 잡아 끌어내누나。 나는 문밖으로 쫓기어났구나。 K야 북국의 바람 이 얼마나 찬것은 말할수 없다。 내가 여기 온지 사개성상을 마지했건만 그

날밤같은 그러한 매스운 바람은 맛보지 못하였다. 왼세상이 어름덩이로 된 듯하두구나. 처다보기만해도 눈등이 차오는달은 중천에 뚜렸한데 매스운바람결에 가루눈이 씽씽날리누나. 마치 예리한 칼끝으로 내피부를 찌르는듯 내몸에 부디치는 눈빨이 그렇게 따굽구나. 나는 팔장을찌르고우둑허니 눈우에 서있었다. 그때에 나의 머리란 너머나 많은 생각으로 터질듯하두구나. 어떻게하나? 나는 이여러가지 생각중에 어떤 결정적 태도를 취하려고 이렇게 중얼그리며 머리속에 돌아가는 생각을한가지식 붙잡아 내었다. 제일 먼저 내달아오는것이저사나히와는 이전 못사는게다. 금을 줘도 못사는게다. 그러면 나는 어떻거나 고향으로가나? 고향……저년 또다시살았나 글세그렇지 며칠 살겠기 저년 홰능년하고 비웃는 고향사람들의 얼굴과 어머니의 안타까워하는 모양! 나는 흠칫하였다. 그러면 서울로가서 어느 신문사나 잡지사에 취직을해? 종래의 여기자들의 염문만 퍼친것을 보아 나역시 별다른 인간이 못된다는것을 깨닫자 그말로는 타락할것밖에 없는듯……그러면 어디도 어떻거나 동경으로가서 공부나 좀해봐 학비는 무엇이대구 내처지로서는 공부가 아니라 타락공부가 될것같다. 나는 이러한 결론을 얻을 때? 어쩐지 이세상에서 버림을 받은듯 나는 여기를 가나 저기를 가나 누가 반가히 맞바다줄 사람이라구는 없는듯하구나. 그나마호랑이 같이 씩은그리며 저방안에 앉아있을 저사나히가 아니면 이손을 잡아 줄사람이 없는듯 하구나.

K야 이것이 애정일까? 무엇일까. 나는 그때 또다시 더운 눈물을 폭폭 쏟았다. 동시에 그호랑이 같은 사나히가 넙쩍넙쩍 지끄리던 말을 문득 생각하였다. 그러고 홍식의 부인이며 그어린것이 헐벗은모양 또는뼈만 남은 웅호의 얼굴이 무시무시 하리만큼 떠오루누나. 남편을 감옥에 보내고 떠는 그들모자! 감옥에서 심장병을 얻어가지고 나와서 신음하는 웅호! 내손에 쥐여진 이백여원……이것이면 그들을 구할수가 있는것이다. 나는 아직까지 몸이 성하다. 그러고 헐벗지는않았다. 이우에 무엇을 더바라는것이 허영 그것이 아니냐! 나는 갑작이 이때까지 어떤 위태한 꿈을꾸고있었다는 것을 확실히 알았다.

K야 나와 같은 처지에서 금시게 금반지 털외투가 무슨 소용이 있는게니.

그것을 사는돈으로 동지의 한 생명을 구원할수 있다면 구원하는것이 얼마나 떳떳한 일이냐。 더구나 남편의 동지임에랴。 아니내동지가 아니냐。 나는 담박에 문앞으로 뛰어갔다。

「여보 나잘못했오」

뒤미처 문이홱 열리누나 그래서 나는뛰어 들어가 남편을 붙들었다。

「여보 나잘못했소. 다시는 응」

목이메어 울음이 쓸어 나왔다。 이울음은 아까 그울음과는 아주차이가 있는 울음이 었던것만은 알아다고。 K야 남편은 한숨을 푹쉬면서 내머리를 매만진다。

「당신의 맘을 내전연히 모르는배는 아니오。 단벌 치마에 단벌 저고리를 입고있으니……그러나 벗지는 안았지。 입었지。 무슨걱정이 있오。 그러나 웅호 동무라든가 홍식의 부인을 보구려。 그래 우리손에 돈이 있으면서 동지는 알아 죽거나 굶어 죽거나 내버려 둬야 옳단말이오……그러기에 환경이 같아야 하는게야환경이 나부터라도 그돈이 생기기전과는 확실히다르니까」

남편은 입맛을 다시며 잠잠하다。 그도 나없는 동안에 이리저리 생각해본 후의 말이며 그가 그렇게 분풀이를한것도 내게 함보다도 자기자신에서 일어나는 모든 불쾌한 생각을 제어하고저 함이 었던것을 나는 알수가 있었다。 나는 도리혀 대담해지며 가슴에서 뜨거운 불길이 확 일어나두구나。

「여보 값헐한것으로 우리옷이나 한벌식하고 쌀이나한말 나무나 한바리사 구는 그들에게 논아줍시다! 우리는 앞으로 또벌지 않겠오」

남편은 와락 나를 쓸어 않으며

「잘생각 했오!」

K야 네가 지루할줄도 모르고 내말만길게 널어 놓았구나。 너는 지금 졸업기를 앞두고 별에별 공상을다할줄안다。 물론 그공상도 한때는 없지못할것이니 나는 결코 너의 그공상을 나물하려고 드는것은 아니다。 그러나 그공상에서 한보뛰어나와서 현실에 착안하여라。

지금 삼남의 리재민은 어떠하야? 그리운 고향을등지고 쓸쓸한 이만주를 향하야 몇만의 군중이 달려오고 있지않느냐 만주에 와야 누가 그들에게 옷을주고 밥을 주더냐. 그러나 행여 고향 보다는 날까하고 와서는 처자는 요리판에 혹은 부호의 첩으로 빼았기우고 울고불고하며 이넓은벌을 헤매이지 않느냐. 하필삼남의 이재민 뿐이냐. 요전에 울등도에서도 수많은 군중이 남부에대하야 원산에 상륙하지 않었더냐. 하여간 전조선의 빈한한 군중은 아니 전세계의 무산 대중은 방금 기아선상에서 헤매이고 있는것을 너는 아느냐 모르느냐.

K야 이간도는 토벌단이 들이밀리어서 지금 한창총소리와 칼소리에 전대중이 공포에 떨고있는중이다. 그러니 농민들은 들에서 농사를 짓지못하였으며 또산에서 나무를 버이지못하고 혹시 목숨이나 구해볼까하야 비교적 안전 지대인 용정시와 국자가같은 도시로 몰려드나 장차그들은 무엇을 막고 살겠느냐. 이곳에서는 개목숨보다도 사람의 목숨이 헐하구나.

K야 너는 지금 상급학교에 가게되지 못한다고 혹은 스윗트홈을 일우게 되지못한다고 비관하느냐? 너의 그러한 비관이야말로 얼마나 값없는 비관인가를 눈감고 가만이 생각해보아라. 네가 만일어떠한 기회도 잠시동안 너의 이상하는바가 실현될지 모르나 그러나 그것은 잠간동안이고 너는 또다시 대중과 같은 그러한 처지에 서게 될터이니 너는 그때에는 그만 자살하려느냐.

K야 너는 책상우에서 배운 그지식은 그것만으로도 훌륭하다. 이제야말로 실천으로 말미아마 참된 지식을얻어야 할때이다 그리하야 너는 오직 너의 사회적가치(社會的價值)를 향상시킴에 힘써야한다. 이사회적가치를 떠난 그야말로 교환가치(交換價值)를 향상시킴에만 몰두한다면 너는 낙오자요 퇴패자이다. 이것도 결코 너를 상품시 혹은 물건시 하는데서 하는말이 아니오. 사람이란 인격상 취하는방면도 이러한 두방면이 있다는것을 네게 알려주고저 함이다.

사랑으로 통한 샛문이 홱 열렸다.

「이사람아 원 그렇게못듣는담 이리좀나오게」

새끼 꼬기에만 열중하였던 김서방은 깜짝놀라 머리를 늘었다.

「아 이리나와!」

버럭지르는 소리에 김서방은 어리둥절하야 일어났다. 그러고 자신의 무슨 잘못으로 주인이 꾸지람을 나리우시랴하는 불안에 그의 가슴이 웅하고 뛰는것을 느끼며 사랑으로 나왔다. 그의 눈등이 근지루우며 눈물이 날만큼 사랑은 밝았다.

「거게 앉게」

주인의 말을 따라 김서방은 쭈그려앉았다. 주인은 그의 머리에 너저분하게 올라앉인 집부스레기를 바라보면서 한참이나 무슨 생각을 하다가.

「그런데 자네를 부른것은 다름이 아니라! 앞벌 밭을 팔았네 그—리—」

주인도 어느듯 비창한 빛을 얼굴에띄우며 묵묵 하였다. 김서방은 앞벌밭이란 말밖에 아라듣지 못하였다. 그래서 그는 머리를버쩍들었다.

「낸들 그밭을 팔고 싶어 팔어겠나만은 형편이 그리되니 할수가있던가」

사년전에 그가 면장운동 하면서 그밭을 금융조합에 저당할때는 면장만되고보면 그밭만은 쉽사리 찾게 되리라 하였으며 그우에 모든것이—자기의 맘대로될줄 아랐으나 실제 면장이 되고보니 씀새가 넓어지며 그밭을 찾기는

◉ 강경애는 이 작품을 1935년 신동아 3월호에 발표하였는데 본고는 그 영인본에 근거하여 다시 정리하였다.

고사하고 리자도 못물어서 미구에 밭으로 아끼우게 된모양이므로 하는수 없이 그밭을 팔았던것이다 김서방은 그제야 다소 짐작되었다。 동시에 그는 몇천길되는 낭아래로 떨어지는듯 앞이 아뜩해지며 핑그르 도는듯하야 머리를 푹숙였다。

어려서 양부모를 잃은 김서방은 이마을 저마을로 전전 걸식하다가 다행이라할지 면장의 아버지인 박초시의 눈에들어 이집의 고용으로 있게 되었으며 주인과 손에 손을 맞잡고 앞벌을 개간하였다。 따라서 해가 거듭 할사록 농사가 잘되며 전지가 하나 둘 늘어가는데는 그는 주인의것이라는 관념을 전연히 잊고 몸을 아끼지않고 일하였으며 그런지 몇해에 주인 박초시는 이 신화면에 둘도없는 재산가로 명성을 날렸던것이다。

「자네는 하인이 아니라 내아들이니……참말 우리집 주추돌이니 자네가 없으면 우리집꼴이 되겠나。 그저 돈만 모히게되면 자네 장가도 보내주고 한 살림 톡톡히 물려 줄거이니 응 이사람아」주인 박초시는 때때로 이렇게 말하야 김서방으로 하여금 극도로 감격하게 하였으며 잠시도 놀지않고 일을 하게하였던것이다。

「물론 섭섭 할줄 아네。 그러나 형편이 그리되는것을 어찌겠나」

면장의 어성은 가늘어지며 누가 밖에서 이말을 듣는듯 조심이 되었다。 그러고 김서방을 대하야 사정하듯하는 자기의태도가 불쾌해지며 김서방의 얼빠진듯한 얼굴이 싫여졌다。 그는 깜박 잊었다는듯이 권연을 붙여 물며 면장의 특유한 위엄을 도살리었다。 따라서 그가 처음 김서방을 불러낼때에 생각으로 돌아갔다。

「그런데 말야。 우리집 형편이 이전 농사를 못하게 되지않었나。 그러니 자네도 자네 갈길을 취하여야 하네。 」

그는 그의 아버지의 유언을 잠간생각하였다。「김서방은 내가 죽는다더라도 내보내지 말아라。 그를 내보내면 우리집은 다된것이다」그는 다시 가슴이 뭉클해서 김서방을 흘금 처다보았다。 해골을 보는 듯한 그얼굴! 그를 더둬야 송장이나 보았지 더무엇을 얻을히망은 없다。 그러고 요새부터 사랑벽이 쿵쿵 울리도록하는 김서방의 기침소리는 마즈막 운명하는 사람의 담울리는

소리같아 불쾌하기 짝이없었던것이다. 더구나 군에서 나오는 손님이나 있
으면 그기침소리가 한가닥 더한듯하야 금시로 내쫓고싶은 맘이 들군하던것
이다.

김서방은 청천하늘에 벼락을 맞는듯한 면장의 말에 기가 질리어 아무말
도 못히고 부루루 띨있다. 그러고 부심히 담배불에 타진듯한 자리를 그의
굵단 엄지손으로 만지작그렸다. 자리를 걸은 왕골로부터 옮아오는 매끈매
끈한 감촉 그는 얼른 그의방에 높직히 간수한 긴왕골대를 문득 생각하며 이
것을 기워야할터인데하고 다시금 들여다볼때 손과 머리는 너머나 동떨어진
듯 지금 자기는 어떠한 처지에 있다는것을 얼핏 깨다르며 그도 모르게.

「주인님!」

하고 불렀다. 면장은 머리를 들었다. 김서방의 눈에는 눈물이 핑그르르
돌아떨어진다.

「말을해」

기다리다 못해서 면장은 이렇게 물었다. 김서방은 얼결에 이렇게 불러놓
고보니 그가 부른 주인은 아니다. 지금에 그의앞에 앉은 주인은 그의 등을
밀어내는 주인이다. 그는 머리를 수기며 여전히 담배불에 타진자리를 만지
작그렸다. 휘황한 람포등불에 터실터실하게갈라진 그의 굵단 엄지손이 뚜
렷하였다.

면장은 문갑에서 오원짜리 지화를 내어 김서방의 앞으로 밀어놨다.

「자 약소하나마 이것으로 로비나 보태어 쓰게. 그러고 지금이 일군들이
한창들고 나고 할때이니 시기를 놓지지말고 어디 좋은 자리를 구하게. 응
이제 손님들이 오실터이니 곧 일어나게」

면장은 김서방과 더앉아 있기가 거북하야 벌덕 일어났다. 그러고 내일부
터라도 김서방의 그기침소리를 안들을것을생각하니 속이 홰풀리는듯 시언
하였다. 김서방은 정신 없이 그의 방으로 나와서 집단우에 팍쓸어졌다.

한참후에 김서방은 무엇에 놀라 머리를드니 면장의딸 옥선이가 문을 열
고섰다.

「김서방 어머니가 들어와서 불때래。 얼른 하이꾸」

참새 같이 뛰다가 냉큼 방안으로 뛰어 들어온다.

「아이참 느리기도해。 김서방 얼릉요。 애이 방에선 무슨 냄새야。 김서방 똥눴서? 호호」

옥선이는 조고만 코를 홍홍하야 냄새를 맡다가 뛰어나간다。 김서방은 겨우 몸을 일우켜 밖으로나와서 나무 한단을 빼가지고 부엌으로 들어갔다。 부엌에는 어슴푸레하니 불이 켜있으며 시렁우에 줄을지어 얹은놋그릇에는 수없는 불빛이 별같이 깜박였다。 그러고 면장의 마누라는 마늘내를 행주치마에 풍기면서 분주하다。

「어서 불때시우」

동백기름내 흑끼치며 김서방의 머리우에서 이런말이 들린다。 그는 수굿하고 아궁에 불을 살라넣으며 주인의 하던말을 곰곰히 생각해보았다。 그러나 모든것은 꿈속에 보는듯 분명하지를 않고 히미하야 사실같지 않았다。 그러고 그의 머리가 너머나 끌어서 마치 저아궁에 불이 붙는듯 것잡을수가 없었다。 한참후에

「김서방 웨그리우 어디 아프?」

그는 정신이 바짝들어 살펴보니 아궁이 캄캄하도록 나무를 넣지않었다。

「아프면 나가누시우。 이제 면소사가 올터이니 그더러 도와달라지。 어서 일어 나시우」

김서방은 얼껼에 일어나 밖으로 나왔다。 서리를 품은듯한 바람결이 그의 다는 머리를 시언하게 하여준다。 그는 아무데나 펄석주저 앉았다。 나가라? 그것이 참일까。 혹은 취중에서 나온말인가

「꼬꾸닥 꼬꾸닥!」

닭의 소리에 그는 잠간 귀를 기우려들었다。 동시에 어느닭을 또 잡누하는 생각과함께 수많은 닭들의 모양이 일일히 떠올랐다。

아침만 되면 그는 일즉이 일어나서 모이 박아지를 들고 퇴똘우에 올라서서 구구하면 산산히 헤졌다 큰닭 적은병아리까지 목을길게 빼고 뿌루루 뿌루루 달아와서는 떨어지는 모이를 보기 좋게 쪼아먹고하였다。 그때마다 그는 대견함에 가슴이 불룩해지는듯 어느놈이 어디가 상하지나 않았나? 혹은

솔개미에게 채워가지나 않았나하야 두루루 살펴보다가 문득 한놈이 없어진
듯하야 저편모퉁이를 바라보며 목을 높여 구구 구구 소리치다가 얼른 어제
면소사가 닭잡아 가던것을 생각하고는 닭을 부르던 목소리가 뚝끊저지며 왼
전신이 짜르르 울리곤하였다. 그때마다 무어라 형용할수없는 슬픔이 불평
으로 번하야 ㄱ의 뼈끝마다 슴여드는듯 하였다. 자기를 아라보는듯한 그눈
매! 자기만이 아라드를수있는 그꾸루루꾸꾸! 하는소리 날이 갈사록 하나 둘
보이지 않으니 아는듯 모르는듯 그러한 불평이 일며 주인 대하기가 어쩐지
싫어지는것이다.

　박초시 생전에는 사명일마다 닭고기를 느긋하도록 먹었건만 주인이 도라
간후부터는 그렇게 많은 닭을 기르겠만도 닭의 발목하나도 구경할수가 없었
다. 저렇게 손님이나 오면은 두마리 세마리 아끼지 않고 잡아서 술안주로하
고 그나마는 군수에게 보냄네 어너군속에게 보냄네하야 닭의홰가 쓸쓸하도
록 잡아내가지군하였던것이다.

　그는 이러한 생각을하다가 몸이 오실오실치우며 양어깨가 어쌀하므로 몸
을 웅쿠리며 살펴보니 자신은 지금 허간 뒤에 와서 앉았다는것을 알았다.
그러고 허깐 속에 들어있는 날무던 호미를 문득 생각하며 가슴이 묵직해젔
다. 호미도 이전 무디어서 새것으로 사오던가 그렇지않으면 쓸만한것으로
추리어서 다시 별어오던가 그어느것중에 한가지는 꼭해야 할터인데 그리랴
면 어느날 조용히 주인을 맞나 의론하구서 돈을 타내야겠다고 이허간문만
바라보게되면 그는 문득 생각되군 하였던것이다.

　그말이 참이라면 자기가 호미를 잡는것도 지나간 여름으로 종결을 지은
듯 「밭을 팔아? 누가 팔아!」 그는 불쑥 이렇게 투덜그렀다. 따라서 어디가
서 하소할곳없는 슬픔이 그의 왼가슴을 찢는듯 그는 견딜수가 없어 벌떡 일
어 났다.

　「아버지시여 무소부지하시고 전지전능하신이여 우리 면장댁에 복을 마나
와같이 나리워 주시옵소서 그리하야 속히 면장님도 회개하시고 아버지 앞으
로 나와서 진실한 일꾼이되여 이온집안이 인가구가 되여 아버지의 사랑하는
식구가 되여주시게 하시옵소서…」

　김서방은 안방을 바라보며 목사가 또온것을 알았다. 요새 면장의 어머니는 예수에 미처서 밤낮을 헤이지않고 목사를 청하야 좋은음식을 대접하며 또저와 같이 기도를 받는것이다. 김서방은 목사의 기도소리가 듣기 싫여서 어정어정 걸었다. 웬일인지 이집안은 다된듯하였다. 그는 도라간 주인이 곧 그리웠다. 그라야만 자기의 타는 속을 십분의일이라도 아라줄듯 하였다.

　그는 가마부엌을지나 그의 방문 앞에섰으나 방으로 들어가고 싶지 않았다. 그래서 앞뜰로 나와버렸다. 앞뜰에는 앙상한 나무가지 그림자로 가득하다. 그러고 어디선가 벌레소리가 쌍으로 들렸다 꺼졌다 하였다. 그는 나무곁으로와서 팔장을끼고 우둑허니 서있었다. 「참이라면 나는 어디로가나? 개똥 아범이간 북간도로나갈까? 이놈 못하는 법이니라。 네아비 생각을하기루니 음 이놈」 면장이 앞에 섰는듯이 그는 눈을 부릅뜨고 소리쳤다. 그때 무심히 눈에 띄운 벼짚나까리며 조짚나까리! 그는 눈물이 글성글성 하였다. 머리를 처들어야 볼수있는 저나까리를 여름내 농사를 짓끼에 얼마나 힘을 들였던가。 「이놈 못하는 법이니라 네집식구를 내가 먹여살렸지 네놈까지도 내가 지은곡식을 먹구 이때까지 살지않았냐。 하늘이 있니라」 그는 목에 물주먼이가 수십개 매달리어 견딜수가 없다. 그래서 왔다 갔다하다가 벼짚나까리에 칵 엎디었다。 벼짚으로부터 옮아오는 구수한 짚냄새! 내가 나가면 이놈의 집에서 이좋은짚을 썰여드리거나 극상하야 이엉초로나 팔겠구나하였다。 아주 좋은 짚단으로만 추리어서 태산 같이 싸아놓은 이짚나까리! 겨울에 한단식 뽑아다가 잘다듬어서 물에 흠신 축였다가 멍성 망꼬리 고흔짚신을 얼마던지 만들것인데……

　「주인님!」

　그는 목이메어 돌아간 그의 주인을불렀다. 짚대만 바스락 그릴뿐 아무 반응이 없었다. 그는 짚을 줌이 벙울게쥐어 북뽑아 쥐고 벌떡 일어났다. 바라보이는 앞벌 달빛을안고 고요히 잠든저벌 그는 다름질치고 싶다. 저벌에는 누가그를 기다리는듯 언제나 그렇게 생각된다. 앞벌밭머리로 졸졸흐르는 물소리며 그옆에 있는 크단차돌 그돌에서 주인과 자기가 마주앉아 몇번이나 정드는 이애기를 주고 받았던가。 혹은 점심을먹으면서 담배를피우면서 주인은 얼마나 진정으로 그를 위로해 주었던가.

그러나 지금 도리켜 생각해보니 주인은 자기에게 거진말만 한것같다. 그가하던말이 하나이나 실행되었던가 여기까지 생각한 그는 새로운 무엇을 깨다른듯 정신이 버쩍 들었다. 근오십여년동안을 그는 주인영감의 말에 마춰되여 헛된 삶을 해온듯했다. 「오냐 나가라면 나가지. 내이놈의 집이 아니면 못살겠냐. 이놈들!」

그는 방금 박초시의 얼굴을 머리에 그리며 납축한 입을버리고 납신납신 지꺼리던 그의말을 기가 막힌듯이 생각하였다. 만일 그가 곁에 있다면 에이요 간사한놈아! 하고 뺨이라도 후려치고 싶다. 앞벌 밭에서 그가 돌짐을 지다가 너무기진하야 돌짐을진채 냇물가에 엎더졌을때 주인은 뭐라구 달랬던가. 그때 주인의 말에 감격하야 그는 깨어진 무릎을 드려다도 보지못하고 그돌짐을 지지않았나. 그날밤 그는 왼몸이 절절끄르며 무릎이 아파 한잠 못자고도 여전히 이트날 아침에 일어나서 그돌짐을 지지 않았나. 해종일젔지. 아니 저벌에 돌이란돌은 그가 모두 져내지 않았나 「이놈 말은 어찌구 어찌구하구서는 죽을때 말한말직이 안줘? 에이 죽일놈 네아들보다 네놈이 더하다」 그는 왼몸을 부루루 떨며 이렇게 소리쳤다.

사랑에서는 여전히 떠들어댄다. 밖알문이 시컴한 그림자로 얼신얼실 하는것을 보니 일어나서 춤들을 추는 모양이다. 그는 벌떡일어났다. 한시도 이러한집에 있기가 싫었다. 그래서 그는 이밤으로 어대던지 나가고 싶어서 허방지방 그의방으로 들어왔다. 방에는 기름불조차 꺼지고 캄캄하였다. 그러고 무질서하게 늘어놓은 짚단만이 그의 발길에 턱턱 가로 채일뿐이다. 그는 방한구석에 놓아둔 상자를 당겨서 옷가지를 꺼내 꽁꽁동이고 새끼를끊어 옷을한벌더 동인후에 목에걸머지고 담배대를 더듬어 찾아가지고 문밖을 나섰다.

「누구야!」

혀곱은 소리에 김서방은 돌아보았다. 어느 면서기인듯한 놈이 오줌을 누다말고 소리친다.

「웬자식이야!」

재차소리치는 바람에 얼마쯤 걸어나가던 김서방은 있는 분이란 불같이 타올랐다.

「이자식 누가 내밭을 팔아!」

김서방의 입에서는 불숙 이러한말이 퉁겨나왔다. 그리고 단숨에 달려들어 면서기의 따귀를 쩔석 후려췄다.

「이놈 봐라 이놈 웬놈이냐」

면서기는 있는 힘을 다하야 달라붙는다. 사랑에서는 여전히 흥이나서 춤을추며 돌아간다.

-끝-

煩惱[*]

「이보톨(호라비)아 웨 이려」

남편은 술이 얼근하야 일어나는 R을붙잡았읍니다. 그바람에 상에서 저가 내려지며 쟁그렁 소리를 냈읍니다.

「이사람 놓이 난취했네. 가서 자야지. 아주머니 참말 미안합니다. 종종 이렇게와서 페를 끼처서……」

「원 선생님두 별말슴 다하시네. 어서앉으서요. 술더사올터이니……」

「오라잇! 그저 우리 마누라지 얼른 사오우」

R은 내손에 쥐어지는 술병을 아서빼았으며

「이전 더못하겠읍니다. 」

「이놈의 보톨이」

남편은 R의 손을 덮처 쥐여 술병을 빼았아 나에게 돌립니다. 나는 나는 듯이밖으로 튀어 나왔읍니다.

밖은 어지간히 깊어진듯 나는 깊은산림속으로 들어서는듯 함을 내맘에 찰삭느꼈읍니다. 나는 종종 거름으로 중국인의 상점까지 와서 술을 사가지고 돌아왔을때 R은 내 신발소리를 들었음인지 문을 박차고내달아와서 술병을 받으며

「아주머니 수고 했읍니다. 어이구 어둬…이거 미안합니다. .」

술내를 밤김처럼 피우면서 이렇게 말하였읍니다. 나는 잠잠히 R의 뒤를

◉ 강경애는 이 작품을 1935년 신가정 6·7월호에 발표하였는데 본고는 그 영인본에 근거하여 다시 정리하였다.

딸아 방으로 들어오니 남편은 술병을 바라보며 그넓은 입이 네모가 저서 좋아했습니다. R은 술을 잔에 따르면서

「몹시 어둡지오」

하고 다시 한번 물었읍니다. 나는 어쩐지 그가 다정한 사람이라고 생각하였읍니다.

「이사람아 그래 장가를 안간단 말인가 어쩐말인가?」

남편은 이런말을 툭 했읍니다. 나 없는 사이에 하던말을 계속 하는것이라고 직각하며 나는 R의 눈치를 보았읍니다. R은 미소를 띠우며 술을 죽 들여마신후에

「………글세………?」

남편은 목에 피대줄을 세우며 사께와나미다가를 멋들게 불렀읍니다. R은 탐탁하지 않게 안주를 질겅질겅 씹다가

「감옥이란 못쓸 곳이데 사람을 영 못쓰게 만든단말이어」

하고 한숨을 푹 쉬었읍니다.

「아주머니 이놈은 감옥에서 버려졌답니다. 이야기한마디 할것이니 들어주겠어요」

그의 긴눈에는 슲은 빛이 핑그르돌았읍니다. 나도 웬일인지 두어번이나 눈을 깜박이다 시선을 돌려 남편을 보았읍니다. 그는 술만 보면서 벙글벙글 웃읍니다.

「술은 이따 마시고 이야기나 들어요」

남편은 정이 뛰는 눈으로 나를 보면

「거긴 술먹는 사람의 심리를 모른단말이야. 술을이렇게 쭉 들어마시며 듣는이야기란 기막킨거야. 자 이군 이야기하게히히」

R은 남편의 웃음에 곁따라 웃으면서도 머리로는 무었을 생각하는듯 그러고 그의 코끝은 불빛에 날카롭습니다.

「이거 그저 술김에나 하는말이니 용서해 주서요」

「어 좋다 더구나 좋다」

남편의 혀끝은 곱아가는 반면에 R의 혀끝은 점점더 분명하였읍니다. R

은 쓸쓸한 웃음을 입가에 띠우며

「가까도 말했지만 참말 장가는 가지못했읍니다. 원채 가고 싶지도 않았지만 어디 갈형편이었나요. 이미취처를 한 동지들 조차 후회들 절실히 하게 되는데. 실은 우리같은 처지에 가정을 갖게 된다는것이 얼마나 두려운 일이라구요.

고향은 함흥이라 하지만 내뼈가 굵어진곳은 해삼위입니다. 그래서 해삼위가제고향이 되고 말았지오 당시에 로서아에서는 적당과 백당과의 싸홈에 민중이 극도로 불안에 쌓여 있었지오. 그런데 어느날 나는 적당에게 붙들리어 갔던것을게기로 일약 주의자가 되어서 나왔더랍니다. 그때 내나히 어렸더니만침 또 코치 받은 시일이 쩔은것 만큼 무슨 철저한 깨다름에서가 아니라 분위기가 그러하니까 나역시 그물에 젖었던 모양이지오. 그후부터 나는 무장을 하고서 적당의 뒤를 따르게 되었지오. 이러기를몇해하다가 노서아가 건설기에 초보를 옴겨놀때 나는 만주로 나오게 되었더랍니다.

만주로 나온후에도 엉덩이를 붙여 앉을 사이없이 뛰어 다녔지오. 이러는 동안에 실패와 성공을거듭하면서 때로는 관군(官軍)과 홍의적(紅義賊)에게 쪼기어 아슬아슬한 사지에서 헤매이면서 비로소 나는 나의 주견을 가지게되었으며 여기에 일생을 받치리라고 굳게 결심 했읍니다. 그러니 장가 같은것이야 생각이나 해보았겠읍니까. 그렇다고 여자들을 대하게될때 성적 충동을 받지않은바는 아니지만 그런것은 우리들에게는 너무나 적은 문제 였으니까요. 허허 그때야 말로 기운이 버쩍 나든 좋은시절입니다.

되놈의 만투 몇개만 포켓트에 넣어가지면 이년은 만주 천지를 번개불 같이 뛰었지오. 여기에 따라 일어나는 민중의 의식이야 말로 바람에 풍기우는 불길같았지오. 간도의 민중! 그들은 조선에서살래야 살수가없어 죽을 각오를 하고 뛰처나온 사람들의 몽임이 아닙니까. 어째뜬 간도의 군중처럼 총칼의 맛을본 군중은 없으리다. 뚜렷이 들어난 사변만으로도 이번까지 그몇번입니까. 그들의 이러한 환경이 그들로 하여금 무서운 분노와 결심을 이르키게 하였단 말이지오. 」

그는 잠간 말을 끊지고 묵묵 하였읍니다. 나는 숨을 가볍게 쉬며 돌아보니 남편은 상옆에 엎드려 코를 골고 있읍니다. 나는 얼른 벼개를 나리어 남편에게 배워주고나서 어서 이야기를 계속하라고 재촉 하였읍니다.

「제가 말하랴는 요건은 거기에 있지않으니 그만해두고……제가 감옥에서 나오기는 재작년 이때입니다. 어찌했던 붙잡힌지 만칠년만에 나왔으니까요. 해ㅅ수로는 팔년이 잡혔지오. 감옥에서 나올때만해도 세상이 이리도 변했으리라고는 짐작 못했지오. 하기야 다소 변했으리라고야했지만 이리도 변했다구는……그런데어리석은 맘에 감옥 문만 나스면 보다도이용정역에 나리면 그립던 동지들이 정거장이 좁도록 나왔으리라고 했지오. 허 웃읍지오. 그때만해도 내가 명예에 취하여 다녔다는것을 지금이야 다소 알았읍니다만은……그래서 기대를 잔뜩 가지고이용정역에 나리지 않았읍니까. 웬걸요. 한사람이나 아는 얼굴이 있겠어요. 전에없든 수비대만이 올신갈신 합디다그려. 나는 갑작이 몸이 천근이나 되어지며 정거장이 텅 비인것을 느꼈어요. 그러고 어린애 같이 울음이 터저나오고 분이치밀어 말할수 없두먼요.

정거장을 벗어난 나는 동지도 부모도없고 하늘에서 달랑 떨어진듯 하두먼요. 나는 어디로가야 좋을지 몰라 우두먼이섰노라니 나와 가치 차에서 나린 승객들은 쌍쌍이 활기 있게 앞으로 앞으로가고 또가지 않읍니까. 허 그때에 딱함이란………그래서 생각다 못해서 어떤동지의 집을 차자 떠났지오. 시가도 팔년전과는 아주 달라진듯 하두먼요. 그래서어릿어릿 찾는것이 아마 두어시간은 걸렸으리다. 이리하야 겨우 차자노니 동지는 어디로 돈버리 떠나고 그의 부인만이 애기들을 다리고 있는 모양인데 동지가 돌아올 시일도 분명하지 않두먼요. 하는수없이 나는 또다른 동지의 집을찾기로하였지오. 그러나 그동지는 국자가로 이사해 갔다는것을 나종에야 어떤 친구에게 드러서 알았읍니다만은. 그러니 그밤이 깊도록 헛수고만 했지오. 그러다 나종에는 기운이 진해서 더차자볼 용기가 나지 않두먼요 그래서 어떤 여관에 들어 그밤을 자고 이튼날 또다시 친구를 차자떠났지오. 한겻이나 진하야 동지한사람을길에서 만났는데 그는 영사관 순사의 정복을 입었겠지오! 아주머니 난더 말하지않으렵니다. 물론 환경이 변함을따라 인심도 변했을것이 아니겠읍니까. 하나 당시의 나로써는 말할수 없는 분이 치밀두먼요. 그때의 나의 분노란 살도 피도다깎인 뼈끝에 불이 당기는듯하겠지오。나는 그동지를 맞나본후로 이용정이 딱싫어저서 그날 하로를 저목공원에서 갈팡질팡 쏘다니다가 그만 표연이 떠났지오。

노서아로 가려고 했으나 국경의 수비가 심하니 어디 갈수가 있어요。그래시 무징서하고 써난섯이 용정서 三리가량이나 나와서 명동이란 곳에 발길을 멈추게 되었지오。때마침 감옥에서나오지 못한 동지의 집이 여기 있음을문득 깨닫고 그리로 들어 갔더니 동지의 어머님은 너무 반가운끝에 그러고 자기아들을 생각하고 통곡을 하겠지오。나도 울곳을 찾지못해서 애쓰던차이라 그어머님을 붙들고 실컨 울었지오 허참!

이거 너무 길어집니다。원 그런데동지의 어머니는 제일차 토벌난에 남편을 일어버리고 감옥에있는 아들 하나를 바라고 눈이 깜애서 있는 불상한 부인입니다。그러고 동지의 안해되는이는……」

그는 기침을 캌하고나서

동지에게로 시집온지 근십년이나 되지만 남편과함께 단 사흘을 있어보지못하였답니다。그러나 그시어머니를 모시고가진 고생을 다하면서 아직까지도 곱고 지내고 있습니다。적적히 지내던 이집에보다도 생활상말못할 쓰림을 받든 이집에 내가 뛰어든것은………어째던 모녀가 대단히 기뻐하는 눈치만은 아랐읍니다。그러나 내가 예정하고 이집에 온것도 아니오 더구나 찌여지게 어려운 형편임을 잘 아는 나는 더오래 잇을수가 없어서 그이튼날로 곧떠나렸으나 그어머니가 울면서 놔줘야지오。굶든지 먹든지 자기의 아들이 나올때까지는 가치있자는것입니다。그래 딱하두먼요。해서 주저 앉어 며칠있는동안에 심심하면 그곳에있는 명동학교에 놀러 가지않았읍니까。마침 그학교 교원이 한명 부족하야구망중에 있었으므로 나는 쉽게 교원으로 채용이 되었지오。그러나 나는 아주 그집에 머물러 있게 되었더랍니다。

학교에 들어 가면서부터 비록 적은봉급이나마 우리그어머님의 손에 꼭쥐어드렸지오。그러고 그어머님의 편의를 돕기위하야 나는 아침마다 일즉 일어나서 마당쓸고 변소간 처내고 화초에 물주고 호박넝쿨을 살피고 때로는 터밭까지 매었지오。이렇게 흙을 자유로히 만지고 아침공기를 맘끝 들여마신후에 나의 기분이야말로 무어라 형용할수 없두먼요.

그지긋지긋한 독방에서 오륙년을 지나는 동안에 나는 자유가 얼마나 그리웠는지………어째뜬 어떠한 된고문보다도 못당할것은 독방에 있는것이라고 나는 절실히 느꼈지오. 맘대로 서지도 못해 눕지도 못해 그긴긴 여름날에도 앉인 그자리에 그냥 앉아 있어야 하지않습니까. 그러니 기게가 아니고 사람인바에야 어찌 여기에 고충이 없겠읍니까. 더구나 옆방에서 두런두런 이야기하는 소리란 기마키게 나를 못살게 하두먼요. 그러고 불덩이를문것처럼 왼 입안이 따그워지며 무슨 말이던지 툭하고 싶습디다.

그저 툭하고싶읍디다.

「아이 참말!」

나는 무의식간에 이렇게 탄식하였읍니다. R의 얼굴은 불같이 달았습니다.

「이렇게 지나던 나인지라 모든것에 무심할리가있나요. 내머리털이 미풍에 서늘히 나붓길때 만지고 싶은것을 내손으로 맘끝만질때 나는 문득 「이전 감옥에서 나왔나!」하고 중얼그리게 됩디다. 허허 아주머니…」

그런데 동지의 부인인 계순이는 누구나 다 밉게 생겼다고 합니다. 실은 그의 얼굴에서 특색을 골을수없이 그저되는대로 주먹처럼 생긴 얼굴이어요. 허허 이마가 멋없이 넓은데다 눈과 코는 웨 그리도 받게 붙었는지 퍽도 딱해 보입디다. 그러나 항상 꼭 담을어있는 그의 입술속에 가득 차있는 그의 니야말로진주같이 빛납니다. 그러고 그의 맘도그의 니같이 튼튼하고도 결백 합니다. 그의 몸 가짐이며 늘하는 음식 제도며 옷벌질까지 그의 니같이 질서있고 얌전하다고 보았읍니다.

그는 첫재 빨래를 히게합니다. 혹 아주머니는 누구는 빨래를 히게하지 않드냐고 물으실지 모르나 그러나 게순이가한 빨래는 박꽃처럼 히고 부드러우며 비누와 양잿물내가 일절없고 맑은 샘물내가 몰신하니 나지오. 」

「선생님 모르시는것이 없구먼요. 어쩌문그래……」

나는 크게 말했읍니다.

그는 약간 미소를 띠우며

「그것은 내가 열일곱살부터 빨래를 늘해본 까닭에 잘압니다.

감옥으로 가기전까지는 내옷은 말할것없고 동지들의 옷까지도 빨아 주었읍니다.

「그래요? 참말」

나는 그의 빛나는 눈과 뾰죽한 코끝이 어쩐지 예술가 답다고 문득 생각하였읍니다.

「음식에 있어서는 특색을 말하기 어려우나 내가그집에 일년이나 있는 동안에 밥에서 돌한개 씹은일이 없고 머리카락 한오래기 골라내지 못하였읍니다. 그러고 밥알은 기름끼를 띄우고 입안에찰찰 붙는다고 그것은 지금이야 생각납니다만은………찬에 있어서도 별한 진찬은아니나 그맛이 구수 합니다. 보통 여관집 같은데서 아지노모도를 치거나 사탕을처서 혀끝을 아첨하는 그러한찬의 맛보다는 훨신 고가의 맛인것을 맛보았읍니다. 이래봬도 내 성미가 여간 까다롭지 않아서 옷이며 음식을 심하게 둘러봅니다 허허 저사람 잘두 잔다. 」

그의 타는듯한 얼굴이 갑작이 흐려짐으로 나는 등불의 관계인가하고 등불을 처다보다가 다시 그를 보았읍니다.

「아주머니 나는 그집을 뛰처나온 이후로 한번도 입에 맛는음식을 못먹어 봤습니다. 이거 무었한 말입니다마는 허허허 그런데 아주머니 나는 게순이가 손수 만든 음식과 남이 만든 음식을 즉석에서 분간하게쯤되었읍니다그려. 심한말로 손수건 한개라도 그가 빨은것과 남이 빨은것을 곧 알게 되었단 말이지오. 여기서부터 나도 모르는 사이에 나는게순을 마치 어린애가 어머니를 신임하듯하는 감정으로 대하게되었으며 잠시도 그가 내눈에 띄이지않으면 내맘은 어두어지고 전신이 나룬해집디다그려. 허허 아주머니 이것이 흔이 말하는 사랑인지오.

동지의 안해를 그리워하게된 나 글세될번이나 한짓입니까.

한때는 계급을 위하야 이만주를 무인지경 같이달려다니든 내가 이게 웬일이겠읍니까. 바로말하면 지금이라도 실천운동에 몸을 적시어 적과맹열히 싸와야당연할 일이 아니겠읍니까. 그런데 나는 그런 생각만으로도 앞이 아뜩해지고 맙디다그려。 이런 타락한이어디있겠읍니까。

감옥의 있는동안에 나의심신은 이렇게도 나약해졌단말이지오。

나는 이러한 쓸데없는 고민 때문에 회복 되어가든 건강이 또다시 쇠약해집디다。 그러고 나의 리성과 나날이 예민해오는 감정과의 충돌 때문에 나는 밤마다 잠을 이루지 못하게 되었지오。 이러면서도 게순이만 보면 입이 떡 벌어지고 눈에 웃음이 뚝뚝 듯지오。

나는 그 투실투실한 게순이의 손이 얼마나 쥐고싶었는지………

단편소설 煩惱（承前）

二

R은 이마에 굵은 힘줄을 세우며 입을 꼭 담을었읍니다。 나는 어쩐지 맘이민망해지며 참아 그들 바라볼수 없었읍니다。 그는 술병을 기우려 한잔 따라마신후에

「아저머이 졸리지 않읍니까?」

「아니오。 어서 마자하세요」

그는 잠간 무슨 생각을 하는듯 하더니

「아저머니 지루한대로 들어주세요……바루 작년 여름입니다。 어머니께서 친척집의 혼인으로 인하야 이용정으로 들어오시기게 되었더랍니다。 그날 나는 어머니를 산모통이까지 전송하고 돌아오면서부터 무어라고 꼭집어 댈수는 없이 나의 왼정신이 북쩍북쩍 했읍니다。 그래서 그런지 교수시간에 손에서 토필이 작고흘러 떨어지고 칠판우에 수없는 글자를쓰고 지우고 쓰고 지우곤하야 애들한테서 귀여운 웃음을 한바탕 쌓읍니다 그러고 하학후에도 집으로 가기가 웬일인지 스스러워지며 걱정이 되어 나혼자 학교에나마 있었읍니다。 학교에서 어떻한 결정이라도 지어갖이고 돌아가기전에는 무슨일이나 저질을듯하야 침착히 생각하고저했으나 그저 소변 급한때와 같이 조급해지면서 아무 생각도 나지 않읍니다。 그래서 나는 사무실에서 빙빙 돌았지오。

또 교실마다 뒤지다가도 못견듸어 밖으로나와 버렸지오.

　운동장은 웨그리도 쓸쓸해뵐까요. 그러고 전에 없이 휑하니 넓어 뵈이겠지오. 나는 발이 따굽도록 왔다갔다 하다가 무심히 머리를 들어 바라보니 학교 앞으로 흘르는 조고만 시내물은 피빛으로뵈이겠지오. 나는 머리에 해빛을 느끼며내가으로 달려가니 담담한 시내물내가 내코끝을 후려칩니다. 나는 얼른 게순의몸에서 발산하는 냄새를 문득 맡았지오. 그러고나니 못견듸게 집이 그리워지며 나도 모르게 한참이나 걸었지오. 그러다내정신이 들었을때 나는 다시 내가으로와서 되는대로 주저 앉았읍니다. 머리우에는 새소리 어지럽고 발밑에는 샘물소리 돌돌 굴르는데 또한 아무 생각도 할수없읍니다. 나는 갑작이 벌떡 일어났나이다. 사내 자식이 고린내 나게 무슨 잡생각이냐 되어가는대로 맘내키우는대로할것이지 하는 생각이 번개 같이 들었기때문입니다. 그래서 두어발거름 옴겨 놨을때 그래도 사람인 이상 더구나……하자 나는 맥없이 주저 앉았지오. 냇물속에는 차돌이 히게 빛나고 또 버들가지의 푸른 그림자가 이끼 같이 깔렸겠지오. 그밑으로 고기들이 쌍쌍이 밀려다니는구려. 아마 그들도 짝을지어 다니는모양입니다. 그러고 물우에 실실이 늘어진버들가지는 웨그리도 물에 달듯달듯 할까요. 그렇게도 물이연연할까요. 나는 그만 참을수 없어서 일어났나이다. 버들숲을 떠나 걸었나이다.

　어느듯 석양인데 대지의 모퉁이 모퉁이는 검은 그림자로 가득 하지오. 그러고 저멀리 지평선우에 걸린해는 너울지 않으런 너울지 않으련 하고 나를 조롱하는듯 하지오. 나는 머리를 푹수기고걸었나이다. 황혼이 되어가니 그런지 벌레 소리도 그수를 더해 갑니다. 나는 집까지와서도 웬일인지 망슬망슬 하다가 소리없이 대문을 밀고 들어섰지오. 게순이는 내안해인듯이 나를 기다린듯마루에걸처 앉았다가 사뿐 일어납니다. 나는 눈이 어둡도록 열이 올으는것을 느끼며 방으로 들어왔나이다. 조금 있다가

　「세수하세요」

　나는 벌떡 일어나서 나오니 게순이는 대야 옆에 섰다가 물러납니다. 나는 욱달려가서 그의 허리를 꽉껴안고 싶읍니다. 그러니 내가슴은 무서웁게 동

하여 전신이 부루루 떨리지오。 나는 그만 우뚝섰나이다。 과거의 위태위태한 지경에서받은 경험이 나로하여금 이렇게 서게하는듯 하였읍니다。 그러나 순간이지 그맘이 불일듯 하두먼요。 다행이 게순이가 부엌으로 들어가기때문에 그맘은 실행하지못했읍니다만은………

저녁을 몇술 떠보는체한 나는 동료의집으로가서 이한밤을 지내랴고 작정하였지오。 그러고나니 그런지 왼몸이 나른해지며 뼈끝이 짜릿해 오두먼요。 그래서조금만 누었다가 가리라하고 누어버렸지오。 어느듯 설거질소리도 끝나고 고요합디다。 나는 게순이가 어디를 나갔는가? 하는궁금증쯩이 일었을 때 석냥것는 소리가 밖하고 들렸읍니다。 말이 나여기 있오 하는소리 같이 반갑게 들리더이다。 나는 다시 눈을 감고 게순의 얼굴을 그려보았지오。 그러나 웬일인지 잘그려지지 않읍디다。 눈이 보이면 코가 없어지고 입이보이면 눈이 없어서 나로하여금 안타갑게 하였읍니다。 그러고 무엇이 작고안방에를 가면 보지 안방에를 가면 보지하고 속삭여 주는까닭에 또한 애가 있는대로 씨였읍니다。 무엇을 빙자로 안방에를 갈까 양복이 따젔으니 바늘을 좀달랄까……아차 어제 얻어온 바늘이 있지 무엇을? 무엇을? 오! 물을 달래 아까떠온 물이 있지않나? 아니 그건 숙늉이니깐 냉수를 달래……나는 벌떡 일어났읍니다。 에이 이자식! 하는 소리가 쨍하니 내귀를 울려줍디다。 나는 맥없이주저 앉으며 문을 바라보았지오。 어느듯방안은 캄캄하였으며 문만이 힐끄르르하더이다。 그러고 시컴이케 가로세로 건너간문살은 흡사히도 철창같아서 나는 흠칫 하였지오。 따라서 지금 감옥에서 있는 동지들의 얼굴들이 선하게 떠오릅디다。 그중에 게순의 남편만은 내머리에떠나지 않읍디다。 그러고 손에 손을 맞잡고 일하던 과거가 새삼스레 생각나겠지요。 나는 무거운 돌을 삼킨것 같아서가슴을 탁탁쳤나이다。 그러고 눈에는 눈물이 철철 넘지오。 나는 이래서는 안되겠다는것을 깨닫자 책상우를 더듬어서아까 골라놓은 교과서를 들고 일어났지요。 웨이리도 엉덩이가 무거울까요。 나는 겨우 방문앞까지 와서 옷뚝 섰지오。 그러고 문을 열까 말까 한참이나 망스리다가 가만히 열었지오。 해빛 같이 빛나는안방문! 나는 「게순이!」하고 부르짖고 싶더이다。 따라서 동지고 무엇이구가 다귀찮은 생각이 불쑥 일어나며 안방으로건너가고 싶더이다。 나는 대담히 한발 내놓았지요。 두발 옴겨놨지요。
세발 내드디엇지요。 가슴은 무섭게뛰고 얼굴은 불덩이같이 달고……별안간
어머니가 돌아오지않았나? 하는 의문이 부쩍 들며 나는멈칫 물러섰읍니다。
다음순간에 방문이 너무 밝기때문에 이러한 의문을 이르키게되었다고 깨달
으면서도 웬 잔걱정이 뒤를 이어 내달아 왔읍니다。 나는 뒤를돌아보고 뜰을
살피고 부엌편을 바라보았읍니다。 그러고 대문 걸지 않은것이 꺼리어서는
나는 가맣이 뜰로 나려섰지요。 대문앞까지왔을때 나는 대문 밖이 또걱정이
되어 한참이나 서서 동정을 살피다가 소리없이 문을 걸고 돌아왔지요。 내몸
은 하늘에 올을듯 어떻게 그리도가벼운지 모르겠읍디다。 내방으로 들어온
나는 책을 책상우에 놓으며 숨을 후하고 몰아 쉬었지요。 내손끝에 담은 책
상조차도 어쩌문 그리도 매끄럽고 부드러운지 여자의 손을 만지는듯 하두면
요。 허허아저머니 오늘밤만은 제발 용서해주서요。」

　R은 이마에 땀을 씻으면서 나의 눈치를 살폈읍니다。 나는 얼굴을 잠깐
붉히면서 자는 남편을 보았습니다。 그는아무 걱정 근심 없는 사람 같아보였
읍니다。

　「그래서요?」

　나는 그뒤엣 일이 궁금하야 이렇게급히 물었읍니다。 그는 침을 넘긴후에

　「그래서 어떻게 하면 게순이를 대할까 대하여서는 어떠한 행동을 취할까
만일 저편에서 거절하는 지경이면 어떻게 할까……등을 곰곰히 생각했지요。
이러한생각만으로도 나는 어찌나 좋은지 모르겠읍디다。 이거 실례의 말입
니다만은 입안에서 군물은웨그리도 흘러나온지……냉면이나 먹는놈 같이
흑흑하고 침을넘겼나이다。 나는 벌떡 일어 났지요。 아직일으다 조금 있다
가……그러다가 누가 찾아 온다든지하면 자미없는 일이 않인가 나는 도루 주
저 앉았지요。 앉기만하면 엉덩이에 불이 붙는것 같고 좋은 시기를 놓지는가
하는 불안이 고문 하는 형사의 매손 같이 쉴새 없두면요。 나는 또 일어 나지
요。 방안을 빙빙 돌지오。 안방으로 귀를 기우리면서 문골쇠를 붙들지요。 손
에는 웬땀이 그리도 날까요。 문골쇠가 땀에 젖어미끈미끈 하겠지오。 그러고
손에서는 쇠비린내가 맡이 생선을 만진 손같구려。 나는 이손이 게순이의 그

손을 덥석 쥐일생각을 하고는 바람벽에다 손을 부비고 양복바지에다 손을 부비고도 시원치않다오루를 얻으며 윈방안을 휘더듬다가책상귀에 대가리를 부디치고 나서야 방안이 굴 속 같이 어둡다는것을 알았지오. 아뿔사 내가 불을 켜지 않았으니 게순이가 건너오지 않는가 하는 생각에 나는 불시에 더듬어 석냥을 얻어서불을 켰지오. 곧 앞에 있는 등잔이 웨그리도 안뵐까요. 그래서 석냥가치만 수없이 소비를 하고 말았지요. 그때에 나는 의심이 부쩍 들더이다. 등이 방안에 있을것만은 틀림 없는데 웬일일까? 게순이가 혹은 등을 내갔나……등잔생각을 수없이 하다가 다시 석냥을 궜었을때 등은 예전 그 자리에 「호야」을 빛내면서 달려있단 말이지오. 나는 불을 켜고 보니 방안이 수라장이 되었지오. 학생들의 작문지들이 방안으로 가뜩 찼겠지요. 그때에 나는 정신이 펄쩍 들더이다. 그래서 나는 옷깃을 염이고 작문지를 하나하나 주었지요. 석장이 지내가기 전에 나는벌서 지루한 생각이 들며 막우당 작문지를몰아 뭉처서 책상우에 놓았나이다. 나는 또 일어났지요 이번에야말로 어떠한규정을 내리라고 결심 하였지요. 나는방문을 배움하고 보니 안방은 여전히 휘황하겠지요. 필시 게순이도 이밤만은 잠이 안오는게루구나 생각됩디다. 나는 밖으로 나섰소이다. 여러 가지로 망스런끝에

「물한그릇 주세요!」

하고 말하였나이다. 조금 있다가 안방문소리가 바시시 나며 게순이가 낱아나더이다. 참말 기막힙디다. 정작 물그릇을 받아드니 맘이 조금 대담해지더이다. 그래서 나는

「지무섰오?」

무르니

「아니오」

「좀놀다가 지무시지 않으려우?」

게순이는 잠잠 하더이다. 나는 갑작이 그의 앞으로 한거름 다가 갔을때 게순이는 저침 물러서며

「어머니가 내일 오신대요」

하고 떨리는 음성으로 묻더이다. 그순간 나의 등허리는 찬물을 끼치는듯

선듯했읍니다. 나는 목메인 소리로

「그 글세요………」

하고는 우뚝 섰지오。그때에야 손에든 물그릇이 보여서 물을 마시는체 하고 도루 돌렸지오。그는 물그릇을 받아 들고 발길을 옴깁디다。왼편 치마자락에 불빛이 곱게 흘러 부드러운 살결 같겠지오。나는 무의식간에 그를 따르며

「이거보세요!」

하고 소리쳤읍니다。게순이는 얼른 문안으로 들어서면서 머리만을 돌리지오。나는 갑작이 말문이 꾹 막키며 더듬그리다가

「감옥에 편지 않아시……랴오」

했읍니다。나는 두번 등허리가 오싹했읍니다。글세 생각지도 않은 말이 웨이렇게 툭나갔을까요。게순이는 머뭇머뭇하더니

「어머니 오시거던 아라하세요」

그의 음성은 애원하듯이 들리더이다。순간에 나는게순이와 나사이에는 철벽이가로 막혔다는것을 느꼈읍니다。그때에나는 목을 놓아 울고 싶더이다。너웨 동지의 안해가 되었냐! 하고 고함을 치고싶더이다。게순이는 두볼이 능금빛 같아지며 문을 닫겠지오。나는 왈칵 달려가니 벌서 문을 잘그륵하고 거는구려。나는세번 찬물을 느끼는 동시에 말로형용못할 울분이 칵 내밀칩디다。문을 건다 내어찌 하기에 문을 거는가 이러한말이 입안에 가뜩 담기겠지오。그러면서 불길 같은 정열은 아니 야수성은 내머리털이 떨리도록 내밀칩디다。

「게순이!」

나는 문을 지긋지긋 잡아다리다 못해서 쾅쾅 처버렸지오。게순이는 미친듯이 날뛰는 내행동에 무서워 그랬든지 어째서 그러는지는 모르나 앉았다 섰다 문켠으로 왔다가 갔다가 하는 동작이 선하게 들립디다。한참이나 이러는 게순이는 문곁으로 다가서며

「어머니 어머니 오시거든 아라허세!요」

겨우 말끝을 어무르고는 흙흙 느껴 울지오。나는 그 울음 소리에 전신이

짜르르해지며 가치 울음이 탁터지는구려。그래서 맥없이 주저 앉아버렸지
오。동시에게순이 역시 나뭇하지 않았다는것을 알자 측은한 생각과 함께 우
리의 역경을 새삼스레 더느끼게 되겠지요。. 게순이는참아 방문을 열지못하
고 작고 울기만 합디다。여자의 울음이란……후……나는 벌덕 일어나서
　「게순이 내오늘일은 다용서허우………난동무네 집에가서………자구 자
구」
　나는 숨이 막혀서 말을 끊지못하고 내달았지오。
　밖은 먹칠한듯이 어둡지오。나는한참이나 닷다가 짐짓 섰을때 채마 밭에
서 불려오는듯한 생기 있는 바람결이 내가슴을 어루 만저 주겠지요。나는
또다시 게순의 실팍한 몸을 그리며 어정어정걸었나이다。길가 좌우 옆에 빽
빽이 들어선 강낭대는 시원히 흔들리겠지요。나는 어느듯 동무의 집 앞에
섰사오나 들어가고싶지 않겠지요。그래서 학교로왔지요。운동장을 몇번이
나 돌던 나는 한참후에 정신을 차려보니 운동장이아니구 우리집 대문 앞이
란 말이지요。나는 기가막히다 못해서 웃음이 터저나옵디다。나는 한참이나
멍하니 섰다가 돌아 섰지오。그래서 날개부러진 새모양으로 맥없이 걸었지
요。아차 대문이나 걸고 자라고 할것을하고 나는 또다시 집으로 발길을 돌
렸지오。문앞까지 오고난 나는하늘을향하야 두어번 긴한숨을 토하고 돌아
서서 이번에는 맘먹고 학교까지 왔읍니다。그러고 여러잡생각을 제하량으
로 애들 모양으로 「가께아시」를 하였지오。먼지가 콜콜 올라오고 숨이 하늘
에 다었을때 나는되는대로 주저 앉았읍니다。이마에서는 비지땀이 흐르고
눈에는 알수없는 눈물이 잔뜩 고여서 나를괴롭게하겠지오。나는 기진하야
누어버렸지요。그때까지도 내눈 구석에는 영롱한 안방문이눈꼽같이 끼어
있다는것을 알았읍니다。나는 어릿한 잠에 잠깐 붙들니었다가 무엇에 놀라
후닥닥 일어났읍니다。동이훤하게 밝아오는구려。그러고 쌀쌀한 바람이 내
마음속까지 숨여드는듯 하겠지오。나는 호흡운동을 한참이나 계속한후에천
천히 동편으로 걸었나이다。그러고 어제밤 일을곰곰히 생각하면서 미친놈!
하고 나를 향하야 몇번이나 소리쳤읍니다。
　나는 내앞길에 걸리는 버들 나무에의지하야 나의과거를 회상하는 반면에

나의 앞길을 뻔이 내다 보았읍니다。 머리우에서 조잘거리는 새소리는 내어
린학생들의 글읽는 소리 같두구먼요。 허허아저머니 졸리시지요.」

그는 선 듯 일어 났읍니다。

나는 따라 일어나면서

「그뒤엔 어찌 되었읍니까」

「그는 빙글빙글 웃으면서」

「그뒤는 후담 또 이야기 하지요 안령히 주무서요」

그는 밖으로 뛰어 나갔습니다。

나는 문밖까지 따라나 갔으나 멀리 그는 자취를 감추었읍니다。

(끝)

地下村°

해는 서산 위에서 이글이글 타고 있다.

칠성이는 오늘도 동량 자루를 비스드미 어깨에 메고 비틀비틀 이 동리 앞을 지났다. 밑 뚫어진 밀짚 모자를 연신 내려쓰나, 이마는 따겁고 땀방울이 흐르고 먼지가 연기같이 끼어, 그의 코 밑이 매워견딜수 없다.

『이애 또 온다』

『어아』

동리서 놀던 애들은 소리를 지르며 달려온다. 칠성이는 조놈의 자식들을 또 만나는구나 하면서 속히 걸었으나、벌써 애들은 그의 옷자락을 툭툭 잡아 당겼다.

『이애 울어라 울어』

한놈이 칠성의 앞을 막아서고 그 큰 입을 헤버리고 웃는다. 여러 애들은 죽 돌아섰다.

『이애 이애、네 나이 얼마?』

『거게 뭐 얻어오니? 보잣구나』

한놈이 동냥 자루를 잡아채니、애들은 손벽을 치며 좋아한다. 칠성이는 우뚝 서서 그중 큰놈을 노려보고 가만히 서 있었다. 앞으로 가려든지 또 욕을 건니우면、애들은 더 흥미가 나서 달라 붙는것임을 잘 알기때문이다.

『바루 바루 점잖은데』

◉ 강경애는 이 작품을 1936년 조선일보에 발표하였는데 본고는 영인본에 근거하여 편찬한 ≪한국근대단편소설대계(2)≫에 수록된것을 그대로 옮겼다.

　머리 뽀죽 나온놈이 나무 꼬챙이로 가지 누은듯한 쇠똥을 찍어 들고 대들었다. 여러놈은 깔깔거리면서 저만큼 쇠똥을 찍어 들고 덤볐다. 칠성이도 여기는 참을수 없어서 막 서들으며 내달아 갔다.

　두팔을 번쩍 들고 부루루 떨면서 머리를 비틀비틀 꼬다가、 한발 지척 내디디곤 했다. 애들은 이흉내를 내며 따른다. 앞으로 막아서고 뒤로 따르면서 깡충깡충 뛰어 칠성의 얼굴까지 쇠똥 칠을 해놓는다. 그는 눈을 부릅뜨고、

　『이 이놈들』

　입을 실룩실룩하다가 겨우 내놓는 말이다. 애들은『이 이놈들』하고 또한 흉내를 내고는 대굴대굴 굴면서 웃는다. 쇠똥이 그의 입술에 올라가자、 앱 투하고 침을 뱉으면서 무섭게 눈을 떴다.

　『무섭다 바루 바루』

　애들은 참말 무섭게 보았는지 실금실금 꽁무니를 빼기 시작하였다.　칠성이는 팔로 입술을 비비치고 떠들며 돌아가는 애들을 물끄러미 바라보았다. 웬일인지 자신은 세상에서 버림을 받은듯 그렇게 고적하고 분하였다.

　그들이 물러간 후에 신작로는 적적하고 죽 뻗어 나가다가、 조밭을 끼고 조금 굽어진 저 앞이 뚜렸했다. 그 위에 수수밭 그림자 서늘하고……그는 걸었다. 옷에 묻은 쇠똥을 털었으나、 떨어지지 않을뿐만 아니라、 퍼렇게 물이 든다. 그는 어디라 없이 멍하니 바라보다가、 산밑으로 와서 주저앉았다.

　긴풀에 잔 바람이 홀홀히 감기고 이따금 들리는 벌레소리 어디 샘물이 있는가싶었다. 그는 보기 싫게 좋은 머리를 벅벅 긁어당기며 무심이 앞을 보았다. 수림 속에 햇발이 길게 드리웠고、 쩍쩍하는 새소리 처량하게 들리었다. 난 왜 병신이 되어、 그놈의 새끼들한테까지 놀림을 받나 하고、 불쑥 생각하면서 곁에 풀대를 북 뽑았다. 손목은 찌르르 울렸다.

　큰년이가 살가! 그는 눈이 멀고도 사는데、 난 그보다야 훨씬 낫지. 강아지의 털같이 보드러운 털을 가진 풀 열매를 바라보며 이렇게 생각하였다. 큰년이가 천천히 떠오른다. 곱게 감은 눈 고것 참! 그는 진저리를 쳤다. 그러고 곁에 놓인 동냥 자루를 보면서、 오늘 얻어온것 중에 가장 맛있고 좋은

것으로 큰년게 보내야 하지 하였다. 어떻게 보낼가. 밤에 바자 위로 넘겨줄가. 큰년이가 나와 바자 곁에 서있어야 되지. 그럼 누가 나오라고는 해둬야지. 누구가 그래 안되어. 그럼 칠운이 들여서 보내지. 아니아니, 큰년의 어머니가 알게 되고, 또 우리 어머니가 알지. 안되어, 낮에 김들 매러 간담에 몰래 바자로 넘겨주지. 그는 가슴이 설레어서 부시시 일어나고 말았다.

가죽을 벗겨 내듯이 내려 쬐던 해도 어느덧 산 속으로 숨어버리고, 어디선가 불어오는 바람이 풀잎을 살랑살랑 혼들고 그의 몸에 스며든다. 그는 동냥 자루를 매만지다가, 어깨에 메고 지척하고 발길을 내 디디었다.

하늘은 망망한 바다와 같이 탁 터지고, 저 멀리 붉은 너울이 유유히 떠돌고 있다. 그는 밀짚 모자를 젖혀 쓰고 산 밑을 떠났다. 거름에 따라 쇠똥내가 물씬하고 났다.

그가 산 모퉁이를 돌아 동리 앞까지 왔을 때, 그의 동생인 칠운이가 아기를 업고 쪼루루 달려온다.

『성 이제 오네. 히, 자꾸자꾸 봐도 안 오더니』

큰 눈에 웃음을 북실북실 띠우고 형의 곁으로 다가서는 칠운이는 시커먼 동냥 자루를 덥석 쥐어 무엇을 어더온 것을 어서 알려고 하였다.

『오늘도 과자 어더왓서』

『아아니』

칠성이는 얼른 동량자루를 옴기고 주춤 물러섰다. 칠운이는 따라섰다.

『나 하나만 웅야 성아』

침을 꿀덕 넘기고 새캄한 손을 내민다. 그바람에 애기까지 두 손을 쪽 펴들고 칠성이를 말뚝히 쳐다본다.

『이이새끼는』

칠성이는 홱돌아섰다. 칠운이는 넘어질듯이 쪼차갓다.

『웅야 성아 나하나만』

『영업서!』

형은 눈을 치떴다. 칠운이는 금시로 눈물이 글성글성해서 형을 보앗다.

『난 어마이 오면 이르겟네씨 도무지 안준다고 아까아까 어마이가 밧테 가면서 애기보라면서 저 성이사탕 어더다 준다구 했는데씨 난 안준다고 다 일러씨 흥』 칠운이는 입을 비쭉하더니 주먹으로 눈물을 씻는다.

애기는 영문도 모르고 으아하고 우름을 내첫다.

주위는 감실감실 어두어오는데 칠운이는 흙흙 느껴울면서 그들의 어머니가 올라가 잇슬 저산을 바라고 뛰어간다.

『어머이 어머이』

하고 칠운이는 목메어 부르면 번번히 애기도

『엄마 엄마』

하고 또랑또랑히 불렀다. 응응하는 압산의 반응은 어찌들으면 어머니의 『왜』하는 대답같기도 했다. 칠성이는 칠운이와 영애가 보이지 안는 것으로만 다행으로 돌아서 걸엇다.

동네는 어둠에 폭 쌔혀 아무것도 보이지 안흐나 동네 압흐로 우뚝 서있는 늙은 홰나무만이 별을 따려는듯 놉하 보였다. 그는 이제 어떠케 해서라도 큰년이를 만날것과 또 어더오는 이 과자를 큰년의 손에 꼭 쥐어줄 것을생각하며 걸었다.

『칠성이냐』

어머니의 음성이 들린다. 그는 돌아보았다.

나무를 한임이고 이리로 오는 어머니의 얼굴은 보이지 안흐나 웬일인지 그의 머리가 숙어지는듯 해서 번쩍 머리를 들었다.

『왜 오늘 늦엇느냐?』

아까 밭에서 산으로 올라갈 때 몇번이나 아들이 나오는가하여 눈이 가물가물해지도록 읍길을 바라보아도 안 보이므로、 어디가 너머져 애를 쓰는가? 또 애새기들한데서 돌팔매질을 당하는가 하여 읍에까지 가볼가 하였던것이다. 칠성이는 어머니의 이같은 물움에 애들에게 쇠똥칠 당하던것이 불시에 떠오르고、 코허리가 살살 간지럽기 시작하였다.

어머니는 갈 잎내를 확 풍기면서 그의 곁으로 다가 선다. 그 큰임을 이고서 아기까지 둘러 업었다.

『어마이、 나 사탕 성은 안 준다야 씨』

칠운이는 어머니의 치마 귀를 잡고 늘어진다. 그바람에 어머니는 잎으로 쓰러질듯했다가 도루 서서 한손으로 칠운이를 어루만졌다.

『저놈의 새 새끼 주 죽이고 말라』

칠성이는 발길로 칠운이를 차려하였다. 어머니는 또 쓰러질듯 막아섰다.

『그러지 마러라. 원 그것이 해종일 아기 보느라 혼 냈다. 허리엔 땀띠가 좁쌀알 같이 쪽 돋았구나 여북 아프겠니 원』

어머니는 말 끝에 한숨을 푹 쉬인다. 칠성이는 문득 쇠똥 내를 물큰 맡으면서 화를 버럭 올리었다.

『누 누구는 가만히 앉아 있었나!』

『아니 그렇게 하는 말이 아니어. 칠성아』

어머니는 목이 메어 다시 말을 계속하지 못한다. 그들은 잠잠히 걸었다.

집에 온 그들은 나무단 위에 되는대로 주저앉았다. 어머니는 칠성의 마음을위로 하느라고 이 말 저말 끄집어냈다.

『오래는 웬 쌀 쐬기 그리 많으냐. 손이 얼벌벌하구나』

어머니는 그 손을 한번쯤 들여다보고싶은것을 참고、아기를 어루만지다가 젖을 꺼냈다. 칠운이는 나무단을 퉁퉁 차면서 홍홍거린다. 칠성이는 동생들이 미워서 더 앉아 있을수가 없어 일어났다. 그는 어둠 속으로 휘살피고 큰년이가 저 속에 큰년이가 저 속에 어디 섯지 않는가 했다.

방으로 들어온 칠성이는 이제 퇴돌에 움찔린 발까락을 엉덩이로 꼭 눌러 앉고 일변 칠운이가 들어오지 않는가 귀를 기울이며 문을 걸었다. 그리고 동냥 자루를 가만히 쏟았다. . 흩어지는 석냥과 쌀알 흐르는 소리 솜털이 오싹 일어、그는 몸을 움씩하면서 얼른 손을 내밀어 하나하나 만져 보았다. 역시 그안에 있는 돈 생각이 나서、돈 마저 꺼내가지고 우두커니 들여다보았다. 비록 방안이 어두워서 그 모든것이 보이지 않으나、눈꼽같이 눈구석에 박여 있는듯 했다.

석냥감 따루 쌀과 과자 부스러기 따로 골라놓고 문득 큰년이를 생각하였다. 어느것을 주나 얼른 과자를 쥐며、이것을 주지하고 하나 집어 입에 넣었다. 바작 소리가 이 사이에 돌고 달큼한 물이 사르르 흐른다. 그는 입맛을 다시고 나서 칠운이가 엿듣는가 다시 한번 조심했다.

그는 온 손에 땀이 나도록 쥐고 있는 돈을 펴서 보고 한푼 한푼 세어보다가、 이것으로 큰년의 옷감을 끊어다 주면 얼마나 큰년이가 좋아할가 그의 가슴은 씩씩 뒤었다. 고것 왜 우리 집엘 안 올가、 오면 내가 돈도 주고 이 과자도 주고、 또 또 큰년이가 달라는것이면 내 다 주지。 응 그래 이리 생각되자、 그는 어쩐지 마음 송구해졌다. 해서 석냥갑과 과자 부스러기를 한데 싸서 저편 갈자리 밑에 밀어넣고、 돈은 거기에 넣은 담에 쌀만 아랫방에 내려놓았다. 그러고 뒷문 곁으로 바싹 다가 앉아서、 큰년네 바자를 바라다보았다.

바자에 호박 넌출이 엉키었고 그 위에 별들이 팔팔 날았다. 어떻게 만날가、 그는 무심히 발까락을 쥐고 아픔을 느꼈다. 서늘한 바람이 그의 볼 위에 홀러내렸다. 그는 안타까웠다. 지금 이 발끝이 아픈것보다도 어딘가 모르게 또 아픈것을 느낀다.

『이애 밥 먹어』

칠성이는 놀라 돌아다보았다. 어머니가 샛문 밖에 서 있다는것을 알자、 웬일인지 가슴 한구석에 공허를 아득하게 느꼈다.

『왜 문은 걸었나』

어머니는 문을 잡아챈다. 과자를 달라거나 돈을 달라려고 저리도 문을 잡아 흔드는것 같다. 그는 와락 미운 생각이 치올랐다.

『난 난 안 먹어!』

꽥 소리쳤다. 전신이 후루루 떨린다.

『장에서 뭐 먹고 왔니』

어머니의 음성은 가늘어진다. 언제나 칠성이가 화를 낼 땐 어머니는 저리도 기운이 없어진다. 한참후에

『좀 더 먹으렴』

『시 싫여』

역시 소리를 질렀다. 그러니 어머니는 뭐라고 웅설웅설 하더니 잠잠해 버린다. 칠성이는 우두커니 앉았느라니、 자꾸만 갈자리 속에 넣어둔 과자가

먹고싶어 가만히 갈자리를 들썩하였다. 먼지내 싸하게 올라오고 빈대 냄새 역하다. 그는 자리를 도로 놓고 내일 아침에 큰년이 줄것인데 내가 먹으면 안되지 하고, 휙 돌아 앉고도 부지중에 손은 갈자리를 어루 쓸고 있다. 큰 년이는 줘야지 냉큼 손을 떼고 문턱을 꽉 부뜰었다.

마침 바람이 산들산들 밀려들어 이마에 흐른 땀을 선뜻하게 한다. 그는 얼른 적삼을 벗어 던지고, 그바람을 안았다. 온 몸이 가려운듯하여 벽에다 몸을 비비치니, 어떤 쾌미가 일어 부지중에 그는 몸을 사정 없이 비비치고 나니, 숨이 차고 등가죽이 벗어져 아팠다. 그래서 벽을 부뜰고 일어나 나왔 다.

몸을 움지기니 아니 아픈 곳이 없다. 손 끝에 가시가 박혔는지 따금 거리 고 팔뚝이 쓰라리고 아까 다친 발까락이 새삼스러이 더 쏘고 그는 꾹 참고 걸었다.

울바지 밑에 나란히 서 있는 부초쫑 끝에 별 빛인가도 의심나게 흰 꽃이 다문다문 빛나고, 간혹 맡을수 있는 부초 냄새는 계집이 곁에 와 섰는가싶 게 야릇했다. 그는 바자 곁으로 다가 섰다.

큰년네 집에선 모깃불을 피우는지 향긋한 쑥내가 솔솔 넘어오고, 이따금 모깃불이 껌벅껌벅하는데 두런두런하는 소리에 귀를 세우니, 바자가 바삭바 삭 소리를 내고, 호박 잎의 솜털이 그의 볼에 따금거린다. 문득 그는 바자 저편에 큰년이가 숨어서 나를 엿보지나 안하나 하자 얼굴이 확확 달았다.

어느 때인가 되어 가만히 둘러보니 옷에 이슬이 촉촉하였고, 부초꽃이 물 속에 잠긴 차돌처럼 그 빛을 환이 던지고 있다. 모깃불도 보이지 않고 캄캄 하며, 어디선가 벌레 소리가 쓰르릉하고 났다. 그는 방으로 들어서자 가슴 이 답답하였다.

이튿날 아침에 눈을 뜨니, 벌써 뒤뜰은 해빛으로 가득하였다. 칠성이는 일어나는참 어머니와 칠운이가 아직도 집에 있는가 살핀 담에 아무도 없음 을 알고, 뒷문턱에 걸터앉아서 큰년의 바자를 물끄러미 바라보았다. 큰년의 아버지 어머니도 김매러 갔을테고, 고것 혼자 있을터인데……혹 마을군이 나 오지 않았는지 오늘은 꼭 만나야 할터인데 이런 생각을 하다가 무심히 그의 팔을 들여다보았다. 다 해진 적삼소매도 맥없이 늘어진 팔목은 뼈도 살도 없고, 오직 누렇다 못해서 푸른 빛이 도는 가죽만이 있을뿐이다. 갑자기 슬픈 마음이 들어 그는 머리를 들고 한숨을 푹 쉬었다. 큰년이가 눈을 감았기로 잘했지, 만일 두 눈이 동굴하게 띠웠다면 이 손을 보고 십리나 달아날것도 같다. 그러나 큰년이가 이 손을 만져보고 왜 이리 맥이 없어요. 이 손으로 뭘 하겠소 할 때엔……그는 가슴이 답답해서 견딜수 없다. 그저 한숨만 맥없이 내쉬고 들여쉬다가 문득 약이 없을가? 하였다. 약이 있기는 있을터인데……큰년네 바자위에 둥굴하게 심어붙인 거미줄에는 수없는 이슬 방울이 대롱대롱했다. 저런것도 약이 될지 모르지, 그는 벌떡 일어 나왔다.

거미줄에서 빛나는 저 이슬 방울들이 참으로 약이 되었으면 하면서, 그는 조심히 거미줄을 잡아당겼다. 팔은 맥을 잃고, 뿐만 아니라 자꾸만 떨리어 거미줄을 잡을수도 없지만 바자만 흔들리고, 따라서 이슬 방울이 후두두 떨어진다. 그는 손으로 떨어져 내려오는 이슬 방울을 받으려고 했다. 그러나 한방울도 그의 손에는 떨어지지 않았다.

『에이, 비 빌어먹을것!』

그는 이런 경우를 당할 때마다 이렇게 소리치고 말 없이 하늘을 노려보는 버릇이 있다. 한참이나 이러하고 있을 때, 자박자박하는 신발 소리에 그는 가만히 머리를 돌리어 바라보았다. 호박 잎이 그의 눈섭 끝에 삭삭 비비치자 눈물이 핑그르르 돈다. 눈물 속에 비취는 저 큰년이! 그는 눈가가 가려운 것도 참고 눈을 점점 더 크게 떴다.

빨래 함지를 무겁게 든 큰년이는 이리로 와서 빨래 함지를 쿵 내려놓고 일어난다. 눈은 자는듯 감았고, 또 어찌 보면 감은듯 뜬것 같이도 보이었다. 이제 빨래를 했음인지 양, 볼에 붉은 점이 한점 두점 보이고, 턱이 뾰죽한 것이 어디 며칠 않은 사람 같다. 큰년이는 빨래를 한가지씩 들어 활 펴가지고 더듬더듬 바자에 넌다.

칠성이는 숨이 턱턱 막혀서 견딜수 없다. . 소리 나지 않게 숨을 쉬더니 가슴이 터지는것 같고, 뱃가죽이 다 잡아씨웠다. 그는 잠깐 머리를 숙여 눈물을 씨쳐낸 후에 여전히 들여다보았다. 지금 그의 머리엔 아무런 생각도 할수 없다。 그저 큰년의 동작으로 가득했을뿐이다。 큰년이는 한가지 남은 빨래를 마저 가지고 그의 앞으로 다가 온다。 그 때 칠성이는 손이라도 쑥 내밀어 큰년의 손을 덥석 잡아보고싶었으나、 몸은 움찔 뒤로 물러나지며、 온 전신이 풀풀 떨리었다。

바삭바삭 빨래 널리는 소리가 칠성의 귀바퀴에 돌아 내릴 때、 가슴엔 웬 새새끼 같은것이 수없이팔딱거리고 귀가 우석 우석울고 눈은 캄캄하였다。 큰년의 신발 소리가 멀리 들릴 때、 그는 비로소 몸을 움직일수 있었고、 또 호박 잎을 젖히고 들여다보았다。 큰년이는 빈 함지를 들고 부엌문을 향하여 들어가고 있다。 그는 급하여 소리라도 쳐서 큰년이를 멈추고싶으나、 역시 마음뿐이었다。 큰년의 해어진 치마폭 사이로 뻘건 다리가 두어번 보이다가 없어진다。 또 나올가 해서 그 컴컴한 부엌문을 뚫어지도록 보았으나、 끝끝 내 큰년이는 나오지 않았다。 그는 후 하고 한숨을 내쉬고 물러섰다。 해볕은 따겁게 내려쬔다。 과자나 들려줄걸……돈이나 줄것을、 아니 돈은 내가 모았 다가 치마나 해주지 하고 다시 들여다보았다。 바자만 바삭바삭 소리를 내고 고요하다。 이제 큰년의 손으로 넣은 빨래는 히다못해서 해빛같이빛나고、 그 는 눈을 떼고 돌아섰다。 자기가 옷가지라도 해주지 않으면 큰년이는 언제나 그 뻘건 다리를 감추지 못할것 같다。

『성아、 나 사탕 좀……』

돌아보니、 칠운이가 아기를 업고 부엌문으로 나온다。 그는 도둑질이나 하다가 들킨것처럼 무안해서 얼른 바자 곁을 떠났다。 칠운이는 저를 다오처 형이 저리로 급히 오는것으로 알고、 부엌으로 달아나가 살짝 돌아보고 또 이리 온다。

『웅야、 나 하나만……』

손을 내민다。

아기도 머리를 갸웃하여 오빠를 바라보고 손을 내민다。 아기의 조 머리엔 종기가 지질하게 낫고、 거기에는 언제나 진물이 마를 사이 없다。 그 위에 가늘고 노란 머리카락이 이기어 달라붙었고、 또 파리가 안타갑게 달라붙어 떨어지지 않는다。 아기는 자꾸 그 가는 손까락으로 머리를 쥐어당기고、 종기 딱지를 떼어 오물오물 먹고 있다.

아기는 그 손을 오빠 앞에 쳐들었다. 손까락을 모을줄 모르고 짝 펴들고 조른다. 칠성이는 눈을 부릅떠보이고 방으로 들어왔다. 칠운이는 문 앞에 딱 막아서서 흥흥거렸다.

『응야 성아、 한알만 주면 안 그래』

시퍼런 코를 훌떡 들여마신다.

『보 보기 싫다!』

칠운이 역시 옷이 없어 잠뱅이만 입었고、 그래서 저 등은 해빛에 타다 못해서 허옇게 까풀이 일고 있으며、 아기는 그나마도 없어서 늘 벗겨 두었다. 동생들의 이러한 모양을 바라보는 그는 눈에서 불이 확확 일어난다. 눈을 돌리어 벽을 바라보자、 문득 읍에 상점에 첩첩히 쌓인 옷감을 생각하였다. 그는 자기도 모르게 손을 번쩍 들어 칠운이를 치렸으나、 그 손은 맥을 잃고 늘어진다.

『난 그럼、 아기 안 보겠다야、 씨』

칠운이는 아기를 내려놓고 달아난다. 그러니 아기는 악을 쓰고 운다. . 칠성이는 눈도 거듭떠보지 않고 돌아앉아 파리가 우굴우굴 끓는 곳을 바라 보니 밥 그릇이 눈에 띠웠다. 언제나 어머니는 그가 늦게 일어나므로 저렇 게 밥바리에 보를 덮어놓고 김매러 가는것이다. 그는 슬그머니 다가 앉아 술을 들고 보를 들치었다. 국에는 파리가 빠져 둥둥 떠다니고、 밥바리에 붙 었던 수없는 바퀴 떼는 기급을 해서 달아난다. 그는 파리를 건져내고 밥을 푹 떠서 입에 넣었다. 밥이란 도토리뿐으로 밥알은 어쩌다가 씹히군 했다. 씹히는 그 밥알이야말로 극히 부드럽고 풀끼가 있으며、 그 맛이 달큼해서 기침을 할 지경이었다. 그러나 그 맛은 잠깐이고、 또 도토리가 미끈하고 씹 혀 밥맛이 쓰디쓴 맛으로 변한다. 그래도토리만은 잘 씹지 않고 우물우물해 서、 얼른 삼키려면 그만큼 더 넘어가지 않고 쓴물을 뿌리며 혀끝에 넘나들 었다.

얼마 후에 바라보니 아기가 언제 울음을 그쳤는지 눈이 보승보승해서 발 발 기어 오다가、 오빠를 보고 멀거니 쳐다보다는 그 눈을 밥그릇에 돌리군 또 오빠의 눈치를 살핀다. 칠성이는 그 듣기 싫은 울음을 근친것이 대견해서 얼른 밥알을 골라 내쳐주었다. 그러니 아기는 그 조그만 손으로 밥알을 쥐어 먹다가, 성이 차지 않아서 납작 엎드리어서 밥알을 쪽쪽 핥아먹고는 또 말가니 오빠를 본다.

이번에는 도토리 알을 내쳐 주었다. 아기는 웬일인지 당길성 없게 도토리를 쥐고는 손으로 조모락조모락 만지기만 하고 먹지는 않는다.

『아、 안 먹게이!』

도토리를 분간해서 아는 아기가 어쩐지 미운 생각이 왈칵 들어 그는 이렇게 소리쳤다. 그러니 아기는입을 비죽비죽 하다가 으아하고 울었다.

『우 울겠니』

칠성이는 발길로 아기를 찼다. 아기는 눈을 꼭 감고 방바닥에 쓰러졌다. 그바람에 아기 머리의 파리는 응하고 조금 떴다가 곧 달라붙는다. 칠성이는 재차 차려고 달려드니、 아기는 코만 풀찐풀찐하면서 울음 소리를 뚝 끊었다. 그러나 그 눈엔 샘솟듯 흐른다. 칠성이는 모른체 하고 돌아앉아밥만 퍼먹다가 캑하는 소리에 머리를 돌렸다.

아기는 언제 그 도토리를 먹었는지 캑캑하고 겨워놓는다. 깨느르르한 침에 섞이어 나오는 도토리쪽은 조금도 씹히지 않은 그대로였고 그 빛이 약간 붉은 기를 띠운것을 보아 피가 묻어 나오는것임을 알수가 있었다. 아기의 얼굴은 빨갛게 상기되고 목에 힘줄이 불쑥 일어난다.

그 찰나에 칠성이는 입에 문 도토리가 모래알 같아 씹을수 없고、 쓴 내가 코구멍 깊이 칵 올러바쳐 견딜수 없었다. 그는 술을 텡궁 내치고 아기를 번쩍 들어 문밖으로 내놓았다. 그러고 뼈만 남은 아기의볼기를 짝 붙이니、 얼굴이 새카마지면서도 여전히 늑거운다. 이번에는 밥그릇을 냅다 차서 요란스레 굴리고웃 방으로 올라오나、 겨우는 소리에 몸이 오실어워서 가만히 있을수 없었다. 문득 갈 자리속에 과자를생각하고、 그것을 남김 없이 꺼내다가 아기 앞에 팽개치고 뒤뜰로 나와버렸다. 그는 빙빙놀다가 침을탁 뱉었다.

한참만에 칠성이는 방으로 들어오니、 방안은 단 가마속 같았다.

그는 앉았다 섰다 안달을 하다가、 머리를 기웃하여보니、 아기는 손을 깔고 봉당에 엎드려 잠들었고, 겨워놓은 자리엔 쉬파리가 날개 없는듯이 벌벌 기고 있으며, 아기 머리와 빠끔히 벌린 입에는 잔 파리 왕 파리가 아글바글 들싼다. 과자! 그는 놀라 둘러보았다. 부스러기도 볼수 없었다. 아기가 다 먹을수 없고 필시 칠운이가 들어왔던것이라 생각될 때 좀 남기고 줄것을 하는 후회가 일며 칠운이를 보면 실컷 때리고싶었다. 그는 달아 나오면서 발길로 아기를 차고 나왔다. 손을 거북스레 깔고 모루누운 꼴이 눈에 꺼리고 또 여윈 팔다리가 보기 싫어서 이러하고 나온것이다.

아기 울음 소리를 들으면서 그는 칠운이를 찾았다. 저편 버드나무 아래에 애들이 모여 떠든다. 옳지저기 있구나 하고 씩씩거리며 그리로 발길을 떼어 놓았다.

몰래몰래 오누라 했건만, 칠운이는 벌써 형을 보고서 달아난다. 애들은 수수대를 시시하고 씹고 서서 칠성이를 힐끔힐끔 보다는, 히히 웃었다 어떤 놈은 칠성의 흉내를 내기도 한다.

칠운이는 조밭으로 들어갔는지 보이지 않는다. 그는 잡풀에 얽히어 넘어 지니, 뒤로 따르든 애들은 히하고 웃고 떠든다. 칠성이는 겨우 일어나서 애 들을 노려보았다. 이놈들도 달려들지나 않으려나하는 불안이 약간 일어 이 렇게 딱 버티어 보인것이다. 애들은 무서웠는지 슬금슬금 달아난다. 애들 같지 않고 무슨 원숭이 무리가 먹을것을 구하려 눈이 뒤집혀서 다니는것 같 았다. 이 동리 애들은 모두가 미운 애들만이라고 부지중에 생각되어 한참이 나 바라보다가 걸었다. 이마가 따겁고 발까락이 따거운데 또 애들이 벗겨버 린 수수대 껍질이 발 끝에 따끔거린다. 애들은 내를 바라보고 달아난다. 그 무리에 칠운이도 섞이었을것이라고 그는 버드나무 아래로 왔다.

여기는 수수대 껍질이 더 많고 또 소를 갖다매는 탔인지 소똥이 지저분했 다. 버드나무에 기대서서 그는 바라보았다. 저절로 그의 눈이 큰년네 집에 멈추고 또 큰년이를 만나볼 마음으로 가득하다. 지금 혼자 있을텐데 가볼가, 그러다 누가 있으면……무엇이 따끔하기에 보니, 왕개미 몇마리가 다리로 올라온다. 그는 툭툭 털고 다시 보았다.

멀리 큰년네 바자엔 빨래가 희게 널렸는데, 방금 날르려는 세와 같이 되룩되룩하여 쉬하면 푸르릉 날듯하다. 있기는 누가 있어 김매러 다 갔을터인데……신발 소리에 그는 돌아보았다. 개똥 어머니가 어떤 녀인을 뮤겁게 업고 숨이 차서 온다. 전 같으면『요새 석양 많이 벌었겠구먼, 한갑 선사 하게나』하고농담을 건니울터인데, 오늘은 울쌍을 하고 잠잠히 지나친다. 이마에 비지땀이 흐르고 다리가 비틀비틀꾀이고 숨이 하늘에 닿고, 그는 머리를 들어보니 등에 업힌 여인인즉 죽은 시체 같았다. 흩어진 머리 주제며 입에 끓는더품 꼴 피투성이 된 옷! 눈을 크게 뜨고 머리카락에 휩싸인 여인의 얼굴을 똑 바로 보니 큰년의 어머니었다. 그는 놀랐다. 해서 뭐라고 묻고싶은데 벌써 개똥 어머니는 버드나무를 지나 퍽이나 갔다. 웬 일일가 어디 넘어졌나 누구와 쌈을했나 하고 두루 생각하다가, 못견디어 일어나 따랐다. 맘대로 하면 얼른 가서 개똥 어머니에게 어찌된 곡절을 묻겠는데, 다리가 말을 듣지 않고 점점 더 비틀거리기만 하고 앞으로 가지지는 않는다. 그는 화를 더럭 내고 몸짓만 하다가 팍 꺼꾸러졌다. 한참이나 버둥그리다가 일어나서 천천히 걸었다.

큰년네 굴둑에는 연기가 흐른다. 옳구나 큰년의 어머니가 어찌해서 그 모양이 되었을가, 또 다시 이라한 궁금증이 일어난다. 그가 큰년네 마당까지 오니, 큰년네 집으로 들어가고싶어 발길이 자꾸만 돌려진다. 그런것을 참고 무슨 소리나 들을가하여 한참이나 왔다 갔다 하다가 집으로 왔다.

봉당에 들어서니, 파리가 와그그 끓는데, 그 속에서 아기가 똥을 누고 있다. 깽깽 힘을 쓰니, 똥은 안나 오고 밑이 손길같이 빠지고 거기서 빨간 핏방울이 똑똑 떨어진다. 아기는 기를 쓰느라두눈을 동그랗게 비켜 뜨니, 얼굴의 힘줄이란 칼날같이 일어난다. 그 조그만 이마에 땀이 비 오듯하고 그는 못 볼것이나 본것처럼 머리를 돌리고 방으로 들어왔다. 마음대로 하면 아기를 콱 밟어 죽여버리든지 어디 멀리로들어다 버리든지 했으면 오히려 시원할 것 같다.

칠성이는 발길에 채어 구르는 도토리를 집어 먹으며, 아기 기쓰는 소리에 눈쌀을 잔뜩 찌푸리고 그만 뒤뜰로 나와버렸다. 아기로 인하여 잠깐 잊었던 큰년 어머니의 생각이 또 나서, 그는 바짝 곁으로 다가 섰다.

『으아 으아』

하는 아기 울음 소리에 머리를 돌렸다. 영애의 울음 소리가 아니요、 아주 가지난 어린애기의 울음인것을 직각하자、 큰년의 어머니가 아기를 낳았는 가 했다. 그러나 불안하던 마음이 다소 덜리나 아기하고 업에만 올려도 입에서 신물이 돌 지경이었나. 지금 몽당에서 피똥을 누느라 병든 고양이 꼴한 그런 아기를 낳을바엔 차라리 진 자리에서 눌러 죽여버리는것이 훨씬 나을것 같았다.

큰년이 같은 그런 계집애를 나았나 또 눈먼것을……그는 히하고 웃음이 터졌다. 그 웃음이 입가에서 사라지기도 전에 왜? 이동네 여인들은 그런 병신만을 낳을가하니、 어쩐지 이상하였다. 하기야 큰년이가 어디 나면서부터 눈멀었다니、 위선나도 네 살 때 홍역을 하고난 담에 경풍이라는 병에 걸리어 이런 병신이 되었다는데 하자、 어머니가 항상 외우던 말이 생각되었다.

그때 어머니는 앓는 자기를 업고、 눈이 길같이 쌓여 길도 찾을수없는데를 눈 속에 푹푹 빠지면서 읍에 병원에를 갔다는 것이다. 의사는 보지도 못한 채 어머니는 난로도 없는 복도에 한겻이나 서고 있다가、 하도 가깝해서 진찰실 문을 열었더니 의사는 눈을 거칠게 떠보이고、 어서 나가 있으라는 뜻을 보이므로、 하는수없이 복도로 와서 해가 지도록 기다리는데 나중에 심부름하는 애가 나와서 어머니 손까락만한 병을 주고 어서 가라고 하였다는것이다.

어머니는 그 말만 하면 흥분이 되어 의사를 욕하고 또 세상을 원망하는것이다. 그 때마다 그는 어머니를 핀잔하고 그 말을 막아버리군 하였다. 무엇보다도 불쾌하여 견딜수 없었던것이다.

약만 먹으면 이제라도 내 병이 나을가 큰년이 병도……아니야. 이미 병신이 된 담에야 약을 쓴다고 나을가、 그래도 알수가있나、 어쩌다 좋은 약만 쓰면 나도 남처럼 다리팔을 제대로 놀리고 해서 동냥도 하러다니지 하고、 내 손으로 김도 매고 또 산에 가서 나무도 쾅쾅 찍어오고、 애 새이들한테서 놀림도 받지 않고……그의 가슴은 우쩍하였다. 눈을 번쩍 떴다. 병원에나 가서 물어볼가……그까짓놈들이 돈만 알지 뭘 알아、 어머니의 하던 말 그대로 되풀이하고 맥없이 주저앉았다.

큰년네 집도 조용하고、아기의 우름소리도 그쳤는데、배가 쌀쌀 고팠다. 그는 해를 짐작해 보고、어머니가 이제 들어오면 얼굴에 수심을 띠우고 귀밑에 머리카락을 담북 흘리고서、너 왜 동냥하라 가지 않았니 내일은 뭘 먹겠니 할것을 머리에 그리며 무심히 서 있는 댑싸리 나무를 바라보았다.

혹시 이 댑싸리나무가 내 병에 약이 되지나 않을가 그는 댑싸리나무 냄새를 코 밑에 서늘히 느끼자、이러한 생각이 불쑥 일어、댑싸리나무 곁으로 가서 한입 뜯어 물었다. 잘강잘강 씹으니、풀내가 역하게 일며 욹하고 구역질이 나온다. 그래도 눈을 꾹 감고 숨도 쉬지 않고 대강 씹어서 삼켰다. 목이 찢어지는 듯이 아프고 맑은 침이 자꾸만 흘러내린다. 그는 이 침마저 삼켜야 약이 될듯해서 눈을 꿈쩍거리면서 그 침을 삼키고나니、까닭없이 두줄기 눈물이 주루루 흘러 내린다.

그는 하늘을 바라보고 제발 이 손을 주금만이라도 놀려서 어머니가 하는 나무를 내가 하도록 합시사 하였다. 평소에 이런 생각을 한번도 내본적이 없건만、어머니가 나무를 무겁게 이고 걸음도 잘 걷지 못하는 것을 보아도 무심했건만、웬일인지 이 순간엔 이러한 생각이 일었다.

한참이나 꿈쩍않고 있던 그는 손을 가만히 들어보고 이번에나 하는 마음이 가슴에서 후닥닥 어렸다. 하나 손은 여전히 떨리어 옴추러든다. 갑자기 욹하고 구역질을하자、땅에 머리를 쾅? 드줍고 훌쩍훌쩍 울었다.

아주 캄캄해서야 어머니는 돌아왔다. 또 산으로 가서 나무를 해 이고 온 것이다.

『어디 아프냐?』

어둠 속에 약간 들어나는 어머니의 윤곽은 피로에 쌓여 넘어질 듯 하다. 그러고 짙은 풀래가 치마폭에 홈신 배어 마늘내같이 강하게 품겼다.

『이애야、웨 대답이 없어』

아들의 몸을 어루만지는 장작개비같은 그 손에도 온기만은 돌았다.

칠성이는 어머니의 손을 뿌리치고 돌아 누웠다. 어머니는 물러 앉아 아들의 눈치를 살피다가 혼자 하는 말처럼

『어디가 아픈 모양인데、 말을 해야지 잡놈 같은이라구』

이 말을 남기고 일어서 나갔다。 한참 후에 어머니는 푸성귀 국에다 밥을 말아 가지고 들어와서 아들을 이르켰다。 칠성이는 언제나처럼 어머니 팔목에서 뚝하는 소리를 들으면서 일어 앉아 떨리는 손으로 술을 부뜰었다。

『이애아、 어디 아프냐?』

아까와 달리 어머니 옷가에 끄림내가 품기고、 숨 소리에 따라 밥내 구수한데、 무겁던 몸이 가벼워진다。

『아 아니』

마음을 조리던 끝에 비로소 안심하고 아들이 국 마시는것을 들여다보았다。

『에그、 큰년네 어머니는 오늘 밭에서 아기를 낳았다느냐 네놈없이 가난한것들에서 새끼가 무어겠니』

아까 버드나무 아래서 본 큰년의 어머니가 떠오르고、 으아으아 울던 아기 울음 소리가 들리는 듯、 또 영애의 그 꼴이 선히 나타난다。 그는 눈쌀을 찌푸렸다。

『글쎄、 새끼가 왜 태어 진절머리나지』

한숨 섞어 어머니는 이렇게 탄식하고、 빈 그릇을 들고 나가버린다。 칠성이는 방안이 덥기도 하지만、 큰년의 일이 궁금해서 그만 일어나 나왔다。

뜰 한모퉁이에 쌓여 있는 나뭇단에서 짙은 풀내가 산 속인듯싶게 흘러 나오고、 검푸른 하늘의 별들은 아기 눈 같이 예쁘다。

왱왱거리는 모기를 좇으면서 나무 말려 모아놓은 곳에 주저앉았다。 말은 갈잎이 버석버석 소리를 내고 더운김에 밑이 뜻뜻하였다。 어머니가 저리로 붙어 온다。

『칠성이냐 왜 나왔니』

버석 소리를 내고 곁에 앉는다。 땀내와 영애의 똥내가 혹 끼치므로、 그는 머리를 돌리었다。 어머니는 젖을 꺼내 아기에게 물리고 한숨을 푹 쉰다。 무슨 말을 하려나 하고 칠성이는 어머니의 눈치를살피나、 안타깝게 병든 고양이 새끼 같은 영애를 어루만지기만 하고、 쉽사리 입을 열지 않았다。

해종일 김매기에 그 몸이 고달폈겠고、더구나 산에 가서 나무를 해오려기에 그 몸이 지칠대로 지쳤으련만、또 아기에게서라도 시달림을 받으니、오늘날이라도 잠만 들면 깨지 못할것 같다。그렇게 피로한몸을 돌아보지 않는 어머니가 어딘지 모르게 미웠다。

『계집애는 자지도 않아!』

칠성이는 보다못해서 꽥 소리쳤다。영애는 젖꼭지를 문채 울음을 내쳤다。

그 애가 어디 자게 되었니。몸이 아픈데다 해종일 굶었고 또 이리 젖이 안 나니까 하는 말이 혀끝에서 똑 떨어지려는것을 꾹 참으니、눈물이 핑그르르 돌았다。

『오오、널 복 안 그런다 어서 머』

겨우 말을 마치자、눈물이 줄줄 흘렀다。문득 어머니는 이 눈물이 겉으로 흘러서 영애의 타는 목을 추겨졌으면 가슴은 아다지도 쓰리지 않으련만 하였다。

한참 후에 어머니는

『글쎄 살지도 못할것이 왜 태어나서 어미만 죽을 경을 치게 하겠니。이재 가보니、큰년네 아기는 죽었드구나。잘 되기는 했드라만……에그 불쌍하지。얼마나 밭고랑을 타고 헤매이었는데、아기 머리는 그냥흙 투성이더라구나 그게 살면 또 병신이나 되지 뭘 하겠니。눈에 귀에 흙이 잔득 들었드라니、아이 죽기를 잘했지!』

어머니는 홍분이 되어 이렇게 중얼거린다。칠성이도 가슴이 답답해서 숨을 크게 쉬었다。그러고 자신도 어려서 죽었드라면 이 모양은 되지 않을 것을 하였다。

『사는게 뭔지 큰년네 어머니는 내일 또 김매러 가겠다드구나。하루쯤 쉬어야 할텐데、이게 이에 어느때냐。그럴 처지가 되어야지、없는놈에게는 글쎄 자식이 뭐냐。웬 자식이냐』

영애를 낳아놓고 그 다음날로 보리 마당질하던 그 지긋지긋 하던 때가 떠오른다。하늘이 노랗고 핑핑 돌고 보리 이삭이 작았다 커보이고、도리깨를 들 때 내릴 때 아래서는 무엇이 뭉클뭉클 나오다가나중엔 무엇이 묵직하게 매어 달리는 듯 해서 좀 만져 보았으나, 사이도 없고 또 남들이 볼가 꺼리어 그냥참고 있다가, 소변 보면서 보니 허벅다리에 피가 흔전했고, 또 주먹같이 살덩이가 축 늘어져 있었다. 겁이 더럭 났지만, 누구 보고 물어보기도 부끄럽고 해서, 그냥 내버려두었더니, 그 살덩이가 오늘까지 늘어져서 들어 갈줄 모르고 노 무슨 물을 줄줄 흘리고 있다.

그것때문에 여름에는 더 덥고 또 고약서린 악취가 나고, 겨울엔 더하고 항상 몸살이 오는 듯 오삭오삭 치웠다. 먼 길이나 걸으면 그 살덩이가 불이 붙는 듯 쓰라리고, 또 염증을 이르켜 퉁퉁 부어서 걸음 걸을수가 없으며, 나 중엔 주위로 수없는 종기가 나서, 그것이 곪아 터지느라 기막히게 아팠다. 이리 아파도 누구에게 아프다는 말도 할수 없는 그런 종유의 병이었다.

어머니는 지금도 척척히 늘어져 있는 그 살덩이를 느끼면서 한숨을 푹 쉬 었다. 갈잎이 바삭바삭 소리를 낸다. 마침 영애는 젖꼭지를 깍 물었다. 『아 이그!』소리까지 내치고도 얼른 칠성이가 이 줄을 알면 욕할것이 싫어서 그 다음 말은 뚝 그치고 손으로 영애의 머리를 꼭 눌러 아프다는 뜻을 영애에 게만 알리었다. 그러고도 너무 눌렀는가 하여 누른 자리를 금시로 어루만져 주었다.

『정말 오늘 그』

칠성이는 머리를 들었다. 어디서 불려오는 모기 쑥내는 향긋하였다.

『전에부터 말있는 그 집에서 왔다는데, 넌정 모르기 쉽겠구나. 읍에서 무 슨 장사를 한다나. 꽤 돈푼이나 있다더라 한데, 손을 이 때까지 못 보았다 누나 해서, 첩을 여람은두 넘어 있었으나, 이 때까지 못낳았단다. 에그 그 런 집에나 태지』

어머니는 영애를 잠잠히 내려다본다. 칠성이는 이야기하면서도 아기를 생 각하는 어머니가 보기싫었다. 하나 담 말을 들으려니 가만히 앉아 있었다.

『그런데 어찌어찌 하다가 큰년의 말이 났는데, 사내는 펄쩍 뛰드란다. 그 래두 안으로 맘이 켕기워서 그러하다고 하더니, 하필 오늘 같은 날, 글쎄 선보러 왔다 갔다니……튼년이는 이제 복 좋을라! 언제봐도 덕성스러워 그 애가 눈이 멀었다뿐이지 못하는게 뭐 있어야지. 서드랜 일이나 앉아하는 일이나횡 잡았으니, 눈 뜬 사람보다 났다. 이제 그런 집으로 시집가게 되고、 달덩이 같은 아들을 낳아 놓게다. 아이그, 좀 잘 살아야지……』

『눈먼것을 얻어다 뭘을 해!』

칠성이는 뜻밖에 이런 말을 퉁명스리 내친다. 그의 가슴은 지금 질투의 불길로 꼭 채었고、 누구든지 큰년이만 다친다면 사생을 결단 하리라 하였다. 이리구나니 머리에 열이 오르고 다리 팔이 떨리었다.

『그그레、 시시집가기로 됐나?』

어머니는 아들의 눈치를 살피고 어쩐지 대답하기가 어려웠다. 동시에 저것도 계집이 그리우려니 하니、 불쌍한 마음이 들고 또 아들의 장래가 캄캄해보이었다.

『아직은 되지 않았다더라마는……』

이 말에 그의 마음은 다소 까라앉은 듯 하나、 웬일인지 슬픈 생각이 들어 그는 일어났다.

『들어가 자거라. 내일은 일찍이 읍에 가게해. 어떻게 걷니』

칠성이는 화를 버럭 내고 어머니 곁을 떠나 되는대로 걸었다.

발걸음에 따라 모기 쑥내 없어지고 산듯한 공기 속에 풀내 가득히 흐른다. 멀리 곡식대 비벼치는 소리 바람 결에 은은하고、 산 기를 띠운 실바람이 그의 몸에 싸믈싸믈 기고 있다. 잠뱅이 가랑이 이슬에 젖고、 벌레 소리 발 끝에 채어 요리 졸졸졸、 고리 쓸쓸쓸……

그는 우뚝 섰다. 저 앞은 지척을 분간할수 없는 어둠으로 덮엇고、 하늘 아래 저 불타산의 윤곽만이 검은 구름같이 뭉실뭉실 떠 있다. 그 위에 별들이 나도나도 빛나고、 별빛이 눈가에 흐르자 눈물이 핑그르르 돌며 통곡이라도 하고싶었다. 저 산도 저 하늘도 너무나 그에겐 무심한것 같다.

『이애야 들어가자』

어머니의 기운 없는 음성이 들린다.

『왜왜 좆어다녀유』

칠성의 마음에 잠겼던 어떤 원한이 일시에 머리를 들려고 하였다.

『제발 들어가. 이리 나오면 어쩌겠니』

어머니는 그의 손을 부뜰었다. 칠성이는 뿌리치렀으나 힘이 부친다. 길풀이 그들의 옷에 비비쳐 실실 소리를 낸다. 어머니는 절반 울면서 사정을 하였다. 그는 어머니 손에 부뜰리어 돌아오면서, 오냐 내일 저를 만나보고 시집가는지 안 가는지 물어보고, 또 나한테 시집 오겠니도 물어야지 할 때, 기슴은 씩씩 뛰고 어넌 실 같은 희망이 보인다.

『날 보고 네 동생들을 봐라』

어머니는 이러한 말을 하여 아들을 달래려고 한다. 칠성이는 말 없이 그의 집까지 왔다.

이튿날 일부러 늦게 일어난 칠성이는 오늘은 기어코 큰녀이를 만나 무슨 말이든지 하리라. 만일시집가기로 되었다면…… 그는 아뜩하였다. 그 때는 그만 죽여버릴가, 나는 그 칼에 죽지 하고 뒤뜰로 나와서 바자 곁에 다가 섰다. 큰녀네 집은 고요하고, 뜨물 동이에서 왕왕거리는 파리 소리만이 간혹 들릴뿐이다. 가자! 바자에서 선 듯 물러섰다. 눈에 마주 띠이는 저 앞에 큰 차돌은 웬일인지 노랗게 보이었다.

그는 숨이 차서 방으로 들어왔다. 옷을 이 모양을 하구 가 하고 굽어 보았다. 쇠똥 자죽이 여기 저기있고, 군데군데 해졌고, 뭘 눈이 멀었는데, 이게 보이나 그럼 만나서는 머라구 말은 해야지, 그는 천정을 바라보고 생각하였다. 입가에 흐르는 춤을 몇번이나 시하고 들여마시나, 그저 캄캄한 것 뿐이다. 생전 말이라고는 못해본것처럼 아뜩하였다.

내가 병신임을 저가 아나 하는 물안이 불쑥 일어 맥이 탁 풀린다. 『너까 짓것에게 시집가!』하는 큰녀의 말이 들리는 듯 해서, 그는 시름없이 밖을 내다보았다.

바자에 얽힌 호박 넌출 박 넌출 그 옆으로 옥수숫대 썩 나와서 살구나무 작고 큰 댑싸리가 아무 기탄 없이 하늘을 바라보고 가지가지를 쭉쭉 쳤으니, 잎잎이 자유스럽게 미풍에 흔들리지 않는가. 웬일인지 자신은 저러한 초목 만큼도 자유롭지 못한것을 전신에느끼고 한숨을 후 쉬었다.

한참 후에 칠성이는 마음을 단단히 먹고 마당으로 나와서, 큰녀네 집 앞으로 몇번이나 왔다 갔다 하다가, 싸리문을 가만히 밀고 껑충 뛰어 들었다.

봉당문도 꼭 닫히었고 싸리비만이 한가롭게 놓여 있다. 얼떨결에 봉당문을 삐걱 열었을 때 고양이 한 마리가 야옹 하고 튀어 나간다. 그는 어찌 놀랐든지 숨이 하늘에 닿을것처럼 뛰었다. 봉당으로 들어서서 한참이나 망설이다가 방문을 열어 보았다. 무거운 공기만이 밀려 나오고 큰년이는 없었다. 시집을갔나? 하고 얼른 생각 하면서、 부엌으로 뒤뜰로 인기척을 찾으려 하였으나 조용하였다. 그는 이러하고 언제까지나 있을수가 없어서 발길을 돌리려했을 때 싸리문 소리가 난다. 그는 열떨결에 기둥 이편으로 와서 그 뒤 멍석 곁에 바싹 다가 섰다. 부엌문 소리가 덜기덩 나더니、 큰년이가 빨래 함지를 이고 들어온다. 그의 눈은 캄캄해지고 정신이 나른해진다. 큰년이가 그를 알아보고 이리 오는것만 같고、 그의 눈은 먼것이 아니요、 언제나 창 틈으로 볼수 있는 별 눈을 빠끔히 뜨고서 쳐다 보는듯 했다. 숨이 차서 견딜수 없으므로、 멍석 아래 뒤로 돌아가며 숨을 죽이었으나、 점점 더 숨결이 항항거리고 멍석눈에 코가 맞 닿아서 기절을 할 지경이었다.

큰년이는 뒤뜰로 나간다. 짤짤 끄는 신발 소리를 들으면서 머리를 내밀어 밖을 살피고 발길을 옮기려 했으나、 온 몸이 비비 꼬이어 한보를 옮길수가 없다. 어색하여 그만 집으로 가려고도 했다. 그의 몸은 돌로된것 같았으나 마침 빨래 널리는 소리가 바삭바삭 나자、 큰년이가 읍으로 시집간다! 하는 생각이 들며、 발길이 허둥하고 떨어진다.

큰년이는 빨래를 바자에 걸치다가 휘끈 돌아보고 주춤한다. 칠성이는 참아 큰년이를 쳐다보지 못하고 우두커니 서 있었다.

『누구요?』

『…………』

『누구야요?』

큰년의 음성은 떨려 나왔다. 칠성이는 무슨 말이든지 해야 할터인데、 입이 깍 붙고 떨어지지 않는다. 한참 후에 발길을 저척하고 내디디었다.

『난 누구라구……』

큰년이는 바자 곁으로 다가 서고、 머리를 다소곳한다. 곱게 감은 그의 눈등은 발랑발랑 떨렸다. 칠성이는 자기를 알아보는것을 알고、 조금 마음이 대담해졌다。 이번엔 밖이 걱정이 되어 연신 눈이 그리로만 간다。

『나가。 야、 어머니 오신다』

큰년이는 암팡지게 말을 했다。 어려서 음성이 그대로 남아 있다。

『너 너 시집 간다지、 조초컸구나!』

『새끼누 별소리 다하네。 나가 야』

큰년이는 빨래를 조물락거리고 서서 숨을 가볍게 쉰다。 해어진 적삼등에 흰 살이 불룩 솟아 있다。 칠성이는 무의식간에 다가섰다。

『아이구머니!』

큰년이는 바자를 부뜰고 소리 쳤다。 칠성이는 와락 겁이 일어 주춤 물러서고 나갈가도 했다。 앞이 캄캄 해지고 또 빙글빙글 돌아가는것 같다。

『어머니 오신다 야』

칠성이는 잠깐 눈을 감았다가 덜덜 떨리어 나오는 소리에 눈을 떴다。 등어리로 흘러 내려온 삼단같은 머리채는 큰년의 냄새를 물씬물씬 피우고 있다。 칠성이는 얼른 큰년의 발을 짐짓 밟았다。 큰년이는 얼굴이 새빨개서 발을 냉큼 빼어가지고 저리로 간다。 손에 들었던 빨래는 맥없이 툭 떨어진다。

재가 돌을 집어 치려고 저러나 하고 겁을 먹었으나、 큰년이는 바자 곁에다가 서서 바자를 보시락 보시락 만지고 있는데、 댕기 꼬리는 풀풀 날린다。 야를야를 하던 말도 쑥 들어가고 애꾸지 바자만 만지고 있다。

『사탕두 주구、 옷옷감두 주주께 시집 안 가지?』

큰년이는 언제까지나 잠잠하고 있다가、 조금 머리를 드는척하더니、

『누가……사탕……히』

속으로 웃는다。 칠성이도 따라 웃고、

『응야 안안 가지』

『내가 아니 아버지가 알지。 .』

이 말엔 말이 막힌다。 그래서 우두커니 섰느라니、

『어서 나가야』

큰년이는 얼굴을 돌린다。 곱게 감은 눈에 속 눈섭이 가므레하게 났는데、 그 눈섭 끝에 걱정이 대글대글 맺혀 있다。

『그 그럼 시집 가가것니?』

큰년이는 머리를 숙이고, 발 끝으로 돌을 굴리고 있다. 칠성이는 슬픈 마음이 들어 울고 싶었다.

『안 안 가지 응야?』

큰년이는 대답 대신으로 한숨을 푹 쉬고 머리를 들여다가 돌아선다. 그때 어린애 울음 소리가 들렸다. 칠성이는 놀라 뛰어 나왔다.

집에 오니, 칠운이가 애기를 부엌 바닥에 내려 굴리고, 띠로 애기를 꽁꽁 동이려고 한다. 아기는 다리팔을 함부로 놀리고 발악을 하니, 칠운이는 사뭇 죽일 고기 다르듯, 아기를 칵칵 쥐어박는다.

『이 계집애 자것니. 안자것니. 안 자면 죽이고 말겠다』

시퍼런 코를 쌍 줄로 흘리고서 주먹을 견우어 보인다. 아기는 바르르 떨면서 눈을 꼭 감고, 눈물을 졸졸 흘리고 있다.

『그러구 자라. 이 계집애』

칠운이는 아기 옆에 엎어지고 한 손으로 그의 허리를 꼬집어 당긴다.

『어마이, 난 여기 자꾸자꾸 아파서 아기 못 보겠다야 씨……홍』

코를 혀 끝으로 빨아 올리면서 칠운이는 이렇게 중얼거렸다. 그 눈에 졸음이 가득 하더니, 그만 씩씩자버린다.

칠성이는 무심히 이 꼴을 보고 봉당으로 들어섰다.

『엄마!』

자는줄 알았던 아기가 눈을 동글하게 뜨고 오빠를 바라본다. 칠성이는 머리 끝이 쭈볏하도록 놀랐다. 해서 이 곁에 발을 이어 찰것처럼 하고 눈을 딱 부릅떠 보이니, 아기는 그 얇은 입술을 비죽비죽 하며 눈을 감는다.

『엄마! 엄마!』

아기는 그 입으로 이렇게 부르고 울었다. 칠성이는 방으로 들어와서 빙빙 돌다가, 뒤 뜰로 나와 큰년이가 아직도 그 자리에 서 있으면 하고, 바자를 가만히 뻐기고 들여다보니, 큰년이는 보이지 않고, 빨래만이 가득히 널려 있었다.

방으로 들어와서 벽에 걸린 동냥 자루를 한참이나 바라보면서 큰년의 옷감 끊어다줄 궁량을 하고、그러면 큰년이와 그의 부모들도 나에게로 뜻이 옮겨질지 누가 아나 하고、동냥 자루를 벗겨 메구서 밀짚모를 비스듬히 젖겨 쓴 다음에 방문을 나섰다. 눈결에 보니、아기는 무엇을 먹고 있으므로、그는 머리를 넘석하여 보았다. 아기는 띠 동인데서 벗어나와 아궁 곁에 오줌을 눈 듯 한네、그 오숨을 쪽쪽 핥아 먹고 있다.

『이 애! 이 계집애!』

칠성이는 이렇게 버럭 소리 지르고 밖으로 나왔다. 뜨거운 물 속에 들어서는 듯 전신이 후끈하였다. 신작로에 올라서며、그는 옷을 바로 하고 모자를 고쳐 쓰고 아주 점잖은양 하였다. 이제부터는 이래야 할것 같다. 에헴! 하고 큰 기침도 하여보고 거름도 천천히 걸으려 했다. 이러면 애들도 달려들지 못하고、어른들도 놀리지 못할테지 할 때 큰년이가 떠 오른다. 슬며시 돌아보니、벌써 그의 마을은 보이지 않고、수수밭이 탁 막아 섰다. 수수밭 곁으로 다가 서니、싱싱한 수수 잎내가 훅 끼치고、등허리가 근질근질하게 땀이 흘러 내린다. . 두어번 몸을 움직이고 어디라 없이 바라보았다.

수수밭 머리로 파랗게 보이는 저 불탄 산은 몇발 걸름 옮기면 올라갈 듯이 그렇게 가까워 보인다. 그의 집 창문 곁에 비껴 서서 맘놓고 바라볼수 있는것은 저 산이요、또 이런 수수밭 머리에서 숨어가며 바라볼수 있는것은 저 산이다.

그는 한숨을 푹 쉬었다. 언제나 저 산을 바라볼 때엔 흩어졌던 마음이 한데 모이는 듯 하고、또한 깜박 잊었던 옛날 일이 한두가지 생각 되군 하였다.

먼 산에 아지랑이 아물아물 기는 어느 봄날、그는 자리에서 일어나 창문 곁에 서니、동무들이 조그만 지게를 지고 지팡이를 지게에 꽂아가지고 열을 지어 산으로 가고 있다. 어찌나 부럽든지한숨에 뛰어 나와서、우두커니 바라볼 때、언제나 나도 이 병이 나아서 재들처럼 지팡이를 저리 꽂아가지고 나무 하러 가보나. 난 어룬이 되면、저 산에 가서 이런 굵은 나무를 탕탕 찍어서 한짐 잔득 지고올테야.

여기까지 생각한 그는 흠 하고 코웃음 쳤다. 뼈 마디마디가 짜릿해 오고、가슴이 죄어지는것 같다. 두어번 머리를 설레설레 흔들고 터벅터벅 걸었다.

지금 그의 앞엔 큰년이가 있을따름이다.

이틀후.

칠성이는 그의 마을로부터 육리나 떨어져 있는 송화읍 어구에 우두커니 서 있었다. 읍에 와서 돌아다니나 수입이 잘 되지 않으므로、이렇게 송화읍까지 오게 되었고、그래서야 겨우 큰년의 옷감을인조견으로 바꾸어가지고 돌아오는 길이었던것이다.

이 밤이나 어디서 지날가 망스리나、어서 빨리 이 옷감을 큰년의 손에 쥐어주고싶은 마음、또는 큰년의 혼사 사건이 궁금하고 불안해서 그는 가기로 결정하고 걸었다.

쳐다보니、별도 없는 하늘 감정 강아지 같은 어둠이 눈속을 아물아물하게 하는데、웬일인지 마음이 푹놓이고 어떤 희망으로 그의 눈은 차차로 열렸다. 산과 물은 그의 맘속에 파랗게 솟아 있는 듯、그렇게분명히 구별할수 있고、신작로의 깔린 자게들은 심심하면 장란치기 알맞았다.

사람들이 연락부절하고、자동차가 먼지를 피우며 달아나는 그 낮길보다는 오히려 이 밤길이 그에게는 퍽이나 좋게 생각되었다. 그래서 다리 아픈 것도 모르고 걸었다.

가다가 우뚝 서면 산 냄새 그윽하고、또 가다가 들으면 물 소리 돌돌하는데、논 물내 확 품기고、간혹 산 새울음 끊었다 이어질제、멀리 깜박여오는 동네의 등불은 포루룽 날아 오는것 같다가도、다시 보면 포루룽 날아간다.

그가 숨을 크게 쉴 때마다 가슴에 품겨 있는 큰년의 옷감은 계집의 살결 같아 조약돌을 밟는 발까락이 짜르르 울리었다.『고것 어떡허나』그는 무의식간에 입을 쩍 벌이고 무엇을 물어 당길것처럼 하였다. 지금 큰년이와 마주 섰던 것을 머리에 그려본것이다. 이제 가서 이 옷감을 들려 주면 큰년이는 너무 좋아서 그 가무레한 눈섭 끝에 웃음을 띠울테지. 가슴은 소리를 내고 뛴다.

차츰 동녘 하늘이 바다와 같이 훤하오는데、난데없는 빗방울이 뚝뚝 떨어진다. 그는 놀라 자꾸 뛰었으나、비는 더 쏟아지고、멀리서 비 몰아오는 소리가 참새무리들 건느듯 했다. 그는 어쩔가 잠시 망스리다가、빗발에 묻히어 어림해보이는 저 동리로 부득이 발길을 옮겼다. 큰년의 옷감이 아니면 이 비를 맞으면서도 가겠으나, 모처럼 끊은 이 옷감이 비에 젖을것이 안되어 발길을 옮긴것이다.

한참 오다가 돌아보니, 신작로가 뚜려시 보이고, 어쩐지 마음이 수선해서 발실이 딱 붙는것을 겨우 떼어은았다.

동내까지 오니, 비에 은인 밀짚 내 콜콜 올라오고, 변소 옆을 지나는지 거름내가 코 밑에 살살 기고 있다. 그는 어떤 집 처마 아래로 들어섰다. 몸이 오솔오솔 칩고 눈이 피로해서 바싹 벽으로 다가서서웅쿠리고 앉았다. 그의 마을 앞에 홰나무가 보이고, 큰년이가 나타나고…… 눈을 번쩍 떴다.

빗발 속에 날이 밝았는데, 먼 산이 보이고 또 지붕이 옹기종기 나타나고, 낙수물 소리 요란하고, 그는 용기를 내어 일어나 둘러 보았다.

그가 서고 있는 이 집이란 돈푼이나 조이 있는 집 같았다. 우선 벽이 회벽으로 되었고, 지붕은 시커한 기와로 되었으며 널판자로 짠문의 규모가 크고 또 주먹같은 못이 툭툭 박힌것을 보아 짐작할수 있었다. 그의 얼었던 마음이 다소 풀리는 듯 하였다.

흰 돌로 된 문패가 비 소리 속에 적적한데, 칠성이는 눈섭 끝이 희어지도록 이 문패를 바라보고 생각을 계속하였다. 『오냐, 오늘은 내게 무슨 재수가 들어닿나보다. 이 집에서 조반이나 톡톡히 얻어먹고, 돈이나 쌀이나 큼직히 얻으리라…… 』얼른 눈을 꾹 감아보고, 『눈도 먼체 할가. 그러면 더 불쌍하게 봐서 쌀이랑 돈을 더 줄지 모르지』애써 눈을 감고 한참을 견디려 했으나, 눈등이 간지럽고 속눈섭이 자꾸만 떨리고 흰 문패가 가로 세로 나타나고, 못 견디어 눈을 뜨고 말았다.

어떻거나 내 옷이 너무 희지, 단숨에 뛰어 나와서 흙 물에 주저앉았다가, 일어나 섰던 자리로 왔다. 아까보다 더 춥고 입술이 떨린다. 그는 대문 틈에 눈을 대고 안을 엿보려 할 때, 신발 소리가 절벅절벅 나므로, 날래 몸을 움직이어 비껴섰다. 대문은 요란스런 소리를 내고 열렸다. 언제나처럼 칠성이는 머리를 푹 숙이고 어떤 사람의 시선을 거북스레이 느꼈다.

『웬 사람이야?』

낡진한 음성 머리를 드니、사내는 눈이 길게 찢어졌고、이 집에 고용인 듯 옷이 캄캄하다.

『한술 얻어 먹으러 왔슈』

『오늘은 첫 새벽부터야』

사내는 이렇게 지껄이고 나서 돌아서 들어간다. 이 집에 인심은 후하구나. 다른 집 같으면 으레 한두번은 가라고 할터인데 하고、어깨가 으쓱해서 안을 보았다.

올려다보이는 퇴 위에 높직히 앉은 방은 사랑인 듯 했고、그 옆으로 조그만 대문이 좀 비딱해보이고、그리로 안 대청 마루가 잠깐 보인다. 사랑채 왼편으로 죽 달려 이 문간에 와서 멈춘 방은 얼른 보아 창고인 듯、앞으로 밀짚 나까리들이 태산같이 가리어 있다. 밀짚대에서 빗방울이 다룽다룽 떨어진다. 약간 누른 빛을 띠었다. 뜰이 휘휘하게 넓은데、빗물이 곬이 져서 흘러 내린다.

저리로 들어가야 밥술이나 얻어 먹을텐데、그는 빗발 속에 보이는 안 대문을 바라보고 서먹서먹한 발길을 옮겼다. 중대문을 들어서자、안 부엌으로부터 개 한 마리가 쏜살같이 달려 나온다. 으르릉하고 달려 들므로 그는 개를 얼릴양으로 주춤 물러서서 혀를 쩍쩍 채었다. 개는 날카로운 이를 내놓고 뛰어 오르며 동냥 자루를 확 물고 늘어진다. 그는 아찔하여 소리를 지르고 중문 밖으로 튀어 나오자、사랑에 사람이 있나 살피며 개를 꾸짖어 줬으면 했으나 잠잠하였다. 개는 눈을 뒤집고서 앞발을 버티고 뛰어 오른다. 칠성이는 동냥 자루를 입에 물고 몸을 굽혔다 폈다 하다가도 못 이겨서 비슬비슬 쫓겨 나왔다. 개는 여전히 따라 큰 대문에 와서는 칠성이가 용이히 움직이지 않으므로 으르릉 달려들어 잠뱅이 가랭이를 물고 늘어진다. 그는 악소리를 지르고 달아 나왔다. 아까 나왔던 사내가 안으로부터 나왔다.

『워리 워리』

개는 들은체 하지 않고 빼죽한 주둥이로 자꾸 짖었다. 저놈의 개를 죽일 수가 없을가 하는 마음이 부쩍 일어 그는 휘 돌아서서 노려볼 때 사내는 손짓을 하여 개를 부른다. 그러니 개는 슬금슬금 물러나면서도 칠성에게서 눈은 떼지 않았다.

갑자기 속이 메식해지고 등 허리가 오싹하더니、온 몸에 열이 화끈 오른다。개를 찾았으나 보이지 않고、큰 대문만이 보기 싫게 버티고 있었다。또 가볼가 하는 마음이 다소 머리를 드나、그 개를 만날것을 생각하니 진저리가 났다。해서 난념하고 시죽시죽 걸었다。

비는 바람에 섞이어 모질게 갈겨치고、나무 흔들리는 소리 도랑물 흐르는 소리에 귀가 뺑뺑할 지경이다。붉은 물이 이리 몰리고 저리 몰리는 그 위엔 밀짚이 허옇게 떠있고、파랑새 같은 나뭇잎이 뱅글뱅글 떠돌아간다。

비에 젖은 옷은 사정 없이 몸에 착 달라붙고、지동치듯 부는 바람 결에 숨이 막혔다。어쩔가 하고 둘러 보았으나、집집이 문을 꼭 잠그고 아침 연기만 풀풀 피우고 있다。혹 빈 집이나 방앗간 같은게 없나 했으나 눈에 띠이지 않고、무거운 눈엔 그 개가 자꾸만 얼른거리고 또、뒤에 다오쳐오는것 같다。개에게 찢긴 잠뱅이 가랭이 거름에 따라 너덜너덜하여 그의 누른 다리 마디가 환히 들여다보이고、푹 눌러 쓴 밀짚모에선 방울져 떨어지는 빗방울이 눈물같이 건건한것을 입술에 느꼈다。문득 그는 큰년의 옷감이 젖는구나 생각 되자 소리를 내어 칵 울고싶었다。

그는 우뚝 섰다。들은 자욱하여 어디가 산인지 물인지 길인지 분간할수 없고、곡식대들이 미친 듯이 날뛰는 그 속으로 무슨 큰 짐승이 윙윙 우는듯한 그런 크고도 굵은 소리가 대지를 울린다。

지금 그는 빗발에 따라 마음만은 앞으로 앞으로 가고싶은데、발길이 딱 붙고 떨어지지 않는다、바라보니、동내도 거반 지나온 셈이요、앞으로 조그만 집이 두셋이 남아 있다。그리로 발길을 돌렸으나、만들의 미련이나마 있는 듯 자주자주 멍하니 들을 바라보았다。

그가 개에게 쫓긴것이 이번뿐이 아니요、때로는 같은 사람 한테도 학대와 모욕을 얼마든지 당하였건만、오늘 일은 웬일인지 견딜수 없는 분을 이르키게 된다。

『이 친구 왜 그러구 셨수』

그는 놀라보는 자기는 어느덧 조그마한 집 앞에 섰고、그 조그만 집은 연자간이라는 것을 알았다. 머리를 넘석하여 내다보는 사내는 얼른 보아 사오십 되었겠고、 자기와 같은 불구자인 거지라는것을 즉석에서 알았다. 사내는 쭝깃이 웃는다. 그는 이리 찾아 오고도 저 사내를 보니、 들어가고싶지 않아 머뭇거리다도 하는수없이 들어갔다. 쌀겨내 가득히 흐르는 그 속에 말똥내도 훅훅 품겼다.

『이리 오우 저옷이 젖어서 원……』

사내는 나무 다리를 짚고 일어나서 깔고 앉았던 거적 자리를 다시 펴고 자리를 내놓고 비켜 앉는다. 칠성이는 얼른 히뜩히뜩 세인 머리 털과 수염을 보고 늙은것이 내 동냥해온것을 뺏으려나 하는 겁이 나고 싫어진다.

『그 옷땜에 칩겠수。 우선 내센옷을 입고 벗어서 말리우』

사내는 그의 봇다리를 뒤적뒤적하더니、

『자 입소。 이리 오우』

칠성이는 돌아보았다. 시커먼 양복인데, 군데군데 기운것이다. 그 순간 어디서 좋은옷 얻었는데、 나도 저런게나 얻었으면 하면서 이상한 감정에 쌓여 사내의 옷은 눈을 정면으로 보았을 때 동냥 자루나 뺏을 사람 같지 않았다. 그는 머리를 숙이고 소매에서 떨어지는 물방울을 보았다. 사내히는 나무다리를 짚고 이리로 온다.

『왜 이러구 섰수。 자 입으시우』

『아아니유』

칠성이는 성큼 물러서서 양복 저고리를 보았다. 난 생전 입어보지 못한 그 옷 앞에 어쩐지 가슴까지두군거린다.

『허! 그 친구 고집 대단한데、 그럼 이리와 앉기나 해유』

사내는 그의 손을 끌고 거적자리로 와서 앉히운다. 눈결에 사내의 뭉퉁한 다리를 보고 못 본것처럼 하였다.

『아침 자셨수』

칠성이는 이자가 내 동냥 자루에 아침 얻어온줄을 알고 이렇는가 하며、 힐금 동냥 자루를 보았다. 거기에서도 물이 떨어지고 있다.

『아니유』

사내는 잠잠하다가、

『안되었구려。 뭘 좀 먹어야 할터인데……』

사내는 또 무슨 생각을 하듯 하더니、 그의 봇다리를 뒤진다.

『자、 이것 적지만 자시유』

신문지에 싼것을 내들어 껴 보인다. 그 송이엔 노란 조밥이 고실고실 말라가고 있다.

밥을 보니 구미가 버쩍 당기어 부지중에 손을 내밀었으나、 손이 말을 안 듣고 떨리어서 흠칫하였다. 사내는 이 눈치를 채었음인지、 종이를 그의 입 가까이 갖다 대고、

『적어 안되었수』

부끄럼이 눈섭 끝에 일어 칠성이는 눈을 내려뜨고 애꿋이 코를 들여마시며 종이를 무릎에 놓고 입을 대고 핥아먹었다. 신문지 내가 잇 사이에 나들고 약간 쉬인듯한 밥알이 씹을수록 고소하였다. 입맛을 다실 때마다 좀 더 있으면 하는 아수한 마음이 혀 끝에 날름거리고 사내 편을 향한 귀바퀴가 어쩐지 가려운 듯 따거움을 느꼈다.

『저것이 원……』

사내의 이러한 말을 들으며 신문지에서 입을 떼고 허 하고 웃어보이었다. 사내도 따라 웃고 무심히 칠성의 다리를 보았다.

『어디 다쳤나보! 피가 나우』

허리를 굽히어 들여다본다. 칠성은 얼른 아픔을 느끼고 들여다보니、 잠뱅이 가랑에 피가 빨갛게 묻었고、 다리엔 방금 선혈이 흐르고 있다. 별안간 속이 무쭉해서 그는 다리를 움추리고 머리를 들었다. 바람결에 개비린내 같은 것이 끼친다.

『개 개한테 그리 되었지우』

『아、 그 기와집에 가셨수…… 그 개를 길러도 흉악한 개를 기르거든 흥! 한놈이 아니우、 어디 이리 내놓우、 개에게 물린 것이 심상히 여일것이 못되우』

사내는 그의 다리를 잡아당기었다. 그는 얼른 다리를 치우면서도 코 안이

싸해서 몇번 코를 움직일 때 뜻하지 않은 눈물이 주루루 흘러 내린다. 사나히는 이 눈치를 채이고 허허 웃으면서、그의 등을 가볍게 두드렸다。.

『이 친구 우오。울기로 하자면、허허 울어선 못쓰오』

칠성이는 머리를 번쩍 들어 사내를 바라보니、눈에 분노의 빛이 은은하였다。다시 다리로 시선을 옮겨질때、가슴이 턱 막히고 목에 무엇이 가로절리는것 같아 시름없이 머리를 숙이고 무심히 부드러운 먼지를 쥐어 상처에 발랐다。

『아이고! 먼지를 바르면 되우?』

사내는 칠성의 손을 꽉 부뜰었다。칠성이는 어린애같이 히 웃고나서、

『이러면 나유』

『아 원、그런 일 다시는 하지 마우。약이 없으면 말지, 그런 일 하면 되우? 더 성해서 앓게 되우』

칠성이는 약간 무안해서 다리를 움추리고 밖을 바라보았다。사내는 또 다시 무슨 생각에 깊이 잠기는것 같다。

바람이 비를 안고 싸싸 밀려들고、천장에 수없는 거미줄은 끊어서 연기같이 나붓겼다。바라뵈는 버들나무의 잎은 팔팔 떨고 아래로 시뻘건 물이 쫄쫄 소리를 내고 흐른다。어깨 위가 어찔해서 돌아보면 큰 매매이 쌀겨를 뽀얗게 쓰고서 얼음 같은 서늘한 기를 품품 피고 있다。

『배 안의 병신이우?』

사내는 문득 이렇게 물었다。칠성이는 머리를 숙이고 머뭇머뭇하다가、

『아 아니유』

『그럼、앓다가 그리 되었구려……약 써봤수?』

칠성이는 또 다시 말하기가 힘든듯이 우물쭈물하고 다리만 보았다。한참 후에

『아 아니유 못 못 썼어유』

『흥! 생다리도 꺾이우는 지경인데、약 못 쓰는것쯤이야 허허……』

사내는 허공을 향하여 웃는다。그 웃음 소리에 소름이 오싹 끼쳐 힐금 사다를 보았다。눈을 무섭게 뜨고 밖을 내다보는데、이마엔 퍼런 힘줄이 불쑥

일었고, 입은 꼭 다물고 있다.

『허, 치가 떨려서. 내 왜 그리 어리석었든지. 지금만 같으면 지금이라면 죽더라도 해볼걸. 왜 그 꼴이었어! 홍!』

칠성이는 귀를 밝혀 이 말을 개어 들으려 했다. 무엇을 의미한 말인지 알 수가 없었다. 사내는 칠성이를 놀아보았다. 눈 아래 두어줄의 주름쌀이 돌아가신 그의 아버지와 흡사했다. .

『이 친구, 나도 한 가정을 가졌던놈이우. 공장에선 모범 공인이었구. 허허 모범공인!……다리가 꺾인후에 공장에서 나오니, 계집은 달아나고, 어린 것들은 배고파 울고, 부모는 근심에 지리 돌아가시구……허 말해서 뭘 하우』

사내는 칠성이를 딱 쏘아본다. 어쩐지 칠성의 가슴은 까닭없이 두군거려, 참아 사내를 정면으로 보지 못하고, 꺾인 다리를 보았다. 그러고 사내의 다리 밑에 황소같이 말 없는 땅을 보았다.

어느덧 밖은 안개비로 자욱하였고, 먼산이 눈물을 머금고, 구불구불 솟아있으며, 비 소리에 잠겼던 개구리 소리가 그의 동네 앞 인가도싶게 했고, 또한 큰년의 뒤매가 홰나무 아래 얼른거려보인다. 칠성이는 부시시 일어났다.

『난 난 집에 가겠우』

사내도 따라 일어난다.

『아, 집이 있수? ……가보우』

칠성이는 머리를 드니, 사내가 곁에 와서 밀짚모를 잘 씨워주고 빙긋이 웃는다. 어머니를 대한것처럼 어딘가 모르게 의지하고싶은 생각과 믿는 마음이 들었다.

『잘 가우…세월 좋으면 또 만나지』

대답 대신으로 그는 마주 웃어보이고 걸었다. 한참이나 오다가 돌아보니, 사내는 우두커니 서있다. 주먹으로 눈을 닦고 보고 또 보았다.

길 좌우에 늘어앉은 조밭 수수밭은 이랑마다 물이 충충했고, 조 이삭 수수 이삭이 절반 넘어져 물에잠겨 있다. 올에도 흉년이구나 할 때, 어디서 맹하니 또 어디서 꿍하는 소리가 들렸다. 저 멀리 귀 시끄럽게 우지지는 개구리 소리는 무심한데、이제 그어딘가 곁에서 맹꽁한 그 소리는 사람의 음성 같이 무게가 있었다.

안개비 나실나실 내려온다. 조금 말라 오려던 옷이 또 촉촉이 젖고、눈섭 끝에 안개비 엉키어 마음까지묵중하고 알수 없는 의문이 뒤범벅이 되어 돌아간다.

그가 그의 마을까지 왔을 때는 다시 빗발이 굵어지고、바람이 슬슬 불기 시작하였다. 언제나 시원해보이는 홰나무도 찡그린 하늘 아래 우울해 있고、동네 뒤로 나지막이 둘려 있는 산도 빗발에 묻히어 잘보이지 않았다. 그러나 큰년이가 물동이를 이고 이 비를 맞으면서도 저 산 아래 박우물로 달려 가지나 않나 하는 생각이 집집에 울바자며 채마밭에 긴바지가 차츰 선명히 보일 때 선뜻 들어 그의 발길은 허둥거렸다.

집에까지 오니、어머니는 눈물이 그득해서 나왔다.

『이놈아、어미 기다릴것도 생각지 않고 어딜 그리 다니느냐』

어머니는 동냥 자루를 받아 쥐고 쿨컥쿨컥 울었다. 칠성이는 잠잠히 방으로 들어오니、빗물 받는 그릇으로 절반 차지했고、뚝뚝 듯는 빗소리가 장단 맞혀 났다. 칠성이는 그만 우두머니 서서 어쩔줄을 몰랐다. 몸은 아까보다 더 칩고 떨리어서 견딜수 없다.

칠운이와 아기는 아랫목에 누워 있고、아기 머리엔 무슨 헝겊으로 허옇게 싸매 있었다. 그들의 그 작은 몸에도 빗방울이 간혹 떨어진다.

『아무데나 앉으렴. 어쩌겠니…에그、난 어제밤 널 찾아 읍에 가서 밤새 싸다니다 왔다. 오죽해야 술집문까지 두드렸겠니. 이놈아、어딜 가면 간다고 하지 그게 뭐이』

이번에는 소리까지 내어 운다. 남편을 잃은 뒤 그나마 저 병신 아들을 하늘같이 중히 의지해 살아가는 어머니의 마음을 엿볼수가 있다. 칠운이는 울음 소리에 벌떡 일어났다.

『성 왔네! 성 왔네!』

눈을 잔뜩 웅켜쥐고 뛰었다. 그통에 파리는 우구루 끓고、아기까지 키성키성 보챈다. 칠운이는 두손으로 눈을 비비치고 형을 보려다는 못 보고 또 비비친다.

『이 새끼야. 고만 두라구 그러니 더 아프지. 에그 너 없는 새 저것들이 자꾸만 앓아서 죽것다. 거게다 눈까지 덧치니、그런데 이 동리는 웬일이냐. 지금 눈병때문에 큰일이구나. 아이 어른이 모두 눈병에 걸려 눈을 못 뜬다』

칠성이는 지금 아무 말도 귀에 거치지 않고、비 새지 않는 곳에 누워 한 잠 푹 들고싶었다. 칠운이는 마침내 응응 울다가 무슨 생각을하고 뒤문 밖으로 나가더니、오줌을 내 뻗치우며、그 오줌을 눈에 바른다.

『잘 발라라. 눈등에만 바르지 말고 눈 속에 까지 발러…저것도 보고 반가와서 저리도 눈을 뜨려는구. 어제는 성아 성아 찾드구나』

어머니는 또 운다. 칠성이는 등에 선뜻 떨어지는 빗방울을 피하여 앉으니、이번에는 콧등에 떨어져 입술에 흐른다. 그는 콧등을 후려치고 화를 버럭 내었다.

『제 제길!』

『글쎄 비는 왜 오것니. 바람이나 불지 마라야 할터인데、저 바람! 기껏 키운 조는 다 쓰러져 싹이 나겠구나. 아이구 이 노릇을 어찌 해야 좋으냐. 하느님 맙시사!』

두 손을 곧후 들고 애걸한다. 그예 머리는 비에 젖어 이기어 붙었고、눈은 눈꼽에 탁 엉키었고、그 속으로 핏줄이 뻘겋게 일어 눈이 시커매서 바라볼수 없는데、시커먼 옷에 천장 물이 어룽어룽 젖었다.

칠성이는 얼른 샛문 턱에 걸쳐 앉아 눈을 딱 감어버렸다. 눈이 자꾸만 피곤하고 그래선 새 속 눈섭이 가시 같아 눈 속을 꼭꼭 찌른다.

그는 눈을 두어번 굴렸을 때 문득 방앗간이 떠 오른다.

『이재 개똥네 논에 동이 터졌는데、전부 쓸려 나갔다누나. 에구 무서워. 저게 무슨 바람이냐. 저 바람! 우리 밭은 어쩌나. 』

어머니는 밖으로 뛰어 나간다. 칠운이는 울면서 따르다가 문턱에 걸려 공중 나가 넘어지고、시재 가르려는 소리를 하였다. 칠성이는 눈을 부르떴다.

『저 저놈에 새끼 주 죽이고 말가부다』

어머니는 얼른 칠운이를 업고 물러나서 정신 없이 밖을 바라보고、또 나갔다 들어왔다. . 칠운이를 때리다가 중얼중얼하며 돌아간다.

칠성이는 이 꼴이 보기 싫어 모루 앉아 눈을 감았다. 무엇에 놀라 눈을 뜨니、아랫목에 누워 할락할락하는 아기가 일어나려다 쓰러지고 소리 없는 울음을 입으로 운다. 머리를 갈자리에 비비치다도 시원치 않은지 손이 올라 가서 헌겊을 쥐고 박박 할퀴는 소리란 징그러워 들을수 없었다.

칠성이는 눈을 안 뜨자 하다도 어느새 문뜩 뜨게 되고、아기의 저 노란 손가락이 머리를 쥐어 뜯는것을 보게 된다. 조놈의 계집애는 죽었으면! 하 면서 눈을 감는다.

바람은 점점 더 세차게 분다. 살구나무 꺾이는 소리가 뚝뚝 나고、집 기 둥이 쏠리는지 씩꺽 쿵! 하는 소리가 샛문에 울렸다. 칠운이는 방으로 들어 와서 눕는다.

『성아、내일은 눈약두 얻어 오렴. 개똥이는 저 아버지가 읍에 가서 눈약 사왔다는데、그 약을 넣으니까、눈이 낫다더러 응야』

칠성이는 잠잠히 들으며、얼른 가슴에 품겨 있는 큰년의 옷감을 생각하였 다. 차라리 눈약이나 사올것을 하는 마음이 잠깐 들었으나 사라지고、어떻 게 큰년에게 이 옷감을 들려줄가 하였다.

부엌에서 석냥 긋는 소리가 들리더니、어머니가 들어온다.

『아궁에 물이 가득하니 이를 어쩌냐 저것들도 아무것도 못 먹었는데…너 두 배 곯으겠구나』

이런말을 하고 밖으로 나가더니 곧 뛰어 들어온다.

『큰년네 논두 동이 터졌단다. 그리 튼튼하든 동두 저를 어쩌니』

칠성이는 눈을 둥그렇게 떴다.

『좀 자려무나 요 계집애야 웨 자꾸만 머리를 뜯니. 조놈의 계집애는 몇일 재 않자고 새웠단다. 개똥 어머니가 쥐 가죽이 약이라기 쥐를 잡아 저리 붙 였는데 자꾸만 떼려구 저러니 아마 나려구 가려운 모양인지』

그렇다구 해줘야 어머니는 맘이 놓일 모양이다. 큰년네 말에 칠성이는 눈 을 떴는데 딴 푸념을 하니 듣기 싫었다. 하나 꾹 참고

『그그래。큰년네두 논이 떳대?』

『그래! 젓이 안나니……』

어머니는 연신 애기를 보고 그의 젓을 주물러 본다. 명주 고름끈 같이 말 큰그린다.

애기는 점점 더 할닥할닥 숨이 차오고 이전 손을 놀릴 기운도 없는지 손이 귀 밑으로 올라가고는 맥을 잃고 다르르 굴러 떠러진다. 어머니는 바람소리를 듣드니

『이전 우리 조는 못쓰게 되었겠다. 큰년네 논이 뜨는데 겐디겠니……참 큰년이는 복좋아 글세 이런꼴 않보렴인지 어제 시집 갔단다.』

『큰년이가?』

칠성이는 버럭 소리쳤다. 그의 가슴에 고이 안겨 있던 큰년의 옷감은 돌같이 딱 맞 질리운다. 어머니는 아들의 태도에 놀라 바라보았다.

『어마이 저것 봐!』

칠운이는 뛰어 일어나서 응응 운다. 그들은 놀라 일시에 바라보았다.

아기는 언제 그 헌겊을 찢었는지 반쯤 헌겊이 찢어졌고、그리로부터 쌀알 같은 구데기가 설렁설렁 내달아 오고 있다.

『아이구머니 이게 웬일이야 응 이게 웬일이어!』

어머니는 와락 기어 가서 헌겊을 잡아 젖히니、쥐 가죽이 딸려 일어나고 피를 문 구데기가 아글바글 떨어진다.

『아가 아가 눈 떠、눈 떠라 아가!』

이같은 어머니의 비명을 들으며、칠성이는『엑!』소리를 지르고 우둥퉁퉁 밖으로 나와버렸다.

비는 좍좍 쏟아지고 바람은 미친 듯 몰아치는데、가다가 우르릉 쾅쾅 하고 하늘이 울고 번갯ㅅ불이 제멋대로 쭉쭉 찢겨나가고 있다.

칠성이는 묵묵히 저 하늘을 노려보고 있었다.

　　─「끝」─

山男[*]

아직도 그사나이는 허리에 바를 동인채 돌팔매질을 하고있을까?

고향에게신 내어머니를 생각할때마다 또 어머니에게서온 편지를 읽고난 뒤면 무뚝 이렇게 생각되는것이 일종의 나의 버릇이 되고말았읍니다. 바에 지칠려 뻘겋게 흐르든 피가 내눈에 가시같이 드려박힐때면 나는 머리를 흔들어 그기억을 헬혀버리려고 몇번이나 애를 썼지마는 웬일인지 잇해를 맞는 오늘까지 점점 더 그피빛에 선명해질뿐입니다.

검실검실한 큰눈에 올챙이 같이 머리만 퍼진 코를가진 사나이 그래서 양미간이 턱없이 죽었음인지 우직해도 보이고 어찌보면 소름이 끼치게 무섭든 그사나이 그는 우금까지 바를 동인채 돌팔매질을 하는것같고 그러한양을 나는 언제나 다시 맞날듯하여 소름이 끼치군 하였읍니다. 근년에 내 신경이 좀 과민해진데서 이러한지는 몰라도.

차안에서 이 사나이의 과거를 순서없이 주어들은것을 종합해보면 우리시굴 인읍인 S골에 가장 세력가요 부호로 굴지하는 김진사가 남의 유부녀를 보아 난아들이 즉 이 사나이란것 무엇때문인지는 모르나 그들 모자를 산막으로 쫓은후에 한번도 돌아오지 않는 것、 어느때 이 사나이가 김진사앞에서 칼부림까지 했다는것이다.

처음에 나는 이 사나이에게 호기심을 잔뜩두어 그의 내력을 좀더 세밀히 알고저 무척 애를썼지만 원악 오란일이라 결과가 그리 시언치않았읍니다.

● 강경애는 이 작품을 1936년 8월 신동아에 발표하였는데 본고는 그 영인본에 근거하여 다시 정리하였다.

구진비 느실느실 나리는날 나홀자 호젓이 앉아 바느질하는밤 선듯 떠오르는 그사나이 나는 몸이 으쓱해지고 혹은 까맣게 높은 절벽을 볼때 핑핑도는듯 한 푸른 호수를 대할때 그사나이가 필사의 노력을 다하던 아차 아차한순간 이 흭 떠올라 참아 눈을 들지못하게 아질아질 하였읍니다. 그날 그사나이 아니었드면……

╳   ╳

지금으로부터 잇해전 칠월이십일경입니다. 돌연히 나에게 전보한장이 뛰어들었읍니다。. 그내용인즉 내어머님의 병환이 위중하니 곧 오라는것입니다.

칠순이 다되고 자주 병환으로 신고하시므로 평소부터 맘을 놓지못하든차 인데 이러한 전보를 받고 나니 그만 아뜩해지고 정신을 차릴수가 없었읍니다. 시게를 보니 오후세시었고 마츰 세시오분에 떠나는 급행이있으므로 나는 불이야불이야 가방한개를 얻어들고 입든옷 그대로 남편과같이 정거장으로 내달리었읍니다.

승객들은 거이다 오르고 대합실은 쓸쓸하였읍니다. 나는 단숨에 개찰구로 뛰어나가다 몇번이나 쓸어지고야 겨우 차에 뛰어올랐읍니다. 남편은 표를사들고 뒤로 따라오며

「속치마 속치마……」

하고 주의를 주었읍니다. 그제서야 나는 속치마가 내려끌리어 작고만 너머지게 되었다고 깨달으면서도 속치마를 걷어올릴힘도 없고 숨이 항항차며 머리를 무엇으로 되게 얻어마진듯 어리뻥뻥하고 지긋지긋 아폈읍니다.

차가 움직일때 남편을 돌아보았으나 전에없이 남편의 얼굴이다닥다닥 붙어보이다가 아주 캄캄해지고야 말았읍니다. 차창으로 혹군그리는 칠월의 시언한바람조차도 나에게는 기막히게 안타까웠고 푸른빛 가득한광야는 나의 시력을 어지럽게 하였읍니다. 펄펄 나는듯이 뒤로 물러가든 전선때도 하필 오늘은 뜨묵뜨묵물러가고 나즈막한 뫼들도 역증이 나리만큼 오래보였읍니다. 나는 몇번이나 완행을 타지않었는가하야 둘러보려 하였읍니다.

급하던숨은 차차로 가라앉으나 내어머님의 오믈오믈하든 턱이 보이고 그

리로부터 얼굴전체가 환히 나타나고있읍니다. 다섯해 동안이나 내 웨못갔나! 뭘하기 못갔나! 나는 새삼스레이 이렇게 속으로 부르짖으며 입에 손넣고 어린애같이 앙앙 울고싶었읍니다. 그러고 이번가서 만일 어머님을 못뵈옵게된다면 그음성을 못듣게된다면 어쩌나 하는 초조가 쾅쾅툭툭하는 차박휘소리에 이어달리고 있읍니다.

아들도없는 내어머니 딸들은 동서로 시집보내고 혼자 댕글하니 게시는 어머니 그리고 몹시 알아눠게신들 누가 머리한번인들 짚어올리며 미움한그릇인들 따뜻이 쑤어올리랴하니 어머님을 모시게못되는 나의환경이 보다도 사회제도가 새삼스럽게 더 원망스러웠읍니다.

나는 눈을감고 차창에 의지하였읍니다. 바람결에 홀홀그리는 내머리카락 내어머님의대한 살틀한기억을 한들한들 자아내고 있읍니다. 뿐만아니라 까맣게 잊었든 내어려서 일이 아득히 떠오르고있읍니다.

——아버지를잃은 우리모녀가 살길이 없어 고무가있는 어느 산골을 찾아가든 그 오불꼬불한 길 산골에서 살면서 어머니를 찾아 산에가서 솔가래기를 줍다가 배고프다고 울든일 그러면 어머니가 물오른 솔가지를 꺾어 껍질을 비껴주든일——웅성그리는 사람의소리도 꿈같이 아득하게 들리고 몰삭 건너오는 담배연기는 무거운내코끝에 싸하게 부디치고 있읍니다. 콧물을 싷으면서 눈을 번쩍뜨면 싯누른얼굴들이 우둑우둑 하였읍니다. 그것이 싫어 머리를 창밖으로 내미니 안개비를 솔솔 뿌리는듯한 바람이 쉴새없이 내 목에 감겨돌아갑니다.

어쩐지 하늘도 해를잃고 우울해있고 까맣게 나는새들도 노래를 부르지않았읍니다. 저멀리 핑글핑글 도는 나즈막한 뫼에 내어머님의 얼굴이 나타났다는 살아지고 이애야! 이애야! 하고 날 부르시며 뫼와 뫼를 건너뛰어 날보려고 다오처오시는 내어머님의 숨찬환영이 내눈을 캄캄하게하였읍니다. 견디다못하야 눈을 감고 가방에 엎디었읍니다. 쿠술쿠술 오르는 가죽냄새조차도 내목을 깍 메이게 하였읍니다.

그날밤 차창으로 감겨치는 빗발을맞고야 나는 차창을 닫았고 창문을 두디리는 비소리에 어쩐지 불한예감을 작고만 가지게하였읍니다. 이튿날 오후 두시반가량이나 되어서 내가 경성역에 잠간 나렸다가 다시 경의선으로 올랐을때는 사뭇 비가 악수로쏟아지고 있었읍니다。 나는 점점더 초조한 생각에 가미니 앉아 있을수가 없읍니다。

창문을 겹겹히 닫아놔서 그런지 차안은 온갖잡내로 터질듯할였읍니다。 새슬새슬 짖그리는 여인의음성 왕왕그리는 남자의 음성 버들피리 부는듯한 어린애 우름소리、 저벅저벅 쿵쿵하는 온갖신발소리 쾅! 하고 닫히는 문소리 뒤범벅이되어 돌아가고 있읍니다。 내가 앉인곳은 변소옆이라 그런지 문바람에 휘몰려오는 약간 과일내를품은 시시구러한 냄새에 구역이 날지경이었읍니다。

빗바람에 차창이 간혹 혼들리는듯하고 문틈으로 써늘한 바람이 솔솔 습여들며 눈물같은 비방울이 유리문에 주루루 홀러나리고 또 흐르고있읍니다。 그리로높았다 낮아지는 전설줄은 어미새를잃고 헤매이는 새새끼무리같았읍니다。 어느듯 붉은물에 채어 오돌오돌 떠는듯한 적은 뫼들이 삼아삼하게 차창으로 보였읍니다。 나는 코끝이 차가웁도록 창문에 얼굴을 대고 비가 좀 끊져졌으면 하고 안달을 하였읍니다。

이러한 조바심 가운데서 무사히 사리원역에 나리게 되었고 비를 쪼루루 맞고 경편차에 올랐읍니다。 비에옴추러든 내 치마짜락을 쥐어다리면서 차안을 둘러보니 어쩐지 걱정이 더욱 커졌읍니다。

사리원역을 떠나며보니 왼별은 그냥 홍수로 뻘겋게 뒤집혔읍니다。 빗발만이 어지러운 공중엔 나는 새도볼수없고 멀리 히미한 산발만이 비참해있읍니다。 홍수에 묻혀 머리만 들고있는 오곡은 비명을질으듯 하였고 이산모통이 저산모통이에 모여앉어있는 농가들은 공포에 떨고 지는듯 하였읍니다。

이차에선 과일내와 변소내도 마틀수없고 걱정만이한차 가득한듯하였읍니다。 승객들은 애꾸지 입맛만 쩍쩍 다시고 담배피울것도 잊었으며 정신없이 밖을 바라보고있읍니다。

낯익은 산전이 내앞에 가차워질사록 내가슴은 따가워지고 다리팔이 후루루 떨렸읍니다。 이렇게와서도 어머님을 못뵈오면 어떻거나 하는 불안이 작구만 커가기때문입니다。 이러함인지 때로는 나도모르게 벌덕일어나서 남들이 싫여하는 창문을 와르르열고 찬비를맞았읍니다。

차는 사뭇 홍수를 헤치고 다라납니다. 빼딱빼딱하는것이 금방 쓸어지는 듯하야 덜컥만하면 나는 몸이 한줌만 하였읍니다. 이르기를 거듭어 머리가 어지러울제 차는 S역에 달하였읍니다. 불과수인이 역에 나리니 몇사람의 역원과 경관한명이 쓸쓸히 우리를 맞았읍니다. 대합실엔 손님들도없고 첨 하물소리와 벗바람에 풍기는 비린내만이 감돌고있읍니다. 어름같이 차보이는 회벽에 광고로붙인 각종포스타가 울긋불긋하였고 두어개의 의자가 한켠 길체에 돌아앉고 있읍니다.

「오늘은 차가 못오기쉬우니 여관으로 들어들가 게시오」

역원하나이 나타나서 이렇게 웨쳤읍니다. 나는 아뜩하였읍니다. 불가몇 리를 안남겨놓고……하자걸어라도 가고싶어 고향길을 멍하니 바라보았읍니다. 하얀 모래가 빛인 신작노에 빗발이 어지럽고 행인이란 일체끊어졌읍니다. 누가 가는사람이 있으면 하고 돌아보니 승객들은 우울에잠겨 선로저편 으로 남실그리는 붉은물을 바라보고 있읍니다. 저물이 선로를 넘어들여미는 때는 S역뿐만아니라 전S가가 다 뜨게되겠다고 역원들은 부산하였읍니다.

「이제 전화를 걸어보니까 차가 떠났읍니다. 표들 사십시오」

이말이 떨어지자마자 승객들은 다투어 차표사들고기운을얻어 뭐라고 지 끄리기 시작하였읍니다. 나는 차가 올길만 바라보고 얼굴에 솜털을 까칠하 게 일어세우고 있었읍니다. 이슥은했더니 차는 왔읍니다. 큰뻐스였읍니다.

승객이 오른바람에 차는 전속력을 다하야 달리었읍니다. 온천앞에 다리 가 위험하니 어서가야한다고 운전수는 꼳꼳시앉어서 옆눈하나 팔지않고 핸 들을 놀렸습니다. 우리는 운전수못지않게 긴장되어가지고 자리넓혀 평안히 앉지를 못하였읍니다.

좌우에 늘어앉인 조이삭와 수수대는 홍수에치렁치렁 잠겼고 신작로가에 잡풀은 파랗게 빛났읍니다. 가다가 신작로에 홍수가 가루질려서 우리로하 여금 놀라게하였읍니다마는 차는 그물을 밖차고 내달았읍니다. 까소링내는 향기롭게 풍기고 발동기는 용기있게 통통거렸읍니다.

하늘도산도 별도 핑글핑글 돌아갑니다. 이제 타고온 경편차보다는 훨신 빠른듯 하였읍니다. 어느듯 자욱한송림을끼고 차는 씩씩하게비탈길을 올라가고있읍니다。 낯익은 이길은 전보다 좀 넓어진듯하고 흙빛은 옛날그대로 다홍입니다。 산비탈에 소복소복 앉아있는 다방솔은 이쁘기도 합니다。 내애기의 머리털같이 그리도 귀엽읍니다。 차차로 높아가는 자우산은 시컴한연기같이 굽실그리고 송림에나리는 빗발소리는 좌하고 바다소리를 냈읍니다。 발동기에선 왕하는 소리까지 났읍니다。

길을끼고 뿌죽나온 산모통이를 휘돌아서 자동차는 딱멈추었읍니다。 운전수는 몇번 발동기를 되게트는 모양이었으나 차는 까딱하지않으므로 조수와 함께 뛰어나립니다。 나는 저윽히 불안하야 머리를 넘석하야보니 놀라워라。 차의 앞박휘가 절벽에 반쯤내밀고 있읍니다。 나는 황황히 일어났읍니다。 저만큼먼저 나오려고들 부비는통에 나는 어떤사나이의 베두루막에 얼굴을 알알부비치고야 겨우 나렸읍니다。 차앞에 서고있기도 무시무시해서 오수수비소리나는 산옆으로 뛰어가 아무데나쪼그려앉았읍니다。 목숨구한것만이 다행이야 잠간동안 아무생각도 못하고 멍하니 앉은 나의 눈엔 산비탈에피어 있는 도라지꽃이 파랗게 비치고 있읍니다。 차안에서도 치웠는데 이리비를 맞아노니 사뭇 이가마주치도록 떨리고 몇끼굶은 배속이 게르륵 소리를 냈읍니다。 승객들은 오굴오굴 모혀서서 운전수와 조수의 분주한양만 바라보고 있읍니다。 이제보니 승객들이란 귀향하는 학생이 대부분이고 뚱뚱한사나이와 오누인지 부부인지얼른알아보기 힘든 남녀와 베뒤루막이를입은 별로 뒤통수가 쑥나온 사나이었읍니다。

눈에 흰자위가 많아 힐긋해보이는 운전수는 박휘가 드려박힌 진흙을 허비어도보고 앞으로가서 절벽을 나려다보면서 어쩔줄을 몰라 하였읍니다。 너무 급한김에 차를 빗모라서 이런 딱한지경에 이른듯 하였읍니다。 운전수와 조수는 한참이나 갈을 못잡고 왔다갔다하더니 무슨 생각을 했음인지 조수는 비탈길을 쭈루루달리고 있읍니다。

밀어서 되는것같으면 시언히 밀어라도 보겠는데 차는 뒷거름으로 들어와야 할처지에 있고 산에서 달려나려온물에 움쑥 곬이 진흙속에 뒤박휘가 저리도카박히었으니 손쉽게 뒤로 물러올수도 없는 그런 딱한 지경에 있읍니다。 돌아보니 우리가올라온 비탈길은 준령에 가리어 잘 보이지않고 길이라곤 아주 없을듯이 산과산만이 첩첩하야 하늘절반을 차지하고 있읍니다. 오직 일 리정보가량이나 되게 준령을 타고넘어 둥글게 돌아온길만이 마치 공중에 떠 있듯이 그렇게보였읍니다. 그길로부터 잠간 굽어진곳에 차는 저모양이되었 고 그리로부터 짙은내가 앉인 산비탈을끼고 이재올라온 길모양으로 꾸불꾸 불 흘러나려갔읍니다. 차가 서고있는 그절벽으로 옛날엔 사람들이 올라다니 었다고 하며 그랬음인지 끊었다 이어진 가는길이솔포기속에 숨어 아득하게 였읍니다. 그길로 곳장 나려가면 그리 넓지못한 벌이 길게 드려놓였고 그벌 우에 조밭과 수수밭이 가득들어차 있읍니다. 준령에서 갈라진 지맥은 말허 리같이 늘신하게되어 그벌을 싸고본산맥을 바라보면서 흘러나려갔읍니다.

조수가 뭘하러 나려갔는지 여기에 한가닥 희망을붙인채 나는 달달떨고 있었읍니다. 굵든비는 차차로 안개비로 변하야 포실포실 나리고 좌우산엔 송림이 빽빽하야 산봉끝까지 푸르러 하늘에다은듯하였으며 그허리로 안개 가 실실 감돌고 있읍니다.

아무래도 어머님을 뵈옵지못하게 되느라고 이런일이 다 일어난듯하야 나 는 한숨을 삼키고 무심히 바라보니 조수는 어느새 저아래로 나려갔읍니다. 조밭과 수수밭을 지나 산기슭에 조고만 초가가 안윽히 들어있읍니다. 조수 는 그 초가를향하야 다름질하고있다는것을 직각하며 이런 심산에 사람이 살 아 하고 눈을크게떴을때 조수는 깜뭇 그초가로 들어갔읍니다. 저집엔 뭘하 라 갔을까 사람을 청하렴인가 무슨 도구를 얻으렴인가하는 의문에 나는 눈 섭에 구슬지은 안개비를 씻고 보았읍니다. 수수대 바자가 성양가치로 세워 논듯 하고 집웅이 여간 낮아보이지않았읍니다. 손바닥만한 뜰은차돌같이 빛나고 산이 울타리가되어 그조고만 집을 꼭싸고있읍니다.

조수가 나오자 조수키에 배나되는 사나이가 따르고 있읍니다. 나는 반가 운맘이 왈칵드나 차를보면 끔직합니다. 차를 움직이려다 아무래도 볼상사 가 일어날것만같아 몸이 으쓱해지기 때문입니다.

이런 잔망생각은 말자하다가도 절벽에 앞박휘를 내밀고있는 차를보면 안 할수없고 힌글로된 뻐스의 번호가 웬일인지 뱅글뱅글돌기도하고 절벽으로 떨어저 나려가는양이 오리숭숭하게 보이는듯 하였읍니다.

조수와 사나이는 수수밭에 가리어 잘 보이지않았읍니다. 나는 우리가 나려갈길을 바라보며 조수와 사나이를 기다리었읍니다. 푸른산에 숨었다 나타난 저길은 아득도합니다. 승객들은 절벽을 나려다보고 뭐라고 지꺼리므로 조수와 사나이가 그리로 올라오는것이믈 알았읍니다만은 몸을 움직일것이 딱 싫어서 가마니 앉고있었읍니다. 와하는 학생소리틈에 어떤사나이는 조수의손을이끌고 언덕우에 올라섰읍니다. 한편손엔 굵은바가 쥐어있읍니다. 조수의 얼굴은 했슥하게 질리었고 사나히의 손에서 벗어나자 그는 펄석 주저앉았읍니다.

운전수는 얼른 사나이의손에서 바를받아 갖이고 뻐스뒤로와서 허리를 굽히고 있읍니다. 승객들은 주루루밀려가서 운전수를 싸고돌아섭니다. 나도 가서 무엇을 어떻게하나 보고싶어 일어나서 두어거름 나가다가 그만주저앉고 말았읍니다. 배가고파서 이런지 아파서 이런지 쓰리고 돌부비는것같아 견딜수없었기때문입니다.

조수는 숨을태웠음인지 승객들을 뻐기고 들어가서 운전수의 하는일을 조력하고 있읍니다. 나는 열심으로 이것을 바라보다가 문득 시선을돌리니 사나이는 아까 그자리에 우묵허니 서서 그의 집을 바라보고 있읍니다.

키는 보통키에 훨신 넘어 후리후리했으며 등은 약간 굽은편이고 기룸한 머리가 우에가서 탁 퍼졌읍니다. 오래 깍지않은듯한 머리카락이 보기싫게 구실러있고 힌머리카락이 힛듯힛득 보이므로 사오십되었나 하였으나 그리 나먹은것 같지는 않았읍니다. 웬일인지 사나히는 풀끼없이 먼하니 서있었읍니다.

운전수는 일어나서

「자 이바를 끄시우」

서슴치않고 바의 한끝을 사나히에게 내처주었읍니다. 사나히는 잠잠히 바를 받아갖이고 가치 끌사람이 있는가하야 둘러보는모양이었으나 누구한 사람 나서지않았읍니다. 그는 혼자임을 안까닭인지 바를 허리에걸고 옹루를 짖고있읍니다. 그새 승객들은 두편으로갈려서 차박휘를 밀고 더러는 서서밀며 운전수와 조수는 승객들뒤에서 미는모양이었읍니다. 나는 이러하고 있을때가아니라하야 이를 악물고 차곁으로와서 차에 매달리었읍니다.

「엇차 엇차」

여러사람은 힘있게 웨쳤읍니다. 사나히는 뻐스로부터 이삼보가량이나 나가섰으며 허리에 바를 여유있게 동였고 주먹을 부루쥐고 앞으로 나가랴고 힘을 씁니다 긁은 집신뒤로 귤껍질같이 거치러보이는 발뒤굼치가 힘쓰는데 딸아 올랐다 나렸다 하였읍니다. 발까락은 어찌나긴지 여느사람의 손까락만이나 하였고 그마디에 굵은 봉취가 박히었읍니다.

「엇차 엇차!」

이런소리가 쉴새없이 흘렀읍니다. 뻐스와 사나히 사이서 바는 팽팽히 잡아씨었고 뜩뜩하는 바소리가 사나히의 생사를 결단하려는것같아 가슴이 서늘하였읍니다. 무엇보다도 자칫 잘못하면 차가 절벽으로 굴러떨어질것이요 거기에딸아 사나히도 딸아 사나히도 딸려들어갈것이 뻔한것이므로 그래 바를 허리에 동이지말고 손으로 끌었으면 하나 누구한사람이 말을입에 올리는이 없었읍니다. 사나히의 발뒤굼치는 어느듯 흙에 묻치었고 쩔은 잠뱅이가랑이 밑의 털이 푸수수한 다리엔 쇠사슬같은 힘줄이 불둑 솟아올랐읍니다. 힘을 좀 쓴탓인지 치운증은 머젔으나 숨이차고 헛구역질이 나며 앞이 아뜩하므로 나는 산비탈로 왔읍니다. 하늘이 팽팽 도는듯 하야 나는 눈을 감고 한참이나 진정하여 갖이고 눈을뜨니 사람들이 모두 뻐스빛같이 누릇케보였읍니다.

나의 눈은 사나히우에 멈춥니다. 그는 머리를 푹수기고 헐덕였읍니다. 되는대로 흘러나려온 샛티가득한 머리엔 안개비로 뽀하였고 그 새로 반쯤감긴 검실검실한 큰눈이 반쯤 감겨있으며 시컴한 눈섭우에 퍼런힘줄이 눈을 괴롭힐듯이 뻐치어있읍니다.

갑자기 솟은듯한 큰 코밑에 땀인지 비방울인지 번질번질 흐르고 기름한 턱에 수염이 가득한데 그리로 땀방울이 슴여들어 목으로 흘러나립니다. 얼굴에 비하야 가늘어보이는 목에 순대통같은 힘줄이 무서웁게 뻐치었고 그의 옷은 함빽 젖어 거치른 뼈마디가 환히들어나고 있읍니다. 그 허리에 바가 꼭 비틀어 감겨있읍니다.

차는 움직움직 하다가는 도루 그자리에 박힐뿐만아니라 더 파고 들어간

다고 하였읍니다. 승객들의 옷에도 흙이 뛰었고 얼굴에 땀이 번질번질 하였
읍니다.

철떡 하는 소리 바라보니 사나히는 왼다리를 깔고 너머진것입니다. 그몸
에 매어있는 바는 웬일인지 보기 끔찍합니다.

사나히는 아무러치않은체 벌떡 일어나는참 힘을 낑하고 씁니다. 흙이 얼
굴에 툭툭 쥐어 발렸음인지 껌벅이는 두눈은 사람의 눈같지안았읍니다. 이
제 너머지면서 잠뱅이가랑이 찌어진듯 하였고 그리로 흙에 매닥질한 무릎마
디가 들어났읍니다.

사나히가 힘을 쓸때에야 승객들은 간신히 맥을추세워 엇차소리를 약하게
냈읍니다. 그러고 앞으로만 밀려나오는것을 보아 뒤에는 아마도 위험한듯
하였읍니다.

차곁에 근심스레히 서고있든 여인은 달려오며 앞박휘가 나간 그 절벽이
푸실푸실 떨어진다고 하였읍니다. 내가 화닥닥 일어나자 그여인은 내손을
끌며 돌을 줘오란다고 하였읍니다. 우리는 산비탈을 뒤졌으나 돌이라고는
눈에 띠이지않으므로 애가말라 견딜수없었읍니다.

송림이 캄캄해 오는것을 보아 미구에 밤이올것이더 한층 무서웠읍니다.
해서 우리들은 손톱이 자빠지도록 흙을 허비고 돌을 끄내어 차바퀴에 고였
읍니다. 한결 차바퀴가 나려가지않는다고 하므로 몇몇 학생까지 돌을 주러
나섰읍니다.

사나히는 또 쓸어졌읍니다. 우리가 돌을 든채 걱정스레히 볼때 사나히는
후닥닥 일어나다가 미끈하야재차 쓸어졌읍니다.

우리들이 전신이 하사분해 섯노라니 사나히는 버둥버둥하다가 횟닥 일어
나서 힘을 씁니다. 아주 흙사람이 되었고 잠뱅이가랑이 찢어저 흙에 묻치었
읍니다.

사나이는 바를 가슴에 썩 올려걸어 좌우 겨드랑으로 뽑은담에 숙였든 머
리를 턱제끼고 가슴을 쑥내밀었읍니다. 그의 집신짝은 언제 벗어졌는지 흙
속에 되는대로 묻치었고 긴발까락이 흙을 허비고 있읍니다.

우리는 차차 꾀가 나서 사나히가 선곳에도 잔돌을 깔아놨읍니다. 하도 미

끄러워보이므로 나는 두번째 갖이고 사나히곁으로 갔을때 그의 무릎마디가
피에 지질한것을 보고 머리를 돌리고 달아왔읍니다. 나는 돌을갖이고 올때
마다 절벽을 꼭 바라보고 또 사나히를 보군 하였읍니다.

학생하나이 금파든 굴을 발견했다고 해서 우리는돌을주러 그리로가서 큰
돌을 맞들고 나려올때 차를 미는 승객들은 아우성을 쳤읍니다.

우리는 무슨 일인가 하야 깜작못하고 떨고 있을때 학생하나이 오라고 손
질을 하였읍니다. 우리는 허둥지둥 나려오니 차는 움직인것입니다.

우리는 급하게 돌을 밀어넣고 차에 매달리었읍니다.

「엇차 엇차」

차는 삼아삼아 하게 앞으로 움직였읍니다. 여인의머리에서 동백기름내를
기막히게 맡으면서 나는 차를 밀었읍니다. 그러면서도 절벽과 사나히가 걱
정이되어 작고만 머리를 들려고 하였읍니다.

「아갸!」

여인의 소리에 나는 가슴이 뜨끔 하야바라보니 사나히의 한다리가 미끌
어진것입니다. 찰라에 사나히는 뒷거름치는 차를 따라 주루루 끌려오면서
도 끌리지 않으려 두팔을 바랑갑이 돌리듯 휘저었읍니다.

우리는 악하고 소리치면서 어쩌자고 일제히 차에서 물러났읍니다.

사나히는 아무것도 모르고 머리를 꿈틀하고 힘을쓰자 몸을 소꾸치고 가
랑이 없는 외다리로껑충 뛰어나가면서 미끌어진 다리를 끌고 나갓읍니다.
순간에 사나히의 머리털은 공중을 향하야 무서웁게 뻐치었고 다리엔 쥐가
수없이 일어나 불둑이었으며 시컴한 다리털이 생물같이 굼틀그리었읍니다.

우리는 악하고 소리치면서 그제야 차에 달리어 힘끝밀었읍니다. 사나히
는 너무 힘을 쓴탓인지 퍽 꺽구러집니다.

그러나 벌벌기어 달아났읍니다. 우리는 목이터저라 하고 소리를치고 나
아갔읍니다.

거짓말같이 차는 길한복판에 왔읍니다. 사나히는 기진하야 머리를 땅에
밖고 일어나지 못하였읍니다. 우리들이 달려가니 그때까지도 가랑이 없는
뻘건 다리는 푸들푸들 떨고 있읍니다.

운전수가 사나이를 일으키려고 했을때 갑자기 사나이는 벌덕 일어났읍니다。 바에 지칠러 그의 적삼이 문들어졌고 그리로 선혈이 뭉클뭉클 흐르고 있읍니다。

「우리오마이 업어올까유」

운전수를 바라보고 툭 뱉는 사나이의 말! 웬일인지 나의 가슴에 딱 맞질리었읍니다。 운전수는 머뭇그릴때 차에서 바를풀어 꺾이고 오는 조수가

「아니 미안하게 되었우 만은 오늘 비가오구 더구나 날이 저물지 않았수 그러구 온천교가 어찌 되었는지 모르니까 우리 내일미룹시다。 」

하고 승객들에게 어서 오르라고 하였읍니다。 사나이는 조수의 눈을 것처 운전수를 바라보았읍니다。 그눈에서 나는 확실히 그가 이십안팎이라는것을 알았읍니다。 운전수는 급하야 몇마디 말을 던지고 황황히 돌아섰읍니다。 사나이는 펄석 땅에 주저앉는것입니다。

마츰 빗발이 굵어졌읍니다。 차는 푸릉푸릉 움직였으므로 우리는 미안하게 되었다는 말이나마 다시 한번 또 하고싶어서 차창으로 머리를 내밀었읍니다。 사나이는 돌아도보지 않고 우두커니 앉았더니 벌덕 일어나는참 돌을 집어들었읍니다。

우리는 흠칫 머리를 돌리고 사레하고 싶은 맘이 공포로 변하야 버렸읍니다。

차는 새와같이 나는듯하였읍니다。 짱! 하고 돌맞는 소리에 나는 몸이 한 줌만하야 업디었읍니다。

「웬일이야 그자가」

승객중에 한사람이 이렇게물었읍니다。 나는 떨리면서도 이소리를 들으려 귀를 쫑긋 세웠읍니다。

「다죽어가는 제어미를 태워다 병원에 갔다달라니 길에서 송장보겠읍디다。 그러나 저러나 온천교가 걱정이 아니면 또 모르겠는데」

조수는 이렇게 말하였읍니다。 나는 아까 사나이의말에 칵맞질리었든 가슴이 이제야 확 터지면서 것잡을수 없이 우름이 터저 나왔읍니다。

그리고 사나이를 보고싶은 맘에 머리를 창문으로내밀었읍니다。

아직도 그사나이는 허리에 바를동인채 돌팔매질을 하고있읍니다。　(끝)

장산곶[●]

황해쪽을 향하여 불쑥 튀어나온 장산(長山), 그 산마루에 둘러싸인 몽금포 (夢金浦)의 가난한 어촌은 조용히 잠들어 있다.

형삼(亨三)은 구름 낀 하늘을 쳐다보고는 묵묵히 기운 없는 걸음을 옮기 고 있다. 움푹 꺼진 눈을 땅바닥에 떨구고 무언가 깊은 생각에 잠겨있는 모 습이지만, 땟국에 전 옷을 걸친 몸 전체의 추레한 모습이 웬지 비참하다는 느낌밖에 주지 않는다.

―이번에도 들어주지 않으면 차라리 목이라도 매버려야지!

그렇게 생각해보긴 하지만, 문제는 그렇게 간단치 않았다.

―그 사람도 피가 통하는 인간이라면, 이번만은 설마 거절하지 않겠지. 그 물을 약간 찢었다고 해서 나를 이런 꼴로 만들긴 했지만, 사실은 시무라(志 村)에 대한 뿌리 깊은 감정 때문이야. 틀림없어. 그러니까 잘 부탁하면 아마 들어줄 거야. 게다가 해산물을 만주국(滿洲國)에다 대량으로 수출하게 됐다 잖아. 덕분에 경기가 좋아져서 어부를 자꾸만 고용하고 있다니까, 이번에는 틀림없을 거야.

그는 어제 밤새도록 생각한 것을 되풀이하여 다시금 생각해보고는 후유, 하고 한숨을 내쉬었다. 체념하려 해도 체념할 수 없는 절망적인 최후의 몸부 림이다.

숲 그늘에 싸여 있는 어업조합의 함석지붕이 어렴풋이 눈에 들어오고, 어

[●] 이 작품은 강경애가 1936년에 일본어로 써서 ≪오사카 마이니찌≫(大阪每日新聞) 조선판 에 발표하였고 이듬해에 일본의 문예잡지 ≪문학안내≫(1937. 2)에 수록되었는데 1989년 12 월에 김석희의 번역으로 ≪韓國文學≫에 소개되었다. 본고는 그것을 수록한다.

장에서 비린내가 물씬 풍겨오자, 그의 무거운 걸음은 더한층 무거워졌다.

파란색 페인트를 칠한 대문 앞까지 왔을 때는 요시오(吉尾)에게 말하려고 곱씹어 생각했던 말 따위는 단번에 어디론가 날아가버리고, 역시 안될 거라는 절망작인 예감에 주눅이 들어 더 이상 어업조합 안으로 들어갈 용기가 나지 않았다.

앞뜰 화단에는 갖가지 꽃들이 한창 어우러져 피어 있고, 활짝 열린 유리창에서 커튼이 시원하다는 듯이 흔들리고 있을 뿐, 사무실 안에 사람이 있는 기척은 나지 않았다. 점심을 먹으러 갔나 하고 판자울타리를 따라 뒷문 쪽으로 돌아가보니, 전골냄새가 물씬 코를 찌르면서 문득 요시오의 목소리가 들려왔다. 있구나, 하고 생각하자 새삼스럽게 가슴이 두근거렸다. 판자울타리에 뚫린 옹이구멍으로 살며시 들여다보니, 요시오는 뒤뜰에 면한 식당에서 전골냄비를 쑤석이며 한창 식사를 하는 중이었다. 그의 아내가 마주 앉아 식사시중을 들고 있다.

이번에야말로 무슨 일이 있어도 승낙을 받아내고야 말겠다고 찾아왔지만, 정작 당사자인 요시오를 보자 완전히 겁에 질려 쪽문 앞에서 우물쭈물하고 있으려니까, 기다렸다는 듯이 안에 있던 두 사람이 이야기를 시작했다.

"그놈의 형? 물론 있지. 형무소에 들어가 있다더군."

"형무소라구요? …… 어쩐지 그런 것 같더라니. 그러면 그 형이 나와서 그 할멈을 데려가게 될까요?"

"홍, 형이건 아우건 워낙에 그런 놈들인데, 에미라고 해서 아랑곳하겠어. 자식들이라도 잘났으면 얼마쯤 동정도 할 수 있지만, 그래서는 누가 쳐다봐주지도 않아. 그 동생놈이 나한테 대드는 꼬라지를 보라구. 하루종일 빈둥빈둥 놀다와서는 폭풍이 어쨌느니 거짓말만 늘어놓고…… 그런 놈이 소집영장을 받고 가봤자 나라에 도움이 될 게 뭐야. 그렇게 근성이 썩어빠졌으니까 조센진들하고만 어울려 다니지."

형삼은 머리가 빙글빙글 돌고 정신이 아득해졌다.

"……어제?"

"4, 5일 전이래요. 굴 캐러 깄다가 바다에 빠져서……"

"흥, 고것 참 쌤통이다. 시무라란 놈과 한통속이 돼서 싸돌아다닌 벌이야."

아니나다를까, 예상했던 대로의 말투다. 아내의 죽음이 남긴 마음의 상처가 건드려져, 가슴이 찢어질 것처럼 슬펐다. 그리고 분했다. 무엇보다도 한 가닥 희망의 실이 툭 끊어져 순간적으로 눈앞이 캄캄해지는 것이었다.

"그 할멈이 형삼이를 가엾다고 하길래, 그렇다면 요보(일본인이 한국인을 멸시하여 이르던 말-역주)랑 함께 살라고 말해줬더니, 할멈이 펄쩍 뛰면서 이제 요보들과는 상종도 않겠다고 화를 냅디."

"하하하."

"호호호."

그들은 형삼의 귀따기라도 후려치듯 자지러지게 웃고 있었다. 형삼은 얼굴이 화끈거려 발꿈치를 돌렸다. 아득히 먼 시야에 푸른 바다가 끝없이 펼쳐져 있다.

자기들뿐이니까 그렇게 함부로 말하는 거야. 나하고 얼굴을 맞대면 그렇지는 않겠지. 그렇게 생각하고 다시 한번 뒤를 돌아본 순간 이번에는 사무실 쪽에서 한바탕 웃는 소리가 들려왔다. 누군가가 온 모양이다. 다른 사람이 있으면 재미없다고 생각하여, 형삼은 결국 체념하고 돌아가기 시작했다.

―딸년들이 배가 고파서 울고 있겠지. 앞으로 어떻게 살아갈꼬!

그는 자기 마을 쪽을 바라보고 그렇게 중얼거리면서 한숨을 푹 내쉬었다.

오시오의 마누라 이야기를 듣고, 그렇게 자주 드나들던 시무라의 어머니가 요즘 발길을 뚝 끊어버린 이유를 알고 섭섭했다.

시무라가 에이도쿠마루(盈德丸)에 올라타면서

"어머니, 너무 쓸쓸해하지 마세요. 김 군이 있으니까…… 아들처럼 생각하시고 무슨 일이든 김 군과 의논하세요."

하고 어머니를 위로하면서 눈물이 글썽한 눈으로 형삼을 바라보았을 때, 애정과 간청의 빛을 띤 그 눈을 형삼은 차마 똑바로 바라볼 수가 없었다.

입으로는 말하지 않았지만 형삼은 시무라의 어머니를 친어머니처럼 여기고 있었고, 시무락도 그것을 믿고 있었다. 부탁하거나 부탁받을 필요도 없다.

마음과 마음의 묵계이고 결합이다.

　그러나 형삼은 시무라가 떠나자마자 어업조합에서 쫓겨났고, 게다가 아내까지 잃어 의지할 곳이 없었다. 그렇다고 해서 시무라의 어머니에 대한 애정이 줄어든 것은 아니지만, 요시오의 마누라가 뭐라고 했는지 그쪽에서 먼저 발길을 뚝 끊어버렸으니 그저 슬프고 가슴 아플 뿐이었다. 훗날 시무라를 만날 면목이 없다고 한탄하면서, 눈을 들어 시무라가 떠나간 바다 저쪽을 바라보았다. 문득 시무라와 함께 폭풍을 만났던 어느 날의 광경이 눈앞에 떠올랐다.

　갑자기 덮쳐온 폭풍에 파도가 넘실거리기 시작하고 검은 먹구름이 하늘을 뒤덮었다. 번갯불이 번쩍거리고 무시무시한 천둥소리가 두세 번 귀청을 찢었는가 했더니, 빗줄기가 화살처럼 쏟아져 내렸다. 그들은 허둥지둥 돛을 내리고 닻을 던져 넣었지만, 폭풍우는 점점 더 사납게 날뛰고 있다. 소용돌이치는 성난 파도의 물보라, 허공을 가르는 번갯불과 천둥소리, 처절하게 천지를 뒤흔들 것처럼 대자연의 맹위를 떨친다. 배가 파도를 타고 올라갔다가 나락 밑바닥으로 빠져 들어가는 것 같아서, 두 사람은 필사적으로 서로를 부둥켜안았다. 뱃전에 스친 닻줄이 금방이라도 끊어질 것만 같았다. 형삼과 시무라는 저고리를 벗어 닻줄을 둘둘 감고, 물을 온통 뒤집어쓰면서 눈사태처럼 쏟아져 들어오는 물을 양철통으로 열심히 퍼냈다.

　저녁에야 겨우 바람이 멎어 항구로 돌아오니, 요시오는 고기를 잡아오지 않았다고 여느 때처럼 잔소리를 퍼붓기 시작했다. 사람 좋고 온순한 형삼은 굳이 변명하려고도 하지 않고 그저 머리를 조아리며 사과했지만, 이것을 본 시무라는 낯빛이 변하여 요시오에게 덤벼들었던 것이다.

　그날 밤, 두 사람이 술잔을 나누고 있을 때 시무라는,

　"어째서 하고 싶은 말도 못하는 거야? 조선인이라면 어떻게든 트집을 잡아서는 이러쿵저러쿵 잔소리 한 마디라도 해서, 우선 괴롭히고 보지 않으면 직성이 풀리지 않는 게 그놈의 나쁜 버릇이야."

　하고 의분을 털어놓았지만, 형삼은,

　"아니, 꾹 참고 고분고분하게 구는 게 제일이야."

하면서 시무라의 손을 잡고, 쓸쓸히 웃어보일 따름이었다.

이런 추억에 잠긴 채, 아까 요시오가 비웃던 일을 아울러 생각하면서 집에 당도했다. 문을 열자 명희(明姬)가 와락 울음을 터뜨리며 달려들었다.

"아버지, 순희가 토했어. 저것 봐."

명희는 방 한구석에 어질러져 있는 오물을 가리켰다.

붉게 상기된 명희의 얼굴에는 머리카락이 흐트러져 있고, 뺨에 베갯자국이 나 있었다. 방안에는 눅눅하고 이상한 냄새가 감돌고 있었다.

"한심한 년이로군. 덩치는 커다래 가지고 도대체 무슨 꼴이냐."

걸레로 오물을 닦으면서 보니, 하얀 밥알과 소화되지 않은 쇠고기조각이 섞여 있었다. 어디 가서 이런 걸 먹었을까? 혹시 시무라의 어머니한테라도 갔던 것일까? 아니, 그 집에서도 이런 진수성찬을 먹을 리가 없는데……

"너희들, 오늘 아침에 어디 갔었지?"

순희(順姬)는 새액새액 하고 가쁜 숨을 몰아쉬면서 벽에 기댄 채 기운 없는 얼굴을 하고 있었다. 머리카락에 토해낸 하얀 밥알이 덩어리져 묻어 있었다.

"저, 저, 순희가 머, 먹었어."

명희가 얼굴을 찡그리며 울음을 터뜨렸다. 기색이 이상해서 이마에 손을 대봤더니 펄펄 끓고 있다.

"울지 말고 말해봐. 어디 가서 하얀 쌀밥을 먹었지?"

"저어, 요시오 씨네 집에 가면 이런 데 쌀밥이 있어서……"

하면서 팔을 활짝 벌려 보인다. 형삼은 요시오네 집 울타리 밖에 있던 쓰레기통을 생각해내고, 거기에 버려져 있었을 쉰 밥과 상한 고기와 생선토막이 눈앞에 떠오르자, 쇠망치로 호되게 얻어맞은 듯한 기분이 들었다.

"이년들아, 차라리 뒈져버려!"

형삼은 명희를 거칠게 떼밀고, 순희의 머리를 한 대 후려쳤다. 순희는 악하고 비명을 질렀을 뿐 오돌오돌 떨고만 있고, 명희는 불에 덴 듯 울부짖었다.

"갖다 놓은 굴은 안 먹고……죽고 싶어 그런 걸 처먹어?"

하고 꾸짖어보았지만, 요즘 매일 먹고 있는 좁쌀죽 그릇이 눈에 띄었을 때는 역시 눈앞이 캄캄했다.

"또 한 번만 가봐라. 다리몽뎅이를 분질러버릴 테니까."

하면서 그는 이를 악물고 몸부림쳤다. 에미를 잃은데다 배까지 골렸으니 이렇게 된 거라고 생각하자, 차라리 눈 딱 감고 자식들을 목졸라 죽이고 자기도 죽고 싶었다. 그러나 그에게는 그럴 만한 결단력이 없었다. 그저 창자가 끊어지는 듯한 심정일 뿐이었다. 그 아이들을 차마 마주 보고 앉아 있을 수가 없어서, 그는 벌 떡 일어섰다.

"아버지!"

명희는 눈물이 그렁그렁한 눈을 비비며 허둥지둥 매달려왔다. 그 동그랗고 귀여운 눈동자는 죽은 아내의 눈과 똑같았다.

"자고 있어!"

눈을 부릅뜨고 버럭 소리를 질렀더니, 명희는 와들와들 떨면서 느닷없이 머리를 이불 속에 쑤셔넣고 앙상하게 여윈 엉덩이만 쑥 드러내놓았다.

그가 밖으로 나왔을 때는 안개비가 연기처럼 뿌옇게 내리기 시작하고 있었다. 약을 사려해도 땡전 한푼 없다. 파내어 둔 나무뿌리가 말랐을 테니까 그걸 가져다가 군불을 때고 따뜻한 물이라도 먹여야겠다고 생각하면서, 그는 안개비로 뿌옇게 흐려진 장산을 바라보았다.

언젠가 명희가 감기에 걸렸다는 말을 들은 시무라가 비오는 밤에 약을 사다준 일이 생각났다. 아이에게 약을 먹여 재운 뒤, 아내가 감자를 쪄와서 셋이 그걸 먹으며, 무슨 얘기를 했는지 함께 배를 움켜잡고 웃었던 지난날의 즐거운 추억!

오늘 같은 날에는 어쩌면 감시인이 돌아다니지 않을지도 몰라. 혹시 들킨다 하도 사정을 잘 얘기하면, 죽은 나무뿌리 하나 때문에 주재소에 넘기지는 않을 거야, 하고 생각하면서 도끼를 가지러 부엌으로 기어들어갔다.

바다에서 돌아오면 아내는 이 부엌문을 열고 코를 찌르는 향긋한 보리밥 냄새와 함께 웃는 얼굴을 보이고는 앞마당 우물에서 물을 길어다주곤 했다. 대접에 남실거리는 차가운 물을 단번에 쭉 들이켜면, 하루의 피로도 싹 가시는 기분이 들었다.

한없이 사람이 그리운 썰렁한 부엌이다. 기운없이 부엌을 둘러보던 형삼은 눈시울이 뜨거워졌다.

그는 도끼와 노끈을 들고 밖으로 나왔다. 잠시 멈춰 서서 저 멀리 면사무소와 주재소 쪽을 살피듯 바라본 다음, 무턱대고 걷기 시작했다. 더욱 잦아진 빗발처럼 그의 마음도 공연히 바빠지고, 발 밑이 흔들거렸다. 집안 일이 걱정되어 뒤를 돌아보았는가 싶으면, 앞길은 또 앞길대로 걱정이었다.

조밭을 지나 개울을 건너 장산으로 숨어 들어갔다. 소나무숲이 울창하게 우거져 있고, 문득 보이는 바다 한 조각이 감시인의 눈처럼 기분 나쁘게 번득이고 있었다. 사각사각 모래 위에 쌓인 솔잎을 밟는 자기 발소리가 유난히 크게 울려서, 깜짝 놀라 다시 한번 그 바다를 훔쳐보았다. 우듬지를 스쳐 지나가는 솔바람소리에도 발을 멈추고 귀를 기울였다. 솔가지가 바람에 흔들릴 때마다 굵은 빗방울이 후두둑 떨어졌다.

그는 이윽고 파내어 둔 나무뿌리를 발견했지만, 다시 한번 주위를 휘휘 둘러보면서 말라죽어 있는 소나무 쪽으로 슬금슬금 다가갔다. 잠시 망설이다가 도끼를 획 쳐들었는가 했더니, 도끼 든 손을 부들부들 떨면서 그냥 내려놓고는 다시 한번 주위를 둘러보는 것이었다. 그는 문득 언젠가 시무라한테서 들은 이야기를 생각해냈다. 마음먹고 어떤 일을 결행할 경우에는 주저하는 것은 금물이고, 그 자리에서만의 용감한 의지와태도가 필요하다는 이야기였다. 그는 에잇 하고 기합을 넣으며 나무뿌리 쪽을 향하여 힘껏 내리쳤다. 소리가 상당히 크게 울렸다.

"누구야?"

갑자기 언덕 아래에서 호통치는 소리가 나더니 이쪽으로 다가오는 발소리가 들렸다. 그는 허둥허둥 도망치기 시작했다. 나무에 이마가 부딪치고 바지가 찢어졌다. 어디를 어떻게 달렸는지 조밭으로 나왔을 때 발이 미끄러져 털썩 주저앉고 말았지만, 뒤쫓아오는 발소리는 나지 않았다.

도끼를 든 손이 후들거리고 숨이 끊어질 것만 같았다. 이마에서 피가 흐르고 입술이 찢어져 있었다. 밭 옆의 여울에서 이마를 씻고 입을 헹굴 때,

그것이 바닷물이 아니라는 것을 새삼스럽게 느끼고는 또다시 바다를 생각하는 것이었다.

날이 저물기를 기다린 뒤 나무뿌리만 짊어지고 집으로 돌아왔을 때는 완전히 어두워져 있었다. 그는 문을 열고 급히,

"명희야!"

하고 불렀다.

명희는 으앙 하고 울면서 그에게 안겨왔다.

"어디 아프냐?"

명희는 고개를 가로저었다. 그는 명희에게 볼을 비비면서 목메어 울었다. 문득 아까 다친 이마의 상처가 쿡쿡 쑤시는 것을 느꼈다.

"순희야."

하고 불러보았지만 대답이 없다. 석유가 떨어져 불도 켜지 못하고, 손으로 더듬에서 순희의 몸을 만져보았더니 차갑게 식어있었다. 황급히 가슴에 손을 대보니 심장은 희미하게 뛰고 있었다. 안심하고 명희를 업고 나와서 나무뿌리를 잘라 온돌 아궁이에 쑤셔놓고는 성냥을 찾았지만, 아침에 썼을 터인 그 성냥이 어디로 갔는지 보이질 않는다. 바구니 근처를 더듬거리다가 무언가가 들어있던 그릇을 건드리는 바람에 그릇이 엎어지면서 물 같은 것이 쏟아지는 소리가 났다. 순간, 자기도 모르게 '명희엄마' 하고 입에 배어버린 아내의 호칭을 부르려다가 '명희'까지 말하고 나서야 문득 정신을 차렸다.

"명희야, 성냥 못 봤니?"

"으응."

명희는 힘없이 대답하고는 입을 다물어버렸다. 그는 생각난 듯 집 밖으로 달려나갔지만, 어느새 시무라네 집을 찾아가는 제 자신을 발견하고 우뚝 멈춰섰다. 그리고는 발꿈치를 돌려 캄캄한 자기 집으로 터덜터덜 돌아오는 것이었다.

며칠 뒤였다. 형삼은 굴 소쿠리를 들고 얼빠진 사람처럼 맥없이 해변을 걷고 있었다. 바다는 햇빛을 받아 우단처럼 부드럽게 반짝이고 있었다. 추른 바다의 끝없는 수평선은 무한한 애수를 머금고 있다. 그것은 무서운 바다이

기는 하지만, 또한 그리운 바다이기도 했다.

요시오한테 다시 한번 부탁해보려고 생각한 것도 결국 틀어지고 말았다. 나무뿌리를 캐온 것이 들통나 주재소로 끌려갔을 때 하필이면 요시오가 와 있어서, 속으로 비웃고 있다고밖에는 여겨지지 않았던 것이다.

이마에 난 상처가 쿡쿡 쑤시는데다 오싹오싹 한기가 들고 온몸이 아팠다. 실컷 얻어맞은데다가 아직 가망이 있다고 생각했던 복직도 영영 글러버렸고, 온돌을 때고 따뜻한 물을 먹인 탓인지 아이들은 얼마쯤 좋아졌지만 어쨌든 배고파서 우는 꼴을 차마 보고 있을 수가 없어서 아픈 몸을 이끌고 나온 참이었다.

파도는 금가루를 뿌린 듯 반짝거리면서 물가의 모래를 너울너울 핥고 있었다. 모래 위에 새까맣게 기어올라와 있던 작은 게들은 발소리에 화들짝 놀라 이리저리로 바람처럼 너울거리고 있다. 발바닥에 닿는 잔모래의 사각거리는 부드러운 감촉!

모래톱 위에 끌어올려져 있는 부서진 낡은 배를 멍하니 바라보다가, 저게 내 배라면 언젠가처럼 고쳐서 쓸 텐데 하는 생각도 해본다. 그 옆에서 계집아이들이 조개껍데기 같은 것을 줍고 있다. 한 떼의 갈매기가 허공을 오르내리며 춤을 추고 있다.

그는 문득 멈춰서서 섬몽금이로 향하던 발길을 돌려 장산곶 쪽으로 걷기 시작했다. 아내가 몸을 던진 섬몽금이 앞 사자바위를 차마 두 번 다시는 볼 수가 없어서였다. 여기저기 해당화가 무리지어 피어 있는 모래언덕에 올라가니, 하얀 모래로 기다랗게 띠를 두른 푸른 산과 바다가 한껏 맵시를 낸 신랑신부처럼 어깨를 맞대고서 속삭이고 있다.

저 바다가 아내를 삼켰구나 하고 생각하니, 경치나 감상하고 있을 판국이 아니었다. 원망스럽고 슬펐다. 어째서 이런 곳에 왔을까 하고 후회도 해보지만, 먹을 것이 없으면 어쩔 도리가 없다고 생각하며 한숨을 푹 내쉬었다. 뭐니뭐니 해도 이 세상에서 저일 무서운 건 배고픔에다 먹을 것이 없는 것이라는 사실을 새삼 절실히 깨달았다.

그가 장산 기슭 바위 위로 올라가니, 바다는 끝없이 펼쳐져 있었다. 이득히 먼 곳에 연보랏빛 섬들이 희미하게 보이고, 고깃배 몇 척이 꾸벅꾸벅 졸고 있었다. 그는 그 고깃배들을 부러운 듯이 바라보고 있다가, 이윽고 조개를 잡기 시작했다.

이상한 소리에 뒤를 돌아보니, 산중턱의 비탈길을 자동차가 달리고 있었다. 돌계단이 보이고 숲 그늘에 신사(神社)가 눈에 띄었다.

곧이어 몇몇 일본인 남녀가 딸그락딸그락 게다소리를 내면서 돌계단을 올라갔다. 혹시 그 중에 요시오 부부라도 섞여 있지 않나 하고 유심히 바라보다가 이윽고 고개를 숙이고, 그들이 이쪽을 내려다볼 것 같아서 얼른 바위 그늘에 몸을 숨겼다. 잔물결이 바위에 밀려왔다가 부서지고 있었다.

그는 애써 눈길을 거두었던 그 고깃배를 다시금 바라보며, 시무라와 함께 바다에 그물을 던지고 그 그물을 끌어당길 때의 흥분과 묵직한 그물의 무게가 두 팔에 느껴지는 것만 같아서 맥없이 일손을 놓고 있었다.

한바탕 떠들썩하게 사람들 목소리가 들려와서 또다시 뒤돌아보니, 일본인 몇 명이 햇볕에 뜨겁게 달아오른 길을 올라왔다. 웬일로 이렇게 사람들이 모여드는 걸까, 하고 의아해하다가 문득 오늘이 무슨 제일(祭日)이라는 것을 깨닫고 다른 데로 옮길까 했지만, 몸을 꿈쩍하기도 싫어서 그냥 그 자리에 주저앉았다. 그리고 요시오를 아는 사람이라도 있으면 어쩌나 하는 불안에 사로잡혔다.

자동차가 또 한 대 달려왔다. 몸을 잔뜩 웅크린 채 자동차가 지나가기를 기다렸다가 고개를 드니, 자동차가 일으킨 흙먼지 속에서 시무라의 어머니가 숨을 헐떡이며 올라왔다. 눈꺼풀이 슴벅거리는 눈과 주름진 이마, 작은 코와 품위 있는 입매. 순간 그는 몸을 앞으로 내밀었다.

—어머니, 어디 가십니까?

하는 소리가 목구멍까지 올라왔다. 물어볼 필요도 없이, 형무소에 들어가 있는 맏아들과 전쟁터에 나가 있는 둘째아들을 생각하여 신사에 참배하러 왔을 게 틀림없다.

시무라의 어머니는 돌계단에 이르자 거기에 걸터앉아 멍하니 바다를 바라보고 있었다. 노파는 다리를 쉬고 있는 모양이지만, 그는 시무라를 대신하여 그 어머니를 돌보아드리기는커녕 이제는 가까이 갈 수조차 없는 형편이로구나 하고 생각하니 가슴이 미어지는 것만 같았다.

뒤따라 자동차가 또 한 대 달려왔다. 그들이 돌계단을 올라가면서 노파의 손을 잡아주면 좋겠다고 은근히 기대했지만, 그들은 하하 호호 웃어대면서 그쪽엔 눈길조차 주지 않았다.

잠시 후 노파는 간신히 일어나 비척비척 돌계단을 올라가기 시작했다. 한 계단, 또 한 계단, 보기만 해도 조마조마할 만큼 애를 쓰고 있지만, 겨우 세 단째를 올라섰는가 싶더니 털썩 앞으로 고꾸라지고 말았다. 이 모양을 보고 있던 형삼은 앗 하고 소리를 지르며 벌떡 일어났다. 바위를 뛰어넘고 물을 건너 허겁지겁 달려 올라갔다.

"어머니!"

"아아, 김 씬가…… 괜찮아, 괜찮대두."

하고 말하면서 노파는 안아 일으키려는 그의 손을 거칠게 뿌리쳤다. 그는 할 수 없이, 비틀비틀 두세 단을 올라가서는 쉬고 다시 올라가기를 되풀이하는 노파를 따라 돌계단을 올라갔지만, 노파는 그를 쳐다보지도 않았다. 노파는 신사 앞으로 가서 게다를 가지런히 벗어놓고 돈상자에 돈을 딸랑 떨어뜨리고는 두 손을 모았다. 이윽고 턱밑에 매달린 밀랍 같은 살이 계속 움직이기 시작했다.

그는 돌아서서 아래로 내려왔다. 솔숲 속에서 사람들의 웃음소리가 한바탕 들려왔다. 다시 바위 위로 올라가서 바다를 바라보고 있자니까, 이 세상의 슬픔이 와락 가슴에 치밀어 올라왔다. 요시오의 마누라가 뭐라고 하든 결국에는 내가 일자리를 잃었기 때문이야. 온 마을사람들이 모두 그러는 판이니 저 할머니가 그러는 것도 무리는 아니겠지 하고 생각하자, 지금 당장이라도 이곳을 떠나고만 싶었다.

―세상이란 게 모두 그 모양이지만, 오직 한 사람 시무라만은 그러지 않았어. 그렇게 분개해서 요시오한테 덤벼든 시무라만은! 나도 만주에나 갈까. 거기에 가면 시무라를 만날 수 있을까?

솔숲 속에서 샤미셴 소리가 높다랗게 들려왔다. 노래소리, 손뼉 치는 소리, 아이들이 서로 부르는 소리까지도 손에 잡힐 듯이 들려왔다. 문득 고개를 드니 새파란 하늘에 짙은 초록빛 솔숲이 또렷하게 떠올라 있고, 바닷바람이 시원하게 불어오고 있었다.

노파는 이렇게 시끌벅적한 속에서 혼자 꼼짝도 않고 있었다. 아직도 손을 힙징한 채 열심히 절을 하고 있는 그 모습이 저 멀리 만주벌판에서 사선을 넘나들고 있는 군복 차림의 늠름한 시무라를 생각하게 하고, 환락에 도취해 있는 다른 참배객들과는 너무나 동떨어져 몹시 고독해 보였다.

갈매기가 구슬픈 울음소리를 내면서 원을 그리며 날고 있다. 샤미셴 소리에 실려 날카롭게 울려오는 기다란 노랫소리가 새파란 비단실처럼 목을 조리는 것 같다. 눈앞에 펼쳐져 있는 바다에서는 피라미 한 마리도 잡을 수 없다. 저 장산이 미쓰이(三井: 일본 재벌의 하나로, 일제 때 우리 나라에 대한 경제적 침탈의 선봉이었다 – 역주)의 손아귀에 들어간 뒤로는 솔가지 하나도 함부로 건드리지 못한다. 그래서 아내가 바다에 몸을 던지고, 아이가 병에 걸리고, 나는 이런 궁지에 빠져 있다. 이것이 정말로 사람 사는 세상일까? 그렇게 생각하자, 무언가를 붙잡고 하소연하고 싶은 격한 감정을 가눌 길이 없었다.

느닷없이 돌풍이 한바탕 불어왔다. 장산곶 저편 하늘이 캄캄해지고, 먹구름 자락에서 바다 위로 빗줄기가 쏟아져 내리고 있었다. 우릉우릉우릉. 천둥이 하늘과 장산을 뒤흔들고 있다. 바다 한가운데에서 넘실거리기 시작한 거센 파도가 무슨 거대한 괴물처럼 사납게 날뛰고 있다. 저 고깃배, 큰일났다! 그는 무의식중에 소리를 질렀다. 마치 자기가 바다 위에서 폭풍을 만난 듯한 기분이 들었다. 시무라의 겁에 질린 얼굴이 눈앞에 생생히 떠오르고, 그의 숨결이 가까이에 느껴졌다.

그는 퍼뜩 놀라 신사 쪽을 돌아보았다. 노파는 돌계단 옆에 태연히 주저앉아 뭔가를 먹고 있었다. 그는 단숨에 달려갔다. 그가 노파 옆까지 왔을 때는 이미 커다란 빗방울이 후둑후둑 떨어지고 있었다.

"어머니, 돌아갑시다!"

"응, 그래. 비가 오는구먼."

노파는 먹던 군고구마를 소매 속에 집어넣고는 허둥지둥 일어났다. 그러고 있는 동안에 비는 억수같이 쏟아지기 시작했다. 그는 빗줄기에 비틀거리는 노파를 다짜고짜 들쳐업고 구르듯이 돌계단을 뛰어내려왔다. 노파는 두 손에 게다짝과 굴 소쿠리를 들고 형삼의 등에 찰싹 달라붙었다.

"미안하구먼!"

하는 노파의 쉰 목소리가 그의 가슴을 찡하게 울렸다. 그는 쏜살처럼 달리기 시작했다. 자동차들은 그들에게 흙탕물을 끼얹으면서 잇달아 달려갔다. 황해에서 밀려온 성난 파도가 요란하게 으르렁거리며 장산곶을 삼키고 있었다.

-(『大阪每日新聞』, 1936. 6. 6~10; 김석희 번역, 『한국문학』, 1989. 12)

어듬•

툭솟은 광대뼈우에 검은 빛이 돌도록 움숙 패인눈이 슬그머니 외과실(外科室)을 살피다가、환자가 없으믈 아랐든지 얼굴을 푹수기고 지팽이에 힘을 주어 붕대한 다리를 철철끌고 문안으로 들어선다。

오래 깎지못한 머리카락은 남바위나 쓴듯키 이마를 덮어 꺼실꺼실하게 귀밑까지 홀여내렸으며、땀에 어룽진 옷은 유지같이 싯누래서 몸에 착달라붙어 뼈마디를 환히 들어내이고 있다 소매로 나타난 수수때 같은 팔에 갑자기 뭉퉁하게 달린손이 지팽이를 힘끝 다궈쥐었다。금방 뼈마디가 허옇게 나올것 같다。

의사는 회전의자에 앉아 의서를 보다가 홀금돌아보았으나 못볼것을 본것처럼 얼른 머리를 돌리고 검실검실한 긴눈섭에 싫은빛을 푸르르 깃드리고서 여전히 책에 열중한체한다。저편 침대곁에서 소곤소곤 지끄리는 간호부들은 입을담고 우두먼히 서있다。그중에 제일나이 들어보이는 간호부가 환자를 바라보자 얼굴이 햇숙해서 「오빠!」하고 부르렀으나 다시보니 오빠는 아니었다。가시로 벗튀우는듯한 눈을 억지로 내려떳다。마루바닥은 캄캄하였다。귀가울고 가슴이달막그린다。꼭 오빠었다。조금도 틀림없는 오빠었다。한데 눈한번 깜박일새 그가 제일 싫어하는 무료과에 입원한 환자가 아니었든가 내가 미쳤나、소리를 쳤드라면 어쩔번했어하고 다시 환자를 바라보았다。오빠는 저러한 불쌍한 사람을 위하야 목숨까지 받침셈인가! 이러한

● 강경애는 이 작품을 1937년 ≪여성≫지 1, 2호에 발표하였는데 본고는 그 영인본에 근거하여 다시 정리하였다.

생각이 불숙 일어나자 그의 조고만 가슴이 확근 뜨거워진다. 그는 얼른 알 콜십부를 가지고 환자의 곁으로가서 붕대에 손을대었다. 오빠는 참으로 이런사람을 위했음인가? 머리가 엇질해지고 손끝이 포돌포돌 떨린다. 풀리는 붕대에서는 살썩은 내가 뭉쿨뭉쿨 일어난다. 참말 오빠는 사형을 당하였어 거짓소리가 아닐까 손은 환부를 꾹눌러 누른 고름을 뽑으면서 맘으로는 이리분주하었다.

뻘건피가 고름에 섞이어 주루루 흘러내린다. 그는 손에 힘을 주었다. 퉁 퉁부은 환부에 손이 움숙 들어가며 다리뼈마디에 맞찔리운다. 발그레한 손 끝에 피와 고름이 선듯 묻쳐진다. 오빠의 얼굴이 선히 떠오른다. 오빠는 목 숨까지 받쳤거든, 나는 요만 병자를 대하기도 실여했구나, 눈이 캄캄해지며 형용할수없는 감격이 토실히 부은 그의 눈등에까지 혼혼히 올라오고 있다.

고름은 멈춰지고 피만 흐르매 알콜십부(알콜濕布)로 환부를 박박문지르 고 빈셋트로「니바노ー루」가제를 집어 어웅한 환부속을 헤치고 깊이 밀어 넣은담에 소독한가제에다「부로ー시십뿌」를싸서 환부에 덮고 노란유지를놓 아 붕대해 주었다. 환자는 이마에 흐르는 땀을 손등으로부치고나서, 지팽이 를집고 일어나 나간다. 땀내에 머리카락 쉬인내인듯한 내가 혹군 끼친다. 그는 물러났다. 적삼깃을 쓰적이는 환자의 머리털이며, 고름을 이겨 붙여말 린듯한 잔뱅이밑, 저는 필시 부모도 처자도 없는게로구나 하고 돌아서서 스 팀곁에 있는 세면기에 손을 넣었다. 나도 단지 어머님뿐만이 아닌가,「구레 조ー루」물이 그의 손에 가볍게 부디칠 때 이리 생각되었다. 귀밑에 땀이 뽀 르르 흘러나린다.

그는 보누라 없이 의사를 보았다 양미간을 잠간 찌푸린채 책을 보고 있다. 기분이 좋지못할 때 언제나 저모양을 한다 그런 험한 환자가 다녀간뒤라 그 런지 의서가운데 난해의 문구가 있어 그런지 딱히 집어낼수는 없었다. 그러 나 그는 뜻하지않은 옛일을 문득 회상하고 코웃음치지잖을수가 없었다.

십년전 의사가 이 병원에 가지 부임했을때는 모든일에 열과 피가 움직였 다. 특히 빈한한 환자에게 한하여는 수술료같은 것은 반감하였고, 또는 사 정만하면 한푼도 받지 않았다. 그래서 원장과 늘 말다툼이 자잤으며, 한때는 사직한다는 말까지 있어 시민들까지 우려하였든것이다.

때는 흘렀다. 거기에 딸아 인심도 흐른것인가, 십년전의 의사와 오늘의 그는딴사람인것처럼 변하여 진 것이다. 하필 의사뿐이랴 오빠가 떠난후에 영실의 맘과 몸까지도 엄청나게 달라졌다는것을 비로소 지금 느끼는것이다.

우리는 없는 놈이니까 농송하여야하고 보다도 이러한 생지옥을 벗어나기 위하여는 싸우지 않으면 안된다 누이야

어떤날 밤중에 길떠나면서 매어달리는 그누이에게 일으든오빠의말 결국 오빠는 그길에서 돌아오지못하고 말았다. 「오빠 너무해 너무해 어머니는 어쩌구 저모양이되어 왼세상이 우리모녀를 없이보고 해치려는데……」

그는 카덴으로 눈을 옴겼다 정낮 해볕에 주홍빛으로 물드려진 카덴은 눈물에 어리어 뿌하기도하고, 어찌보면 캄캄도하였다.

열두시를 땅땅친다. 뒤이어 웅하고 일어나는 저싸이렌소리 병원을 즈르릉 울려준다. 「어늬 오빠는 사형당하였단다. 우웅우웅」웨치는 듯 호소하는 듯 땅을 울리고 하늘에 솟았다 툭 끈어져버렸다.

의사는 책을 덮어놓고 일변 수건을내어 얼굴을 씻으면서 일어나 밖으로 나간다. 가죽스렙바 끄는저소리 그는 문득 신발소리를 따라 귀를 세웠음을 발견하고 스사로 조소하지 않을수가 없다. 이젠 의사는 그를 잊은지 오래였고, 이미 딴녀자와 약혼까지 하지않었나, 그런데 웨자신은 그를 있지못하고 입때까지 생각하나, 호! 나오는 한숨을 언제나처럼 꿈꺽삼키었다가 한참 만에야 가만히 내뿜었다.

믿든 사나히도 변하였고 행여나 나오면 나오게되면하고 주야로 기다리든 오빠마저영원히 가버리었다. 오빠가 나오면, 어머님께도 숨긴 이비밀을 이야기하야 이억울함을 설치고저 했건만 그히망조차 툭끊지않으면 안되게되었다. 번득이는 까제관(罐)을 바라보자눈에 피줄이 따갑게 일어나는듯해서 눈을감고 침대에걸터앉았다. 소매에서 구레-조-루 내가 솔솔 품기고 있다.

「아이 언니 오빠를 생각하지? 그러지말아요, 이전 그리된것을 아끼라에 해야지어쩐다나」

효숙이가 깨울하여본다. 눈에 동정의빛이 짜르르하다. 통통한 볼에 윤끼

가 돌고엷은 입술사이로 담은담은한 니가 구슬같이 동글다.

「어서 소지나해요」

효숙의 뒤에서 물끄름이 바라보는 나가가와(中川)를 보았다.

「너무 슬퍼말아요 리상」

머리를 끄득해보인다. 그는 한숨을 후쉬었다. 말로나마 동무들은 이리 위로하여주건만 정작 위로하여줄 의사만은 입을 담은채 오히려 모르는체 한다. 이것이 무엇보다도 괫심하고 분하여서 그앞에서는 조금도 슾픈빛을 띠우지않으려 적심을 다기우리는것이다.

효숙이는 영실의눈이 까스스해지는것을 보고 돌아서서 「바게쯔」를가지 고 수도곁으로가서 쏴르르 수도를틀어놓았다. 머리에 꽂힌 모자는 깨울하 였고、 그밑으로 토실한목덜미가 나부륵한 머리에 덮이었다. 「나까가와」는 눈을 껌벅이면서 주사기 「빈셋트」 「존데」같은 기게를 한줌쥐고 소독가마 (消毒釜)곁으로와서 나사를 틀어노니 물이 쏼쏼끓고 더운김이 팡팡기어오 른다. 거기에 기게들을 집어넣고 물러난다. 금시 코밑에 땀이송알송알 맺히 었다.

영실이는 힘없는 다리를 옴겨서 그의 사무상으로왔다. 손은 벌서 흩어러 진 책상우를 정돈하는것이다. 누런 두껑을한 의서에서 흐르르 오르는 담배 내와 「가오루」내, 그는 의사의 숨결을 문득 볼에 느낀다. 일변 찌푸리고 생 각을돌리며 효숙의 분주한양을 바라보았다. 약간 푸른기를 띠운 새하얀 간 호부복에서 또한 의사의옷갈피를 홀연히 발견하는것이다. 그는 하는수없이 천정을 보았다. 오빠는 사형당하였다. 천정에 시컴하게 쓰여지는것을 또한 보게된다.

효숙이는 걸레로 마루를닦고 책상의자 도다나를 닦으면서 열심히 조잘그 리고 있다. 머리까득이는 몸짓하는게 「나까가와」보다 훨신 능란한것 같다. 「나까가와」는 푸시시한 머리를 소독 가마에서 오르는김에뽀하게 적시우고 서서 기게를 꺼내어 하나 하나 탈지면으로 닦으며 「그래」 「참말」 하고 효숙 의 말을 받고 있다. 그들은 아무걱정도 없어보인다.

소제가 끝나자 두리는 머리를 까뜩해보이고 밖으로통통 뛰어나간다. 이

어점심종소리가 댕그릉댕그릉 울려온다. 그는 엊저녁부터 굶었건만 밥먹고
싶지않았다. 이십여일전 의사가 약혼할당시부터 굶기 시작한것이 그후로
한두끼니는 예사로굶게되는것이다. 보다도 그때로부터 밥맛을잃어버렸다.

그는 복도로 통한 문을 닫고 「포케트」에 손을넣었다. 신문이 바스락 만저
진다. 봄이 흠칫해지고 숨치가 오수수해진다. 그는 손을 빼어 볼에 대었다.
잘못본것 이라면 얼마나 좋을까 혹시 알수가 있나、손은 다시 「포케트」속으
로 들어간다. 땀이 뿌찐뿌찐 나고 팔이 후루루떨린다. 신문을 쥐었다. 놓았
다. 망스렀다. 와락 끌어내었다. 눈에 칼랄이 스치는 듯 산득산득해서 바로
볼수가없다. 절반 머그러진 사형수들의 사진 틈에 목이 상큼 하게 패인 오
빠가 툭튀어 들었다. 그는 머리를 돌리고 같은 사람도 있지 일흠으로 눈을
옴기자 신문을 와락집어던졌다. 순간철사로 그를 숨쉴수없이 꽁꽁 동였으
를 느낀다. . 오빠! 어머님께 뭐라고하라우 이때까지는 속여왔지만 이제는
뭐라구……

어제 이만때 의사의 손을 것처 떨어지든 이신문호의—얼마나 기막한 소
식이었든가 그는 당장에 기색하였든것이다. 그때 아주 피어나지 말았든들
이아픈양은당하지 않을것을、그는 부지중에 손등을 깍물어떼었다. 피가 봉
긋이 솟아오른다. 「오빠는 나뿐 사람이야、그어머님께 죽음을 뵈어 너무해、
너무해 어머님께 뭐라구 였줄까、그는 벌떡일어나 빙빙돌았다. 어머니만아
니면 약이라도 먹고 금방 이괴롬을 잊고싶다. 한데 칠순이다된 어머니가 있
지않나 아들이 나오면 맞내보겠다고 눈이깜해서 기다리는 어머니가 있지않
나.

영실아 우리가 사형언도를 받은것은 신문지상으로 벌써 알았겠구나 하지
만 봐라 결코 우리는 죽지않는다. 언제든지나가서 어머니와 너를 대할날이
있을터이니 그때를 기다려라 어머님께는 당분간숨겨다오 누이야!

최후심에서 사형언도를 받은 오빠에게서는 이러한 편지가 왔든 것이다.
온세상이 메라고 떠들든지 그는 오빠의 이말을 믿고싶었으며 또한 믿어지든
것이다. 하나 결국은 사형을 당하고야 말지 않았나. 그는 신문을 와락당기
어 올올히 찢어 창밖으로 던졌다.

저편 정원엔 한창인 화단이 눈이 시리만큼 번거러웠고、정원을 둘러싼 비수리나무 울타리는요새 가지깎음을 받아 가찐하게 돌아갔다。거기엔 이재야 봄이 툭툭 쥐어발렸다。

참일까 거짓이지 오늘이라도 오빠에게서 편지가 올지 모르지 그는 시게를 쳐다보았다。누가 편지를 들고 들어오는것 같아 와우름이 나오는것을 참고 머리를 돌렸다。의사가 무심히들어오다가 흠칫하였으나 태연히 들어와서 의자에 걸어앉는다。그의 손엔 아무것도없었다。일변 담배를 피어문다。

코끝에까지 우름이 빼듯이 내어민것을 억지로 삼키려니 작고만 입이 비죽그려 지고 숨이 가뿌다。그러나 눈엔 독이 파랗게 서리고 있다。혀를 꼭 깨물고 책상을 힘껏 붙들었다。혀끝에서 피가나는지 간간한맛이 머리에까지 따끔따끔 느껴지고 있다。의사는 성큼 일어나더니 도다나곁으로가서 담숙담숙 싸아논「알콜십뿌」를 집어 손을 닦고 있다。

「점심 먹었어?」

이물음에 영실의 보풀락한 눈등은 찌어질 듯이 팽팽하여졌다。

「웨 대답이 없어?」

말끝에 씩웃는다。그의 말버릇이 그렇건만 지금에 있어서는 자신의 처지를비웃는 웃음 같았다。더참을수 없는 분이 왈칵 내밀치므로 눈을 쏘아 보았다。

포마드를 발라넘긴 머리카락은 보기싫게 흔들 그리고 그리고 검어틱틱한 눈에 거만함이 숭글숭글 얽히었다。의사는 그의 시선을 피하야 열심히 손끝만보고 부비친다。전날에 고상해 보이든 그의 인격은 어디로 갔는지 흔적도 찾을수없고、머리에서 발끝까지 야비함이 즈르르 흘러나린다。저런 사나히에게 귀한 처녀를 빼앗기었나、보다도 오빠만을 고히 생각든 누이의 맑은 맘을 송두리채 빼앗기었나하니 자신의 어리석음이 기막히게 분하여진다。. 그만 달려가서 저사나히를 푹푹 찔러죽이고싶다。

의사는 그의 눈치를 채였음인지 슬금슬금 나가버린다。그는 의사가 보이지않도록쏘아보다가 일어나 웃층「즈메쇼」(詰所)로 올라왔다。

활작 열어제친 창으로 오빠를 잃은저 하늘이 찰찰넘어 흐르고、책상우에 두어송이의 백합이 그하늘을 개웃이 바라보고있다. 그는 의자에 털석 주저 앉아 하늘을멍하니 바라보노라니 층대를 올라오는 신발 소리가 이득히 들린다. 의사인가 싶어 획근 돌아보니 소사인 김서방이 바쁘게 올라온다. 울어서 부은 눈을 아모에게도 보이기 싫어서 머리를 돌렸다. 한참후에 무심히 머리를 돌리니 그의 옆에 김서방이 우뚝섰지 않느냐, 그는와락 반가운맘이 들어 벌떡 일어났다.

「편지왔소」

김서방은 멋이 들어앉아 쪽펴지 못하는 그의 굵단손으로 반백이나 되는 머리를어색하게 슬슬 어루만지며 참아 영실이를 바라보지 못하고섰다.

「아니유」

「오늘은 꼭 편지가 와얄텐데 어쩌나!」

그는 애처러히 김서방을 보았다. 입을 중긋중긋하든 김서방은 눈을 번쩍 떠서 마주본다. 해상 벙글그리든 그눈에 웃음이 간곳없고 슬픈빛이 뚝뚝 흘러나린다. 영실이는 저도 알았구나하자 눈물이 핑그르르 돌아 떨어진다. 그는 흐르는 눈물을 싳으려고도 아니하고 눈을 점점더 크게떠서 김서방을 보았다. 얼굴은 캄캄하게 어리우나 왼편으로 깨울히 내려운 흰수염끝이 영실의 눈에 가득히 꽂히는듯하였다.

「너무 너무 그렁말수」

김서방은 발끝을 굽어보고 이렇게말하였다. 김서방! 하고 힘끝 부르렀으나 목이메어 나가지않았다.

이병원에서 가장 오랜 년조를 가진 김서방과 자신, 가장 가난한 처지에서 헤매이는 김서방과 자기, 그래서 의사와 자기새이도 이는것같고 역시 오빠의 죽음에 대하여도 리해가 깊은것을 깨다른것이다.

×　　　　　　　×

밤 아홉시

효숙이와 「나까가와」는 목욕탕에 들어 가고 영실이만이 「즈메쇼」에 남아 있어 체온표(體溫表)에다 입원 환자들의 체온과 맥박을 푸르고 붉은 연필로 그리고 있다. 손은 종이우에서 넘노나 밤은 작구만 구숭숭해오고 초조했다. 무엇보다도 어머니가 오늘쯤은 어디서 이소식을듣고 나한테 어쫓아다가 길에서라도 졸도를 하지않았는지하는 불안이 시시각각으로 커가는때문이다. 마츰내 그는 체온표를 철석 덮어놓았다. 연필이 따르르 떨어진다. 숙직의사에게 말하고 잠간 단녀오랴니 일일이 사정을 널어 놓아야 할테고、 이해없는 그들앞에서 구구한 사정이란 기막히는노릇이다. 이것들이 웬목욕을이리 오래하누하고 층대쪽을 바라보았다. 아랫층 동구장(撞球場)에서는 한참 신이 나서 떠들고있다. 어쩐지 저들과는 너무나 거리가먼곳에 있는자신이라는것을 새삼스레히 느끼면서 두손을 볼에대고 한숨을 푹쉬었다. 오빠가 사형을……거짓말이지 그럼 아직 감옥안에 게시어? 숨이 답답해지고 대답이 나오지않는다. 내일까지 아무소식이 없으면 휴가를 맡아가지고 경성가봐야지、 그래야지 아무려면 오빠가 그리되었을까、 신문에난것은 무여야! 그는 가슴이 오짝해서 일어나 빙빙 돌았다. 시컴한 사형수들의 사진이 얼신얼신 나타나고 있다. 참말일까? 그는 주위를 두리두리 살피다가 창앞으로왔다. 무의식간에 창문을 와르르열고、

「참말일까요?」

허공을 향하야 소리쳤다. 밖에는 아무도없다. 그는 따귀나 얻어마진것처럼 얼얼하야 우득컨히섯다. . 싸늘한 바람이 그의 머리털에 홀홀히 감기고 있다. 어둠을뚫고 빛나는 전등불이 여기저기 흩어졌고、 거기로부터 달아 오는 긴빛이 그의 눈가에 수없이 꽂히어 눈물을 가득히 어리우게한다.

원장의집 곁에 간호부기숙사가있고、 그옆에 부원장인외과의사의 저택이 유란히도 빛나는 전등을 문전에 달고 어둠속에 뚜렷이 앉아있다. 필시 지금쯤은 약혼한 계집이 찾아왔겠군、 불시에 이런생각이 들자 욹하고 치달아올라오는 질투심에 얼굴이 확근 달았다. 그는 머리를 설레설레 흔들었다. 그러고 창을등지고서 버렸다.

영실이 나는 그대를 떠나서는 한시도 살수가 없소、 내손이 가기전에 그부드러운 흰손이 더러운 환부를 깨끗이 싳어주었고、 그래 서만이 내손은 환부를 꾹집어 알수가있오、 、 그손! 그 이쁜 손은 영원히 내것이요.

이러한 한구절의 편지가 서늘한 바람을타고 흘러들어온다. 악마! 그는 부지중에 중얼그렸다. 그러고 창문을 요란스레히 닫아버렸다. 이번엔 도다나 속에 수없는 기게들이 의사의손! 영실의손! 하고 속삭이는듯하다.

그는 머리를 푹수기었다. 의사의 손과 그의 손이 합하면 어떠한 대수술도 부난히 놀파하지않았든가, 나분죽한 손톱을 가진 약간여윈듯한 의사의 손! 까닥하면 무엇을 요구하는지를 알았고、 또한 무슨기게와 무슨약을 들여줄 것을 이손이알지 않았든가、 그는 얼른 손등을 입에대었다. 그만 탁 찍어버리고싶다.

내가 미쳤나? 그는 동구장에서 일어나는 환성에 깜작놀라 머리를 들었다. 지금 어머니는 어떻게 되었는지 모르면서「영식아! 영식아!」오빠를 부르는 어머니의 음성이 금박 들리는듯하다.

「언니 목욕해요」

효숙이와「나까가와」는 층계를 올나오며 이렇게 말하였다. 그들의 얼굴 은 빨갛게상기되었고 하얀손끝에서는 크림냄새가 솔솔 풍기었다.

「저 나잠간만 집에 단여올게 병실에서 오거든 엠직 만하면 선생님께 알리지말고 두리서처리해요. 저기주사기랑 약이랑준비다했으니 응」

명실이는 도다나를 가르치고나서 황황히 탈의소로와서 옷을 가라입고 층계를 내려뛰였다. 긴복도를 지나 병원을 나왔다.

밖은 새캄하다. 하늘엔 별들이 싸늘해있고 이따금 가로등만이 뿌한빛을 땅에 더지고있다. 웬일인지 발길이 풍풍빠지는듯하며 다리 마디가 작고만 꺾히려고하였다. 신발소리만나면 어머닌가하야 살피게되고、 늘다니든 이길 이건만 어쩐지 첨가는 골목같아 한참이나 돌아보군하였다. 너무 숨이차서 가슴을쥐고 후하고 숨을 길게 내쉬면 어둠이 싸아얀 연기로변하야 그의갈한 목에 휘어감이고있다.

집에오니 대문은걸렸다. 얼른 문사이로 방문은 살피니 불이 히미하고 어머니가게시구나……맘이 다소 놓여서 대문을 가만히 붙들고호하고숨을 모라쉬였다. 아직까지는 어머니가 모르시는 모양이나 내일이라도 누구에게서 듣고 묻는다면무어라구 대답할까「어머님께는 당분간 숨겨다오 누구냐!」그는 부지중에털석 주저앉었다。 비록 오빠가 감옥에있다할지라도 모든일을 이리지시하야 주었는데 이제부터는 어떻게 살아가나、 위선어머님께는 뭐라구하나 하는 생각이 들었든것이다。 . 오빠 나는어쩌라우、그는발버둥쳤다。 어제밤에도 이리와서 어머니는 참아 맞나지못하고 간것이다。 어머니만 뵈오면 우름이 탁나가서 아무리 숨길래야 숨길수 없음을깨다른것이다。 그렇다고 언제까지나 어머님을 맞나지않을수는 도저히없는일이다。 내가 좀대담해야지좀더 침착해야지하고 벌덕 일어났다。 대문을 붙들고 어머니-하고 불으려니 벌서 눈등이무거워지고 목이 깍메어 음성이 나가지않는다。 그는 눈등을 한번부비고 대문을 쿵 받았다。 그때 안에서

「누구냐?」

어머니의 음성이 흘러나온다。 그는 얼른 몸을피하렸으나 우름이 나오면 서픽쓸어졌다。 아득히 들리는 신발소리 그는혀를꼭물고 버덕 일어났다。 이제야말로정신을 차려서 어머니를 대하지않으면 안되리라하였다。 대문이 삐꺽열리면서 어머니의 흰옷이 쌔하얗게 보인다。 . 그는 아뜩하였다。 그러나 두손에 힘을주어 울타리를 꼭붙들고

「나-나야 흑-」

말 끝에 흑소리가 턱을차고 내달린다。 그는 얼른 목을 꼭 쥐어 비틀고 섰노라니

「서울서 소식 없니-」

하고 어머니는 딸의 곁으로 다가선다。 소루루 건너오는 닙담배내 그는 저춤물러서며 얼굴을 울타리에 돌려다고 힘끝 부비쳤다。 나무판자 울타리에서 뜨끔찔리는 볼、그는 볼에 무엇이 드려박히는것을 느끼면서도 우름은 작고만 쓸어나오려고한다。

「어제밤 꿈에 네오빠가 왔기에 오늘은무슨 소식이 있는가해서 아까 기숙사에갔더니 오늘 네가 당번이되어 몹시 바뿌다고 장간호부가 그냥 가라고하기에 왔다만은 소식 없니」

딸의 몸을 어루 만지려는 어머니 비틀하고 어머니에게로 쏠리려는것을 그는울타리를 꼭 붙들고 섰으나 작고만 쓸어나오는 우름때메 견딜수없다。

그래서그는 휙 돌아서 울타리를 붙들고 걸었다.

「이애야 너 선생님헌테 무슨 꾸지람을들었니 웨그러니」

쫓어오는 어머니에게 그는아무말이라도 하여서 안심식혀야할것을 느끼었으나 좀체로 입을 버릴수가 없었다. 어머니와 거리가 좀 멀어지자 묵을 비들었든 손을 놓고 입을 버리고 속으로 울었다.

「이애야 말이나 시언히 하여」

어둠을 뚫고 들리는 어머니의 음성은 애처러웠다. 그는 멈칫하야 머리를 돌리고

「어머니 들어가라우」

하고 말을 내놓았으나 그말은 어머니의 귀에까지 들린것 같지않었다. 그는숨을 몰아쉬고 크게 말을 하렸으나 우름이 왁쓸어나온다. 그는 입을 꼭다 물고섰다. 귀치않게 흐르는 눈물을 씻고바라보니 대문앞에어머니가 그냥 서있듯、어머니의 힌옷이 보이는것 같다.

「어머니 어쩔까!」

그는 울음 섞어 이렇게 부르자 와락어머니에게로 달려가고싶어진다. 그러나 꾹참고 것다가 돌아보면 어머니는 아직도 섰는듯, 그만 우둑허니 섰다. 그러다 어머니가 그를 쫓어병원으로 오든지그러지 않으면 마을이라도 가려나하는 맘이작고만 들었든 것이다.

그는 살금살금 그의 집을 바라보고 걸었다. 대문앞에 오니 어머니는 들어가신듯아무것도 보이지않는다. 그때에야 그가 잘못본 것으로 알고 다소 안심을 하고 돌아서 걸었다. 한참 오다가 보니 또 어머닌 듯 힌 그림자 어둠속에 뚜렷하였다. 그는 눈을 두어번 부비치고나서 다시한번와보리라하고 뛰어온다. 구두가 작고만엎어 지려고해서 그는 구두를 벗어들고 그의 대문앞에와서 문틈에 눈을 대었다. 방에는 아까보다 불빛이 환하다. 들어가서 어머니를 안심식힐까하니 벌서 우름이 다투어기어나오고있다. 그는 눈을 두어번부비치고나서 돌아섰다.

그가 보통학교 앞에오니 숨이차서 견딜수가 없다. 그래 잠간 멍하니 섰노라니、어둠속에 시컴하게 솟아 있는 중앙학교가 맘에까지 소북히 스며드는

것 같았다. 또다시 가슴이 확근해지며 오빠와그가 손을 잡고 이길로 학교에 드나들던것이 어제른 듯 생각된다.

노닥노닥 기운옷에 가방한개도 못가지고 목수건하나도 없이 어머니가 일본집에서 얻어온 구멍이 송송난 메린스 착보를들고 그몇번이나 오르나렸든고、

어머니는 눈만뜨면 일터로가기때문에그는 언제나 오빠옆에 붙어있었다. 오빠에게서 하나둘을 배웠고 또한 오빠의 등에서 오줌똥을 싼것이다. 그러다 자라서이학교에 다니게되니 오빠는 언제나 그의 손을 꼭잡고 교실에까지 바라다주고그의교실로 들어가는것이다. 몸이 아파도 오빠에게 하소하였고 동무들과 쌈을하고도 오빠에게고하였든것이다. 그렇든 오빠-이전 다시오지 못할 길을 떠난것이다. 오빠-난 어찌라우 그는 어린애 같이 발을동동굴렀다.

그러고 털석 주저앉었다. 이러고나니 홀연 옛날이또생각난다.

어느날 하학을하고 나오니눈이와서 성같이쌓였다. 오빠는그를 둘러업고 눈속을 빠져 집으로온다.

「눈꼭 감어」

눈속을 헤염치는 오빠는 이렇게 말하고 뛰었다. 눈이 얼굴에 부디치어서는녹아 얼굴을 쓰라리게하고 목덜미에 숨여들어 꼭꼭찌른다. 그는 마침내 앙앙 울었다. 집에오니 어머니는아직도 안들어왔고、눈바람에 문풍지가 다뜻긴 방안은 밖에보다 더치운 것 같았다. 오빠는 그의몸에 눈을 떨어주고 얼굴을 소매로 닦아주면서

「이제 어머니가 과자 얻어온다. 우지말아야」

이렇게 얼리면서도 오빠도쿨쩍쿨쩍울고 문만바라보다 바람에 문풍지만 울려도 어머닌가 옆집에서 무슨소리만 나도 오누이는 달려 일어나

「어머니」

하고 문을 열어 잡으면 밖에는 눈만나리고 어머니는 보이지않는다. 그는 발악을 하고 어머니한테 가자고하면 오빠는 그를 업고 방안을 빙빙 돌면서 훌쩍훌쩍 울든일…그는 벌덕 일어나 걸었다. 그이상 더 옛날을 더듬을수는

없었다. 목이 찢어지는 듯 가슴이 맥혀서 견딜수없었든것이다. 그는 타박타박걸었다. 이길우에 오빠의신발자국이어딘가 남아있을것같다. 그는 또 주저앉는다. 획근돌아보니저편에서 사람이 오는것같아 그는 화닥닥 일어나니 꼭어머니인듯한 여인이이리로 온다. 그는 서슴지않고

「어머니야」

하고 쫓어가니, 어떤 낯모를 여인이 저즘저즘하다가 지나친다. 그여인이 보이지않도록 바라보면서 어머니가 지금쯤은주무실까 한번 더가보고 싶어서 발길을 돌리니 몸이 비틀하고 꼬이면서 집에까지갔다가 돌아올수가 없을 것 같았다. 그는구두를 신었다. 높이 솟은 병원창문으로 빨갛게 흘러나오는 불빛을보고 얼른손에든 구두생각이났고 맨발이 부끄러웠든것이다.

기미년토벌난에 아버지를 잃어 또 오빠를이모양으로 잃어 우리집안은 무슨 못된운수인가 그는 돌연 이러한 생각을하며 병원현관에 들어서니 병원안은 따들석하였다. 수술환자가 왔는가하는 불안에 머리를 들어 두루두루 살피니、저편수술실에는 전등불이 환하고 수술복을입은 의사며 조수들 간호부들까지 한참 분주한가운데 있다. 어쩌나 그는 잠간 망스리었으나 급히 웃층「즈메이쇼」로 올라왔다.

「언니! 어서어서 내려가요 맹장염환자가왔다우 빨리 선생님이 작구만 부르시어. 우리는혼났어 그래서 사실대로 였주었더니 아주 성이났어요 얼른」

효숙이는 공중뛰어와서 영실이를 탈의소로 잡아 끌고 일변 옷을 바꾸어 입히누라 색색그린다. 크림내가 숨결에 따라 몽콜몽콜 그의 볼에 부디치고 있다. 그는맘은 급하지만 몸은 딴사람의것같이 이미로 움직여지지를 않는다. . 그래서 효숙의 하는대로 내마끼었다.

효숙이는 그를 끌고나려와서 수술실문을 조용히 열고 등을 밀었다. 방안은확근하고 더운김이 그의 머리털에까지 훈훈히 서리고 있다. 갑자기 그는 현기증이칵일어 앞이 아득해지므로 벽을붙들고 멍하니섰다.

벌서 환자는 수술대에 높이 누여났고호—히(包被)로 푹덮어났으며 오직 오른편에만은 장방형으로 나타나게하였고 그옆에 의사가서서 주사를 놓고 있다. 두사람의조수가 좌우옆에 갈라섰고 아래 우에로간호부가 서서 병자

를 붙들고있다。 의사의 바루옆에 수술복에 쌔하얀수건을쓴 나가가와 수갑
낀손에 빈세트를쥐고 테―불에 너어놓은 온갖기게들을 차례로 섬기고있다。
그나마의 산호부들은 세면기에물을 떠가지고 간혹들어온 불나비를잡누라
쫓어다니고 혹의사의 이마에 흐르는 땀이며 조수들의 땀을 씻어주고、 발이
시언해지라 랭수를 세멘바닥에 즈르르하고 붕기도한다。 저편구석에 환자의
친족인듯한 사십가까와보이는 중년부인이 눈이 뒤집히어입을 헤버리고서
있다。

　의사는 영실이를 힐긋보자눈이 힛득올라가고 푸른 입술에 비웃음을 삐죽
히흘린다。 영실이는 이것을보자 미안하든맘이홀랑 다라나고 어디선지악이
바짝 치달아온다。 그래서 얼른 앞으로 와서 부타시로손을 닦기 시작하였다。
따끔 부디치는 부라시를 따라 횡횡돌든 머리가딱 멈투어지고 맘이 꽁꽁얼어
붙는것같았다。

　「아구! 아구!」

　환자는 외마디 소리를 냅다 지르고 다리를 함부로내겄는다。 간호부들은
머리와다리를 꼭누르니 환자는 더죽는 소리를내었다。 힐끗 돌아보니의사는
방금 칼로피부를 갈라놓았고、 흐르는피속에 지방이 힛득힛득 나타났으며、
혈관을 집은 「고히루」(止血織子)가 두어개 꽂히어 영실의 눈을 꼭찌르는듯
하였다。 눈송이 같은 사제가 나가가와의 손에서 의사의 피묻은 손에쥐어있
는 빈셋트로 올마와서 수술처에 들어가자마자 빨갛게피덩이가된다。

　영실이는 손을 다싯고나서 나가가와의곁으로갔다。

　「미안하게 되었오」

　「리상!」

　나가가와는 머리를 돌린다。 이마엔 구슬땀이 봉을봉을 맺히었고 얼굴이
발갛게 되어 영실이를보자 시언하다는듯이 빈셋트를내주고 머리를 설렁설
렁 들어 땀을 밀쿠면서 물러났다。 수갑낀손에 쥐어지는 이빈셋트! 매끈하고
도 듬직한 감을주며 무엇이나 집고싶어지는 이감촉、， 손에 기운이 버쩍나
고 맘이든든 해진다。

　눈감고라도 이빈셋트만쥐면어떠한 기게라도 능란히 섬길수가 있는것이

다.

「후꾸마꾸간즈(腹膜縅子)!」

의사는 이렇게 부르고 피묻은 수갑낀손을 내밀다가 힐끔 영실이를보고 눈이꺼칠해서 「나가가와」를 돌아보았다.

「위 물러났이 누가 식히는세야」

소리를 냅다지르고 영실이가 들여주는 기게를 홱뿌리치고나서 손수 테ー불에서 기게를 집어간다. 나가가와는 울상을하고 영실의 손에서 빈센트를 빼앗다싶이하여가지고 그를 밀고 테불앞에 다가선다.

영원히 그의 손에서 빈센트를 빼앗는 듯한 이아픔! 손 끝에 짜르르울리고 가슴에 뜨끔 찔리어 왼전신에 따갑게 퍼지고있다. 그는 먼하니 섰다.

의사는 말할것도 없고、평소에 그를 존경하든 간호부들이며 조수들까지 경멸히 넉이는듯누구한사람 눈역여보는이없다.

그만 우름이탁나오려는것을혀를 깨물어 참고의사를 바라보았다. 한참 수술에 열중한저의사 한손에 칼을들고 또한손에 비센트를쥐고 가제를 굴려가며 칼을 움직이는저의사、누구보담도 저를믿었고 그래서 일생을 의탁코저 아니했든가

「아구! 아쿠!」

살을지나 배를 할퀴는듯한환자의 비명에 그는 얼른 머리를 돌렸다.

환자에게서 툭툭튀어오르는 오빠! 순간 그비명이오빠의 음성같아 그는 깜짝 놀랐다. 다음순간에 착각이믈 알았으나 가슴이 뛰고 왼몸이부루루 떨린다. 그래서 그는얼른이방을나가리라하고 한발거름옴기었을때 겨욱질이 읽하고내달린다. 그는 입술을 꼭물었다. 목이 찢어지는듯하더니 코로주먹같은무엇이 칵내달리며 아뜩하여진다. 순간의눈에 번듯빛났다. .

그칼이 오빠를 향하야살대같이날아오는것을 보았다.

「아이머니! 저놈이 사람을 죽여!」

영실이는 눈을 뒤집고 나는 듯이 의사에게로 달려드니、의사는 어결에 주춤물러서다가발길로 탁차버렸다. 영실이는세멘바닥에 자빠졌으나 단숨에 일어나 달려든다. 입술과 코이터저 윈얼골은 피투성이가 되어버렸다.

「이놈이놈—오빠를 죽여。 아구 오빠 오빠 호호호 저놈」

간담이 서늘하게 부르짖는다。 방안은 그제서야 영실이가 미친것을 알았다。 조수는 달려들어영실의 손을 낚어쳤다。

「김서방! 이미친년 끌어내!」

의사는 발을 구르며 호통하였다。 밖에서 수술자를 담아내려고 들것을 준비하든 김서방은 너머나 큰소리에 놀라들것을 든채 황황히 달려오려다가、 조수들에게 끌리어나오는 영실이를 보고 고만 딱서버렸다。

「미첫어 저리 내가 내가」

조수하나이 급급히 소리치고나서 영실이를 김서방에게 맡겨버리고 수술실문을 요란스레히 닫아버린다。 김서방은 어쩔줄을 몰라 영실이를 뒤집어 엎었다。 그는 김서방을 쥐어뜯고 몸부림쳤다。

「이놈 오빠아구 아구 어머니 양말만 깁지말고 빨리 나와요 하하하 저놈이!」

김서방은 격리병실로 뛰다가 몇호실로 가란말인고 아뜩하야 생각나지 않았다。

이번엔웃층병실로 뛰어나오며생각하니 역시아뜩하였다。 그만다시 수술실문앞으로오다가 그도 모르게 치밀어오는 감정에 그만 충충밖으로 뛰어나왔다。 밤은 어둡다。

(끝)

「나는 등록하였수!」

보득아버지는 벌떡 일어나며웨쳤다.

「무슨 딴수작이야 게집을 죽인놈이 가자 너같은놈은 법이 용서를 못해」

순사는 달려들어 보득아버지의 멱살을쥐어 내몰았다.

「네?…게집을 게집을…?」

보득아버지는 정신이 버쩍 들어 순사를 쳐다보았으나、 나는 듯이 달려드는 매손에 머리를 푹숙여버렸다. 볼을 움켜쥔 그는 기마키게 순사의 입술을 바라볼때、 불이 붙는듯우는 보득이가 눈에 콱부디친다。

「엄마 엄마」

어디선가 안해가 꼭 뛰어들듯한 저음성、 널직한 미간좌우에 근심에 젖은 껌으스름한 안해의눈이 툭튀어 오른다。 여보 보득일 울지않게허우、 가슴에서 울컥 내달리는말、 돌아보니 안해는 없고 풀어진고름끈을 밟고 쓸어질 듯질 듯이 서서우는 저어린 것 뿐이다。 발닥으리는 조가슴、 안해의 손때에 까마케 누었던 조머리털 밤새에 포르르 일어섰다。

「이놈아 가」

구두발에 채어 보득아버지는 뜰아래로 굴러 떨어졌다。

×

어둠이 호수속처럼 퐁그릉 차있는여기 촉촉히 부디치는 풀닢、 이슬、 처

◉ 강경애는 이 작품을 1937년 ≪여성≫지 11월호에 발표하였는데 본고는 그 복사본에 의하여 다시 정리하였다。

다보니 수림이 꽉엉키었고、소북히 드리우는 별빛、갑자기 뒤따르는 남편의 신발소리가 이상해 돌아보는찰라 무서워 어쓸해진다。 대체 이산골루는 뭘 하라 들어올까、웨그리보득일 재와누이라 성화였나、이리 멀리 멀리올줄을 짐작했다면 꼭 업고올 것을 또한번 물어봐 목이활작달아오른다。 급한때면 언제나처럼 열리지않는 입술、두 번묻기가 어렵게 성내는 남편의 성질、오 믈그리는 혀끝을 지긋이 눌렀다。 발끝이거칫하고 잠간단녀올데가 있다든 남편의말이 거짓말인양、눈물이 핑돈다。

조르르 소르르 어깨우를 시처가는것이 솔닢인듯、송진내 솔그롬이 피여 흐르고 깜박깜박 나타나는 별빛이 보득의 그눈같어 문뜩서게된다。 남편의 호통에 안일어나고는 못백일것이매 이리 따라나섰고 또한 멀리올것을 모르 고 보득일재와누이고 온것을 생각하니 남편의 말이라면 너무나 믿고어려워 하는 자신이 새삼스레히 미워진다。 꼭 보득의 숨소리같은 버레소리가 치마 길에 가득히 세처운다。

날죽이고 그가 죽으려고이리오나 검이줄 같은 별빛에서 뛰어오는생각 이 년전 뒤뜰살구나무에 목매어 늘어졌던 남편의 꼴이 검실검실나타난다。 솔 음이 오싹 끼처진다。 그리도죽으려는것을 못죽게 하니까 이번엔 날버텀 죽 이고 죽으렴인가 보득일 어쩔꼬 팔삭 주저앉고 싶은것을 간신히 건는다。 허 리를 도는 바람결에 놓지않으려든 보득의 혀끝이 젖꼭지에 오물오물기어간 다。 그는 돌아섰다。 솔닢이 뺨을 찰삭 후려친다。

「보득이가 깨었겠는데 이전 돌아가요」

암말없이 그의 등을 미는 남편、한층더무섭고 고함을처 누구를 부르고싶 은맘、타박타박 비탈길을 올라간다。 이고개를 넘으면— 무릎이 툭꺾이려하 고 남편이 그를 끌고 저산속으로 들어갈듯、푸들푸들 떨면서 산마루에 올라 서니 왁 울고싶게마을의 등불이 날아온다。

「여긴 험하네 내앞장서리」

돌연히 남편은 이런말을하고 그의 앞을서서 걸었다。 악 소리치고 싶은 무 서움이 머리끝을 스치고 지난뒤 오히려저등불에서 무서움이 덜리기시작한 다。 저기누구를 찾아가는게지、그래서 날다리고 오는게지 하자 아편을 하기

시작하면서 부텀 공연히 남편을 의심하고 무서워하는 버릇이 생기었음을 새
삼스레히 느끼면서、 실직후에 고민을 이기다못해 자살하려던 남편、 재일이
와 밀려다니다가 아편을 입에대고 고함처울든 그모양、 엇그제 동내여편네
들이 비웃든말이 격지격지 일어나는것이다。 어떤상점에서 무엇인가 도적하
다가 들키어몹시매를 맞느라는남편、 미진년늘 아부르면 그가 그런짓을 했
을까 그러나 남편의 얼굴에 퍼렇게 멍이진자죽을 생각하니 목이꽉메인다。

　비탈길을 나리니 보득일업고 뛰고싶게길이 평탄하다。 수수하는 바람소리
에 머리를돌리니 앵하는 내애기의 우름소리가 밀려가는 저바람에 따르는
듯、 보득이가 울텐데어쩌까、 그는 이리 중얼그리지않고는 견디지못하였다。

　시가에온 그들은 어떤 포목상점앞에섰다。 간혹 지나가고 오는사람은 있
으나마、 거리는 조용하였다。 남편이 상점안으로 들어가니 주인인듯한중국
인이 반색을하야 맞아준다。

　「이제와서 우리기대려서」

　이리말하고 웃으면서 밖을 살피는 툭불어진눈、 얼른 발발의 눈을 연상시
키고 이마에 흉터가 별루 번질그린다。 빛잃은 맥고모를 푹눌러쓴채 금방 쓸
어질 듯이 서서있는 남편、 혈색이 좋은 중국인에게 비하여 너무나 창백한지、
어느때는 되놈같은것은 사람으로 인정치않었건만……푸르고 붉은 주단빛이
안개가 되어 상점방을 푹덮어주는것이다。 남편이 머리를 돌려 *끄덕끄덕*할
제、 그는 아편인이 몰려와 저러는가하야 화닥닥놀라는순간 다음에 어서들
어오라는뜻임을 어렴풋이 깨달았지만 허둥허둥 들어가면서 얼굴이 확작달
아오른다。 뚫어저라하고 그를 살핀중국인은앞을서서 비죽비죽 걸었다。 그
도 남편의 뒤를따라섰다。 사분히 스치는 주단냄새에 보득의 저고리깜이라
도 얻으면싶고 문득남편의 후죽은 아랫도리를 살피면서 타분한냄새를 피우
는 뜰로 나려섰다。 먼길을 걸었음일까 아편인이 몰려옴일까 남편은 비칠비
칠 하였다。 불행히 이거동을 중국인이 눈치챌까 그의 가슴은 달막으리고 몇
번이나 손을내밀어 부를까 부를까하였다。 뺨안문앞에서 남편과 중국인은
무어라고 수군그리더니

　「이방에 들어가있수 나잠깐 볼일보고 올테니」

문을 열고 그의등을 밀어넣다싶이한다. 필경 아편인이 몰려온 것이다. 직각한 그는암말도 못하고 방으로 들어왔으나 어둠속으로 사라지는남편의 신발소리를 놓지지않으려 문을 홱열어잡았다. 상점문이드르륵 닫겨버린다. 곧오라구할갈하며 문에 몸을 기대섰으려니 홀연 그의집 방문턱에 기여오르는 보득의 얼굴이 볼숙나타나고 어느날 보득이가 문턱을넘어굴러떨어지든 것이 가슴에 철석부디친다. 어쩔까 어쩔까 그는 빙빙돌았다.

한참후에 이리오는 신발소리가 있으므로 달려나왔다.

「보득이가 깨었에요」

목이메어 중얼그리고 보니 뜻밖에 중국인 만이 아니냐 겁결에 발을세우고

「여보!」

진서방 뒤를 살피니 있으려니한 남편은없고 어둠이충충할뿐이다. 머리끝이 쭈뼛해진다. . 담박에 진서방은 그의 손을 덥석쥐고

「변서방말야 그사람 집에가서」

날래게 손을 뿌리치고 난그는 이말에 왕울음이 소꾸치랴는것을 겨우참으면서 나는 듯이 몸을 빼치려하였다. 치마폭이 후둑따진다.

「보득아버지!」

막아서는 진서방의 가슴을 냅다 받았다. 진서방은 씩은그리면서 달려들어 그를 안아가지고 방으로 들어와서 이어 문을 절거득 걸어버린다.

「여보 이눔봐요 여보」

마치 단가마속에 든것같고 어쩐일인가 아뜩생각되지 않는다. 그저 이방을 뛰처나가랴는 것으로 미칠것 같았다. 몇번소리는 치지않었건만 목이 탁갈려지고 목에서 겨불내가 훅훅 뿜긴다. 진서방은 차차 그눈에 독을 피우고 함부로 그를 쥐어박아 쓸어안고 너머지려고 한다.

「사람살려요 살려요」

그는 벽을 쿵쿵 받으며 고함쳤으나 음성은 찢기여 잘나가지지 않는다. 이 방안은 도모지 울리지않고 입술에까지 화기만 버쩍 올리타고 있다. 진서방은 그의 입술을막아 소리를 치지못하게한다. 땀이 쯔르르 흐르는 손에서 누린내가 숨을 통치못하게 쓸어틀므로 깍물어혼들었다. 버락같이 쥐어박는

주먹이 우지근 소리를내고 피가 주르르홀러목을 적시운다。 진서방은 눈이 등잔통같아져서 무어라고 중국말로 투덜그리더니 시컴한 걸레로 입을 깍막아버린다。 윈입안은 가시를 물은 듯 그끝이 코에까지 꿰여올라온 듯 흑! 흑 턱을 채였다。 진서방은 허리띄를 글러 미친듯이 돌아가는손과 발을동인뒤 이마땀을 씨스너 빙ㄴ네 웃었다。 피술이서긴 저개눈깔같은눈엔 야수성이 득실그리고 씩씩그리는 숨결에 개비린내가 훅훅뿜긴다。 퍼렁바지는 미끌어저 배살이징글스레 들어났고 누른침을 똑똑 홀리고 있다。 그는 이꼴을 보지 않으려 눈을감으니 들석 높은 남편의 코등이 까프름 지나가고 비칠거리는 그거름발이 방금 보이면서 이제야 어디서 아편을하고 이리로 달아오는모양 이 가물가물하였다。

「여보! 여보!」

문을 바라보고 힘끝 소리쳤으나 그음성은 신음소리로 변하여질뿐이었다。

이튼날도 진서방은 깜작아니하고 그의곁에 앉아 활활 다는 그의머리에 수건을대어주었다。 이미 몸을 더럽힌지라 진정하고저하나 그만큼 열이오르고 부러진니가 쓰시는것이다。 곁에 보득이만 있다면 되는대로 지내리란 생각도 때로는든다。 새벽부터 남편이 자기를 이되놈에게 팔았는가하고 의문이 들었든것이다。 하나 그것은 잠간이고 어제밤에 남편이 정령 집에갔는지、여기어디서 죽지나않었는지、만일 갔다더라도 보득일다리고 얼마나 애를 태울까하는 걱정이 다투어 일어난다。 주르르 수건짜는 소리에 놀라 그는 머리를 들었다。 진서방이 누른니를 내놓고 웃는다。 보득의 오줌소리 같었건만 ─흑하고 배속에서 치달아오는 우름때문에 눈을꼭 감아버렸다。

「생각이 잘이해 우리 금갈락지 비단옷해줬어 히」

진서방은 웃는다。 그는 수건을 제치고 돌아누우니 성났던 젖에서 대살과 같이 빼치우는젖、젖을 꼭쥐는 손까락은 바르르 떨리었다。 이어 보득의 촐촐마른 젖내 몰크름 나는 입김이 볼에 훅군타오르고 엄마를 부르고 윈방안을 헤매이다가 갈자리 가시에 그조고만 발과 무릎이 상하여 피가 똑똑 흐르는것이 눈에 또렷하였다。

「보득아버지 어제 집에가서?」

그는 불숙 물었다. 진서방은 반가워서

「가서 돈이가지고 가서」

돈이란말에 그는 울음이 왕 터져 나왔다.

이렇듯 하루해를 넘기고 밤을 맞는보득어머니는 이밤에 모든히망을 부치고 축늘어져있었다. 될수있으면 진서방으로하야 안심하게하도록 눈치를 돌리군하였다. 여간 좋은기색을 그눈에 지질히띄운 진서방은 엉덩이를 들석들석 추치면서 상점방에도 나갔다오고 먹을것을 사드리고 약을사다 니에바르라는둥 부산하였다. 그러나 밖에나가서 단십분을 있지않고 들어와서는 힐긋힐긋 그의 눈치를 보았다. 그눈에 힌자위가 몸서리나도록 싫었다. 웨이리 불은 때었을까 방안은 점점 끌었다. 누른손으로 과일을 벗기는 저진서방 이마에 콩기름 같은 땀이 흘러 양볼에 번지르르하다. 저딴은 온갓 성의를 다뵈이누라한다. 하루여러번째에 못이기는체 그속을 눅처주랴는꾀에서 한쪽 받이 입에무니 니가 딱맞질리고 내애기는 지금잘먹노— 이새에 남은 과일쪽은 보득의살인듯 그는 투뱉아버렸다. 피가 쭈루루 흘러나린다.

정밤이 휠신지나 그는 머리를 넘석하였다. 다행히 진서방이 잠이든까닭이다. 그는 숨을 죽이고 몸을 조금식이르키면서 연방 진서방을 주의한다. 혹 잠이안들고서 저러나 하는 불안이 방안을 가득싸고돌고 시계소리 어디서 우는 버레소리 힐끄므르하게보이는 문 뭉클스치는 과일내 까지도 사람의숨결일까 놀라게된다. 바시시이불에서 몸을 빼칠제 혹군일어나는 땀내에 보득의 기저귀한끝이너풀 코끝에스치는듯 이제가서 보득일 꼭껴안을것이 가슴에 번듯그린다. 그는 용기를 얻어곁에 옷을집어들고 사분사분 뒷문으로 왔다. 가만히 문을열고나오니 다리팔이 소리를 낼 듯이 떨리고 가슴이씽씽 뛰어 어쩔수가없다. 「이년어디가니?」소리치는듯 귀는 헛소리로 가득차버린다. . 허둥허둥변소로 와서위선 동정을 살핀다. 앞으로나가려니 상점방이 있고 부득이 울타리를 넘어 나가는수밖에、울타리우에는 쇠줄이얽혀 있는 것을 낮에부터 유심히 바라본것이다. 더구나 이변소에서 넘는 것이 가장헐하리라 한것이다. 귀를세워 안방을 주의하고 상점방을 조심한다. 이러고 망설이다가진서방이 깨이게되면 어쩔까발닥일어나 옷을밖으로 던진후에 껑충

울타리에 매여달렸다. 무엇이 발을 꽉붙잡는 듯 몸은 푸들푸들 떨리고마음은 어서나가려는 조바심으로 미칠것 같다. 쭈르르 미끌어지고 얼굴이 쇠줄에 선듯찔리운다. 그러나 이를악물고 철사를 힘끝붙든채 바둥거린다. 이줄을놓으면 내애기내남편을 못만나볼 듯 어쩐지 그리생각된때문이다. 쇠줄소리는 요란스레난다. 이번에야말로진서방이 내달아오는 듯 발광을 하야 몸을소꾸친다. 아뜩하야 가만히 살피니 그의몸이꺼꾸루 울밖에 달려맨것을 직각한그는 쇠줄에 속옷갈래와 발이끼어서 있음을알었다. 그는 막우탕 속옷갈래를 쥐여다리고 발을 뽑을때 철석하고 땅에 떨어졌다. 이어 딱하고 무엇이 후려치므로 진서방이구나 하고 힘끝저항 하려다 만지니 돌에 머리가 맞친것을알었다. 단숨에 뛰어 일어난그는 미친 듯이 뛰었다. 으드드 떨리게스리 터져나오려는 이환히! 어둠속을 뚫고 폭풍우같이 모라치는 듯 나는 듯이 시가를 벗어난 그는 산비탈을끼고 올라간다. 주르르 흘러오는 산바람이 그의 몸에 휘여감기자 내애기에 음성이 가까히들리는 듯、 깜뭇 그의집이나 타나고우는 보득이눈에고드름같이 매여달린 눈물귀엽고도 불상한 눈물…그의 눈에 함박슴여올마 오는 듯 거칫 쓸어진다. 발끝에서 확일어나는 불길은 쓸어지려는 그의몸을 바루잡아준다. 그는 뛴다. 보득의 옆에 쓸어진남편 아편에 취하야 있을그 이제가면 부뜰고 싫건울고싶다. 원망도 아무것도사라지고 오직 반가웁고 슬픔만이 이락이락 일어나는것이다. 응당남편도 그를붙들고 사죄할것같다. 꼭 아편도 떼일것같다. 조수같이밀려나오는 감격에 아뜩 쓸어진다. 여보 소리를 지르고 일어나달린다. 흑흑차오는숨 좀돌리려고 하면 멋없이 쓸어지게되고 다시뛰면숨이 꼴깍넘어가는듯 기절할지경이다. 이마에선 땀인가 무엇인가 쉴새없이 흘러 눈을 괴롭히고 목덜미로 새여흐른다. 비가오는가했으나 그것을 살필 여유가없고 진가가 따르는가 돌아보게된다. 씽ー씽 철 쇠줄소리가 머리우를 달리는것이다. 그는 후닥닥 몸을 소꾸치다가 뱅하고 쓸어진다. 아직도 그가 철사줄을 부뜰고섰는가 싶었던것이다. 다시 정신을 돌리고나면 이번에야 떼지 그래 우리보득일잘키워야하지 울면서 일어나 닫는다. 마즈막 사라지려는마을의 등불은 불에단 철산가싶게 길게 빛이운다. 뒤따르는 놈이 있다면 어렵지않게 죽일맘이 저불에서 번쩍한다.

별빛만이 실실이 드리운수림속을 것는 보득어머니 남편과 보득일 만날 히망으로 미칠것같다. 거칫하면 쓸어지고 쓸어지면 일떠나뛴다. 입에 먼지 가 쓸어들고 불을 붙인것처럼 얼굴은 따갑다. 몸에서 피비린내가 진동하고 또 젖비린내가 뜨끈뜨끈히 밀처 머리털끝에까지 넘쳐흐른다. 쇠르르수림을 흔드는바람 그바람이 머리끝에 춤출때「이번엔 떼야해요 떼야해요」 부지중 그는 이리중얼그리고픅쓸어진다. 발광을하야 일어나려고하나 깜작할수가 없다. 문득 이마를 만지니 상처가 짚이고 그리로 피가 흐르는것을 직각한 그는 속옷 갈피를 찢으려다 기진하야 머리를 따에박고만다. 이번엔 적삼을 어루만지려니 발가벗은몸이고 아까 울밖으로 옷을 던진채 감박잊고 온것을 짐작한다. 다시 속옷갈래를찢으며 애를쓴다. 헛기운만 헙헙 나올뿐 손은 맥 을 잃고만다. 떼야! 떼야! 정신이 감뚜루루해서 이리 부르짖다가 펄적 정신 이 들때에 이러나렸으나、 몸이 천근 인 듯 무겁다. 팔을세우면 다리가 말을 안듣고 머리를들면 헛겨욱질만 나온다. 내가 죽어가는셈일까 우리 보득일 어쩌고 벌떡일어났으나 그만 쓸어지고만다.

「아가 아가!」

먼지를 한입문 입을버려이렇게 부른다. 응하는 대답이 있을듯하건만 그는 땅에 귀를 부비치고 내애기의 음성을드르려 숨을죽인다. 이번엔 목을 비끄 러매는 듯이 혀를힘껏 빼물고 아가 불렀으나 아무소리도 들리지않는다. 머 리를 번쩍든다. 보득일 업은남편이 저기 어디 비칠그리고 그를 찾아올것만같 다. 깜작 일어났으나 그만 쓸어지게된다. 대체 웨이리 쓸어지는지 그는 아뜩 하였다. 손까락을 아짝씹는다. 불이 눈에 불근일어감기려든눈이 환해진다.

「아가 여기 젖있다 머」

그는 허공을 향하야 부르짖었다. 숲속에드리운 저 허공 남편의 초라한 옷 자락인가바 펄뜩 정신이 든다. 허나 아니었다. 그는 응하고 울었다. 그러고 기여라도볼까 다리팔을 움직이다 그만 쓸어진다.

아가 아가……어쭉 일어나봐……홀제 남편은 어찌될줄 알고 이제 등록한 아편쟁이가 될지 어떨지……고요히 숨이끈어지고만다.   (끝)

「검둥이」

　벅벅 할퀴는 소리가있다　문득보니 교실문이 벙싯하였고、개의 발이 방금 문을 할퀴는중이다　검은털속으로 뿌하게나온 발톱이란 칼끝보다도 더예리해보인다　이스근해 문이 열리고 귀가 덥수룩히 늘어진 검정개 한마리가 덥신 들어온다　구실구실한 털이랑 기룸한 눈하고 뿌죽히 뛰어나온 주둥이며 뚱뚱하고도 늘신한허리가 일견 위풍이 늠늠하였다 학생들은 눈이 둥글해서 바라보고 그중에는 웃는이까지 있었다

　칠판에 썼든글을 지우든 K선생이 학생들의 웃음소리에 귀가 띄어 머리를 돌리니 검둥가 꼬리를 치며 달려온다　선 듯 반가운맘이 드는동시에 별안간 일어나는 분노는 자기로서도 억제 할수가 없었다　책상우에 있는 채찍을 들어 개의 머리를 힘끝 처버렸다　개는 껑충뛰어올으면서도 피하려하지않고 여전히 K선생의 앞으로 달려든다　설레설레젔는초리끝에 잠간 발린힌털이란 박꽃처럼히다　그러나 끝내 개는 껑껑울면서 뛰어나갔다

　「자 그럼 내일 연습들 잘해오시우」

　K선생의 말소리는 약간 떨리는것같고、피빛이 얼굴에 좍내돋는다　눈아래 포르스름한 근육이 발랑발랑 뛴다

　「그개가 교장선생님네 개지?」

　「아니다 선생님네 개다」

　「교장선생댁에 있든데……」

● 강경애는 미완성작인 이 작품을 1938년 삼천리 5월호에 발표하였는데 본고는 그 복사본에 의하여 다시 정리하였다.

책보를 꾸리는 학생들은 이리소군그린다 귀ㅅ결에 이말을 드른 K선생은 아차 내가 또 감정적 행동을 했나보고나하니、 어쩐지 자신은 끝까지 소인이요 평생요모양으로 남의눈에 거친짓만 할듯싶어 슬픈맘이 들었다 하나 대인인들 부롭지않다! 이러한 한 부르짖음이 가슴에 울컥 끼처진다

학생들의 례를 받고나오는 K선생은 머리가 우쩍그리고 다리가 허청그려진다 그럴것이、 이틀이나 오롯시 굶었기깨문이다 새로뺑끼칠한 으리으리한 이복도에 골이메여서 학생들은 밀려나간다 뽀한 먼지속에 구두냄새같은게 홀홀풍기고、 뭇신발소리가 북을울리듯 쿵〃한다 창밖에 단풍진 뽀푸라가지가 바람에 팽그르돌고、 먼하늘이개웃시 들여다본다 무척 낯익다。

「선생님 어디 편치않으십니까?」

K선생이 머리를 돌릴때 별안간 앞이 아뜩해지므로 잠간 정신을 수습하려 눈을감았다뜨니、 곁에서서 당황히 쳐다보는 학생은 언제인가 모종의혐의가 있다하야 순사에게 끌리어 가든그였다 왼편과 볼에 그때표정이 안개같이 스려지는것이다

「너냐!」

K선생은 이리말하고 다시보니 그는아니고 현재재학중에 한사람이다 학생의 팔에 의지하야 사무실까지온 K선생은 소리쳐 누구를 부르고싶어진다

「마차 불러다우」

K선생은 정신이 버쩍들어 학생에게 이리부탁하고 사무살문을 열었다 담배내 자욱하고、 싫은 시선의 눈을뜨고 싶지않다 머리를 약간 수긴그는 잠잠히 그의 책상으로와서 머리에 손을 얹고 눈을 감았다

「어디 아프시오」

음악선생의 헤슬핀 음성이다 문득 최고장의 얼굴이 보이고、 이리 몸이 허약해지기까지 아무 단안을 찧지못한 자신이 슬프다못해서 일종의 본을 이르키지않을수가 없었다 이러한 약점을 이용하야 저들은 온갖 야비한짓을 그에게 감행하지않았나 그는 벌덕 일어났다 사무실이 펑돈다 그러나 다리에 힘을주어가지고 교장실로 건너갔다 최교장은 방금 퇴근할준비를 차리다가 K선생을보고 우뚝선다 그의 수염은 먹갈이 지튼빛이고、 입술이 함박만

큼 커보인다。

「무슨 의논할일이생겼소?」

누른안경알에 누른웃음이 핑그르르 돌아간다。

「네 있습니다」

숨이 막힐 듯 K선생의 가슴은 벅차다 푸른테―불에 놓인 투실한 최교장의 손은 그의 얼굴과달리 히고、 젊은이의 손같이 근욱이 팽팽하였다。무슨 일이냐는듯이 최교장은 뻔히 건너다본다 안경뒤에 번들그리는눈은 몹시도 깊어보인다

「어제도 댁에 갔는데 안게서서……」

「응 그래 무슨일이오?」

최교장은 바뿐듯시 묻는다 K선생은 뛰는가슴을 진정하려 숨을 가만히 드려쉬고나서

「저 강연은 못하겠습니다 몸이아파서」

「아퍼? 어디가 아푸?」

최교장은 의외란듯시 눈살을 약간 찌프리고 언짠은 기색을피운다 분화같이 터지려는 그의 입술을 지긋시깨무니、머리가 띵해지면서 귀가 웃썩웃썩 울기시작한다 극도에 달했든분이 이제사 툭꺾여 슬픔으로 흐르려고한다

어두컴컴한 지하속、촛불이 노란빛을퍼치고있든 흙내가득한 그속에서 밤을 낮삼아 일하다가 피곤에지처 잠간 눈을 감았다가 놀라깨니

「어서 좀쉬우」

빙그시 웃으며 저고리를벗어 그의어깨에 걸처주든저、벽에서 떨어진 얼굴의 흙보래를 조심히 싯어주든 어머니의 손처럼 따뜻하든저손!

생사를 헤아리지않코 일하든 그때로부터 불가 십년남짓한 오늘에 저다지도 변하였든가 하니 와락달려울고싶어졌든것이다。물론 최교장이 기어코 그에게 강연을 식히려는、한가닭의 이유를 그가 모르는바는 아니다。그러나 그렇다하야 그의 이러한 고민까지 모른체하려는 저의 박절한 태도가、뜻을 가치한 벗이라 할 수가 없었든것이다。

자리가 자린지라 그런지도 모르지、속깊은저라 저리 내색을 않는지모르

지、 보다도 저의 지나친 욕심때문이니 설마한들 그양심까지야……그렇다면 얼마든지 양보할 각오를 가지고있는게 아니냐、 그래서 교무주임의 지위도 순순히 내어놓은것이 아니냐、 부디칠곳을 잃어버린 K선생은 스사로 고민을 어루만져 자위를 얻으려한다。 그러나 그만큼 외롭고 적적함이 그의 목덜미를 꽉누르는것이다

「강연을 못하겠다……헐수없지」

최교장은 는짓시 웃는것이다。 머리를 치는듯한 저웃음! 그러나 K선생은 진정을 고하야 그를 설복식히고싶은 충동이 불길같이 내달린다 눈물이 핑 돌았다 최교장의 얼굴이 캄캄해지는 것이다 목을 끌어매어 호흡조차 이미로 할수없는듯한 이현실에서 그나마 뜻을 버리지않으려 애쓰는 우리들이거니、 조고만 이해문제때문에 이렇게도 소홀히 할것이랴!

「글세 선생님이나 저야 참아 그럴수야 있습니까 저들이 기어코 내보내라니、 양심의 고통이없을 선생들중에서 한분택하여 내세우는것이 수수하지않습니까 저라야 헙니까!」

「내오직 잘알고 처리하겠기 그러우 김선생은 그말로 실패니」

최교장은 정색을 하면서 벙떡일어난다

「선생님!」

K선생은 최교장을 붙잡을듯이 일어나며 불렀다 최교장은 스틱을 집어들면서

「그만해도 다 알았소 그럼 다른선생을 내보내봅시다」

말을 마친 최교장은 문을 쾅열고 나가버린다 이말이 얼마나 고마웠는지 K선생의 눈에서는 눈물이 뚝뚝들었다 그는 테―불에 방울진 눈물을 훔치내면서 최교장과의 사소한 감정은 풀어버리리라 다시금 생각하였다 그가 교장실에서 나오니 마차가 문전에서 기다리므로、 교원들에게 아픈뜻을고하고 마차를타고 집으로왔다

「미움 쑤었소?」

젖비린내 확피우는 안해를 쳐다보고 K선생은 펴는자리에 누어버렸다 가시방석같은 이 자리가 이다지도 평안할까 그는 맥을 탁 풀어헤치고 물끄름

이 천정을 바라본다 양심을 꺾는일이란 그렇게도 힘든것일까 그는 다시금 생각지 않을수가 없었다 안해는 미움을 쑤누라 부산하고 어린애들의 우름소리가 쌍으로 일어난다

「이리온 경히야」

그는 샛문을 방싯이 열고 불렀다 안해는 경희의 손을 이끄러보내며 근심스레히 처다본다 솔김에 안해의얼굴은 뽀해보이나、 그의 깜한머리카락은 우아해 보인다 눈물을 쪼르르 홀린 경히가 그의팔에 안기므로 샛문을 닫고 꼭안았다 고수한 냄새가 경히의 머리카락에서 오르고 육친의정이 가슴에 흔흔히 느껴지는것이다 문득 내꼴이 저렇게 최교장의게 빚어졌는지 모르지 하는 생각이 경희의 우는얼굴에서 똑떨어진다 최교장앞에 어린애같은 자신이 한끝 보잘것없었다 그는경히를 안은채 누으니 부엌에서 나무꺾이는소리 물다루는소리가 뻔하다

언제나 느끼지만은 그에게는 이러타할만한 장점이 없다 억지로 들자면 거짓말못하는것、 한번 옳다고보면 끝까지 믿으려는것、 이것이 처세로는 가장큰 단점이 아닐수가없다 최교장과 같이 욕심이라도 컸으면하고 때로는 생각도나나 그것은 잠간이고 이것이 그의 비위에 거슬리고 교장과의 의견충돌이 여기에 기인된다.

가다가 학교에서 쓰럼직한물건이 집에 생기면 잡답제하고 학교에 가저가 게되고。 고로 안해는 불만을 품을뿐만아니라 쌈까지하랴고드나、 그는 못드른체 피해버린다 제각기 제것을 만들려고 눈이 빨개서 날치는 직원들틈에 끼어、 이러한 자신을 발견할때 혹시는 가련할마큼 외로움을 느끼나、 그러나 다만하나의 장점이라 스사로자위한다 하지만 동료들은 속없는 사내라치는 것같다 지금같은 새회조직내에서는 그를른지도 모른다고 쓸쓸히 깨닫군한다 이래서 한가지의 장점조차 뿌리깊게 붙들지못한 그였든것이다

문이 열리며、 김이 뭉기뭉기 흐르는 미움그릇을 든 안해가 올라온다 이때 자는가싶든 경히가 냉큼 일어나 안해에게 매어달린다。 그반들반들한 눈이란 꼭자신의 눈을 달멋다고본다 안해의 긴치마자락에서 싫지않은 음식내가 소르르 홀러나린다 요새 그가 볶어댄탓일까、 안해의 눈허리에 파란힘줄

이 들어났고、 눈까풀이 푹젖었다 그는 미움그릇을 받으면서 졸한 사내를 맞난 안해가 가엽서보였다

「까불지마러」

안해는 경히의 손을 끌어앉친담에

「어서 좀 마셔요」

눈섭 끝에 걱정이 포르르깃드리는것이다 아침 안해가 받들어주든 미움그릇을 탁차서 횅강 업질러놓든것을 생각하며 K선생은 미움을 쭉마셨다

「한그릇 더주 그러고 저녁먹겠으니 얼른 밥찛소 숙주나물 사온것 있겠지 그놈무치고해서」

지나치게 큰듯한 안해의눈에 맑은 바람결과같은 웃음이 서늘히 일어난다 안해는 미움그릇을 받아들고 나간다 버선코를 뚫고나온 발까락이 무척 사랑스럽다 경히도 쪼르르 미처나가면서 엄마엄마 잘게부른다。

「여보 검둥이 왔수」

안해의 말에 K선생은 공중 일어나、 자리를 밀어던지고 문을 탁 열어제치니、 씽하고 비린내를 푹 피우면서 검둥이가 달아 들어온다 초가을의 산듯한 공기를 가오루내같이 털 끝에 피우면서、 그긴주둥이를 내밀어 닥치는대로 핧어넘긴다

「아까 아펐니 검둥아」

K선생은 검둥의 허리를 어우러쳐안고 들려다보았다。 사람같으면 원망을 품고 발길하지않으련만 이리다정히 핧고 있다 긴눈섭과 수염끝에서 번쩍번쩍 빛을 발하는듯하고, 무슨 사색에 잠긴듯한 그긴눈이며 턱없이 나온 주둥이가 여간 그의맘을 이끄는것이 아니다 얼굴전체가 동굴어들어난 특징이 없는 자신의 얼굴에 비하야 훨신 비범하다고본다 믿는 교장의청에 어려워 한번 승낙한 것이다 이리 검둥이를 내어놓았지만 아직도 아쉬운 맘에 가슴한목이 이다지도 짤짤하다 그럴것이 강아지쩍부터 재주를 배워주기에 온갖힘이 다들었고 그래서 지금엔 고기 담매 사오고 편지전하는것등은 엉뚱나게 하였든것이다

검둥이가 최교장네 뜰에서 쇠줄에 매어있을쩍 어쩌다가 K선생이 그앞을

지나만가도, 검둥이는 펄펄뛰고 사람같이 노상 어이어이 울어서 K선생은 흉격이 막히어 갈길을잊고 우득헌히 섰군했다 그리고 그의가벼운 언행의 모멸을 품게스리 분하여지군 하였든 것이다 허지만 꿈에도 달라고한 최교장을 어떻다고 해본적이 없었다

안헤기 주는 미움그릇을 받아 마신 그는、 먹다남은 과자부스룩이라도 있으면 드려오라하였다

「그만 둬요 그렇지않아도 우리가 뭘주어서 작고만 개가간다고 저번 교장댁이 좋지않은 기색을 하던데요」

안해는 키승키승 보채이는 경선이를덜처 업으면서 말하였다 어깨넘어로 보이는 경선의 넓은이마는 안해의것을 똑땄다고본다

「늘 오니까、 그럴른지도 모르지 그러나 오늘만은 줘야겠어 아까 이놈이 교실에 들어왔단말야 그런걸 막따려줫지」

그의 팔에 검둥의 심장뛰는 것이 후둑후둑 느껴진다。

「교실에요? 저걸봐!」

안해는 놀라 과자봉지를 갔다가 입에물려준다 검둥이는 턱 누어서 과자를 우쩍우쩍 씹는다。 날카로운 니가 한뽐이나 되어보인다

안가겠다는 검둥이를 따려보낸뒤 K선생은 잠든 경선이를 앞에 누이고 자리에넜다。 호저므시 졸음이 오려고 한다 「직접나가싸우지 못한들 그어찌 양심에 없는일이야」 코가 맥맥히 맥키는듯해서 눈을 번쩍떴다。 이마에땀이 버쩍 내솟았다 어제 그제 밤새워 고민하든것이 아직도 머리에 꽉박혀 이리되풀이 하게된것이다 머리가지끈지끈 쑤시고 입술이 촐촐마른다 그는 안해에서 냉수를 가저오라하야 마신 뒤 멍하니 천정을 노려본다 방안은 연기같은 어둠에 폭잠기고、 오직 앞문 우쪽이 석양볕을 달처럼띄우고 발가스름할 뿐이다。 간혹 그릇 부시는 소리가 재그룩그리고 경선의 숨소리가 안윽히 흐른다。

교장이 그쯤 말했으니까 다른이를 나가게하겠지、 오선생을 내보낼텐가 내일만지나면 되겠지、 그러나 이번 우리의 행동에 대하야 그들은 좀 주목할른지 모르지、 내가 교장이 나가서야 만족해 할터인데 뭐 별일이야 있겠냐

대표로 나가는이가 있는데……

요새 직원들의 눈치를보나 일반의 여론을 드르나 교장보다 자기가더 저게주목을 밧고있음을 뻔히안다. 그래서 학교로서 받는 타격이 적지않게 있음도 누구보다도 잘알고 있다 까닭에 학교를 그만둘까하는 생각도 없지 않으나, 위선 당장에 생활문제가 막연하고 이때까지 붙들어온것을 쉽사리 내어놓기란 그리용이한것이 아니다. 그저 눈딱감고 있노라니 리해없는 직원들은 말할것도 없지만 믿는 교장까지도 완연히 내색을 하는것이다.

칠년전 서대문 형무소에나온 K선생은 어떤 친구의 소개로 이곳 ×학교 교원으로 오게되었다 때는 제이간도출병의 종소리가 간도천지를 울렸으니, 오래있든 교원들도 슬금슬금 꼬리를빼어 달아나버리고 모든일의 생소한 K선생 혼저 오뚝남게되었다. 날마다 검거사건이 일어 학생들은 잡혀가고 혹은 무서워 도망가고 나중엔십여명 남짓하였다. 하로에 한끼먹기도 바뿐수입을가지고 K선생은 완강히 버티어 二三년을 훌신지나가버린것이다. 시국의 안정을따라 차차 학생수가 많아졌고 여기에 이러러 교원들도 늘게되었으니, 지금의 최교장도 그때 K선생이 불러드렸고 또한 교장으로 올려세웠으며 이래 꾸준히 학교를 운전식혀온그였다.

신학기마다 퇴락한 교사를 수리해오는것이 칠년되는 오늘에야 겨우 학교로서의 면모를 가추게된것이다. ——변소를짛고 회벽을하고 현관을짛고 운동장을 넓히고 오레는 울타리에 정문까지 버젔이 세우게된 것이다 K선생도 올부터야 비로소 지까다비를 벗어던지고 고구라양복을 집어치운것이다

언제부터인가 싹터오든 최교장의 욕심은 시국을타서 점점 들어나게되었으니, 금년부터는 버쩍 노골화 하였고 여기에 따라 학생들도 두패로 난호인것이다 K선생은 하나를 최교장에게 양보하였다 물론 그의 약한 성격상으로 오는 결론이겠지만은 보다도 이러한 시국에앉아 기운을 뿌리채 잃코만것이다

저녁을 먹은 뒤 K선생은 최교장댁으로 향하였다 다시한번 그의 눈치를 보고저함이다 아까 확답으로 겨우안심은 했으나 그러나 분명히 그속을 아지 못하여 한번더 차진해보고저 함이다

초가을의 맑은 공기가 냉수같이 산듯하나、뿌듯한 머리속까지 그방향이 습여들지못하고 피부에만 알알히스칠뿐이다. 바라보니 초승달이 무연한 벌판우에서 혼저 갈길을 잊은 듯 가도오도 못하고 올듯한 표정이다. 밥한술 뜬것이 목에 꼭매어달려、해란강변에나 나가서 한참 돌아갈까했으나 몸이 어쓸하여 그냥돌아섰다. 학교앞을 지나다가 그도 모르는새에 발길은 학교로 들어가버린다. 학교정문에 손을대었다. 산듯한 감촉 비린내몰칵키우는 벵끼내 대견한맘에 슬슬어루만졌다. 손에 열이 있다는것을 느끼면서 우두먼히섰다. 칠년을 내리 이정문을 짖지못해서 속이 썩을대로 썩은셈이다. 어디가면 큰문만 바라다뵈고 우리학교정문은 이리이리 세워야겠다고、정신없이 계획하든것이 두어달전에 바로 여기에 실현된것이다 인부를 대어 정문을 쌓을때 K선생은 시간마다 뛰어나와서 잔소리를 하고 지시하므로 중국인이 하도 귀찬아서

「나 이런일 못하겠어 우리사람이 일이많이 했어두 첨보는 사람이여」

하고 머리를 내흔들든 기억이 아직도 새롭다. 확실히 나는 남아의 기질이 적어! 물론 시국의 탓이지만 이러한 약점으로인해 힘드려만든 이학교조차 빼앗기게되는가 싶어진것이다 밥한술 넌쩍새기지못하고 깔닥깔닥하는 보잘것없는 자신을 지금 나려다본다. 그는 정문에 얼굴을 대려다가 교문안으로 들어갔다. 숙직실에서 흘러나오는 불빛이 붉은 실타래같이 찢기어지고、휘엉청 넓은 교정이 검푸른 파도같이 움씰움씰 흔들리는것같다.

어둠에 뚜렸이 솟아있는 저이층교사! 자신의 손때가 아니몰은곳이 그어디랴

오년전 어느봄날 구질구질히 비가나린다 K선생이 학교에오니 교실이란 교실에는 비가새어 지질했고 학생들은 복도한구석에 몰려서서 우울해있다. K선생은 한참 열변을 토하여 그우울한 학생들의 기분을 일소식히고、마츰 비가 뜸해진지라 집웅을 손질하기로 결정하였다. 그러니 학생들은 기운이 나서 발을벋고 소매를 걷어붙인담에 분활하야 맡은임무에 당하였다. ——흙이 파지고 일변 개어지고、긴사다리가 첨하끝에 놓이고、학생들이 열흘짖어 올라서고、K선생과 머리큰학생들은 껌한 집웅에 올라섰고、어린학생들은

메주덩이같은 흙덩이를 나루누라 뛰어가고 뛰어오고——

　K선생은 기와틈에 발을 붙이고 연달아올라오는 흙덩이를 받아 기와틈에 끼우고 아래를 나려다보며 일을식힌다. 재끼흐르는 그눈에 열이 호독호독 뛰고、평생누울줄 모르는 머리카락은 산산히 흩어졌고 잠시도 닫칠새이가 없이 입을 놀린다　선생은 한분이나 여러분같이 생각되고 학생들의 일의 능율은 놀랄만큼 진행되어 세시간 남짓해서 질펀하게 기와를 다시쌓고 비속에서 교가를 부르며 운동장을 뛰든 그시절

　지금은 양철집웅에 달빛이 구을러 쇳소리 징징 소리날 듯 웅장한 태도다 그는 안심의 한숨을 푹쉬었으나 날은 어무렁하더리도 그래도 저마큼 한사업을 일우어놨거니하는 생각이 들었든것이다. ……(계속)

장편소설

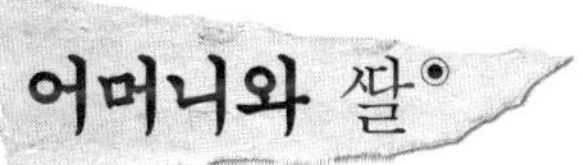

어머니와 딸◉

編輯者의 말=이作은 여러가지로보아 決코 낯선솜씨가아니다. 도리어 部分部分의 纖細한 描寫가튼것은 充分히 大家의 그것에도 絶色이업슬만큼 緻密하다. 이러한點으로보아 압흐로 大成할素質이 넉넉하다는것을 斷言할수있다. 그러나 한가지 섭섭한것은 內容이 時俗의 갑헐한 米國活動寫眞의 그것에 近似한것이다. 그리고 事件을 進行식히는 데 無理와 粗漏가 만히잇다. 그러함에도 不拘하고 이것을發表하는것은 한 無名作家로——더구나——女子로는 누구라도 손대여보지못한 큰 努力을시험하엿다는 것이다. 쥐견업는 評과 加削을내린것을 作者에게 謝하며 압흐로 더욱 勇進함이잇기를 축수하여마지아니한다.

1 번민 (一)

부엌뒷대문을 활작열고나오는 옥의얼골은 푸석푸석하니부엇다.

그는 사면으로기웃기웃하야 호미를차자들고 울바자뒤로도라가며 기적거린후 박 호박강랑이씨를심는다. 그리고 가벼웁게밟는다.

눈등이 짜슫짜슫하자 코잔등에 쌈이방울방울맺친다 누구인지 엽구리를

◉ 이 작품을 처음 실은 ≪혜성≫지의 편집자, 작자는 이 작품을 1931년 8월부터 12월까지 ≪혜성≫지에 발표하였는데 본고는 그 영인본에 근거하여 다시 정리하였다.

톡톡친다。 횟근도라보니 복술이가 꼬리를치며 그에게로달녀든다。 쌈한눈을
썸벅이면서……

옥은 호미를던지고

「복술이왓늬!」

복술의잔등을쓰다듬엇다。 그러고 멍하니 뒷산을올녀다보앗다。 그의눈과
마조쒸우는 의끼도든바위틈에는 파래진일음몰를풀포기가 짜쏫한볏과 맑은
바람결에흔들니고잇다。 그엽흐로도라가며 봄마지아해들외손에 다썩긴나무
가지에는 노랑쏫 쌀강쏫이 송이송이피엿다。

나븨한마리가 펄펄나라든다 그는 가벼웁게한숨을쉬며 놉핫다나자지는
나븨를짜라 시선은다름질첫。 눈쌈박일사이에 나븨는 벌서 산비탈을넘어쌈
뭇거린다。

그의눈은 스르르강겨지며 볼우으로 눈물흔적이보인다。

「무엇하서요」

사릿문밧게서 건넌집애기어머니가 자루가튼것을흔들며 발발기여다라나
는어린애기를 잡아안고이러선다。 옥은 빙긋이우스며

「호박씨 심으러나왓서요」

그는 손톱사이에씬 흙을파내고보니 애기어머니는 어듸로가버리엿다。

그는 방문턱에 비스듬이거터안저 두다리를내려다볼때 저켠산넘어로 작
은새소리가그의가슴을 한두번두다리고잠짓하여진다。 순간에쩌올은것은 엇
저녁에바든 남편의편지다。 그는 한숨을길게쉬며「그가 그럿타니……인골을
쓰고야참아 그럿케……하는수야잇나!」 어머님의 말슴이 오작이나잘알으시
고 하신말슴이랴! 「밋지마라! 남자를밋지마러라!」 몃번인지 되뇌이고난그는
눈물이긋득해첫다「어머니 나는이일을엇지해야 조하요?!」

향하야 정면바람벽우에걸닌 약간미소를쯰인 남편의 사진을처다보앗다
언제나 틈만잇스면 이럿케하는것이엿다。

짜라서이러나는그의과거 — 씌어머니생전에 자긔와남편이천진스럽게놀든
쏠그리고 씌어머님이 림종시까지도 「봉준을잘길녀라 두리서싸오지말고 잘
살어야한다 옥아!」 어린옥은 곤한잠을들기전까지는 입속으로외이것만은……

사정업시잡아쯰인 남편의지독한편지 이것이 자긔의정성이부족함일가 혹은 남편의철업는탓일가를 탓하기전에 먼저도라가신 싀어머에게 대하야는 죄스러웟다。 엇재쯘싸홈이엿든것이다。

그의싀어머니는 옥에게무슨말이든지 부탁할때에는두손을꼭잡고드려다보며

「옥아 너는내쌀이지 내말잘듯지?」

이럿케뭇고나서야 뒷말을계속식히는것이엿다。

옥은 펄석 쥐저안젓다 방바닥은산듯한맛이잇다 뒤를 이어보름달가티 선연히쩌올으는 싀어머니의 그눈 코입모습부지런하기도 댈씌업는그의손발 어느것하나쌔놋치안코 꼬리에꼬리를물고 낫하나나는것이다。

책상압흐로닥어안저 그는책을펴처들엇다 노앗다 연필을쥐고 무엇을쓰다가 박바쯰더두손으로 고기고기하야 뒷문밧그로내첫다。

말속하니치워논 책상우를 다시들어내여 몬지를턴다。

이럿케뒤질째남편이어려서읽든 둑겅업는책멋권이나왓다— 책장쩌러진것 연필로죽죽내려근것 먹점이툭툭백인것들이다   짜라남편의두둑한손이보엿다 언제나 흙장난하는것으로 손그스럼이는 항상일고잇섯다。

어린남편은 학교서도라오면 문턱에서 책보를방안으로팡개치고 선길로나 가는것이엿다   옥은 뒤로짜라서며

「어듸가?」

그는 휘근도라다보고 두말업시나가고 혹간

「저기」

하고는 도망질치는것이엿다。

옥은 저녁을퍼놋코 기다리다못해 사리ㅅ문까지나와서머리를배움하고 가고오는사람들을 남몰래삷혀보앗다。

아득아득할때 남편은 사리ㅅ문으로쮜여들자

「오마이!」

냅다치고는 팍곡구라지는것이엿다   갓득이나 요리조리 궁리하든옥은 이 소리에가슴이찌르르울니며 싀어머님이 죽게보고십헛다。 자긔네들을남기고

먼저간 어머님이원망스러워젓다. 그러나쑥참고 남편을쪄안고 방으로드러가며

「웨그래?」

남편은 한층더늣겨울며 옥의무릅우에 탁실닌다

「누가째려?」

「장손이가 여기를째리지……」

볼을가룻첫다. 옥은바투드려다보고 어루만지며

「정 납분놈들! 우지말나오 후일내보면 대신째려주고 욕해줏께 어서밥먹자오 응」

이럿케말하야 겨우울음을끗치게한그는 상엽헤마조안저 밥에물을말아주고 반찬에가시를쏩아가며 불눅이는 그의두볼을바라볼째 대견한끗헤 두줄기눈물이압홀캄캄케하는것이엿다.

✕

이러한 과거를도라볼째 그나마녯날이 다시오지못할 행복한날이엿슴에 그의가슴은쎅은하여젓다. 짜라서 어머니를일흔 자긔네들의외로운신세가 눈압헤선--하니보인다.

그의볼은 능금빗으로타올으고 골치가 들석들석압흐기시작하엿다. 그는 횟대에걸닌수건으로 힘썻머리를동인후 책상우에폭업대렷다가 벌컥이러나 아레웃목으로왓다갓다하며 자긔의장래를어림하여보앗다-.

남편은 언제나 자긔를버리고 엇든맑숙한녀학생과함믜살째가잇슬것갓핫다 「그러면 나는엇질가? 리혼을해주어야올홀가 이대로견듸박여야될가?」 그는 한참이나 바람벽을노려보다가 입술을쏙담을고

「망스리는것부터도 벌서어머님의유언을이진나다! 견듸자! 어머님의둘도 업는 아들이아니냐 그러고 나의 남편인 것이다!」 이럿게부르지즈며 책상설합을열엇다.

그는 봉투속으로부터 편지를쩌내여 몃번이든지읽어본후 그의가슴에쏙갓다대엿다 그러고 조심성스레히 남편의사진을처다보앗다.

밧게서 신발소리가낫다   그는손재이게 편지를설합속에미러넛코 얼는이
러낫다.

압문이열이자 영철선생이드러선다

「어듸압흔가!」

옥은 그제야 머리에동인수건을 슬거머니버서서 뒤로 감추며

「안요 언제오섯나요?」

「지금 오는길일세 어듸압흔것가튼데……」

자세히드려다보며 뭇는다。

「안이야요」

「그새 동경서편지왓겟지?」

「녜 어제왓습니다」

「음 잘잇다든가?」

「녜」

「다른말업서?」

옥은 머리를숙엿다   갑작이무엇이라고 대답해야조흘지몰낫다。

「웨 무워랫든가?」

「저……안이요」

그의입은 구지담으러젓다   그러고 그의흰목덜미에 샛파란힘줄이 불쑨이
러나는것이엿다。 선생은 그의입술을바라보며 묵어운침묵속에서 그의속을
어림하여보앗슬째 가엽슴보다감동됨이 압서는것이엿다。

「공부에자미만치 어듸 얼마나배윗나보세」

선생은 이럿케화제를돌녀서 그의긴장된마음을 풀어주려하엿다。 그는 책
보를당기여서풀어노앗다。 선생은 닥어안저 그의 가르키는페ー지를드려다
보며

「그새 만히배윗지」선생은 빙긋이우서보이엿다。

「열으로공부나하고 모든괴롬은 하느님끠밧치게나 세상사람치고 근심업
는사람이 어듸잇는 줄아나 원체괴로운세상이닛가 먼저깨닷고 달게밧아야하
네」

옥은 잠잠하야 고름끈을만작그렷다.

「이번 공부식히러가서 자네어머님뵈엿지」

「녜? 어머님!」

「요새는 영업도 그만두시고 무던한 영감님엇으서서 평한히게시는모양이에 장차로교회안으로 드러오시겟다고하시데 어머님위하야 만흔긔도올이게」

「한번 오시겟다는말슴업서요?」

「오시겟다데」

시게는 네시를쌍쌍친다. 선생은 시게를바라보며 모자를들고이러섯다.

「쓸듸업는생각하지말고 열심으로공부하게 그러고 자조자조긔도해 내일 례배당에꼭가지?」 하고 옥을 쏙바로처다보앗다. 옥은 발뿌리를굽어보며

「녜」

선생은 퇴돌로나려서며 저편구석에 석유초롱이 반만침눈에쒸웟다.

「무엇 써러진것업나?」

「안요」

선생은 해빗츨안고 집모통이로돌아갓다. 옥은압이 홋전해지며 머리를가래가래 푸러헷친 어머님의환영이 써올으는것이엿다.

어려서부터 지금까지 그가친뎡어머니에게 대한인상이란남자들의물읍과 물읍새이로 옮아단이며 가진아양을피우다가도 그들의발길에툭툭채여 질질 울고단이는꼴이엿다.

그러나 오늘에생각키운어머니─그의과거를짐작해볼째한번도보지못한 자긔아부지란사나희가 어뙨지모르게 그리우면서도 안탑갑게미웟다─어머니의 타락된원인이 아버지의 소위인것을 깁히깁히 깨닷게되엿다.

그는사리ㅅ문안으로 드러서자 맨짱에 펄석주저안지며 「어머니! 당신도 쌔긋한처녀이엿겟지오 아부지를 맛나기전에는……아 얼마나 쓰림을당하시다못해서 곱고고흔 어머니의 그쌔긋한마음이 흐리여젓습니까 이제야비로소 어머니의 쓰라렷든가슴을알겟습니다. 괴로움을잇기위하야 술을마시고 우지안엇습니까! 오 그쓰림은나에게도왓습니다 왓습니다!」

그는 일어낫다 해는산발을타서 누엿누엿넘어가고 멀니들니는 버들피리

소리는 차즘차즘가늘어진다.

2 추억 (一)

지루하나마 옥의친딍어머니 이야기로부터시작하자.

옥의어머니는 송화읍에서 은율목으로째지는 막바지에사는 김창문의 맛딸이엿다.

아부지의 부지런한탓으로 조밥이나마 배불니먹고 갈나무라도 미루워가면서 쯧쯧히째엿다.

금년 열일곱에난 창문의딸은 동내의자랑거리엿다. 바누질잘하고 얌전하다는것 더구나 우선우선 웃는듯한 그의얼골은 동내의인긔를끌고도 지내친것이엿다. 그럼으로 누구나 그를대할째에는「옙분이」이럿케불너서 그의일홈은 옙분이로되여버리고말엇다.

아츰만되면 그의부모들은 네살된세인이를맛기고 들로나가간다. 옙분이는 집에남아잇서 물길어밥짓기 진흙투성이된옷쌀고 바누질하기엿다.

그의동무들은 김매기를 쑵혀단이엿것만 그는 터밧을매는외에 벌김이라고는 매여보지못하엿다. 그만큼그의부모들이 그를앗기엿든것이다.

어느날저녁째그는 세인을다리고 물을길너갓다   압흐로쌸쌸다라나는 세인이를보고

「아가 세인아」 하고불넛다

세인은 말둥말둥 누이를처다보며 달어난다.

「놀면 가자우 너머저 웅」

몃거름천천히것든세인은 금시로 다름질첫다. 옙분은 짜라가서 붓잡고흙겨보며

「너머진대도」

세인은 몸을쌔치랴고 억개를흔들며

「고기고기나!」

조고만손을 쏙내밀엇다

「무엇?」

손길을통하야 바타다보니 샛노란망망꽂이 풀포기에숨어반만침 배움하고 잇다

「썩거주랴?」

「응」

그는 가만가만히 풀숩을헷치고 썩거다주엇다. 세인의 얼골은 한층더둥글해보엿다.

파란풀포기에 숨어흐르는 흰물줄기는 족ㅡ돌나싼차돌틈으로 졸졸흐르고 잇섯다.

엡분이는 그의그림자를 물속에던지며 박아지를드려밀엇다. 풍ㅡ소리가 나자 눈달치들이하나식 나타나기시작한다.

동이에 물을채우고나서 엡분이는 한목음마신후 도라보며

「물안먹어?」

박아지를들어뵈엿다. 세인은그에게로 닥아서며

「강구강구」 한다.

획근도라보다가 번개가티 웬사람의시선은마조첫다. 그는머리를폭숙이고 얼는 동이를엿다.

「어서가!」

겨우한듸를 입속으로중얼거리고 세인의손을잡아끌엇다.

저켠사나희로부터

「아기 싱어줄가?」

세인이는 엡분에게로칵달녀매며 망망꽂을공중내던지고 울멍울멍하엿다. 옥의두귀밋은빨개지며 세인의손을홱잡아뿌리치고 자진거름으로다라낫다 세인은 으아소리를치고 둘발을동동굴엇다.

이꼴을본사나희는 이편으로달녀와서 그의손에 싱어를들녀주엇다

「애기 우지마라」

세인이는 싱어를집어내치고 엡분이를짜라 허방지방다라오다가 팍곡구라젓다. 사나희는뒤로와서 그를부더안고 엡분네집 사리ㅅ문까지왓다.

「아가 잘드러가라 쏘넘어지지지말고 응」

세인이는 눈물을좌우로씻으며 봉당대문새로개웃이내여다보고는 쏙드러가버리엿다. 사나희는도라서 머리를푹―숙이고 천천히거름을옴기엿다.

부엌에숨엇든엡분이는 세인이를칵쓰러안고 문새이로 사나희의뒷맵시를 보앗다.

커다란 사나희가 산비탈을넘어서자 휘근도라보는것이엿다.

그후로부터 세인이는 밧게만나갓다오면 싱어단이나 과자봉지를들고 다라드러오며

「이거봐 사탕이야 씨 너안줘」, 하고 빙빙도라가며 과자봉지를들엇다 노앗다 하엿다. 엡분이는 눈을둥그럿케쓰고

「웬그냐? 누가사주듸?」

세인은 밧글 홀금홀금바라보며

「감구 감구가사줘」

엡분이는 문박글바라보며 어듸숨어서 엿보지나안는가하는생각이들째 전신이웃싹해지며 눈압헤 전날본사나희의그눈매가 무서움게쩌올으는것이엿다. 그는 가는소리로

「세인아 어더먹으면 거렁뱅이되여서못쓴다 후댐에 쏘 사주거든 우리집엔 사탕만아요하고 밧지마러라 응 그러면내가 아부지더러 하얀돈만이달나고해서 사탕 이만큼사주마 응」

그는 손을벌여뵈엿다. 세인이는 드른체도아니하고 사탕만드려다보는것이엿다. 그는 세인이를 꼭잡고드러다보며

「아가 남한듸사탕바다먹으면 곱다저고리해서 너안줘」

그는 사탕을입에넛코 엡분이를처다보앗다

「후일에 감구가사주면 바다가지고올테냐? 후일에는 안그럿케하지 응 대답해」

세인이는 두리번두리번 하며덥허놋코

「응」

하엿다. 엡분이는 세인이를 꼭쪄안으며

「우리세인이는용치 정말용아」 볼과볼를마조대일째 달콤한냄새가 구미를 스르르 돌니게하엿다.

×

옥의집문압홀 감도는 사나희는 송화읍서 한등넘어사는 최용문의일꾼으로잇는 둘재엿다.

그가 엡분이를먼빗으로보기는 벌서 여러번이엿스나 이럿케마조해보기는 처음이엿든것이다.

그후로부터는 일하다중턱에도 나무짐이나걸머지고 쩐득케 읍으로오는수가자젓다. 그리하야 지고온나무짐을 되는대로팔아버리고 엡분네집주위를 벳박휘든지돌아서 세인이라도 맛나보고나오면 한결마음이나엇다.

둘재는 어제밤비에 왓작달나진 조밧머리에안저 호미를움직엿다. 침묵속에 멧이랑을매고난그는 긴ー한숨을후ー쉬인끗헤 감내기를내첫다. 구비처올나가는 멜로듸는 시러저가는듯 꺼지려는듯 삼아삼아하엿다. 겻헤동무는

「좃타 !」

제엉덩이를툭툭치고 벙글벙글우섯다. 소리가끗나자

「웬일인가 자네도 소리할줄알아?」

두리번두리번처다보앗다. 그는 픽우서보이고 잠잠하엿다

「한마듸 쏘하게」

밧머리에서는 왁자짓걸하엿다

「어서 들어가세」

이편을향하야 한사람이고함친다. 겻헤동무는 일어섯다

「가세」

「먼저가게나」

동무는 쑤역쑤역 그들의뒤를짜랏다.

둘재는 매든이랑을맛치고나서 밧머리로나왓다. 이밧저밧에서는 쑤역쑤역사람들이밀녀나왓다. 그는 사람들의짓거리는소리가귀찬아서 맨ー꽁문이에써러저 산비탈지름길로드러섯다.

싹막아선 다방솔포기엽헤붓허안저 그는 담배를피여물엇다. 그리고 정신업시 읍동새만 바라보고잇섯다.

뒤에서는 자진발소리가 차즘차즘갓가워젓다. 그는 무심코 휙근도라보니 새하얀수건으로 귀밋까지폭―눌너쓴 색시가 노란바구니를엽헤끼고 이편을 항하야 오나가 인끼척잇슴을알고 피하야 가만가만 저편으로가는것이엿다.

둘재의눈은 차차로둥글해지며 멀어가는 색시의뒷맵시를 삷히는순간 「엡분이다!」 이럿케 속으로부르짓고 벌컥이러낫다. 그의가슴은 점점술넝거리기시작하엿다.

한참이나 멍하니 바라보든그는 최후의용긔를내여 색시의뒤를짜르기시작하엿다. 열눈이 자긔 한몸으로만 쏠인듯하야 뒤잔등이옷삭옷삭해지며 이마에 식은땀이흐르는것이엿다.

이눈치를채인 색시는 두팔을허위적거리며 재게거럿다. 뒤에발소리가 갓가워짐을알자 그는 바구니까지내치고 달어난다. 일삼아 다듬아가며 쓰더너 흔풋나물은 길가에촥―헤지고 바구니는 데굴데굴굴기시작하엿다.

둘재는 굴느는바구니 붓잡고 헤여진나물을 주섬주섬주엇다.

솔밧속으로지나치는 색시는뒤를도라보자 수건이공중벗겨지며 삼단가튼 머리ㅅ채가 억개우로미쓰러저 쌀강당기가나풀너젓다.

둘재는 색시의눈과마조치자 머리를폭숙일째

「아이고 어마이!」 하고털석주저안젓다. 침묵은계속되엿다. 둘재는 겨우 머리를들어 폭숙인그의얼골를 엽흐로 자세히보니 틀림업는엡분이다. 그리든엡분이를 꿈밧게도、생각지안는곳에서 이럿케맛낫스나 무엇이라고 말할는지 감감하엿다.

쌕쌕히드러선 소나무새로 그윽한송진냄새와함끽 새속님에짓튼뭇냄새가 그들의코를스칠쑨이엿다.

둘재는 엡분이가 숨도크게못내쉬고 바들바들써는것을 내려다보고는 가엽슨생각이들엇다. 그리하야 그만 갈가하고 발길을돌니럿스나 싹붓고써러지지안엇다. 자긔로서도 생각지못한엇더한 큰힘의 지배를밧고이섯든것이엿다

「엇더케할가?」

가는바람만부러와도 사람인듯 이상한소나무라도 눈에 쒸우면 사람이숨엇는가? 이리하야전신경이 긴장되엿슬째 갓치한마리가 그들을굽어보며 짝짝하엿다.

그는 얼결에바구니를 엡분이압흐로노앗다

「엡분아! 너집에가고십지」

썰니는소리다 힘을드려해놋코보니 그의생각한바가아니고 연청을쓰러내엿다 「한마듸만물어보고 보내야할쐬 엇더케하나」 이럿케속으로 궁리하면서도 역시가튼말을 뇌우는데서지나지안엇다

「엡분아 어서가라」

누가 이런말을식여주는지 안탑가웟다. 둘재는 잇는힘을다하야 엽흐로빗겨섯다.

「가라!」하는 둘재의말이 그의귀에어렴풋이들니자 공포와의문이 그의전신을억눌넛다. 그는한충더썰엇다. 이꼴을본둘재는 슬금슬금 뒤로물너서 노송나무뒤로숨어버렷다.

그제야 엡분은겨우일어나 바구니를들고 다름질을첫다

「엡분아 나를잇지마라!」

그의 전신은 확근함을늣기자 압히캄캄해젓다. 그는소나무를칵쓰러안고

「엡분아! 엡분아 !」

주먹으로눈물을쎗고 바라다보니 행길가 나무가지새로 숨박곡질하는 그의당기 꼬리는 해빗츨바더 피가티붉어뵈엿다.

(련재 제2회)

2 추억(續)

어제밤늣게까지 순희네벼마당질을맛치고 오늘부터는 엡분네차례엿다.

창살이푸릇푸릇하자 엡분아버지는 부시럭부시럭 일어낫다.

「여보게일어나밥하게」

그는 안해를째우고 밧그로나갓다.

엡분어머니는 엡분이를째워가지고 부엌으로나와등에 불을켜놋코 아궁에 불을피우며 한편으로 햇팟글일어안첫다.

엡분이는 아궁압헤안저 무럭무럭이러나는 불을드려다볼째두무릅이짜근짜근해지며 졸음이포로로왓다.

눈이감길사록 밧게서웅청거리는소리는 선―히들녀왓다 어머니는 쌀을안치며

「불째럼아!」

쌈작놀나째인엡분은 나무를쓰러다엿고 벼태질소리에 머리가뒤숭숭하여 젓다.

어느덧 밥이우수수끌어올으자 엡분이는 불을멋추고 일어나서 소매를척척것고 설거지를하며 한편으로상을노앗다.

어머니는 등에불을훅쓰고 늘문을활작여러노앗다 차츰차츰새여오는 회색빗하날에는별들이쌈뭇거렷다.

어머니는 엡분이가주는주걱을바다들고 그릇을포개담은양푼을붓드막우에 노은후솟개를열엇다 무역무역올나오는훈훈한김이 그의볼을스치고올나간다.

밥을다퍼노흔엡분어머니는 밧그로나갓다.

「진지들잡수시요」

뒷이어 엡분아버지는

「밥들먹고하지」

그들은 우중우중사ㅅ리문으로드러서 방안으로드러안젓다.

「상드려라」

방문턱에빗겨서서 쌀의가저오는 상을밧아차례로 그들압헤갓다노앗다.

엡분은 통통거름을처서 잔신부름을다하고 숙능까지 퍼드린후 뒷대문엽헤가만히붓터서서 안방에서 흘너나오는소리를분간하야드르며 읍등새 좌우로 총총드러선 솔밧을바라보앗다、

언제나 눈결에라도 이솔밧이쯰이게되면 지난일이번개가티 그의머리에써

올으는것이엿다—무섭고도 어된가모르게 귀염성스러운 둘재의얼골은 항상 밧속에숨어잇는듯이 생각되엿다.

컴컴하든솔밧도새여온다 엽흐로도라가며 갈은당추밧에는쌜간당추고치가 하나식 둘식낫하나기시작하엿다.

우수수하는바람결에「톡」하는서리가들넛다 그는놀나굽어보니 밤한알이 압흐로굴어왓다 쌈박이젓슴을늣기고 그는 치마압홀버리고 울바자밋헤서잇는 밤나무아레로 달여갓다 주먹가튼밤알이 여기저기 홋터보암직스러웟다.

밤알을다줍고난그는 치마압홀연해드려다보며 밤나무를처다보앗다.

엡분이는 가을철이들자 눈만쓰면 밤나무아레로달녀가서 삷혀보다가는 밤아름이지기시작하면서부터 옹굴차고 그중큰알로 짜로골나서 어머니도 세인이도몰으게 쑤란독속에 깁히깁히간직해두엇다가 마가을에가는 어머님께 부탁하야 팔아오게하엿다 그리하야 가지고십든것을사서가지곤했다.

그는가만가만히 허청간으로달여가서 방석을열고 독속으로부터 크단시승 배아지를쩌내자 치마압헤밤을골나옴겨놋코보니 배아지전과그짓하엿다 그는쏭깃웃고 배아지를독속에너은후 헛흔집으로덥고부억으로나왓다.

방안에서는 담배째터는소리가나자 우슴소리가 왁쓰터나왓다 뒤밋처
「상밧아라」

그들은 밧그로밀여나갓다 엡분은짐짓섯다가 어머니의주는상을밧아 부억으로날낫다.

어머니는 세인에게젓을쌜니며 밥을먹엇다 세인은 엡분에게로손을내밀며
「나 밤」

엡분은 부억으로나가서 밤담은 족드래기를갓다 세인의압헤노앗다 그는 족드래기를잔득쪄안고 갸웃갸웃드려다보며 어머니의쩌너주는밥을먹엇다 엡분의보기좃케불불눌이는두볼에는 오목오목우물이잡히엿다.

밧게서는 벼알이쩌러지는소리가 요란스럽게낫다.

저녁째가되여 말되는소리가들엿다 엡분이는 밥을자처놋코 상답을보아논후 사리ㅅ문뒤에붓터서서 조리는 가슴으로 엿보앗다.

아버지는 그크단눈을 둥그럿케쓰고 말수를세이고잇섯다.

엽흐로 농장직이 낫설은양복쟁이 돈장사하는김만수 그밧게미딍질한일군들이 죽돌나섯다　그들의눈은 호긔심에빗낫다.

「열한섬반!」

여러사람입에서 쪽가티 굴너쩌러젓다　만수는 다리고은일군에게 눈질하야 닷섬을구루마우에 탕탕실어놧다.

엡분아부지는 하도어이가업서멍하니바라보자 구루마는털털굴기시작하엿다.

뒷니어 처신이도 볏섬을구루마우에실어노코 압서거니 뒤서거니 굴너갓다.

엡분아부지는 벼시움을한 몬지머리를뒤짐어쓴채 집북덕이를손에들고 금방 울쯧울쯧한눈으로 하늘을처다보앗다.

멀니들니는 구루마박휘소리는 맛치 그들의가슴 한복판을 굴너가는듯이 요란스럽게울니는것이엿다.

엡분네모녀는 설거지를맛치고 방으로드러왓다　일군들은 벌서가버리고 담배내만쟈욱한방에 엡분아버지는 시름업시 째－한압문바라보고잇섯다.

그러자 밧게서기침소리가낫다.

「진지를 잡수시섯나요?」

「어 그누구이?」

엡분이는 웃방으로올나갓다.

「처신이요」

그는 의외라는듯이 벌컥이러나며

「무엇이 잘못된것이잇습닛가」

처신은방안으로드러안젓다 엡분어머니는 등불를헤여놧다.

「안요 오늘퍽섭섭하섯겟지오」

이말에 그는 넘우황공하야눈물까지 글성글성 해젓다.

「오늘 나와가티오섯든어룬이바로 우리농장주인이십니다」

「뭐?」

엡분아버지는 눈을둥그럿케쩟다.

「전에는 늘대리로보내시더니 올에는친히오섯습니다」

한층을낫추어서

「맛참 참한소실을구하신다는말을하기에 내가 집에짜님이야기를하엿더니 영감님쩨말슴해보라고 하시기에왓습니다」

엡분아부지는 넘우나 생각밧긴까닭에 무엇이라고 대답할것이 칵막히엿다 영감이잠잠함에 엡분어머니는 답답하야

「그런 어룬이 우리짤가튼것을 엇더케……」

이제야 엡분아부지도

「글세 그런돈만흐신어룬이……」

「원 별말슴도 다하십니다 전에세월가트면야 어림이나잇습닛가만은 요새 세월은그럿치안타오 그런걱정은 말으시고얼는작정하시오」

부부는 잠잠하엿다 그들에게는 무엇보담 처신의말이 미덥지를안엇다 한참후에 영감은

「글세원…… 그럴니가……」

처신이는 눈을심벅심벅하며

「어서 작정하시요 이런째를놋치지말아야지 그런부자를사위로 마지하는 판인데 설마한들 영감님네를 굶으라하겟수」

부부의머리는찍근해지며 나오랴든말이 한층더막혓다.

처신이는 부부를번가라보앗다.

「엇지하겟수……좀좃소 짤은호사에치여 죽을지경이겟구려 동자도 바누질도안하고 오독한니안저 손톱에물만빙기구안젓겟구려 수생겻소」

영감은 엡분어머니를 보앗다.

「엇질가?」

「글세요……엇지햇든 한번가셔서 손수 자세한이야기를듯고 다시생각해 봅시다 갑작이되니 내니알겟소」

처신은 벌컥이러낫다.

「가십시다」

영감은 왜자자한머리를 쓰다듬으며 이러낫다.

「뭐 그러고 가시랴닛까?」

「그럼」

아레를굽어보앗다   처신은 문밧그로나가며

「원 어서가십시다   농사군이아모러면 상관잇습닛가」

영감은 두말업시뒤를싸럿다.

엡분어머니는 그들의 말소리가 머러질사록 앗가일이 활동사신모양으로 낫하낫다 업서젓다하엿다   어느듯 그의눈에는 눈물이흘넛다   무엇보담도 나만혼자긔 남편이 여름내그달듸단잠도못자고 밤새워가며 보쑹의물을논에대느라고 애쓰든것이 앗가웟다   벼이삭이보암즉스러이패여올째 영감의조아하든꼴 그는폭업드려서저흙흙늣겨울엇다   한참울고나니 이번에는 엡분이일― 앗가본그양복쟁이가 새삼스럽게 쑤럿해보엿다 「참이라면 엇질가?」이럿케 부루지즈며 웃방을향하야

「엡분아!」

멋번이나 불럿스나 잠잠하엿다 그도 세인의엽헤입은채로누어서 하든생각을되푸리하엿다.

밤이저윽히깁허서 남편은도라왓다 겻테펄석주저안ㅅ자술내가 흑씨첫다.

「무워랍데가?」

그는 아모말업시일어서서 빗틀거름으로 웃방문을열엇다.

「엡분아!」

텁텁한소리엇다   뒤로짜라선엡분어머니는

「자요자요 할말잇스면 내일하구려」

「응 취한다   내짤자니?」

눈을지리처감고 엡분어머니게로 탁실인다.

「우리는 살앗네 내짤때문이지 에이! 고한놈! 이놈아! 만수란놈아! 날도적놈아!」

싯벌건눈을 부릅쓰고 부들부들들썬다   그는 겨우남편을쓰러다 옷을벗기고 자리에누엿다   눕자마자 코를고라넘긴다.

그는 한층더눈이 쏙쏙해젓다   고요한방안에숨소리만이가득하고 이째마

다 들니는이 가을버레울음이다   혹불을쓰고나니 뒷문에달이빗첫다.

남편의입에서 나오는말에의하야 딸의혼인은 임의결정된듯십헛다   무엇보담도섭섭한것은 소실이라는것이엿다   자긔의귀한딸을 남의눈에가시로보내는것이 아모래도못할짓으로생각되엇다.

그는 남편겻헤누어 어느듯잠이들고말엇다.

이튼날 새벽……남편에게흔들니어 깨여난그는남편을처다보앗다.

「혼인은 다되엇네」

「뭐야요 좀생각해보고하지」

「공연한 소리를쏘하네그려 그런자리가쉽겟나 그러고 멋칠잇다는 가겟다닛가 엡분이를짜라보내야하겟네」

엡분어머니는 긔가막혓다   이어서 눈물이좌우로홀너나렷다.

「이사람은 썩하면울기는……그럼 시집도안주고찌고잇슬텐가」

마누라는도라누우며 세인이를꼭껴안엇다.

휭―히박자 엡분이는일어낫다   가만히 샛물을열자그의어머니는

「벌서이러나니 곤할텐데」

그는 아모대답업시 부엌으로나가서 압뒤ㅅ대문을활작여러놧다   산듯한바람이 그의정신을깨끗하게하엿다.   그는 우둑하니 차츰새여오는 하늘을처다볼째 컴컴한 솔밧이 그의압흘 갈로막엇다   어제새벽만하여도무섭든 솔밧이 이순간에잇서서는 눈물이날만치정드러보엿다.

그도몰으는새이에 긴한숨을내쉬고 저적저적밤나무아레로 가보앗다   어제보담도 더만히써러젓다   그는맥업시치마압흘버려 한알식 두알식줍기시작할째눈물이주루루 홀너나렷다.

그는 밤을채줍지도안코 부엌으로드러왓다   방문소리가나자 어머니가나왓다.

「아부지가 너드러오란다」

그의 가슴은찍근하엿다   엡분이는 머리를폭숙이고 나무쏘챙이로 부엌바닥만 이리저리극고잇섯다   이꼴을본 그의어머니도 저애가 벌서다드럿고나 하엿다.

「어서 들어가라 웨그리고잇늬 아모러면……」

발이 쩌러지기도전에 훌적훌적울음이터젓다.

방안에서는 아부지의소리가들엿다..

「엡분아 드러오나라」

어머니는 딸의우는양을 가슴이쩍은해지며 저런것이 엇지남의첩노릇을할
가 아무것도몰으고 어미아비밧게는몰으는 저것이 이럿케생각하고나니 저절
로 눈물이압흘가리웟다.

엡분아부지도 부억으로나왓다.

「내내딸 웨우니 넘우조아서 허허허」

그는 너털우슴을내치고

「어서 드러가자 밥을랑 네어미더러하라자 응」

그는 엡분의겻흐로 밧삭대들엇다.

「그만둬요 저도다드른모양인데」

「어듸서 들엇서?」

안해를처다보앗다   그는 영감을밀치며

「그만둬요 새벽부터말안하기로서니 틈이업슬가」

그는 하는수업시 중얼중얼하며 방으로드러갓다.

「야! 울지말나구 누구나다한번식은 격는일인데 무얼내가 열네살에 너의
아부지한테왓겟늬」

엡분이는 가만히일어서서뒤안으로나갓다   그리하야밤나무엽헤 착가리워
안저 치마폭으로 얼골을폭가리우고 훍훍늣기여울엇다.

조반을퍼노흔 엡분어머니는뒤안으로나와서 밤나무엽흐로왓다.

「드러가서 밥먹자 야 말드러 속태이지말고」

엡분의 손을잡아끌엇다 그는하는수업시 방으로드러갓다.

「내딸 웨그레! 공연히 그리누나 이제서울가면 조혼구경하고 좀조흐냐」

엡분어머니는

「그만둬요 작고만 우는애를가지고 여러말하시우……괘니 밥도못먹게스
리」

어머니의 들려주는숫깔를들고 밥을퍼먹으랴니 긔가 꽉찻다몃칠잇스면 아부지의말대로 가야하니 그러면 다시는 어머니아부지 세인이도못보겟지 이런생각에슬그머니 숫깔을놋코 웃방으로올나갓다 그의어머니도따라 밥술을놋코말엇다。

세인이가 기지개를쓰며 벌썩이러나안는다。

영감은 세인이를껴안앗다。

「아가 밥먹자」

세인은 도리를치고 어머니게로가서안기며 젓가슴을 헷치고 팟다 아부지는 샛문을열고

「밥먹어라 울기는와 어서나려와!」

세인은 토닥토닥 아부지겻흐로와서 개웃하고 보앗다。

「오마이 누나울어 이렇케울지」

조고만손으로 눈을부비치며 어머니안진곳으로 달녀온다 그는본체만체하고한숨만후후쉬엇다。

조반상을물니자 이춘식이와처신이가드러선다 영감은 황망히이러나며

「이리오시요 집이 누추해서……」아렛목을가릇치고 방안을휘휘들너보며 웃목으로안젓다。

춘식은 드러서자마자 엇든토굴속에드러온듯하엿다。한참후에야 방안속이 어림해보엿다 도베하지안은 벼람박이며 붉으죽죽한장농짝 엉성그려물은 갈자리입 어느것하나 원시시대를상상케아니할것이업섯다 더구나몬지내가코를벗튀우는것갓탓다 그는 수건을내여 코를가리우고잇섯다。

「이애 어듸갓노?」

세인이를업고 왓다갓다하는 안해를처다보앗다。

「글세요 이제곳나갓는데……」

영감은 얼골을찡그리며

「어서 대려오게」

그는 샛침하고 밧그로나갓다。

영감은 방으로 드러오며

「춘년이돼서 몹시부끄러워합니다」

얼마후에 발소리가들엿다 영감은밧그로나갓다.

「왜 혼자오누」

「어듸잇습듸까?」

「에잇……」

춘식은 부부의이야기를듯자처신이를쩔너가지고이러낫다 영감은 도라보자 얼골이벌개지며

「엇재서 가시랴닛가 곳올터인데요」

그들은 웃으며

「보나 다름잇겟습닛가 내일은가겟습니다 옷은 다맛기엿습니다」

그들은 가고말엇다.

잇흔날아츰 여덜점차로 엡분이는 그리운그리운 고향을등지고 쩌나게되엿다.

가을이깁헛다 창문의딸 엡분이는 부자 리춘식의 호강첩으로 팔여갓다는 소문이 읍촌간에 자자하게퍼젓다.

둘재는 처음에는 고지듯지아니하엿다 보담도 자긔긔를의심하엿다 그러나 새록새록이드러오는소문은 그로하여곰괴로우나마 밋지안코는견듸지못하엿다.

가슴을 조리며 아라본결과는 움직일수업는 사실이엿다 그의 다만하나인 과부의외아들갓튼 희망은 쌔앗기고말엇든것이다.

지금 그의 쌀막한과거를도라보면 그나마 희망에 넘친 행복한날이엿섯다.

처음이자 마즈막으로맛나본그순간에 다만한번이라도 시원한말을난호고 쩌낫다면 차라리 나을 것가티생각되엿다.

그는 모든 것을이저보려하엿다 자긔로서도 아지못할쓰림과 질투의불길이 날이갈사록 무서웁게타올낫든것이다 그는자긔의생사를헤아리지안을만큼되여섯다 그리하야 그의얼골은 파리해가고 갓득이나 묵어운입이철문가

티긋게닷처버리엿다.

그는 밤마다 발길가는대로 맛겨두며 번번히읍등새솔밧을찾게되는것이엿다.

그는 소나무밋헤 펄설주저안저서 노송나무를 힘껏안고 차즘차즘깁허가는 가을밤에 고저늑히잠든 송화읍을 내려다보앗다-전에볼수업든 함석집들이 어가온데들어안저 둘너안진 컴컴한초가집들을 노려보는듯 비웃는듯이 달빗에빗나고잇섯다.

찰나에쩌올은 눈 비웃는 그눈 천진한어린자긔를속인 말씀한그짓말이 그의전신경을비상히 홍분식힘을짜라 쓰라렷든 과거실마리가 풀니기시작하엿다.

젊어서 남편을일흔 그의홀어머니는 어린그를하날가티밋고 여름이면 김품팔고 겨울이면 삭바누질가튼것으로 그날그날겨우사라갓다.

둘재가 열두살나든해 가을이엿다-여름철이들면서부터 그의어머니는 소화불량쯩을엇어노상굼다십히하면서도 삭김을게속하엿다.

그러나 철이밧귀인어느날그는견듸다못하야 하든일을 겨우대강대강맛처버리고 집으로도라와서는 정신업시자리에눕고말엇다.

어린둘재는 솔가라기를긁어다놋코 방으로드러왓다.

「오마이!」

언제나 그는 방문을여러잡고 이럿케부르는것이엿다 여러날신고에 두눈등이폭쩌진 그의어머니는

「왜」

겨우눈을쓰고 아들을보앗다 군대군대해여진 잠방적삼이라든지 발굼치가쑥나온 목다리가 새삼스럽게 그의머리를 어지럽게하엿다.

겻헤안진 아들의손을어루만지며

「배곱흐겟구나 압하서 나는밥못하겟스니 식은밥이라도갓다먹어라 아이고!」

그는긴한숨을폭내쉬고 자긔도 몰으는새이에 눈물이 흘너내렷다.

「웅」

둘재는 부엌으로나가서 들그렁들그렁하더니 조밥바리와 된장그릇을안고 드러왓다 그는 씩씩하며 나무단써드리듯이 밥술은 큼직큼직하엿다 불이못낫케 폭폭 퍼먹은그는숫쌀을 공중던지고

「오마이 나배불너」

「오냐」

어머니 대답을들은 그는 그릇을버려둔채 어머니겻흐로달녀와서눕자마자 코를고라넘긴다.

그의어머니는 툭불거지게압흔곳은 업다하더라도 전신의맥을올추릴수가 업스며 짜라서 호흡이곤란해젓다   나종에는 가래까지올넛다.

방안은 찬바람이 실실도닷다 새여드는달빗은 아들의얼골을 쑤렷이보여주엇다 그는젓먹든힘을다하야 이불을쓰러다 아들에게덥허주엇다.

자긔의병이위중할사록 막연하게 어린 아들의신세가 불상해보일뿐이엿다. 짜라서 저어린것을놋코 내가아조죽나부다하는 쯤직한생각은 하늘이무서워서 못하여보앗든것이엿다.

밤이깁허갈사록 점점가래가성해지고 바람에밀녀단이는 나무입의와삭이는소리와요란스럽게들이든 벌어지울음소리가 차즘차즘가늘어지며 주위가 암흑으로변해지는것을늦길째 그의가슴은죽음이란압헤서 마즈막으로 울넝거리기시작하엿다.

잠든아들을깨워보렷스나 태산줄령이쾅나려안진듯하야 손짜락하나 까짝하는수가업섯다   그의눈은 점점흰자위만이남기시작하엿다.

별안간 둘재는 왈칵이러낫다.

「오마이 오좀눠」

아모대답이 업섯다   그는 어머니를흔들엇다.

「오강달나오!」

오좀은 나오기시작하엿다   그는 두눈을짝감고 시언하게누고나서 그자리에 되는대로누어버렷다   그러나 누은오좀은 사정업시 그의해여진옷속으로 폭저저먹엇다   그는잠결에괴로움을늣기고 벌덕이러낫다.

「오마이!」

갑작이치움과 무서움이 횟닥들어 두눈이 올랑해젓다.

둘재는 어머니겻흐로밧삭닥어안저흔들엇다.

「오마이!」

어머니는 정신이쎈하엿다 그러나 맛치가위눌닌사람모양으로 말도할수업스며 움직일수도업섯다 하도대답이 업슴에 안탑가워서 둘재는 머리맛흐로 가서 그의어머니의눈을보앗다 그는 갑작이무서움을늣겻다.

(련재 제3회)

「오마이 왜그래 응야 !」

그는 어머니가슴에 머리를파뭇고울엇다.

아들의우는것을 번연히아는어머니는 엇더타고 말할수업시 슯헛다. 그러나그는역시순간이고 아무것도 분간치못하는의혹으로 변해지는것이엿다.

둘재는 어머니의얼골을드려다볼째 밤마다켜지든 등불이업섯다. 그는한손으로 눈물을싯으며 쏘한손으로 석냥을더듬어 불을키엿다.

「오마이! 나보라우 어서야!」 어머니의감겨지는 눈을쎅이고드려다보앗다. 어머니는 무엇이라고중얼거렷다 음성은들니지안코 입만놀녓다.

「무워! 에그정 크게하렴아」 어머니의 입술을 쏙쏙히드려다보며 그대로 입술을놀녀보앗다.

「주부 응주부 !」

얼핏작년녀름에 엉뎅이에종기로인하야 어머니와 주부(의원)네집갓든 긔억이쩌올낫다.

「응 주부주부 내갓다와 !」

그는 웃둑이러섯다. 문밧그로튀여나오자 무서운김에

「오마이 ! 난가 ! 응」

이런말을남기고 압흐로쮜엿다.

오불쏘불한 논두렁을지나고 밧머리를지나 읍등새 솔밧새이로 들어섯다. 바람에 솔포기흔들니는소리가 동무들에게서들은 넷날이야기에서나오는 무서운범이나오는듯 그러고 자긔의발자최소리에놀나 휙근 도라보면 둥그런달이 자긔를짜르는것이엿다.

그무서운 솔밧도 지나고 외나무로 건너질은 쏙다리를 기여건너서 새로 닥근 큰길우로드러서 줄다름질첫다.

의원집까지 다온그는 팍곡구라지자 두거름을처서 일어낫다. 단숨에돌층게를올나서 차듸찬대문짝에 착달나붓헛다.

「오마이 문열어 !」

엇결에쌕소리치고 숨을죽이고엿들엇다. 여기서저기서짓는개소리만이 점점요란스럽게들넛다.

「문열어요 !」

전신에쌈이 훈훈히흐르며 눈물이그렁그렁써러젓다.

눈을짝감고 대문짝을처다리고나니 안으로부터 인기척이나며 문이방싯이 열니자 쑹쑹한주부가 나타낫다.

「웬아해냐 ?」

자다나온 텁텁한소리엿다. 둘재는 반가움에와락달녀들어가 칵매여달녓스나 한참동안은 말을못하고 애만썻다.

그는 달빗에 둘재의얼골을빗처보니 한번본아희갓했다. 그는 머리를돌녀 생각해보더니

「너 종기로 알튼애지?」

「네 울오마이 저 울오마……」

숨이찻다.

「그래 너의오만이가 엇더탄말이냐?」

「저 죽어가요 압하서……」

「어듸가 압흐다든?」

「겨워요 그러고 말못해요」

「음」

의사는 둘재를 물니치웟다.

「알타가낫지 우지마라 내일아츰 내갈것이니 어서 가거라」

「나 혼자요」

안탑가운듯이 의사를처다보앗다.

「그럼」

의사의머리에 아직새로운것은 작년약갑도 절반도밧지못한것이엿다. 그러고 밤도오래구더구나 촌이되여 가고십지안엇다.

「올 째도 너혼자왓늬?」

「네 갑시다 우리집에 네?」

밧투 대들어 그의손을 잡아끌엇다.

「내일가겟스니 어서 가거라 !」

자긔어머니가튼 사람인줄알고 대들엇스나 사정업시 그를 몰아낸다.

「내일간다 잘가거라 !」

말을맛치기도전에 문비장을걸고 들어가버렷다. 둘재는멍하니섯다가 문새이로드러가는 의사의뒷덜미를 바라보앗다.

「정말 오겟수우?」

아무대답업시 안대문까지 쾅닷겨버렷다.

둘재는 대문밧게 우둑허니서서 누가 쏘나올까하고 기다리다못해 두주먹을 부루쥐고 압흐로쮜엇다. 나무도산도 얼신얼신 움직엿다.

집까지 다라온 둘재는 방문을 벼락가티열고

「오마이 !」

쮜여들어 어머니가슴에 팍업푸러젓다. 문바람에 등불마저 써저버렷다.

둘재는 어머니얼골우에다 얼골을마조대고

「주부가 안오지 내일은오겟대 응」

쓰거운눈물이 차듸찬송장우에 한방울두방울 써러지기기시작하엿다.

째마츰 겻집닭은 홰를치고 꼭기요—하고울엇다.

여기까지생각한 둘재는 깁히깁히가라안젓든 분까지 왈칵닥처몰녀 하늘을쑤를듯하엿다. 그는 두주먹을다저쥐고 벌덕이러낫다.

◇

엡분이는 엡쓔다만 계집애를낫케되엿다―두눈이분명하고 얼골판장은 어머니비슷하면서도 어머니보담생김생김이쑤렷하엿다. 우리의녀주인공이될 주옥이엿섯다.

외롭던긋헤 계집앨망정생기고보니 멋달동안 가진수고와 입으로담지못할 악형당한것도 꿈속으로 사라지고 더할나위업시 위안이되엿다. 그리하야 아모것도몰으는 그어린것에다가 혼자서주고밧고 중얼중얼 하는것이엿다.

주옥이어머니가 혼간지나다귓결에드르면 별악가티문이열렷다.

「그잘난 계집애만가지고 빈둥빈둥놀테야 !」

평생말할쌔에도 달싹도못하는판에 긁어닥치는듯한큰소리에금방 무슨변이나는듯십헛다. 그리하야 머리를푹숙이고 가슴은울넝거리기시작하엿다.

「반편반편하니 저런반편이어듸잇다가 내속을요다지도 태워주니! 이야이 못난년아 !」 하고 달녀들어 어린애를 쌔서가지고 안방으로 휙드러가버렷다.

어린애는 발악을하고 운다. 뒤이어 어쩌케나하는지 죽는소리가난다. 울음마듸 마듸가 엡분의쎠긋마다 새여드는듯 가슴이찌여지는듯하엿다.

그는 더참을수업서 벌컥이러나서 방안으로 빙빙쏘아다니다가 두눈이벌개저서 안방으로 건너가는것이엿다.

눈치를채인 주옥어머니는 압질너 짝막아서서 노려보앗다.

「잘못했습니다…네 애기주시오 참말이야요」

그의눈은 애처럽게타올낫다.

주옥어머니는 일종의통쾌감을늣기며

「무엇을 그래 잘못햇단말이냐?」

그는 무엇이라 대답할것이난처하야 마즈막에는 울음으로대하엿다.

들녀선 행랑어멈 침모는 눈짓을하며 입을막고우섯다.

이럿케하야 그들의잔인한흥미도다해지면 사정업시어린애를 내처주엇다

그는 어린애를안고 비슬비슬자긔방으로건너가서 마진자리를어루만지며 볼과볼을 남몰내마조대엿다. 어린애는 눈을맞추자 방싯방싯 우섯다.

어슬막에 대문소리가요란스럽게낫다 뒤이어 허트러진신발소리가들니자 나리오신다!」 하는소리가 겹허들넛다.

엡분이는 애기를멀직이누이고 밀장문새이로바라보앗다.

얼근히취하야 빗칠빗칠드러오는 남편의탁틔인얼골, 안방에서마조나오는 다닥다닥붓흔주옥어머니, 첫눈에벌서 외모만은 기운짝이엿다.

주옥어머니는 생글생글눈우슴치며

「압바 오신다 주옥아」

주옥이는 빠르르나와서 아부지에게안겻다. 부부는 압서거니 뒤서거니하야 방으로드러가자 밀장문이쾅쾅스르르닷기고만다.

멍하니바라보든엡분이는 엇전지허전함을늣것다. 역시 순간이엿다. 그는 어린애를 꼭찌여안고 전등불아래빗나는 별가튼조고만눈을 말업시언제까지나 드려다보앗다.

방으로드러간 주옥어머니는 남편의 긔분이조흔째를 리용하야 엡분이의 말을쓰내리라하고 눈치만슬슬보며가진아양을 다피우고잇섯다.

저녁상이 드러온다.

「난먹엇서」

춘식은 벌넝누엇다. 어멈은도로부억으로나갓다. 주옥이는 아버지팔에서 잠들엇는지 색색하는 숨소리가들넛다.

「엇더케할테요 저반편은?」

「웨 쏘갑작이?」

「정말 반편부려못보겟소 여보」

「마음대로하지」

이말에생긋우섯다.

「내야엇지알겟소 당신마누라를……집으로보내면 엇더우?」

「보내지 그럼」

순간에 그는 앗질하도록 조앗다.

「애는쎼여서 젓유모주지오」

벌서 엡분이의 안탑가워하는꼴이 눈에보엿다.

「글세」

「노비는 얼마나줄까?」

「한십원주게나」

춘식은 귀찬타는듯이 가만히 팔을쌔이고 모루누엇다.

「내일 보내겟소」

「마음대로해」

그는주옥의 벼개를나려베여준후 가만히밧그로나와서 한박휘돌앗다.

아츰이되자 주옥어머니는전에업시 일즉이러나서안팟그로나다니며 새살랑하엿다.

문밧까지 나와서 남편을보낸주옥어머니는 상노를다리고건너방으로와서 그는 담박달녀들어 어린애를잡아안고이러섯다.

「가라 ! 네집으로 ! 엣다 이것가지고……」

포갠 일원짜리지폐를 엡분이의압흐로던젓다.

엡분이는 가슴이울니기시작하엿다—이럿케수타게만흔돈을보기가처음이나 「가라」는째는듯한소리는 그의귀를압흐도록 울니엿든것이다.

상노는 돈을집어 그의손에들녀주엇다.

「어서갑시다」

엇결에 엡분이는짜라이러섯다. 방문턱짜지나온 그는 압히 헌전하엿다.

「아가 !」

자긔모르는새이에 이럿케부르짓고 도라보앗다.

주옥어머니 품에안긴어린애는 그와눈을맛추고 방싯방싯웃고잇섯다.

남편춘식이는 낫에는어느회사 사장으로출근하고 밤이되면 기생아씨들에게 들녀쌔여서 밤새우는것이 거의일과되다십히하엿다.

엡분이를가치다려다놋코는 마누라의새우는것도 도라보지안코 도리여욕질까지하면서 밤이되면 쓴히건너오더니 멋칠지나니 역시실증이낫는지 발길을쑥쓴어버리고 혹시엇지다마조치는째가잇서도 본숭만숭하여두는것이엿다.

짜라서 안방아씨는 나날이긔성스러가는것이엿다. 별로잘못한일이업는데도 달녀들어머리채를휘여쥐이는것이 매일되다십히하엿다.

그리하야 온갓일을다식히는것이엿다. 마루걸네 방걸네 빨내질 동자…… 손대지안는것이업섯다. 오히려 괴로우라고 식히는것이 그에게는 각갑지안코 십상좃케 생각되엿다.

어느날 그는 밥퍼드리고 밥한그릇 국한사발을가지고 건넌방으로건너가랴닛가

「여기저기버리지말고 어멈과갓치먹지!」

안방에서나오는 표독스러운소리엿다. 그는 놀나꿈칠하야하마트면 국그릇을짓몰번하고 겨우 부엌으로드러갓다. 그는한숨을푹쉬엿다. 무엇보담도 그릇깨트리지안은것이 저윽히안심되엿다. 어멈은 안방으로부터 빈그릇을 가지고나왓다.

「개밥주엇수?」

「안이오」

「아이구 이째무얼햇수그래? 촌양반이 웨 개밥주는것도몰우 기차라!」

붓두막에 긁어논솔치에다 식은밥을뒤석고 찌개국물을타서 개밥통에 들석부어주는것이엿다.

「에스 에스!」

부르니 샛캄안강아지가 꼬리를저으며 달녀들어 철억철억먹기시작하엿다.

그는 속으로「에스는무엇일가 우리곳에서 검둥이북술이란 개일홈을 그럿케부르나」 엇전지 에스라는일홈이 섬억섬억하야 다정한맛이업섯다.

그는 멍하니서서 개주둥이속으로 차즘차즘업서저가는허리가길죽길죽한 흰밥알을보앗다.

사명절째나 아버지생일이라야만 먹는줄아랏든 흰 이팝을이집에서는 개에게짜지먹인다. 이런생각을할째 문득쩌올으는것은 아버지의피나든손이엿다.

어느날 아버지는 벼를베이시다가 엄지손이베여진것이엿다. 빨간피가 죽죽흐르는것을엡분이가달녀가서제고름꼿을잘나 처매드리엿다.

피는점점더흩너 옷에뭇고벼이삭에까지발녀도 아버지는 탐스런벼이삭에
쓸니여 압흔것도아무것도 모르시는모양이엿섯다.

육칠월된햇빗속에도 구슬쌈을흘리시며 만지고쏘만저키워논쌀알! 비가안
오면 안온다고걱정 너무오면온다고걱정 한시한초를마음놋치못하고 키운눈
물쌈 피로써의결정인이쌀알은 아버지는 만저도못보고 지주와 빗장이에게
홀랑쌔앗기고 마는것이엿다.

이리하야 다―늙으신아버지는 장위도성하지못하시건만 파실파실한 호즙
쌀밥을잡수시며 잘넘어가지안는탓으로 이짜금물한목음씩마시든것이 방금
보이는듯햇다.

어느새이에 그는 눈물이흘넛다. 그는 남몰내 눈물을씻고나서 다시 개밥
을보앗다―어김업는 아버지가 애써농사지어논 쌀밥이엿다.

만일 아부지가 저쌀밥을보시게되면 얼마나 앗기실쌀알이랴! 얼마나 대견
한쌀알이랴! 그러나 이집에서는 앗가운것도 귀한것도 모르는모양이엿다.

그는 이집안사람들은 자긔와는 짠나라사람들과 갓치생각되엿다. 그런사
람들은 한솟에밥을먹고 한집에서 사라간다는것은 결국은 긔막혀 죽을것만
갓햇다.

어멈은 말쑥히 치여다보다가

「밥먹우……개먹는것이앗갑소 그래」

그는 어멈을도라보며 도리혀 끔직해보엿다.

(련재 제4회)

행랑어멈은 발싸르게 안방으로냉큼드러갓다.

엡분이는 어멈의사라지는뒤쓸을바라보자 펄석주저안젓다.

「못가요! 난못가요!」

처음으로내는 요란스러운소리엿다 모도가 눈이둥글해질쑨이엿다.

주옥어머니는 옴묵한눈이한층더 옴쑥해젓다

「이년 이오라질년 어듸못가나보자 염치업시 웨우리딸가저가겟다늬 홍 이

년아 글세」

침을탁배앗트며 암팡지게노려보앗다

「끄러내게!」

집안이 쩌렁쩌렁울엇다 상노는 쏘다시달려들어 엡분의두손을 사정업시 낙구첫다 그는폭곡구라지며 두팔을마음슷쑤리첫다

「애기주어요! 내가낫지 누가낫단말이야!」

엡분의입술에서는 빨간피가흘넛다.

상노는 엡분의허리를싹지끼엿다.

별안간 대문이활작열렷다 뒤이어나타나는 키가드러쏘진듯한 험상스럽게 생긴 한사나희가 번개가티달려들어 상노를잡아낙구처팽개첫다.

돌나섯든 게집들은 앍하고쓸쓸이도망질첫다.

사나희는 엡분의압헤싹막아섯다 엡분은 어리둥절하야머리를폭숙엿다가 상노를밟아치운데눈이쩨엿다 엡분이는 최후용긔를다하야 그를처다보앗다 점점쑤렷이낫하나는 이사나희 엡분의눈은 찌여질듯이둥글해젓다

「둘재야 !」

나는듯이러나그의가슴속에 자긔의홋터러진머리를 폭파뭇엇다

「엡쑨아!」

두엉깨가튼 그의싯컴한손이 그의억개로도라가자 꼭쩌안엇다

「잇지안엇구나!」

싸르르하는 소리가들렷다 엡분이는 머리를쩐쩍들고

「애기! 가지고 어서갑시다 네 누가올테야요!」

그는 이럿케부르지젓다 무슨소리인지 잘아는까닭이엿다

둘재는 담박안방으로쒸여들자 잡히는대로 잡아낙구첫다 주옥어머니는 어데로 숨은쏠이엿다 어린애는 악하고울엇다 둘재는 어린애를쪄안고 밧그로나왓다.

엡분이는 어린애를밧아안고 죽어너머진상노놈을건너서 허방지방나왓다

「어듸가냐?」

벼락가튼소리와함께 우중우중드러스는 경관들은 달려들어 항쇄족쇄 둘

재를읽어노앗다.

엡분이는 기절해너머지고말엇다.

몃칠후 엡분이는 경관들에게호위되여 남대문정거장까지나왓다.

눈짝불거진형사가 차표를사서 엡분의손에들려주엇다 그는차표를내던지고

「난못해요 둘재를놔주어요 아모죄업는사람이야요 내가상노를죽엿서요 이년이죽엿서요!」

「가만이잇서! 둘재도 곳보낼테야」

엡분이는 순사에게대여들엇다

「참말이야요? 그짓말말으세요 나는 혼자는안가겟서요!」

그는 팔삭주저안젓다 순사는달려들어 이르켯다.

이꼴을본 모든사람들은 엡분에게로 눈이쏠렷다.

차는 미쓰러저들어왓다 쑤리묵거시듯한 사람의물결은혼들리기시작하엿다.

엡분이는 차안으로쓸려왓다 차는 움직엿다 순간에 엡분이의정신은 펄쩍들엇다 그는아기를마로바당에팡개치고 밋친듯이창압흐로달려갓다

「둘재야! 둘재!」

소리를치고 쒸여나리려하엿다 사람들은 그를꼭붓잡앗다.

엡분이가나려온 그해봄에창문네생명줄은 쩨우고말엇다 몃식구의사라갈 길은 하로아츰가벼웁게쩌러지는 말한마듸로 캄캄하게되엿다.

창문이는 쌀이나려온것 더구나 준잇해동안에 가진고생당한이야기를듯고 치밀어오르는분을억제하기가힘들엇스나 그러나 밥줄이무서워서 쌈작못하고 쑬덕쑬덕삼키고잇섯든것이다. 양과가티순하든그는 몃칠밤새운쑷헤 맹호갓흔긔세로 일쩌나지안을수가업섯다 그의눈압헤는 아들 쌀 늙은마누라도보이지안코 다만원수인 리춘식이만이 쌕막아섯다 그리하야 그는 어쓴날 새벽에 안해를 가만이흔들어깨웟다

「어듸 잠간단녀오겟네」

「어듸를가서요?」

엡분어머니는 선뜻함을늣것다 남편의 성질을잘알기때문이엿다

「어듸요 말슴하고가시오」

그는 안해를쓱질넛다

「애들쌔겟구만」

세인의엽흐로가서 얼골을맛대보고 엡분이를어루만지며 한참이나우둑허니 안젓다가 벌컥이러낫다.

「혹시이번갓다 멋칠걸릴지모르니까 세인이울리지말고 엡분에게도 잘위로하여주게……」

여긔까지말한그는 압히캄캄함을늣것다 그러나 쓱참고 어둠속으로 다름질첫다.

신발소리가 머러질사록 그의가슴은터지는듯하엿다 남편이다시도라오지 못할것만가탓다.

다음날부터 세식구는 날마다 아부지를기다리나 날이가고 철이밧귀여도 점점막연하엿다.

세인이는 눈만쓰면 아부지를부른다

「오마이 오늘은 아부지 과자사가지고 응?」

하도이러면 그짓말을하다나니입이썻다 그러나세인의안탑가워하는쏠을 보고는 썬썬히

「그래」

나중에는 세인이도 고지듯지안코 덥허놋코 어머니손목을잡아쓸고나섯다

「아부지한데가자! 아부지한데」

어머니는 모든것을단념하고 다음날 세인의손목을잡고 나섯다

「야 난가겟다」

엡분이는 부억으로부터나왓다

「어듸?」

「견듸겟늬 야째문에」

모녀의눈에서는 약조나한듯이일썹에 눈물이 핑돌앗다

「오마이 나도가 !」

짜라나신다

「너까지 그리지마라 하도졸으니 바람이나 쐬이랴고 촌으로 슬슬도라단이다가 올테다 어서 어린것다리고 집이나 잘보아라」

등에업힌애를드려나본나

「엄마엄마」

「오단녀오마 아가」

이럿케 얼니고나서 영감의쩌난길로 정처업시나섯다 엡분이는 하는수업시 신작로까지 짜라나섯다

「그럼 이내와 오마이 안오면나도갈테야」

머리를푹숙이고울엇다

「오냐」

참아뒤를도라보지못하엿다 무밋둥가튼 쌀하나를 남겨놋코 다시오게될찌 말찌한길을쩌나는 어머니의가슴은 무엇이라 형용할수업섯다.

어머니와 세인은 산모텨이로도라갓다 그는 펄석주저안저 어린애를집어 동댕이를첫다

「이년의 게집애! 네아비째문에 우리어머니 동생은 쩌나누나 죽어라!」

어린애는 악하고 어머니게로 달녀들엇다.

한참성푸리를하고나니 도리여후회가낫다 「어린것이무슨죄가잇나 내팔자 사나와그럿치」 이럿케위로밧고 집으로도라왓다

어머니가쩌난지 멋칠 멋달이지나도 아모소식업섯다   거의일년이지난후에 이러한풍문이돌앗다―엡분아부지가춘식이를죽이려다가 못죽이고도리혀 잡히여서 멋달후에애통이터저죽엇다는것 어머니와세인이도 이소식을듯고 한강에서 자살햇다는것이엿다.

엡분이는 그만실신상태에쌔젓다 먹을것업고 입을것업는데다 하늘가티 밋고바라든―어머니 세인이도라오기를 손꼽아기다리든 희망조차 물거품이 되고만것이엿다.

그는 담배를배우고 술을입에대엿다 그러고 난봉가를불넛다.

냄새를맛흔 사내놈들은 숫캐처럼 밤낮을헤아리지안코달여들엇다

「여보세요 이리와안즈세요」

처음보는 사내에게도 탁탁매여달여 손을잡아끌엇다

「술 술사주어요 술아니면난못살아요!」

그의눈은 가느닷케되는것이엿다.

그는 사내를엇게되엇다 그통에 멋놈이저마다 주먹담판을하는바람에 게싹지갓흔집이 멋번이나 문허질쩬하엿다 그러나 그중힘센메질군으로 호난 김명구가이기고말엇다.

어머니를쌔앗긴 이제네살된어린아기는 웃방구석에서 해종일 혼자서놀다가는 안탁갑게어머니가 그리워서

「엄마 !」

어머니는 사내놈의물읍우에올나안저 가진아양을다피우다가

「이게집애 가만잇서라」

소리를냅다치는 바람에 어린애는 눈을쏙감고 숨어버리고말엇다.

엡분이가 사내어드면서부터 아기는 웃목구석에서 혼자자게하엿다.

밤중에한번식이라도쌔보면고양이나드는 웃방이무서웟다 그리하야 눈을쏙감고 이불을치덥홀사록 여전히무서웟다 그리다 혹시 오줌이마리우면

「엄마 !」

가만히불넛다 이마씃헤 쌈이쏙흐른다 대답을기다리든 그는 참아쏘다시는 불너보지못하고 자리에그냥싸버리고만다 아츰이되면 엡분이는 아기를차고 던지고하며싸렷다

「다시 쏘오줌싸겟늬?」

망치를 둘너메면

「안그래……」

조고만손을 눈에쏙붓치엿다

끼니째가되면 사내는 번번히 아기를미워하엿다

「밥을작작처먹어야지」

그크단눈을 흘깃흘깃하엿다 엡분이는 자긔가 욕하고 짜릴째에는 모르다가도 사내가무어라면 화가밧작치밀엇다

「여보먹는건죄안이랍데다 밥먹는것까지 그러케밉소」

밥숫쌀을뎅그렁내치고 샛침하여젓다 사내는 눈을부라리며

「그래 밉다 ! 쏠못보겟다 모두나가!」

발낄로 엡분이를 내밀첫다 엡분이는 얼골이발갓케되여 사내놈을 노려보고잇섯다

이꼴을본아기는 납분술을놋코 슬그머니밧그로나가뽕나무엽헤 우둑허니 서잇섯다.

지나가고오든사람들은 어린것이 하도괴망스럽게 무엇을생각하는듯한것이 귀엽고도불상하엿다

「아가 엄마가 무어라든?」

손을잡고 드려다보면 잠잣고 머리를흔들어보엿다

「그럼 압바가?」

뒤를도라보며 가만히잇섯다   그는 아기를덥석안고자긔집으로갓다

한참후에 엡분이는 아기를차자와서 그를다리고집으로왓다 그리하야 사내의골을 푸러주랴고

「아가 압바라고 해보아라」

우스면서 아기를드려다보앗다   그는 눈이둥글해서 가만히잇섯다

「압바다! 그래야 과자도사오고 명질봄도해준다」

엡분이는 성이와락나서

「압바라고 불너봐!」

아기는 눈을쏙감고

「안이야 압바는업서……」

사내는 골이한층더낫다 엡분이는 눈을부릅쓰고

「나가라 이게집애 너가튼것길너서 소용업다」

사내할말을 미리압질너서 그의입을막으려는것이엿다.

사내는 흥하고 머리를외여쫀다   엡분이는 아기를내밀첫다

「나가라 이게집애!」

그는 문턱을꼭잡고

「압바 !」

소리업시 눈물이 샘솟듯하엿다.

「아비라는 소리듯기힘들다」

씩도라안젓다   엡분이는우스며

「아직 철업스니까 그럿치요」

변명하엿다.

이러케 사내와쌀새이로 다리를놋타가 놋타가도 결국은 명구와 엡분이는 갈너지고야말엇다.

엡분이는 밥먹을턱은업고하야 하는수업시 읍으로부터 멋고개넘어가 무초리라는곳에서 술장수를시작하엿다.

이러는사이에 아기는열살이되엿다   지금은 제법 물길어밥을곳잘하엿다 그리하야 엡분이는 술상이나차리는외에양찌니째는 내다보지도안엇다.

인물고흔 새술장수낫다더라 소문이나니 어듼놈이다안불너오는지몰낫다 그리하야 밤낮으로 장구소리끗칠새이가업고 싸흠하지안는날이업섯다.

엡분이는 술만취하면 둘너안진사내놈들에게 헛욕질을대고 퍼부며 보기슬케입을버리고우는것이엿다   그러고는 휘모리장단을처서 사내놈들을쫓차버린후 압마당풀바탕에털석주저안저 고함을치며울엇다   녯날둘재생각하엿든것이엿다.

쌀은 어머니팔을부여잡고

「오마니 드러가자우 남들욕해」

그는 목에피째줄을올리며

「욕하면엇더냐 개갓흔놈들내가저의덕에 산다더냐 !」

한참이나 악설을퍼붓다가는금시로 아리랑타령을 시러저가는듯이 눈물석거부르는것이엿다.

아츰마다 아기는엇득새벽에이러나서 조고만동이를이고물길러갓다 웃집

봉준어머니는마당을쓸다가 어린것이 매일아츰단이는것을보고 측은한마음
이키워서 자세히보앗다

「아가 춥지안니?」

「안이요」

서다보는 그눈은 별가티빗낫다

「어마이 무얼하니?」

「술취해서 자고잇서요」

「응」

머리를쩌득이며

「네가 밥하니?」

「네」

「용쿠나 애기 어서가밥해라 그러고 우리집에놀러오너라」

「네」

도라서 아장아장 거러가는 그의뒷맵시를 한업시바라보든그는 직각적으
로 범상한애기가안인것을알앗다 그러고 탐스러운생각이낫다 자기는 아들
이잇스면서도 항상알찍은마음이 한편에잇섯든것이다.

동내에서는 그부인의과거를아는사람이 한사람도업섯다 다만소년과수로
유복자를다리고 유족한생활속에서 남부럽지안케산다는 그것뿐이엿다 짜라
한낫부인으로써도 남자못지안은 수단이잇는녀자라는밋헤 맹목적으로 그를
존경하고잇섯다

이부인의과거를 잠깐이야기하고 지내가자。

이부인의긔억에 아직새롭게남아잇는것은 자긔는사생아라는것이엿다 그
리하야 엇든사람의손을비러 평양고아원에서칠세까지자란후에 엇든사람의
손을것처 기생학교로들어가게된것이엿다。

이리하야 기생학교를졸업한그는나날이그의소문이놉하저서 열칠팔세에
평양의유명한예기 산호주라면 누구나 몰를사람이 업게되엿든 것이다。

나면서부터 벌안시러운그는 쓰라린현실속에서 다소 침착하여젓스나 그러나 여전히좀나마잇섯다 그리하야 누구나 그를초면으로대하게되면 다소 환멸을늣기고 말한마디라도 헛놋코하다가는 번번히코방을맛고나서 멋칠멋달지나는새이에 그의엄연한인격에 여지업시굴복이되고마는것이엿다.

부호자제들이 날마다 그의물읍압헤 꿀어 돈으로나 그타무엇으로든지 그의마음을사보려고가진모양을다피우나 너머갈듯너머갈듯하면서도 아조너머가지안는 그만큼 그의일홈은나날이올나갓든것이다.

이러한독특한성격을가진 그는 항상혼자잇기를조아하엿다 그째에 자긔의본성이발로되는것이엿다 두눈을가만히쓰고씃업시 무엇을생각하는그는 평상시와는 짠판인것을엿볼수가잇섯다 어느째나 위급한째를당하게되면 고요히마음을짜라안처가지고 모든것을 후회업시결정하는것이엿다、

그는어듸를가든지 엇든사람의이야기를듯든지 무심코듯고보는쩍이업섯다 그리하야모든것을 자긔에게대조해보고씃업시 자긔의처지를불만히생각하엿다 짜라서 자긔의장내라는것은 눈물나리만큼 불상하게보엿든것이다

「엇지면나도 남과가티 남편을어더 아들짤낫코 자미잇게사라볼가 에라！ 생각한들 무엇하리 나가튼년에게」

나이한두살만허갈사록 그의가슴은 이러한생각으로갓득채윗든 것이다 하지만 그의압길은 갈수록태산만이엿다

그에게는 돈그것이악마가티생각키윗다 그러고 알뜰한인정 그것이안탑갑게그리윗든것이다 세상에는사내가만코만컨만은 이년에게는 사내하나가 태이지안앗담！ 이러케탄식하고 남몰내우는쩍이만헛다.

그가 스물한살잡히든째 우연한긔회에 엇든보기에도 초라한 고학생을맛나게된것이엿다 그후로 그는 자기도몰으는사이에 사랑의불길이 이러나기시작하엿다 그리하야 그는남몰내 그의하숙으로 자조방문하게되엿든것이다.

엇던여름밤 비는느실느실오기시작하엿다 조리는가슴으로 손님들을억지로 쫏다십히하고보니 새로두시반이엿다 그는분주히옷을가라입고 미리약조한곳으로가보니 그는기다리고잇섯다 그째에 그는감격의치밀리는깃븜이진하야 흐르는눈물을억제하기가 힘들엇다.

「이째기다리섯소?」

그를맛나면 엇전지 수집어지는것이엿다 그러고 가슴이썰리기시작하엿다。

그는 압흐로슬금슬금 걸엇다

「그러면」

침묵속에 그들은걸엇다 이째마다 번개질을하엿다 잔잔히흐르는물소리는 차즘차즘갓가히 들리엿다

「공부도 그만둘테야요」

그는놀나 어둠속으로 그를바라보앗다

「무슨말슴이세요?」

이러케뭇는새이에 돈째문일가 혹은나째문일가 하는의문이이러낫다。

「공부도 아무것도귀치안으닛까요」

「특별한 사정이잇슴니까 숨김업시 저에게 말슴하여주십시요 네」

「별한사정도업시 그저모두가귀치안코 당신……」

그는 여기까지쯘코는 잠잠하엿다 듯든그는 반가우면서도 한켠으로는 겁이낫다

「강수씨 당신은 그러한번민으로 앗가운시간을허송할째가안입니다 만일 당신께서 이사람으로인하야 공부도치어버리신다면 단연코 당신과갓가히하지안켓슴니다 그것만을깁히깁히 알아주시지요 그러고압흐로 부족하나마 당신의학비까지도 저의힘밋치는대까지는……」

머리를숙엿다 한참이나말업시것든 그는

「고맙슴니다 !」

겨우 이러케대답을하고 부끄럼을늣겻다 그러고 그의 고상한말에감복되엿다。

그들은송림새로드러갓다 강수는엇든소나무압에안지며

「여기안즈십시오」

자긔 양복웃저고리를 버섯다 그는분주히 도로입히며

「모두 낡은옷입니다 새옷이라면 이짜진옷 바리면엇덧습니까」

강수엽헤거터안젓다
별안간 강수는 그의손을꼭잡고
「나를 그러케까지 사랑하십니까」
그는잠잠히그의가슴에머리를파무덧다 번개불이번쩍햇다

(련재 제5회)

이리하야 돌이라도녹힐듯한사랑이 계속될사록 반면에산호주의 격열한후
원은 강수의용맹스러운 힘이되고야말엇다하야 무사히중학을맛치고 일본까
지 건너가게되엿다.

애인을보낸 산호주는 사내놈들의달년을밧다못해 엇던째에는 매짜지맛는
째가 종종햇지만도 모든모욕이남편을위해하거니 하야 스사로위로밧으며 오
히려 그들를골라서한푼이라도 쌔아슬 궁량만하고잇섯다.

시간은빠르다 어느듯 형설의공을싸아가지고 그리운 고향으로나온 강수
는 평양모중학교 교편을잡게되엿다.

중화로부터 그의부모들은아들의뒤를짜라 평양성내로들어오자마자 아들
의혼사담은 밧작일게되엿다.

하야 산호주에게는 말한마듸전함업시 그곳사립모녀학교를 우수한성적으
로졸업한 쌔끗한녀학생과 드디여 약혼되여서 문밧 례배당내에서 목사의주
례하에 성대한결혼식은끗나고말엇다.

바로 결혼식 열흘압두고산호주를차자온 강수는 아무러한눈치도 그에게
보이지안코간후 발길을쑥끈코말엇다.

소문을드른 산호주는 새삼스럽게놀나지는 안으면서도 자긔의기대가 너
무크든것을 얼핏깨다랏다 「세상은 그런것이다!」 이한마데로 오륙년간밧은
자긔의 크다란상처를 눌너버리려하엿다 그러나 용이히매여지지안는 그상
처는 마츰내그로하여금 벙어리라는별명까지듯게하엿다.

그는 손임맛기를실혀하고 불녀도가기를실혀햇다 그저방안에우둑하니 안

저서 끗업는침묵속에 별 신기맹통한 공상도못하면서도 꽁하니안저잇섯다.

엇던날 그는 모란봉우에올나 시원한바람을쐬엿다。 잔잔히흐르는 대동강물 다정히모여안진릉라도습풀도별한아름다움과 흥미를 그에게주지못하엿다 그저그럿타할쑨이엿다 그는자긔스사로도 이상히생각하엿다 이것이야말로 실연의씬맛인가? 무엇새문에내가이럴가? 상수째문에? 싹히강수째문인것도갓지안엇다 엇전지자긔가슴속에 열이란한아도업서지고 차듸찬송장가티 생각되엿다 그러면 세상을버릴가하는 최후까지마음키워보앗스나 그다지염쯩나게 세상이실치도안엇다 그저그만그만하엿다.

멋사람의 지나치는신발소리도 들엇스나 도라보지안엇다 한참이러한생각으로 시간을보낸그는 발길을돌엿다.

그의 압헤짝막아신사람이잇섯다 얼는치여다보니 강수엿다。 한참이나 강수를쏘아본그는 천천히 발길을옴겻다.

「산호주 잠간만 기다리오」

그는 웃둑섯다 발가케 상긔된 그의얼골은 느것느것함이돌앗다 산호주는 머리를돌엿다 밧삭닥아선 강수는

「한번 집까지가려든중에 잘맛낫습니다」

「네」

그는 머리를꺼득이며 저침물너낫다 씨근씨근하는그의숨소리가 불쾌햇든것이다.

「용서하여주시겟소 물론 영리한당신인것만큼 이번일에대하여는 관서할것으로 밋습니다마는 네 용서하시지오 환경이 날로하여곰그리맨드럿소마는 그러나 당신만은 내가이즐수가잇소」

우둑하니서서듯든 그는

「그럿켓소」

「용서하시지요 나는밋습니다」

「더할말업지오」

그는 다시도라섯다 그리하야천천히나려왓다 멍하니바라보든강수는

「산호주!」

쌕질넛다 그는도라보앗다。

「전과가티나를사랑하겟소? 안하겟소?」

사랑이라는말을드를때 그는우슴이 칵쓰러나왓다 그는 입을트러막고 한참이나진토록우섯다 강수는몸이밧작달아서

「그새 다른놈붓친것이로구나!」

하고 노려보앗다 웃는것이무엇보담도 불쾌햇든 것이다 산호주는 쓸쓸한코우슴을던지고 집으로도라왓다。

그후멋번이나 지나치는길가에서 혹은료리덤에불리여가서 강수를맛나게되엿다 여전히인사를건늬이는것쑨아모다튼눈치를볼수가업섯다。

그럴사록 강수는행여나하야 그의 뒤꽁문이를짜라본째도잇스며 어밤중에산호주자는방문을두다린적이만핫다。

멋달이지나자 산호주는 자긔가홋몸이아닌것을발견하엿다 그리하야 엇던달밝은밤소리도인적도업시 진절머리나는평양을버서나 이곳으로오게되엿든것이다。

우선얌전한집을사고 논밧합하야 십여말직이를삿다。 그리고 대강한세간살이를마련하야 자미를알아올만한째해산을하게되엿다。

그의원하든대로 아들을낫케되엿다 그는 처음으로세상에대한 애착심을가지게되엿다。

어린것을안고 드려다볼사록 신기맹통스러웟다 짜라서 차즘차즘듸차든그의가슴은 짜스한모성애로부터 녹아갓다。

어린봉준이는 매일달나갓다 멋달이지나자 젓살이포동포동올으고 꼿송이가튼입을버려

「엄마 엄마」

하엿다 쌔쌔말나붓헛든 그의눈에서 감격에넘치는눈물이 그의볼을적시게되엿든것이다。

봉준이가 자라날사록 그의희망은커젓다 하야 살임사리를엇저는수가업

시 일짬을만드러가며 잠시도놀지안엇다。

일군을다리고 밧몃말직이를손수붓쳣다 그리하야 여름에는 농사뒷치기에 눈코짬이업시 밧부게지냇다 그러나

「엄마!」

하는 소리만드르면 어려운술을모르고 악하고일을하엿다。

그럼으로동내에서도 이부인을흠모치안는사람이업섯다 비록농사하는집일망정 깨끗하야 몬지잇는것을볼수업스며 심지어 뜰압구석에박여잇는 돌한개라도 사람의발쑤리에채이지안토록 자리를잡아놋는일이며 항상 손쑤리에서노는 허메 광이 걸네 비 화로 석냥갑 바누질그릇암질너 이러버리지안토록 급한때얼는찻도록 교묘히 정돈해두는것이엿다 그럼으로 석냥한가치를 무단히업새지안코 실한바람을 유효하게썻다 하야 점점늘어가는그의가세는 매해달나갓다、

그러는사이에 봉준이나이일곱이되엿다 그는 분주히그곳 예수교학교에 아들을입학식혓다。

그후부터는 아츰이되면 봉준이가 책보를들고 학교로다라나는것이엿다 그는 말업시아들의가는 뒤꼴을물그럼이바라보며「저것을사람을맨드러놔야할턴데……」이럿케생각할때어머니란책임이 무겁고도 막연함을깨다랏다。

동네새술장수집이 생긴후로잠잠하든 촌동네가 뒤숭숭하게되엿다 그럼으로엇던사람은 내여좃자는 사람으로 덥허놋코욕질하는사람으로 한동안은그에게로 부산히 문안겸 노친네 젊은부인네들이 저녁이되면모여들엇다。

그는 언제나 말업시우슴으로 그들을대해주면서 밤낫으로우는 엡분이의 정형이 불상하엿다 따라서 그의압흐로매일가티지나다니는 그의어린딸은 연중에탐스러웟다—무엇보담도 쪽담은입술 사려깁흔듯한 그의눈은 장래가 잇다는것을 그로하여금 상상케하엿다。

이럿케생각이들사록 엡분이에게서 이아해를자긔에게로 빼서올마음이들엇다—자긔가엡분이보담 어머니로서의 모든책임이행이낫다해서 그럿타는것보담도 영업이영업인것만큼 그어린천진한것에게 벌서부터 술냄새와 사내놈들의꼴을뵈이는것이 자긔경험을미루워 가엽슨생각이들엇든것이다。

이리하야 그가 마당에나왓다가도 아기만뵈면 손질을하야 손목을꼭잡고 자긔집으로다리고가서 밥이든지 무엇이든지 먹여보내곤하엿다.

아기는 눈만쓰면 봉준어머니가보고십헛다 언제나고요히웃는눈 항상쓰다 듬어주는 그의흰손 그러고 가늘고도 부드러운그의음성이엿다 더구나 봉준 의고흔옷쌈을뜬어다 손수만드는것이 무엇보담도 아기의눈에씌엇든것이다.

아기는 가만히자긔어머니를생각해보앗다─구석구석이째뭇은옷을 내바려 두는것 그러고술이나 마시고마시고해종일마시고는 사내놈들의 무릅과무릅 새이로 옮아다니는꼴이엿다 그는 울고십헛다 아니 남몰내우는쩍이만핫다 그는 쓰라린현실로부터 그의리지는 엉뚱나게발달되엿든것이다.

아기는 틈만잇스면 봉준네집으로다라갓다.

「아가 밥먹엇늬?」

「네」

「더먹지」

「실혀요」

봉준이는 공부한다고 책을버려놋코 읽기도하고 쓰기도한다 그는 엽구리 로닥안저 물그럼이드려다보앗다 봉준어머니는

「아기도 공부하고십흐늬?」

그는 머리를폭숙엿다.

「학교가고십허?」

손으로 그의 머리를쓰다듬엇다 그는 애기의대답이업슴에 아마도 아직공 부가 무엇인지 모르니까 그러나보다하고생각하엿다.

(련재 제6회)

<h2 style="text-align:center">추　억(十六)</h2>

봉준어머니가 옥이를다려놋코 가지각색옷을 맵시잇게 꼿다대처름해서는 입히곤하엿다.

짜라서 옥이도 나간어머님생각은 아조이저버리고말엇다 그러나 잇짜금

봉준이가 툭불어지게

「가야 ! 너의엄마한데로가야」

이런소리를듯고나면 어린가슴이 찌르르울니는것이엿다 봉준어머니는

「봉준아 나는너의엄마는 아니고 옥이엄마다 ! 네가 나가라」

웃지도안코 가만히처다보면

「아니야 엄마」

그에게로와서 안기려면 물니치우며

「쏘다시 그런말할테야?」

봉준이는 눈물이글성글성해지며 잠잠하엿다.

「안그러지 봉준아 옥이도이리온」

두아해를물읍우에 올여노코 옛날영웅이야기가튼것으로 짤직한동화가튼 것을하야 들이곤하엿다.

옥이 열네살잡히고 봉준이열한살나든해가을 그의어머니는 감긔에걸여 십여일꼿꼿이알은결과로 아조세상을떠나게되엿다 그는마즈막까지 봉준과 옥이손을붓잡고 참아눈을감지못한채 가고말엇든것이다.

바로 림종시에 애들의선생인 김영철이를다려다노코 불상한두어린것들의 장래를부탁하엿든것이다.

피가흐르는듯한 어머니의간절한부탁으로 무거운짐을 한억개에질머진 영 철선생은 그들이압흘세라 혹은공부를잘못할세라 안팟그로마음을조려가며 무럭무럭자라나는 그들을보고 깃버하엿다.

유언을짜라 옥이스무살잡히든해에 그곳예배당내에서 그들의혼례식은끗 이낫다.

시어머님의본을짜라 옥이는세간살임을 나물할여지가업시잘하엿다 남편 인봉준이는 곳평양으로 공부보내고 홈자서 농사뒤를처가며 남편의학비를보 냇다 이리하야 동내에서는입든이마다

「나어린것이용아」

이러케 일크리를듯곤하엿다.

봉준이가 평양서공부를맛치고 일본으로건너가자 영철선생의권으로 옥이

는 읍으로이사를하게되엿다—무엇보담도 송화읍내에 예수교안으로경영하
는 청년학원에 그를입학식이고저함이엿다.

그가학교에단이면서부터 공부에자미를부처 밤잠을못자고서라도 남에게
써러지랴고는하지안엇다 그럼으로학교선생들까지 옥이를사랑하고 학생들
한테까지 질투심을밧게되엿다.

남 편 (一)

남편이동경으로간후부터는 행동이수상쩍은일이 한두가지가아니엿스나
이러한편지를하기전싸지는 참아그에게기대하야 의심을하지못하엿다 그러
나역시편지온후에라도 제가셈이업서그리거니 철만들면 어머니를생각하기
로서니 설마그러케싸지하랴 이러한위로루 스사로마음을싸라안첫다.

하나 멋칠에한번식 온다는편지는 돈보내라는것외에는 어서리혼하고 당
신도다른남편어더가라는 충고비슷한형식을취하야 협박을하는것이엿다.

여기에서 조케만해석하든옥이도 마음이흔들이기시작하엿다 하야 그잘하
든공부도 차즘차즘 뒤로물너가며 싸라밤이면 꽂닥이러안저 새우는밤이중중
하엿다 자긔를생각하여서 그러는것보담도 나어린남편의장래를위하야 엇저
면그로하여금 편하게마음대로해주는동시에 일생을행복스럽게 만들어줄가
자긔의신세를맛처버리게된다드래도 남편에게행복함이된다면 어쩌한일이라
도 감행할것갓핫다.

옥이는 바누질그릇을 압흐로당겨노코 일쌈을들엇다 그러나 바눌은 거의
무의식적으로움직일쑨이고 벌서와서야할남편이 아직 아무런기별업시 잠잠
하니 기막힐노릇이엿다 하야 혹은 중로에서 무슨 남다른일이나맛나지안엇
나? 쏘는 동무집에 중참을하지안엇나? 이런생각으로 머리가 뒤숭숭하여젓
다.

바라보니 조고만검에한마리가 옥의압흐로 조루루나려와서 바누질그릇우
에 써러지더니 쏘다시 줄을거두어가지고 천장으로올나간다 그는물쓰럼이
치여다보며

「검이가나려오면 반가운손님이온다는데……」 이런생각을하며이러낫다.

쓸압 쏘푸라나무가지우에서는 메암이소리가 요란스럽게난다 옥이는 가만히가만히 밧그로나가서 나무가리를삷혀보앗다 메암이는 푸루룽하고날나갓다 숨이답답하도록 해빗이나려눌넛다.

옥이는 골방문압흐로왓다.

「나무 쏘하러가겟나?」

「가지오」

기성이는 이러낫다.

「그만두게 그러고 차부에나가보게」

「오늘은 꼭오시나요?」

매일가티 냄새나는 차부에우득허니 나가섯기가 열적엇든것이다.

「글세 나가보게나 늘나가다가 오늘짜레업시 안나가는날맛침 오늘오신다면 여지나가든 보람이업서지지안나?」

그는 마지못하야 옷을툭툭털고 어정어정거러갓다 그리댐치안은 꼴이엿다.

「어서 쌜니가보게!」

소리치고나서 안방으로드러왓다.

밧그로부터 기성이가 가방을들고 쒸여들어온다 순간에그의가슴은 쿵!하는소리가자긔귀에도 확실히들엿다.

「주인님 오십니다」

기성이는 앗가와는 싼판으로 엉덩춤을추며 지게를어더지고 밧그로나간다.

그는 몸둘곳을아지못하야 두루두루보다가 부억으로 나왓다.

엇전지 가슴이 둘넝둘넝하기시작하엿다 「행여나 오늘온다면 엇절가 엇저기는 무엇이엇재」이럿케생각하며 픽우섯다   그러나 여전히뒤숭숭하엿다 그의압헤는 아모것도 뵈이지안엇다 쏙싹쏙싹시게를짜라 점점가슴이답답해질쑨이엿다   그는쌍이쩌지도록 한숨을내쉰후 가만히일어낫다.

남 편 (二)

구두소리가나자 남편은드러왓다 마루로 성큼올나서 방안을드려다보며
「옥씨 어듸가섯소?」

부억뒷문에빗겨선 옥이는 두눈이캄캄해지며 쌍속으로 풍당드러가면 조
흘것갓핫다 이째처럼 자신이무겁고 귀차는째는 처음이엿다.

기성이는 지고온고리짝을나려노코 쌈을싯츠며 부억으로드러왓다.

「뎜심 어쩌케하나요」

옥이는 머리를들엇다.

「한그릇 식혀오게」

말소리가들이자 봉준은 부억새ㅅ문을열고 드려다보앗다.

「옥씨 안녕하시댓소?」

그의 얼골빗은 아조당홍빗으로되엿다 기성이는 옥이를한번더치여다보
고는 빙긋이웃고밧그로나갓다.

「어서 이리드러와요 웨그리고만잇소 반갑지안아요」

뭇는말에는 그리탐탁히굴지안튼사람이 이번에는 아조싼판이엿다 그럴
사록 옥의가슴은 점점더의문으로꽉채워젓다.

국수그릇이 드러오자 상을채려 기성이를주엇다 그는바더가지고 안으로
드러갓다 뒷니어남편은나왓다.

「여보 옥씨 드러와요」

옥의 등을밀엇다 그는안탑갑게 얼골이확확달엇다.

「어서 들어가세요」

그는 벙글벙글웃스며

「가티 드러가야합니다」

하는수업시 방으로드러갓다.

남편은 상을들어 옥의압헤갓다노코

「기성이 공긔드려오게 빈그릇이라야 잘알아듯겟군 여보게 빈그릇드려주
게」

빈그릇을바다노코 국수를덜어 자긔압헤노앗다.

「가티먹읍세다 우리」

제를 들어주엇다.

「금박금박 먹엇서요」

「먹기는 나도먹엇소 하권할때 못이기는것 처름하고 들구려」

옥이는 그의하는대로 내버려두엇다 입은 쫴쫴썻다   남편은 얼는먹고 제
를노앗다.

「잘먹엇습니다 옥씨」

그도싸라제를노앗다.

「요새 방학햇지요 당신네학교에서도!」

「네」

「공부자미나요?」

「그러치요 뭐」

「김선생님 늘오섯소?」

「네」

남편은 벌컥이러나서 양복을훌훌벗고

「기성이 고리 쓸느게!」

그는 분주히달녀가서 고리짝을벗기고 가로세로줄진하오리를 내여입엇다.

멍하니 바라보든옥이는 「저것은쏘무엔고」엇재쓴남편이하는것은다조아보
엿다.

남편은썩독이를신고 마당으로나갓다.

「여보게 기성이 자네다락질줄아나」

그는 이상하다는듯이 주인을자세히 홀터보앗다.

「글세요……지으면짓겟지오」

「그러치 자네쯤해서 다락못젯겟나」

그는 벙글벙글웃스며 쏘푸라나무아레로왓다.

「여기다 짓게 쌜니지여야하네 정 울장잇나?」

「좀잇지요」

「잘되엿네 어듸잇나?」

복슬이는 밧그로부터들어오자 컹컹지젓다 그는 복슬이를 어루만젓다.

「강아지가 이럿케컷나?」

마루에서 고리를뒤지고잇는 옥이를처다보앗다.

밤낮으로 쓰다듬어길은 복슬이를 어루만질째 옥의가슴은 옷싹해짐을늣겻다.

기성이는 울장을한아름안고 뜰안목캐로나왓다 그리하야 구람을파고 기둥네개를세윗다 기성이가 쌈을씻는동안 봉준은 광이를둘너메고 헛광이질을하엿다.

「것도 못하겟네그려 자네용허이」

기성이는 허허우섯다.

이리하야 봉준은 잔신부름쩐쓱케하야 해질꼴세 겨우다락을 지어노앗다.

「수고 단단히햇네 고맙네」

부엌으로 쮜여들자 가싯물에손을싯츠며

「저봐요 옥씨!」

옥이도 짜라우섯다.

「좃치요 기세는 밥만히주우」

빙긋이우섯다.

그들은 어리둥절해젓다 짜라 어림상은업서지고 썰이든옥의가슴도 저윽히가라안젓다   그저을니함은 저—마음속깁히잇섯다.

저녁을물인그들은 봉준이권으로 다락우에 올나안젓다 그는 자긔손씃헤노는 긔구를전부 다락으로옴겻다 그들은멍하니 바라볼쑨이엿다.

남편은 바이요링을내여쯧엇다 무슨곡조인지는 몰나도 엇전지처량하게들엿다 그도시원치안은지 이번에는 하모니카를내여붙엇다 억개싸지들석들석하엿다.

모든것에 능통한남편을치다보는 옥이는속으로 「어머님이게섯더라면 얼마나깃버하시랴」남몰으게 눈물이흐르는것이엿다.

기성이는 두눈을쏙바로쓰고 봉준이의 몸세 놀니는대로 짜라움직엿다、

하모니카도실증이난 봉준은

「자리올여다주우」

이제야기성이는 제정신이들엇든지 후닥닥이러나 나려왓다 뒤를이어 옥이도나려와서 자리를올여주엇다.

「옥씨 평안히시무시오 나위해 오늘수고만히하엿소」

남 편 (三)

늦게일어난 남편은 다락문을열고 부시시나왓다 미리써다노흔 세수물에 세수를하고 다락으로올나가서 한참후에 나오는 그의얼골은 한층더환해젓다 그는 밥상을마조안지며

「옥씨도 잡수어야지오?」

「먹엇습니다」

멧술을쓰는듯하더니 상을물엿다.

「오늘 주일날이지오?」

「녜」

남편은 양복을밧귀입고 연해면경속으로 자긔를빗처보앗다.

「기성이 다락에서 솔 드려다주게」

가저오는 솔을밧아 우에서부터나려쓸엇다 해빗에일어나는 몬지는 오색빗이낫다.

「례배당에 갑시다 당신 예수잘밋지오 그래서 나위해 긔도만히하신댓지오」

옥의 얼골은쌜개젓다 어밤중에이러나 눈물먹어 쓴편지일면이 그의압헤 판히낫하나는것이엿다.

「그래서 나도 예수를진실히밋게되엿지오 그려」

빙긋이웃으며 밧그로나갓다.

남편의나가는 뒤꼴을 물그럼히바라본 그는 「쌔른것은 세월이다!」하고 생각하엿다.

재종소리에놀난그는 분주히옷을가라입고 밧그로나와서 부억대문을걸고

사랑문을드려다보며 기성이에게

「집잘보게」

하고사리ㅅ문을지치고 골목새로쌔젓다 복슬이는 뒤를짜랏다.

례배당갓가히오자 우렁하게울여나오는 찬미소리가들엇다 문안을드러서며 참으로 남편이왓슬가? 하는 호긔심으로 남자방을 힐끔처다보앗다.

「웨 언니늣게오시우」

옥의손을꼭잡아 제겻헤쓰러안치는 학생을 바라보니 상애엿다 짜라학생들은 눈으로 옥에게 인사를건늬엿다.

그가 자리에안자마자 상애는

「숙희라는 녀자왓서」

가만히하엿다.

「어듸!」

그의가슴은 호긔심에들썻다.

「언니뒤 네사람건너서」

이번에는 입을막고하엿다.

그는 조심히도라보앗다 트레머리한 얌전한처녀들이 가즈런히안젓다 순간에 그는 일종에질투비섯한 감정이 써올낫다.

「엇대?」

「곱구나」

「곱기는 무어고와 그럿케치장해서 안고을년이 어듸잇담 정 신랑도 왓겟시다리?」

「응」

「반가와?」

「그럿치」

그는 의미잇는 우슴을웃고나서 찬송을불넛다.

례배맛치기까지 옥은 불편함을늣겻다 그러고 남편과숙희가 번가라써올낫다 짜라점점 자신은 아무것으로도 생각되지안엇다 「그들은 만히알고 쓰기도잘할터이지 나도배우면되겟지」이리하야 겨우짜라안치는새이에 벌서 례배는끗낫다.

　욱욱밀여나가는 사람들에석기여 두녀자의가는 뒷맵시를바라보앗다—날신한허리 알마진키와 색노란구두 하얀팔둑속으로빗치는 손시게.

　등을툭 침에 도라보니 기순이엿다.

「언니 남편노 왓구려」

　저켠을 바라보앗다.

　남편은 두녀자에가는 뒷맵시만 눈이쑤러지도록 바라보는것이엿다　순간에 그의얼골은 확근달앗다 「그럿켓지!」 이럿케 속으로부루지젓다—남편이엇재서이곳까지오게된것을 잘알게되엿다　짜라 그의전신의맥은탁풀니고 압히캄캄하여젓다.

「언니 오후에쏘오지」

「글세」

　이럿케 맥업시대답하고 집으로도라왓다 벌서복슬이는압장섯다 「내에게는 복술이밧게업다」하고 눈물이쑥비여젓다.

「얼마나 깃부냐?」

　남편과 영철선생이 마조안젓다.

「방학하고 곳내려오지 무엇하기 여지것잇섯담 옥이는얼마나기다렷는지몰은다네」

　빙긋이 우서보엿다.

「글세올시다 동무집에서 붓잡앗서……」

　옥이는 웃방으로가서 옷을가라입은후 부억으로나갓다.

「자네 이번학비는 전보담만히썻지 될수잇는데짜지는 절약해쓰게」

　돈이야기를쓰내면 언제나 그는 듯기슬헛다.

「조선과 달나서……」

「음 그런줄은 잘아네만은……내장골논을 쏘파라야하겟네」

「팔지오」

　선생을처다보앗다.

「지금 곳팔게하지오」

철업시 덤벙대는 봉준이를 물끄럼히바라본 선생은 난처하게생각되엿다.

「아무째나 팔겟나 내일모레벼를비게되엿는데……느진가을쯤가서 내여노켓네 앗기여쓰도록하게」

그는 벌컥이러나 왓다갓다하며 마루로나왓다 그의발밋은 산듯한쾌감을 늣기며

「무얼하시우?」

옥의 이마슷헤는 쌈이방울방울맷치고 불볏헤 두볼이발개젓다 첫눈에 「과연미인이다」하고 봉준은 속으로 중얼대엿다.

옥은 쌈을씻츠며

「점심하지오」

「여보 그만두 더운데 시원하게 국수나사다먹고말지 어서드러오」

남 편 (四)

점심을먹은봉준은 방에안젓기가 엇재서 불쾌하엿다 그는모자를들고 이러낫다.

「참 지독히덥군」

이럿케 혼자말로 중얼거린후

「저는 놀러나갑니다」

하고나가 버렷다.

「이번은 좀나진것갓흐네 자네게구는것이」

옥이는 잠잠히 머리를숙엿다.

「그럿치안나 말하는것이나?」

숙인 그의얼골을처다보앗다 그의 두볼은 붉어짐으로 대할뿐이엿다.

「논은 팔기로되엿네 봉준이까지팔나니까」

「네? 팔나고합데까?」

감초엿든 슬음이 왁쓰러나왓다 선생은 한숨을쉬며

「돈을드리면 돈이나오겟지 그럿치안나 엇재쓴하든공부는 마처야겟스니

짜……」

언지를못어더 잔쓱드리켯든눈물은 좍—쏘다젓다 선생도마음이 언짠아젓다 한참이나 묵묵하니 안젓든그는

「우는것으로 일치우겟나 그런데 봉준의말을 드르니 오는봄에는 자네도 서울다리고가겟다네」

그의귀는 번쩍씌엿다.

「내생각에는 그것만은 잘생각햇다고하엿네 이곳에박혀안저잇다가는 결국은 자네만속을일일세」

옥이도 그러타고생각되엿다 짜라서그가 엇더케 자긔까지공부식힐마음을먹엇슬가? 여기에서 실낫가튼희망이부텃다 그러나 점점패하여 드러갈자긔네 가세형편이 무엇보담도감감하여젓다.

「하나 공부하기도 어려운판에 저까지 올나가면 아조못살게되게요」

「하여간 가는데까지 가보세 구만 멧해후에 제가졸업을할터이니 그때에는 무슨수가나겟지」

선생도 이럿케씨러지고말엇스나 역시 걱정안인것은안이엿다 그럿타고 옥이를 이곳에서 살림사리나 맛하가지고 엄벙덤벙지나다가 공부업다고 차던지든지하면 그역시 난처한일이엿다 그럼으로 우선두를 다내세워가지고 공부를 식힌후 나종문제는 자긔네들끼리 해결하더라도 우선는 옥이로하여 곰 여한이나 업게하자는것이엿다.

선생은 이러섯다.

「자네의 한번생각에 달린것일세 멧달동안 쑤준히생각해두게」

그도 짜라문밧까지 나왓다 놉핫다나자지는 잠자리지처귀소리가 은은히 들렷다.

밤이되면 옥이는 한잠도못잣다 전에는 남편이오면 낫겟거니하고 기다렷더니 남편이 막상오고보니 말못할새설음이 한가락 더해젓다.

남편 역시번민을하는모양이엿다 낫이나 밤이나 오래 오래쏘다니다가는 얼근히취하야 벼락치듯 다락으로기여올나가서는 목을노코우는때가종종잇섯다 그리하야 옥이는까닭도모르고 다락주위로빙빙다니다가는

「엇재우시우?」

썰니는손으로 다락문을 열엇다.

그는 문을쿡-다드며

「당신 참견할일아니오!」

그는 부끄럼과노여움이 일시에폭발이되여 가슴을짓모으는것갓핫다.

그는멋번이나 발길을돌렷다가도 「에라! 아직철업서그리는것이겟지 도라가신어머님을생각고 참자!」 이럿케 중얼거리고 방안으로쮜여들어갓다.

뒷문새이로 흘느는 차듸찬달빗은 옥의얼골을 한충더새하야케만들어주엇다 그는 앳쑤진뒷문을 발길로차던지고 발을느리웟다.

울바지 울장과울방새이로걸은 거미줄은 달빗에빗낫다 길가티드러선 강탕나무 칙넝쿨가티 엉킨호박줄기 별가티빗나는 박꼿 이모든것이 고요히잠든듯하엿다.

그는 벌컥이러나 밧그로튀여나왓다 그리하야 마루우에 털석주저안것다 방보담휠신시원한맛이잇섯다.

멋시간후에 다락문이열니자 남편이사쓰바람으로 기여나왓다 그는 전신에 랭수를끼언진듯한쾌감을늣기며 부끄럼이 압홀칵막아첫다.

나막신쓰는소리가들럿다 이리로향하야 오는것만갓핫다 한참후에 쏘신발소리는낫다 뒤이어 다락문여는소리가들럿다 그는 최후용긔를다하야바라보는 순간 남편의 힌발목이 천천히다락속으로드러갓다 그는엇결에 웃둑이러섯다 밋친듯이 마루기둥을 얼싸안고 도라갓다.

한참이나 정신업시 도라가든그는 나중에는 긔운이진하야 마루바닥에 쿵-하고 업푸러젓다 갈갈히흐터진 삼단가튼그의머리카락속으로 빗나는그의 흰볼이 아담스러웟다.

잠쏘대에 씽씽하든 복슬이는 쿵소리에놀나 툭툭털고이러낫다.

한참후에 선득선득함을늣기자 가만히정신을차려보니 복슬이가 자긔얼골을 나려할고 치할트며 씽씽하엿다 순간에 흰발이 문득쩌올낫다 그는이를 부드득갈고 이러낫다 그래 복슬이를쪄안고 멍하니 하늘를처다보앗다.

달이 쏘푸라나무가지에 비스듬이걸려 샐죽샐죽웃는듯하엿다.

그는 머리를푹숙이고 복슬이를 노아주엇다 산듯한바람이 그의볼을스치자 전신이산듯함을늣겻다 그는이러서 방으로 드러서자 매시시하니 잠이푹들엇다。

남 편 (五)

옥이가 멋칠전에 빨내질한남편의사쓰 카라 넥타이 양말등을 차곡차곡얌전히 뭬메일것은뭬메고 하야 고리에 개여너엇다。

「언니 무얼하시우?」

발을들치는 소리가들렷다 그는바라보니 긔순이엿다。

「올나오너라 용히 우리집에를오는구나 어서올너와」

「아무도 업지?」

「그래 누가우리집에잇겟니」

「그런데 다락은 언제지엇소?」

「요즘지엇다 좃치」

빙긋이우섯다 긔순이는 마루로 올나안젓다。

「언니 숙제다햇소」

방으로드러가자 책상밋흐로갓다。

「야 숙제가 다무어냐 넌 다햇겟구나」

「언니두 나갓흔것이 벌서숙제를다햇스면……정말공부잘한다고하게」

「언니 신랑도 쉬히가겟구려?」

「글세 가겟지」

옥이는 밧그로나가더니 바구니를들고 드러온다。

「어제 십전에치산것인데 퍽달더라」

「이제 점심먹고왓서요」

노란참외를들고 껍질를벗긴다 기순이는 혼자서 상긋상긋웃더니

「언니 이번 숙회라는녀자 자세히보앗지?」

옥이주는 참외쪽을바더든다。

「보앗지」

말만드러도 가슴이선뜻하엿다.

「웨?」

그를 처다보앗다.

「무슨말 드른것잇는데 말할까 말짜?」

남편에관한것임을 직각하자 호기심에 간즐간즐하엿다.

「말하렴」

「언니 골안낼테야?」

「왜 무슨말이기 그러니?」

「그만두겟소」

그러고 참외를깨무럿다 옥이는 밧작대여들엇다.

「어서하려무나 조롱만하고마니 내언제 골내는것보앗니」

「그래두……」

그를쏙쏙히 쏘아보앗다 그러고 자조자조밧글내여다보앗다.

「이짜저녁에나온다 마음노코 놀나우」

「언니야 뭐 미리알겟지」

「무슨말인지 하려무나」

그는 음성을낫추엇다.

「숙회라는녀자의뒤를 늘짜라단이며 매일편지하다십히한대 그래서 이번
도 동경서오기는 벌서인데 서울서 짜라단이느라고 그러케늣게왓다두만」

말씀히 옥이를처다보앗다 그의 예측한바와 비슷이드러마젓다.

「누가 그러든?」

「언니두 누가그라든것까지 내가 말할것갓테」

「말하면 어쩌냐?」

「그래 숙회가 이리로왓더니 분주히짜라왓다지」

이말에는 그는 불쾌함을늣겻다 그는 약간 미소를씌워 언짠은빗을 가리
우려하엿다.

「알수업지 안해인내가 눈치를모르는데 다른사람이엇지알고」

「그래 어느날 몰내쩌나겟다는 소리를들엇서 너무짜라단이는것이 귀치안아서」

싸고도는 옥이가 미웟다.

「숙희란녀자가 얼마나 잘난는지는 몰나도 우리그가 그러케까지는 아니할테다 그건나 서의늘수작이지」

남편을짝가누루는것이 곳실혀젓다 긔순이는 우스며

「보아 저러케성을내니까 내가얼는 말할수가잇나」

그도 짜라우스며

「성이아니라 글세 들을세 짐작이아니냐」

「무얼 언니두 너무싸고들지말아요」

그는 참외쪽지를 바구미에던지고나서 수건으로입을싯는다.

「에 배불너」

책상을 뒤적그려 과제장을내여노코 벌썩벌썩뒤저본후 이러낫다.

「어째서 이러나니」

「내일 과제장가지고와 어듸가든길이야」

긔순이를보낸 그는 긔운업시 안저잇섯다 모든것이 사실일것이라고 생각되엿다 그러고생각하니 남편이그지업시 불상하여젓다.

저녁을먹고나간 남편은 아홉시쯤하야 쮜여들어오자 휘휘둘너보더니

「긔성이」

차즈나 대답이업섯다 그는부억으로나가더니색기를한아름안고 드러와서구석에노힌고리를써러당겨 쏭쏭매엿다

물그럼이 바라본옥이는 내일가랴나부다하고 생각될때 울음이칵쓰러나왓다.

다 동인고리를가지고 밧그로나가자 자전거우에다실어놋다 그러고 다락으로드러가 한참이나 버석버석하더니 얼는양복으로 가라입고나왓다.

「옥씨 난 갑니다」

뒤이어 자전거소리가 들럿다.

옥이는 전신이메시근헤지며 정신이쌈뭇해지는것갓핫다 그는 용긔를다

하야 짜랏다.

「어듸 어듸가서요」

「동경가지오」

여름내 참앗든분이 밧작치밀엇다 하야 남편에게메달렷다.

「여보쇼 당신몸에 해롭습니다 당신은 어머님의 외아들이 아닙니까?」

봉준이는 사정업시 옥이를밀처버리고 자전거에올나박휘를 스르르굴렷다.

옥이는 밋친듯이 그의뒤를짜르다 기진하야 풀숩에폭곡구라젓다

(련재 제7회)

세친구(一)

재일은 늦게일어낫다 하야세수도하기전에 원선의하숙을차젓다.

그는 새로짜른 다다미우에 비스듬이 책상켠을의지하야책을보고잇섯다
아츰산듯한해빗에 그의얼골은 한층 더윤택해보엿다.

「여보게 벌서 책인가?」

그는 빙긋이웃으며 앗가보담돌줄을쌜니 타내려갓다.

「그만두게 밤낫책만들고‥‥」

책을 쎗치려하엿다 그는 책든손을물니며

「마자보아야겟네 잠간만기다리게」

재일은 후닥닥일어낫다.

「가겟네」

그제야 책을놋코 눈을부비치고 바라보앗다.

「놀다 가게나」

「아니 나 밥안먹엇서 봉준군과 놀너오게나 자미잇는일이잇서」

어차피잘되엿다하고 책을들엇다 예정한페―지까지보고난그는 책을덥고
기지개를하엿다 그러고 어제밤 봉준에게서드른말을 다시금 되푸리하여보앗
다 짜라 자긔의막연한장래가 새삼스럽게 걱정이되엿다.

「난처한노릇이지!」 그는 천장을치여다보며 이럿케외첫다 봉준의처지에

잇서서는 짝히리혼을하라고도못하겟고 하지말나지도못할형편이엿다 이것
이야말로 자신이 스사로해결짓기전에는 제삼자로서는 어림도해보지못할것
갓햇다.

신발소리가들럿다 그는 누구인지번히알고 이째껏하든생각은 치워버렷
다.

「칩지안은가?」

벌컥이러나안지며 문을다닷다.

「안게」

그는 맥업시주저안젓다.

「편지가 쏘왓네그려」

팡팡한 누런편지를 원선에게로내첫다 그는 밧아들엇다.

「보앗나」

뭇고나서 편지를쩌내여 읽기시작하엿다.

다보고난그는 한숨을푹―쉬엿다.

「불상하지?」

원선을처다보앗다 그는 한참이나 묵묵히잇섯다.

「난처하지 세상일이 웨그런가―」

봉준이는 머리를숙이며 눈물이글성글성해젓다 이런편지를 밧아쥘째마
다 동정하지안을수가업섯든것이다.

차라리 옥이가 먼발로친족관게가된다든지하면 얼마나다정할새일는지를
몰낫다 그러나자긔의 사랑하는사람으로써는 도저히못할일이엿다.

「내누님이라면 얼마나 조켓나 !」

외로운만큼 누님이라는명사에 눈물이날만침감격되엿다.

원선이는 봉준의안타가워하는모양을바라보면서도 무엇이라고 뒤로할말
이생각나지안엇다.

「숙희 오 숙희씨! 나는 숙희가업시는 못살것만갓해 !」

봉준의눈은 불이붓헛다.

「너무 감상적으로나가지말고 이왕이면 좀더 자네마음을기다려보게 행여

나종에 새이조흔부부가될는지 누가아나?」

그는 머리를 흔들어보앗다.

「그리된다면 나는조켓네만은‥‥어림도업는소리」

봉준이는 문켠을향하야 무슨생각을하는듯하더니

「자네 숙희씨와 친한새이라지?」

「친하다는것보담도 그저아는새이지」

원선은 편지를도로돌렷다.

「불상하네 옥씨가」

그저아는새이지 이럿케씨러치는 원선이가 능글능글해보엿다 차라리 솔직이말하여주엇스면 엇덜는지몰낫다

「그럿케 진심으로불상히생각하나? 다만한마듸를 하더라도 참으로하여주게 참으로!」

원선이는 어이가업서 아모말도나가지안엇다.

「여러소리말고 재일군한테나 가보세」

「홍! 혼자가게나 !」

그는 벌덕이러낫다 원선이도 짜라이러낫다.

「웨 쏘 그러나?」

봉준의손을잡엇다 짜뜻하엿다.

「자네 요새 밧작더해젓네그려 병원에라도 가보아야하겟네」

근심스러운듯이 드려다보앗다.

「자네 가고십흔곳으로가세구만 그리 역정벌것이무언가?」

봉준이도 실은 재일을찻고십지안은것은아니나 치밀니는 감정으로인하야 이럿케말하엿든것이다 하나 그의 짜뜻한손맛으로부터 절반남아 골이풀렷든데다 이럿케 다정스레히 말하는것을듯고 획－풀니고말엇다.

「가세 재일군한테」

눈물고인눈에 우슴이돌앗다 원선이도 짜라웃고 밧그로나섯다.

골목을도라서는 봉준은

「이보게! 저기오는것이 숙희안인가?」

손길을통하야 바라보앗다―조선녀학생두리서 가즈런히거러갓다.

「안일세 원!」

숙희면서도 자긔에게는 숨기는것만갓핫다 그는 분주히압서가서 알아보고야 안심이되여돌아왓다.

「안이데」

번번히 그를의심하다가도 곳돌이여 난처한 자긔를도리여 불상하게보앗다。

그들이 재일의하숙문을여럿슬째 첫눈에 책상우에노힌파란솟봉투가보엿다。

<h2 align="center">세친구(二)</h2>

그들이 안자마자

「편지보게 우리숙희에게서자네한테 한것일세」

원선에게로 편지를던젓다   번연히 봉준이를놀니랴고하는줄알면서도 다소 가슴이울넝거렷다.

「쓸데업는소리말아 !」

정색을하야보앗다   재일은 슬쩍우스며 봉투속으로부터 사진을써냇다.

「편지보기실흐면 사진이나보게」

원선에게로 내여주엇다   그는 사진을밧아들고 한참이나보더니

「올에는 더부해젓네그려」

봉준에게로돌렷다   그는 사진을바다들자 얼골이쌜개젓다.

「안해잇는사람은 처녀의사진이 필요치안은걸」

봉준이는 못드른체하고 언제까지나 사진을드려다보앗다。

숙희를사모한지 근몃해동안에 사진이나마 이럿케보게되기도 처음이엿든것이다.

숙희게보내는 편지마다 「사진이라도 한 장보내주시오」 하고 애걸애걸하다십히한 구절이생각키우며 눈물이핑돌앗다.

「허 남의처녀사진을보고 울면쓰나 이리내게!」

봉준의손에서 사진을쌔섯다 원선이는 재일에게로 달려들엇다.

「그까짓 사진이무엇하는건가 자네도 그만해두게 !」

그는 사진을쌔아서 봉준에게로던것다.

「엣네 실물은마음대로못보나 그래 사진이나 못가저보겟나」

성이날줄아랏든 재일은 허허우섯다.

「매우들잘논다 상당한극일세그려 응자네들도 배우노릇 상당히하겟네」

눈을심벅심벅하엿다 그들도짜라우섯다.

재일은 눈을실죽하니쓰고

「자네 그사진가지고 가만히잇서서는안되여 중매를해달나는말이야 중매하겟나 못하겟나? 말하게」

「나가튼것이 중매자의자격이잇는가?」

「어—업다면 사진도루내게 소용이무어람 자네가 총각이니 연애할생각을 감히먹어보겟나 엇던리유하에서 가지느냐말이야? 단단히대답하게 그럿치안으면 사진내놔!」

그는 눈을짝부릅쓰고 대들엇다 봉준이도 처음에는웃는소리거니하고 사진잇는것만 깃버하엿스나 그가리유를붓처가며 대여드는것을보니 가슴이멍청해젓다.

이꼴을본 원선이는

「자네누이가 그럿케 시집가고십허 등이다랏다면 내 중매하지」

그의 말문을막으랴고 이런말을하엿다.

「응 자네가 중매하겟서」

봉준에게서 사진을쌔섯다.

「엣네 자네가 중매하겟다지 이사진가지겟다는말이야응올치 자네는 총각이니만큼아조가지고말게나 생각이 처녀의사진가지는만콤 쩟쩟한일이지 거리에나가서 지나오고가는사람들에게물어보게 내말을밋지안으면 말이야 봉준군도 잘생각해보게 원선군한테온사진을 웨자네가 어림업시 가지겟다는말이야 그럿치안아 홍」

그는 도라안젓다.

「사라가면 별꼴을다보겟네 언제는 사진청해달나고매일졸으다십히하더니 막상붓처오니 시침이를씌여! 이것위누구를놀니는셈인가 엇전일이야 !」

원선이를놀려보앗다 그는 우스며

「쓸데업는소리를말아 자네는너무 허튼소리해서 재미업데」

봉준이는 더참을수업섯다.

「가겟네」

벌컥이러낫다 그의가슴은무서웁게썰럿다 그리하야 벼락가티 문을열엇다.

「제이막! 엇대?」

원선이를바라보앗다 그는 너무어이가업섯다.

「그왜 그모양이야 갓득이나 요새는 신경병으로 고민하는판에 위로는못하나 그럿케지나치게놀린담 아조재미업서 후일에는 그런일말게 여보게!」

「아츰에내가 무어라든가? 재미나는일이잇다고햇지그좀재미잇나 그래 심심한데 더러롱삼아그러면 엇더타는말인가?」

「아! 글세 성한사람갓흐면야 무슨일잇겟나만은 봉준군은 병자니만큼 삼가달나는말일세」

원선은 이러낫다 재일도 그의뒤를짜라이러섯다 한참이나말업시섯든 원선이는 도라보앗다.

「봉준군이 아모래도 리혼은해노을것이니까 숙희씨에게 권고하여보게 자네도보는바라어듸되겟나 점점더하여가니」

「글세 짝하기는 하지만 그애가 말을 드러 주어야지」

「무러는보앗나?」

가만히생각해보니 말도해볼것갓지안엇다 그러나 임이낸것이라.

「응 한번부처보앗네」

재일은어느듯압섯다 그의다릿마듸는 길직길직하야 언제나 경중경중거러서남보다 훨신압서걸엇다.

「장내성잇는 청년일세 봉준군이 두고보면 자연알것이니까 엇째쓴힘써보게」
「참말인가?」
「여보게 자네처럼 극이나꿈일줄은모르네」
「응 조흔친구야 봉준군이」
앗가 문차고 나가든꼴를생각하고 빙글빙글우섯다.
압흐로지나가는 녀학생을보고
「스타일좃타!」
하고우섯다.

짝사랑(一)

모녀학교이년급 시험을치르고난 옥이는 락제냐 급제냐이두의문으로 가
슴을조리고잇섯다.
주인집학생이나왓다.
「어제가티오섯든이가 누구야요?」
옥의겨트로안젓다   입속으로
「남편이야요」
「네」
「그학교서 락제가된다면 다른학교에가서 시험처볼수도잇겟지오?」
근심스러운듯이물엇다.
「붓트시겟지오 넘녀마르세요」
「저갓흔것이 엇지붓기를바라겟습니까」
문편을향하야 바라보앗다.
「웨 일학년 시험을치루어보시지오 아무래도좀……」
이말을듯자 더욱안타가웟다   차라리 이학생의말과가티 일년급시험을처
보앗드면 하는후회가낫다.
「글세요」
만일 락제가되면 무엇보담도 남편보기도 난처하엿다

「엇질가?락제만되엿다면 두말업시 고향으로나려가서 한해더배워가지고
오지!」

겨우 이러케가라안첫다 그러나 가슴이울울하엿다。

「일본가서 공부하신다지오?」

「네」

「무슨학교야요?」

그는 한참생각하엿다。

「와세다라든지오?」

옥의 얼골은쌜개젓다 얼마나쏙쏙하면 남편단이는 학교일홈도 자세히몰
으나ㅡ할것가타엿다。

「네」

대답하는 소리를듯자 안심되엿다 엇전지 자긔입으로 학교명을부르고나
니 별로섯투루게생각되엿든 것이다。

「그의 친구들도만투면요」

「글세요」

「이방에드러왓슬째세분인가네분인가 욱욱밀러왓더군요」

빙그레우서보엿다。

「그중에 내동무 숙희옵바도오구요」

그는 가슴이씩찍끈하엿다 벌서 우리그가 숙희를짜라단이는줄 이곳서도
아는가? 그리하야 내속을써보누라고 저럿케말하지안는가? 그는 다소물어보
고십흔것이만치만은 이말끗헤 쑥드러가버리고말엇다。

「숙희아서요?」

「몰나요」

「연희는 아시겟지오 가튼고향이라지오?」

「네 말은못해밧서도 낫만은여러번보앗지오」

「숙희도 늘놀너가든데요 방학째면」

「글세요 자세히몰으겟습니다」

요리조리뭇는것이 귀찬앗다。 .

구두소리가나자 방문이열렷다 영실은얼는이러낫다 그리하야 안방으로 드러갓다.

봉준이는 마루구석에 피하여섯다가 방으로드러섯다 옥이는 잠잠히이러섯다.

「평안히 주무섯소?」

이럿케뭇고나서 신문지속에드러잇는 노랑구두를꺼냇다

「신어보시오」

그는 가슴이두군두군하엿다 그러고 발내노을것이 무엇보담도 난처하엿다 그는 포켓트에서살색양말을꺼냇다

「이것신ㅅ고 신어보시오」

그의 얼골은쌜개젓다.

「어서 신어봐요」

「후일 신지요」

「공연한소리만하는구려」

봉준은 얼골을찡그렷다 그러고속으로 시골녀자는 할수업서-하엿다.

그는 남편의좃치못한 긔색을보고는 그만아무말업시도라안저서 양말을신엇다 봉준은 양말다님을내여주엇다.

「다신엇소 자」

구두를들어 옥의발에다 신겨주엇다.

「일어나보시오」

그는 앗질해지며 방안이휭돌아 겨우 바람벽을의지하야일어낫다 한참이나 드려다본그는 우슴을씌우고

「됏소이다 제법 녀학생이구려」

「그러고 학교에갈째에나 안갈째에나 저분 발나요 크림도쎄니도 네그 래야합니다」

책상우에 버려놔준 분병들을가리켯다.

처음으로 남편의다정한말을듯는 그는 너무지나처서 엇절줄을몰낫다.

「그러고 저녁에 두리친구몃몃을다리고 올테야요 우물쑤물하지말고 뭇는

대답도 얼는얼는해요 네 오늘 분안발낫구려 저녁먹고 세수하고 분발으시오
네ー」

얼골을말씀히드려다보앗다 옥은 확확다는 그의얼골을 폭숙이고말엇다.

「내말대로하시오」

이럿케 재삼다지고나서 이러섯다 그는짜라이러서서그의뒷맵시를바라보
며「나도 남편이잇구나 !」 이럿케부르지젓다.

뒤니어 영실이가 우슴을씌우고 드러왓다.

「무얼다 사오셋서요?」

책상아래노힌 구두를들고 드려다보앗다.

「구두사오셋소 벌서부터……」

요리조리 굽어보드니

「쏙마저요」

「네」

옥의 깃버하는것을 한번더치여다보앗다 영실어머니도 우스며드러왓다.

「아이구머니 곱구먼요」

쌀에주는 구두를바더아들고보앗다.

「얼마주엇대요?」

「글세요 자세히뭇지못햇서요」

그들의 부러워하는 모양을바라보며 압헤노힌구두를볼째 눈물이날만큼감
격되엿다 그는속으로 어머니도깃버해주서요! 이럿케중얼대엿다.

짝사랑（ 二 ）

남편의말을외우고잇든그는 저녁먹기전에 새로사온항내나는비누로 말씀
히얼골을싯츤후 곱게곱게단장을하고 저녁상을밧엇다.

밥상을들고나온 영실이는 피여올으는듯한 그의맑고웃는듯한 얼골에도취
되여 멋번이나 그를치여다보고마음속깁히부러워하엿다 과연 남편의사랑을
밧을만하다하는것을 당장깨다랏다 그리하야이부부의짝은 기울지안타는것

을 무엇보담도부럽게생각하엿다.

「가티 잡숩시다」

그는 영실을치여다보앗다.

먼저자시여요」

가는김이 곡선을그리며 올나갓다.

엇던불안에 잠긴사람모양으로 긴장되여잇섯다.

불이반짝켜젓다 그는 가슴이울넝울넝하엿다 그리하야 그는 가만히일어나서 마루로나왓다.

변소깐으로나오는 영실은

「우리방으로 드러가십시다」

옥이는 방문턱에서 기웃기웃하야 아모꺼리김업슬것을 알고드러섯다 향하야 바른편쪽으로 책상이노이고 왼편으로 고리짝두개가 겹노혓슬뿐 별다른가구를발견치못하엿다.

「안즈세요」

주인마누라는 우슴으로대하여주엇다.

대문소리가나자 구두소리가 겹허들렷다 옥이는 숨을죽이고 두귀밋이확근달앗다 무엇보담도 그들과서로인사할것이 난처하엿다 가만히듯든 영실은

「여러사람이오나바요」

방문여는소리가나자 이쪽으로향하야오는 발소리가들렷다.

「여기안드러왓나요?」

영실어머니는 문을열엇다.

「여기잇습니다 드러오세요」

「안이오 좃습니다 여보 어서나오시오」

옥이는 난처하엿다 봉준은전등불아래부끄럼을먹고 안젓는그를바라볼째 아지못하는새이에 깃븜이홀넛다 무엇보담도 어서빨니 그들압헤보이여 자랑하고십헛다 언제나 안해인옥이를대할째에는 친구나가튼 그런늣김으로 대하게되는것이엿다.

「어서나와요!」

그는 마지못하야 이러는섯지만 건넌방까지갈것이 여간난처한것이아니엿
다 가슴에서맛방맹이를치고 다리가 사시나무썰리듯하엿다.

「학생도 가티가면……」

영실을나려다보앗다   영실어머니는

「그럼 너도동무해시 짐간갓다 오너라」

말이씃나자 영실은

「그럼먼저나가세요」

옥이를처다보앗다   그는 도루안젓다.

「가치가요」

이꼴을본 봉준이는

「그럼가티나오시면 대단히고맙겟습니다」

건넌방으로갓다   영실은책상을마주안고화장을시작하엿다.

「부끄럽지오」

옥이를바라보며 영실어머니는우섯다.

「처음이닛가요」

머리를숙엿다.

화장을맛친 영실은 새옷을가라입고 압장섯다   옥이는죽으러가는 소모양
으로 안탑갑게썰렷다.

영실은 조심성스레 문을열엇다 봉준은벌컥이러낫다

「드러오십시요」

「오섯습니까」

재일을향하야 머리숙여보엿다   그들의눈은 일시에옥에게로쏠렷다   옥이
는 가만히 영실이엽헤안젓다.

봉준이는 차례로 소개하엿다 옥이는 머리숙여 그들에게보엿다.

「자네들 웨이리점잔은가?」

이방안에 인긔가 옥에게로쏠림을알자 그는 견딜수업시깃벗다 그는 빙글
빙글우섯다.

「집주인부터 점잔으니……」

재일은 봉준이를보앗다.

원선이는 벽에기대여안저 재일의억개로 한쪽눈을가리우고 옥이를뜻어보 앗다-눈코입술 살빗몸집어느것하나흠잡을곳이업섯다 그러나 양미간을약 간찡긴것을보아 그의쓰라린과거를 알리윗다.

멧해를두고 의문의주인공인옥이는 일홈과가튼 옥가튼녀자엿다 그는 스 르르눈을감고 옥이쓴편지일절을생각해보앗다 짜라서 봉준이가 곳장부러워 젓다.

「숙희도 다리고오시지요 웨?」

봉준이와 옥이는 일시에 가슴이찌르르하엿다.

「웨모시고오지?」

봉준이는 동을달앗다.

「이것습니다후일에는가티오지오옥씨도사랑해주십시오」

어느좌석에서나 빈정대는그가 갑작이 여기서만은점잔을쌔엿다.

「당신집에온손님들을 대접할줄도 모르시오」

봉준은 웃는눈으로 옥이를보앗다.

「그런소리말게 우리가 경성사는것만큼 주인은 우리들이안인가 여보게」

원선이를 도라보앗다

「이사람은 벌서조으네 그럼-어듸로든지 가십시다」

휘-돌나보앗다.

봉준이는 속으로 이놈이벌서밋첫나하며 일종의승리의쾌감을늣것다.

「나갑시다 처음이니만콤구경도하시구요」

재일은 옥이를보앗다.

(련재 제8회)

×

재일의꼴을본 영실은 더안젓기가 퍽괴로웟다 그리하야 살작이러낫다 옥 이는 그의 치마귀를 맘씃잡엇다.

「노세요」

그들은 영실를보앗다

「안지서요」

뒤를이어 이런말이겁허써러젓다   그러나 그는 기여코쑤리치고나갓다.

혼자된옥이는 앗가보담더안탓갑고 머리를늘수가업섯다. 원십은 재일를쑥질넛다.

「가세」

옥의모양을보고 더안젓슬수가업섯든 것이다. 재일은 밋이써러지지를안엇다. 옥의수집어하는것을볼사록 더한층 아릿다윗다.

「어듸로갈가」

재일은 일어나는 원선이를치여다보앗다.

「일어나게나 어듸로가든지」

그는 문밧그로 나섯다 재일과 봉준이도 하는수업시싸라 이러낫다.

「어듸가든지 밋자리는 제일무거윗는데 오늘은웬일이야」

봉준이는 문밧글나서자 원선이를처다보며 이럿케말하엿다.

「글세」

재일이는 방문을배움이열고

「안령히지무십시오」

옥이는 머리를숙인채 이러섯다.

대문밧글나서자 재일은 봉준의억개를 가벼움게첫다.

「과연 드문미인인걸 !」

「그럴가? 하지만 숙희씨만못하지안어」

「허 밋친말이야 못한게무언가 그럿케밋치더람 한번말해볼가? 숙희에게」

봉준은 압히캄캄하도록 가슴이두군거렷다. 그러고 이째가그의다만한째인 긔회가티생각되엿다.

「참말인가?」

「이사람 쏘 귀가밧삭당기는모양이지」

우슴으로 써러첫다 자긔로서도 오늘에한하야만 갑작이전과달니 말하기는 좀섭직엇든것이다.

봉준도 이눈치를알고 더채치고십지만 원선이가 써리여서잠잠하고말엇다.

「엇재서 이야기가 중단이되나? 마자맛치지?」

봉준이는 슬쩍 화제를돌엇다.

「자네 전부터 영실이를알엇든가?」

「응 숙회와 동무라네 그래서 멋번 우리집에 놀너왓서 그통에 나도알게되엿지」

「누이잇는사람들은 수나겟네」

「그럴지도몰나」

두리는우섯다   원선이는 멍하니 압길만바라보고 수굿수굿그들의뒤를짜랏다.

「여보게 옥씨가 과연미인이지!자네는 어쩌케보앗나?」

재일이는 뒤를도라보며 멋짓섯다   봉준이도 도라보앗다.

「글세」

「쏙쏙한대답을 해버릇하게 밤낫 글세가무어야 !」

봉준이는 안탓가움에 이런말를하엿다.

쌀쌀한바람이 그들의몸으로숨여들엇다.

「어듸로들 쏘가겟나?」

두리는 씩도라보앗다

「무워좀 먹고헤지세 어듸로갈가?」

언제나 먹는말은 재일이가먼저쩌내엿다.

「그만두지 가랴면 자네들끼리나가보게」

「얼는 가티갓다가세나」

「곤해서 못견듸겟네」

봉준이를보앗다.

「늙으니가 다르다닛까」

전차가압흐로지나간다. 그들은한참동안이나 잠잠하엿다.

「자 난가겟네」

　　원선이는 정진동 골목으로쌔젓다　전신이웃싹해지며 짜쓋한방이 그리워
젓든것이다.

×

「잘가게」
　　두리는말업시걸엇다.　엇전지적적함을늣겻다.
　　재일은　옥의얼골을머리에그려보앗다.　싸라서　이째까지의그의눈으로본
만흔녀자들을 되푸리하여보앗다.　숙희째문에 녀학생들도 픽이나 아럿고 화
류게녀자들은 그수를해일수업스리만콤이엿다.　그러나 자긔로서 흠족히 생
각한녀자는업섯다.　그저 그럿코그럿코하엿다.
　　하나 오늘저녁 옥이를보자 세상에 저런녀자도잇는가? 하고 놀나리만콤
이엿다.　그럴사록 숙희를미씨삼어 반드시옥이는 자긔것으로 만들리라는결
심을하게되엿다……처녀부인을가릴새업시 올골만고흐면 그만으로생각되엿
다.
　　「리혼은 집어치게」
　　그의심중을쩌보려하엿다.　봉준이역시 옥이를미씨삼아 숙희를놋치지안으
려하엿다.
　　「숙희씨가튼녀자는 업스닛가 엇지겟나 나스사로도 이상히아는옥이만헛
네만은……물론 옥에게대하여 동정하지안는배는 아니야 그러나 사랑이안가
는데야 엇지란말인가?」
　　「음 그럿치 사랑이업는데야 동정한들 엇지겟나 나도 전부터 자네마음을
모르는배아니고 싸라 숙희를련모하는것까지도 대강은짐작하엿네 그래서 그
애를맛나면 자네말을늘하다십히 하엿네 엇지햇든 리혼만하게나」
　　「고맙네」
　　봉준이는 눈물이쑥비여젓다　그러고 가슴이두군거리기 시작하엿다. 한참
후에 그는
　　「자네만밋네!」
　　재일은 담배를피여물엇다.

「옥씨가 불상하지안어?   그럿케된다면……」
봉준이를보앗다.

✕

옥이는 아츰을먹고 머리를푸러놋다 얼빗으로슬슬가리우며 면경속으로빗치는자긔얼골을 드려다보고 쏭깃우섯다−어제밤 남편의조와하든꼴이 눈에보이는듯하엿다 「어쩌케붓허슬가 그만흔사람이시험첫는데 아무래도 선생들이 내일홈을잘못불넛지!」 이런생각을할때 가슴이선듯하엿다.

영실이가 드러왓다.

「머리도숫하기는해요」

그는 얼빗을쌔서가지고 멋번가리운후에 두갈내로쏭쏭짜아가지고 곱실하게틀어놋다.

「고운데요 엇지면 그리고을가」

압흐로와서 말쏭히드려다본다. 그는 갑븐함을늣기며 두귀밋이쌜개젓다.

「그런소리말아요」

얼골을돌니며 우섯다.

「우스닛가 더곱네 녀자로태여날바에는 저럿케고와야지무얼!」

몇일전날밤 재일의쏠이낫하낫다.

「학생도 그만콤 고와스면됏지요 나가튼것이 무엇이기」

그는 머리쌀을 일삼아주어서뭉처가지고 밧그로나갓다. 영실어머니도 부억에서 고개를개웃하고 내여다본다.

「꼿송이갓해요」

옥이는 이런말은 귓등으로도안들리고 내가참으로 붓텃는지? 이런의문으로가슴이꽉채웠다. 그는 손을싯고 방으로드러왓다.

「참으로붓텃슬까요?」

영실은 면경쪽으로자긔얼골을빗처보다가 살작빗겨안젓다.

「그럼 학교서 그짓말할까요」

너무조아하는꼴이 밉살스러웟다.

「그짓말보담도 혹시 일흠이 나와비섯한바람이 쏘잇는가해서하는말이지요」

「글세요 그것까지는몰으지요」

영실은 이러낫다.

「어서 학교나 가십시다 잔걱정말고요」

옥이는 감정치마 흰저고리로 갈아입엇다 그러고 책상아레노인 구두를꺼내여놋고 한참이나 망스리다가신엇다.

안방문소리가나자 영실은나왓다.

「어서나와요」

이러고나가기가 퍽이나부끄러웟다 엇전지 녯날자긔와는 딴판이된듯한늣김이생겻다. 그째에써오르는것은 숙희와연희엿다.

그는 남빗책보를들고 영실의뒤를짜랏다. 다리가 헛칭헛칭하는것이 좀폐로웟다.

「재미나요 이럿케 언니와내가 함께단이면 오작이나조와요」

씀깃우서보엿다. 그는 숨이차도록 답답함을늣겻다. 지나는사람들은 자긔만보는듯십헛다.

「오늘저녁 원선인가 그의는써나신댓지요?」

「네」

갓가워오는학교는 빨간벽돌집으로 점점놉하가고잇섯다.

개학식을맛치고 도라오는그들은 집으로오자 옷을벗고 낡은옷으로가라입엇다.

옥이는 이째썻지리쳐두엇든한숨을 푹―내쉬엿다. 그러고교장선생의말이 다시금 그의귀를울녀주엇다. 그러고 뒤를짜라낫하나는 얼골힌녀선생들은 하날가티놉하보엿다.

점심상을들고 영실은 드러왓다. 그는 얼는이러나밧아노앗다.

「어서 먹읍시다」

영실은 저를들고마조안젓다 권하는바람에 더구나 다정스러히마조안는김에숫쌀을들엇으나 밥은먹고십지안엇다. 그저가슴이 울울하야서 조흔것도 안조은것도 판단의여지업시 어림터분하엿다.

상을물닌옥이는 책상겻흐로닥어안저 「나도 이제부터는 녀학생인가 숙희와 연희가튼……」 맘에써올는것은 영철선생이엿다.

「그가 이소식을알면 얼마나 깃버하실가」 이런생각을하고나니 물먹고십듯이 그리워젓다. 가티잇슬때에는 그만—하야 무던한줄만아럿드니 이럿케 쑥 쩌나고보니 도라가신어머님이나 못지안케보고십헛다. 보담도 자긔의달나진옷맵시 시험처서 합격된것을 그에게자랑겸 친히눈헤보이고십헛다.

그는 붓을들엇다. 영철선생에게 장문의 편지를 쓰기시작 하엿다.

저녁이되자 옥이는 화장을하고 새옷을가라입은후 책상압헤마조안저 가지사온책들을드려다보고잇섯다. 어느새이에모든 잡생각은잇고 책속으로정신이 폭자저들어갓다.

「여보 옥씨!」

쌈작놀나 휘휘돌아보며 뒤미쳐일어낫다.

「나와요」

뒷창문겻헤서 남편의소리가낫다. 그는 몸도라볼여지업시 밧그로나갓다.

큰대문을나선 옥이는 창문겻흐로 도라갓다. 희미한 달빗에 그의 싯컴한 윤곽만이 보엿다.

「저 새옷가라입고 구두신고나오시우 발서자우?」

「아니요」

「그럼 얼는 드러가서 펄쩍가라입고나와요」

「웨요」

황황히날치는 남편이 이상해보엿다.

「글세 여러말말고 밧비그리해요」

남편의말이니 할수업시 도라서 드러오면서도 마음으로는불쾌하엿다. 무엇보담도 남자들과 마조안기가 거북스럽고 실헛든것이엿다.

×

방으로드러온 옥이는쏘다시나갈것이 거북하엿다—남편과가즈런히서서

단이는것은 깃브게 생각이되나 그러나 남편의친구들과 섭실니기는 안탑갑
게실혓든것이다.

「안방학생 다리고갑시다」

「잔소리말고 어서나와요!」

소리치는바람에 두말도못하고 그는 밧그로나갓다.

「어듸가요?」

안방 밀장문새이로 영실의외작눈이보엿다.

「저긔」

옥이가 큰대문밧그로나서자 봉준이는 허방지방쮜엿다. 남편의황급히 날
치는쏠를보는 옥이는 무슨일인가하야 어리둥절하엿다.

골목잽이를도라서자 눈이싯큼해지도록빗나는 까스불압헤 남편은 웃둑섯
다.

「어서 올으십시오」

몃사람의입에서 쩌러지는말소리와함께 휘발유냄새가 옥의코를벗튀윗다.

「이럿케맛나보니 반갑습니다」

옥이는엇결에 머리를들녀바라보니 연희와 숙희엿다. 순간에 그의가슴은
선듯하엿다.

택시는 다름질첫다. 문득자긔와 남편이 그리운고향쩌나든째가눈압헤보
이는듯하엿다.

옥의바른편 물읍새이로 올아오는 연희의짜쯧한체온은 가튼고향사람임을
더욱늣기게하엿다.

숙희는 연희와 무슨 귓속말을건늬고잇섯다.

「얼마나 깃브십닛가 옥씨」

원선이는 자긔압헤 통바로안진 옥의 목덜미를보앗다. 옥이는 머리를숙이
는 외에 잠잠할쑌이엿다.

「축하올늡니다 옥씨」

이번에는 재일에목소리엿다 이마우에쌈이나도록 옥이는 부끄러윗다. 암
만대답을하랴고하엿다가도 목소리가 밧게까지나가주지를안엇다 「엇진일일

가　내가벙어리가되랴나」하기까지 의문이들어갓다.

「선생님 이제가시면 언제쯤나오시게되나요?」

원선이는 무슨생각을하다가얼는 숙희를보앗다.

「글세요 여름방학째나 오게되겟지요」

겻헤서듯는 옥이는 한층더부끄러웟다. 자긔는 뭇는말도대답못하는데 숙희는 먼저말을건늬인다「언제나 나도 저만큼되여보려나!」하고 생각할째 이세상에서는 자긔와가티 못난사람은업슬것갓핫다　짜라서 남편이배척하는것도 당연한것이라하엿다.

경성역에서 나린그들은 대합실로 밀녀들어갓다.

옥이는 엇저다 너머질세라겁이나서 밋처 그들의뒤를짜르지못하엿다. 그는 한편구석에가만히서서 머리를숙엿다.

낫가티 밝은 불빗아래 흔들이는 그사람의동작을짜라 쌈한눈만이 반들거렷다.

그들은 의자에 척척거터안자 도라보니 옥이가업섯다.

「여보게옥씨 어듸가섯나?」

휘휘돌나본재일은 이편으로쒸여왓다.

「저리로가십시다」

불빗에 빗나는 그의눈을바라보앗다.

「안요」

엽헤 의자에가만히거터안젓다. 자칫하면 폭곡구라질것갓핫다. 옥의 이마싹헤 쌈이방울방울매첫다.

재일은 참아 발이쩌러지지를안엇다. 그리하야옥의엽헤안젓다.

이꼴를본옥이는 시재것다가 업푸저서 망신을톡톡히할지언정 가티안고잇기는실혓다 그는살작이러나서 압흐로 것기시작하엿다 거러나니 심상하엿다.

눈결에남편을보니 그는자긔편으로 외면을하야 도라안고는 얼빠진놈처럼 머리를숙이고잇는것갓핫다. 순간에 그의눈에서는 잇는눈물이란 다기여나오는것갓핫다.

원선이는 차표를타가지고 옥의섯는편으로왔다.

「이사람째문에 고생만히하십니다」

머리를숙여보엿다。 그는 발쑤리를굽어보앗다。

「천만에 말슴을하십니다」

멋칠동안에 처음으로듯는 음성이엿다。 약간들니는듯한 그의가는말씨 원선의귀에다 귓속말하는듯이 장그럽게들녓다。

「공부 잘하십시오 그저배와야합니다」

요란한소리를따라 차는드러왔다。 역부의 고함치는소리에놀난옥이는 입속으로 게이죠하고되뇌여보앗다。

원선이는 숙회안즌편으로쮜여갓다。 서로손을잡고 이편으로쮜여오자

「어서들 들어가세요」

(꾸)리묵거신듯한새이로 들어섯다。

「이번에는 나혼자 지낼생각이 난처하네 이학긔 다지나기전에 곳 들어들오게 공연히놀면 무엇하겟나」

연희가 옥의겻흐로왔다。

「고향서 편지왓서요?」

「아직 아니왓서요?」

연희를처다보앗다。 마즌편에선숙희는 새침히 머리를숙이는것이엿다。

「안녕히들게서요」

바라보니 원선이는 사람틈에석기여 잘보이지안엇다。

플레크홈에서차에올나선 원선이는 이편을향하야 모자를놉히들어보이고 차안으로드러가자 창문을열고 머리를내여밀엇다。

이편에서도 모자로 손수건으로 내여혼들기시작하엿다。 원선이는 그들틈으로 언제까지나 고요히섯는 옥이를보앗다。

×

학교로부터 도라온옥이는 옷을벗고 잠옷비슷이만든 통옷을입은후 밧그로나와서 세수를하고 방으로드러갓다。

창문까지열어재치고 방을쓰러내엿다. 그러고 책보를책상우에푸러헷처서 책보는 문밧게 활활쩌러 네모반드시개여 한편엽흐로착노앗다.

그러고 우선공부할책만 짜로놋코는 모도착착겹노앗다.

그는 책상우를 이럿케정돈해놋코는 오늘온신문을들엇다 제일면으로부터시작하야 차례차례보기시작하엿다.

영실어머니는 건넌방으로건너왓다. 자다온모양인지 얼골이 푸석푸석해 보이고 눈이쌜갓타.

「영실이는 아직시간이 남엇나……」

이럿케 혼자하는말처럼하고나서 됫둑한 파란곽과 편지를내여밀엇다.

「엣네 앗가 웬 신부름군애가 가저왓기에 누가보내드냐 물어도 대지안코 가데」

그는 달갑지안케밧아들고 이리저리 삷혀보다가 우선 편지부터보리라하고 것비봉을보앗다. 주소도 성명도 아무것도써잇지안엇다. 그는 문득이러나는 의심과함께봉투를뜻고보앗다.

영실어머니는 말쑹말쑹눈치만짜기 조림도 어듸로 다라나버리고만모양이엇다.

「무어랫나?」

다보고난 옥이는 억지로우슴을씌엿다.

「작난깜 보낸다는 말입니다」

「응」

옥이는 곽과 편지를 책상아레로밀고 여전히신문을들엇다.

영실어머니는 펴보앗스면하고 바라보다가 보지못하게됨에 허수하엿다.

「에 덥다」

얼골에 붓는 파리를좃고나서 밧그로나갓다.

발자쵀소리가 멀어지자 그는 신문지에서 눈을쩨여문밧글 내여다보앗다. 신문지도맥업시 날나쩌러지고말엇다.

장독에붓헛든 왕파리는 왱―하고 쌩쌩히드려쏘이는 볏을짜라 문턱까지나라왓다.

자긔는 이곳에 오직남편하나를밋고 싸라온것이다。 하지만 남편은 차즘차즘자긔를차자오기도 슬혀하는듯하엿다。 엇지다 오게된다면 반드시 재일과 함께 왓다가가곤하엿다 다소 의론하고십흔 일이생겨도 가슴에뭉치고 쏘뭉처두엇다가 시간이 지나면 저혼자 삭아지고말엇다。

이런것을생각하고나니 바람벽을마조안진것처럼 답답함을늣겻다。

그는 다시 편지를쓰러내여 자세히 몃번이든지 읽어보앗다。 글자 한자 억으러치지안코 분명히쓴 글씨엿다。

이것참일가? 남편이 일부러 시험해보누라고 이런일를하지안엇나? 그럿타면 반면에 남편이 자긔에게대한 애정이 확실히잇는것이다。 얼마나깃븐일이랴! 고마운일이랴! 하지만 어듸짜지든지 참인듯십흔편이 세엿다。

남편의 둘로업는친구가 이런일를내게 감히할수가잇슬가? 이것은 필연 남편과 재일이가함께 공모해가지고 어쩌한 게책을내여서라도 자긔의 리혼조건을 만드러가지고자하는 수단가티보엿다。

여기까지 생각한그는 무엇이라 말할수업는슬음이 가슴을올올힛짓는듯하엿다。 그는 책상우에 폭 업대려서 흙흙늣겨울엇다。

문압흐로 휘근 치나치든영실이는 웃득섯다。

「언니 웨울어?」

된해빗이 나려쏘여 영실의머리는 시재타지는듯하엿다。 그는 마루로올나안자 책보를안방으로던지고 다라왓다。

「웨울어?」

옥의억개를흔들엇다。

「공연히울지 뭐」

「언니 공부준비하지안우?」

「해야지」

그는 눈물를 이리저리싯고나서 책을펼처들엇다。 하나 샘솟든나오는 눈물은뒤를이어쩌러젓다。

「에 덥다 지독히덥네」

영실은 후닥후닥쒸여나갓다。

옥이는 도루책을늧코 「어머니! 나는 엇지라우!」 이럿케부르지질째 「밋지 마라! 남자를밋지마러라!」 번개가티 옥의가슴을 두다려주엇다―그의 시어 머니께서 림종시에 턱을가불가불채면서 마즈막으로남긴 부르지짐이엿다.

어린옥이는 무슨말인고 하고도 너무나 쏘랑쏘랑한 힘잇는말임에 그의머 리에 콱찔여젓든것이다. 그리하야 항상그는 입속으로외이고잇섯다.

「밋지마라 남자를밋지마러라!」 한번다시 불너보앗다. 「얼마나 잘아르시 고 하신말슴이랴!」 그는 한숨을 푹내쉬엇다. 든든한의지가생긴듯십헛다. 짜라서 북밧치는 설음이싸라안고 것든해짐을늣겻다.

이말한마듸가 오늘날 옥에게잇서는 얼마나 귀한보배엿는지몰낫다. 「오 어머니 당신께서 남기시고가신 그귀한말슴은 내가슴에내가슴에품엇나이다」 그는 눈을스르르감엇다.

한참후에 그는 다시눈을쩌서 압헤노인 곽과 편지를노려보앗다 「홍! 몰낫 다! 너의들이 짐작한 그런 어리석은녀자는 아닌것이다! 시게와반지로인하야 일생을버릴 그런 못난게집은아니다. 오! 아니다!」

그는 벌컥이러낫다.

×

봉준이는 저녁을먹고 문밧그로쒸여나왓다. 시원한바람은 그의머리를 다 소 것든히해주는듯십헛다.

한참이나 우득허니 서잇든그는 물먹고십듯이 숙희가그리워젓다. 어제밤 오래도록숙희방에서 놀앗것만은 불과멧시간이 지나지못한 지금에생각해본 다면 멧삼년이나 된듯이 멀어보이고 다시는 숙희와마조안저 볼것갓지안엇 다.

그는 슬금슬금것기시작하야 어느듯 숙희집문압헤 발길를멋추엇다.

맛츰 안으로부터 숙희가마침길를굽어보며 나왓다.

「재일군 집에잇나요?」

숙희는 머리를들고 봉준이를바라보앗다.

「옵바는 금박 나갓는데요……아마 봉준씨한테 가섯슬것 갓해요」

　숙희는 압으로걸엇다. 봉준이도짜라섯다　이녀자가 어듸를갈가? 이런생각을하며 가슴이두군거리고 얼골이 남몰내달앗다.
　「숙희씨!」
　그는 발길을멋추고섯다.
　「조용히 저를맛나 줄수가업습니까?」
　「무슨 볼일이잇세요?」
　「네 잇습니다」
　봉준은 압장을섯다.
　「저를짜라오십시요」
　「오늘은 제가밧분데요」
　봉준이는 못처럼어든 긔회를놋처버릴가하야 쩔쩔매엿다.
　「숙희씨! 잠간만 와주십시요 잠간만!」
　그의음성은쩔엿다. 숙희는 우슴이나오는것을 겨우참고 잠잠히 그의뒤를짜랏다. 무엇보담도 그의하는꼴을보자는 호기심이엇다. 봉준이는 숙희가 짜르는것을알자 발길이 허공에쓴듯이 나라가는지 거러가는지 분간할수가업섯다. 짜라서 이것이꿈인가? 하는의심도 몃번이든지들엇다.
　그들은 남산솔밧새이로들엇다. 노송나무틈새이로 두리는 마조섯다.
　「안지서요」
　봉준이는 자긔 양복웃저고리를버서 짤아낫다.
　「안지세요 네」
　거의 애걸애걸하다십히하엿다.
　「좃슴니다」
　숙희는 여전히 소나무를기대여섯다. 앗가 길거리에서보담은 훨신 을을함을늣겻다. 그러나 숙희는속으로 「제가 엇더케할테냐! 제짜짓것이!」 이럿케 스사로 위로밧으니 한결마음이노엿다.
　세일수업시 드러선 솔나무들은 맛치 비밀회의로 모힌듯이 묵어운침묵속에서 머리와 머리를맛대이고 긴장되여잇섯다. 그러고 군대군대쩌러진 파란 달빗은 느진봄바람에쩌러진 꼿송이꼿송이갓핫다.

그들은 엇던 남모르는 이국에 드러온듯한 감이잇섯다.

「숙희씨! 제가올닌 편지는밧아보섯겟지요?」

「네」

「엇재서 회답을주시지안엇나요?」

자리가 자리인것만콤 숙희로써도 주저치 안을수가업섯다. 그는 한참이나 무엇을깁히생각하다가

「회답을 기다리섯습니까?」

못처럼 고대한대답은 반문으로도라왓다.

이럿케 반문하는뜻도 봉준이로서도 대강짐작하엿다. 그러나 이리저리짜저 못하면 공연한 시간을허비를할쑨더러 새삼스럽게 과거일을탄해가지고 말성부리잘필요가 업는것갓핫다.

「네기다렷습니다. 여러말하실필요업구요 임이 숙희씨가 편지를통하야 저의마음을 다아섯슬터이니까요……」

여기까지말한 그는 숨이쑥막혓다. 한참이나 머리를 숙이고 잠잠하던 봉준이는 머리를 번쩍들엇다.

「한마듸에 달닌것이올시다 저의사랑을밧으시겟습니까?」

봉준의씨근거리는 숨소리가쌘히들엿다.

숙희의전신은 옷싹하엿다 싸라서 이솔밧이 무시무시한생각이들자 그는 소나무를맘껏껴안고

「봉준씨는 부인잇지안습니까」

「네 형식상으로는 잇다고볼는지 모르오나 실은 저는총각입니다!」

이말에 그는 악이치밧첫다.

「총각이라구요! 차라리 솔직히말슴해주십시요」

「숙희씨! 당신압헤 거짓말이 손톱만치나잇스면 당장벼락이라도 맛겟습니다 차라리 하느님을속일지언정!」

그는 눈물이쑥비여젓다.

「숙희씨! 난생전 처음으로내가슴속에 녀자의흔적이잇다면 당신의환영이 겟지요 밤낮으로 당신을그리워 애쓴죄밧게는업습니다!」

숙희는 속으로격정이되엿다─언제까지나 끗날줄모르는 이야기만을듯고 우득허니 서잇슬수업는터 그럿타고 발길를돌니려니하니 애글애글하는꼴이 불상하다못해 곳 난처하엿다。

「봉준씨 이부족한사람을 그럿케까지 생각해주신다는것은 제몸에 지나치는영광으로 압니다만 아직철업는 저라서 사랑에대하여서는 아무것도 몰읍니다。 나려가십시다」

그는 발길를옴겻다。

봉준이는 앗질하야 얼픗소나무를쓰러안고 정신을가다듬은후 빗슬빗슬짜랏다。

멀니 사라지려는 숙희의치마폭새이로 은은한달빗이 품겨잇섯다。

(련재 第九回)

짝사랑

정신업시 하숙으로 도라온봉준이는 방바닥에 콱쓰러저알는소리를씅씅하엿다。

주인마누라는 엇전일인지몰나 궁금하엿다 금방까지도저녁잘먹고 이야기를싯그리젓게하든사람이 무서웁게 알는소리를하니 아마도 체햇나부다하고 건너갓다。

「엇진일이세요 어듸편치안으세요?」

「네 물좀주시구려」

봉준이는 싯별건눈으로 처다보앗다。

「효주야 물써오나라!」

뒷니어 얼골나분즉한 어린처녀가 두손으로 싯첩을밧들고나온다

「선생님 압흐시다」

효주는 어머님뒤에부터안저잇다금식 그를 엿보앗다。

「옥이도 오랄가요?」

「그만두시오」

보기좃케 꿀썩꿀썩물을드려마신 봉준이는 바람벽을향하야도라누엇다.

바람벽에진 자긔그림자를보고 외로운슬음이 가슴을메여지게하엿다   하야 모르는사이에 벼개밋이 척척해젓다.

멍하니 바라보든 주인마누라는

「물수건해서 대드릴가요?」

「수고시럽게……요」

그는 안으로드러가자 대아에물써가지고나왓다   그러고벽에걸인수건을 적시어 머리에번가라 대주엇다 훨신시원한맛이잇섯다.

신발소리가나자 재일이가성큼드러섯다.

「엇진일인가?」

「갑작이 압흐시답니다」

「어듸」

봉준의겻흐로닥어안젓다   그는감엇든눈을 슬그머니써서 재일을보자 그의손을콱잡고 흙흙늣겨울엇다.

「어듸압흔가? 응 울기는웨……」

재일은 그의머리를집헛다.

「과하다는데 옥씨 오섯댓나?」

「웬걸요 압흐신지 아지도못할터인데요」

「오라지 밤에 적적하지안어?」

친구를생각함보담도 자긔가그리윗든것이다 매번가티 이집을찻게되면 행여나 옥이를맛날가? 하는생각이엿다.

「그만 두시라니까요」

「오라게 원」

봉준이는 잠잠히 눈을감아버렷다.

요몃칠동안 재일은 옥이로부터 무슨회보가 잇슬가하야지나단이는체부만 조사하고잇섯다 그러나 해가 감으러저도 짜라 감감해지고 자긔의예측한바 는 지나치게 어긋낫다.

처음짐작은 몃칠동안이면옥의마음을 움직이여놋켓다는것이엿다 그러나 반대방향으로멋개월이된 오늘까지도쓸먹은 벙어리모양이엿다 「엇진일일가?
내수단방법이 틀닌것일가?」 이럿케 혼자중얼거렷다.

그는 난생처음으로 답답함을늣겻다 황금이면 만사에것칠것이업다고 굿
게밋엇든 그의신념도 다소 흔들니기시작하엿다.

최후에 실낫가튼 그의희망은 옥의뒤를짜르다 직접행동을취하는 외엣 별
도리가업다고 생각되엿다 그럼으로 밤이되면 으례히 옥의하숙집을멋번이
든지 돌앗다 그러나웬일인지 한번도 긔회가맛당히업섯다.

방금 옥의집을들녀 오는길이엿다.

「곤하신데 나가십시오」

눈이 거적해진 주인마누라를처다보앗다.

「에그 참 졸입니다 미안하나마 저는 먼저나감니다 안젓다가십지요」

물읍에서 잠든 효주를깨워가지고 안방으로드러갓다.

「여보게 오늘숙희씨를 맛나지안엇나」

「응 그래 말좀해보앗나?」

봉준은 한숨을 푹-쉬엿다.

「말하면 소용이무인가?」

「그래 거절바덧다는 말이지」

「그럼」

「직접 행동을하여야하지 말만을 누가 무서워하나 그래 손한번 걸처보지
못한 모양이네그리」

그는 씩우섯다.

「그런일은 난 못하겟네 바루성공을못하면 말앗지」

「홍! 아직머럿네 그럿케약해가지고야 일이되나」

「여보게 자네힘써주게나!」

「물론 힘써주지 한데 녀자암팡진것은 실은 여간지독할것이안인모양이데」

옥이를두고 이런말함임을 봉준이도 짐작해보앗다.

「아무럼 자네 전에는 나다려 비웃댓지 그리 단단이지내보게」

「자네 옥씨 꼭리혼할생각이지?」

「새삼스럽게 그건 웨뭇나?」

어지간히 몸이단것을 아랏다.

「글세……」

빙긋이우섯다.

「아무럼 숙희씨를생각하는낸것을잘알지 자네도」

「오래」

「그러면 뭇는자네가 그른것아닌가」

재일은 멍하니 전등불을바라보앗다 그는 무엇을깁히생각하는듯하엿다.

봉준은 재일을사귄후로 이러한태도를 처음보앗다.

어제나 쾌활하든 재일이가이럿케되기까지 얼마나 고통을당하얏스랴하고 생각하니 그가불상이보엿다.

「자네도 사랑의씬맛을 이제야 보네그려?」

재일은 자리속에서 눈을쓰자 엇저녁에날치든 봉준의꼴이 맛치 활동사진으로보는듯하엿다.

자긔 경험을미루워 몃칠이나 몃달이나 갈줄아랏든 봉준의상사병은 자긔에게 알여진후부터도 준잇헤가지나서울에는 공부까지 전폐하고 봄부터가을철까지 온전히 전문으로종사를하다가도결국은 무서운신경쇠약병까지 엇어가지고 자리에서일지못하게되엿든것이다.

그새이에 지나간잇해는몰나도 올봄부터는 재일이도 봉준을동정하야 숙희를대할째마는 다만한마듸식이라도 봉준의이야기를건늬이고 짜라숙희를 권면히엿다 그러나 언제든지 숙희는 그만그만하엿다.

엇저녁에는 재일도겁이낫다 자긔의친구로써 누이동생을위하야생사를분간치못하리쯤된형편이니 엇재든난차하엿든것이다 더구나 옥의 안탑가워하는것이란 사람으로서는 못볼것이엿다.

그는 자리에서 벌컥이러낫다 그는 옷을입은후 숙희방으로건너갓다.

숙희는 산듯이화장을하고압문압헤안저 수를노앗다 방문소리가나자 숙희는 힐금처다보앗다.

「숙희야-」

그는 바눌을든채 재일을보앗다   아직 이마에는 벼개자리가잇섯다.

재일은 엇결에 이럿케부르고나서도 갑작이 어느말부터쓰내야조홀지몰낫다.

「웨요?」

왓다 갓다 하는 재일은

「너 엇재서 그럿케사모하는김군을슬혀하니? 무엇째문이냐?」

숙희는 눈쏘리가 쌜죽해젓다   아무말업시 바눌쏫잣다쌔는소리만자저질 쑨이다 숙희의쏠을보니 오늘도틀닐모양이엿다   재일은 음성을낫추엇다.

「숙희야! 네의옵바도생각지안니 오늘만부대가자 가서잠간만안젓다오자구나 그것이야 무엇이 힘들것이 잇늬? 웅 대답해라」

재일은 애걸하다십히하엿다.

숙희는 언제까지나말이업섯다 재일은 마음대로하면달녀들어실컨 쥐여박아 반쯤용신을못하게 만들어주면 조홀상으로 생각되엿다-

시재 펄펄쒸는 생째가튼청년이 자긔하나째문에 죽겟다살겟다하는판에도 말둥말둥이무엇을 생각만하고 안젓는것이 재일로하야곰 눈에불나도록 안탑가윗든것이다.

그러나쑥참고

「엇지겟니?」

숙희는 바눌을저고리섭에꼿고 재일을쑤러지도록 바라보앗다.

「옵바! 제발그런말슴 말아주세요   세상에는 봉준씨한분만이 그런고통을당하는것쑨아니겟서오 그런것을 엇더케일일히동정함니까! 심하게말하면죽는대도 할수업는일이지요! 네 옵바 그럿치안슴니까?」

숙희의얼굴은슯흔빗이도랏다.

「숙희야! 그러면 너는 봉준군을죽이려느냐! 웅」

그의눈에는 봉준이가보엿다   짜라 어엽분옥이가보엿다.

「죽는사람은 약자지오 못난이지오 엇지해서 자긔의귀한일생을일개미미

한 게집때문에 히생해버리겟습니까……」

재일은 분이왈카닥 치밀엇다。

「야! 사설만 짓거리지마라 너도 무슨 사람갑세가니! 에잇 저런매몰스런게 집애하고 말하다가는 아주 긔막혀죽겟서 어데얼마나 벗틔우나보자!」

그는휘나가바렷다。

숙희는 얼골이 샛파랏케질녀가지고 돌붓처모양으로안저서쌈작하지안엇다。

눈물흘인다는것은 멋분후에한방울식떠러질뿐이엿다。

연희가 밧그로부터 황망히드러왓다。

「엇재 그러늬? 쏘그일째문이냐?」

연희의 썸한눈에서는 벌서눈물이 핑-돌앗다 그리하야맛치 락수물지듯이 흐르는것이엿다。

숙희는 말쑹히 연희의들먹이는 억개우를바라보며 저럿케 속시원히 울어보앗스면하고 오히려 눈물만흔것이 부럽게생각되엿다。

짜라 봉준의일이난처하엿다 그러나 어엽분안해를가진 봉준이가 쏘자긔를생각하야 죽네 사네한다는것은 엇전지자긔로서는 색마와가티생각되엿다 엇재쯘 순결치못한것이미웟든것이다。 도리ㅅ켜 한번도 장가가보지못한 일흠만이라도 총각이그지경되엿다면 장래는어찌듸얏든 우선에 그의순정에자긔의마음도 엇지 움직여나갈는지 몰을것이엿다。

무엇보담도 옥에틔가잇슬지언정 이십여년 꼭봉해두엇든자긔의흠도틔도 업는 정조를안해잇는 사람에게밧치기는 암만 눈감고생각하여도 못할일이엿다。

하지만 눈압에서 봉준의꼴를본다면 자긔도 사람인지라엇더케될는지몰나서 아야가기가 실타는것보담은 두려운마음이 압섯든것이다 그럼으로 멋달재 눈싹감고 모른체하여왓다。

한참이지내도 연희는 울엇다 숙희는 이상한생각으로

「언니 일어나라우」

그의억개를 흔들째 그의 물읍아래로 샌노란 들국화꼿한송이가 보엿다。

◇

　요새 몃칠동안 옥이는 학교도결석하고 밤낮으로 봉준의병간호하기 눈코 쓸쌈이업섯다. 그러나 애쓴보람이업시병세는 점점더깁히드러갓다.

　아츰도 먹는지 미는지한옥이는 영실을다리고 숨차게다름질첫다.

　방안으로드러서자 봉준의겻흐로갓다　두눈이폭꺼진 그는눈을들어옥이를 보다가 영실을보자 갑작이 눈을둥그럿케썻다.

　「숙희씨!」

　벌컥이러낫다 하야 쑤러질듯이 그를바라보는것이엿다.

　「아니야요 우리주인집학생영실이야요」

　영실은 겁이나서 방구석으로쏘기여가안는다.

　봉준은 도루자리에 푹썩구러젓다　그는눈물이쑥비여젓다.

　「숙희씨! 나는 총각이야요 당신에게무슨 것짓말이 잇겟습니까?」

　정신업시 이런소리를 연겁허하며 도라누엇다.

　주인마누라는 미움그릇을가지고 드러온다　옥이는 이러나 밧아가지고 남 편겻흐로갓다.

　「여보서요 미움좀잡수워봅시다 네 이리돌니세요」

　봉준의머리를 이편으로 돌이려하엿다　그는 옥의손을탁갈기며

　「너의들은 다가라 보기실타」 미움그릇은쏘다젓다.

　「엣크!」

　주인마누라는 안방에서 걸네를갓다 옥에게주엇다　그는거룩한미움을다 훔처서 가지고밧그로나가자 주인마누라가 바다가지고자긔가나갓다.

　겻헤서보는 영실은 어리둥절하엿다 짜라 숙희가 한편으로부러운 생각이 들엇다　동시에 감정가진 사람갓지안아보엿다.

　옥이는 꼿업시 남편의살쌔진 도라눈편몰을바라보고잇섯다.

　「여보 옥이 숙희좀오라소그려 한번만봐도……네 숙희좀제발다려다주」

　옥이는 성큼이러낫다.

　「영실아 너 숙희네집알지?」

「응」

「그럼 대문까지만 다려다주렴」

「갑시다」

두리는 밧그로나왓다.

고래잔등가튼 세마루기와집압해서 영실은 발길을멋추엇다.

「이집이냐?」

엇전지 옥의가슴이선듯하엿다.

「엇지겟늬 여기서서기다리겟늬 가겟늬?」

한참이나 생각하든 영실이는

「엇더합니까 가티드러갑시다그려」

옥이는 다행이 생각되엿다.

「안되엿다 영실아」

「언니도 별말슴다하십니다」

영실은 대문안으로 드러서자 쏭쏭한 살빗조흔부인에게향하야 가벼웁게 머리숙여보엿다.

「오 영실이오늬?」

부인의 눈매를보아 즉석에옥이는 숙희어머니로아랏다   부인은뒤에섯는 옥이를 유심히보고나서 머리를돌엿다.

「숙희야 너의 동무들왓다」

건넌방문이 열니면서 숙희의반신이낫하낫다.

옥이는 못볼것을 보는것처럼씀직하엿다.

「영실이 옥씨! 어서들어오세요」

숙희는 이러섯다 연희도 내여다보앗다.

그들은 방안으로 드러안젓다 갑작이 매암들여다는것처럼 옥이는 어리둥절하엿다   압헤도 번쩍 뒤에도번쩍 모두가 얼는얼는하엿다.

그는 가만히 정신을가다듬어 차레차레로둘너보앗다ㅡ첫눈에씌인것은 책상우에 치쌔인 책들이엿다   그러고 대문짝가튼 체경이죽ㅡ둘너노힌의것이 농궤엿다.

「용하십니다 옥씨」

「이럿케 와야다-반가히보지요」

숙희를바라보며 우서보엿다숙희는 그를 마조바라보며 전날 옥이와는 짠판으로 생각되엿다 수양이란 사람을다시만들어논는것이다하엿다.

숙희는 살작눈을돌너

「엇재서 영실이가 우리집에 놀너안왓늬? 아마 공부만열심으로하지?」

「공부가다 무어냐」

숙희는 밧그로나갓다.

연희는 옥이를쇠쇠드려다보며

「글세요 말이안나옵니다」

한숨을푸-쉬엿다.

「에그 짝해라! 오작이나 안탑가우시겟서요」

「무섭든데요」

영실은 동다랏다.

숙희는 과일그릇를가지고드러왓다 옴묵옴묵한손으로 배한알을들어벗겻다.

「이제 곳밥먹고왓는데요」

옥이는 숙희의손을보앗다.

「이것이 배불을것이야요 일부러 밥먹는후에는 배한쪽식먹는것이 좃대요」

상긋이우섯다   하얀이가보엿다.

이럿케 처녀스레 이야기는 하면서도가슴은조급하엿다.

숙희의 주는배쪽을밧아입에너은즉 쾌시엇다   옥이는억지로 깨무는척하면서 엇더게말하야 숙희를다려갈가 이번자긔말에짜라자긔남편의운명은 결정되는듯이 생각되자 왼몸에 솔음이쪽끼치는것이엿다.

한참이나 이럿케 생각한그는 얼골을번쩍들고 숙희를쪽쪽히보앗다.

「숙희씨! 이런말하는 저를용서하여주십시오」

옥의 입술은푸르릇덜엿다   그러고 두볼이 확근달기시작하엿다.

그들은 미리예측한것인만큼새삼스럽게 더놀나지는안엇다.

「네 무슨 말슴이든지 하십시오」

숙희는 심상스레말하엿다

「숙희씨 잠간만 우리집에놀너가십시다 긴급히볼일이잇는데요」

「네 무슨 볼일인지 대강이야기 하십시오 그래서……」

말이채맛치못하

「숙희씨 당신은 참으로모르십니까 한째를도라봐주시지오 그러면 그러면 얼마나고마울는지오……」

숙희는 잠잠히잇섯다   연희는왈칵이러나 숙희의손목을잡아쓰럿다

「숙희야 옥씨가 오신생각을해서라도 이번만은 가야한다웅 숙희야 !」

연희의눈에는 눈물이고엿다.

「언니는 밋첫나봐요 웨이러서요」

연희를흘겨보고나서

「옥씨 나는 당신이불상해서못가겟습니다   만일 당신이업섯다면 벌서 가보앗슬는지도모릅니다   당신이 남편을사랑하야 저한데온신것만콤 저역시당신을생각하야   죽기로써못가겟습니다 !」

(련재 제10회)

숙희의얼골은 샛파랏케질엇다. 이말한마듸에 옥이는 절망하엿다. 짜라 머리끗가지 치밀니는 분함을짜라 그의 압혼점점 암흑으로 변해지는것이엿다. 「숙희야 ! 너 나를사랑하지 내가 만일 죽게된다더래도 네힘으로 구원할수잇는데도 불구하고 내바려둘터이냐?」

숙희는 연해덤비는 꼴을바라보앗다.

「언니 ! 웨그런 말까지하여요?」

「숙희야 ! 제발가다오 가다오 오작이나 불상한사람이냐」

숙희를잡아이러컷다.

「홍! 가기는 어데를까요?」

영실은 옥의손을 잡아끌엇다.

「언니 가자오!」

「그래 못가시겟다는 말이오!」

「무엇하러가요!」

팍쩨여버럿다. 어물어물하다가는 이때싯 고집해온것이 무효로 도라가고 말것갓핫다.

방문이열니자 숙희어머니가 드러왓다.

「무슨일들이냐?」

영실는 손을슬몃이 놋코안젓다.

「어머니 아무것도 안이야요」 숙희는 이럿케말하고 배쪽을돌니엇다.

그는 한참이나 우둑허니서서 여러사람을 횟두루 살혀보다 밧그로나갓다. 뒷이어 담배대터는소리가 요란스럽게들녀왓다.

옥이는 더안젓슬수업섯다. 하야 이러낫다.

「숙희씨 실례만히햇습니다. 다 용서해주시구려」

쥬인은 잠잠히 짜라이러낫다. 그들은 정신업시거럿다.

「언니 속태우지말나우 곳낫겟지 무얼그래」

옥의애쓰는 꼴이란 그의눈으로 볼수업섯든것이다. 한참이나쮜여오든 옥이는 거릿바당에서 공중너머젓다. 지나가든사람들은 한번식도라보고 씩— 우섯다. 아해들은 이리로달여왓다.

영실은 두귀맛이 확근달앗다.

「언니 천천히가요」

그를잡아이러켯다. 옥이는 압히앗득해지며 재차 넘어갓다. 영실이는 너무 안탑가워서 실그머니 골이낫다 아해들은 밧작대들어 숨답답하리만콤 처다보앗다.

그는 겨우 옥이를이르켜가지고 그의손을꼭붓들엇다.

「언니 정신차려요!」

옥이를처다보앗다. 그의이마짜헤서는 짬이방울방울맷처 귀밋으로홀느는 것이엿다.

바라보니 불근옷입은 죄수들이 간수들에게 호위되여지나갓다. 영실은 발길을멈추고섯다.

「옵바!」

얼골긴사나희가 이편으로 획근도라보고 말업시 지나치는것이엿다.

영실의 무서웁게뛰는 가슴은옥이를 깜작 놀나게하엿다.

「웬일이냐? 누구냐?」

「저긔가는 셋재로슨사람이 우리옵바야요」

그는 눈을둥그럿케썻다.

「옵바? 어머니가 말슴하시는옵바……그옵바냐?」

영실의눈에서는 눈물이핑―돌아떠러젓다.

옥이는 그들의가는 뒷맵시를바라보앗다. 짜라서 영실어머니의 눈물서거 이야기하든 마듸마듸가 그의가슴을 울니게하엿다. 몃백명의 노동자를위하야 자긔몸을 희생해밧친 영실옵바 이럿케생각하고나니 정신이 밧작들엇다.

「옵바! 내옵바도되는 것이다!」

영실의손을 뿌리첫다. 그러고 그들이밟고간 넓은길를 끗업시바라보앗다.

영실이는 눈을무치며

「언니 가자우」

옥의손을 잡엇다.

「봐라 !」

옥이는 웃둑서서 무엇을깁히 생각하더니

「옵바가 밟고간 이길로 우리도가야한다 ! 영실아 !」

그의음성은 썰여나왓다. 영실이는 멀가니바라보며

「언니 밋첫나봐 ! 어서가자우요 !」

옥　이

중로에서 영실를보낸 옥이는 자긔과거를 곰곰히생각하며 걸엇다. 「나는 엇더한길을걸엇나? 안이 나도사람인가?」 밥을먹고 옷을입을줄아니 사람이

랄가 울고 웃을줄아니 사람이랄가? 응! 안이다! 울엇다면 나를위하야 울엇
더냐 웃엇다면 진정한 나의웃음이엿더냐―모도가봉준을위하얏슴이엿다。 두
리뭉수리 삶이엿다 ! 이러한 삶을 계속하려고 안탑갑게 울엇든것이엿다。
「불상한 인간!」 그는 이럿케부르짓고 대문으로드러섯다。

빙으로드러온 그는 묵묵히봉순을보앗다。 봉준이는 벌컥이러나려다 도루
팍―곡구라젓다。 다시 머리를돌녀 눈이찌여지도록 바라다본 그는

「쏘 못다려왓구려 숙회! 숙회야 네가 나를죽이려느냐 한번만뵈여다오 한
번만 !」

눈물이 주루루흘넛다。

시름업시 바라본 옥이는 속으로 「불상한인간! 차라리울바에는 너를위하
야울어라 좀더나가 여러사람을 위하야 울어라 한낫 계집애를 생각하야 운다
는 것은 너무나 갑업는 울음이안이냐 !」이럿케부르지질때 앗가본 영실의옵
바가 머리에쏙쏙히 낫타나는것이엿다。 하야 자긔가슴속에 깁히깁히드러안
젓든 남편인봉준이는 차츰차츰흐미하게 사라지기 시작하엿다。 봉준을물쓰
럼이보앗다。 ―피끼업는 그의아웅한얼골 진그락지가튼 그의 흰손은 맛치
죽은송장을보는듯 한것이엿다。 그리고 이때처럼 아모미련업시 봉준을 불상
하게 본적은업섯다。

옥이는 골치가 찍근해지며 두귀가울엇다。 따라 메식메식해지며 맑은침이
횡―도는것이엿다―방안으로 쌕쌕히드러찬쓰거운 공긔가 그로하여금 그럿
케만들어 주엇든것이다。

벽을향하야 누엇든봉준이는 이켠으로도라누엇다。

「여보 리해해주겟소? 못해주겟소? 당신말한마듸에 달닌것이닛가」

숙회가 이째까지 자긔를랭대하는것은 오직 옥이째문이라생각되엇든것이
다。 옥이는 눈을쏙바루썻다。

「네 해드리지오 이째까지온것도 그만콤 제가 어리석엇든것입니다。 아니
못난탓이엿슴니다!」

봉준이는 너무나 쯧밧게 대답에 오히려 서머하게되엇다。 하야 이상한눈
치로 그를한참이나 바라보앗다。

「참말임닛가?」

「네 참말이지오」

이럿케대답하는 순간에 답답한 토굴속에서나 버서나는듯하엿다.

그들은 한참이나 말업시잇섯다. 옥이는 더안질수업시코믿이 달아왓다. 더구나 바라보기부터 쓰거워보이는 전등불은 안탑갑게고요하엿다. 그는 벌컥이러낫다.

「가겟슴니다」

말한마듸를남기고 미련업시 시원스럽게 쮜여나왓다.

대문을나스자 선들선들부는바람이 그의전신을날듯이 가벼웁게하여주엇다. 짜라서 그의압헤낫타나는 모든것은 새것과 새것으로 그의 눈을 둥그럿케하엿다. 웨 이럴가? 자신을향하야 물어보앗스나 일정한대답이업시 머리에 떠올은것은 앗가 그들이밟고간 아득해보이는 휜—한길이엿다.

쌈작놀낫다. 어둠속으로 짜뜻한손길이 자긔손을 꼭잡엇다. 그는 탁쑤리첫다.

「옥씨 !」

목소리가 가늘게쩔여 나오는것을보아 녀자임을아랏다.

「누구세요?」

「저애요?」

순간에 그는 누구일가! 숙희가 얼핏생각키웟다.

「숙희씨세요?」

「안요 연희임니다」

「네! 드러가보시지요 저는 너무곤한곳헤 머리가 압하서도라가는길임니다」

전갓트면 이럿케도라가지도 안켓지만은 더구나 이런말은못하엿스런만은 심상히냇처바렷다.

「옥씨! 잠간만 갓치드러가주세요」

옥이는 난처하엿다. 뭇처럼생각하고 온 손님의말을 거절할수업는터 더구나 전것흐면으례히 자긔로서는 안내하여야 될처지인줄을번연히 아는그만콤

―그러타하야 다시 그방으로 드러가기는 죽기보담도 실흔생각이낫다.

「연희씨 용서하십시요 제가극도로 몸이괴롭슴니다」

안탑게 거절하는옥의말에 그는이상히생각되엿다 그러나 요리조리 싸저 생각하기는 뒤범벅이된그의머리가 허락지를안엇다.

「네! 곤하시겟지요」

이럿케 대답을하면서 안탑게오라는 숙희가아니오고 기다리지안는 자긔 가온것만큼 당연한일이다 생각될째 이자리에서 금방죽는다더래도 봉준의방 싸지는 드러가고십지안엇다.

「그럼 실례합니다」

옥이는 압흐로다름질첫다.

숨이차서 다라온 옥이는안방으로 드러갓다.

「어머니 밥주어요」

멋칠동안에 처음으로듯는 생긔잇는말이엿다.

「응 주지 엇지되엿나?」

옥의손을잡고 근심스러운듯이 영실어머니는 드려다보앗다.

「그저 그럿치요。 어서 밥주어요 밥 !」

옥이는 빙그레우섯다.

×

연희는 매일밤가서 봉준의 병간호를하엿다。 그의 열성으로 간호한바람인 지는 몰나도 차츰차츰회복되기 시작하면서 부터 그의가슴속에 깁히깁히 드 러안젓든 숙희도 저절로 흔적을감초아바렷다.

반면에봉준이는 연희에게다 마음을붓치고 다시하눌을보게되엿다―그만 콤 연희의순정에 눈물날만침 감복되엿든것이다.

그는 완전히자긔병이 회복되자 옥이가 원망스러웟다。 누구나다 자긔현생 각은 못하는것처럼 봉준이도 역시 마찬가지엿다 그날밤 쮜처나간후로는 그 는 발길을씃내든 것이엿다.

싸라 새록새록히 옥의신변을 조사하는반면에 이상하게도자긔마음이 옥에게로 도라가는것이엿다—

학교안에서는 우등생으로 선생이나 학생들간에 온갓사랑을 혼자밧는다는것 더구나 재일이가 밋처서 덤비는 꼴을보고는 야릇한 복수심으로부터 이럿케되는것이엿다.

그리하야 성화치듯이 재촉하든 리혼일설도 그만해두고도리혀 옥의눈치만 슬슬금금보는것이엿다.

엇던날밤 그는 하도 궁금쯩에못견듸여 종로네거리로 휫두루쏘아단이다가 그만 새로한시나되여 옥의하숙집을차젓다.

대문은걸넛다. 그는 뒤창문켠으로갓다. 하야 가만히 동정을삷히니 자는 모양이엿다. 그래서 째울가 그만갈가 한참이나 망서리든끗헤

「옥씨!」

하고불넛다 잠짓하엿다. 이미차진김이다 냇처불엇다.

「여보 자우 옥씨 여보!」

창문을 지긋지긋잡아단엿다. 첫잠을들엇든 옥이는 문잡아다리는결에 놀나가만히 귀를기우렷다.

「여보 옥씨!」

익히듯든 목소린데도 얼픗생각자니안엇다. 그래서 그는가만히일어나서 창문겻흐로갓다. 순간에 「봉준이다」 하엿다. 무엇하러 그가 이밤에 우리집을 차저왓슬가 무슨 볼일이잇나 무슨일일가? 이럿케 의심을 하고

「누구세요?」

「봉준임니다」

「네! 무슨 볼일이잇서요」

이말에 봉준이는 벗적의심이낫다. 누가방에잇지나 안나? 그럿치안으면 저로써……?

「네! 볼일이잇슴니다. 문좀여러주시오」

옥이는 옷을더금더금 주어입고 밧그로나가서 대문을열엇다.

봉준은대문켠으로왓다.

「그새 평안하섯소?」

첫잠에 무르익은 그의 토실토실한두볼은 달빗에 한층아담스럽게보엿다.
봉준이는 손목이라도 막붓잡고십게그리 반가윗다

「엇더케 이 밤에오서요」

「당신오지안오닛가 보고십허왓지요」

별로 능청밋게 그의귀에들닛나.

방으로드러온 그들은 깁흔 침묵에잠혓다.

「무슨 볼이세요」

봉준을 바라보앗다.

「볼일은 무슨 볼일이야 당신보고십허서 왓다닛가」

「갑작이 그럿케 보고십더잇가?」

「그런수도잇지요」

「웨? 요새 신부인생겻다는데 날갓흔것이 보고십허요?」

옥이는 입을쏙담을고 책상우를보앗다 봉준이는 옥이를 쏠러저라하고보
더니

「여보 당신마음이 요좀 달나진것갓구려?」

「네? 달나젓다고요 엇던점으로 보아하는 말슴임닛가?」

「엇던점으로 보다니?」

그의눈은 분함과 노염으로뒤집헛다.

「물론 당신의자유는 누가말일수는 업지만 너무합니다」

이것이 무엇을의미함인지 옥이는 번연히알엇다. 하야 그는그의 뒤집힌눈
을 피하려고도하지안코 맛쏘아보앗다.

「네 나도 이제부터는 나로써의 삶을계속하여 보렴니다 그러닛가 과거와
는 달나진삶이겟지요!」

봉준이는 그의 어딘가모르게 굿세게 나가는말에 다소 놀나지안을수업섯
다. 짜라서 그에대한 애착심은 점점더하여지는것이엿다.

「여보 당신도 좀 배윗다는특세구려 이를테면……홍」

봉준은 안이쭙다는듯이 머리를외여쏘앗다. 한참후에 봉준은

「여보 그리지마우 어머니생각을한들 당신으로서야 참아벗틔우겟소 나는

아직셈이업서 그러든지 천성이그래 그러든지 막치워놋쿠라도 당신만은 쑤준히 우리집을위하야 살아야 하지안켓소 당신은 어머님의 유언을 이젓구려」
　자긔의말에 감격이되여 눈물이 흘너나럿다.
　「엇지하시는 말인지 나로써는 알수가업슴니다. 밤낫으로리혼해달나고 졸낫지요 한데 새삼스럽게 오늘와서 이럿케말슴하는쯧은?」
　「그래내가 그런다고 당신은 다른대로 시집가려는구려」하고 옥을쎠안엇다. 하야 번개갓치 옥의볼우에 볼을마조대는 것이엿다.
　옥이는 잇는힘을다하야 그를쑤리치고 획—이러낫다.
　「여보! 나는 당신안해가안임니다. 이런 무례한짓을 엇다가합닛가 가요!」
　그의소리는 날카로웟다.

×

　봉준이는 어제밤 지난일을 생각하면 담박이라도 달여가서 옥이를처죽이고 자긔마저 그자리에서 세상을 꿈벅잇고십헛다
　어머님쎄서 코침졸졸흐르는 어린옥이를다려다가 자식못지안케 사랑하야 옴상곰상이키워서 자긔의세대를 전부미러맛긴것임에도 불구하고 엇저니 —— 하는것이 죽게스리미웟든것이다.
　첫새벽에 그는 영철선생에게가는 편지를써서 붓첫다. 멋달지간에 처음으로 하는것이엿다. 편지한지 잇흘만에 영철선생은 담박 경성으로 올나왓다.
　이럿케 속히오리라고는 생각지못했다가 쯧밧게맛나보니 말문이 콱—막혓다.
　「편지 보섯슴닛가?」
　「보앗네 그래 무슨소린지 몰나왓네만은……」
　봉준이를 자세히보앗다 그리하야그의속까지 쮜뚤여보려는듯하엿다. 전부터 봉준이를못맛당하게 알므로인하야 그의말로만은 신임할수가 업섯다.
　「이제 옥이한데도 갓섯네만은 학교가고업데그리」
　「가섯댓나요……뭐 아모래도 리혼은 되는가십슴니다」
　「짓그러지말아 하면말인줄알고 자네는 쩌드네만은……옥이가 그럴니가

잇나?」

봉준이는 우섯다.

「녜 물론선생님까지라도 저를의심할줄은 번연히 알엇스닛가요 밋든남게 곱편다든지……그럿케들 예수밋든 밋으시더니아주잘되엿습니다」

그는 전장을 처다보앗다.

문이열니자 재일이가 드러엇다。 그는 아래목으로가서 펄석 주저안저 비스듬이 바람벽을 기대안젓다.

「여보게 옥씨오섯댓나?」

「밤낫옥이 그럿케 보고십흐면 가서보게나」

봉준이는 슬그머니 실증이나면서도것흐로는 우슴으로써러첫다

선생은 위질빗득한 난봉사나희입에서 옥의일홈이 올으나리는것이 실헛다。 그래서 머리를 외여쏘고 괴로운 낫맷으로 잠잠하엿다.

재일은 봉준이를향하야 눈을씀쩍하며 선생의 아례우를살혀보앗다。 봉준이는 씩ㅡ우섯다.

「여보게 나도 장가가야되지안켓나?」

「중매할가?」

봉준의눈치를보아 이사람이누구인지를 대강짐작하엿다ㅡ전부터 영철선생의이야기는 봉준으로부터 몃번들엇든것이다.

「하게 연희씨로하게」

이말을듯자 선생은 괫심한생각이들자 그들이 몹시안니꼽게보엿다。 그러나 모든일은 옥이를맛나봐야 알겟슴으로 어서밧비 옥이오기를 조마조마히 기다리엿다.

안방시게가 다섯시를첫다 신발소리가 점점갓가워지자 방문이 가만히열엿다.

「선생님!」

옥이는 어린애처럼뛰여 선생의겻 흐로 밧삭 닥아안젓다。 짜라아득히 멀어보이는 고향에서온것이 쑴을쑤는듯이 생각되엿다.

「공부잘했나?」

선생의둥글━━한 웃는맵시를보며 어머니나 아부지를 대한듯하엿다.

「에그 선생님 엇더케오섯서요」

생각할사록 심통하야 선생을쇠쇠 드러다보앗다.

「옥씨 그새공부 잘하섯습닛가?」

옥이는 재일을 바라보앗다.

「인사가 느젓습니다。우리선생님 오신것이 하도반가워서요」

「자네 얼골이 전보담 조앗네」

선생은 옥이를쇠쇠 드려다가보왓다.

옥이는 잠간동안 봉준의긔색을보앗다。 그는 잠잠히짠곳만 바라보고 가벼움게 한숨만쉬일쑌이엿다.

그는 눈을돌녀 선생을 두루두루살혓다 그의 풍시러운옷맵시 쌍파다온 갈라진손 그리고 꿈임업는 질박한말세가 농촌의진경을 연상식히게하엿다.

「선생님 농사는 엇지되엿습닛가? 조도잘되고 벼도잘되엿나요?」

「되기는 다쑬쑬히 되엿네만은……엇지된모양인지 전보담은더어려워지내는 모양이니 난처하지 그리고 자네네압집쇠돌네는 작년가을에 북만주로가고 올봄에도 십여가구가 만주로쩌낫네」

옥이는 눈이 둥글해젓다.

「쇠돌할머니도가섯겟지오」

시어머님 도라가신후로는 집안에서 답답한 일이나든지 혹은 아직섯투른 것이잇든지하면 쇠돌할머니를 차자오든지 자긔가 일쌈을쩌들고갓다。 하야 저고리부터시작하야 속옷압질너 더구나 음식에는 겨우밥이나 쓰릴줄알든그가 두부 무 쩌막붓치 비지갓흔것에 이르기까지 그할머니의 가르침을밧앗든 것이다.

쏘글쏘글 한그의얼골 쏘부라진허리 무슨일할쩨에는 쇠눈갓흔 안경쓰든 것이 시재보는듯하엿다.

「그들이 만주로는 무엇하러갓나요?」

눈물이핑━ 돌앗다━

신문을통하야 농촌형편을대강 짐작은햇지만도 막상 낫익은 자긔고양사람들이 못살고 쩌낫다는 소리를드르며맛치 자긔일이나 당한듯하엿다.

「만주에서는 누가 이마에손언고 기다린답더잇가?」

×

봉준 재일까지도 멍하니 그들익하는 이야기를듯고잇섯다.

「그곳에는 쌍이흔하다데 그래서 농사지러들가지 우리근처서 멧멧드러간 사람들은 아조 넉넉히지낸다는데」

옥의 흘니는 눈물를물그럼이 바라보며 당연할것이다 하엿다

「쌍이흔하면 거저준다나요! 내쌍을 쩌나서 가면 무얼해요 이제쏘 쩌나겟다는 어리석은 사람들이잇거들랑 선생님께서 제발말녀주서요! 압길를막고 사정업시 짜려주서요 안니반씀죽여주서요! 굴머죽어도 내쌍에서 죽고 비러먹어도 내고향에서 먹어야지요!」

선생은 어리둥절하야 옥이를보앗다. 아마도 제마음이 식그러운데 빙자하여가지고 저러나부다 하고생각하니 더욱가엽게보엿다. 하야 마음을풀어주량으로

「말이지 걱정말게 세상은다 그런것안인가 고생으로된 세상이닛가」

이말에 옥이는 쏘 예수교말이나온다 하고 생각되엿다.

봉준이는 옥이가 쩌드는것이 민망스러웟다.

「옥이 선생님압헤서 쏙쏙히말하오 선생님께서는 내말은밋지안으시닛가 당신은 내안해가 안니라지요?」

선생은 옥이를쏙쏙히보앗다.

「언제 우리가 부부되엿든일은 잇서요? 당신도 늘하신말슴과갓치……」

봉준이는 선생을처다보앗다.

「자 엇더합닛가 이제도 제말를 고지듯지 안켓슴닛가?」

선생은 멍멍하니 아모대답도못하고 한참이나 옥이를보다가

「여보게 자네가 아모래도 밋친모양이네 사람의정신을가지지못라여서 자네가 참말로옥이인가?」

「네! 옥이는 옥임니다만은 녯날갓흔 어리석은 옥이는 아니올시다!」

「어리석은옥이! 그것은 쏘무슨말인가? 홍! 서울이 사람을 못쓰게만든다고 하데만은 겨우 일년이지나지못해서그럿케 된단말인가? 자네만은 내가밋엇네만은……」

순간에 선생의눈에 쩌올은 것은 봉준어머니의 쌔하얀얼골이엿다. 그러고 「저 어린것들을 선생님에게맛김니다. 부대 잘길너주시오!」하고 재삼부탁하든 그의말이 아직도 귀에들이는듯하엿다.

근십년동안을 그들의선생겸 엄하신아버지겸 자상스러운어머니가되여 키운보람업시 글조박이나 속에드럿다고 제멋대로구는 것이 무엇버담도 난처하엿다.

선생은 한숨일푸―쉬고나서 「나려가! 배우라고 서울보냇지 그런수작하라고 보낸것은 안이야 !」

소리를냅다질넛다 봉준이는가슴이 시원하도록 통쾌하엿다. 옥이는 가슴이 송구해젓다―선생의꾸준한 애호심은 자나 째나 잇지못하엿든 것이다.

그의눈은 빨개젓다.

「어서 준비들하게!」

봉준이를처더보앗다.

「내가 무슨 권리로 자네들를 관리하겟나만은……아다십히 도라가신자네들의어머님의 피나는 유언을잇지안음일세」

선생은 주먹으로 눈을쌋는것이엿다. 옥의가슴은 찌르르울니엇다. 그러나 그는 속으로이럿케 위로밧엇다. 어머님의딸은나다! 어머님께서 생전에실행치 못한것을 나는 실행할것이다! 그는 저윽히안심되엿다.

「어서 가세 짐들 다싸게 !」

「선생님 저는 못가겟슴니다」

선생은 와락성이 치밧첫다그리하야 눈을벌컥뒤집고

「뭐라고! 한마듸만 더해보게! 그래 자네입으로나오는말인가 저 하늘이무서워서 엇지그런 말를하나 아무리 마음이변햇다해두 죽은사람은 죽엇다 하드래두 자네들를위해서 애쓴 이놈만은 아라볼터이지 이놈만은!」

자기의 가슴복판을 가르첫다 옥이는전신이 옷싹해지며 그 넓다란 가슴을보앗다. 확실히 자기네들의 둘도업는 은인이엿다—하나 둘 셋 넷을 그에게배우고 이때까지 무사히자란것이 그의 애쓴보람이엿다.

그러나 한두사람을 도라보아 자기의젊음을 무가치하게 희생당하고십지는 안엇든것이다.

옥이는 눈을착! 내려감고 「선생님! 잇지못합니다 결단코잇지못하겟습니다。 그럴사록 좀더한 용기를엇어 압흐로나가게되는것임니다。 이것이 선생님을 잇지못하는 증거임니다!」

「듯기실혀! 자네 수작은 하나 들어볼건득이가업네 소위배웟다는 것들에게서 나오는말이 그쏜센가? 나려가!」

그는 옥의손을 잡아쓸엇다.

「자네는 짐다싸가지고 뒤로오게!」

이꼴를본 봉준이는 선생의 두손을꼭잡엇다—토라진 옥의마음은 다시 돌니지못할것으로 알엇든것이다.

「내바려 두시오!」

「어서 가우! 축복합니다!」

옥이는 새하얀케질넛다.

「선생님! 저는 가겟습니다」

겨우냇치고 발길를옴겻다.

선생은 봉준이를 밀차렷스나 힘이달니엇다.

「옥아! 옥아!」

눈물석거나오는 인자한목소리엿다. 옥이는 어려부터 귀에저진그음성에 발길이 무거워젓다.

(끝)

【제1회】

농가。

　용정서 팡둥(中國人地主)이 왔다고 기별이오므로 남편은 벽에 걸어두고 애끼던 수목두루마기를 끄내입고 문밖을 나갔다。봉식어머니는 어쩐지 불안을 금치못하여 문을 열고 바쁘게 가는 남편의 뒷모양을 물그럼이 바라보았다。참말 팡둥이 왔을까? 혹은 자×단(自×團)들이 또 돈을달라려고 거짓 팡둥이 왔다고하여 남편을 다려가지 않는가? 하며 그는 울고 싶었다。동시에 그들의 성화를 날마다 받으면서도 불평한마디 토하지못하고 터들터들 애쓰는 남편이 끝없이 불상하고도 가엾이 보이었다。지금도 저렇게 가고있지 않는가 ! 그는 한숨을 푹쉬며 없는 사람은 내고 남이고 모두 죽어야 그고생을 면할께야 별수가 있나 그저 죽어야해하고 탄식 하였다。그러고 무심히 그는 벽을젛고 있는 그의 손톱을 발견하였다。보기싫게 질리인 그의 손톱을 한참이나 바라보는 그는 사람의 목숨이란 끊기쉬운 반면에 역시 끊기 어려운것이라 하였다。

　그들이 바가지 몇짝을 달고 고향서 떠날때는 마치 끝도없는 망망한 바다를 향하여 죽음의 길을 떠나는듯 뭐라고 형용하여 아픈 가슴을 설명 할수

◉ 강경애는 이 소설을 장편소설이라는 명목으로 1934년 ≪신가정≫ 5~10월호에 처음으로 모두 6회에 걸쳐 련재하여 발표하였는데 본고는 그 영인본에 근거하여 다시 옮겼다。인쇄상의 문제로 전혀 알아볼수 없는 곳들에 대하여서는 복자처리를 하였다。그리고 작자의 의도를 존중하여 이 작품을 장편소설부분에 수록하였다。

없었다. 그러나 불행중 다행으로 이곳까지 와서 어떤 중국인의 땅을 얻어가지고 농사를 짓게 되었으나 중국군대인 보위단(保衛團)들에게 날마다 위협을 당하여 죽지못해서 그날그날을 살아가군 하였다. 그러기에 그들은 아침 일어나는 길로 하늘을 향하여 오늘 무사히 보내기를 빌었다.

보위단들은 그들이 받는바 월급만으로는 살수가 없으니 농촌으로 돌아다니며 한번 두번 빼앗기시작한것이 지금에와서는 으레히 할것으로 알고 아무 주저없이 백주에도 농민을 위협하여 빼앗군 하였다. 그러니 농민들은 보위단몫으로 언제나 돈이나 기타 쌀을 준비해두지 않으면 목숨이 위태 한것을 깨닫고 아무것은 못하더라고 준비 해두곤하였다. 그동안 이어 나타난것이 공산당이 었으니 그후로 지주와 보위단들은 무서워서 전부 도시로 몰리고 간혹 농촌으로 순회를 한다더라도 공산당이 있는구역에는 감히 들어 오지를못하게 되었다. 그러나 시국이 바뀌이며 공산당이 쫓기어 들어가면서부터 자×단들이 나타나게 된것이었다. 그는 그의 손톱을 바라보며 몇번이나 보위단 들에게 죽을번하던것을 생각하며 그나마 오늘까지 목숨이 붙어 있는것이 기적같이 생각되었다. 그러고 남편을찾았을때 벌서 남편의 모양은 보이지 않았다. 그는 멀리 토담우에 휘날리는 기빨을 바라보며 남편이 이전건너마을까지 갔□가 하였다. 그러고 잠간 잊었던 불안이 또다시 가슴에 답답 하도록 치민다. 남편의 말을 들으니 자×위단들에게 무는돈은 다 물었다는데 참말 팡둥이 왔는지 모르지 지금이 씨뿌릴때니 아마왔을께야 그러면 오늘 봉식이는 팡둥을 보지 못하겠지 농량도 못가져 오겠구면하며 다시금 토담을 바라보았다. 저토담은 남편과 기타 농민들이 거이 일년이나두고 쌓은것이다. 마치 고향서 보던 성같이 보였다. 그는 토담을 볼때마다 지금으로부터 사오년전 그어느날밤일이 문득 문득 생각히웠다. 그날밤 한밤중에 총소리와함께 사면에서 아우성 소리가 요란스러이났다. 그들은 얼핏 아궁앞에 비밀이 파놓은 움에 들어가서 멫칠일후에야 나와보니 팡둥은 도망가고 기타 몇몇 식구는 무참히도 죽었다. 그후로부터 팡둥은 용정에다 집을사고 다시 장가를들고 아들딸을 낳아서 지금은 예전과 조금도 차이가 없이 살았던것이다.

팡둥이 용정으로 쫓기어 들어간후에 저집은 자×단들의 소유가되었다. 그래서 저렇게 기를꽂고 문에는파수병이 서있었다.

그는 눈을 옮겨 저 앞을 바라보았다. 그넓은 들에 해빛이 가득하다. 그리고 조껴 같은 새무리들이 그푸른 하늘을 건너 질러 펄펄 날고 있다. 우리도 언제나 저기다 땅을 갖어보나하고 그는 무의식간에 탄식하였다. 그러고 그나마간도 온지 십여년만에 내땅이라고 몫을짛게된 붉은 산을 보았다. 저것은 아주험악한 산이었는데 그들이 짬짬히 화전을 일구어서 이전 밭이 되었다. 그러나 아직도 완전한 곡식은 심어보지못하고 해마다 감자를 심으곤 하였다.

올에는 저기다 조를 갈아 볼까 그러고 가녘으로는 약간 수수도갈고……그때 그의 머리에는 뜻하지 않은 고향이 문득 떠오른다 무릎을 스치는 다방솔밭 옆에 가졌던 그의 밭! 눈에 흙들기 전에야 어찌참아 그밭을 잊으랴! 아무것을 심어도 잘되던 그밭! 죽일놈! 장죽을묻고 그밭머리에 나타나는 참봉영감을 눈앞에 그리며 그는 이렇게 중얼거렸다. 그러고 가슴이 울렁그리며 손발이 가늘게 떨리는것을 깨달으며 그는 고향을 생각지 않으려고 눈을 씩씩 부비치고 정신을 바짝 차리였다. 그때 뜰한구석에 쌓아둔 짚나까리에서 조잘대는 참새소리를 요란스러이 들으며 으둑허니 섰는자신을 얼핏발견 하였다. 그는 곧 돌아 섰다. 방안은 어지러우며 여기 일감이 나부터 손질 하시오하는것 같았다. 그는 분주히 비를들고 방을 쓸어 내였다. 그러고 군대군대 뚫어진 갈자리 구멍을 손끝으로 어루만지며 잘 살아야 할터인데 그놈 그참봉놈 봐란듯이 우리도 잘살아야 할터인데……하며 그의 눈에는 눈물이 글성글성 해졌다. 아무리 맘만은 지독히 먹고 애를 써서 땅을 파나 웬일인지 자기들에게는 닥치는이 불행과 궁핍이었던것이다. 팔자가 무슨놈의 팔자야 하누님도 무심하지 누구는 그런 복을 주고 누구는 이런 고생을시키고……이렇게 생각하며 그는 방안을 구석구석이 쓸었다. 그러고 비끝에 채어 대구르르 대구르르 굴러나는 감자를 주어 바가지에 담으며 시렁을 손질 하였다. 이곳 농가는 대개가 부엌과 방안이 통해있으며 방한구석에 솥을 걸었다. 그러고 그옆에 시렁을 매군하였다. 그가 처음 이곳에 와서는 무엇보다도 방안이 맘에 안들고 도야지 굴이나 쇠외양깐같이 생각 되었다. 그러고 어찌다 손님이 오면 피해 앉을곳도 없었다。 그러니 멍하니 낯선 손님과도 마주 앉지 않으면 안되게 되었다。 그러나 시일이 차츰 지나니 낯선 손님이 온다더라도 처음 같이 그렇게 어색 하지 않았다。 그저 그렁저렁 지날만 하였다。 그러고 반드시 부뚜막 앞에는 비밀 토굴을 파두는것이다。 그랬다가 어대서 총소리가 나던지 개소리가 요란스레 나면 온식구가 그움속에 들어가서 멫일이든지 있군 하였다。 그러고 옷이나 곡식도 이움에다넣고서 시재 입는 옷이나 먹을 양식을 조금씩 꺼내놓고 먹군 하였다。 말할것도없이 보위단이며 마적단등이 무서워서 이렇게 하군하였다。

  시렁을 손질한 그는 바구미에 담아둔 팥을 고르기 시작하였다。 고요한 방안에 팥알소리만 재그럭 사르르하고 났다。 팥알과 팥알로 시선이 옮아지는 그는 눈이 피곤해지며 참새 소리가 한층 더 뚜렷이 들린다。 동시에 저 참새 소리같이 여러가지생각이 순서없이 생각났다。 내일이라도 파종을 하되게면 아침 점심 저녁에 몇말의팥을 가저야할것 오늘봉식이가 팡둥을 맞나지 못해서 쌀을 못가저올것 그러나 나무를 팔아서 사라구한 찬감은 사오겠지……생각이 차츰 히미해지며 졸음이 꼬박 꼬박 왔다。 그는 눈을 부비치고 문밖으로 나오다가 무심히 눈에 띠인것은 벽에 매달아둔 메주였다。「참 메주를 내놓아야 있다」 하며 바구미를 밖에 내놓고서 메주를 떼어서 문밖에 가즈런히 내놓았다。 그러고 그는 비를들고 메주의먼지를 쓸어내었다。 그는 하나 하나의 메주 덩이를 들어보며 간장이나 서너동이 빼고 고초장이나 한단지 담그고……그러자면 소금이나 두어말은 가져야지 소금……하며 그는 무의식간 한숨을 푹쉬었다。 그러고 또다시 고향을 그리며 멍하니 앉아있었다。 고향서는 소금으로 이를 다 닦았건만……달리는데도 소금한줌이면 후련하게 내려갔는데 하였다。 그가 고향있을때는 하도없는것이 많으니까 소금 같은데는 생각이 밎으지 못하였는지는 모르나 어쩌면 이곳 온후로부터는 그는 소금 때문에 남몰래 운적이 한두번이 아니었다。 소금 한말에 이원이십전! 농가에서는 단번에 한말을 사보지 못한다。 그러니 한근 두근 극상많이 산대야 사오근에 지나지못한다。 그러므로 장같은것도 단번에 담그지를 못하고 소금

생기는대로 담그다가도 어떤때는 메주만 썩여서 장이라고 먹군 하였다. 장이 신거우니 온갖 찬이 신거웠다.

끼니때가 되면 그는 남편의 얼굴부터 살피게 되고 어쩐지 맘이 송구하였다. 남편은 입밖에 말은 내지 않으나 번번히 얼굴을 찡그리고 밥술이 차츰 늘여지다가 맥없이 술을 놓군 하는때가 종종있었다. 이모양을 바라보는 그는 입안의 밥알이 갑자기 돌로 변하는것을 느끼며 슬며시 술을놓고 돌아앉았다. 그러고 해종일 들에서 일하다가 들어온 남편에게 등허리에 땀이 훈훈하게 나도록 훌훌 마시게 국물을 만들어 놓지못한 자기! 과연 자기를 안해라고 할것일까?

어떤때 남편은 식욕을 충동시키고적하며 고추가루를 한술식 떠넣었다. 그러고는 매워서 눈이 뻘애지고 이마가에서는 주먹같은 땀방울이 맺히군 하였다. 「고초가루는 웨그리 잡수서요」 하고 그는 입이 벌려지다가 가슴이 무뚝해지며 그만 입이 다물어지고 말았다 동시에 음식을맡아 맨드는 자기 아아 어떻게해야 좋을까?

이러한 생각을 되풀리하는 그는 한숨을 땅이 꺼지도록 쉬며 오늘 저녁에는 무슨찬을 만드나하고 메주를 다시금 굽어보았다. 그때 신발소리가 자박자박 나므로 그는 머리를 들었다. 학교에 갔던 봉염이가 책보를 들고 이리로온다.

「웨 책보 가지고 오니?」

「오늘 반공일이어 메주 내봤네」

봉염이는 생글생글 웃으며 메주를 들어 맡아보았다.

「아버지 가신것 보았니?」

「응 정 팡둥이 왔대라 어머이」

「팡둥이? 왔디?」

이때까지 그가 불안에 붙들려 있었다는것을 느끼며 가볍게 한숨을 몰아쉬었다.

「어서 봤니?」

「팡둥집에서……저 아버지랑 자X단들이랑 함께 앉아서 뭘 하는지 모르겠더라。」

약간 찌푸리는 봉염의 양미간으로부터 올마오는 불안!

「팡등도 같이 앉았디?」

봉염이는 머리를 끄덕이며 무슨 생각을하고 또다시 생글생글웃었다。 그러고 책보속에서 달래를 꺼냈다。

「학교 뒷밭에가 달래가 어찌 많은지。」

「한끼 넉넉하구나。」

대견한듯이 그의 어머니는 달래를 만져보다가 그중 큰놈으로 골라서 뿌리를잘으고 한꺼풀 벗긴후에 먹었다。 봉염이도 달래를 먹으며

「어머니 나두 운동화 신으면……」

무의식간에 봉염이는 이런말을 하구도 어머니가 나물할것을 예상하며 어머니를 바라보던 시선을 달래뿌리로 옮겼다。 달래뿌리와 뿌리사이로 날아나는 운동화, 아까 용애가 운동화를신고 참새같이 날뛰던 그모양!

「재는 이따금 미친수작을 잘해!」

그의어머니는 코끝을 두어번 부비치며 눈을 흘겼다。 봉염이는 달래가 흡사히 운동화로 변하는것을 느끼며 어머니 말에 그의 조고만 가슴이 따그워왔다。

「어머니는 밤낮 미친수작 밖에 몰라!」

한참후에 봉염이는 이렇게 중얼거렸다。 그러고 용애의 운동화를 바라보고 또 몰래 만져보던 그부러움이 어떤 불평으로 변하야지는것을 그는 느꼈다。 그의어머니니는 봉염이를 똑바루 보았다。

「그래 네말이 미친수작이 아니냐 공부도 겨우 시키는데 운동화 운동화 이애 이애 너도 지금 같은 개화 세상에 낳기에 그나마 공부도 하는줄 알아라。 아 우리들 전에 자랄때에야 뭘어디가 물깃고 베짜고 여름에는 김매구 그래두 집신이나마 어디 공은것 신어본다디……어미애비는 풀속에 머리들을밀고 애쓰는데 그런줄을 모르고 운동화? 배나 곯지않으면 다행으로 알아 그런 수작 하라거던 학교에 가지마라!」

「뭐 어머이가 학교에 보내우뭐」

봉염이는 가벼게 공포를 느끼면서도 가슴이 오쓱하도록 반항하였다. 그러고 얼굴이 갑작이 화끈 하므로 눈을 깜박하였다.

「그래 너의 아버지가 보내면 난 그만두라고 못할까 게집애가 웨 저모양이야 뭘좀 안다고 어미대답만 톡톡하고 이애이놈의 계집애 어미가 무스말을 하면 잠잠하고 있는게 아니라 톡톡 무슨 아가리질이냐 ! 그래 네수작이 옳으냐? 우리는 돈 없다……너 운동화 사줄돈이있으면 봉식이 공부를 더 시키겠다야」봉염이는 분낌에 달래만 작구먹고나니 매워서 못견딜지경이다. 그러고 눈에는 약간의 눈물이 비쳤다.

「웨 돈 없어요 웨 오빠 공부 못 시켜요!」

그순간 봉염의 머리에는 선생님의 하던말이 번개같이 떠오른다. 그러고 그의 가슴이 터질듯이 끓어오르는 불평을 어머니에게 토할것이 아님을 깨달았다. 그러나 아무것도 모르고 딸만긇게 생각하고 덤비는 그의 어머니가 너무도 가엾었다. 그의 어머니는 하도어이가 없어서 멍하니 봉염이를 바라보았다. 동시에 없으면 딴남은 그만두고라도 제속으로 나온 자식들 한테 까지 라드 저런모욕을 받누나하는 노여운 생각이들며 이때까지 가난에 들볶이던 불평이 눈등이 뜨겁도록 치밀어 올라온다.

「웨 돈 없는지 내가 아니 우리 같은거지들에게 웨 태어 났니 돈 많은 사람들에게 태어나지 자식! 흥 자식이 다 뭐야!」

어머니의 언짢아하는 모양을 바라보는 봉염이는 작년가을에 타작마당이 얼핏 떠오른다. 그때 여름내 농사 지은벼를 팡둥에게 전부 빼앗긴 그때의 어머니! 아버지! 지금 어머니의 얼굴빛은 그때와 꼭 같았다 그러고 아무 반항할줄모르는 어머니와 아버지! 불상함이 지나쳐서 비굴하게 보이는 어머니!

「어머니 웨돈 없는것을 알아야해요 운동화는 웨 못사줘요 오빠는 웨 공부 못시켜요!」

그는 이렇게 말해 가는사이에 그가 운동화를 신고싶어한것이 잘못이 아니라는것을 깨달았다. 그러고 무심하게 들어두었던 선생님의 말이 한가지 두가지 무뚝무뚝 생각난다.

「이애 이년의 계집애 웨 돈 없어 미천 없어 남의 땅 붙이니 없이 내땅만 있으면……」

여기까지 말했을때 그는 가슴이 뜨끔해지며 말문이 꾹막히었다.

그러고 또다시 솔밭옆에 가졌던 그밭이떠오르며 그는 눈물이 쑥 삐어졌다. 그러고 금방 그밭을 대하는듯 눈물속에 그의 머리가 아롱아롱 보이는듯 보이는듯 하였다.

그때 가볍게 귓가를 스치는 총소리! 그들 모녀는 눈이 둥굴해서 일어났다.

짚나까리 밑에서 졸던 검둥이가 어느듯 그들 앞에 낱아나 컹컹 짖었다.

【第二回】

유랑(流浪).

그들은 마적단과 공산당을 번갈아 머리에 그리며 건너마을을 바라보았다. 이마을 저마을에서 개짖는 소리가 그들로하여금 한칭더 불안을갖게 하였다. 그리고 아까까지도 시원하던 바람이 무서움으로 변하야 그들의 옷까를 가볍게스친다.

「이애 너아버지나 어서오셨으면……웨 이러고 있누. 무엇이 온것 같은데 어쩐단 말어」

봉염어머니는 거이 울상을하고 가만이 서있지를 못하였다. 총소리는 연달아 건너왔다. 그들은 무의식간에방안으로 쫓기어 들어왔다. 이제야말로 건너마을에는 무엇이던지 온것이 확실하였다. 그리고 몇몇의 사람까지도 총에 맞아 죽었으리라하였다. 이렇게 생각하고나니 봉염의 어머니는 속에서 불길이 확근확근 올라와서 견딜수가 없었다. 그리면서도 감히 방문밖에까지 나오지는 못하였다. 무엇들이 이리로 달려오는것만 같았던것이다.

「어쩌누? 어쩌누? 봉식이라드 어서 오지않구」

그는 벌벌 떨면서 이렇게 중얼거렸다. 암만해도 남편이 무사할것같지 않았던 것이다. 더구나 팡둥과 같이 남편이 앉았다가 아까 그총소리에 무슨일을 만났을것만 같았다.

「이애 너아버지가 팡둥과 함께 함께 앉았디? 보았니」

그는 목에 침기라고는 하나도 없고 가슴이 답답해왔다. 봉염이도 풀풀 떨면서 말은 못하고 눈으로 어머니의 대답을 하였다. 그때 멀리서 신발소리 같은것이 들려오므로 그들은 부억구석의 토굴로 뛰어 들어가서 감자마대에 꼭 붙어 앉았다. 무엇들이 자기들을 죽이려고 이리오는것만 같았다. 한참후에

「어머니!」

부르는 봉식의 음성에 그들은 겨우 정신을 차리고 맞우 아우성을 치고도 얼른 밖으로 나오지를 못하였다. 그들이 움밖에까지 나왔을때 또다시 우뚝 섰다. 그것은 봉식이가 전신의 피투성이를 했으며 그옆에 금방 내려뉘인듯한 그의아버지의 목에서는 선혈이 샘처럼흘렀다. 그의어머니는

「아!」

소리를 지르고 그자리에 팔삭주저 앉았다. 그다음순간부터 그는 바보가 되어 멍하니 바라만 볼뿐이었다. 봉식이는 어머니를 보며 안타까운듯이

「어머니는 웨 그러구만 있어요 어서 이리와요」

봉염이가 곧 어머니의 팔을 붙들었으나 그는 일어나다가 도두 주저 앉으며

「너아버지。 너아버지」

하고 중얼거릴뿐이었다.

그밤이 거이 새어올때에야 봉염의어머니는 겨우정신을 차리고 목을 내어 어이 어이하고 울었다.

「넌 어찌 아버지를 만났니 그때는 살았더냐。 무슨말을 하시디?」

봉식이는 입이 쓴듯이 입맛만 쩍쩍 다시다가

「살께머유!」

대답을 기다리는 어머니의 모양이 난처하여 이렇게 소리치고나서 한숨을 후쉬었다. 그러고 항상 아버지가 꽝둥과 자X단원들에게 고마히 구는것이 어쩐지 위태위태한 겁을먹었더니만 결국은 저렇게되구야 말었구나 하였다. 아버지 생전에 이문제를 가지고 부자가 서로 언쟁까지도 한일이있었으나 끝끝내 아버지는 자기의뜻을 세웠다. 보다도 그의입장이 그로하여금 그렇게 하지않고는 견디지 못하게 하였던것이다.

아버지 생전에는 봉식이도 아버지를 긇다고 백번생각했지만 막상 아버지가 총에 맞아 넘어진것을 용애아버지에게든고 현장에 달려가서 보았을때는 어쩐지 「너 무들한다!」 하는 분노와 함께 누가 긇고 옳은것을 분간할수가 없이 머리가 아뜩해지군 하였다.

이튼날 아버지의 장예를 지낸 봉식이는 바람이나 쏘이고 오겠누라고 어대로인지 가버리고 말았다. 모녀는 봉식이가 오늘이나 내일이나하고 돌아오기를 손꼽아 기다리나 그봄이 다지나도 돌아오기는 고사하고 소식조차 끊어지고 말았다. 그래서 그들은 기다리다 못해서 봉식이를 찾아서 떠났다. 월여를두고 이리저리 찾아다니나 그들은 봉식이를 만나지 못하였다. 마침내그들은 용정까지왔다. 그것은 전에 봉식이가 「고학이라도해서 나두 공부를 좀해야지」하고 용정에들어왔다 나올때마다 투덜그리던 생각을하야 행여나 어느 학교에나 다니지 않는가 하였던것이다. 그러나 그들 모녀가 학교란 학교 들에는 다가서 기웃거리나 봉식이 비슷한 학생조차 만나지 못하였다. 그들이 마즈막으로 TH학교까지 가보고 돌아설때 봉식이가 끝없이 원망스러운 반면에 죽지나 않았는지? 하는 불안에 발길이 보이지를 않았다. 더구나 이전 어대로갔나? 어대가서 몸을 담아 있나? 오늘밤이라도 어대서 자나? 이것이 걱정이요 근심이 되었다.

해가 거이 저갈때 그들은 팡둥을 찾아갔다. 그들이 용정에 발길을 돌려놀 때부터 팡둥을 생각하였다. 만일에 봉식이를 찾지못하게되면 팡둥이라도 만나서 사정하야 봉식이를 찾아 달라고하리라 하였던것이다. 그들이 큰대문을 둘이나 지나서 들어가니 마침 팡둥이 나왔다.

「왔소。 언제 왔소?」

팡둥은 눈을 크게뜨고 반가운 뜻을보이었다. 봉염의어머니는 그의 반가워하는눈치를 살피자 찾아온 목적을 절반남아 성공한듯하야 한숨을 남몰래 몰아 쉬었다. 팡둥은 봉염의 머리를 내려쓸었다.

「그새 어대 갔어 한번 갔어 없이 섭섭했서」

「봉식이를 찾아 떠나서요。 봉식이가 어디있을까요?」

봉염의어머니는 가슴을 두군그리며 팡둥을 쳐다보았다.

「봉식이 만나지 못했어. 모르갔소」

팡둥은 알까하여 맥없이 그의 입술을 쳐다보던 그는 머리를 숙였다. 팡둥은 그들 모녀를 다리고 방으르 들어갔다. 캉(抗)에 앉아 있는 팡둥의 안해인 듯한 나젊은부인은 모녀와 팡둥을 번갈아 쳐다보며 의심스러운 눈치를 보이었다. 팡둥은 한참이나 모녀를 소개하니 그제야 팡둥부인은

「올라 앉어요」

하고 권하였다. 팡둥은 차를 따라 권하였다. 가벼운 차내를 맡으며 모녀는 방안을 슬금슬금 돌아보았다. 방안은 시언하게 넓으며 캉(坑)이 좌우로 있었다. 캉아래는 빛나는 돌로 깔리었으며 저편창앞에는 대리석으로 만든 테―불이 놓였고 그우에는 검은 바탕에 오색빛나는 화병한쌍을 중심으로 적고 큰 시계며 유리단지에 유유히 뛰노는 금붕어등 그타 이름모를기구들이 테―불이 무겁도록 실리어있다. 창우 벽에는 팡둥의 사진을비롯하야 가족들의 사진이며 약간 빛을잃은 가화들이 어지럽게 꽂히었다. 그리고 테―불을 뚝 떨어저 이편 벽에는 선굵은 불타의 그림이 조으는듯하고 맞은편에는 문짝같은 체경이 왼벽을차지 했으며 창문밖 저편으로는 화단이눈가이 서늘하도록 푸르렀다.

그들은 어떤 별천지에 들어온듯 정신이 얼얼하였다. 그리고 그들의 초라한모양에 새삼스럽게 더부끄러운생각이 들며 맘놓고 숨쉬는수도 없었다. 팡둥은의자에 걸어 앉으며 권연을 붙여 물었다.

「여기 친척 있어?」

봉염의어머니는 머리를 들었다.

「없어요」

이렇게 대답하는 그는 팡둥이 어째서 친척의 유무를 묻는것임을 생각할때 전신에 외로움이 훨신끼친다. 동시에 팡둥의 의지하랴고 찾아온 자신이 얼마나 가엾은것을 느끼며 팡둥의 어깨넘어로보이는 화단을 물그럼이 바라보았다. 신록에 무르익은 저화단! 그는 얼핏 밭에 조쌌도 이전 퍽이나 자랐겠구나! 김매기바쁠테지 내가 웬일이야 김도안매구 가을에는 뭘먹구사나하는 걱정이 불숙 일었다. 그리고 시선을 멀리던졌을때 티없이 맑게개인 하늘

이 마치 멀리 논물을바라보는듯 문득 그들이 붙이던 논이떠오른다. 논귀까지 가랑가랑하도록 올라온 그논들! 벼포기도 퍽이나 자랐을게다! 하며 다시 하늘을 쳐다보았을때 그하늘은벼포기사이를 헤치고 깔렸던 그하늘이 아니었느냐! 그사이로 털이 푸르르한 남편의 굵은 다리가 철버덕철버덕 건일지 않았느냐! 그는 가슴이 뜨끔해지며 다시 팡눙을 보았다. 남편을 오라고하야 함께 앉았던 저팡둥은 살아서 저렇게 있는데 그는 어찌하야 죽었는가하며 이때껏 참았던 설음이 머리가 무겁도록 올라왔다.

「친척 없어. 어디 왔어?」

팡둥은 한참후에 이렇게 채처 물었다. 목구멍까지빼듯하게 올라온 억울함과 외로움이 팡둥의 말에 눈물로 변하야 슬슬 떨어진다. 그는 맥없이 머리를 떨어드리며 치마귀를 쥐어다 눈물을 씻었다. 곁에앉은 봉염이도 어머니를보자 눈물이 글성글성해졌다. 모녀를바라보는 팡둥은 난처하였다. 지금 저들의 눈치를보니 자기에게 무엇을 얻으러왔거나 그렇지 않으면 자기집을 바라고온것임을 시간이 지날사록 깨달았다. 그는불쾌하였다. 저들을 오늘로라도 보내랴면 돈이라도 몇푼 집어줘야 할것을 느끼며 당분간 집에서 일이나 식히며 두어둬 볼까? 하는 생각이 어렴풋이 들었다. 팡둥은 약간 웃음을 띠웠다.

「친척 없어. 우리집 있어. 봉식이가 찾아왔어 갔어응」

팡둥의 입에서 떨어지는 아들의 이름을 들으니 그는 원망스러움과 그리움 외로움이 한데 뭉치어 견딜수가 없었다. 그러고 팡둥의 말과같이 봉식이가 언제던지 나를 찾아오려나 그렇지 않으면 제아버지와같이 어대서 어떤놈에게 죽엄을 당해서 다시는 찾지않으려나? 하는의문이 들며 흙흙 느껴 울었다.

그후부터 모녀는 팡둥집에서 일이나해주고 그날그날을 살아갔다. 팡둥은 날이갈사록 그들에게 친절하게 굴었다. 그러고 어떤때는 밤이오래도록 그들이 있는방에 나와서 이런이야기 저런이야기를 하여주며 때로는 옷감이나 먹을것같은것도 사다주었다. 그때마다 봉염어머니는 감격하야 밤오래도록 잠들지못하군 하였다.

팡둥의 안해가 친정집에 다니려간 그이튿날 밤이다. 그는 팡둥의 안해가 말라 놓고간 팡둥이 속옷을 재봉침에 하였다. 팡둥의 안해가 언제 올른지는 모르나 어쨰뜬 그가 오기전에 말라놓은일을 다해야 그가 돌아와서 만족해할 것이다. 그러므로 그는 밤잠을 못자고 미싱을 돌렸다. 그는 이집에 와서야 미싱을 배웠기때문에 아직도 서툴렀다. 그래서 그는 바늘이 불어질서라 기계에 고장이 생길서라 여간 조심이 되지를 않았다.

저편 팡둥방에서 피리소리가 처량하게 들려왔다. 팡둥은 밤만되면 저렇게 피리를 불거나 그렇지 않으면 깡깡이를 뜯었다. 깡깡이 소리는 시끄럽고 때로는 강아지가 문짝을 할커며 어미를 부르는듯하게 참아듣지 못할만큼 귀가이 간지러웠다. 그러나 저피리소리만은 그럴듯하게 들리었다.

일감을 밟고 씩씩하게 달아오는 바늘끝을 바라보는 그는 한숨을 후쉬며 「봉식아 너는 어째서 어미를 찾지 않느냐」하고 중얼거렸다. 그는 언제나 봉식이를생각하였다. 낯선사람이 이집에 오는것을 보면 행여 봉식의 소식을 전하려나하야 그사람이 돌아갈때까지 주의를 게으르지 아니했다. 그러나 이렇게 기다리는 보람도없이 그날도 그날 같이 봉식의소식은 막막하였다. 팡둥은 그들에게 고마이구나 팡둥의 안해는 종종 싫은 기색을 완연히 들어내었다. 그때마다 그는 봉식을 원망하고 그리워하며 운적이 한두번이 아니었다. 아무래도 장내까지는 이집을 바라지 못할일이요 어디로든지 가야할 것을 그는 날이 갈사록 느꼈다. 그러나 맘만 초조할뿐이요 어떻게 하는수는 없었다. 그는 이러한 생각을 되푸리하며 팡둥의안해가 없는사이 팡둥보고 집세나 하나 얻어달라고 해볼까? 하며 피리를불고 앉았을 팡둥의 뚱뚱한 얼굴을 그려보았다. 그러니어찌 그런말을해집세를 얻는다더라도 무슨 그릇들이 있어야지 아무것도 없이 살림을 어떻게하누하며 등불을 물끄럼이 바라보았다.

어느듯 피리소리도 끝히고 사방은 고요하였다. 오직 들리느니 잠든 봉염의 그윽한 숨소리뿐이다. 그는 등불을 휩싸고 악을 쓰고 날아드는 하루사리 떼를 보며 문득 남편의 짧았던 일생을 회상하였다. 그렇게 살고말것을 반찬한번 맛있게 못해주었지 고추가루만 땀이 나도록 먹구참……여기는 웨 소금값이 그리비쌀까?

그래도 이집은 소금을 흔하게 쓰두면 그게야 돈많으니 작구 사오니까 그렇겠지 돈? 돈만 있으면 뭐든지 다할수가 있구나 그비싼 소금도 맘대로 살수가 있는돈 그돈을 어째서 우리는 모지 못했는가 하였다.

그때 신발소리가 자박자박 나더니 문이 덜거덕 열린다. 그는 놀라 휙근 놀아보았다. 검은 바지에 힌석삼을 입은 팡눙이 빙그레 웃으며 늘어온다. 그는 얼른 일어나며 일감을 한손에 들었다.

「앉아서! 일만 했어?」

팡둥의 시선은 그의얼굴로 부터 일감으로 옴긴다. 그는 등불 곁으로 다가앉으며 팡둥을보고 이말을 할까 말까? 집세하나 얻어주시오하고 금방 입슬사이로 흘러 나오려는것을 참으며 팡둥의 기색을 흘금 살피었다.

「누구 옷이야? 내해야?」

팡둥은 일감 한끝을 쥐어보다가

「내해야……배고프지 않아? 우리방에 나가 차들도 먹고 과자도 먹구 응 나갔어」

일감을잡아 다린다. 그는 전같으면 얼른팡둥의 뒤를 딸아나갈터이나 팡둥의안해가 없는것만큼 주저가되었다.

「배 고프지 않아요」 이렇게말하는그는웬일인지 눈섭끝에 부끄럼이사르르 지나친다. 팡둥은 일감을 휙빼앗았다.

「가 응 자 어서 어서」

그는 일감을바라보며 어째야 좋을지몰랐다. 그러고 이기회를타서 집세를 얻어달라고 할까말까 할까……

「안가?」

팡둥은 일어서며 아까와는 달리 어성을 높인다. 그는 가슴이 선듯해서 얼른일어났다. 그러나 비쭉비쭉나가는 팡둥의 살진 뒷덜미를 보았을때 싫은 생각이 부쩍 들었다. 그러고 발길이 떨어지지를 않았다. 문밖을 나가던 팡둥은 휙근 돌아보았다. 그얼굴은 무어라고형용할수 없는 무서움을 띠웠다. 그는 맥없이 캉을 나려섰다. 그러고 잠든 봉염이를 바라보았을때 소리처울고싶도록 가슴이 답답 하였다.

【第三回】

「해 산」

　이듬해 늦은봄 어느날 석양이다. 봉염의어머니는 바누질을 하다가 두눈을 부비치며 방문을 바라보았다. 뽑안 문우에 첨하끝 그림자가 뚜렷하다. 오늘은 팡둥이 오려나 대체 어델가서 그리오래 있을가? 그는또다시 생각하였다. 팡둥의안해만 대하면 그는 묻고 싶은것이 이말이었다. 그러나 언제든지 새초롬해서 있는 그의 기색을 살피다가는 그만 하려던말을 주리치고 말았다. 그러고 이렇게 석양이 되면 오늘이나 오려나? 하고 가슴을 조렸다. 팡둥이 온대야 그에게 그리기쁠것드 없건만 어쩐지 그는 팡둥이 기다려지고 그리웠다. 오면 좋으련만……이번에는 꼭말을 해야지 무어라구? 그다음말은 생각나지않고 두귀가 확근단다. 어떻거나 그도 짐작이나 할까? 하기는 뭘해 남정들이 그러니 고렇게 내게하리……그는 팡둥의 얼굴을 머리에 그리며 원망스러운듯이 바라보았다.

　그날밤 후로는 팡둥의 태도가 아무리 좋게 해석해도 냉냉해진것만 같았다. 처음에는 점잖으신 어른이고 더구나 성미까다로운 안해가 곁에 있으니 저러나부다하였으나 시일이 지날사록 원망스러움이 약간 머리를들었다. 반면에 끝없는 정이 보이지않는 줄을타고 팡둥에게로 쏠리는것을 그는 느꼈다. 그는 한숨을 후! 쉬며 이마가에흐르는 땀을 씻었다. 언제나 자기도팡둥을 대하여 주저 없이 말도 건니우고 사랑을 받아볼까? 생각만이라도 그는 진저리가 나도록 좋았다. 그러나 자기주위를 둘러싸고 있는 모든환경을 깨닫자 그는 울고 싶었다. 그러고 팡둥의 안해가 끝없이 부러웠다. 그는 시름 없이 머리를숙이며 원수로 애는 웨 배었는지하며 일감을 들었다. 바눌끝에서 떠오르는 그날밤. 그날밤의 팡둥은 성난호랑이 같이도 자기에게 덤벼들지 않았던가. 자기는 너무무섭고도 두려워서 방안이 캄캄하도록 느리운 비단포장을 붙들고 죽기로써반항하다가도 못이겨서 애를 배게 되지 않았던가. 생각하면 자기의 죄같지는 않았다. 그런데 웨 자기는 선듯 팡둥에게 이말을 하지 못하는가. 그러고 그렇게 먹고싶은 냉면도 못먹고 이때까지 참아왔던

가. 모두가 자기의 못난탓인것 같다. 웨 말을 못해 웨주저해 이번에는 말할
테야 꼭할테야 그러고 냉면도 한그릇 사다달라지 하며 그는 눈앞에 냉면을
그리며 침을 꿀꺽삼켰다. 그러나 이생각은 헛된 공상임을 깨달으며 한숨을
푸쉬면서도 픽하고 웃음이 나왔다. 모든 난문제가 산과 같이 자기를 둘러싸
고 있거늘 어린애 같이 먹고싶은 생각부터 하는자신이 웃읍고도 가련해 보
이었던것이다. 그러나 먹고싶은것은 어쩔수 없다. 목이가렵도록 먹고싶다.
냉면만 생각하면 한참씩은 안절부절할노릇이다.

그가 뱃속에 애든것을 알게 되었을때 유산시키려고 별짓을 다하여보았다.
배를쥐어박아도 보고 일부러 캭 넘어지기도하며 벽에다 배를대고 탕탕부디
처도 보았다. 그러고도 유산이 되지를 않아서 나중에는 양잿물을마시려고
캄캄한 밤중에 그몇번이나 일어 앉았던가. 그러면서도 그순간까지도 냉면
은 먹고 싶었다. 누가 곁에다 감추고서 주지않는건만 같았다. 그렇게 먹고
싶은 냉면을 못먹어보고 죽는다는것은 너무나 애달픈일이다. 더구나 봉염
이를 생각하구는 그만 양잿물그릇을 쏘치고 말았던것이다.

삭수가 차올수록 그는 어쩔줄을 몰랏다. 위선 남의눈에 들키지나 않으려
고 끈으로 배를 끙끙 동이고 밥도 한두끼니는 예사로 굶었다. 그러고 될수
있는대로사람을 피하여 이렇게 혼자 일을 하군하였다.

그때 지르릉하는 이십오세(馬車)소리에 그는 머리를 번쩍 들었다. 팡둥
방에서 뛰여나가는 신발소리가 나더니 바바! 바바! 하고 팡둥의 어린애들이
떠드는 소리가 들린다. 그는 왔구나! 하였다. 따라서 가슴이 후닥닥 뛰며
뱃속의 애까지 빙빙돌아간다. 그는 치마줄음이 들석들석하는것을 보자 배
를 꾹눌렀다. 신발소리가 이리로 옴으로 그는 얼른 일어났다. 그러고 팡둥
이 혹시 나를 보려오는가 하였다.

「어머이 팡둥왔어. 그런데 팡둥이 어머이를 오래」

봉염이는 문을열고 드려다본다. 그는 팡둥이 자기를 보겠다고 오라는말
을 들으니 부끄럼이 확끼치며 알수없는 겁이 더럭낫다. 그러고말을 할수없
이 입이 담으러지며 손발이 후들후들 떨린다.

「어머이 어디 아파?」

봉염이는 중국게집애 같이앞머리카락을 보기좋게잘랐다. 그는 머리카락 새로 눈을 동그랗게 뜨고 어머니를 말뚱히쳐다본다. 그는 딸에게 눈치를 보이지 않으려고 머리를 돌리며

「아니」

봉염이는 한참이나 무슨 생각을 하더니

「어머이 팡둥이 성난것 같아 웨」

「웨 어쩌더냐?」

「아니 글세말야。」

봉염이는 손가에서 달아져서서 보기싫게된 그의 손톱을 드려다보면서 아까 팡둥의 얼굴을 생각하였다。 그때 팡둥의 안해소리가 빽하고났다。

「뭣들하기 그러고 있어。 어서오라는데」

심상치않은 그의 어성에 그들은 일시에 불길한 예감을 품으면서 팡둥방으로왔다。 팡둥은 어린애를 좌우로 안고서 모녀를 바라보았다。 그러고 잠간 눈발을 찌푸리며 눈을 거칠게 뜬다。 팡둥의안해는 입을 비쭉하였다。

「흥 자식을 얼마나 잘두었기에 애비원수인 공산당에 들었을까。 그런것들은 열번 죽어도 좋아……우리는 공산당친최는 안돼。 공산과는 우리는 원수야。 오늘부터는 우리집에 못있어。 나가야지。」

모녀를 딱 쏘아본다。 모녀는 갑작이 무슨말인지를 알아들을수가 없었다。 그러고 머리가 어쩔쩔해왔다。

「이번 쟝궤디가 국자가가서 네오빠 죽이는것을 보았단다。」

모녀는 어던 쇠방망이로 머리를 사정없이 후려치는듯 아뜩하였다。 한참 후에 봉염의어머니는 팡둥을 바라보았다。 팡둥은 그의시선을 피하여 어린애를 보면서도 그말이 옳다는뜻을 보이었다。 그는 한층더아찔하였다。 그애가 참말인가하고 그는 속으로 부르짖었다。

「어서 나가! 만주국에서는 공산당을 죽이니간」

팡둥의 안해는 귀고리를 흔들면서 모녀를 밀어내었다。 모녀는 암만 그들이 그래도 그말이 참말 같지않았다。 그러고 속시원히팡둥이가말을 해주었으면 하였다。 팡둥은 그들을 바라보자 곧 불쾌하였다。 그날밤 그의 만족을

채운 그순간부터 어쩐지 발길로 그의 엉뎅이를냅다차고 싶게 미운것을 느꼈다. 그다음 부터 그는 봉염의 어머니와 마주서기를 싫여하였다. 그러나 살림에 서투른 젊은 안해를둔 그는 그들을 내보내면 아무래도 식모든지 착실한 일꾼이든지를 두어야겠으니 그러자면 먹여주고도 돈을 주어야 할터이므로 오늘내일하고 이때까지 잠아왔던것이다. 보담도 내보낼 구실얻기가 거북하였던것이다.

그런던차에 이번 국자가에서 봉식이죽는것을 보구서는 곧 결성하였다. 무엇보다도 공산당의 가족이니만큼 경비대원들이 나종에라도 알면 자신에게 후환이 미칠까하는 생각이었고 또하나는 자긔가 극도로 공산당을 미워하느니만큼 공산당이라는 말만들어도 소름이 끼쳐서 못견디었던것이다.

안해에게 밀리어 문밖으로 나가는 모녀를 바라보는 팡둥은 봉식의 죽던 광경이 다시 떠오른다.

친구와 교외에 나갔다가 공산당을 죽인다는 바람에 여러사람의 뒤를 따라가서 드려다보니 벌서 십여명의 공산당을 죽이고 꼭하나가 남아 있었다. 그는 좀더빨리 왔더면하고 후회하면서 사람들의 틈을 뻐기고 들어갔다. 마침 경비대에게 끌리어 한가온대로 나앉은공산당은 봉식이가 아니었느냐! 그는 자긔눈을 의심하고 몇번이나 눈을 부비친후에 보았으나 똑똑한 봉식이었다. 전보다 얼굴이 검어지고 거칠게보이나마 봉식이었다. 그는 기침을 칵하며 봉식이가 들으리만큼 욕을 하였다. 그리고 행여 봉식이가 돈을 벌어가지고 어미를 찾아오면 자기의 생색도나고 다소 생각함이 있으리라고 하였던것이 절망이 되었다.

누런군복을 입은 경비대원 한사람은 시퍼런 칼날에 물을 드르르 부었다. 그러니 물방울이 진주같이 흐른 후에 칼날은 무서우리만큼 빛났다. 경비대원은 칼날을 드려다보며 심뻑 웃는다. 그리고 봉식이를 바라보았다. 봉식이는 얼굴이 쌔하얗게 질리고도 기운있게 버티이고 있었다. 그러고 입모습에는 비웃음을 가득히띠우고있다. 팡둥은 그웃음이 여간 불쾌하지 않았다. 그리고 어느때인가 공산당에게 위협을 당하던 그순간을 얼핏 연상하며 봉식이가 확실히 공산당이라는것을 의심하지 않았다. 그러자 칼날이 번쩍할때 봉식이는 소리를 버턱지른다. 어느새 머리는 따에 떨어지고 선혈이 쏵하고 공중으로 뼈치을때 사람들은 냉수를 잔등에 느끼며 흠칫 물러섰다.

생각 만이라도 팡둥은소름이 끼치어서 어린애를 꼭껴안으며 어서 모녀가 눈에 보이지 않기를 바랐다. 모녀는 문밖에까지 밀리어 나오고도 팡둥이가 따라나오며 말리려니하였다. 그러나 그들이 보따리를 가지고 대문을 향할 때까지 팡둥은 가만이있었다. 봉염의어머니는 노염이 치받치어 휙돌아서서 유리창을 통하여 바라보이는 팡둥의 뒷덜미를 노려보았다. 미친듯이 자기를향하여 덤벼들던 저 팡둥이 그가 무어라고 소리를 지르려고 할때 팡둥의 안해와 웬 아지못할사나이가 그를 돌려세우며 그들을 밖으로 내몰았다.

그들은 정신없이 시가를 벗어나 해란강변으로 나왔다. 강들이 앞을 막으니 그들은 우뚝섰다. 어대로가나? 하는 생각이 분에 흩어졌던 그들의 생각을 집중시켰다. 그들은 눈을 들었다. 해는 누엿누엿 서산에 걸렷는데 저멀리보이는 마을앞에 둘러선 버들숲은 흡사히도 그들이 살던 싼드거우(三頭溝)앞에 가로놓였던 그숲과도같았다. 그곳에는 아직도 남편과 봉식이가 있을것만 같았다. 그러나 다시 한번 눈을 부비치고 보았을때 봉염의 어머니는 덜석 주저앉았다. 그리고 소리높이 흐르는 강물을 드려다보며 그만 죽고 말까하였다. 동시에 이때까지 거짓으로만 들리던 봉식의죽음이 새삼스럽게 더걱정이 되며 가슴이 쪼개지는듯 하였다. 그러나 그말은 믿고 싶지않았다. 봉식이는 똑똑한 아이다. 그러한 아이가 애비원수인 공산당에 들었을리가 없을듯 하였다.

그것은 자기모녀를 내보내랴는 거짓말이다.

「죽일년 그년이 내아들을 공산당이라구 에이 이년놈들 벼락 맞을라 누구를 공산당이래……너의놈들이 그러고 뒈질때가 있을라. 누구를 공산당이래」

봉염의 어머니는 시가를 돌아보며 이를 북북 갈았다. 시가에는 수없는 벽돌집이 다닥다닥 붙어앉았다.

저렇게 많은 집이 있건만 지금 그들은 몸담아 있을곳도 없어 이리쫓기어 나오는 생각을하니 기가 꽉 찼다. 그리고 저자들은 모두가 팡둥같은 그런 무서운인간들이 사는것 같아 보였다. 이렇게 원망스러우면서도 이리로 나오는 사람만보이면 행여 팡둥이가 나를 찾아 나오는가하여 가슴이 뜨끔해 지군하였다.

어스름 황혼이 그들을 둘러쌀때에 그들은 더욱 난처하였다. 봉엽이는 훌쩍훌쩍 울면서

「오늘밤은 어대서 자누? 어버이」

하였다. 그는 순간에 팡둥집으로 달려들어가서 모주리 칼로 찔러죽이고 자기들도 죽고 싶은 충동이 강하게 일어났다. 그래서 그는 벌떡일어 났다. 그러나 그의 앞으로 끝없이 길어나간 대□로를 바라보았을때 소식 모르는 봉식이가 어미를 찾아 이길로 터벅터벅 걸어올때가 있지 않으려나……. 그러고 또다시 팡둥의 말과같이 아주 죽어서 다시는 만나지 못하려나하는 의문에 그는 소리쳐 울고 싶었다. 속시원이 국자가를 가서 봉식의 소식을 알아볼까. 그러자 그후에 참말이라면 모주리죽이고 나도 죽자! 이렇게 결심하고 어정어정 걸었다.

그날밤 그들은 해란강변에 있는 중국인집 헛간에서 자게 되었다. 그것도 모녀가 사정을하고 내일 시장에 내다팔 시금치나물과 파둥을 다듬어 주고서 승낙을받았다. 봉염의 어머니는 밤이 깊어 갈사록 배가 작고 아팠다. 그는 애가 나오려나하고 직각하면서 봉염이가 잠들기를 고대하였다. 그러나 잠이 많던 봉염이도 오늘은 잠들지 않고 팡둥부처를 원망하였다. 그러고 이때까지 몸아끼지 않고 일해준것이 분하다고 종알종알하였다.

「용애는 잘있는지。 우리학교는 학생이많은지」

잠꼬대 비슷이 봉염이는 지꺼리다가 그만 잠이 들고만다.

그의 어머니는 한숨을 후쉬며 어서 봉염이가 잠든 틈을 타서 나오면 얼른 죽여서 해란강에 띠우리라 결심하였다.

그러고 배를 꾹꾹 눌렀다.

바람소리가 호루루 나더니 비방울이 후두두 떨어진다.

그는 되기딴은 잘되었다 하였다. 이런 비오는 밤에 아무도 몰래 애를 낳아서 죽이면 누가 알랴 싶었던것이다.

그러고 그는 봉염의 몸을 어루 만지며 낡은 옷으로 그의 머리까지 푹씨어

났다。 비는 줄줄 새기 시작하였다。

그는 봉염이가 비에 젖었을까하야 가만이 그를 옮겨 누이고 자기가 비새는 곳으로 누었다。 비는차츰 기세를 더하야 좍좍퍼부었다。 그리고 그의 몸도점점 더아펐다。

그는 봉염이가 깰세라하야 입술을 깨물고 신음소리를 밖에 내지 않으려고 애썼다。 그러나 신음 소리가 코구멍을 뚫고 불길같이 확확 내달았다。 그러고 비방울은 그의 머리카락을타고 목덜미로 입술로새어 흐른다。

「어머이!」

봉염이는 벌떡일어나서 어머니를 더듬었다。

「에그 척척해」

어머니의 몸을 만지는 그는 정신이 펄적들었다。 그러고 비가오는것을 알았다。

「비가 새네 아이그 어떻거나」

딸의 말소리도 이전 들리지 않고 딸이 들을세라 조심하던 신음소리도 더 참을수가 없었다。 그는 「으흥으흥」하면서 몸부림쳤다。 머리로 벽을 쾅쾅 받다가도시원하지 않아서 손으로 머리를 감아 쥐고 오짝 오짝 뜯었다。

봉염이는 어머니를 흔들다가 그만 「흑흑」하고 울었다。

어머니는 봉염이를 밀치며 「응응」하고 힘을썼다―한참후에 「으악!」하는 애기 울음소리가 들였다。 봉염이는 어머니 곁으로 다가붙으며

「애기?」

하고 부르짖었다。

어머니는 얼른 애기를 더듬어 그의 목을 꼭쥐려하였다。

그순간 두눈이 확근달며 파란 불꽃이 쌍으로 내달았다。

그리고 전신을 통하야 짜르르 흐르는 모성애! 그는 자기의 숨이 턱마키며 쥐려는 손끝에 맥이 탁풀리는것을 느꼈다。

그는 땀을 낙수처럼 홀리며 비켜 누어버렸다。 그러고

「아이구!」

하고 소리쳐 울었다。

【第四回】

「유모」

애기를 죽이려다 죽이지못하고 또 무서운 진통기를 벗어난 봉염의어머니는 이제는 극도로 배고픔을 느꼈다. 지금 따끈한 미역국 한사발이면 그의 몸은 가뿐해질것 같다. 미역국! 지난날에는 남편이미역국과 힌이팝을 해가지고 들어와서손수 떠넣어주던것을……하며 눈을 꾹감았다. 비에 젖고 또 비에 젖은 허깐 바닥에서는 흙내에 피비린내를 품은 역한 냄새가 물쿤물쿤 올라왔다. 어떻거나? 내가 무엇이든지 먹구 살아야 저것들을 키울터인데 무엇을 먹나、누가 지금 냉수라드 짤짤 끓여다가만 주어도 그물을 마시고 정신을 차릴것 같다. 그러나 그는 흙을 쥐어먹기전에는 아무것도 먹을것이 없지않은가、봉염이를 깨울까、그래서 이집주인에게 밥이나 좀 해달달까、아니아니 못할일이야、무슨 장한애를 났다고 그러랴、그러면 어떻게? 오라지 않아 날이밝을터이니 아침에나 주인집에서 무엇이든지 얻어먹지……하였다. 그러고 눈을 번쩍떠서 뚫어진 허깐문을 바라보았다、아직도 캄캄하였다. 날이 언제나 새려나、이집에는 닭이 없는가 있는가하며 귀를기우렸다. 사방은 죽은듯이 고요하다. 간혹 채마밭에서 나는듯히 버레소리가 어두운밤에 별빛같은 그러한 느낌을 던져주었다. 그는 애기를 그의 뛰는 가슴속에꼭대이며 자긔가 아무렇게서라도 살아야할것 같았다. 내가 웨죽어、꼭산다. 너의들을 위하여 꼭산다하고 중얼거렸다. 애를 낳기전에는 아니 보다도 이아픔을 겪기전에는 죽는다는 말이 그의 입에서 떠나지 않았고 또 진심으로 죽었으면하고 생각도 많이 하였다. 그러나 마침 주검과 삶의 경계선에서 아차아차한 곱이를넘기고 겨우소생한 그는 어쩐지 죽고싶지는 않았다. 오히려 삶의 환히를 느꼈다. 그가 하필 이번뿐만이 아니라 이러한 경우를 여러번 당하였으나 그러나 남편의 생전에는 주검에 대하야 한번도 생각해 보지도 않았으며 역시 죽고 싶지도 않았다. 그래서 주검이란 아무생각없이 대하였을 뿐이였다.

이튿날 봉염의어머니는 곤히 자는 봉염이를 흔들어 깨웠다. 봉염이는 벌떡 일어났다.

「너이거 내다가 빨아오너라. 그저 물에 헤우면 된다」

피에 젖은 속옷이며 걸레뭉치를 뭉쳐서 그의 손에 들려주었다. 그때 봉염의어머니는 어쩐지 딸이 어려웠다. 그리고딸의 시선이 거북스러움을 느꼈다. 봉염이는 아직도 가슴이 울렁거리며 모두가 꿈속에 보는듯 분명하지를 않고 수없는 거미줄같은 의문과 공포가 그의 조고만 가슴을 꼭채었다. 그는 얼른 일어나 밖으로 나왔다. 그의어머니는 딸이 나가는것을보고 저것이 치울터인데하며 자신이 끝없이 더러워보이였다.

봉염의 신발소리가 아직도 사라지기전에 그는 애기의 얼굴을 자세히 드려다보았다. 볼사록 뭉치정이 푹푹든다. 그러고 애기의 얼굴을 맞대지않고는 견데지못하였다. 주인집에서 깨어 부산하게 구는소리를 그는 들으며 밥을 하는가、 밥을 좀주려나、 좀주겠지 하였다. 그러고 미역국 생각이 또일어나며 김이어리인 미역국이 눈앞에 자꾸 얼른거려보인다. 따라서 배는 점점 더 고파왔다. 이제 몇시간만 더이모양으로 굶었다가는 그가 아무리 살고싶어도 살수가 없을것같았다. 그는 이러한 생각에 겁이 펄쩍났다. 무엇을 좀 먹어야 할터인데 그는 눈을뜨고 사면을 휘돌아보았다. 아직도 허깐은 컴컴하다. 컴컴한 저편구석으로 약간씩 뵈이는 파뿌리! 그는 어제저녁에 주인여편네가 오늘장에 내다팔 파를 허깐으로 옮겨쌓던 생각을하며 옳다! 아무게라도 좀먹으면 정신이 들겠지하고 얼른 몸을 솟꾸어 파뿌리를 뽑았다. 그러나 주인이 나오는듯하여 그는 몇번이나 뽑은파를 입에대다가도 감추군하였다. 마침내 그는 파를 입속에 넣었다. 그러고 우쩍씹었다. 그때 이가 시끔하며 딱맞찔린다. 그래서 그는 얼굴을 찡그리며 입을 쩍버린채 한참이나 벌리고 있었다.

침이 턱밑으로 흘려나릴때에야 그는얼른손으로 침을 몰아 넣으며 이침이라도 목구멍으로 삼켜야 그가 살것 같았다. 그는다시 파를 입에 넣고 이번에는 씹지는않고 혀끝으로 우물우물하야 목으로 넘겼다. 넘어가는 파는 웨 그리도 차며 뻣뻣한지、 그의 목구멍은 찢어지는듯 눈물이 쑥뻬어졌다. 「파를 먹구도 사는가」그는이렇게생각하며 허깐문사이로 보이는 하늘을 멍하니 쳐다보았다.

그때 신발소리가나며 허깐문이 홱열린다.

「어머이 용애어머이를 빨래터에서 만났어. 그래서 지금와!」

말이 채마치기전에 용애어머니가 들어온다. 봉염의어머니는 얼결에 일어나 그의 손을 붙들고 소리를 내어 울었다. 용애어머니는 「싼더거우」서 한집안 같이가까이 지내었던것이다. 그래서 봉염이를따라 이렇게왔으나 그들의 참담한 모양에 반가움이란 다다라나고 내가 어째서 여기를 왔던가하는 후회가 일었다. 그러고 뭐라구 위로할조차 생각나지 않았다.

「아니 봉염의어머이 이게 어찌된일이요」

한참후에 용애어머니는 입을 열었다. 봉염이어머니는 울음을 끝이고

「다팔자 사나와 그렇지요. 웨죽지 않고 살았겠수……그런데 언제 나려왔수. 여기를?」

「우리? 작년에 모두 왔지. 우리동네서는 모두 떠났다오. 토벌난통에 모두 밤도망들을 했지. 어디 농사할수가 있어야지. 그래 여기나려오니 이리 어렵구려」

봉염이어머니는 퍽으나 반가웠다. 그러고 용애어머니를 놓쳐서는 안될것을 번개같이 깨다르며 모든것을 숨김없이 말하고 사정하리라하고 결심하였다.

「용애어머이 난아이를 났다우. 어제밤에 이걸……어떻어우. 사람하나 살리는셈치고 날며칠동안만 집에 있게해주. 어떻어겠우. 날같은년 만나기만 불차례지……」

그는 말끝에 또다시 울었다. 용애어머니를 만나니 남편이며 봉식의 생각까지 겹쳐 일어나는 동시에 어째서 남은 다저렇게 영감이며 아들딸을 다리고 다니며 잘사는데 나만이 이런 비운에 빠졌는가하는 생각이 들었던것이다.

용애어머니는 한참이나 난처한 기색을 띠우다가 한숨을 푹쉬었다.

「그러시유 할수있소」

용애어머니는 더무르려구도 안하고 안나오는 대답을 이렇게 겨우하였다. 뒤에서 가슴을 조리고 있던 봉염이까지 구원 받은듯하여 한숨을 호내쉬었다.

「고맙수。 그은혜를 어찌갚겠수」

봉염의어머니는 떨리는 음성으로 이렇게 말하고 봉염에게 애기를 업혀 주었다. 용애어머니는 이렇게 모녀를 다리고가나? 남편이 뭐라고 나물하지 않으려나? 하는 불안에 발길이 무거워졌다.

용애네 집으로온 그들은 사흘을 무사히 지났다. 용애어머니는 남의 빨래 삯을맡아 날이채밝지도 않아서빨냇가로 다라나고 용애아버지는 철도공사인 부로 역시그랬다. 그저 근근히 살아가는 것을보는 봉염의어머니는 그들을 마주 바라볼수 없이 어려웠다. 그래서 얼른 일어나고 말았다. 그날저녁 봉염의어머니는 빨랫 가에서 돌아오는 용애어머니를보고

「나두 남의빨래를 하겠으니 좀 맡아다주」

용애 어머니는 눈을크게 떴다.

「어서 더눕고 있지 웬일이요……어려워 말우」

용애어머니는 갑작이 무슨생각이 난듯이 눈을 꺼뻑이더니 다가 앉았다. 부억에서는 용애와 봉염의 종알거리는 소리가 들렸다.

「아니 저 나빨래 맡아다 하는집엔 젖유모를 구하는데……애가 달렸다더 라고 젖만 많으면 두겠다구해. 그대신 돈이좀적겠지만……어떠우?」

봉염의어머니는 귀가 번쩍 띠웠다.

「참말이요? 애가 있어도 된대요?」

용애어머니는 이말에는。 우물주물하고

「하여간 말이야。 한달에 十二三원을 받으면 집세 얻어서 봉염이와 애기 는 따루 있게하고 애기에겐 봉염의어머니가 간간히 와서젖을메기고 또우유 를 겯드리지 어떠허나 큰애같지않아 간난애니까 저게서 알면 재미는 좀적을 께요. 그러니위선은 큰애라고 속이고 들어가야지 그러니 그렇게만 되면 그 버리가 아주 좋지않우」

봉염의어머니는 버리자리가 난것만 다행으로 가슴이 뛰도록 기뻤다.

「그러면 어떻게든지 해서 들어가도록 해주우」

하였다. 그리고 돈만 그렇게 벌게 되면 이집에 신세진것은 꼭갚아야겠다 하며 자는 애기를 돌아보았을때 저것을 떼고남의애게젖을 먹여? 하였다.

며칠후에 몸이 다소튼튼해진 봉염의어머니는 드디어 젖유모로 채용이되어 애기와 봉염이를 떨어치고 가게 되었다. 그러고봉염이와 애기는 조고만 방을 세얻어 있게하였다. 그후부터 애기는 봉염이가 맡아서 길렀다. 애기는 매일같이 밤만되면 불이 붙는것처럼 울고 자지않았다. 그때마다 봉염이는 애기를 업고 잠오는눈을 쏘집어다리면서 방안을 거닐었다. 그리고 나종에는 애기와 같이 소리를 내어 울면서 어두운 문밖을 내다보군 하는때가 종종 있었다.

이렇게 지나기를 한일년이되니 애기는 우는것도 좀 나지고 오줌이며 똥두 누겠노라고 끙끙대었다. 봉염이는 애기를 잘건우워 주다가도 애가 놀러 왔는데 작고 운다던지 제작란감을 흩으러놓는다던지하면 애기를 사정없이 따리었다. 그리고믶어 오줌과 똥을 누겠노라고 못하고 방바닥에 싸놓면 사뭇 죽일것 같이 애기를메치며 따리군하였다. 그것은 애기가 미워서 따리는 게 아니고 제몸이 고달프고 귀치않으니 그렇게 하는것이었다. 애기의이름은 봉염의 이름자를 붙여서 봉희라고 지었다. 봉희는 이전 우유를 안먹고 간간히 어머니의 젖과 밥을 먹었다. 그는 이제야 겨우 빨빨기었다. 그리고 때로는 오뚝 일어서고 자착자착 걸었다. 그러나 눈치는 아주 엉뚱나게 빨랐다. 그러므로 어떤때는 똥과 오줌을 방바닥에 싸놓고도 언니가 따릴것이 무서워서 「으아」하고 따리기전에 미리울곤 하였다. 그리고 어떤때는 봉염이가 동무와 놀량으로 봉희를보고 자라고 소리치면 봉희는잠도 안오는것을 눈을 꼭감고서 땀을 뻘뻘흘리며 자는체하였다. 그기 돌이 지나도록 자란것은 뼈도아니오 살도 아니오 눈치와 머리통 뿐이었다. 머리통은 조고만 바가지 통만은 하였다. 그리고 머리통이 몹시도 굳었다. 그러나 이머리통을싸고있는 머리카락은 갖났던 그대로 노란것이 나스스하였다. 어쨌던 그의 전체에서 명붙어 보이는 곳이란 이머리통 같이도 뵈이고、혹은 이머리통이 너무 체에맞지않게 크므로 못이겨서 오래살지못하고 죽을것 같이도 무겁게 뵈이군했다.

봉희는 어머니를 알아보았다. 그래서 어머니가 왔다갈때마다 그는 번번히 울었다. 그때마다 삼모녀는 서로 붙안고 한참씩이나 울다가 헤지군 하였다.

어느여름날이다。 봉염이는 열병에 걸려밥도 못져먹고서 자리에 누어 있
었다。 왼몸이 불같이 뜨거워서 밎어 어대가아픈지도 알아낼수가 없었다。 곁
에서 봉희는 「앵앵」울었다。 봉염이는 어머니나 와주었으면 하면서 어제 먹
다 남은 밥을봉희의 앞에 놔주었다。 봉희는 우름을끝치고 밥을 퍼넣는다。
봉염이는 눈을 딱감고 팔을 이마에 올려놓았다。 그러다 신발소리같아 눈을
번쩍 떠서보면 어머니는 아니오、 곁에서 봉희가 밥그릇 쥐어다니는 소리다。
그는 화가 버럭났다。

「잡놈의 계집애 한자리에서먹지 여기저기서 다니며 버려놓니!」

눈을 부릅떴다。 봉희는 금시 우름이터저 나오는것을 참으며 입을 비죽비
죽하였다。 그리고 문을 돌아보았다。 필시 봉희도 어머니를 찾는것이라고 봉
염이는 얼른 생각되였을때 그는 「어머니!」하고 소리치고 싶은 충동을 강하
게 받았다。 그는 입슬을 꼭다물고 한참이나 울듯울듯이 봉희를 바라보았다。

「봉희야 너 엄마 보고싶니? 우리갈까?」

그는 누가 시켜 주는듯이 이런말을 쑥뱉었다。 봉희는 말그러미 보더니 밥
술을 뎅그렁 놓고 달아온다。 봉염이는 아차 내가 공연한 말을 했구나! 후회
하면서 봉희를 힘껏 껴안았다。 그때 두줄기눈물이 그의볼에 뜨겁게 흘러나
리는것을 그는 깨달았다。

「어머니는 웨안나와。 오늘은 꼭 올차리인데。 그렇지 봉희야!」

봉희는 아무것도 모르고

「응」

하고 대답할뿐이였다。

「어서 밥더。 우리봉희는 착해」

봉염이는 봉희의 머리를 내려쓸고 내려났다。 봉희는 또다시 밥술을쥐고
밥을먹었다。 봉염이는 멍하니 천정을 바라보았다。 언제인가 어머니가 와서
깨끗이떨어주고 가던 거미줄은 또다시 연기같이 슬어붙었다。 「어머니는 거
미줄이 슬었는데두 안온다니」하였다。 그후에도 어머니는 몇번이나 왔건만
그기억은 아득하야 이런말을 하지않고는 견디지못하였다。 그는 돌아누우며
어머니가 조반을 먹구서 명수를 업구 문밖을나오나……에크 이전 되놈의 상

점은 지났겠다. 이전 문앞에 왔는지도 모르지하고、 다시 문편을 홀금바라보았다. 그러나 신발소리는 들리지 않았다. 오직 봉희가 술구는 소리뿐이다.

그는 벌떡 일어나서 문을 탁열어제쳤다. 봉희는 어쩐 까닭을 모르고 한참이나 언니를 말그러미바라보다가 발발기어 왔다.

그는 코에서 단김이 확확 내뿜는것을 깨다르며 팔삭 주저앉았다.

밖에는 곁집부인이 힌빨래를 울자주에바삭바삭 소리를 내며 널고 있었다. 바루 밖으로넘어오는 손끝은 흡사히 어머니의 다정한 그손인 듯、 그리고 금시로 젖비린내를 가득히 피우는 어머니가 저바루밖에 섰는듯하였다. 그는 젖비린내속에 앉아 있으면 어쩐지 맘이 푹 뇌이고 평안하믈 느꼈다.

그는 못견디게 어머니품에 자기의 다는몸을 탁안기고 싶었다. 그는 목이 마른듯하야 물을 찾았다. 그래서 봉희가 밥말아 먹던물을 마셨지만은 어쩐지 더답답하였다.

이렇게 자리에 못붙고 안타까워하는 그는 어느새잠이 들었다가 무엇에 놀라 후닥닥 깨었다.

그의 얼굴에 수없이 붙었던 파리소리만이 왱왱하고났다. 그는 얼른 봉희가 없는데 전신이 바짝 들었다.

뒷니어머니가 왔었나? 그래서 봉희만 다리고 어대를 나갔나하는 생각이 들자 그만 발악을 하고 울고싶었다. 그는 미친듯이 달려 일어났다. 그래서 밖으로 뛰어나가니 어머니와 봉희는 보이지 않았다. 그리고 찌는듯한 더위는 마당이 붉어지도록 내려쪼인다. 어대 갔을까? 어머니가? 하고 울밖에까지 쫓아나갔다가 앞집부인을 만났다.

「우리어머이 못봤우?」

「못봤어……웨 아프냐? 너」

어머니 못봤다는 말에 더말하고 싶지않는 그는 눈이 붉애서 찾아 다니다가 방으로 들어왔다. 그때 뒤뜰에서 무슨 소리가 나므로 벌떡 일어나 뛰어나갔다.

저편 뜨물동이 옆에는 봉희가 붙어서서 그큰머리를 숙이고 마치 젖빨듯이 입을 뜨물동이에대고 뜨물을 꿀꺽꿀꺽 들여마시고 있다. 그러고 머리털은 해빛에 불을 댄것처럼 빨갛다.

【第五回】
「어머니의 마음」

사흘후에 봉염이는 드디어 죽고말았다. 그의어머니는 할수없이 유모를 그만두고 명수네집에서 나오게되으었으며 봉희역시 몹시 앓더니 그만 죽었다. 형제나 죽는것을본 주인집에서는 그를 나가라고 성화치듯하였다. 그는 참다못해서 주인마누라와 아우성을 치면서 싸왔다. 그러고 끌어내기전에는 움직이지 않을뜻을 보이고 하루종일 방안에 누어있었다. 전날에 그는 밎여 집세를 못내도 주인대하기가 거북하였는데 지금은 어디서 대담함이 생겼는지 그스사로도 놀랄만하였다.

이제는 그는 주인마누라와 한참이나 싸왔다. 만일 주인마누라가 좀더 야단을쳤다면 그는 칼이라도 가지고 달라붙고싶었다. 그러나 다행이 주인마누라는 그눈치를 채었큼인지 슬그머니 들어가고 말았다. 「흥!누구를 나가래 좀안나갈껄 암만그래두」 이렇게 중얼거리며 그는 문편을 노려보았다. 그러고 좀더 싸우지않고 들어가는 주인마누라가 어쩐지 부족한듯하였다. 그는 지금 땅이라도 몇십길 파고야 견딜듯한 분이 우쩍우쩍 올라왔던것이다.

분이 내려가려니 잠간 잊었던 봉염이 봉희、명수까지 펀히 떠오른다. 생각하면 할수록 그들은 자기가 일부러 죽인듯했다. 그가 곁에 있었으면 애들이 그러한 병에 걸렸을런지도 모르거니와 설사병에 걸렸다더라도 죽기까지는 안했을것같았다. 그는 가슴을 탁탁쳤다. 「남의 새끼키우누라 제새끼를 죽인단말이냐…이년들 모두가면 난어찌란말이 날마자 다려가라」 하고 소리를 내어울었다. 그러나 음성도 이미 갈리고지쳐서 몇번나오지못하고 콱막힌다. 그러구는 목구멍만 찢어지는듯했다. 그는 기침을 카각하며 문밖을 흘끔 보았을때 며칠전일이 불현듯히 떠올랐다.

그날밤 비는 쫙쫙 퍼부었다. 봉염의 어머니는 봉염이가 앓든것을 보구가서 도무지 잠들수가 없었다. 그래서 밤중에그는 속옷바람으로 명수의집을 벗어났다. 그가 젖유모로 처음 들어갔을때 밤마다 옷을벗지못하고 누었다가는 명수네식구가 잠만들면 봉희를찾아와서 젖을 먹이군하였다. 이눈치를 채인 명수어머니는 밤마다 눈을 밝히고 감시하는바람에 그후로는 감히 옷을 입지 못하고 누었다가는 틈만있으면 벗은채로 달아오는때가 종종있었던것이디. 그밤, 낮에 다녀온것을 명수어머니가 빤히 아는고로 다시 가겠단말을 못하고 누었다가 그들이 잠든틈을타서 소리없이 문을열고 나온것이다. 사방은 지척을 분간할수 없이 어두우며 모라치는 바람결에 굵은 비방울은 그의 벗은 어깨를 사정없이 나리쳤다. 그리고 눈이 뒤집히는듯 번개불이 번쩍이고 요란한 천둥소리가 하늘을 따려부시는듯 아뜩아뜩하였다.

그러나 그는 지금 아무것도 무서운것이 없었다. 오직 그의 앞에는 저하늘에 빛나는 번개불같이 딸들의 신변이 각일각으로 걱정되었던것이다.

그가 숨이차서 집까지왔을때 문밖에 허연무엇이 있음에 그는 깜작놀랐다. 그러나 그것은 봉염인것을 직각하자 그는 와락 달려들었다.

「이년의 계집애 뒈지려고 예가 누었냐?」 비에 젖은 봉염의몸은 불같았다. 그는 또다시 아뜩하였다. 그러고 간폭을 갈가내는듯함에 그는 부루루 떨었다. 따라서 젖유모고 무엇이고 다집어뿌리겠다는 생각이 머리가 아프도록 났다. 그러나 그들이 방까지들어와서 가즈런히 누었을때 그의 머리에는 또다시 불안이 불일듯하였다. 명수가 지금깨어서 그큰집이 떠날갈듯이 우는 것같고 그러고 명수어머니 아버지까지 깨어서 얼굴을 찡그리고 자기의 지금 행동을 나물하는 듯、보다도당장에 젖유모를 그만두고 나가라는 불호령이 떨어지는듯 아니 떨어진듯 그는 두딸의 몸을 번갈아 만지면서도 그의 손끝의 감촉을 잃도록 이런생각만 자꾸들었다. 그는 마침내 일어났다. 자는줄 알았던봉희가 젖꼭지를 쥐고 달려일어났다. 그리고 「엄마!」하고 우름을 내쳤다. 봉염이는 참아 어머니를 가지말란말은 못하고 흙흙 느껴울면서 어머니의 치마ㅅ길을 잡고

「조금만 더……」

하던 그떨리는 그음성―그는 지금도 들리는듯하였다. 아니 영원히 이쳐지지 않을것이다.

그는 벌떡일어났다. 그리고 이모든생각을 하지않으려고 방안을 빙빙돌았다. 그러나 불똥튀듯 일어나는 이쓰라린 기억은 어쩔수가 없다. 그리고 명수의 얼굴까지 떠올라서 핑핑돌아간다. 빙긋빙긋웃는 명수「그놈 울지나 않는지…」나오는줄모르게 이렇게 중얼거리고는 그는 억지로 생각을돌리려고 맘에 없는 딴말을지꺼렸다. 「에이 이놈의자식 너때문에 우리봉회 봉염이는 죽었다. 물러가라!」그러나 명수의 얼굴은 점점 다가온다. 손을들어 만지면 만져질듯……그는 얼른 손등을 꽉물었다. 손등이 아픈것처럼 그렇게 명수가 그립다. 그리고 발길은 앞으로 나가랴고 주춤주춤하는것을 꾹 참으며 어제 이맘때 명수의집까지 갔다가도 명수어머니에게 거절을 당하고 돌아오던 생각을하며 맥없이머리를 떨어트리었다. 「흥! 제자식 죽이고 남의 새끼보고 싶어하는 이어리석은년아 웨죽지않고 살아있어? 웨살아 웨살아 그때 죽었으면 이고생은 하지않지」하며 남편의 죽은것을보고 따라죽을까? 하던 그때 생각을되푸리하였다. 그리고 자신이 이러한 비운에 빠지게된것은 남편이 죽기때문이라고 단정하였다. 그리고 남편을 죽인 공산당 그에게 있어서는 철천지 원수인듯했다. 생각하면 팡둥도 그의 남편이 없기때문에 그에게 그러한일을 감행하지 않았던가. 그렇다. 모두가 공산당때문이다. 그때 공산당이라고 경비대에게 죽었다는 봉식이가 떠오르며 팡둥의 그얼굴이 선명하게 나타난다. 「이놈 내아들이 공산당이라구……내쫓으려면 그냥 내쫓지 무슨 수작이냐 더러운놈……봉식아 살았느냐 죽었느냐?」 그는 봉식이를 부르고나니 어떤 실끝같은히망을 느꼈다. 국자가엘가자 그래서 봉식이를 찾자할때 그는 가기전에 명수를 봐야겠다는 생각이 불쑥일어난다. 명수 명수야! 하고 입속으로 부르며 무심히 그는 그의 젖꼭지를 꼭쥐었다. 지금쯤은 날부르고 우지안는가?…그는 와락 뛰어나왔다. 그러나 명수어머니의 그얼굴이 사정없이 그의 앞을 콱가루막는듯했다. 그는 우뚝섰다. 「이년! 명수를 웨못보게하니 네가 낳기만했지 내가 입대 키우지않았니 죽일년 그애가 날더따르지 널따르겠니 명수는 내거다」 하고 눈을 부릅떴다. 그러나 다음순간에 명수의 머리카락하나 자유로만져보지못할 자신인것을 깨다를때 그는 머리를 푹숙였다.

고요한 밤이다. 이밤의 고요함은 그의 활활타는듯한 가슴을 눌러죽이려는듯했다. 이러한 무거운 공기를 헤치고 물큰스치는 감자삶은내! 그는 지금이 감자철인것을 얼핏느끼며 누구네가 감자를 이리도 구수하게삶는가하며 휘돌아 보았다. 그러고 뜨끈한 감자한톨 먹었으면 하다가 흥!하고 고소를하였다. 무엇을먹구살겠다는 자신이 기막히게 가련해 보였던것이다. 그는 벽을의지해서하늘을 멍하니 바라보았다. 하늘에는 달이 둥실높이떴고 별들이 종종 반짝인다. 빛나는별 어떤것은 봉염의 눈같고 봉희의 눈같다. 그러고 명수의 맑은 눈같다. 젖을 주물으며 쳐다보던 명수의 그눈「에이 이놈 저리 가라!」 그는 또다시 이렇게 중얼거렸다. 그러고 봉희 봉염의 눈을 생각하였다. 엄마가 그리워서 퉁퉁붓도록 울던그눈들 아아 이세상에서야 어찌 다시 대하랴!……공동묘지에나 가볼까하고 그는 충충걸어 나올때 달아래 고요히 놓인 수없는 묘지들이 휙지나친다. 그는 갑작이 싫은생각이 냉수같이 그의 등허리를 지나친다. 여기에 툭튀어나오는 달같은 명수의 그얼굴 그는 멈칫서며 주검이란 참말 무서운것이다하며 시름없이 저편을 바라보았다. 그때 그는 무엇에 놀란사람처럼 후닥닥 달려나왔다.

앞집 처마끝그림자와 이집처마끝 그림자사이로 눈송이 같이 깔리어나간 달빛은 지금 명수가 자지않고자기를 부르며 누워있을 부드러운 힌포단과 같았던것이다. 그러나 그것은 그의 볼을 사정없이 후려치는듯한 달빛이었다. 그는 두손으로 볼을 쥐고 그달빛을 밟고섰다. 그러고 「명수야!」하고 쏟아져나오는것을 숨이막히게 참으며 조금도 이지러짐이 없는 저달을 쳐다보았다. 그의 눈에는 어느듯 눈물이 술술흐른다. 그리고 정이란 치사한것이다!라고 생각하였다.

그는 문뜩 그의 그림자를 굽어보며 이제로부터 자신은 살아야하나 죽어야하나가 의문이되었다. 맘대로하면 당장이라도 죽어서 아무것도 잊으면 이우에 더행복은 없을것같다. 그러구나니 그의 몸은 천근인듯 이무게는 주검으로써야 해결할것같다. 죽으면 어떻게 죽나? 양잿물을 마시고……아니 아니 그것은 못할께야 오장육부가 다썩어나리고야 죽으니 그걸 어떻게 그러면 물에빠져……그의 앞에는 핑핑도는 푸른물결이 무서웁게 나타나 보인다.

그는 흠칫하며 벽을 붙들었다. 사는날까지 살자. 그래서 봉식이도 만나보고 그놈들공산당들도 잘되나 못되나보구. 하늘이있는데 그놈들이 무사할까부야 이놈들 어디보자. 그는 치를 부루루떨었다. 마침 신발소리가 나므로 그는 주인마누라가 또 싸우러 나오는가 하고 안방편으로 머리를 돌렸다. 반대방향에서

「웨 거기섰우?」

그는 휘끈 돌아보자 용애어머니임에 반가웠다. 그리고 저가 명수의 소식을가지고 오는듯싶었다.

「명수 봤우?」

「명수? 아까 낮에 잠간봤우」

「울지? 자꾸 울께유!」

용애어머니는 그를 물그럼이 바라보며 아까 명수가 발악을하고 울던 생각을하였다. 그리고 봉염의 어머니 역시 얼마나 명수 를 보고싶어한다는것을 즉석에서 알수가있었다.

「어제 갔댔우? 명수한테」

「예 그년이 죽일년이 애를 보게해야지 홍! 잡년같으니」

용애어머니는 잠간주저하다가

「가지말아요 명수어머니가 벌서 어서알았는지 봉염이 봉희가 염병에 죽었다구하면서 펄펄 뜁데다. 아예 가지말아유」

그는 용애어머니 마저 원망스러워졌다.

「염병은 무슨 염병. 그애들이 없는데야 무슨 잔수작이래유 그만두래 내 그자식 안보면 죽을가뭐 안가 안가유 홍!」

명수어머니가 앞에 섰는듯 악이 바락바락 치밀었다. 그의 기색을 살피는 용애어머니는

「그까짓말은 그만둡시다우리! 저녁이나 해자셨우?」

치마길을 휩싸고 쪼그러앉은 용애어머니에게서는 청어비린내가 물쿤일어난다. 그는 갑작이 자기가 배가고파서 이렇게 더 어렵다는것을 알았다. 그리고 용애어머니에게 말하아 식은밥이라도 좀먹어야겠다하였다.

「오늘도 또 굶었구려 산사람은 먹어야지유! 내 그럴줄알고 밥을 좀가져
오렸더니……잠간 기대리우 내 얼른 가져올께」

용애어머니는 얼른 일어나서 나간다. 봉염어머니는 하반신이 끊어지는듯
배고픔을 느끼며 겨우 방안으로 들어가서 쾅하고 누어버렸다. 용애어머니
는 왔다.

「좀 떠보시유 그러고 정신을 차려유 그러구 살도리를 또해야지……저 참
이남는 장사가있우?」

봉염어머니는 한참이나 정신없이 밥을먹다가 용애어머니를 바라보았다.

「아주 이가 많이 남아유 저거시기 우리영감도 그버리하러 오늘 떠났다오」

「무슨 버리유?」

버리라는 말에 그의 귀는 솔깃하였다. 용애어머니는 음성을 낮후며

「소금장사 말유」

「붙잡히면 어찌유?」

봉염의어머니는 눈을 둥그렇게떴다.

「그러기에 아주 눈치빨으게 잘해야지 돈벌이하랴면 어느것이나 쉬운것이
어디있우 뭐」

그는 이렇게 말하면서 먼길을 떠난영감의 신변이새삼스럽게 더걱정이 되
었다. 한참이나 그들은 잠잠하고 있었다.

「봉염의 어머니두 몸이튼튼해지거들랑 좀해봐유 조선서는 소금한말에 삼
십전안에든다는데 여기오면 이원삼십전? 얼마나 남수」

그의 말에 봉염의 어머니는 기운이 벅쩍나면서도 다시 얼핏 생각하니 두
딸을 잃은자기다. 남들은 아들딸을 먹여살리려고 소금짐까지 지지만 자신
은 누구를 위하야…? 마침내 자기 일신을 살리리라는 결론을 얻었을때 그는
너무나 적적함을 느꼈다. 그러나 아무리 자기일지라도 스사로 악을쓰고 벌
지않으면 누가 뜨물한술이니 거저 줄것일까? 굶는다는것은 차라리 주검보
다도 무엇보다 무서운것이다. 보다도 참기어려운것은 그것이다. 요전까지
도 그의 정신이 흐리고 왼전신이 나른하더니 지금 밥술을 입에넣으니 확실
히 다르지않은가. 그리고 가슴을 눌으는듯하던 주위의 공기가 가뿐해 오지

않는가. 살아서는 할수없다. 먹어야지……그때 그는 문득 중국인의 허간에서 봉희를 낳고 파뿌리를 씹던 생각이났다. 그는 몸서리를 쳤다. 그리고 그 동안에 그는 명수네집에서 비록 맘고통은 있었을지라도 배고픈 일은 당하지 않았다는것을 처음으로 느꼈다. 그는 명수의얼굴을 또다시 머리에 그리며 명수가못견디게 작구울어서 명수어머니가 할수없이 날또다시 다려가지않으려나? 하면서 밥술을 놓았다.

「웨 더자시지 이전 아무생각도 말구 내몸 튼튼할 생각만해유」

「튼튼할………홍 사람의 욕심이란………영감죽어 아들딸……」

그는 음성이 떨리어 목메인 소리를 하면서 문편을시름없이 바라보았다. 달빛에 무서우리만큼 파리해 보이는 그의 얼굴을 바라보는 용애어머니는 나가는줄 모르게 한숨을 쉬었다.

그리고 하늘도 무심하다하며 달빛을 쳐다보았다.

「그럼 어쩌우 목숨끊지못하구 살바에는 튼튼해야지지나 간일은 아이에 생각지말아유」

이러게 말하는 용애어머니는 그의 곁으로 다가안으며 헐으러진 그의 머리를만져주었다.

그는 얼핏 명수가 젖을 먹으며그토실 토실한 손으로 그의 머리카락을 쥐어뜯던 생각이나서 저윽히 가라앉았던 가슴이다시 후닥닥뛴다. 그는 무의식간에 용애어머니의 손을덤석쥐었다.

「명수 지금 잘까유?」

말을마치며 용애어머니 무릎에 그는 머리를 파묻고소리를 내어울었다. 어느듯 용애어머니 눈에서도 눈물이 흘렀다.

「우지마우 그까짓 남의새끼 생각지 말아유 쓸데있우?」

「한번만 보구는……난안볼래유 이제가유 네 용애어머니」

자기혼자 가면 물론 거절할것같으므로 그는 용애어머니를 다리고가랴는 심산이었다.

용애 어머니는 아까입에못담게 욕을하던 명수어머니를 얼핏 생각하며 난처하였다.

　그래서 그는 언제까지나 잠잠하고 있었다。 봉염의어머니는　벌떡일어났다。 그리고 용애어머니의 손을잡아 끌었다。
　「봉염의어머니 좀 진정해유 우리 내일가봅시다」
　하고 그를 꼭붙들어 주저앉히었다。 달빛은 여전히 그들의 얼굴에 흐르고 있나。

【第六回】
밀수입

　북극의 가을은 몹시도 시산하다。 우뢰같은 바람소리가 대지를 뒤흔드는 어느날밤봉염의 어머니는 소금 너말을 자루에 넣어서이고 일행의 뒤를 따렀다。 그들 일행은 모두가 여섯사람인데 그중에 여인은 봉염의어머니 뿐이었다。 앞에서걷는 길잡이는 십여년을 이소금 밀수로 늙었기때문에 눈감고도 용이하게 길을 찾아가는것이다。 그러므로 그들은 이길잡이에게 무조건복종을 하였다。 그리고 며칠이든지 소금짐을 지는 기간가지는 벙어리가 되여야 하며 그대신 의사표시는 전부행동으로 하군하였다。
　그들은 열을지어 나란히 걸었다。 바람은 여전히 불었다。 그들은 앞에 사람의 행동을 주의하며 이바람소리가 그들을 다오쳐오는 어떤신발소리같고 또어찌 들으면 순사의 고함치는 소리같아 숨을 죽이군하였다。 그리고 어제도 이근방 어디서 소금짐을지다 총에맞아 죽은사람이 있다지하며 발걸음옴김을 따라 이러한불안이 저어둠과같이 그렇게 답답하게 그들의 가슴을 캄캄케하였다。
　남들은 솜옷을 입었는데 봉염의어머니는 겹옷을입고 발까락이 나오는 고무신을 신었다。 그러나 치운것은 모르겠고 시간이 지날사록 머리에인 소금자루가 무거워서 견딜수 없다。 머리복판을 쇠몽치로 사정없이 뚫으는것같고 때로는 불덩어리를이고 가는것처럼 자꾸 따거웠다。 그가 처음에 소금자루를 일때 사내들과같이 엿말을 어렸으나 사내들이 극력말리므로 애수한것을참고 너말을 이게된것이다。 그런것이 소금자루를이고 단십리도 오기전에 이렇게머리가 아팠다. 그는 얼굴을 잔뜩 찡그리고 두손으로 소금자루를 조곰씩쳐들어 아픈것을 진정하렀으나 아무 쓸데도없고 팔까지 떨어지는듯이 아프다. 그는맘대로하면 이소금자루를 힘껏 쥐여뿌리고 그자리에서 자신도 그만 넌쩍죽고 싶었다. 그러나 그것은 공연한 맘뿐이었다. 발길은 여전히 사내들의 뒤를따라간다. 사내들과같이 저렇게 나도 등에 져보더라면……이제라도 질수가 없을까 그러랴면 끈이있어야지 끈이……좀 쉬여가지 않으려나 쉬여갑시다. 금시로 이러한말이 입밖에까지 나오다는 칵막히고만다. 그러고 여전히 손길은 소금자루를 들어 아픈것을 진정하려하였다.

　이마와 등허리에서는 땀이 낙수처럼흘러서 발밑까지 나려왔다. 땀에 젖은 고무신은 웨그리도 미끄러운지결핏하면 그는 쓸어지려하였다. 그래서 그는 정신을 바짝차리면 벌서 앞에 신발소리는 퍽이나 멀어졌다. 그는 기가 나서 따라오면 숨이 칵칵막히고 옆구리까지 걸린다. 두말이나 일것을…… 그만 쏟아버릴끼? 어쩌누? 소금자루를 어루만지면서도 그는 참아 그리하지는 못하였다.

　어느듯 강물소리가 어렴풋이 들린다. 그들은 이강물소리만 들어도 한결 답답한속이 좀풀리는듯하였다. 강가에가면 이소금짐을 벗어놓고 잠시라도 쉬일것이며 물이라도 실컨마실것등을 생각하였던 것이다. 그러면서도 강저 편에 무엇들이 숨어있지나 않을까? 하는 불안이 강물소리를 따라 높아간다. 봉염의 어머니는 시언한 강물소리 조차도 아픔으로변하야 그의 고막을 바눌 끝으로 꼭꼭 찌르는듯 이모양대로 조곰만 더가면 기진하야 죽을것같았다. 마침 앞에사내가 우뚝서므로 그도따라섰다. 바람이 무서웁게 지나친후에 어디선가 벌레울음소리가 물결따라 들렀다. 낑하고 앞에 사내가 앉는모양 이다. 그도 털석하고 소금자루를 나려놓며 쓸어졌다. 그리고 얼른 머리를 두손으로 움켜쥐며 바눌로 버티어있는듯한 눈을억지로 감았다. 그러면서도 앞에 사내들이 참말로 다들 앉았는가 나만이 이렇게 쓸어졌는가하야 주의를 게을르지 않었다.

　아픈것이 진정되니 왼몸이 후들후들떨린다. 그는 몸을 옹쿠릴때 앞에 사내가 그를 꾹질은다. 그는 후닥닥 일어났다. 사내들의 옷벗는 소리에 그는 한층더 정신이 바짝 들었다. 그는 잠깐 주저하다가 옷을 훌훌 벗어 돌돌 뭉쳐서 목에달야 매었다. 그때 그는 놀릴수없이 아픈목을 어루만지며 용정까지 이목이 이자리에 붙어있을까? 하는 의문이 들었다. 그러고 사내가 이어주는 소금자루를 이고 다시 걷기시작하였다.

빌시 칠버딕칠버딕하는 물소리가 나는것을 보아 앞에사람은 상물에 늘어선모양이다. 벌서 그의 발끝이 모래사장을거쳐 물속에 들어간다. 그는 오소소추우며 알수없는 겁이 버럭들어서 물결을 굽어보았다. 시컴엏게 보이는 그속으로 물결소리만이 요란하였다. 그러고 뭉클뭉클 내려밀치는 물결이 그의 몸을 울려주었다. 그때마다 머리끝이 쭈뼛해지며 오한을느꼈다. 그리고 흑하고 숨을 들여마셨다.

물이 깊어갈수록 발밑에 깔린돌이 굵어지며 걷기도 몹시 힘들었다. 그것은 돌이 께느르한 해감탕속에 묻치어있기때문이다. 그래서 걸핏하면 미끈하고 발끝이줄다름을 치는바람에 정신이 아득해지군하였다. 봉염의어머니는 몇번이나 발이 미끄러지고 또곯드디었다. 물은 젖가슴을 확실히 지나쳤다. 그때 그의 발끝은 어떤바위를 드디다가 미끈하야 다름질처 나려간다. 그순간 왼몸이 확끈해지도록 그는 소금자루를 벗티이고서서 넘어지려는 몸을 바루잡으려하였다. 그러나 벌어지는 다리와 다리를 모두는수가 없었다. 그리고 소리를 쳐서 앞에 사내들에게 구원을 청하려하나 웬일인지 숨이막히고 답답해지며 암만 소리를 질러도 나오지도 않거니와 약간나오는 목소리도 물결과 바람결에 묻쳐버리군하였다. 그는 죽을힘을하하야 왼발에 힘을드리고섯다. 그때 그는 죽는것도 무서운것도 아뜩하고 다만 소금자루가 물에 젖으면 녹아버린다는 생각만이 미끄러저 나려가는 발끝으로부터 머리털끝까지 뻗히었다.

앞서가는 사내들은 거이 강가까지와서야 봉염의어머니가 따르지않는것을 눈치채이고 근방을 찾아보다가 하는수없이 길잡이가 오던길로 와보았다. 길잡이는 용이하게 그를만났다. 그리고 자기가 조곰만 더지체하였더라면 봉염어머니는 죽었으리라 직각되었다. 그는 봉염의어머니의 손을 잡아일쿠며 일변 소금자루를 나리어 자기의 어깨에 메었다. 그리고 그의 발끝에 밟히는 바위를 직각하자 봉염의 어머니가 이렇게된 원인이 여기있는것을 곧 알았다. 그리고 자기는 이바위 옆을 훨신지나처 길을 인도하였는데 어쩐일인가하며 봉염의어머니의 손을 꼭쥐고 걸었다.

봉염의어머니는 정신이 흐릿해졌다가 이렇게 걷는사이에 정신이 조곰 들었다. 그러나 몸을 건사하기 어렵게 어지러우며 입안에서 군물이 실실돌아 헛구역질이 자꾸나온다. 그러면서도 머리에는 아직도 소금자루가 있거니하고 마음대로 머리를 움직이지못하였다. 그들이 강가까지 왔을때 맘을조리고 있던 나무지사람들은 윽쓸어일어났다. 그리고 저마큼 두사람을 어루만지며 어떤사람은 눈물까지 흘리었다. 자기들의 신세도 신세려니와 이부인의 신세가 한층더 불상한맘이 들었다. 동시에 잠한잠 못자고 오톳이 굶어왔다. 자기들을 기다리고 있을 안해와 어린것들이며 부모까지 생각하고는 뜨거운 한숨을 푸푸쉬었다.

그순간이 지나가니 또다시 맘이조리고 무서워서 잠시나마 가만히 앉아있을수가 없었다. 그래서 그들은 이번에는 봉염의 어머니를 가운데세우고 여전히 걸었다. 이번에는 밭고랑으로 가는셈인지 봉염의어머니는 발끝에 조베인자죽과 수수베인 자죽에 찔리어서 견딜수없이 아펐다. 그는 몇번이나 고무신을 벗어 버리렸으나 그나마 버리지는 못하였다. 그는 언제나 이렇게 맘을 내고도 한번도 그의속이 흡족하게 실행하지는 못하였다. 그저 망사리었다. 나종에는 고무신이 찢어져 조뿌리나 수수뿌리에 턱턱걸려 한참씩이나 진땀을 뽑으면서도 여전히 버리지는 못하였다.

그들이 어떤 산마루턱에 올라왔을 때 「누구냐? 손들고 꼼짝말고서라 그렇지않으면 쏠터이다!」

이러한 고함소리와 함께 눈이부시게 파란불빛이 쏵하고 그들의 얼굴에 빛치운다. 그들은 이불빛에 마치 어떤 예리한 칼날같고 또 그들을향하여 날아오는 총알같아서 무의식간에 두손을 번쩍들었다. 그러고 이전 소금을 빼았겼구나! 하고 그들은 저만큼 속으로 생각하였다. 이렇게 단정은 하면서도 웬일인지 저들이 공산당이나 아닌가 혹은 마적단인가하며 진심으로 그리되었으면하고 바랐다. 공산당이나 마적단들에게는 잘빌면 소금짐같은것은 빼앗기지 않기때문이었다.

　길잡이로부터 시작하여 깡그리 몸뒤짐을하고난 저편은 꺼풋하고 불을끄고 한참이나 중얼중얼하였다. 그들은 불을끄니 전신이 소름이 오싹끼치며 저놈들이 칼을빼어 들었는가 혹은 총뿌리를 견우윘는가하여 견딜수없이 안타까웠다. 그때 어둠속에서는

「여러분! 당신네들이 웨이밤중에 단잠을못자고 이소금짐을 지게되었는지 알으십니까!」

　쇳소리같은 웅장한음성이 바람결을타고 높았다. 떨어진다. 그들은 옳다! 공산당이구나! 소금은 빼았기지 않겠구나 저들에게 뭐라구 사정하여 될까하고 두루생각하였다. 저편의 음성은 여전히 흘러나왔다. 그들은 말하는 시간이 지날사록 어서말을끊치고 놓아보냈으면하였다. 그러고 이산아래나 혹은 이산저편에 경비대가 숨어 있어 우리들이 공산당의 연설을듣고 있는것을 들으면 어쩌나하는 불안이 자꾸일어난다. 봉염의 어머니는 저편의연설을 듣는사이에 「싼드거우」있을때 봉염이를 따라 학교에 가서 선생의연설 듯던것이 얼핏 생각키우며 흡사히도 그선생의 음성 같았다. 그는 머리를 번쩍들며 저편을 주의해보았다. 다만 칠같은 어둠만이 가르막힌 그속으로 음성만 들릴뿐이다. 그는얼른 우리봉식이도 저가운 대나 섞이지않았는가 하였으나 그는 곧 부인하였다. 그러고 봉식이가 보통아이와 달라 똑똑한 아이니 절대로 그런속에는 섞이지 않았을것이라고 단정되었다. 이렇게 생각하고나니 봉식의대한 불안은 적어지나 저들의 말하는것이 어쩐지 이소금자루를 빼왔으려는 수단같기도하고 저말을 끝이고나면 우리를 죽이려는가하는 의문이 자꾸들었다.

　어둠속에서 연설이 끝난후에 원노에 잘다녀가라는 인사까지 받았다. 그들은 얼결에 또다시 걸었다. 그러면서도 저들이 우리를 돌려보내는것처럼 하고 뒤로 따라오며 총질이나 하지않으려나하여 발길이 허둥그렸다. 그러나 그들이 산을넘어 밭머리로 들어설때 비로소 안심하고 공산당들 □□□□□ □□□□□□□□□□□들이지하고 한숨끝에 탄식하였다.

　봉염의 어머니는 조금만 맘을 진정할사록 저들이 의심할수 없는 공산당

들이었구나! 하였다. 그러고 아까 그들의 앞에서 깜작하지못하고 섰던 자신을 비웃으며 세상에 제일못난것은 자기라하였다. 남편을죽이고 자긔를 이와같은 구렁이에 빠친 저들 원수를 마주서고도 말한마디못하고 떨고섰던자신! 보다도 평시에 저주하고 미워하던 그맘조차도 그들 앞에서는 감히 생각도 못한 자기 아아! 이러한 자기는 지금 살겠누라고 소금자루를지고 두드리를 움직인다. 그는 기가막혀서 웃음이 나올지경이다. 그러고 못난바보일사록 살겠다는 욕망은 더크다고 깨달았다. 동시에 한가지 의문되는것은 저들이 어째서 우리들의 소금짐을 빼았지않고 그냥보내었을까가 의문이었다. 그렇게 사람죽이기를 파리죽이듯하고 돈과쌀을 잘빼았는 그놈들이……하며 그는 이제야 저주하기시작하였다.

그들은 낮에는 산속에서 혹은 풀숲에서 숨어지나고 밤에만 걸어서 사흘만에야 겨우 용정까지왔다. 집까지온 봉염의어머니는 소금자루를 어따가 감추어야 좋을지 몰라 한참이나 망서리다가 낡은상자안에 넣어서 방한구석에 놓고야 되는대로 주저앉았다. 방안에는 찬바람이 실실돌고 방바닥은 얼음덩이 같이차다. 그는 머리와 발까락을 어루만지며 목이메어서 울었다. 집에오니 또다시 봉염이며봉희며 명수까지 선하게 보이는듯 하였던것이다. 그들이 곁에 있으면 이렇게 쓰리고 아픈것도 한결 나을것같다. 그는한참이나 울고난뒤에 사흘동안이나 지난생각을하며 무의식간에 몸서리를 쳤다. 그러고 이눈물도 여유가 있어야 나온다는것을 알았다. 그는 으흠하고 신음을하며 누울 때 소금처치할것이 문득 생각키운다. 남들은 벌서 다팔았을터인데 누가 소금사러 오지않는가하여 문편을 홀금 바라보다가 내가 소금짐을 저왔는지 여왔는지 누가 알아야지 그만 내가 일어나서 앞집이며 뒷집을 깨워서 물어볼까? 그러다가 참말 순사를 만나면 어떻게하며 그는 부시시 일어나려하였다. 아! 소리를 지르도록 다리뼈마디가 마찔리어 그는 한참이나 진정해가지고야 상자 곁으로왔다.

그는 잠깐 귀를 기우려 밖을 주의한후에 가만히 손을넣어 소금자루를 쓸어만졌다. 이것을 팔면 얼만가…八원하고 八十전! 그러면 밀린 집세나 마자 물고 한달살까? 이것을 미천으로 무슨장사라도해야지 무슨장사?……하며 그는 무심히 만져지는 소금덩이를 입에 넣으니 어느듯 입안에는 군물이 시르르돌며 밥이라도한술 먹었으면 싶게 입맛이 버쩍당긴다. 그는 입맛을 다시며 침을 두어번 삼킬때 소금이란 맛을나게한다. 아무리 좋은 음식이나 소금이 들지않으면 맛이없다. 그렇다! 하였다. 그때 그는 문뜩 남편과 아들딸이 생긱기우며 그들이 있으면 이소금으로 장을담가서 반찬해 먹으번 얼마나 맛이있을까! 그러나 그들을 잃은 오늘에와서 장을 담을 생각인들 할수가 있으랴! 그저 죽지못해서 먹는것이다. 그는 한숨을 푹쉬었다. 생각하니 자신은 소금 들지않은 음식과같이 심심한 생활을한다. 아니 괴로운 생활을한다. 이렇게 괴로운……하며 그는 머리를 슬슬 어루만졌다. 머리는 얼마나 이끄러지고 부어올랐는지 만질수도 없이 아프고 쓰리었다. 그는 얼굴을 상자에 대며 봉식아 살았느냐 죽었느냐 이어미를 찾으렴……난 더살수 없다!

어느때인가되어 무엇에 놀라 그는 벌떡 일어났다. 벌서 날은 환하게 밝았는데 어떤 양복쟁이 두명이 소금자루를 내놓고 그를 노려보고있다. 그는 그들이순사라는것을 번개같이 깨닫자 풀풀 떨었다.

「소금표 내놔!」

관염(官鹽)은 꼭 표를 써주는것이다. 그때그는 숨이콱막히며 앞이 캄캄해왔다. 그러고 얼른 두만강에서 소금자루를 빠트리지 않으려고 죽을힘을 다하였 섰던 그때와 흡사하게도 그의 신경이 날카로워지는것을 느꼈다. 그때는 길잡이가 와서 그의 손을 잡아 살아났지만 아아! 지금에 단포와 칼을 찬 저들을 누가 감히 물리치고 자긔를 구원할까?

「이년! 너 사염(私鹽) 팔라다니는 년이구나 당장 일어나라!」

순사는 그의 눈치를 채이고 이것이 관염이 아닌것을 곧알았다. 그래서 그는 이렇게 소리치며 그의 손을 잡아 나꾸쳤다. 별안간 그의 몸은 확근달며 어제밤 □□□에서 □□□아니 얄밉게 들었던 그들의 말 □□□캄캄한 어둠속에□□도와 싸울 것 같다. 아니□□□□□□□

□□ 올랐다. 그는 벌떡 일어났다. [1]

---

1) 잡지를 발행하기전에 검열기관에서 이 대목을 붓으로 먹칠하여 지워버렸는데 약 400자 정도 지워졌다. 리상경에 의하면 조선에서는 이 작품을 출간하면서 먹칠된 부분을 다음과 같이 복원하였다고 한다.

봉염 어머니는 순사에게 끌려가며 밤의 산마루에서 무심히 듣던 말 "여러분, 당신네들이 웨 이 밤중에 단잠을 못자고 이 소금짐을 지게 되었는지 알으십니까" 하던 말이 문득 떠오르면서 비로소 세상일을 깨달은 것 같았다. 이리하여 이제는 공산당이 나쁘다는 왜놈들의 선전이 거짓 선전이며, 봉식이 아버지가 공산당의 손에 죽었다는 말도 새빨간 거짓말이라는 것을 똑똑히 알았다. 그리고 봉식이가 경비대에 잡혀가 사형을 당했다는 팡둥의 말 역시 믿을수 없는 수작이며 봉식이는 틀림없이 공산당에 들어가 그 산사람들과 같이 싸우고있을 것이라고 생각되었다. 왜냐면 봉식이는 똑똑하고 씩씩한 젊은이이기 때문에! 봉염 어머니는 벌써 슬픔도 두려움도 없이 순사들의 앞에 서서 고개를 들고 성큼성큼 걸어갔다. (강경애, 『인간문제』, 평양: 문예출판사, 1986.)

人間問題[*]

작자의 말

인간사회에는 늘 새로운 문제가 생기며 인간은 이 문제를 해결하기 위하여 투쟁함으로써 발전될것입니다. 대개 인간문제라면 근본적문제와 지엽적문제로 나누어볼수가 있을것이니 나는 이 작품에서 이 시대에 있어서의 근본문제를 포착하여 이 문제를 해결할 요소와 힘을 구비한 인간이 누구며 또 그 인간으로서의 갈바를 지적하려고 노력하였습니다.

끝까지 보아주시고 오유와 모순을 들어 진지한 질책을 내려주시면……할 뿐입니다.

1934년 7월

강경애

【一】

이산등에 올라서면、용연동네는 저렇게 뻔히 들여다 볼수가잇다。저기 우뚝솟은 저 양기와집이 바루 이앞벌 농장주인인 정덕호집이며、그다음 이편으로 썩나와서、양철집이 면역소며、그 다음으로 같은 양철집이 주재소며、그주위를싸고 컴컴히 몰아앉은것이 모두 농가들이다。

● 강경애는 이 작품을 1934년 8월부터 12월까지 ≪동아일보≫에 련재시켰는데 본고는 그 영인본에 근거하여 정리하면서 인쇄관계로 알아보기 어려운 곳은 주로 조선작가동맹출판사에서 단행본으로 1959년에 출판한 ≪인간문제≫에 근거하여 보완하였다. 소설 앞머리에 실은 작자의 말도 그 판본의것이다.

그리고 그아래 저푸른못이 원소(怨沼)라는 못인데 이못은 이 동네의 생명선이다. 이못이 잇길래 저동네가 생겼으며、저앞벌이 개간된 것이다. 그리고 이동네 개짐승까지도 이물을 먹고 살아가는것이다.

이못은 언제 어떻게 생겼는지 무론 아무도 아는 사람이 없는 것이다. 그러나 이동네 농민들은 이러한 전설을 가지고잇다. 그들은 이전설을 유일한 자랑거리로 삼으며、 따라서 그들이 믿는 신조로 한다.

그들에게서 들으면 이러 하엿다 ──

옛날、이 원소가 생기기전에 이터에는 장자첨지가 수없는 종들과 전지와 살진가축들을 가지고 살앗다는것이다. 그런데 그첨지는 하도 인색하여서、년년이 추수하는 곡식을 밋어먹지못하고 곡간에서 푹푹썩어나도 근처 어려운사람들을 구제할생각은 고사하고、어찌다걸인이 밥한술을 구걸하여도 그것이 아까워서는 대문을 닫아걸고 끼니도 끓여먹엇다는것이다.

그런데 마침 몇해를 거듭어 흉년이들어서 이동네사람들이 모두 굶어 죽게되엇을때 그들은 하루에도 몇번식 장자첨지에게애걸을하엿다. 그러나 첨지는 들은체도 하지않고 오히려 그들을나물하고 문깐에도들이지않앗다는것이다.

그러므로 그들은 하는수없이 몰래 작당을하여가지고 밤중에 장첨지네집을 습격하여 쌀과 살진짐생들을 끌어 냇다는것이다.

이런일이 잇은후 몇일만에 장자첨지는관가에 고소장을들여 이근처 농민들을모두 잡아가게하엿다. 그래서 무수한 악형을하고 혹은 죽이고 그나마는 멀리 쫓아버렷다는 것이다.

아버지 어머니 혹은 아들딸을 잃어버린 이동네 노인이며 어린것들은 목이터지도록 아버지 어머니를 부르며 혹은 아들과 딸을 찾으며 장자첨지네 마당가를떠나지않고 울엇다는것이다.

그래서 울고울고 또울어서 그눈물이고이고 고이어서 마침내는 장자첨지네 고래잔등같은 기와집이 하루밤새에 큰못으로 변하엿다는 것이다. 그못이 죽나려다 보이는 저푸른못이다.

표면에 나타나는 이못의 넓이는 누구나 얼핏보아도 짐작하겟지마는 이못의 깊이는 이때까지 아는사람이 한사람도없엇다. 옛날에 어떤사람이 이못의 깊이를알고저하여 명주실꾸리를 몇꾸리든지넣어도 끝이안낫다는 그런말은 아직까지도 남아잇다.

이동네 농민들은 어디서 새로 이사오는사람들이잇으면 반드시 쫓아가서 원소의 전설부터 이야기하고 그리고 자손이나서 말을배우기 시작할때부터 이전설을가르쳐주는것이다. 그래서 어린애들로부터 어른까지 이전설을 머리에 꼭꼭기억하고 잇다. 그리고 이원소에대하여서 막연하나마 어떤기대를 가지고잇는것이다.

그러므로 이농민들은 무슨 원통한일이잇어도 이원소를 보고 위안을 얻으며 무슨 괴로운일이 잇어도 이원소를 바라보면 사라진다고 하엿다.

사명일때면 그들은 떡이나 힌밥을지어 이원소부근에 파묻으며 옷이며 신발까지도 내다버리는것이다. 그만큼 그들은 정성을 표하군하엿다. 더구나 그들이 불치의병에 걸렷을때도 이원소에와서 빌면 그병은 곧물러간다고 그들은 말하엿다.

이러한 원소를 가진그들이언만 웬일인지 해를 거듭할사록 나날이궁핍과 고민만이 닥쳐 왔다. 그래서근년에는 그들의먹는것이란, 밀죽과 도토리뿐이므로, 힌밥이며 떡을해다 파묻는일은드물엇다.

그들의 이러한 아픔과 쓰림은 저원소라야만 해결해 줄것 같앗다. 그래서 그들은 언제나 원소를 바라보며 위안을 얻엇다.

예나 지금이나 저원소의 물은 푸르고 푸르다. 힌옷감을보면 물드리고싶게 그렇게 푸르다.

×   ×

억새 풀이 길길이 자란 그밑으로 봄을만난 저원소물이 도랑으로 새어 흐르고 또흐른다. 그 주위로 죽 몰아선 늙은 버드나무는 걷보기에는 다 죽은듯하건만, 그속에서 새잎이 파랗게 살아 난다.

어대서 왓는지 모르는 물매미 한 마리가 땀방뛰어들어 시원스럽게 원형을 그리며 돌아간다. 그러자 어디서인지, 신발소리가 가볍게 들려 온다.

【二】

신발소리가 차츰 가까워지더니 산등으로 게집애하나가 뛰어올라온다. 그는 무엇에 쪼기는 모양인지 자조자조 뒤를돌아다보며 숨이차서 달아나려온다.

게집애는 이동네에서 흔히 볼수잇는 메꽃 물을들인 저고리를 입엇으며 얼골빛은 좀푸른기를 띠웠으나 티없이 맑엇다. 그리고 손에든 나물바구니가 몹시 귀찮은 모양인지 좌우손에 번갈아쥐다가는머리에엿다가 그도시원치 않아서 이번에는가슴에다 안으며 낯을찡그린다. 그리고 홀금홀금 산등을 돌아본다.

뒤밎어 나무꾼애가 작대기를 휘두르며 쫓아온다.

「이놈의 게집애 깜짝말고서라!」

소리를 버럭지르며 다오쳐오는 속력은 몹시도 빨랏다. 게집애는 가슴에 안앗던 바구니를 머리에이며、죽을 힘을 다하야나려오다가、그만 푹거꾸러지어 언덕아래로굴러나렷다. 바구니는 그냥 데굴데굴 글러나려 간다.

나무꾼애는 이것이 자미스러워 킥킥웃으면서 게집애곁으로 오더니 막아섯다.

「이게집애 진작줄것이지、도망질은 웨하니 아무러면 나한테 견딜것같니 좋다! 너머지니 맛이 어때?」

흑흑 느껴우는 게집애는 벌떡 일어나며 바구니가 어디로갓는가하야 둘러보다가 저편 보리밭머리에 잇는것을 보고야 나무꾼애를 힐금쳐다본다. 그리고 슬몃이 돌아선다. 나무꾼애는 얼핏뛰어가서 바구니를들고 왔다.

「이놈의 게집애! 싱아 다꺼내먹는다 봐라」

게집애가서잇는 앞에 바구니를 갖다놓고 그는 손을넣어 싱아를 꺼냇다. 그리고 일변 어석어석씹어먹는다. 게집애는 또다시 힐끔 쳐다보더니、

「이리다오 이새끼!」

앞으로 다가서며 바구니를 뺏는다. 나무꾼애는 게집애의 뽀루퉁한 모양이 웃으워서 「킥」웃엇다. 그리고 게집애 눈등의 먹사마귀가 그의눈을 끌엇다.

「너 요게 뭐야?」

나무꾼애는 게집애의 눈등을꾹찔럿다. 게집애는 홈칫하며 나무꾼애의 손을 홱 뿌리치고

「아프구나! 새끼두」

「게집애두 꽤사납세는 군다……나하나만더……」

나무꾼애는 코를 훌떡 들여마시며 손을 내밀엇다. 게집애는 그의 부드러운 음성에 무서움이 다소 덜려서 바구니에서 싱아를 꺼내 내처주엇다.

나무꾼애는 떨어진싱아를 주어 껍질도 벗기지않고「시시」하고 침을 삼키며 먹다가 웬일인지 앞이 허쩐한듯해서 바라보니 잇것니한 게집애가 없다. 그래서 두루 찾아보니 게집애는 벌서 원소를 돌아가고 잇다.

「고놈의게집애! 혼자가네」 나오는줄모르게 이런말이 굴러나왓다. 그는 멀리 게집애의 깜뭇거리는 모양을 바라보며 그도 동네로 들어가고 싶은맘이 부쩍 들엇다.

「이애 선비야! 나하고 가치 가자」

소리를 지르며 달려 나갓다. 그가원소까지 왓을때는 게집애는 보이지않앗다. 그는 아무대나 펄석주저앉앗다. 「고놈의 게집애 혼자가네 고런어디서……」, 이렇게 투덜그렷다.

한참후에 무심히 나려다보니、원소물우에 그의 초라한모양이뚜렷이 보인다. 그는 생각지않은 우슴이「픽」하고 나왓다. 그리고 물을들여다보며 다리팔을 놀려보고、머리를 기울그릴때、아까 뽀루퉁해섯던 게집애의 눈등에잇는 먹 사마귀가 얼핏 떠오른다. 「고게뭐야?」 하며 그는휙근돌아보앗다. 아무도없다. 「고놈의 게집애 정말…」 그는 게집애가 사라진 버들나무숲저편을 바라보며 이렇게중얼거렷다. 따라서 물먹고싶은 생각이 버쩍들엇다. 그래서 그는벌떡일어서며 땀배인 적삼을 벗어 풀밭에 휙 집어던지고 언덕아래로 나려갓다.

그는 넙적 엎디여 목을 길게 느리어 물을 꿀꺽꿀꺽 마신다. 목을 통하여 넘어가는물은 곧 달큼하엿다. 한참이나 물을 마신그는 얼핏 일어나며 가뿐 숨을「후유」하고 내쉬엇다.

원소를 거쳐 불어오는 실바람은 짙은풀내를 아득히싫고 와서 땀에젖은 그의 겨드랑이를 서늘하게 말리워준다. 그는 휭 맴도리를 첫다. 「내 지게……?……」 무의식간에 그는 이렇게 중얼그리자、 그가 게집애를 딸아 여기까지온것을 생각하고 단숨에 다름질쳐서 산등으로 올라갓다. 그리고 지게잇는곳으로와서 낫을 가지고 산옆으로 돌아가며 나무를 깎기시작하엿다.

나무를 깎아가지고 지게곁으로온 그는 지게를 의지하야 벌렁 누어버렷다. 풀내가 강하게끼치며 속이 후련해젓다. 잠이라도 한잠 푹자고 싶엇다. 그래서 그는 눈을 감앗다.

갑작이 「첫째야!」하고 누가 부른다.

【三】

잠이 사르르오던 그는 깜짝놀라 벌떡일어낫다. 그래서 휘돌아보니 이서방이 나무다리를 짚고 씩씩하며 이편으로온다.

「이서방!」

그는 이서방을보니 반가움과함께 배고픔을 깨달앗다.

「너여기 잇는것을 자꾸찾아 다녓구나」

이서방은 나무다리를 꾹짚고서서 귀여운듯이 첫재를 바라본다. 그들의 그림자가 산아래까지 길게 달려나려갓다. 첫재는 나무짐을 낑하고지며

「날 찾아다녓수」

「그래 해가 져가는데두! 어머니게 대답질을 하면쓰나 후담에는 그러지말아라」

첫재는 이서방과 가즈런이 걸으며 「히이…」웃엇다. 그리고 강한햇빛을 눈이부시도록 치느끼며 그는 지금이 아침인지 저녁인지 분명치를 않았다.

「어머니가 밥지어노코、 여간 너를 기다리지 안는다. 」

어머니에 대한노염을 풀어주려고、 이서방은 말끝마다 어머니를 불럿다.

「밥햇수?」

첫재는 멈칫서서 이서방을 보다가 무심히 저편들을 바라보앗다. 석양빛

에 앞벌은 비단결같다.

「이서방、 나두 올부터는 김좀 맺으면」

이서방은 가슴이 뜨끔하엿다。 그리고저것이 벌써 김을매고 싶어하니 어쩐단말이누하는 걱정과함께、 지난날에 일하고싶어 날뛰던 자기의과거가 획 떠오른다。 그는 후—한숨을쉬며 불타산을 멍하니 노려보앗다。

「이서방、 난김매구、 김서방은점심가지고 나헌테오구、 그리구、 또……」

그는 말만해도 좋은지、 방긋빙긋웃는다。 이서방은 「너김맬밭이 잇나?」하고 금방입이 벌려지라는것을 꿀걱삼켜버렷다。 따라서가슴속에서 무엇이 울컥 맞받아나온다。

「그러구 이서방도 동냥하러 다니지안고 내가 농사한 곡식을먹구」

이서방은 그만 우뚝섯다。 그리고 나무다리를 힘잇게 짚엇다。 그가 일생을다하야 이러한감격에 취하여보기는 아마 처음일 것이다。 반면에 차디찬 이세상을 이같이 원망하기도 역시 처음이엇다。 그가 어려서부터 남의집을 살며 별별모욕을 받다못해서、 이다리까지 부러젓지만 아! 여기다 비기랴!

첫째는 흥이나서 말을 하다가 돌아보니、 이서방이 따르지 안는다。 그는 멈칫섯다。

「이서방 왜울어?」

첫재는 눈이 둥굴해서 이편으로 다가온다。 이서방은 눈물을 쥐어 뿌린다。 그리고 나무다리를 다시 놀린다。

「어머니가 또뭐라고 햇구만 그까짖어머니 발갈로 차브렷」

눈을 실쭉하니뜬다。 이서방은 놀라 첫재를 바라보며、 아까들은 노염이 아직도남아잇음인가? 그러치안으면 이아이가 무엇때문에 어머니에대한 증오심이 이리도큰가?

「이애 너 무슨 말을 그렇게 하니? 못쓴단다」

이러케 말하는 이서방은 이애가 벌써 자기어머니의 비밀은 눈치채임인가? 하는 생각이 얼핏들며、 유서방과 영수、 그리고 요새 가치다니는 대장쟁이가 번갈아떠오른다。 그는 말할 용기를 잃어벼렷다。

그들은 밀밭머리 좁은길로 들어섯다。

「이서방! 오늘 돈얼마나 벌엇수?」

이말에 이서방은 용기를얻어、

「이애 돈이뭐가、 오늘은 저 앞벌술막집잔채하는데 종일가 잇다가、이재 야왓다?」

「잔채집에…그럼 떡얻어왓지、떡얻어왓지?」

작대기를 구르며 이서방을 바라본다.

「그럼 얻어왓다」

「얼마나?」

그는 입맛을다시며 대든다.

「조금 얻어왓다」

「또 어머니 주엇수?」

「아니 그냥잇다」

이애가 실망할것을 생각하고 그는 이렇게 말하면서도 눈허리에 벌레가 지나는것갓엇다.

「이서방 나는 떡만먹고산다면좋겟더라」

그는 침을 꿀꺽넘기엇다.

「내 이봄엔 많히 얻어다줄것이니、이배가 터지도록 먹으렴」

첫재는 「히이」웃으면서 작대기로 돌부리를 탁탁갈긴다. 이런때에 그의 나려뜬 눈은 볼사록귀여웟다.

그들이 집까지 왓을때는 어실어실한 황혼이엇다. 첫째 어머니는 문밖에 섯다가 그들이 오는것을보고

「저놈의 새끼 범두안물어가」

나오는줄 모르고 이런말을하고도、가슴이 선듯하엿다. 이때까지 기다리든 끝에 악이 받쳐 이런말을하고도、곧 후회가 되엇든것이다.

첫째는 나뭇짐을 벗어놓고 일어난다.

【四】

첫재는 방으로 들어오며、

「나떡」

뒤따르는 이서방을 돌아 보앗다。 첫재어머니는 냉큼 시렁우에서 떡담은 박아지를 내려 노앗다。

「잡놈의 새끼、배는용히 고픈게다……떡떡하더니 실컨먹어라」

첫재는 떡박아지를 와락 붓잡더니、떡을쥐어 뚝뚝 무질러 먹는다。 그들은 물그럼이 이모양을바라보며 저것이 얼마나 배가 고파서 저모양일까하고 측은한 생각까지 들엇다。 첫재는 순식간에 그떡을 다 먹고나서

「또없나?」

첫재어머니는 등에 불을 켜노며

「없다、그만치 먹엇으면 쓰겟다」

「밥이라도 더먹지」

이서방은 불빛에 빨개 보이는 첫재어머니의 볼을 바라보며 이러케 말하엿다。 첫재어머니는등곁에서 물러앉으며、

「애는 저이서방이 버려 놋는다니、자꾸 응석을 받아줘서…저새끼가 배부른게 어디 잇는줄아오 욕심사납게 잇으면 잇는대로 다 먹으려드는데」

아까 떡한개더먹고 싶은것을 첫재가 오면 가치먹으려고 두엇던것이나、막상첫재가 배고파 덤비는양을 보고는、참아 떡그릇에 손을 너치못하엿던 것이다。 그러나 마침내 한개도 남기지안고 다 먹는것을 보니、섭섭하엿다。

「이서방 나가자우」

첫재는 벌서 눈이 감겨오는 모양이다。 이서방은 첫재 어머니와 이러케 마주앉고 잇는것이 얼마든지 조흐나、첫재의말에 못견디어서 안떨어지는 궁둥이를 겨우 때엇다。 그러고 나무다리를 짚고 일어나며、

「나가자」

첫재도 일어나서 이서방의 손에 끌리어 건넌방으로 나왓다。 그러고 곧 아랫목에 쓸어져서、몇번 다리팔을 방바닥에 드노터니 쿨쿨잔다。 이서방은 어

둠속으로 첫재를 바라보며、아까 첫재가 벙긋벙긋웃으며、아무 거침없이 하던말을 다시금 되풀이하엿다。그러고 나오는줄 모르게한숨을 푹 쉬엇다。

안방에는 벌서 누가왓는지、수군수군하는 소리가 그의 귀로만 들어오는 듯하엿다。「어누놈이 또 왓누?」한숨끝에 이러케 중얼거리며、어느놈의 음성인지를 분간하랴고 귀를 가만히 기우렷다。

암만 분간하려나 원체 가늘게 수군거리니 분명치를 안엇다。그저 첫재어머니의 호호웃는 소리가 간혹 들릴뿐이다。

그는 잠을 이루려고 눈을 감고 잇으나、그것들의 수군거리는 소리에 잠이 홀랑 달아나고、화만 버럭버럭 치받친다。이놈의 집을 벗어나야지、이걸산담?……그는 거의 매일밤 이러케 성을 내면서도 번번히 이꼴을 또보는것이다。

그는 벌떡일어나서 담배를 피어 물고 창문곁으로 다가앉앗다。뚫어진 문새로는 달빛이 무지개같이 쏘아 들어온다。그는 담배를 빨아 연기를 후뿜엇다。달빛에 어림해보이는、구불구불올라가는 저연기! 그것은 흡사히 자기가슴에 뿜어오르는、어떤 원한 같앗다。

그는 무심히 곁에노아둔 나무다리를 슬슬어루만젓다。그는 언제나 속이답답할때마다、이나무다리를 어루만지는 것이다。아무 반응이 없는 이나무다리! 사정없이 뻣뻣한 이나무다리! 그나마 이나무다리가 그의둘도없는 동무인것이다。

「고놈의 게집애 정말……」

이서방은 놀라 돌아보니、첫재가 입맛을 쩍쩍다시며 잠꼬대하는 소리다。이서방은 첫재가 잠꼬대하는말을 다시금 되풀이하며、저애가 벌서 어떤게 집애를 생각함에서 이런말을하는가? 하는 의문도들엇다。그러나 그것은 쓸대없는 자기의 생각같앗다。따라서첫재를 장성하게 못할수만잇다면 어디까지든지 그를 어린애 그대로 두고 싶엇다。첫재의 장래도 자기가 걸어온 그길과 조금도 다를것같지 안앗기때문이다。

그는 이러한생각을하며 첫재곁으로 바싹가서 가만이 들여다보앗다。그는 여전히 씩씩잔다。지금 이순간이 첫재에게 잇어서는 다시없는 행복스러운

순간같앗다 그러고 낮에 「나도김매고 싶어」 하던말을 다시금 생각하며 그의
볼우에다 볼을 갓다 대엇다.

첫재의 볼로부터 따뜻한 이감촉! 그러고 기운잇게내뿜는 그의숨결 자기
의 살과 피가 섞여잇은들 이에서더 따구을수가잇으랴!

그는 무의식간에 첫재의 복을 꼭 쓸어안으며 「내비록 병신이나마 나머지
여생은 너를 위하야 살리라」 하고 몇번이나 맹세하엿다.

마침 짝끈하는소리에 이서방은 머리를 번쩍들엇다.

【五】

「이 개갈보 같은년아 ! 」

목청껏 지르는 소리에 지정이 저렁저렁울린다. 이서방은 문곁으로 바싹
다가 앉엇다.

「아이 이양반이 미첫나? 웨이래」

「요년 아가리 붙여라、이 더러운쌍년、네년이 저놈뿐이 아니라 나무다리
비렁뱅이도 붙인다지、저런쌍년、에이쌍년!」

침을탁 받는소리가 난다. 이서방은 「병신거지도 붙인다지」하던 말이、언
제까지나 귀가를싸고 돌앗다. 그리고 전신이 짜르르울리며、손발하나 놀리
는수가 없엇다.

「아이쿠、이년놈들 잘한다」

짝짝 쿵하는소리가 자조 들렷다. 영수와 새로다니는 대장쟁이와 맛붙은
모양이다.

「홍 하로개 범무서운줄 모른다더니、네개두고 말이구나、이경칠자식 그
래、온전한 부녀인줄 알앗나」

어떻게나 하는지 죽는소리를 한다.

「이년놈들 내칼에 죽어봐라」

「아이 저칼! 저칼!」

첫재 어머니의 이같은소리에 이서방은 벌컥일어나며 나무다리를 짚고 뛰

어나갓다。 안방문짝이 떨어져 봉당가운대 넘어젓으며、 등불조차 꺼저서 캄
캄하엿다。

첫재 어머니는 봉당으로 달아나왓다。

「이거 이거」

숨이차서 헐떡이며 칼을 쑥내민다。 이서방은 칼을 받아들고、 부억으로나
가며 어따가이칼을 둬야좋을지몰라 한참이나 왓다갓다하다가 나무단속에
감추어놓고 안방으로 들어갓다。

「이거 웨들이러슈 점잔으신터에 참으시죠들」

서루 어울어진것을 뜯어노랴니

「이자식은 웨또이래……너깡둥바리로구나 너도 한목들어 매좀맞으려니?」

누구인지 발길로 탁찬다。 이서방은 딱하고 나가자빠젓다。 그바람에 나무
다리는어디로 달아낫는지 암만 찾어봐도없다。 이서방은 왼봉당을 뺄뺄기어
다니며 나무다리를 찾앗다。 그러고 몇해 싸두엇던 원한이 일시에 폭발됨을
깨달앗다。 그러나 그는 꾹참으며 나무다리를 얻어짚고 밖으로 뛰어나왓다。

전같으면 밖에 구경꾼들이 얼마든지 모엿을터이나 오늘은 밤이오랜까닭
인지 아무도 없엇다。 그는 나무까리곁으로와서 우뚝허니 서잇엇다。

컴컴한 저불타산우에 뚜렷이 솟은저달! 저달조차도 이서방의 이나무다리
를 비웃누라 조롱하누라 이밤을 새우는것같같앗다。

「이서방!」

찾는소리에 이서방은 획근 돌아보앗다。 첫재가 내달아오며 일변 오줌을
쏼쏼 내뺃친다。 이서방은 첫재의버릇을 아는지라가슴이 뜨끔해지며 저놈이
또……하고 불안을느꼇다。 그러고 곧 첫재곁으로와서 그의꽁문이를 꾹붙들
엇다。

오줌을 다누고난 그는 울컥내닫는다。

「이놈들! 이놈들!」

목통이 터저라하고 고함을치며 내닫다가 이서방이 붙든것을알자 주먹으
로 몇번냅다첫다。

「놔, 이거!」

「이애 첫재야! 첫재야! 너그럭하면 못쓴다。 응 이애 매맞는다 응이애」

「매맞아도 조아 이놈들」

이번에는 사정없이 머리로 이서방의 가슴을 들여받으며 발길로 차던것다。 이서방은 또다시 자빠젓다。 첫재는 나는듯이 지게곁으로가서 낫을 뽑아가지고 안으로 늘어간다。

「이애! 이애!」

이서방은 너무급해서 벌벌기어 달려들어가며 그의 발목을 붙들엇다。 이 눈치를 채인 첫재어머니는 내달아왓다。 그러고 대문빗장을 뽑아들엇다。

「이놈의새끼 웨자지안고 지랄이냐」

「흥 저놈의 새끼들은 웨지랄이누」

어머니의 머리채를 잡아족친다。

안방에서는 더한층 지끈 자끈 하는소리가 벼락치듯 난다。 이서방은 소름이 쭉끼첫다。

안방의놈들이 이리 기우러지면 어린 첫재는 어대든지 부러지고야 말것같앗다。 따라서 옛날에 자기가 주인과 맞붙어싸우다가 이다리가부러지던 기억이 새삼스럽게 떠오르며 그때 비운이 오늘에 또 이어린것에게 사정없이 닥치는듯싶엇다。

이서방은 첫재의 발길에 채어 이리저리 굴면서도 그의 발목은 놓지안엇다。 그때 코에서는 선혈이 선뜻선뜻 흘러나온다。

「첫재야 너자꼬 그러면 다시는 떡얻어다 안준다」

이서방은 생각지안은 이런말이 불쑥나왓다。

「정말? 이서방!」

첫재는 숨이가빠서 훌떡훌떡하면서 돌아선다。 이서방은 벌떡일어나며 그의 목을 꼭 쓸어안앗다。 그러자 이서방의 눈에서는 눈물이 좌르르 쏘다젓다。

【六】

선비어머니가 뒷뜰에서 이엉을 엮어나가며、 약간식 붙은 나락을 죽훑어서 옆에노인 박아지에후루루 담을때、밖으로부터 선비가 뛰어들어온다.

「어마이」

숨이차서 달어오는 선비를 이상스레바라보며、그의어머니는、

「웨 무엇을 잘못하다가 꾸지람을 들엇니?」

선비는 머리를 설레설레 흔들며 어머니 귀에다 입을대엇다.

「어머니、저어…큰댁 아지머님과 신천댁과 싸움이나서、큰집영감이 생야단을 하셋다누」

선비어머니는 귓가이 간지러워서、조금머리를 돌리며、

「밤낮 싸움 이구나 그래 누가 맞앗니?」

「그전에는 큰댁 아지머님을 따리지 안앗서? 그런데 오늘은 신천댁을 사정없이 따리데 아이 불상해!」

선비는 무심이 나락박아지에손을 너어 휘저어 보면서 얼굴에슬픈빛을 띠운다.

「남의 첩질하는 년들이 매를맞아야 하지 그래 큰어미만 밤낮 맞아야 올켓니?」

딸의 새침한 얼굴을 바라보앗다. 올봄부터는 선비의 두뺨에홍조가 약간 피어오른다.

「그래두 어마이 신천댁의 말을 들으니 그가 오고 싶어온게 아니라 저의 아부지가 돈을 만이받고 팔아서 할수없이 왓다고 그러던데 뭐」

「하긴 그랫다고 하더라…… 그러기에 돈밖에 무서운것이 없어」

선비어머니는 지금 매를 맞고 울고 앉아 이을 신천댁의 얼굴을 생각하며 꽃봉오리같이 피어 오르는 선비의 장래가 새삼스럽게 걱정이 되엇다.

「어서가서 무얼 하려무나、웨 그러고 앉아잇니 오늘 빨래에 풀하지안니?」

「해야지」

그는 어머니말에 어려워 푸시시 일어나면서 다시한번 나락박아지를 들여다보앗다. 그러고 방긋이 웃엇다.

「어마이 이것도찌면 쌀이 한되나 될것같우 참…」

「이애 얼른가봐라」

「응」

선비는 나락박아지를 노코 밖으로나간다。 그의 어머니는 물그럼이 딸의 뒷모양을 바라보며 세월이란 참말**빠르구나**！ 하고 탄식하엿다。 그러고 선비도 오래 다리고잇지못할것을 깨달으며 가슴이 쯔르르울렀다。

그는 부의식간에 한숨을 쑥쉬며 손을내밀어 이엉초를 꾹쥐고 물그럼이 바라보앗다。 손끝은 짚에 달아서 빨긋빨긋하게 피가배엇다。 그때에 얼핏 떠오른것은 자기의남편이다。

남편의 생전에는 비록빈한하게는 살앗을망정、 이러케 이엉을엮는것이라든지、 울바자를 세우는것같은 그런밖의일은 손도대어보지안헛다。 보다도 봄이되면 의레히 이모든것이 새루 다 되는것이니…하고、 무심히 지내 보내엇든것이다。

그러나 남편이 없어짐에 모두가 그의손끝가지 안는것이 없고 힘은 배곱쓰건만은 무슨일이나마음에 들도록 되는일이하나도 없엇다。

집안살림 명색치고 단두간사리를 하더라도 시재 돌맹이하나 노힐자리에 노혀야하고 새끼한오라기 헛되히 버릴것이 없엇다。

남편의생전에는 뜰을 쓸어치는비같은것이나 벽을바르는 매흙이나는 그리운줄 모르고 되는대로쓰고 버리고 하엿건만은 지금에는 그것조차도 마음노코 쓸수도 없거니와 손수 마련치 안으면 쓸것도없엇다。

그는 이러한 생각을 하며 이엉초는 또누구의 손을 빌어 저집웅에 올려볼까하는걱정이 불쑥 일어난다。 집웅에 해덮을새끼는 그가 며칠밤 자지 못하고 꼬아서 네사리나 만들어두엇고 이이엉엮는것도 내일까지면 마칠것이나 집웅한복판에 덮는 용구새트는것이라든지 이엉초를 집웅우에 올려펴고 색끼로 얽어매는것 같은것은 남정들의 손을 빌려야할것이엇다。

그는 속으로 누구의 손을 좀빌까……하고 두루두루 생각해보다가 에라 되든지 안되든지 내가 그만 이어볼까하고 홀금지붕을 쳐다보앗다。

작년에 한해를 건넛음인지 움푹움푹골이진그새에 풀이 이따금식 파라케 보인다。 그는 벌컥일어나며 「웨날두고 혼자갓누?」하고 중얼거렷다。 그러고 머리를돌려 저앞을바라보앗다。 그의 눈앞에 얌전하게 몰아앉는 작은집과 큰집―모두가 말쑥하게 새루 이엉을 □이엇다.

그우로 햇발이 노라케 덮이엇다.

【七】

쩽쩽이 내려쪼이는 불볕을받아 샛노라케 빛나는 저집웅과 집웅! 얼마나 저집웅들이 부럽고도 탐스러운것이냐!

그는 눈을 꾹감앗다. 그러나 그집웅들은 점점더 또렷또렷이 나타나보인다. 그러고 그집웅새로 굵단 남편의 손끝이 스르르 떠오른다. 그러고 임종시까지 참아 눈을 감지못하고 끼르륵하고 숨이 넘어가던 그!

그의 남편 김민수는 위인된품이 몹시도 착하고 정직하엿다. 그러므로 정덕호앞으로 몇십년의 부림을 받아서도 일동전 한닙 축내지 못하는것이 그의 특성이엇다. 그러고 아무리 몸이 고달푸더라도 덕호의 명영이라면 물불을 헤아리지안코 덤벼들곤하엿다.

그래서 온동네 사람들까지도 민수를 믿어왓으며 덕호역시 믿엇다. 그러므로 거액의돈받이 같은것은 일불어 민수에게 맡기군하엿다.

이러케 지나기를 근이십년이엇던 지금으로부터 팔년전겨울이엇다. 바루 선비가 일곱살 잡히던때엿다.

그날―아침부터 함박눈이 부실부실 떨어진다. 이날도 민수는 일즉일어나서 덕호네집으로 왓다 그래서 안팎 뜰을쓸고 소여물까지 끌혀놧때 덕호는 나왓다.

「자네 오늘 방축꼴좀 다녀오겟나?」

민수는 머리를 굽실해보이며

「다녀 옵지유」

「좀 이리오게」

덕호는 쇠죽간을 거처서 사랑으로 들어간다. 그도 뒤를 딸앗다. 덕호는 아랫목에 노아둔 문갑을 뒤져 장부를 꺼내노코 한참이나 들여다보더니

「아니 방축골 그놈이 근오십원이나 되네그리……자네가 가서 꽤받을까

그놈은 몹시 질긴데」

민수는 머리를 수긴채 가만이 잇다. 덕호는 안타까운 듯이,

「가보겟나、어떠케하겟나? 가서 받지못할바에는 꼴지아비를 보내겟네 응 말을해」

민수는 뭐라고 대답을 해야 조흘지 몰라 얼굴이 뻘개지며 머뭇머뭇한다.

「에이그 저사람! 웨 그러케 사람이 영악지를 못해……좌우간 갓다오게 그러구 말이야 이번에 안물면 집행하겟다고 말을 똑똑히 좀해、그러구 좀 단단히채여」

덕호는 살기가 얽킨눈을 똑바로뜨고 민수를 바라본다.

「가는김에 명호와 익선이도 찾어보게」

「네」

「그럼 오늘 꼭가게」

덕호는 다시한번 다지고 나서 장부를 문갑안에 너코 일어선다. 그러고 잔기침을 두어번 하고 밖으로 나간다. 민수는 곧 그의뒤를 딸아나왔다. 가마 부억에서 여물끌힌내가 구수하게 낫다.

민수는 여물을 푹떠가지고 외양간으로 가니 벌서 소는 냄새를 맡고 부시시 일어나 구유곁으로 나온다. 그러고 더운김이 뭉클뭉클 오르는 여물을 맛이잇게 먹는다.

여물을 다퍼나르고는 민수는 밖으로 나왔다. 여전히 함박눈은 소리없이 푹푹 쏟아진다. 그는 근심스러운듯이 하늘을 쳐다보며

「눈이 오는데……」 이러케 중얼거렷다.

집까지온 민수는 신발을 부덕부덕하엿다. 선비어머니는 의아한 눈으로 남편을 바라보앗다.

「어디 가시려나요 뭐?」

「음 저기 돈받으러」

「아 뭐 오늘같은 날에요」

「웨 오늘이 어떤가 이러케 함박눈 오는날이 오히려 푸군하다네」

옆에서 말뚱말뚱 바라보던 선비는 얼른 일어나 아버지품에 안기며

「아버지 나두가 응」

머리를 개웃하고 들여다본다. 민수는 딸을 꼭껴안으며 밥상에 마주앉앗다. 그러고 밥을 좀뜨는체하고 곧일어낫다.

「내 가면 며칠될것이니 그동안 선비잘간수하게 불도 뜻뜻이때고」

「눈오는날 가실게 뭐야요……다른사람의몸은 몸이 아니고 쇠떵인줄 아나배」

선비어머니는 주인영감을 눈앞에 그리며 이러케 중얼거렷다.

「아 그사람……별소리 다해」

민수는 눈을 크게 떳다. 선비어머니는 얼굴이 빨개지며 선비의손을 어루만진다. 민수는 선비의머리를 두어번 쓰다듬어 본후에 문을 열고나섯다. 눈빛에 눈허리가 시큼시큼하엿다.

「안녕히 다녀오세요」

안해의인사를 귓결에 들으며 민수는 성큼성큼 걸엇다. 한참이나 수굿하고 것던 그는 선비의울음소리에 휙근 돌아보니 선비가 눈속으로 뛰어온다.

【八】

민수는 선비를 바라보고 무의식간에 몇발걸음 옮겨 놓앗을때 선비 어머니는 선비를 붓들어 안으며 우묵허니 섯다. 민수는 두어번 손질을 하야 들어가라는 뜻을보이고 돌아섯다.

아까보다 눈은 점점 더 많이쏘다진다. 함박꽃 같은 눈 송이가 그의 입술끝에 녹아지고 또 녹아젓다. 그때마다 그는 찬 냉수를 마시는듯 하야 가슴이 선뜻하군 하엿다.

길이란 길은 모두 눈에 묻쳐버리고 길가의 낯익은 나무들도 눈송이에 흐리엇다. 그리고 그높은 불타산도 뿌여케 보일뿐이다.

민수는 길을 찾을수가 없어 한참이나 밭고랑으로 혹은 논뚝을 밟다가 동네를 짐작하고야 길을 찾군 하엿다. 그리고 눈에 젖엇던 신발은 얼어서 대그럭 소리를 내엇다. 이러케 눈속에 푹푹 빠지며 민수가 간신이 몇집을둘러 방축끝까지 왓을때는 벌서 그가 집에서떠난지 이틀째되는 황혼이엇다.

「주인게시우」

걸레로 한주먹씩 틀어막은 문을열고나오는 주인은 민수를 보자 한층더 얼굴이 허엿케 질린다.

「이눈오는데 어떻게 여기를…어서 늘어가십시다」

민수는 방안으로 들어가니 너무캄캄해서 지척을 분간하는수가 없엇다. 그는한참이나 눈을 감고 잇다가 가만이 떠보니 숨이 답답해지며 차라리 오지말앗더면…하는 후회가 곧 일어난다. 그리고 이저녁꺼리나마 잇을것 같지않앗다.

「참 이눈오는데……제가 한목 들어가려고 햇지마는 너무 오래 빈말로만 올려서 어디……참 오작이나 치우섯습니까」

주인은 어느것부터 먼저 말해야 좋을지몰라 쩔쩔매엿다.

「여보게 저녁진지 짓게 뭐 찬이 어디잇어야지……」

그의 안해는 머리를 내려쓸며 부시시 일어나간다. 민수는 정신을 가다듬어 아랫목을 바라보앗다. 시컴한 누덕이속에서 조잘조잘하는 소리가 자조 들리며 누덕이가 배움하고 열리더니 깜한눈알이 수없이 반들거렷다. 그리고 킥킥 웃는 소리가난다. 몇아해나 되는지 모르나 어쩌면 한두아해가 아님은 즉시 알앗다.

이저녁부터는 바람까지 일엇는지 바람소리가 휙몰려갓다가 몰려온다. 그리고 문풍지가 드르릉 드르릉 울리며 눈보래가 방안으로 스르륵 몰려들엇다. 민수는 방안에 앉앗느니보다 차라리 밖에 어떤 토굴 같은 곳이 잇으면은 그리로 나가서 이밤을 지나고 싶은 맘이 부쩍들엇다. 그러나 이 밤에 어디가 토굴이 잇는지를 모르고 무턱하고 나갈수도 없어서 맘을 조리며 앉앗노라니 마치 바늘 방석에 앉은것 같고、 더구나 이밤새에 몇사람의 죽음을 볼것만 같앗다.

밥상이 들어온다. 민수는 배고픈차에、 한술 떠보리라하고 술을 드니、 밥이아니라 죽이엇다. 조죽에 시래기를 너허서 끓인 것이다. 민수는 비록 남의 집을 살앗을지언정、 일생을 통하야 이러한 음식은 먹어 보기는 처음이엇

다. 그리고 조겻내까지나서 그의 비위에 몹시거슬리나、꾹 참으며 국물을
후루루 들여마섯다.

그때 아랫목에서 애들이 벌떡벌떡일어낫다.

「엄마 나밥」

「엄마 나밥! 응야」

이모양을 바라보는 주인은 눈을 부릅뜨며、

「저놈의 새끼들을 모두 처죽여부리든지해야지 정……

그리고 민수를 돌아보며、

「어서 어서 만히 잡수시유、저놈들은 금시먹고도 버릇이 그래서그럽니다
그리」

민수는 손끝이 가늘게 떨렷다. 그리고 술을 들용기가 나지않앗다. 그래
서 그만 술을 노코 물러앉앗다.

「웨웨 안잡수십니까、뭐 자실것이 되어야지유」

주인은 머리를 버적버적 긁으며 상을 밀어 노앗다. 사남매는 일시에 욱
쓸어 일어나며 저마큼 죽그릇을 잡어다니기에 먹지도못하고 싸움만 버러젓
다.

주인은 벌떡일어나더니 장죽을 물고돌아가며 붙인다. 민수는 너무 민망
하엿다. 그래서 주인을 붙들며

「이게 무슨 일이오니까 애들이 다그런게지유 놔유 어서놔유」

상귀에서 흐르는 죽을、그중어린것이 입을대고 쭉쭉핥아먹는다. 이꼴을
보는주인마누라는 나그네 보기가 부끄러운듯이 어린애를붙들어다 젖을 물
리고 콧물을싯는체하면서 고름끈을 눈에 갖다대군 한다.

【九】

애써 말리는 나그네의 생각을함인지、주인은 씩씩하며 맷손을 노코 물러
앉는다.

「아 글세 글세 새끼는 웨그리태엇겟수 이것두 아마 죄지유 전생에서 무슨

큰 죄를 지고나서이모양인지」

　화낌에 때리기는 하고도 그만 억울하고 분하여서 소리쳐 울고싶은것을 겨우 참는모양이다. 못먹이고 못입히기도 억울한데 더구나 굶고 앉은 그들을 공연이따리엇구나……하는 후회가 일엇던것이다.

　이제까지 아우성치고 울던 그들이엇만 그런일은 언제 잇엇느냐는듯이 누덕이속에서 소곤소곤하고는 킥킥웃는다.

　민수는 그날밤 잠한잠 못자고 이런생각 저런생각을 되풀이하엿다. 그러고 남의일이라도 남의일같지를안코 자기의앞에도 이런비운이 닥쳐오지나 안흐려나 하는 불안이 문풍지를 울리는 바람과같이 꼬리에 꼬리를 물엇다.

　이러케 밤을새우고는 민수는 채밝기도전에 일어 앉앗다. 치운방에서 자서 그런지 몸이 가분치를안코 아무래도 감기에라도 걸린것같다.

「몹시 치우시유」

　주인은 마주 일어앉는다. 민수는 엇결에

「네……뭐」

　이러케 분명치 못한 대답을 하며 담배를 피어 물엇다. 그러고 담배갑을 주인앞으로 밀어노앗다. 주인은 황송한듯이 머리를 수기며 담배를 붙여문다. 민수는 담배를 한목음 쑥빨며 무심히 들으니 벌서 아랫목에서 소곤소곤하는소리가 들린다. 민수는 얼핏머리를 들어아랫목을 바라보앗다.

　아무것도 분간치못할 컴컴한속으로끄침없이 조잘그리는 이소리 지금쯤은 우리선비도 깨어서 제 어미와 「아부지 어디갓나?」하고 조잘조잘하겟지……하는 생각이 들엇다. 뒷이어 선비의 얼굴이 저아랫목 우으로 스르르 떠오른다.

「어마이 배고파!」

　민수는 이소리가 꼭 선비의 음성같아서 깜짝놀랏다. 그래서 무의식간에 담배를 휙집어 뿌렷다. 그다음순간 그음성이 선비의 음성이 아니라고 부인하면서도웬일인지 가슴이 짜르르 울려서 견딜수가 없엇다.

　민수는 안타까웟다. 그만 곧일어나이자리를 벗어 나고싶헛다. 그가 벌컥 일어 낫을때 그는 무의식간에 그의거지안에서 일원짜리 지화를 꺼내가지고

나왓다。 그래서 주인의 손에 쥐어 주엇다。

「애들 밥한끼 해주!」

주인은 어리둥절 하엿다。 그러고 자기손에 쥐인것이 돈이라는것을 깨닫자、 칵쓸어지며 엉하고 울고싶헛다。 민수는 두다리가 가늘게 떨리는것을 깨달앗다。 다음순간에덕호의 성난얼굴을 똑똑히 보앗다。 그는 진저리를첫다。 그러고 주인의 붓잡는것을 뿌리치고、 그집을나왓다。

간밤동안에 얼마나 바람이 불엇는지 눈이 이리몰리고 저리몰리어 어떤곳은 눈산을일우어 낫다。 민수는 신발소리를 사박사박 내며 분주히 걸엇다。 힌눈우에는 이따금식 날짐생들의 발자욱이꽃닢같이 뚜렷이 낫다。

민수는 속이 불편하엿다。 이제 덕호를만나 뭐라고 말할것이 난처하엿던 것이다。 그래서 그는 이리저리 궁리해보며-혹은 이원만 받앗다고 속일까? 그러고 나종에 내돈으로 슬그머니 갚더라도……그래도 속이느니 보다는 바루말을해야지、 주인님도 사람이지、 그말을 다하면 설마한들 잘못했다고 할까? 그러치는 안켓지-

이러케 속으로 다투나、 두가지가 다 시원치를 안핫다。 누가 겉에 잇으면 물어라도 보고싶게 아타까웟다。 그러나 마침내는 속이기로 결정하고 억지로 마음을깔아 앉히려하엿다。 그러나 그것은 쓸대없는 일이엇다。 사내 자식이 돈 일원이 무엇이기…… 하며 스시로 꾸짖어도 보앗다。

이러케 망서리며 다투면서 동네까지온 그는 반가워야할 이동네이건만 발길이 얼른 들여노히지를 안헛다。 그래서 그는 동구에 멍하니서서 한참이나 무엇을생각하다가 들어왓다。

덕호의 집까지온 민수는 사랑문 앞에서 발을 툭툭털며 주인님이 사랑에 게시지 안핫으면… 하고 가만이 문을 열엇다。 욱쓸어나오는 담배연기 속에서 덕호의 늘피우는 담배내를 후끈 맡앗을때 그는 머뭇머뭇하엿다。

「몹시 칩지 어서들어와불쬐게」

덕호는 머리를 기울하여 내다본다。 둘러 앉은 노인들도 한마디식 말을던 것다。 민수는 하는수없이 방으로 들어갓다。 그러고화로를 피하야 앉엇다。

【十】

덕호는 문갑우에서 산판을 꺼내들며、

「그래 이번에는 좀 주던가? 방축꼴 그놈이」

덕호는 그가 너무 미워서 이름도 부르지 안는것이다。 민수는얼굴이 빨개지며 머뭇머뭇 하다가

「아니유」

「아 그래 그놈을 가만이 두고왓단말인가? 사뒤라도 부러치고오지」

「뭐 물턱이……」

민수는 말끝을 마치지 못하고 머리를 푹숙일때 상까에 흐르는 죽을 젖빨듯이 빠라먹던 어린애가 얼핏 떠오른다。 그리고 그어두운 방안이 획지나친다。 민수의 느러진말에 덕호는 화가 버쩍낫다。

「물턱 없는 놈이 남의 돈을 웨 쓴단말인가!」

소리를 버럭지른다。 민수는 꿈칠놀라 조금 물러 앉앗다。 덕호의 손길이 그를후려치는것으로 알앗던것이다。

「그래 딴놈들은?」

「바받앗습니다」

덕호는 찡그렷던 양미간을 조금씩 펴며、

「그래 얼마식이나 받앗는가?」

「아마 삼원……」

민수는 자기말에 깜작 놀랏다。「이원 받앗습니다」하고 말하려던것인데、누가 이러케 시켜주는지 몰랏다。 다음순간 그는 모든것을 바루 말하리라하고 결심하엿다。 두귀는 무서웁게 운다。

「모두 이자만 받앗네그려…… 그방축골놈들때문에 일낫서! 아그놈이 잘라먹으려고 든단말말이어 받아온것이나 내놓게」

민수는 지갑속에서 돈을 내어 덕호앞으로 밀어노앗다。 그의 손끝은 확실히 떨렷다。 덕호는 지전을 당기어 헤어 보더니、

「이원 뿐일세……?」

의아한듯이 바라본다。 민수는 머리를 번쩍 들엇다。 그의 눈에는 어린애 같은 천진한 애원이 넘쳐흐른다。

「저 남성네 어린것들이 굶어……굶어 잇기에 주엇습니다」

마침내 그의 눈에는 눈물이 그뜩 고엿다。

「뭐?」

덕호는 순간으로 눈이 뒤집히며、 들엇던 산판을 획집에 뿌렷다。 산판은 민수의 양미간을 마치고 절거득 지르르하고 떨어진다。

「이미친놈아、 그러케 그러케 자선심만흔 놈이 남의집은 웨살아、 나가! 네집구석에서 자선을 하겟으면 하고 말겟으면 말아라」

돌아 앉은 사람들은

「그만 두슈다」

「글세 글세、 제가 배가 고파서 무엇을 사먹엇다든지、 혹은 쓸일이 잇어 썼다면야 당연한 일이 아니겟우、 이 이미친놈은 터들터들 가서 보행요도 못 받아 처여면서 그런 혼 나간짓을하니 분하지 안우? 이애 이놈 나가라!」

덕호는 벌컥 일어나며 발길로 냅다찬다。 사람들이 아니면 싫건 뚜다리고 싶으나 체면을 생각해 꾹참고다시앉것다。

「그돈 일원이 만아서 그런게하니어 그놈이 내돈을 통채 삼키려는판에 피천한푼이니 웨준단말이냐 이놈아」

덕호는 이를 북북 갈며 사뭇죽일듯이 달려들다가 그만 획나가버린다。 돌아안젓던 사람들도 뿔뿔이 가버리고 말앗다。 한참후에 민수는 정신을 차려 돌아보니 아무도없다。 그러고 눈이 텁텁한듯한듯하야 만져보니 양미간이 좀 달라진듯하엿다。

민수는 이러케 주인에게 매를 맞고 욕을 먹엇지만 웬일인지 분하지도 노엽지도 안코 오히려 속이 쭉깔아 앉으며 무슨 무거운짐을 벗어 노은듯 하엿다。

그는 얼핏 일어나 그의 집으로 왔다。

그가 싸리문을 열때 선비 모녀는 뛰어나왓다。 칵매어 달리는 선비를 안은 민수는 뜻하지 않은 눈물이 앞을 가리웟다。 그러고 사남매의 모양이 또다시

떠 오른다。 오늘은 그들이 무엇을 좀 먹어보앗을까? 하며 방안으로 들어갓다

물그럼이 부녀의 모양을 바라보던 선비 어머니는

「미간새가 웨그래요?」

「웨 무엇이 어떤가」

그는 손으로 양미간을 부벼치며 들어눕는다。 선비 어머니는이불을 나려 덮으며 어대서 몹쓸놈을 맞나 곤경을 당하엿나? 혹은 노독때문인가? 하고 생각 하며

「진지 지을까요?」

「글세! 미움이나 좀 먹어 볼까…쑤게나」

미움쑤라는 말에 선비어머니는 남편의 몸이 불편하다는것을 확실히 알앗다。 그래서 어대가 아프냐고 물으랴니 민수는 눈을 꾹 감고 돌아눕는다。

【十一】

그날부터 민수는 자리에서 일어나지못하고 몹시 알엇다。 선비어머니는 온갓 애를 다 썻으나 아무 효험이 없엇다。

어떤날 선비어머니는 밖으로부터 들어오며 눈등이 빨개젓다。

「큰집 영감님한테 산판으로 맞엇단말이 참말입니까?」

「누가 그러던고?」

「아 뭐、 다들 본 사람들이 그러던데요」

「듣그러워! 그런말 청신해 가지고 다닐것이 없느니……좀 또 맞엇다면、 영감님이 나를 미워서 따렷겟나、 부모 자식새같으니…」

「아니、 글세 맞기는 분명 합니다그려」

「듣그럽다는데…이사람」

그는 알는 소리를 하며 돌아눕다가、 무슨 생각을 하엿는지、 눈을 번쩍뜨고 안해를 바라보앗다。

「내가 만일 죽게 된다드라도、 그런 쓸대 없는 말을 곧이 들어서는 못 써……」

민수는 자기 병세가 아무래도 심상치안음을 알앗다. 그러나 덕호에게서 맞은것이 원인이되엇다고는、꿈에도 생각해 본적이 없엇다、죽는다는 말이 남편의 입에서 떨어지자、선비어머니는 그만 아뜩하야、다시는아무말도 꺼내지 못하엿다.

그후 며칠만에 민수는 드디어 가고말앗다. 선비가 안타갑게 매어달려 우는것도모르고 ……

이러한 과거를 되풀이한 선비어머니는 어느새에 눈물이 볼을 적시엇다. 그는 눈물을씻고나서、다시 한번 그의 집웅을 쳐다보앗다. 주인을 일어버린 컴컴한 저집웅! 저집웅에 남편의 굵단 손길이 몇천번이나 돌아갓을까 !

싸리문 열리는 소리에、선비어머니는 선비가 오는가하고、얼른 주저앉앗다。그리고 눈물혼적을 없이 한후에、이영을 엮엇다. 그러자 방문 소리가낫다. 선비어머니는 선비가 아니라 딴 마을꾼이 오는가? 하야 귀를 기울엿다.

「어대들 다 갓우?」

말소리를 듣고야 선비어머니는 누구임을 알앗다.

「아이 어떠케 우리집에를 다오서요」

선비 어머니는 곧 일어나며 뒷문을 열엇다. 방문을 시름 없이 열고 섯는 신천댁은 푸석푸석 부은 눈에 약간 웃음을 띠우며

「일하시댓소?」

말끝을 이어 한숨을 푹 쉬엇다.

「어서 들어 와요」

신천댁은 방안으로 들어와 안즈며 뒤뜰을 물끄럼이 바라 보더니

「우리 어머니두 지금……」

말을 맺지못한다. 선비 어머니는 무엇을 의미한 말임을 얼핏 깨달으며 측은한 생각이 불숙 들엇다.

「웨 어대가 편치안흐세요?」

「선비어머니는 난 내일 그만 우리집으로 갈까봐……」

눈물이 샘처럼 솟는다. 선비어머니는 뭐라고 말해야 좋을지 몰라 한참이

나 멍하니 앉앗다가.

「그게 무슨말을 그렇게 합니까」

「난정말 그집에선 못 살겟서 글세 안나오는 아이를 어떠게하라고 작고 들 볶으니 글세 살겟수?」

이제 겨우 이십이 될락 말락하는 그의 닙에서 자식발이 나올때마나 선비어머니는 잔망하게 보앗다. 동시에 측은한맘도 금치못하엿다.

「웨 또 무어라고 허십데까?」

「글쎄 요전에 월경을 한달 건는것은 선비어머니도 잘알지 그런데 오늘 아침에 그게 나왓구려 !」

「나왓어요? 월경도 건너 나오는수도 잇지요」

「글세 그 빌어먹을것이 웨 남의 애를 태우겟소」

신천댁이 월경을 건느니 덕호는 먹을것을 구해 들이노라 보약을 쓰노라 온 동네 사람들까지 들볶아 대엇든것이다.

덕호가 하눌 같이 떠 받칠때는 웬일인지 밉더니만 오늘 저러케 시름없이 와서 앉은것을 보니 측은도하고 웃읍기도 하엿다.

「아니 이제 날테지 벌서……글세」

「그러기 말이애요 내나이 삼십이 됏소 사십이됏소 글세 그야단을 할턱이 뭐겟수」

신천댁은 한숨을 들이쉬더니

「난 내일 가겟수 작구 가라니깐 어떠케요」

「그게야 영감님이 일시 허신말슴이겟지요」

그는 머리를 좌우로 흔들고 말소리를 낮추어

「요새 영감님이 간난네 집에를 단긴다우」

선비어머니는 눈을 둥그러케 떳다.

(12)

삼년이란 세월은 흘럿다.

며칠동안 어머니가 가슴아리병으로 알아누워서、 선비는 큰집에 들어가지

못하고 어머니 곁에 꼭 마주앉아 잇엇다.

아직도 이집에는 남포등을 쓰지못하고 저러케 접시에 들깨기름을 부어쓰는것이다. 불꽃은 길게 끄름을 토하며 씩씩히 올라가다는 문바람에 꺼풋꺼풋하엿다.

선비 어머니가 좀 잠이 든듯 하야 등불곁으로왔다. 불빛에 보이는 그의 타오르는드한 불은 한층더 빛이낫다. 그는 무엇을 생각하누라 물그름이 등불을 바라보다가 부시시 일어나서 웃방으로 올라간다.

한참후에는 그는 바느질 그릇을 들고나려와서 등불을 마주앉으며 일감을 들엇다.

「아이구!」 하는 신음소리에 선비는 바느질을 멈추고 돌아보앗다.

「어머니 또 아파?」

선비어머니는 푹꺼진 눈을 겨우뜨며、

「물좀 다우」

「어머니 물을 자구 잡수면 안된대」

선비 어머니 곁으로 가며 들여다보앗다. 오래 알흔 까닭인지 무슨 냄새가 좀 나는듯하엿다.

「이애 좀 줘!」

조금 더 크게 소리친다. 선비는 거이 올듯이 애원을 하엿다. 그러나 어머니는 듣지 안코 소리 소리 치다가일어나려고 머리를든다. 선비는 할수없음을 알고 부엌으로나와서 물을 끓여가지고 들어왔다. 김이 펄펄 올라가는것을 본 그의 어머니는、

「누가 그물먹겟다니 잡년의 게집애 어서찬물 다오……」

「아이 어머니……」

그는 어머니를 붙들고 물을 입에 대어 주엇다. 선비어머니는 좌우로 머리를 혼들다가 마츰내 뜨거운 물을 몇못음마시고 도로 누엇다.

「이애」

한참후에 어머니는 선비를 보며 이렇게 불럿다. 선비는 또다시 일감을 놓고 곁으로 갓다.

「이제 꿈에 너의 아버지를 맞낫구나、 그런대 어떠게 반갑지도 안고、 그리 실치도 안고、 그저전에 살림하고 살던 때라구하는데……너의 아부지가 너를 업구서 어대로 자꾸 가두나、 그래서 내가 딸아가면서 어델가느냐 물어도 말두 안하고가겟지…… 그게 무슨 꿈일까」

선비는 새삼스럽게 아부지얼굴이휙 떠오른다。 그러나 아부시의 그일굴은 분명치를 안고、 안개속에 묻친것 같이 어림해 보일뿐이다。 그는 어머니를 보앗다。 그 찰나에 어머니는 확실히 아부지 환영을 보는 모양이다。 선비는 솔음이 쭉끼치며、 무서운 생각이 들엇다。

「어머니!」

선비 어머니를 흔들며 다가앉아 어머니의 얼굴을 만지보앗다。 어머니는 눈을치뜨고 천정을 바라본다、 그무서운눈을 굴며 딸을 보앗다。

「왜?」

선비어머니는 딸을 보자 흙흙 느껴운다。 그러고 입술을 풀풀떨며、

「너를 어서 임자를 맡겨야……헐 헐터인」

어머니 입에서 또렷하게 말이 흘러나올때、 그는 안심을 하엿다。 그러고 사람이 죽어지면、 아무리 부모라도 무서워진다지 하는 생각이들엇다。

그때에 싸리문이 열리는 소리가 나므로、 선비는 얼른 문편으로 바라보앗다。 방문이 열리며 덕호가 들어온다。 선비는 놀라일어낫다。

「아직도 아픈가、 거거 안되엇군」

덕호는 문안에 선채 선비어머니를 바라보며 걱정을 한다。 선비어머니는 덕호임을 알자、 일어나려고 애를 쓴다。 선비는 곁으로 가서 부축을 하엿다。

「어서 눕지、 어서눠……무엇좀 먹엇나?」

선비를 바라보앗다。 선비는 머리를 조금 드는체 하다가 도루숙엿다。

「아무것도 못 잡수시여요」

「허、 거정 안되엇구나、 우리집에 꿀이잇니라、 그것을 좀갖다가 물에 타서 먹게 하여라、 아무것이나 좀 먹어야지、 되겟니」

덕호는 담배를 피어 물며、 앉으려는 눈치를 보이더니、

「원 저게 뭐란 말인구、 저등을 쓰구야 답답해서 어찌 산단말이냐」

덕호는 지갑을 내어, 오원짜리 지화를 한장 꺼내어서 선비앞으로 던저 주엇다. 선비는 꿈칠 놀랏다. 그때 별안간 방문이 바시시 열렷다.

(13)

그들은 놀라 바라 보앗다. 신천댁을내쫓고 그후를이어 들어온덕호의 작은마누라인 간난이엇다. 간난이는 문을 열기는 하고도 참아 들어오지 못하고 머뭇머뭇 하고 섯다. 덕호는 간난이를노려보앗다.

「웨와? 응 ……그문여는법이 어서 배운법이야 뵌상것 같으니 사람의 집에 사람 다니는법이 어디 그럿탐」

이모양을 바라보는 선비네 모녀는 뭐라고 말해야 그들의 불평을 완화 시킬지 몰랏다. 그래서 한참이나 바라보다가 선비어머니는

「어서 들어 와요」

「뭘 하러 들어와 어서가 ! 게집년의 문여닫는법이 그런법이 이디 잇담 ! 어서 당장 못가겟니?」

주먹을 부루쥐인 덕호는 눈을 부릅뜬다. 선비는 엇결에 일어낫다.

「앗으서요 참으서요」

간난이는 얼굴이 빨개지며 밖으로 뛰어 나간다. 덕호는 문을 쿡닫고 들어왓다. 그러고 지화를 보며

「아 고런 망상 시러운것이 어디잇담……어서 너허 둬라, 그러고 내일은 저등도 갈고, 의원도 좀오래서 뵈지, 응 이애 내말 들엇니?」

선비어머니는 선비를 꾹 찔럿다. 그제야 선비는、

「네」

하고 대답하엿다. 그러나 선비는 그돈집을것이 난처하엿다. 그러타고 그돈을 도루 돌리는수는없는터이고…… 하야 망슬망슬 할때、선비어머니는 그돈을 집어 딸의 손에 쥐어 주엇다. 선비는 마지 못해서 그돈을 받아 이불 아래에 쏙 쓰러너헛다.

덕호는 더섯기가 무엇하야 돌아서며、

「내일 꿀도 잊지 말고 가저와」

「네」

그의 어머니가 대신 대답을 하엿다. 그러고 선비를 꾹 찌르며 문밖까지 딸아나가라는 뜻을 보엿다. 선비는 부시시일어나서 덕호의뒤를 딸아 싸리문밖 까지 나갓다.

「안녕히 가세요」

「오、 내일은 집에 들어왔다가 가거라」

「네」

덕호가 문밖을 나서자 선비는 곧 싸리문을 지치고 들어왔다. 웬일인지 간난이가 다오처 들어오는것 같아서 공연이 숨이 가뻣다 선비는 어머니 곁으로 가서 앉으며

「어머니 간난이가 어째 왔을까?」

그의 어머니도 지금 그것을 생각 하는 중이엇던것이다.

「글세…아이구 가슴이 또치미누나」

선비어머니는 얼굴을 찡그리고 아이구 소리를 연발한다。 선비는 어머니의 허리를 쓸면서 아까 간난이가 돌연이 나타나던것을 생각하엿다. 그러고 평생가야 오지 안튼 그들이 별안간 무슨 생각을하고 우리집에를 왔을까? 어머니의 병때문일까 혹은 무슨 다른일이잇음인가? 암만 생각해도 그들이 하나도 아니요 둘씩왔다가 가는것은 이상스러웟다.

간난이는 선비의 둘도 없이친하던동무엿다. 그러나 덕호의 적은집으로 들어가면서부터는 웬일인지 그들의 사이는 버러젓다. 그래서 피치 못하야 마주치게나 되면 눈웃음으로 인사를 건니고 말뿐이엇다. 무엇보다도 동무엿던 그를하루아침사이에 상전으로 섬겨야 할터이니 그것이실타는것보다도 오히려 어려웟던것이다.

한참이나 신음하던 어머니는가슴이 좀 나려간 모양인지 가만이 잇다. 선비는 이불을 덮어노코나서 등불앞으로왔다. 그래서 바느질감을드니 어쩐지 속이수선거리고 아까와같이 일이되지를 안앗다. 그는 그만 일감을 착착 개어노며 멍하니 등불을 바라 보앗다.

「남포등을 사다가 불을켜라지 …」

그는이러케 중얼거리며 아까오원짜리 지화를 던져주던덕호의얼굴을 다시금 그려보앗다. 그리고 이때까지 볼수없던 그의 후한 마음! 그것은 어떠케 해석해야조을지 갈피를 잡을수가 없엇다. 따라서 이때껏 느껴보지 못한 어떤 불안을 가슴이 답답하도록 느겻다.

그는 어머니를 돌아보며、

「어머니」

하고 불으니 아무 대답이 없다. 그리고 약간 코고는 소리가 가늘게 들린다. 가슴이 나려간 틈에 어머니는 저러케 잠을자는것이다. 그는 엇결에 어머니를 불러노코도 어째서 그가 어머니를 불럿는지 꼭집어 댈수는 없엇다. 그는 물그럼이 어머니의핏기없는 얼굴을 바라보며 이불속에 아까 너허둔 오원짜리 지화를 생각하엿다. 따라서 뜻하지안혼한숨이 푹 나왓다.

(14)

선비는 어실어실해서 그만 일어나고말앗다. 어젯밤 잠을 못잔탓인지 골머리가 떵하니 아팟다. 어머니의 아픔도 아픔이려니와、어젯밤 돌연이 덕호와 간난이의 행동이 수상스러워서 한잠 못잣던것이다.

「어머니 물데워서 손발좀 씻어올릴까요?」

「그래」

간신이 대답한 어머니는 「아이구!」하며 돌아 눕는다. 선비는어머니 겔으로 가서

「아직도 아파? 자꾸」

어머니는 아무말 없이 「음음」하고 신음할뿐이다. 그는 이불을 꼭 덮어준 후에밖으로 나왓다.

아직도 날은 채 밝지 안앗다. 그는 멍하니 어젯밤 일을 다시금 되풀이하며 가만이 부엌문을 열엇다. 김치 시어진내가 훅끼친다. 그는 「김치는 다시 어지눈」 이러케 중얼그리며 앞뒷문을 활작 열어놧다.

그가 솥에 물을 붓고 불을 살라 넛을때 누가 싸리문을 흔든다. 순간에 선비는 간난의 얼굴이 획 지나친다. 그래서 그는 가만이 귀를 기우리며 누가 이새벽에 올까?

마츨때 싸리문이 찌걱하고 열리는 소리가 난다.

「서누구요?」

선비는 부억 문턱에 서서 내다보앗다. 그때 선비는 깜작 놀라 뒤로 물러섯다. 그리고 질겁을하야 방으로 뛰어들엇다. 어머니도 놀랏는지 돌아보며

「웨 그러냐 응?」

선비는 어머니 곁으로 가서 문편을 바라보며

「어떤 사나이가 싸리문을 열고 들어와」

어머니는 이말에 도적이 드는듯하야 벌칵일어 나려다가 도루 쓸어지며

「그거 누구야? 응 누구야?」

목청껏 소리친다. 문밖에서 머뭇거리던사나이는

「아저머니 내유」

「응 내가 누구란 말이야 이새벽에」

그의 음성을분간하야짐작 하려나 도무지 들어 보지 못하던 음성이다. 그는 마츰내 방문을 부시시 열엇다. 그들은 뛰는 가슴을 진정하며 바라보앗다. 아직도 컴컴하므로 분명치는안흐나 그윤곽과 키를 짐작하야 첫재인것을알앗다.

그들은 뜻하지안흔 첫재임에 더한층놀랏다. 그리고 속으로는 저 부랑자 놈이 누구를 또어찌려고 이새벽에 왓는가하니 가슴이 후닥닥 뛰엇다.

「응 자네가 어째서 이 새벽에 왓는가?」

「아저머니가 아프시다기 지 소태나무뿌리가 약이라기에 가져왓우」

그의 음성은 차츰 입속으로 숨어들고 잇엇다. 이말에 그들 모녀는 지윽이 안심하엿다. 그리고 한편으로는 알수없는 의문이 뒤법벅이되어 돌아가고 잇다.

「아심찬으이、 원……」

방안으로 들여놓은 소태나무보재기를보며 선비어머니는 이러케 말하엿

다。 그는 보재기를 들여놓고는 곧 돌아서 나간다。 선비어머니는

「잘다녀 가게」

그의 신발소리가 멀리 사라진후

「아 그놈또 하는짓이……」

선비어머니는 선비를 물그럼이 바라보며、 이러케 혼자 하는말처럼 중얼그렸다。 그리고 막연 하나마 선비로 인하야 이런일이 생기지 안는가? 하는 의문이 불쑥들어 어서 선비를처치 하여야 겟다는 생각이 한층더 강하여진다。

방안은 활작 밝앗다。 무서웁게 해어진 보재기 사이로 금방캐온듯한 싱싱한 소태나무뿌리가 삐죽삐죽나와엇다。 선비는 무서워서 깜작 하지 안앗다。 그리고 어렷을때 싱아뻬아끼던 생각까지새삼스럽게 떠오른다。

「이애 저것 어디 감추어둬라、 누가보나마나해두…그부랑한놈이 그게 웬일이야?」

선비어머니는 생각사록 이상하엿다。 그리고 일종의 공포까지 느겻다。 그만큼 첫재네 모자는이동네서 사람대우를 받지못하엿던것이다。 더구나첫재는 술잘먹고 사람잘치기로 유명하엿던것이다。

선비는 어머니의 말에 어댄가 모르게 섭섭함을 느겻다。 동시에뭐라고 형용할수없는 슬픈생각이소태나무 보를싸고 언제까지나 살아지지안앗다。 그는 그의 이러한맘이 무엇때문인지 풀수가 없엇다。 그는 어머니가 자리에 눕는것을 보고야、 소태보재기를 들고 웃방으로 올라왔다。 그리고 문앞에 다가서며、 이건 밤에 캐 온겐가? 잠두 못자고 ……이러케 생각하며、 아까 문밖에 섯던 첫재의 얼굴을 다시금 그려 보앗다。

그가 무엇때문에、 웨 이것을 가져 왔을까? 그때 그의 볼이 확근 달며、 무서움이 왼몸에 훌신 끼친다。 그는 무의식간에 소태나무 보를 홱 던졋다。 그리고 무엇이 다오차 오는것처럼 달아내려왔다。

(15)

며칠후 선비어머니는 마침내세상을 떠나고 말앗다。 덕호의주선으로 어머

니의 장례를 무사히 치루어낸 선비는 아주 덕호의 집으로 옮아오게 되엇다. 그래서 안방 맞은편방 옥점이(덕호의딸)잇던방을 제방으로 정하고잇엇다.

덕호의 부부는 선비어머니가 살앗을때보다、 선비를 한층더 귀여워하고 측은히 생각하엿다. 더구나 선비가 가사에 막히는것이 없이 능한까닭에 옥점어머니는 선비를 수족같이 알아서 집안살림을 전수이 밀어 맡기엇다.

옥점어머니는 장죽을 물고안방에서 나오며 마루걸레질 하는 선비를 보앗다. 그리고 담배대를 입에서 뽑으며

「그것은 할멈시키고 너는 옥점의옷을 하여라」

부억편을 향하야

「할멈、 마루 걸레질하우」

선비는 걸레를 대야에 너코 부억으로 들어가서 손을 씻고 나온다. 옥점어머니는 안방에서 옷말른것을 가지고 나오며

「이애 요새 서울서는 모두 옷을 작게입는다더라 이것을랑 아주 작게 하여라」

선비는 일감을 받아 가지고 재봉침에마주 앉앗다. 그리고 약간 기게를 수신한후에 일을 시작하엿다. 한참씩 재봉침바퀴를 굴려나가다가 뚝끈흐며 눈결에보면할멈은 씩씩하며 마루걸레를 치다가 어려워서 멍하니 앉아 잇다. 그때마다 선비는 미안한 생각이 들엇다.

「마루 걸레치기가 저러케 힘들가 !」

옥점어머니의 호통에 할멈은꿈칠놀라 다시 걸레질을 한다. 옥점어머니는 할멈의 걸레치는것을 쏘아보며 늙은것들은 저러케 굴고 젊은것들은 말잘듣지않고 어떤것을 두어야좃담、 이러케 생각하엿다.

마침 덕호가 들어온다. 옥점어머니는 힐끔처다 보앗다. 덕호가 첩네집에만 묻히어 잇는까닭이다.

「아니 당신도 우리집에 올줄알우?」

덕호는 눈살을 찌푸리며 옥점어머니를 노려보앗다.

「저년 때문에 우리집에 무슨일이 나구야 말테야 에이보기 싫어서!」

재봉침을 굴리는 선비의 뒷모양을 흘금 바라보며 덕호는 마루로 올라 왓

다。

「옥점이가 아프다고 편지 햇어……집에서 저년이 생긴 흉쪼를 다부리고 잇으니 그런일이 안날 탁이 되나?」

편지를 거지에서 꺼내서 획팡개친다。옥점어머니는 비상히당황하야 편지를 주어 한참이나 들여다보다가

「어디 좀 똑똑히 보우 흘려 써서 난잘모르겟우 어대가 아프 다고 햇우?」

덕호는 안해의 주는 편지를 받아 읽어 들럿다。옥점어미니는 금시로 눈물이 방울방울 떨어진다。

「아이거 저를 어찌면 좋우、내 글세 요새 며칠 꿈자리가 사납더니 저모양이구려、내가 갈가요?」

「자네가 가서 뭘 알겟나、내가 가야지、어서 펄펄 옷 준비를해」

어느사이에 부부의 노염은 풀어지고말앗다。옥점어머니는 안방으로 들어가며

「이애 그것은 그만두고 이걸 해라、그리고 할멈은 어서 숯불 좀 피우」

선비는 하던 일감을 착착개어 들고안방으로 들어갓다。

「이걸 펄쩍 동정을 달아… 언제 이제떠날 차가 잇우?」

기울하야 들여다보는 덕호를 치다보앗다。

「차가 웬차가、자전거로 읍까지 가면그게서야 떠날 차가 잇겟지」

선비는 동정을 시침하며、옥점의 그둥글둥글한 눈을 생각하엿다。그리고 어대가 아픈지는 모르나 이러케 집에서 걱정해줄 아버지 어머니를 가진 옥점이가 끝없이 부러웟다。그리고 어대가 몹시아파도 어대가 아프냐고 물어줄사람조차없는 자기의 외로운 신세가 새삼스럽게슬펏다。

「나 서울 떠나면 선비는 아랫집가서자게 하여라」

「어딜 누가 가는게요、선비를 웨……?」

옥점어머니는 말을 중도에 끈으며 당장에 뽀루퉁해진다。

「아、저년이 길떠나라는데、웬 방정을 저다지 떨어、이애 이년아……」

턱을 절석 받힌다。선비는 근심스러운 듯이 쳐다보앗다。덕호는 흘끔 선비를 보며 물러안것다。

「글세 저런 맥힌년이 어디잇겟니」

옥점어머니는 뭐라고 대답을 하려다가 그만 참앗다.

검정이가 쫓기어 들어오며 컹컹 짖엇다.

(16)

중대문이 열리며 옥점이가 들어온다.

「어머니!」

옥점어머니는 딸의 음성에 질겁을하야 뛰어 나갓다. 그리고 그의 목을 얼싸안고 목을 놓아 울엇다. 옥점의 뒤를 딸아 들어오는 낯모를 양복쟁이는 모녀를 바라보며 머뭇머뭇하고 섯다.

덕호는 마루우에 서서

「아니 이게 웬일이야 언제 떠낫느냐 전보를 치고 올것이지 아프다더니………?」

옥점이는 달아와서 덕호의 손을쥐며

「아버지 저이가 우리학교 선생님의 자제인데 저 몽금포에 해수욕 오던길에 나를 맞나서 그래서 우리집에 잠간 들러가시라고 해서 오섯다우」

덕호는 처음엔 웬 양복쟁인가 하고 적지안게 불안을 가젓으나 자기딸이 배우는 선생님의 아들이라고하니 퍽이나 안심되엇다.

옥점이는 양복쟁이를 바라보며

「우리 아버지 여요」

생긋 웃엇다. 양복쟁이는 머리를 번쩍들며、모자를 벗어들고 덕호의 앞으로나왓다. 그리고 인사를 하엿다.

「이렇게 다오서야 맞나 보지유 어서들오시우」

덕호는 앞을서서 들어간다. 그들은 뒤를 딸앗다. 옥점어머니는 옥점의 앞에서서 들어가는 양복쟁이를 멍하니 바라보며、나도저런 아들이 있다면 얼마나 좋을까 하고 생각되엇다.

「아가 어디 아프댓니? 아버지가 방금너한데 가시랴댓다」

옥점어머니는 마루에 올라서며 이렇게물엇다. 옥점이는 얼굴을 좀 붉히는듯하면서,

「어머니두 밤낮 아가 아가……그게 무슨말슴이야요」

그들은 일제이 웃엇다. 옥점이는 아버지와 양복쟁이를 번갈아 보앗다.

「아버지 나두 몽금포 갈테야요」

덕호는 옥점의 얼굴빛을 자세히 살피며,

「어디 아프다는것은 좀 나으냐 네몸만 든든하거던 아무데라도 가렴」

옥점이는 생긋 웃으며, 양복쟁이를 쳐다 보다가, 무슨 생각을 하고,

「어머니 선비가 내방에 와서잇다구?」

「그래……」

「에이…난몰라, 난 어대 잇으라누」

금시 새침을 뗀다. 덕호는 옥점이를 보며, 이런때에 제 어미와 어찌면 그다지도 꼭닮앗는지…하엿다.

「이애야 그럼는 선비이방에잇게 하자꾸나」

덕호는 웃으며 양복쟁이를 보앗다.

「저것이 아직도 어린애 같이굽니다그리, 하하」

양복쟁이도 빙긋이 웃엇다. 그리고 이집에서 옥점이를 어떻게 귀여워하는것을 잠시간이라도 알수가잇다.

「선비야 점심해라」

어머니말에 옥점이는 벌떡일어나며,

「정말 선비가 우리집에 와잇수, 어디?」

뛰어 나가는 옥점이는 건넌방문앞에서서 선비와 꼭맞낫다.

「선비야 잘잇엇니?」

선비는 옥점의손을 쥐려다, 물쿤 스치는 향내에 멈츳하엿다.

그러자 두불이 확근 다는것을 느꼇다.

「애이 선비 너 고왓구나, 어찌면 저러케……」

옥점이는 무의식간에 흘금 뒤를 돌아보왓다. 안방의 세사람의 눈이 이리로 쏠린것을 보앗을때 이때껏 느껴보지못한 질투비슷한 감정이 그의눈가을

사르르 스쳐가는것을 느꼇다。 따라서 그의얼굴까지 확근달앗다。

옥점이는 냉큼 돌아섯다。 선비는머리를푹수기고 부엌으로 들어갓다。 할멈은 김칫감을 다듬다가 선비를 쳐다보며

「아니 그사내사람은 누군고?」

시집도 안간 처녀가 남의 사내와 가치 다니는것이 눈에 거슬리엇넌것이다。

「모루지요」

아까 옥점이가 그의 아버지에게 양복쟁이를 소개 하던것을 얼핏 생각하엿다。

「점심 하래요」

「뭐 점심을?……밥이 가뜩한대 웬밥을 또 하래 응 그사내를 해먹이려는군」

선비는 솥을 횡횡 가시며 옥점의 분바른 얼굴과 양장한 몸맵시를 생각하엿다。 그리고 화로에서피어나는 숯불을 보앗다。

옥점어머니가 내다보며

「이애 닭 두마리 잡고해라」

「네」

옥점어머니는 이럿케 이르고나서 들어갓다。 훌훌하는 가벼운소리에 선비는 머리를 번쩍 들엇다。

(17)

제비 한마리가 부엌 천정을 돌아、 살대같이 그푸른 하늘을향하야 깜아케 높이뜬다。 선비는 한숨을 가볍게 몰아쉬엇다。 그리고 처음으로 저하늘을 보는듯 하엿다。

「이애 닭을 두 마리나 잡으라지?」

할멈은 아궁에 불을 살라넣며 선비를 쳐다본다。 그리고 눈가으로 가는 주름을 잡히며 웃는다。 그는 언제나 닭을 잡게되면살을다발른 닭의 뼈를 먹기

조아하엿다.

꼬구닥! 꼬구닥! 닭우는 소리에 선비는 놀라서, 물묻은손으로 행주치마에 씻으며, 뒷문 밖으로 뛰어나왓다. 그가 허청간까지 닳아오니, 닭은 꼬꾸닥소리를 지르며 둥어리 안에서 돌아가다가, 선비를보고 푸르릉 날아내려온다. 뒤이어 닭의똥 냄새가 그의 얼굴에 칵 덮씨운다. 그리고 닭의 털이 가볍게 일어난다.

선비는 기침을하며 섯다가 닭이 없어진후에 둥어리안을 들여다보앗다. 이제 금시 닭이낳아논 달걀이 선비를 보고 햇죽웃는듯 하엿다. 그는 상긋웃으며 달걀을 둥어리 안에서 집어 내엇다. 아직도 달걀은 따뜻하다.

「이젠 마흔알이지」그는 이러케 중얼그리며 부엌으로나왓다.

유서방은 풋병아리 두눔을 잡아 목에 피를 내어가지고 들어오다가 선비를 보고 빙긋이 웃엇다.

「달걀 또 낳앗니?」

「네」

선비는 이따뜻한 달걀을 누구에게든지 보이고 싶어 쑥 내밀엇다.

「잰 달걀을 여간 조아 하지를 안허」

할멈은 유서방이 들고 들어온 닭을 뜨거운물에 쓸어너며 이러케 말하엿다.

「할머니 이것까지하면 지금 마흔알이야요」

「그래 조켓다! 그까짓것 그리 알뜰하게 모아서 소용이 무언가」

할멈은 가만이 말하엿다. 선비는 이말에는 어쩐지 가슴이 찌르르 하엿다. 그러나 그것은 순간이고 또다시 달걀을 들여다보니 볼수록 귀여웟다.

선비는 소리없이 광문을 열고 들어갓다. 곰팽이 냄새가 훅끼친다. 그는 독우에서 달걀 바구미를 내려들여다보앗다. 똑같은 달걀바구미 전과같이 그뜩하엿다. 그는들고 들어간 달걀을 조심히 올려노며 「마흔알이지」하고 다시 한번 더뇌일때, 문틈으로 삐쳐들어오는 광선은 그의 손가락을 발가케 하엿다. 그는 바구미를 쓸어보고 부엌으로 나왓다. 그리고닭의 털을 뽑는 할멈 곁에 앉엇다.

그들이 점심을 다해서 퍼들이고 부뚜막에서 밥을 먹을때、 덕호가 들어왓
다。

「선비야 안방으로 들어가 먹어라。 응」

선비는 일어나며、

'좃습니다」

「아웨 말을 안들어、 어서 가지고 들어가、 옥점이와 가치 먹지」

너무 시드는 바람에 선비는 술을 노코 말앗다。 덕호는 암만 말해야 쓸대
없을것을 알고、

「아 그전에도 부엌에서만 먹엇니?」

이러케 중얼그리며 안으로 들어간다。 그리고 무어라구나 하는지、 옥점어
머니의 쨍쨍하는 소리가 흘러나온다。

「그애는밤낮 그모양이야말요、 해야 들어야지요 원체 질기기가 쇠가죽이
상인대」

선비는 얼굴이 확근 달앗다。 그리고 닭의뼈나마 빨아먹은 물이 도루 올라
오는것을 느꼇다。

선비가 설거지를 마치고 걸어 방으로건너갈때 옥점어머니가 마루에 섯다。

「이전 그방 임자가 왓으니 넌 이전할멈과 잇든지 나와 잇든지 하자」

옥점이가 방에서 툭튀어 나왓다。

「어서 그방 좀내다구 그방의그게 모두 뭐냐? 웬 보따리가 그리 많아 아
이 되놈의 보따리같데 호호……」

옥점이는 양복쟁이를 돌아보며 이렇게 웃엇다。 선비는 귀ㅅ밑까지 빨개
지며 건너방으로 왓다。 그리고 봇짐을 모두 한데 싸며옥점의 하던말을 다시
금 되풀이하엿다。 그리고 어디로 이봇짐을옴길까하고 생각해보앗다。

안방으로 옴기자니 옥점어머니와는 가치잇기가 싫고 할멈방으로 옴기자
니 그방은 몹시 좁고 어떠케 해야 좋을지 몰라 그는 멍하니 앉아 잇엇다。
그때에그는 어머니와 그가 살던아랫마을집이 문득 생각키엇다。 비록 초가
이나 어머니와 그가 살던 그집! 그는 불시에 그집이 보고싶엇다。「그 집에
누가 이사해왓는지 몰라」

그는 이러케 생각하며 다시 봇짐을 보앗다. 그리고 부시시 일어나며 좌우 손에 봇짐을 들엇다.

(18)

「후덥다 이거 소리나 한마디하게나」

키작기로 유명한 난장보살이라는 별명을 가진자가 키큰자를 돌아보며 이러케말하엿다. 그리고 호미로 땅을 푹파올리며 가라지를 얼핏 뽑아 던젓다.

그들은 이러케 별명을 불러가며 잡담을 널어도놓꾼 하엿던것이다.

「응 소리……」

「싱앗대야 어서 해라! 이놈아 이거 살겟니」

난장보살이 키큰자의 등을 후려첫다. 그곁에서 씩씩하며 김을 매는 첫재는

「소리 한마디 해유」

하고 돌아보앗다. 난장 보살은 홀금 쳐다보며

「이애 이곰도 소리를 들을줄아니」

술취하기전에는 첫재는 누구와 말한마디 건너기를 실허 하엿던 것이다. 그러나 술만 취하면 남이 알아도 듣지못할말을 밤새끝 저혼자 중얼중얼 하군하엿다.

첫재는 난장보살을 보며 픽 웃엇다. 그는 대답대신 늘 이러케 웃는것이 버릇이다.

앞산에서 뻐꾹! 뻐꾹! 하는 소리가난다. 싱앗대는 앞산을 홀금 바라보더니,

「뻐꾹새만 운다!」

이러케 말하고나서 목에 핏줄을 불끈 일으키우며 노래를 부른다.

흙이야 돌이야
알알이 골라서

　　임주고 나먹으려
　　가을 묻엇지

길게 목청을 내뽑앗다. 땃버리라는 별명을 가진자가 눈을 스르르 감더니、

　　눈에나 가시 같은
　　장재 첨지네
　　함석 창고 채우려고
　　가을 묻엇나

굽이쳐 올라가는 멜로디는 시러지려는듯、꺼지려는듯하엿다.
「좋다！」
난장보살은 호미로 땅을 치며 이러케 소리첫다. 그리고 무어라구 형용못
할 슬픔이 그들의 가슴을 찌르르 울려주엇다.
「이거 웨이리 늦으니、어서 또 받지」
유서방이 싱앗대를 바라보며 빙긋이웃엇다. 싱앗대는、
「너구리 영감！ 나소리하면 술사줄테유」
「암 사주고말구……」
첫재는 술말을 들으니 목이 더 타는듯 하엿다. 그리고 보안 탁백이가 눈
에 보이는듯하야 침을 넘겻다.
「그만 두겟슈다 탁백이 한잔에 값비싼 소리를……」
「어서 하자」
여럿이 일시에 소리친다. 유서방은 농립을 벗어 부채질 한다.
「이거 더워서 견디겟나 어서소리라도 이어 하게 탁백이가 맛없으면 약주
라도 사주리」
「이애 이놈아 소리마디나 하니까 장한듯하니? 이리 세를 부리고……」
난장보살은 싱앗대의 농립을툭쳐서 벗겨 노앗다.
「이놈아 좀 그만 까불러라……너 내일누구네 김매러 가니?」

「웨……삼치몰레 삼치몰레 김매러 간다」

「그밭이 돌짝밭이 돼서 아주김매기 힘들지」

「그래두 그밭에 도지가 닷섬이다!」

「결전이야 저편에서 물겟지 도지가그러케 만흐니까」

「결전이 뭐가……자담한다」

「뭐 자담이야? 너무하구나! 그밭은 굵고 부쳐야겟군」

싱앗대는 이러케 말하며 유서방을 곁눈질해 보앗다. 유서방은 덕호네집을 살므로、언제나 그들은 유서방을 꺼리엇던 것이다. 난장보살은 침을 탁 배앝으며、

「요새 하는짓이란 놀랄만하니」

가만이 말하며、호미끝에 조가상할까하야 얼핏 손으로 조를 싸고돌며 미츨하니 붓돋아 노앗다. 그때 바람이 가늘게 불어와서 조이때를 살랑살랑 흔들어준다.

멀리서 송아지가운다. 싱앗대는 목을 느려、

내가 바친 조알은
밤알 대추알
임의 입에 둥글둥글
구으는 조알

땃버리는 기침을 캌하며、호미를 힘잇게 쥐엇다.

장재 첨지 조알은
죽쩡이 조알
내가슴에 마디마디
맺히는 조알

그들은 뜻하지 안는 한숨이 후 나왓다.

（19）

「이놈들아 소리를 하는바에는 좀 속이시원한 소리를 하지 그게 무슨 소리
냐！」

난장보살은 얼굴이 벌개지며 호미를집어 팡개친다. 그의머리에는 장예쌀
가져오던 기억이 회오리 바람처럼 일어낫던것이다.

그날―덕호네 그넓은 뜰에는 장예쌀을 가지러온 소작인들로 빽빽하엿다.
한참후에 덕호가 장죽을 들고 나왓다.

「이게 웬 사람들이 이리만아？」

언제나 장예쌀을 내줄때에 하는 덕호의 말이다.

덕호는 휘둘러 보앗다. 돌아선 농민들은 덕호의 시선이 마주칠때마다 가
슴이 두군두군해지며 불행히 자기만이 쌀을못얻어가게나 되지 안으려나？
하는 불안에 머리를 푹 숙엿다.

덕호는 약간 얼굴을 찡그렷다. 그들중에는 작년것도 채갚지 못한 사람이
잇엇다.

「허 거정 그래 농사지은 쌀들은 다어떠케햇담, 아 저사람네도 쌀이 없는
가」

덕호는 싱앗대를 바라보앗다. 싱앗대는 머리를 벅벅 긁으며、

「네 그저……」

「그거 웬일이야……절용해서먹지 안하는 모양일세、이러케 가져만가니
가을에가서 자네들이해노랴면 힘들지、그러치안흔가？」

농민들은 그저 머리를 숙여 들을뿐이엇다.

덕호는 사랑에서 장책과 붓을 들고나와서、농민들의 성명을 일일이 적어
노코 그리고 몇섬 몇말가wu 갈것까지 꼭꼭적어노앗다.

찌꺽하는 소리에 그들은 바라보니 유서방이 곡간문을열엇다. 그들중에
몇사람은 달려가서 조심을 끌어내어 마개를 뽑고 이미 펴노앗던 멍석자리에
조를 쏴르 쏟아 노앗다. 낯익은 그쏴르르하는 소리！ 그리고 뽀야케 일어나
는 먼지속에 풀풀 날리는 조껴！

무의식간에 그들은 우루루 밀려가서 좁쌀을 한줌씩 푹푹뜨며 들여다보앗다. 그리고 입에 너코 씹어보앗다.

작년 가을에 자기들이 바친 조알은 모두가 한알 같아서 마치 잘여믄 밤알이나 대추알을 굴려무는듯한 웅굴찬 맛이잇엇는데 이조알은 어디서 난것인지 죽정이 절반으로 굴려무는맛이 거분거분하야 마치 조껴를 씹는듯 하엿다.

이때까지 비록 장예쌀이나마 가져가게된다는 기쁨에 잠겻던 그들은 어대가서 호소할것 없는 그런 애석하고도 억울함이 그들의 머리를 찡하니 울려주엇다.

유서방은 멀뚱멀뚱하고 서로 바라다만보는 농민들을 돌아보앗다.

「어서 그릇들 가지고 한사람씩 이리로 나오시우」

그제야 그들은 정신이 들어 한명씩앞으로 나갓다.

말에 옴겨 그들의 쌀자루로 솨르르하고 들어오는 좁쌀 흐르는 소리! 그들의 가슴에다 돌을 처너흔들 이에서 더아플수가 잇으랴!

여기까지 생각한 그는 한숨을 후쉬며 이마에서 흐르는 땀을 쥐여뿌렷다. 그리고 어린애 같이 걷우고 귀여워하는 조이때를 물그럼이 바라보앗다. 순간에 그는 호미자루를 던진채 발길 나가는 그대로 어디든지 가고 싶엇다.

「어서 소리나 또하지」

유서방이 그들의 침묵을 깨첫다. 난장보살은 유서방을 홀금 바라볼 때、 그날 죽정이 좁쌀을 퍼주던 유서방인것을 새삼스럽게 발견하엿다.

「여보슈!」

난장보살은 엇결에 이러케 유서방을보고 소리첫으나、 그다음말은 생각나지 안해서 멀뚱멀뚱 바라만 보앗다.

그들은 맡은 이랑을 다매고 딴 이랑을 골라 잡앗다. 이고랑에는 조뱅이 (김풀명)가 더만히 욱어젓다. 그리고 그사이에 낭이(멧)꽃이 하야케 덮펏다. 싱앗대는 벌컥일어나서 해를 짐작해보이며 「해지기전에 이밭을 다맬까」하고 혼자하는 말처럼 중얼그렷다.

「이놈아 이걸 해지기전에 못매어」

난장보살이 싱앗대를 올려다보앗다.

「어서 소리나 해유」

첫재가 그들을 바라본다. 싱앗대는 도루 주저앉으며 갑나기(農夫歌)를 불럿다.

　　　임따라가세 임따라가세
　　　정든임 따라가세
　　　부러진 다리를 잘잘끌면서
　　　정든임 따라가세

「조타！」

땃버리가 소리치며 흘금돌아보앗다.

「이애 저기 뭐가?」

난장보살은 벌컥 일어낫다.

(20)

그들은 일시에 바라보앗다. 어떤 양복쟁이와 굽높은 구두를 신은 게집이 이편으로 온다. 그들은 호기심에 컁기워 벌떡벌떡 일어낫다. 유서방은

「여보게들 그게우리주인의딸옥점일세」

「뭐야 옥점이! 서울가서 학당공부 한다더니 웨 나려왓나?」

「아프다고 왓다네」

「아 그런데 양복쟁이는 누구여?」

유서방도 이물음에는 궁하야、한참이나 생각하다가

「글세 나두 잘몰라!」

「이애 서울 가더니 서방을 얻어가지고왓구나」

난장보살이 이렇게 말하며、길옆밭머리에털석 주저앉는다.

「제길 어떤놈은 팔자좋아 예쁜 색시 얻구 돈얻구 요놈은 평생 홀아비 되라는 팔자인가」

첫재는 슬며이 돌아본다. 난장보살옹거지 안에서 익모초를 말린 담배를 꺼내서 신문지 조각에다 놓고 두루루 말아서 침으로붙인후에 붙여 들며 차츰가까워오는 양복쟁이와 옥점이를 바라보앗다.

그들은 곁눈으로 흘금 농부들을 보구나서 지나친다. 그러고 옥점이는 머리를 개웃그리며、 무슨이야긴지 자미나게 하는모양이다.

「이애 사람죽이누나!」

그들이 멀리 간후에、 난장보살은 담배공초를 집어던지며이러케말하엿다. 그리고 호미를 쥐고 김을 매기시작하엿다.

한참후에 땃버리는 난장보살을 툭치며

「이사람아 자네 요새 장가 가고싶은모양이네 그리」

「어 그래 이놈 나장가 보내주겟니?」

땃버리는 생각난다는듯이、

「아니 유서방、 선비가 지금 덕호네집에 잇지유?」

「응 잇어웨?」

「그 어디 출가시키지 안흐려나유?」

「글세! 시키겟지」

싱앗대가 눈을 꿈벅하며、

「뭘 모르지 알수잇나 그러구 저러구 다………」

말을 끊으며 유서방을 쳐다본다. 유서방은 못들은체하고 말앗다. 첫재는 그큰눈을 번쩍뜨고、 그들의 말을 듣다가 한숨을 푹쉬인다. 난장보살은 비위가 동하야 땃버리를 바라본다.

「그좀 자네 중매 할수 없겟나?」

「날보고 말해되겟나、 그게야말로 덕호에게 청대야 할노릇이지」

「앗따 이사람 그러기에 자네가중매를 들라는말이어」

「난 자격이 없네」

「선비는 얼굴도 에쁘지만 말도고우니……참 그것 신통해……」

유서방은 선비의 자태를 머리에 그리며、 아까 싱앗대가 하던말을 다시금 생각하엿다. 첫재는여러 사람들이 아니면、 유서방을 붇들고 얼마든지 선비에 대한 말을 듣고 싶엇다.

이러케 잡담을 하며 김을 매던 그들은해가 꼭 저서야동네로 들어왓다.

집으로온 첫재는 저녁을 먹은후、 곧 밖으로 나왓다。 웬일인지 집안에 들어 앉앗기가 답답해서 못견딜 지경이다。 그는 어정어정 걸엇다。 그리고 아까 난장보살에게서 빼앗아둔 익모조 담배를 꺼내붙여 물엇나。 한목음 쑥빨고나니、 담배와 같이 향기로운 맛이 없고 맥맥하엿다。 그는획집어뿌렷다。「이걸 담배라고 다먹나!」이렇게 중얼거리며 보니 덕호의집 울뒤엇다。 그는 요새 밤마다 이집주위를 한번식 둘러가군 하엿다。 행여나 선비를 볼까하야 이렇게 오나 한번도 이집주위서 그를 만나보지 못하엿다。 그러나 저녁을 먹고나면 오늘이나하는 기대를 가지고 또 다시 오군하엿다。

캄캄한 하늘에는 별들이 동동떳다。 그러고 어대서 불어오는바람결에 모기쑥내가 코끝을흔들어준다。 그는 어대라 없이멍하니 바라보며 손으로 허리를 꽉짚엇다。

덕호네집에서 간혹 무슨 말이 홀러나오나 누구의 음성인지 또는 무슨 말을하는지 분간할수가없다。 그저 호호 하하 웃는 웃음 소리만은 저별을 쳐다보는듯이또렷하엿다。

그는 이러케 우둑허니 서잇으니 아까집어던지던 익모초 담배나마 생각키웟다。 그래서 거지안을 뒤저보니 아무것도 집히지안앗다。 그는 입맛을 쩍쩍 다시며 풀밭에 털석 주저앉엇다。 밑이선듯하야 다는속이 한결시원한듯 하엿다。 그때 이리로 오는듯한 신발소리가 나므로 그는 두눈을 고양이 눈처럼 떳다。

（21）

가차워지는 신발소리는 뚝끈허지며、 울바자 밑에 붙어서는 소리가 바삭바삭난다。 그러고 급한숨결소리가 여자라는 확신을 그에게 던져 주엇다。

그는 일어나는 호기심과 아울러 선비가 아닌가하는 의문에 역시 가슴이 뛰놀기 시작하엿다。 그래서그는 저편사람에게 자기가 잇는것을 눈치채이지

못하게하려고 조금식 뒤거름질을 하엿다.

또다시 신발소리는 이편을 향하야 오더니 멈칫 선다. 따라서 무엇을 생각하는듯이 한참이나 우둑허니 서잇다. 첫재는 어둠속으로 어렴해보이는 그 의키와 그러고 몸집을 자세히 흩터보는 순간 선비가 아니냐? 하는생각이 차츰 농후해젓다. 그는 불과몃발거름 사이를두고 그립던 선비와 이러케 마주 섯거니 하는 생각이 울컥내밀칠때, 무의식간에 그는 몇발거름 내드디엇다. 신발소리를 들은 저편은 질겁을하야 달아난다. 첫재는 이미 내친거름이라 그의 뒤를 따랏다.

뛰기로 못당할것을 안게집은 어떤집으로 쏙들어가 버렷다. 그는 할수없이 그집 나무끼리 옆에 붙어서서 게집이 나오기를 고대하엿다. 그러나 게집은 한참이나 지나도 나오지안는다. 그는 의심이 버쩍 들엇다. 혹시 선비가 아닌가? 그럼 누구여? 이밤중에 그집에와서 엿볼사람이 누굴가? 그는 눈을 감고 한참이나 새각하여 보아도 얼핏 집히는 사람이 없엇다. 그러고 억지로라도그를 선비라고 하고 싶엇다. 그래서 오늘밤은 기어코 선비를만나 몇해 싸하두엇던 말을 다만한마디라도 건니우고 싶엇다.

이제 선비를 만나면 뭐라구 할가? 이러케 자신을 향하야 물어보앗다. 그러나 아무 할말이 없다. 윈가슴은 선비를 대하야 할말로 터질듯 한데 막상 하려고하니 캄캄 하엿다. 뭐라구 하나?……너 나하구 살겟니? 하고 무를까? 그것도 말이 안되엇서 그러면 너 나 알지? 「아니 아니어」 그는 머리를 좌우로 흔들며 픽 웃어버렷다. 그러고 여러가지 말을 생각하며 그집 문편만을 주의하엿다.

그때 저편에서 지나가는듯한신발소리가 나므로 누가 이집 앞으로 지나는 가부다하야 숨을죽이고 무릎을 쭈꾸렷다. 마침 신발소리가 뚝끈치며 술술 하는 소리를 따라 난대없는 물줄기가 그의얼굴을 향하여 쏟아진다. 그는저츰 물러서는 순간、 그것이 오줌줄기라는것을 깨닫자 그는 벌컥 일어나며 이편으로 다가섯다.

「이자식아 어따가 오줌을 누느냐?」

뜻하지안흔 사람의 음성에 저편은 꿈찔 놀라서 오줌을 주리치고물러선다.

「거누구여?」

첫재는 그의 음성에 벌서 누구임을알앗다.

「이자식아 어따가 오줌을 누냐」

그제야 개똥이는 첫재인것을알고

「아 웨거게가 섯느냐? 이자식아」

첫재는할말이 없다. 그래서 우물주물하엿다. 개똥이는 앞으로 다가서며

「난 너히 집에 갓댓다」

「웨?」

「내일 우리걸좀 매달라구」

「나 벌서 명구네 김매주겟다고말햇다야」

「응 명구네 ……거 안되엇네、품한명이 꼭모잘한데」

그때 문소리가 나며 초롱불이 나온다. 그들은 멍하니 바라보앗다.

「어두운데 잘건너가오」

개똥어머니의 말이다.

「네」

첫재는 선비의 음성인가 하엿다. 그리고 개똥이가 아니면 좇아 가겟는데、그럴수도 없구해서 머뭇머뭇하고 서잇엇다. 초롱불은 첫재를 비웃는듯이 조롱하는듯이 깜뭇깜뭇 숨박곡질을 한다. 첫재는 가슴이 조여서 한발내드디엿을때、

「어마이 거누구여?」

개똥이가 묻는다.

「응……너웨 거게가 섯니?」

개똥어머니는 이편으로 오는모양이다.

「간난이 이구나、그애가 이밤에 웨왓을까」

「갓난이」

첫재는 놀란듯이 벌럭 소리를질럿다. 개똥어머니는 멈칫선다.

「거누구니?」

「나유」

「……웅 첫재인가」

「간난이가 뭐하러 우리집에를 왔어?」

「글세 말이다 혹 덕호가 보냇는지?」

첫재는 멍하니 마즈막 사라지는 초롱불을 바라보앗다. 그러고 이마가에
오줌을 시쳐내며 터벅터벅걸엇다.

(22)

첫재는 무정처하고 걷다가 다시 덕호의집주위를 한바퀴 돌아서 그의집
으로 왓다.

그러나 방으로 들어가고 싶지는 안아서 마당가에서 어정어정 돌아다니다
가 나무까리앞에 펄석주저앉엇다. 훅하고 끼치는 나무썩어진 내를 맡으며、
아까 개똥이의 오줌을 받은기억이 떠올라 무의식간에 그의손은 이마가을 만
젓다. 따라서 뭐라고 말할수없는 울분이울컥치미는것을깨달앗다.

그는 나무까리에 몸을 기대며 고놈의 개집에는 도모지 볼수가 없으니 웬
일이어 어대 알치나 안는지? 하고 생각할때 그의눈우에서 빛나던 그중 큰별
하나가 꼬리를 길게달고 깜뭇 사라진다. 그는 그별이사라진곳을멍하니 바
라보며、선비의눈등에 검은 사마귀를생각하엿다. 티없이밝은얼굴에 빛나는
그검은사마귀! 그것은흡사히이제사라진 그별과같앗다. 그는 한숨을 길게쉬
며 눈을 꾹감엇다. 감으면 감을수록 더 또렷이 나타나는 그 검은 사마귀!
이놈의 게집애를……하며 첫재는 벌떡 일어낫다. 그때 저편으로부터 신발
소리가 낫다. 그는 공연히 화가 치 받친다.

「거누구유?」

버럭 소리를 질럿다.

「첫재냐? 난 널자꾸찾아 다녓구나 여기 잇는 것을 모르고……웨 거기가
잇냐」

이서방은 헐떡 헐떡하면서 첫재의 겻으로와서 그의손을 끌고 방으로 들
어왓다. 첫재는 일어나는 화를 참으며 씩씩 하엿다. 이서방은

「첫재야!」

부르고나서 그의 곁으로 바싹다가 앉앗다. 첫재는 귀찮다는듯이 조금 물러 앉으며 벌렁 누어버렷다. 이서방은 그의 이마를짚으며

「너 요새 뭐 생각 하는것잇지?」

첫재는 얼른 선비를 머리에그리며、이서방의손이거북 하엿나 그래서 손을 물리치우며 돌아 누엇다. 한참후에 이서방은

「너 자나?」

「안니」

「너 요새 웨잠두 안자고 다니니?」

「잠이 안오니께」

「웨 잠이 안와?」

「…………」

뭐라고 말을 하렷으나 입이 깍붙고만다. 어서방은

「첫재야 네가 내게 숨길것이뭐냐 말하면 내힘 미치는대까지는 힘써보자꾸나」

이서방도 첫재가 어떤 게집을 생각해서 이렇게 잠도 못자고 다니는것을 짐작은 햇으나 어떤게집인지를 꼭 알지못하엿다. 그래서 그게집을 첫재에게서알아가지고 될수인는대로 힘써보자는것이다. 만일 저대로 방임해두면 첫재는 불일간에무슨 병에걸려들지 안흐면 무슨변이이라도 낼듯싶엇던것이다.

첫재는 언저까지나 잠잠하고잇다. 이서방은 바싹 다가누엇다.

「너 어떤 게집을 생각하지 아마?」

첫재는 게집이란말에 그의 얼굴이 학끈달며 선비의 그고은 자태가 스르르떠오른다. 그는 그만돌아누엇다.

「자자우 이서방」

말하지 않을것을안 이서방은훗날에천천이 물어 보리라하고、그만 잠이 들고 말앗다.

첫재는 이런생각 저런생각에그밤을 새우고、어실어실하야 일어나앉엇다. 그때안방문이가만히열리는 소리가 들린다. 첫재는 어떤놈이 또 와잣군……

하고 생각하며 장성한 아들을 둔 그의어머니의 행동이 끝 없이 원망스러웟
다。

「안녕히 가세요」

「음」

「언제 또오시겟수」

「글세 봐야 알지」

소군거리는 유서방의 음성이다。 그는 도리어 반가운 생각이들어 벌컥 일
어낫다。 그리고 방문을 열엇을때、

「너웨 벌서 일어나니?」

이서방이 일어나며 그의 꽁문이이를 꾹붙들엇다。 이서방은첫재가 달려나
가서 무슨 행패를 할까하는 불안에서 이러케 붙들엇던것이다。

그러자 벌서 첫재어머니는 문을 지치고 들어온다。 첫재는 그의 어머니를
노려보다가

「어머니」

자거니 하엿던 첫재의 음성에 그의어머니는 놀라 멈칫섯다。 그러고 첫재
가 성이나서 뛰어 나오는것같아서 뒤로 비슬비슬 물러섯다。

이서방은 이경우에 모자의 불평을 어떠케 완화시킬지 몰라 한참이나 생
각하엿다。 문을 열고아무 말없이 그의 어머니를 노려보던 첫재는방문을 쾅
닫고 그자리에 주저 앉앗다。 그제야 이서방도 물러 앉는다。

(23)

신철이를 따라 몽금포에 나려가서 해수욕을하고 올라온 옥점이는 오늘아
침차로 상경하겟다는 신철이를 만가지 권유로 겨우 붙들엇다。 신철이는 옥
점이보다도 덕호의 애써말리는데 못이기는체하고 떠나지 안엇으나 실은 웬
일인지 그러케 쉽게 이집을 떠나고 싶지안엇던것이다。

남의집에 와서 하루 이틀도 아니오 거이 달지경이 되어오니까 미안함에
서 상경하겟다고 하엿던것이다 옥점이는 신철의 남성다운 체격을 웃음을먹
음고 바라보앗다。

「우리 참외막에 가볼까요」

「글세요……우리 두리만이 가는것이 좀……」

옥점이는 냉큼

「그럼 누구또 말슴해보세요?」

그의 속을 뚫고 보려는듯한 옥점의 강한 시선을 그는 약간 피하엿다.

「아버지든지 혹은 어머니도 좋구요」

「정말?」

「그러면요、 우리들만은 이런 시골에서는좀 자미없지 안아요?」

「하긴 그래요、 그럼 어머니를 가자구 할까?」

「그것은 옥점씨 생각에 맡깁니다」

옥점이는 호호 웃으며 냉큼일어나안방으로 건너갓다. 신철이는 책상 앞에 조금 다가 앉아서 면경속에 그의 얼굴을 비추어보며、 무심히 밖을 내다보앗다. 그때 선비가 빨래함지를 이고 부엌으로부터 나온다。신철이는 얼른 몸을 똑바루가지고、 지나치는 그의 원편볼을 뚫허지도록 보앗다。그가 중대문을 넘어가는 신발소리를 들으며、 빨래를 하러가는 모양인데……하고 생각할때 이상한광채가 그의 눈가을시쳐간다。

그가 이집에 온지 거이 두달이 되어와도、 저러케 먼빗으로 선비를 대할뿐이고 한번도 한자리에앉아 말을 건늬워보지 못하엿다。그만큼 그는 선비에게 어떤 호기심을 두엇다。그러고 특히그의 와이사쯔나 혹은 내의 같은것을 빨아 다리워오는것을보면、 어떠케그리 정밀하고 얌전스럽게 해오는지 몰랏다。그때마다 그는 이런안애를 얻어으면……하는 생각이、 옷갈피갈피를 뒤질때마다 부쩍 들군하엿다。

그러고 그의 고혼자태! 눈등에 검은점……그의 머리에 강한 인상을 던져주엇다。그와 말이나 해보아으면……그는 이러한 생각을 하면서、 어떠케 하든지 오늘 냇가에만 가면 그를 만날수가 잇을터인데 어떠케 뭐라고 핑게를 대고 옥점이를 떨어치나가 문제 되엇다。

옥점이가 건너오며

「어머니가 가시겟다오」

「예 좃습니다」

이러케 얼핏 대답은 하고도 신철이는 엉덩이가 잘떨어지지 안는다.

「어서 일어나요 더웁기전에 가요」

신철이는 무슨생각을 잠간 하다가

「아버지도 모시고 가는것이 어때요」

「아니! 아버지는 뭐라구」

핼끔쳐다보며 웃는다. 그도 빙긋이웃으며

「노인네 부부도 산보해야지오 하하」

옥점이도 호호 웃엇다. 그러고 아버지와어머니 앞에 자기들이 가즈런이 서서 가는것도 그럴듯한일이엇다.

「그럼 모시고 갈까……아이 아래집에서 안올라 오섯을께요」

옥점이는 통통거름을 쳐서 사랑으로 나간다. 신철이는 그의나가는 뒷모양을 바라보면서 선비가혼자서 빨래를 갓는가? 하엿다. 옥점이는 곧돌아들어왓다.

「아버지가 안오서서……」

그제야 신철이는 벌컥 일어낫다. 그리고 벽에서 모자를 벗겨쓰며

「내아버지는 모시고갈것 이니 어서 먼저들 가시오 저번갓던그막이지요」

옥점이는 약간 실은빛을 띠웟으나 얼른 웃어버렷다.

「그만 둬요 아버지를」

「글세 어서가요 내가서 모시고 올라가리다」

신철이는 밖으로 나왓다. 뜨거운볕이 그의전신을 흑군하게 하엿다. 그가 큰대문을 나서며 어떠케 할까? 하고 우뚝섯다.

(24)

신철이는 어떠케하든지 옥점이만을 떨어칠량으로 이러케 서둘르고 나오기는햇으나 막상 나오고보니 어떠케해서 선비를 공묘히 만나볼가가 큰걱정이다. 우선 그는 멀리 보아는 원소의숲을 바라보앗다. 그러고 덕호가 첩살

림하고잇는 아래마을을 돌아보앗다 따라서 옥점이와같이 갈 참외막잇는 앞벌도 바라보앗다.

그러자 옥점이와 그의어머니가 나온다.

「웨 안가섯우」

옥섬이는 물빛양상에 빌깁모를 쏙 눌러썻다. 그의 어머니는 딸과 신철이를 바라보며 언제 웃을지 몰라 입을 버리고잇다. 비록 정식으로 말은 건니우지 안헛으나 이두리는 장내부부로 인정하엿던것이다.

「아버지한테도 가치 가려구요?」

「뭘 나허구?……난 안간다는게야 그년의 게집애 보기실허서」

옥점이는 횡돌아간다. 신철이는옥점의이러한 대답을 듣기위하야불어물엇던것이다.

「웨그래요? 그이도 어머니가되겟지우」

「아라마―이야다와」

이러케 소리치며 어머니의손을 끌고 간다. 몇발거름를 걸어나가던 옥접이는 돌아보앗다.

「얼핏 모시고와요 그리로……기다리고 잇을것이니」

이순간에 그는 급한 숨결을 겨우 억제하엿다. 모든일이 자기가 상상하엿던것보다 예상이외에 순조로 진행되엇던 것이다. 신철이는 뛰는 가슴을 진정하며 옥점의 뒤를 슬금슬금 딸아섯다.

옥점이가 동구를 벗어나며 이편을 돌아본다. 그러고 무어라고 손질을 두어번치고 모밀밭뒤로 사라진다. 신철이는 한숨을 후유하고 쉬엇다. 만사는 이제부터다하고 그는 아무거침 없이 원소를 바라보고 급히 걸엇다.

원소의 숲이가까워질사록 그의 숨결은 몹시도 뛰엇다. 그러고 불행히 옥점이가 그의 뒤를 딸흐지 안는가하야 자조자조 뒤를 돌아보앗다.

물소리가 졸졸졸졸한다. 그는 우둑섯다. 그러고 버드나무숲을 헤치고 가만히 들어섯다. 길길이느러진 버들가지가 그의 어깨를 서늘하게 스치엇다. 그는 나무밑에 꼭 숨어서서 사람이 잇는가 없는가를 홀터보앗다.

뚝끈첫던 방망이 소리가 청청울려온다. 그소리는 이고요한 숲을 한층더

고요하게하엿다。 그는 방망이 소리를따라 시선을 옮기니 버들나무 숲에 가
리어 잘보이지는 안으나、 방망이소리를 타고오는 음향은 선비의 존재를 확
신케하엿다。 그는 차츰차츰 그편으로갓다。 선비의 발은편볼이 둥그러케나타
나 모인다。 신철이는 멈칫섯다。 그러고 다시한번 뒤를 돌아보앗다。 따라서
선비를 만나 무슨말을 할까하고 생각해보앗다。 그러나할말이 잇는듯하고도
또 다시생각하면 아무 할말이 없엇다。 어떠케하누? 다시 한번망스럿다。 이
제는 발길까지 무거워진그러고숨결이무서웁게 뛰놀앗다。

그가 동무를 따라 카페같은 데도 더러다녓으나 이러케 여자를 어렵게대
하여 보기는 처음이엇다。

방망이 소리가 뚝끈허지며 빨랠를 헤우는 모양인지 질벅하는 물소리가
들린다。 그는 버드나무에 몸을 기대여 에라 돌아가자! 내가 이게 무슨짓이
냐、 그와 말은 해봐서 뭘 하는게야하고、 그는 발길을 돌리럇으나 딱붙고 열
어지지 안는다。 그는 눈을 꾹 감앗다。 그러고 지금 막에서 기다릴 옥점이를
생각하엿다。 그러나 옥점의 환영은차츰 히미하게 사라지고 선비의얼굴이
뚜렷이보인다。「내가 이게웬일이야 며칠지간에」 이러케 홍얼거리며 획일어
낫다。 그러고 흐르는 물속으로 빛나는 차돌을 물그럼이들여다 보앗다。 지금
아버지는내가 몽금포에서 수양하고 잇는 줄알터이지 하는생각이 버쩍 들자
그는 머리를 돌려버럿다。 그때에 무심히 앞에 느러진 버들가지 하나를 잡아
뚝꺽엇다。 그러고 손이아프도록 잎을 죽훑터서 후루루 물우에 뿌리며 천천
히나려왓다。

그가 참외막까지 왓을때 갑작이 우뚝섯다。 덕호를 다리고 온다고 옥점이
를 떨어치던 자기를 새삼스럽게 발견하엿던것이다。 옥점이는 막에서 달려
나려온다。

「웨 혼자오우?」

그는 잠간 주저하다가

「그만 중도에 가기 실키에 오구 말앗우……」

얼굴이 약간 붉어젓다。 옥점이는 말뚱말뚱 쳐다보다가

「어서 저리로 올라갑시다。 내가 참외맛잇는 것으로 골라 두엇지」

(25)

신철이는 옥점이를 따라 몇발거름 옮겨노타가 무심히 바라보니 참외 넝 툴아래로 어린애 머리 마큼이나한 참외들이 수북하엿다。 그는 얼른 그리로 가서 참외를만져 보앗다。 그러고 모자를 벗어 부채질을 하며

「이거보우 이거참 시굴이 조키는 하다니!」

옥점이는 휘끈 돌아보며 머뭇머뭇 하다가 온다。

「아이 더워요 어서 저리로 가요」

옥점의 코밑에 땀방울이 방울방울맺첫다。 신철이는 가뿐숨이나 쉬어가지 고 막으로 올라가랴고 밭머리에 펄석 주저앉앗다。 옥점의 어머니는 기울하 여 내다 본다 옥점이는 얼굴을 찡그렷다。

「아이 거게가 앉아?」

신철이는 모자로 해를 가리우며 이마에 땀을 씻엇다。 그러고 한숨을 푹쉬 엇다。 옥점이는 그의 쩍버러진 양어깨를 바라보며 자기같으면 저러케 외면 하고 앉을것같지 안헛다。 그동안이라도 서로 얼굴을 보지못하는것이 각갑 해서……옥점이는 쓸쓸하엿다。

신철이는 벌떡 일어나더니 저편으로 중중걸어간다。 그러고 풀숲에서무엇 을 찾는모양이더니 딸기 한송이를 나무가지채 꺾어들고 벙굴벙글 웃으며 온 다。 옥점이는 달려가며、

「그게 어디가 잇우? 아이 빛이 곱지」

신철의 손에서 빼앗으며、옥점이는 개웃하고 한참이나 들여다보더니、

「고레 안따노 하르?」

얼굴을 약간 붉히며쳐다본다。

신철이는 옥점의 얼굴을 거쳐 딸기를 보앗다。 그때 그는 이상한 충동을 느꼇다。

「올라가요、어서 저리로」

옥점이는 앞섯다。 신철이도 그의뒤를 따라 막으로 올라갓다。 옥점어머니 는 귀여운듯이 그들을번갈아보며、

「웨? 안오시겟다구 합데까?」

옥점이는 참외를 골르며、

「그게집애 꼴보려고 거길가!」

신철이를 홀금 쳐다보며、어머니를 돌아본다. 그의 어머니는 약간 섭섭함을느끼며、「그럼 더운데…」하고 웃음으로 씨러치고 말앗다.

「이게 달것이라지? 어머니」

옥점이는 참외를 들어보인다.

「그래 깍가보렴」

그는 칼을들어 반을 갈랏다. 속이 새파란 종인데 꿀내같은내가 물쿤 올라온다.

「이것보우、참말 달겟수」

옥점이는 참외를 들어 보이며 껍질을 벗겻다. 그러고 신철이를 주엇다. 그는 받으며、

「어머니에게 올리시구려!」

「어서 받아요」

눈을 핼끗해보면서 칼을 내친다. 그러고 곁에 노핫던 딸기송이를 들며 생긋 웃엇다. 이것은 신철이가 자기에게 주는 사랑의 선물인것 같앗던것이다. 그는 딸기송이를 들고 이리저리 보다가 모자에 꽂앗다.

「이거봐요 곱지?」

옥점어머니는 깜박 졸음이 오다가、옥점의 말에 놀라 바라보앗다.

「그게 웬 딸기가?」

「아이 입대 어머니는 못보셋수? 호호」

어머니를 바라보는 옥점이는、

「어머니? 졸음이 오나바……」

낮이 기울어지면 옥점어머니는 자는버릇이 잇다. 그의 어머니는 눈을 썩썩부비쳣다.

「들어거자」

「아이 벌써? 어머니는 먼저 가구려」

그의 어머니는 괴로운 모양인지、그만 부시시 일어난다。

「놀다가 오시우、난먼저가우」

「웨、가치 들어가시지요」

신철이는 옥점어머니의 뒤를 딸아 막아래까지 나려가서 공손히 인사를 하엿다。옥점이는 믹우에서 이모양을 바라보며、

「안따와 바가쇼지까와네」

호호 웃엇다。옥점어머니는 신철이를 다시금 돌아보며 사위가 정말 되엇 으면 조흐련만하고 생각하엿다。

막으로 올라오니 옥점이는 모자를 쓰며 딸기 송이를 보앗다。

「어때요?」

「조쿠먼요 그만 먹지、먹고싶구먼」

옥점이는 모자를 벗어들고 딸기송이를따서 신철이 손에 노아주며 그도 한알물엇다。빨간물이 옥점의 입술을 물들일때 신철이는 아까 옥점이가 하던말을다시금 생각하엿다。그러고 그는 아수한 생각과 함께 빨래질하던 선비의 자태가 휙떠오른다。그러고그가 뿌리고온 버들잎 하나가 선비의 손끝을 스치엇으련만 그는무심히도 버들잎을 치어버렷으리라 — 하엿다。

（26）

「뭘생각하시우?」

옥점이가 바싹다가 앉는다。신철이는 얼를 수숫대우으로 둥실둥실 피어오르는 구름을 가리첫다。

「저것보우、참조하」

옥점이도 그편을 바라보앗다。

「제법 시인이 되랴마부」

「시인?」

무심히 내친 이말이 그의 가슴폭을선듯 찔러주는듯 하엿다。그는 참말 요새같이 감정이 예민해가다가는 큰일이라고 생각되엿다。

　그가 학교에서휴가를맡고 이러케오게된것도 신경이 약하기때문인데、수양하러온다고 와노코는 돌연히 사귀인 이여자로 말미암아 자기의 수양은 이대로 달아나고 말앗다。더구나 나날이 일어나는 이번민! 이것은 자기스스로는 도저이 억제치 못할것같앗다。

　처음에 기차간에서 이여자를 만날때에는 다소의 흥미도 가젓지마는、불과 며칠이 지나지 못해서 다만 일시일시로 데리고나 놀여자지、오래 사귀어 놀여자가 되지 못한것을 곧 알앗다。그러나 그는 웬일인지 이집을 떠나기싫고、이동네가 떠나기 실엇다。그래서 몽금포에가서도 오래잇지 못하고 곧 올라왓던것이다。

　옥점이는 피어오르는 구름을 한참이나 보다가、홀금 신철이를 보앗다。구름을바라보는 그의 눈! 그새들 타고 나려온 쇠로 만든듯한 그의코는 확실히 그의 이지를 대표한듯 하엿다。

　지금 그의어머니나 그의 아버지까지도 신철이를 장래 사위감으로 인정하는 모양인데、보다도현재 자기들의 이면에는 내약이엇든것으로 인정하는것같앗다。그런데 실상 자기를 사이는 이때까지 아무러한 내약도 없엇으며 그러한 눈치도 서로 뵈이지 안헛다。옥점이는 초조하엿다。그러나 저편에서 시침이를 따고 잇는데、먼저 대들기도 무엇하야 눈치만 살살 보는중이엇던것이다。

　「무슨 이야기든지 하세요」

　신철이는 돌아보앗다。그러고 무슨 무슨 말을 할듯할듯 하다가 그만 웃어버린다。

　「아이 하세요 무슨 이야기를 하시려고 그래서요 이제……꼭 대줘요」

　어린애처럼 보챈다。신철이는 조금물러 앉앗다。

　「옥점씨 이담에 어떤곳에서 살고 싶어요? 말하자면 서울같은 도회지에서 혹은 이러한 농촌에서?」

　뜻하지 안흔 이물음에 옥점이는 머리를 갸웃하고 한참이나 생각하다가

　「그것 웨 물으세요」

　「심심하니까 이야기 삼아 묻는게지요」

「신철씨는 어떤곳에서?」

「나요? 글세 어떤 곳이 조을까……내가먼저 물엇으니 먼저대답하세요」

「나는……신철씨가 조하하는곳에서」

말끝이 입속으로 숨어든다。 그러고 귓밑까지 빨개지며 그는 머리를돌렷
다。 이것을 비리보는 신철이는、 이여자가 자기를 사랑하는셈인가? 하는 생
각이 불쑥들엇다。 그러고 「고레 안따노 하트?」 하고、 그가 하던말을 다시금
생각하는 신철이는、

「그래요、 참 고마운말슴이구려 그럼우리 한동네서 삽시다。 이러케 한적
한농촌에서 저런 참외며 조며 콩 팔을 심어가면서 삽시다 우리 오작이나 자
미나겟수」

그는 눈치를채이지 못한체하고 이러케 말하엿다。 옥점이는 생긋우스며、

「그럼 이런시굴이 조흐세요」

「네 저는 이런곳이조아요……김도매고、 온갓 가축을 기르면서 사는것이
조치요」

「애이!」

옥점이는 그가 거짓말을 하는듯하야 멍하니 바라보앗다。 그러나 신철이
는 웃지도안고 그를마주보앗다。

「뭐 김을 매시겟어요?」

「그러면요、 김매는것 조치요」

「참……웃어워죽겟네」

「웨 그리서요?」

신철이는 눈을 크게떳다。

「김을매구、 어떠케살아요! 그러케할바에는……」

중도에 말을 끈엇다。 신철이는 빙긋이 웃엇다。

「그러면 옥점씨는 시굴서 사실생각이 아니십니다그려」

「애이! 참」

옥점이는 원망스럽다는듯이 그를노려보앗다。 그리고 손톱끝을 물어뜯으
며 그의안타까운 그맘을 어째서 신철이가 몰라주는가하니、 그는 달려들어

신철이를쥐어뜯고도 싶엇다。 그래서 그는 머리를 번쩍 들엇다。

(27)

신철이는 여전히 저 앞을 바라보앗다。 씨앗에서 몰려나오느듯한 솜같은 구름은 이전 큰산맥을 이루어서、 그높은 불타산우를 눈이 부시게 둘러치고 잇다。

옥점이는 신철이를 바라보며 무어라고 말을 하렷으나、 곁에 자기라는 존재를 전연히 잊은듯이 하늘만 쳐다보는 신철의 그표정은 끝까지 원망스러운 반면에 또한 극도의 위압에 눌리어 말끝이 쏙들어가 버리고 말앗다。

「들어가요 그만」

신철이는 돌아보앗다。

「그럼 갑시다」

성큼 일어난다。 옥점이는 말을하자 노라니 이런말이 쏙니갓으나 실은 이자리를 떠나고 싶지 안앗다。 그리고 좀더 신철의 맘을 엿보는 동시에 여기서 어떤 해결을 보앗으면 하는 생각이 히미하게들엇다。 그러나 신철이는 아무미련없이 양복바지를 툭툭털며、 그 거대한 몸을 사다리우에 실른다。 그리고 벌벌기어 나려간다。 옥점이는 맘대루하면、 나려가는 그의 엉덩이를 발길로차서떨어치고 싶엇다。 막아래로 나려간 신철이는 양복을 툭툭 털며 몸매를 휘돌아본후에

「어서 나려오시우」

옥점이는 웬일인지 우름이 쓸어나오는것을 입술을 꼭개물고 참앗다。

「어서 혼자 들어가세요!」

「언제는 가자고 하더니 또 이러시우?」

신철이는 눈가으로 약간 웃음을 띠우며 이런말을 하엿다。 신철이가 웃는것을 보니 좀 더 성은 나면서도그는 딸아 웃지않고는 견디지 못하엿다。 그래서 픽웃고나려왓다。

막 주인은 어대가 숨엇다가 이제야 어실어실 참외밭으로 나온다。 그들은

참외값을 치루고나서 길로나왔다.

「이거봐요 동네 들어갈때는 떨어저 들어 갑시다」

한참이나 걷던 신철이는옥점이를 돌아보앗다.

「웨요?」

옥점의 눈기는 빨게긴다.

「창피하니까!」

「무엇이창피해요?」

「애들이 딸으고 개들이 짖고 허허」

뜻밖의 말에 옥점이는 호호 웃엇다. 그러나 가슴은 무어라고 형용할수 없이 바작바작 죄여들어서 목이라도 노코 울고싶엇다.

수수밭 옆을 지나며 신철이는、

「어떠케 할테우?」

「뭘요?」

옥점이는 눈이 둥글해진다.

「옥점씨가 먼저 가시겟우、날 먼저가라우?」

옥점이는 한숨을 푹쉬며、

「뭘 어때요、그까짓것을 무서워서 그리서요、아이참」

옥점이는 무심히 수수잎을 뜯어 입에 문다. 그러고 그의 양장한몸에 수수대 그림자가 길게 걸어 나간것을 신철이는 보앗다.

「무섭지요、세상에 농민들에게서 더무서운 이간들이 잇겟습니까 어서 먼저들어가세요」

옥점이는 말없이 뾰루퉁하고 섯더니 들엇던 수수잎을 휙뿌리며 휑돌아섯다.

「그럼 곧 들어오세요」

돌아도 보지안고 이런말을 한후에 옥점이는 수수밭을 지나 논뚝을 타고 감을감을 멀어진다. 신철이는 그의 뒤ㅅ모양을 물그럼이 바라 보다가 풀밭에 주저앉엇다. 따라서 원소의 숲이 떠오르며 이젠 선비가 들어갓을터이지 하고 생각 하엿다.

이러케 석양이되니 몽금포에서 보던 낙조가 그리워진다. 그망망한 서해에 한줄기의 커다란 불기둥을 지르고 넘어가던 그태양앞에 가슴을 헤치고 섯던 자기가어떤 명화를 대하는듯이 떠오른다. 그러고 끝임없이 쇄쇄하고 바위에 부디치는 그물결소리…그소리를 타고 늠실늠실 넘어오는 고기배 사공들의 「이어야 이어야」하는 노젓는소리가 금시로 들리는듯하엿다.

그는 방긋이 웃엇다. 멀리 낙조를 바라보며 옥점의 안다라덤비던 장면이 떠올랏던것이다. 그러나 그는 모른체하고 그고비를 넘겨 버렷다. 그는 옥점이가 그러한 태도를 그에게 보이면 보일사록 그의 가슴은 이상하게도 어름 같이 차지는 반면에 흥미가 진진하엿다. 그러고 다시 오늘 막에서 지나던 일을 생각하며 어느듯 원소의 숲에서 청청하고 울려나오던 빨래소리를 들엇다. 그는 지금 눈앞에 선비의 청초(淸楚)한자태를 보앗다. 인간은 일하는곳에서만 진실(眞實)과 우미(優美)를 발견할수 잇는모양이다! 하고 그는 생각하엿다.

무엇이 그의 볼을 툭침에 그는 놀라바라보앗다.

(28)

메뚝이 한마리가 그 푸른 날개를 활작펴고 푸르릉하고 저편 풀숲에 사라진다.

그는 무의식간에 볼을 슬슬 어루만지며 벌컥 일어낫다. 그러고 내일 몽금포나 또가서 몃일 잇다가 상경할까하고 생각하엿다.

그가 동구까지 왓을때、 유서방이 어실 어실나온다.

「어서 들어오시랍니다」

신철이는 머리를 굽여보이고、 집으로드어왓다. 옥점이는 마루에 섯다가 신철이를 보고 생긋웃엇다.

「꽤두 오래오십니다」

그새 보지못하엿다가 보니 또 새로운정이 그의 거대한 몸을 휩싸고 도는것을 앞이 캄캄하도록 느껏던것이다.

「세수 하시려우?」

신철이는 부엌편을 홀금 바라보며 머리를 좌우로 흔들엇다.

옥점이는 안방으로 들어가며、

「이리 들어오세요」

분홍빛 수건을 내어、방으로 들어앉는 신철의 무릅에 던진다. 향수내가 물큰스친다. 신철이는수건을 머리맡으로 들려노흐며 뒤뜰을 바라보앗다. 울바자끝에는 흰빨래가 눈이와서 덮인것 처럼 새하야타. 그중에 그의 와이사쯔가 얼핏 눈에띠윗다.

「집에서는 누가 빨래하시우?」

옥점이는 냉큼、

「선……저 할멈이해요 웨?」

말끔히 처다 본다.

「옥점씨는 빨래 안해보셧습니까」

옥점이는 잠간 주저하다가、

「난 안해봤어요」

뒤뜰에서 그의 어머니가、

「아이 그게 빨래가 다 뭐유 집안의 일을 손끝으로나 대보는줄 아시우? 흐흐」

어째뜬 귀여운 모양이다. 더구나 자기 딸이 일해보지 못한 것을 한자랑꺼리로 아는 모양이다. 신철이는 빙긋이 웃을뿐이다. 옥점이는 그웃음이 웬일인지 불쾌하엿다.

뒤뜰 장독뒤로 백도라지 꽃이 머리를 다소곳하엿다. 그뒤로 쑤심이 오이넝쿨이 울바자를 타고보기 조케 받쳐올라가며 노란꽃이 여기 저기 피엇다.

「저기 무슨 꽃이야요?」

신철이는 백도라지꽃을 가르켯다. 옥점이는손을 통하여 바라보더니

「응 저꽃? 백도라지여요 저백도라지가 약이된다나요 그래서 일불어 유서방이 캐다 심은게라요」

「네 저쑤심이 오이도?」

「그것은 선비년이 다 심은게라오」

그의 어머니가 대답한다. 옥점이는 선비라는 일흠만 신철의 앞에서 불러도 불쾌하엿다. 신철이는 옥점이가 아니면 뛰여 나가서 그곳을 꺾어 볼우에 대고 싶으리만큼 귀여움을 느꼇다.

마츰 바자박으로부터 이런소리가 들렷다.

앉을방 줄방
파리잡아 줄방

그들은 가만히 귀를 기울엿다. 그노래는 차츰 바자겉으로 오더니 뚝그친다. 그러고 울바자뒤에 세운 기둥을 향하야 잠자리채가 올라온다. 뒤밑어 잠자리 한 마리가 채에 얽혀들어 푸득거린다. 바자밖에는 갑작이 애들의 환호소리가 「으아」하고 쏟아져 나왓다.

앉을방 줄방
파리잡아 줄방

또다시 이런노래가 멀리 사라진다. 신철이는 그노래가 끈어진후에 비로소 자기가 장성하엿음을 새삼스럽게 깨달앗다. 그는 무의식간에 한숨을 가볍게 내쉬엇다.

「우리도 어렷을때 저런 장난을 햇어요」

옥점이는 눈에 웃음을 가득히 띠우고 신철이를 쳐다보앗다.

그날밤 신철이는 밤오래 놀다가 자리에 누엇으나 잠한잠 들수가 없엇다. 그래서 이리뒤적 저리뒤적하고 누엇으려니 왼몸이 쑤신 것 같고 더구나 □ □□□ 땀이 부진부진나서 못견딜 지경이다. 그래서 그는 부시시 일어나앉앗다. 그러고 문을 가만히 열고 내다 보앗다.

첨아 그림자가 뜰우에 뚜렷이 아로사겻다. 그는 무의식간에 달도밝기도 하다하고 머리를 기웃하야 하늘을 쳐다 보앗다. 그러나 달은집웅을 넘어간

까닭에 보이지안앗다. 그는 옷을 주어입고 밖으로 나왓다. 안방을 살펴보니 잠들이 든 모양인지 잠잠하엿다. 오직 마루아래로 놓인 옥점 어머니의 힌 고무신이 달빛에 윤택하게 보일뿐이다. 그는 변소간을 향하여 걸엇다.

(29)

그가 변소까지 왓을때 우뚝섯다. 할멈방문이 불빛에 빨개 잇엇기때문이다. 아직도 안자나? 밤이 오랫는데하고、 그는 어떤히망을 가늘게 느끼며 뒤를 휘휘돌아보고 방문앞까지 왓다. 그래서 그는 문듬이 어디가 낫는가하고 두루두루 찾아보앗으나 바늘구멍만한구멍도 발견하지못하엿다. 그는 귀를 기우렷다. 누가 아직자지안나? 혹은 할멈과 선비가 다깨어잇나? 그러치안흐면 선비만 자지안는가、 혹은 할멈만 자지안는가? 누가 자지안는것만 알아도 조켓는데、 도무지 알길이없다.

그는 누가 볼까? 조바심하여 그만 변소앞으로 왓다. 그러고 무슨 이야기소리가 나는가하야、 한참이나 귀를 기우렷다.

그러나 말소리는 들리지 안코 무슨 옷갈피를 뒤지는소리가 부시시 들릴뿐이다. 그는 변소간으로 들어갓다. 그래서 할멈방에 누가자지안는것을 어떠케 알까 하고 이리저리 궁리하엿다. 그러고 웬일인지 선비가 아직까지도 자지안코 일을 하는것만같앗다.

선비—그일홈만이라도 웨그러케 곱고부드럽게 불러지는지 몰랏다. 그러고 항상나려뜨는 겸손한 그눈가으로 안개가 서려잇는듯한 그눈매 그는 맘대루 하면당장에 저얄미운 문짝을 집어치고 들어가고 싶엇다. 그러나 그것은 도저히 할수 없는 일이엇다. 내가 웨? 밖에를 나왓던고? 차라리 방안에서 더운대로 참앗더면하는 후회까지 겹쳐 일어난다.

그는 소리없이 변소문을 열고 내다보앗다. 방문은 여전히 빨갓다. 그때에 방안의 사람이 일어나는듯이 문우에 그림자가 얼신 비추더니 방문이 바시시 열린다. 찰나에 그는 아찔하엿다. 다음순간 변소 앞으로 일보일보 다가오는 사람은 선비가 아니냐! 그는 어쩔줄을 몰랏다. 그는 벌컥 일어낫다.

그리고 잠간 뛰는가슴을 진정한후에 변소 밖으로 나왓다. 무심히 이편으로 오던 그는 신발소리에멈칫하며 홀금 바라보앗다. 신철이는 이기회를 노치지 안을량으로 돌아서 들어가려는 선비를 보고

「이거 보세요 네 이거보세요」

선비는 거이 방문밑까지 가서 머뭇머뭇하고 잇다 신철이는、

「저 냉수 한그릇 주실수 없을까요」

엇결에 나온 말이건만、 하고보니 그럴듯한말이엇다. 선비는 무엇을 좀 생각하는듯 하더니 그만 방문을 열고 들어간다. 신철이는 그만 지하에 떨어지는듯한 모욕을 전신에 느꼇다. 그러고 어째서그가 변소에서 가만이 잇다가 들어 오는선비를 콱붙들지 못하고 이러케 나왓는가 하엿다.

「할머니 할머니」

깨우는 선비의 가는 음성이 울린다. 신철이는 숨을 죽이고 들엇다. 할멈은 응 응할뿐이지 용이히 깨지 안는 모양이다.

「할머니 서울……」

그다음말은 들리지 안는다. 할멈은 이재야 깨엇는지 굵단 음성이 흘너나왓다.

「네가 가서 떠다 주려무나 내가 어두워서 알겟니」

또다시 선비의 음성이 소곤소곤 들렷다.

「뭐 어떠냐、 어서 그리해라」

신철이는 할멈이 깨엇으므로 그만 낙망을 하엿다. 그러나 선비가 또다시 자기앞에 물그릇을 들고 나타날듯 하야 가슴이 두군두군하엿다. 방문이 또다시 얼신하더니 문이열리며 선비가나온다. 그는 머리를 수기고 부엌편으로 돌아간다. 그는 변소앞에 섯기도 좀 웃우운듯하여 선비의뒤를 따라섯다.

컴컴한안방이 그의 앞에 나타나자 그는 누가 깨이지나 안앗나 하고 다시 금바라 보앗다. 그러고 아까 윤택하게 보이던고무신조차도 금시로 사람으로 변하는듯 그러고 안방문이 열리는 소리가 들리는듯 옥점이가 나오는듯하야한층더 가슴이 뒤설레엇다.

부엌문을 소리없이 열고 들어간 선비는 물그릇을 들고 나온다 달빛에 새

하야케 묻쳐버린 그자태! 낮에 선비보다 몃배더 고아보엿다. 신철이는 선비
가 부억으로 들어갈때만하여도 온갖계획을다세워보앗지만 막상 그의 앞으
로오는선비를 볼때는 모든계획이홀랑 달아나버리고 그저 조급할뿐이엇다.
그래서 그는 얼른 물그릇을 받아 입에 대엇다. 목은 안타깝게 마르건만 웬
일인지 목이칵멕히며 물이 님어가시를 안는나. 그는 사래가 들녀 기침이 나
오려는것을 억제하면서 물그릇을 도루 돌리랴 하고보니 벌서선비는 어디로
가고 보이지 안앗다. 그는 혹근 돌아보앗다. 선비의 치마자락이 변소가는
모퉁이로 힐금보이고 없어진다.

(30)

그는 한참이나 바라보앗다. 그러고 선비가 자기를 그러케도 실허하는가?
하는 생각이 불쑥들엇다. 따라서 어리석고 비겁한자신을 새삼스럽게 발견
하엿다. 그는 맘대루하면, 들엇던 물그릇을 당장에 내던져 산산히 짓모고
싶엇다. 그래서 성이난 눈으로 물그릇을 들여다보앗을때、아까 방안에서 보
이지 안던 달이물속에 떨어져 가늘게 흔들리고 잇다. 그는 이순간 노엽던
그맘이 약간풀어지는것을 느꼇다. 그것은 물속에의 어떤부분을 대표할듯
하엿던것이다. 그러니 그것은 잠시간이고、이러케해석하고 섯는 어리석은
자신을 그는 픽웃어 버렷다. 그러고 왼가슴이 텅비인듯한 쓸쓸함이 그의 전
신을 휩싸고 도는것을 그는 새삼스럽게 깨달앗다. 그는 물그릇을든채 걸어
방으로 건너갓다. 그때 마루우를 누가 걸어오는 소리가 나더니 바시시 방문
이 열엿다. 그러고 어떤 사람이 방안으로 들어섯다. 그는 깜짝놀라 바라보
앗다.

「어째 지무시지 안하요?」

크림내를 섞은 젊은 여자의 강한살내가 훅군끼친다. 그는 이때끝 옥점에
게서 느껴보지 못한 이상한 충동을 받앗다.

「웨 옥점씨는 자지 안코 나오시우」

이러케 천연스레 말하는 신철이는 저여자가 모든것을 보지 안앗나? 하는

불안이 여러가지 감정과 교착이 되어가지고 일어난다. 옥점이는 전같으면 신철의곁으로 다가 앉으며 무엇이라고 소근그럴터이나 오늘은 웃둑선채머 뭇머뭇하고 서잇엇다.

「안든지 들어가 지무시든지」

신철이는 이런말을하며 이여자가 모든것을 보앗구나 하고 직각되엇다. 그러고 물그릇도 밭아주지안코간 선비가 이여자를 보고 그리하엿는가하는 생각이 들엇다. 동시에 도리혀 자신의 우둔함을 그는 나물하엿다.

한참이나 무엇을 생각하고 섯던 옥점이는 신철의 곁으로 다가앉으는다.

「선비 곱지?」

어두운데 주먹 내미는것 같은 들연한이물음에 신철이는 잠간주저하다가

「곱지」

하고 옥점이를 바라보앗다. 그는 머리를푹수기더니 다시 번적든다.

「소개 해줄까?」

「것도 좋지」

옥점이는 벌떡일어낫다.

「그럼 내이제다려 올게」

신철이도 여기에는 당황하엿다 그래서 얼핏 잠옷가를 잡아다렷다 그러고 진중한 위엄을 그에게 보이려고 음성을 둥글게 내엇다.

「이거 무슨 철없는……소개를하려면 내일도 잇고 모래도 잇는데 웨? 하펼 이밤에만 맛인가?」

옥점이는 그의 잠옷가를 잡은 신철의 손을 칵잡으며 흙흙느껴운다. 이때 껏참앗던 정열이 우름으로 화한 모양이다 신철으는 무의식간에 옥점의 허리를 꼭껴안앗다 그순간 신철이는 물속에 잠겨흔들리던 달이 휙지나친다 그러고 달빛에 새하야케 보이던 선비가 천천히 보인다 그는 슬그머니 손을놋코 조금 물러 앉으렷으나 속에서 울컥 내밀치는 어던불길은 옥점의 잠옷 한겹을 격하여잇는 포동포동한 살덩이를 불사루고도 남을것 같앗다. 그는 눈을 꾹감앗다.

「옥점이 들어가서 자라우」

　신철의 음성은 탁갈리어 잘나오지 안앗다。 옥점이는 좌우로 몸을 흔들며 밧싹다가 안는다。 그의 몸은 불같이 달앗다。 신철이는 그만 어쩔줄을 몰랏다。 그때에 그의 리지가 무참히도 깨여지는소리가 그의 귀가를 지나치는듯이 들리엇다。 그러나 그는 이여자의 몸에서 손까락하나 음직일수 없는것을 그는 발견하엿다。

　그때 안방에서 콩콩하는 기침소리가건어방문을 동동울려주엇다。 신철이는 벌떡일어낫다。

　「이거봐요 어서 들어가 어머니가 깨시여서 응」

　옥점이도 그제야 부시시 일어나 안는다。 그러고 신철이를 올려다 보더니

　「아이 불켜지 말아요! 나 들어갈래야」

　벌서 불은 환하게 켜젓다。 신철이는 돌아보며 방긋이 웃엇다。 그때에 신철이는 범치못할 게선을 벗어난듯한 가벼운 쾌감을 느끼엇다。 그러고 선비의 그고흔 얼굴이미소를 띠우고 지나치는 것을 그는확실히보앗다。

　신철이는 옥점의 곁으로오며그의 흩어진 머리카락을 손질해 주엇다。 너무나 상쾌한맘은 그로하여금 이러케 하게 하엿던것이다。 옥점이는 귀밑까지 빨개져서 참아신철이를 바라보지 못하고 잇다。

　「어서 들어가요 네 자어서」

　옥점이는 머리를 매만져 주는 신철의 손을 끌어다가 깍깨물엇다。 그러고 진저리를치며 그의혀끝으로 손을 빨앗다。 신철이는 얼굴이 벌게지며 손을 빼엇다。

　「자 어서 들어가요」

　「난 안들어 갈테야!」

　또다시 기침소리가 콩콩 울려나왓다。

（31）

　이튿날 아침 옥점이가 눈을번쩍뜨니 아부지가 곁에와서 그의 구실러진 머리카락을 내려쓸고있다。

「아부지네!」

어제밤 신철의 손을 얼핏 생각하엿다. 그러고 말로 형용할수없이 히망이 이방안에 빽빽히 들어찬것을 그는 느겻다.

「웨 이리 늦게 자냐」

「어제밤 오래 있다가 잣에요」

어제밤 신철이가 그를 꽉껴안아 주던생각을 하며 눈통이 불그레 해젓다. 그러고 부끄럽지만안으면 어제밤일을 아부지에게 자랑하고 싶엇다.

「아부지…저나 뭐 안사줄래?」

덕호는 빙긋이 웃으며

「뭘?」

「저 피아노 말이어?」

「피아노? 아 피아노란게 뭐냐?」

듯는이 처음이었던것이다. 옥점이는 호호 웃엇다.

「참말 아부지는…저웨 학교에 가보면애들 창가 가르치는 풍금이란게 있지요」

「응 그래」

「그러케 모양이 되었에요」

「응 양금이라는것을 사달라는말이구나、 그것은 소용이뭐냐?」

「뭐야타지 아부지두」

「그만둬라야 공부나 햇으면 됏지 그까짓것은 사서뭘하니」

「에이! 아부지두 그게 잇어야되는게야요、 어서사줘요」

「그래 값이 얼마가?」

「꼭 사줄래요?」

「글세 말해봐」

「꼭 사주면 말하구」

옥점이가 졸으기 시작하면 못견디는줄을 번연히 아는지라덕호는

「그래 사주지」

「한천원 너머가야 꽤 쓸만 하대요」

「천원?」

덕호는 눈을 둥그렇게떴다。 그러고다시는 말을 꺼내지못한다。 옥점이는 아부지의 손을 끌어다 꼭쥐며

「아부지 그게 그러케 놀라와요? 뭐아부지 재산은 다나가질것이지요、 누구딴사람주지 안치?」

눈에는 웃음을 가득이띠웠다。

「글세 그게야 그러치 해두、 너 가질것이라구、 그따위 소용도 없는것을 삿어 버리면 되느냐」

「아니야 버리는게 아니야 서울에가보면 웬만침 집거느리고 사는집은 다 잇어요 아부지는 보지못하섯으니까 그런다니」

「아 글세 그것은 뭐하느냐 말이다 그게서 은금 보화가 나온다면 혹시 사다둘는지 글세글세 웨 공연히 사다가 노하둔단말이야、 너 일년에 천원의 리자가얼마나되는지 아니? 응」

「아부지 정말 안해주면 난작구 알을테야 그것 가지고 싶어서」

「허허 그년 참 그래 그게 가지고 싶어 알는단말이냐… 좌우간 좀 두고보자」

그러케 딱잡아 떼지 안는것을보니 사줄모양이다。 덕호는 무슨 생각을 하고

「이애 신철인가! 저 건어방 학생이 무슨학교를 다닌다?」

「경성 제국대학 명년졸업이라요」

「응 그러고 집에 가산도 좀 잇는 모양인가」

「그저 선생님의 월급 받는것가지고 살아가는모양이야 모르지 뭐 또 어디 시굴토지 같은것이 잇는지 누가 알아요」

옥점이는 얼굴이 빨개지며

「아부지 저리로가라우 나 일어나게」

「야 그런데 사람인즉 아주 점잔은집 자손인가부더라 아주 그 인사범절이 각별하구나」

「그럼뭐……」

그는 신철의 얼굴을 머리에 그리며 어떠케 그를보나하는 부끄러움이 그
의 가슴을 몹시 뛰게 하엿다. 덕호도 만족한듯이 빙긋이 웃으며 밖으로 나
간다. 옥점이는 일어나며 자리옷을벗고 옷을 가라입엇다. 그러고 자리옷을
다시 들어 꼭껴안앗다. 어지밤 이 자리옷이 신철의품에 안기웟던 생각을하
니 그는 진저리를 첫다. 그러고 자리를 개어없으며 방문을 배움이 열고보니
건너방문이 진작 열렷으며 신철이는 보이지 안앗다. 또 산보를 나간모양이
다. 그는 언제나 컴컴해서일어나 나가군하엿던 것이다. 옥점이는 가만히 건
너방으로 건너갓다. 방안은 깨끗이 씰렷으며 책상우에 책들이 정돈되엇다.
그리고 신철이가 신다벗어논 양말이 동글하게 꿍치어 책상아래에 노엿다.
옥점이는 우뚝허니 서서 어제밤 일을 되풀이하며 신철이가 나를 참사랑하는
가? 하는 생각이들엇다.

(32)

이런생각을하고 앉은 그의 머리에는 또다시 선비와 신철이가 물그릇을
새두고 마주 섯던 장면이 획떠오른다. 그는 것잡을수없는 질투의 감정이 욱
쓸어 일어난다. 신철이가 선비를 사랑할가? 어떤것을보고 사랑할가 아니야
그것은 내착각이다. 신철이쯤하야 일개 남의집 하녀를 사랑할가? 더욱 공부
도 못하고 아무것도 모르는 시굴때기를……얼굴만 고흐면 무엇해? 이러케
생각하니 속이 후련하엿다. 그러나 어딘가 모르게 꺼림직하고 불쾌함이 따
랏다. 그는 얼른 선비를 보고 어제밤일을 물어보고 싶은 생각이 들어 분주
히 부엌으로 나왓다.
선비는 설거지를 하노라 왓다갓다한다.
「이애 선비야 이리좀와」
선비는 옥점의 뒤를 따라서 뒤뜰로 나갓다. 새로피인 수심이 오이꽃이 노
라케 울바자를 덮엇다. 선비는 귀여운듯이 바라보며 옥점의곁으로 왓다.
「너 어젯밤 뭘하러 나왓어?」
선비는 얼른 생각나지안앗다.

「내언제」

「날 웨 속여 너 밤에 나와서 서울손님에게 물떠주지 안앗서」

그제야 그는 어제밤 일이 생각히웟다.

「응! 나 어제 변소에 나오니 서울손님도 아마 변소에 나오섯던 모양이야 그런데 날보고 냉수를 한그릇 떠달라고하기에 떠다올렷지 웨?」

「음」

옥점이는 선비를 바라보다가 머리를 끄덕해보이며

「어서 들어가 일해라」

하고 옥점이는 돌아서 들어간다. 선비는 무슨일인가? 하고 의아한 생각을하며 부엌으로 들어왓다. 그러고 서울손님이 무슨말을 한셈인가? 혹은 물그릇에가 파리같은것이 들어갓던가? 그러치 안으면 무슨 솔잎 같은것이 들어가서 서울손님이 흉본모양인가? 이러한 생각으로 조반까지 달게 먹지 못하엿다.

조반상을 치우고난 선비는 아침 일즉이 할멈이 잿물내온 빨래를 바자에 널며、무심히 안방을 보앗다. 옥점이가 오늘은 무슨 생각을하고 수를 노며 선비를 오라고 손질하엿다. 선비는 또무슨 말을 물어보랴는가 하고 가슴이 두군두군하엿다. 그리고 서울손님이 안방의 잇는가 하고 두루두루 살펴보니、의례히 잇을그가 어째서 보이지를 안앗다. 오늘 아침에 갓는가하고、선비는 생각하며 빨래를 다널고나서 안방으로 들어왓다.

「선비야 너 이수 좀 배우라우」

선비는 옥점이가 이수를 노흘때마다、한번 나두 해보앗으면하고 몇번이나 생각하엿던 것이다.

「할줄 알어야지」

「뭘 이러케 하면 되는데」

솔나무 아래로 백학한쌍이 조으는듯한 그림이다. 선비는 물그럼이 들여다보며、

「이것도 학교에서 배우나?」

「그럼 배우고 말구、이것뿐만이 아니다、별그림이 다잇다」

선비는 오색으로 빛나는 숫실을 보며, 나도 저런실로 한번만 놔보앗으면 하고 차츰 얽혀지는 학의 날개를 보앗다.

「이그림 조치? 이것은 우리선생님이 고안해 그리신게야, 참 예술적이 아니냐」

선비는 무슨말인지 그의 말하는것을 하나도 알아 듣지 못하엿다. 다만 이 그림이 훌륭하다는 것을 자랑하는 셈인 모양이다. 그러케 어림해 들엇다.

「수라는것은 별것이 아니어, 사람사람마다 제각기 조하하는 산수나 무슨 짐생같은것을 종이에 옴겨 그려노코 실로 이러케 얽으면 수가 된단말이어」

옥점이는 묻지도 안는 말을 이러케 느려노코 잇다. 그것은 선비가 수놋는 것을 몹시 부러워하는줄 아는때문이고 더구나 건넌방에앉아 그의어머니와 무슨 이야기를 하는 신철에게 자기가 이러케수노코 잇다는것을 알리고저함 이다. 막연이나마 신철이가 이러케 일을 하는것을 기뻐하는줄 알기때문이다.

선비는 옥점의 말을 귀담아 들으며 그러면 수라는것은 자기의 조하하는 바 어떤것이나 그려서실로 얽어노흐면 되나하고 그의하던말을 다시생각하엿다 옥점이는

「넌 어떤것을 그려 이러케 노코싶니? 말하면 내그려 주마 그러고 실도 주고」

선비는 이런 후한말에 어떠케 가슴이 뛰는지 몰랏다 그러고 저고흔 실을 가지려니! 하니 앞이캄캄하도록 조핫다 선비는 머리를 숙여 생각해보앗다 불타산? 원소? 무엇무엇을 생각하다가 선듯집히는것이 잇엇다. 그래서 그는 머리를들고 말을 하랴니 입술이 떨어지지를 안는다 옥점이는 그의 빰을 바라보며 어제밤일이 획지나친다.

「얼른 말해봐」

「난 몰라」

「애이 말하면 이실도 준다니까」

「난 닭알 낫는것을……」

「애이! 숭해라! 그게 또 뭐야!」

옥점이는 크게 소리첫다. 선비는 얼굴이 빨개젓다.

(33)

어느듯 그너운 팔월도 하로를 남기고 다지나버렷다. 옥점이와 신철이는 내일아침차로 상경하기위하야 모든준비를하엿다.

옥점어머니는 고리에 옷을 골라 넣으며 곁에서 시중드는 선비를 보고

「이애 널랑 저 빠스껠라던가? 저것말이다 그게다 게란을 담아놔라」

선비는 가슴이 뭉쿨하엿다. 그동안 옥점이가 아니면 게란 모흔것이 근백개는 되엇을터인데 옥점이가 나려온후로부터 매일같이 낳은 게란을 하루도 건느지안고 먹어버렷다. 그것도 제손으로 갓다가 먹엇으면 조켓는데 언제나 선비를 보고 갖다달라고 하여서는 먹군 하엿던 것이다. 그때마다 선비는 웬일인지 말로 형용할수 없는 아수함에 가슴이 울뚝하여지군 하엿다.

선비는 가만히 일어나서 광으로 나왓다. 그리고 독우에서 게란바구미를 내어들엇다. 전같으면 이 게란바구미가 얼마나 귀하고 중하게 보엿으리오마는、오늘엇은반대로바구미를 보기도 실혓다. 그리고 바구미속에하나 하나 놓은그귀여운 게란을 맘대루하면 내어던저 모두 깨치고 싶은 감정이울컥 내밀치는것을 코허리가 시큰하도록 느꼇다. 글세 매일같이먹어 그만큼 먹엇으면 쓰지、이걸 또 갖어가겟대! 참! 광문턱을 넘어서며 그는 이러케 생각하엿다. 선비가 마루로 올라서다가너머질번하며、게란 두알이 굴어나 깨젓다. 옥점이는、

「이애! 게란」

소리를 지르고 내달아온다. 그리고 게란바구미를 아사빼엇다.

「웨 그모양이냐、이런것 들때에는 조심해 다니는게 아니라、뭐냐 네가 아무리 가사에 능하다고 하지만 이런일은 잘못하는구나 응 글세……」

신철이가 듣도록 크게 소리첫다. 그리고 신철의 앞에서 선비의 결점을 잡은것이 얼마나 통쾌하엿는지 몰랏다. 뒤밎어 옥점어머니가 옷을든채 나왓다. 그리고 딸과 선비를 마주보다가

「이애 이년아 하마트면 큰일날번 햇구나 그게 웬일이냐 게집년이 천천히
다니는게 아니라 되는대로 뛰다가……글세」

모녀의 공박을 여지없이 받은 선비는 얼굴이 빨개젓다. 그리고 여지 참앗
던설움이 일시에 폭발되는것을 깨달앗다. 선비는 쓸어나오는 울음을 억제
하며 섯누라니 옥점어머니가,

「어디 무슨일이나 맘노코 시킬수가 잇어야지 내가 안돌아보면 일이 안되
니까 나이 이십살이나 가차와오는게 웨그모양이냐 어서 넌 부엌게나가서 무
슨일이든지 하구 할멈을 들여보내라 !」

마루가 울리도록 소리를 지른다. 선비는 부엌으로 나왓다. 할멈은 눈이
둥글해서 마주나왓다.

「웨 웨그려?」

선비는 찬장곁에 시렁을 붙들고 흙흙 느껴 울엇다. 모녀한테욕먹은것도
분하지만은 봄내 모하온 게란을 한개도 남김없이 빼앗긴것이 더욱 분하엿
다. 눈물이술술쏘다지면서도 그눈에는 옹굴차고 옙뿌장스러운 타원형의 게
란들이 수없이 나타나보인다.

「할멈 어서 들어와 !」

옥점어머니의 호통소리에 할멈은 뛰어들어가며 눈물 흔적을 없이 하엿다.
웬일인지 선비가울면 할멈은 번번히 딸아울군하엿던것이다.

할멈이 들어오니 옥점어머니는

「아、 글세 선비년이 게란을 깨첫구려」

「뭐유?」

할멈도 놀랏다. 그리고 전일게란을들고 귀여워하던 선비의 모양이 휘떠
오른다.

「얼마나 깨첫나유?」

「얼마나? 뭐……」

조금 깨첫다기는 말하기 싫어서 이러케 우물 쭈물하구나서

「옥점이가 아니면 다깨칠게지 그런것을 옥점이년이 얼른 받앗다니 아 그
년 그년이 이전 제법 살림의일을 다안다니」

입에 침기가 없이 옥점이를칭찬한다。 할멈은 수굿하고 옷을 골르며 다제
자식이면 아무홈도없고 곱게만 보이는게다 하엿다。 옥점이가 들어왔다。
「어머니 난 그런것은 싫어요 그게 뭐야 누가 껄껄해서 그것을 입어」
어머니가 고리에 넣은 광목바지를 보며 옥점이는 이러케 말하엿다。
「그럼 뭘입겟니?」
「사입지 내의를 이런것……저할멈이나 줘요」
옥점이는 광목바지를 할멈에게 던젓다。 할멈은 꿈칠 놀랏다。

（34）

옥점어머니는 광목바지를 냉큼 주어서 농속에 너흐며
「너 안입으면 나입겟다」
할멈은 광목바지를 하나 얻어입는 횟수가 돌아오는줄 알고 주름잡힌 그
의얼굴이 몇번이나 경련을 이르키어 벌렁벌렁 햇는지 몰랏다。 그러나 옥점
어머니의 그 얄미운 행동에 할멈은 생각지 안흔 섭섭함이 그의 가슴을 찌르
르 울려주엇다。 그리고 나후다링의 독한내가 한층더 그의 숨을 꿈막아 주는
듯 하엿다。 그래서 그는 머리를 돌리며 재채기를 두어번하고나니 눈물까지
흘럿다。
「정 어머이 게란은 신철씨가 저빠스켓에다 너켓다구 하우 그러면서 짚이
든지 무어든지 밑에 밭일것을 가저오라구해요」
「응 아이구! 안심차나라 내바뿐것을 생각해서 그리누나 사람인즉은 참
말 진짜다 할멈 그러치? 어쩌면 게집애도 그리찬찬지 못하겟는데 항 장부로
태어나서 그러탄말이우 에그 네 그본떠야헌다!」
옥점이는 너무 기뻐서 어쩔줄을 모른다。
「저 할멈 벽장속에서 솜꺼내주」
할멈은 갑작이 솜은 무얼 하랴누하고 벽장을 열고 솜보를 꺼내엇다。 그리
고 솜을 뒤저보이며
「어떤것을……」

「아이그 그것 못써! 서울까지 갈것을 그런 낡은 솜을 넣으면 되나 그밑
의 햇솜을 주」

할멈은 그제야 게란밑에 놓을것임을 알앗다. 그리고 솜보밑에서 말큰말큰
한 햇솜을 꺼내어 옥점이를 주엇다. 옥점이는 무엇이 그리 급한지 휙빼앗는
듯이 받아가지고 쿵쿵 뛰어나간다. 할멈은 물그럼이 그의 뒤를 바라보며 작
년가을에 따들이던 목화송이를 생각하엿다.

말은 엿말씩이라하나 엿말씩이가 좀남는듯한 앞벌 목화밭에서 선비 할멈
유서방이 해를꼭지우며 목화를 따군하엿다. 그러나 탐스러운 목화송이에 취
하야 지리한것을 모르고 그목화를 따군하엿던것이다. 한송이 또 한송이를
알알이 골라가며 치마앞이 벌어지도록 따서 모흔 그목화송이! 목화나무에
손이 찔리고 발끝이 상하면서 모흔 저목화송이! 머리가 떨어지는듯한것을
참고 이여날은 저목화송이! 자기들에게는 저고리솜 조차도 주기 아까워 맥
빠진 낡은솜을 주면서 게란밑에 놓을것은 서울갈것이니 햇솜을 준다. 여기까
지 생각한 할멈은눈가가 빨거케 튀어오르며 다시한번 재채기를 하엿다.

「온유월 고뿔은 개도 안 알앟다는데 할멈은 웬일이유」

우리는 개만두 못하지유! 하고 입술이 벌어지는것을 도루 삼켜버렷다.
그리고옷을 뒤지는 그의 손에는 아직도 햇솜을만지던 말말큰큰한감이 떠나
지를 안헛다. 그리고 이가을에 그만흔 목화를 또따서이여날라야 하겟군! 하
는 생각에 한숨을 푹쉬엇다.

「글세 할멈 저건언방 서울손님이 대학당을 다니는데 우리조선서는 끝가
는 학교라우 그러구 오는봄에 졸업하게 되면아주 월급만이받고⋯⋯아이고
무엇이 된다나?」

머리를 돌려 생각하더니

「잊어서 모르겟군! 그러니 우리옥점의 신랑감되기 부끄럽지 안치? 난이
전내일죽여도 맘을 노아⋯⋯」

저혼자 흥이나서、주고 받고한다. 할멈의 귀에는 이런말이 한마디도 걸
리지 안헛다. 그리고이집에 오래 잇을사록 일만해 주엇지、옷한가지 번번하
게얻어 입지 못할터이니、그만 이가을철 들면 어디로 나갈까? 하는 생각이

금시로 든다. 그러나 마침 나가더라도、무손한자기로서 별 신통수는없을터이고 어떠케한담? 어서 죽기나 해두 조흐련만……

「할멈 우리옥점이혼례식을 언제 하는게 조켓수?」

할멈은 무슨말이지 잘개어 듣지 못했다. 그래서 멍하니 옥점어머니의 얼굴민 바라본다.

「우리옥점이 혼례식 말이어」

「네」

또 그말을 꺼내누나 하고 머리를 수것다.

「언제쯤 하는게 조흘까?」

「글세요……」

「남들은 가을에 잘하는데、우리도 이가을에 햇으면 조흐련만 어찌들이나 할나는지 알수가 잇어야지! 호호 요새들은 저의들끼리 어찌구 어찌니까 우리늙은것들은 굳이나 보다가 떡이나 먹을수밖에없단말이어」

요새 옥점어머니는 생각을하는이 이것뿐이엇던 것이다. 할멈은 찬채를 하게되면 올에도 햇솜구경을 못하겟구나 하엿다.

（35）

이튿날 아침 컴컴해서 일어난 신철이는 다오루와 비누갑을 가지고 밖으로 나왔다. 벌서유서방은 물을 다깃고 닭모이를 주고잇다. 그리고 부엌에서는 나무꺽는소리가 딱딱하고 들린다. 신철이는 중문을 나가며 얼른 부엌을 돌아보앗으나 아직도 컴컴해서 누구가 누구인지 잡아보지안핫다. 다만 뿌연속으로 아궁에서 비처나오는 불빛만이 보일뿐이다. 그는곧울고 싶은 감정을느꼇다. 그러케 그리워하던 선비를 한번 마주 앉아 말한마디 건니어보지 못하고 떠날생각을 하니 그러하엿던 것이다. 그는 큰대문을 나서면서 한참이나 망슬 망슬 하엿다. 무엇때문에? 어째서 이러케 망스리는지 자신도 모르고 한참이나 빙빙 돌다 마침 울뒤로갓다.

여기와서 울바자새로나 한번더 선비의 얼굴을 볼가하는 실끝 같은 히망을가지고 왔으나 그것은 뻔히 안될것이엇다. 그는 우묵허니 서서 차츰 새어오는하늘을 바라보앗다. 그리고 그가 이제떠나면 용이해서는 여기 오지 못할것을 생각하며 그동안 선비는 어떤곳으로 시집을 가겟지! 그래서 아들도나코 딸도나코 농사를지어가면서 그고흔 얼굴에도 주름살이 한둘잡힐터이지! 하는 쎈치멘탈한 생각이 그의 가슴을 힘끝 울리어 주엇다. 따라서 이 순간자기가 안타깝게 선비를 그리워하던 그뜻 조차도 영원히 슬어질한낫의 비밀이 되어 버리고 말것을 저하늘가를 바라보면서 차츰 농후해지는것을 깨달앗다. 그는 한숨을 푹쉬며 원소를 향하여 거럿다. 그는 매일 아침마다 원소에 가서 세수를 하고 체조를하고 휘파람을 불면서 행여나 선비를 맞나볼까 하엿다. 그러나 그날 버들잎을 뿌리며 먼빛으로 바라본 그후로는 한번도 원소에 오는 선비를 발견하지 못하엿다.

몇번 할멈은 보앗으나, 선비는 웬일인지 맞날수 없엇다. 선비라는 그처녀도역시 맞당해서 보면 별인간은 아니련만……

그는 이러한 생각을 하며, 원소까지 왔다. 원소의 푸른물은 말없이 그를 반겨맞는듯, 그리고 석별의 인사를 그가는물소리로 전해주는듯 하엿다.

그는 이슬이 방울방울 매여달린풀숲을 들여다보며, 자연의 조화를 다시 한번 느꼇다. 그때 거우 한쌍이 긴목을 빼고, 푸른물우에 힌그림자를 비춰며 헴쳐 돌아간다. 그의 눈앞에 보이는 이거우 한쌍! 얼마나 다정하고도 순결한감을 일으키워주는지…… 그는 벌떡 일어낫다.

아침연기에 어리운 이용연 동네! 이역시 오늘 아침으로 마주막이다. 선비를 꼭 한번만 맞나보고, 그의 포부를 들엇으면……그의 움직이던 시선이 옥점의집에 멈치엇을때, 그는 이러케중얼거렷다. 그리고 어제 낮에 옥점의 모녀한테 개몰리듯하던, 선비의 측은하고도 아립따운 자태가 눈앞에 보이는듯하엿다. 그리고 이리의 굴같은 저 옥점의집에서 온갖 모욕을 받으며, 그날그날을지나는 선비! 그선비를 그자리에서 구원할의무도 역시 자기가 저야할것같앗다. 그가 국문이나 아는지? 어떠케하든지 그를 서울로만 끌어올렷으면 조켓는데…… 하엿다.

그는 두루두루 또생각해 보앗다. 선비를 서울로 올리려면, 자기가 옥점이를 잘꾀이엇으면 쉽게될것같앗다. 그러나 옥점이와 결혼까지하고싶은 생각은 꿈에도 없엇다. 그오만한 성격 ! 더구나 미국영화배우들에서 흔히 볼 수잇는 애교가 넘쳐흐르는 그눈매 ! 길가던 남자라도 단박에홀일만한 그의 독특한표정、 고것이 신철이로하여금 더욱 싫증나게하엿다.

도회지에서 어러부터 자란 그엿만、 보고듣는것이 그린 사치한것뿐이엿건만、 그는 웬일인지 몰랏다。 그러므로 그는 동무들에서、 변태자 성격을 가젓다고까지 조롱을받은 때도잇다。 그러나 이번여름 이동네와서 뜻하지안흔 선비를 맞나후로는 차디찬 그의 성격도 어디로 달아낫는지 그스스로도 놀랄만큼 되엇다.

그는 어떠케 해서 선비를서울로 올려갈까를 곰곰 생각하며 그가 국문이라도 알면 자기의 이러한 뜻을 몇자 지어서라도 전달하고 싶은데 역시 국문이나마 배윗을것 같지 안핫다。 그는 포케트에서 시계를 내어보면서 점점가슴이 죄어들엇다.

그는 시간이 급하므로 세수를 하랴고 언덕아래로 나려와서 물에 손을 담그며 바라 보앗다。 푸른물우에 핑핑 돌아가는 저거우 ! 그는 급한것도 잇고 거우를향하야 물을 후루루 뿌리고 또 뿌렷다。 한참이나 이러케하던 그는 정신이 번쩍들어 세수를하고 나려왓다。 그가 덕호의집 울바자를 돌아오다 우뚝섯다。 울바자를 타고 넘어오는 저손을 보앗기 때문이다.

（36）

신철이는 그손을 딸아 시선을 옴기니 호박닢에 반만쯤 가리운 호박 한개가 얼핏 눈에 띠웟다。 그리고 그손은 이슬에 젖은 호박을 뚝따가지고 천천히 바자를 넘어가고 잇엇다。 신철이는 무의식간에 한거름 다가서며、 저게 누구의 손일까? 하고 생각할때、 그손은 없어지고 말엇다。 그손 ! 마디가 굵고 손톱이 밉게 갈리어서 얼핏 누구의 손임을 짐작 할수가 없엇다.

신철이는 얼른 바자 곁으로 가서 바싹들어서며、 그손의 임자를 찾앗다。 그는 벌서 나무까리옆을 돌아서、 부억으로 들어가는 치마귀가 얼핏보이고 사라진다。누굴까? 할멈의 손이다 ! 선비의 손이야 설마한들 그럴수가 잇을까? 아무리 일을 한다고 해도 나이잇는데……그러지는 안하 ! 안하 ! 그는 머리를 좌우로 흔들엇다。부엌에서 쓸어나오는 그릇 가시는소리、도마소리、옥점의 호호 웃는소리가 뒤범벅이 되어쓸어나온다。

그때 그의 머리에는 끝이 뾰죽뾰죽한가는 손까락이 떠오른다 문득 그는 선비의 손 ! 하고 생각되엇다。그리고 이재그손으로 인하야 불쾌하엿던 생각이 스르르풀리는것을 깨달앗다。그러지 ! 선비의 손이야 그럴리가 잇나? 그러케도 고흔선비에게……하며 언젠가 무의식간에 본 선비의 그손이 오늘 아침 미운 그손으로 인하야 어림없는 착각이생겻던 것이라고 그는 생각하엿다。이러케 해석을 하고나니 그는한층 더 선비가 그리워지고 그가 떠날 시간을 좀더 연장 시키고 싶엇다。

「유서방 저산에가서 어서 서울손님 나려오시라게」

옥점어머니의 이러한 말을 들으며 신철이는 집으로 들어왓다。

「아이 어서 들어와서 진지자시고 떠나요」

옥점이는 언제나 마찬가지로아침 화장을 산듯하게 하고 마루에 섯다가 신철이를 맞는다。신철이는 분내를 강하게 느끼며 마루로 올라앉앗다。안방에 앉앗던덕호는 나오며、

「오늘가면 언제들이나 또오려누」

신철이가 덕호에게 대하야 말을 낮추어 하라고 한후부터 덕호는 이러케 허게를하엿다。

「글세요……이번와서 댁에페를 만히 끼첫습니다」

「아원 별소리를 다하눈」

길게 지어진 신철의 눈을 바라보면서、옥점이와의 결혼을 이 자리에서 대강 말로라도 물어보고 결정할까? 하고 얼른 생각키운다 그러나 저의들끼리 벌서 내약이 잇어가지고 잇는 모양이니 언제나 저의들이 먼저 말하기까지 가만히 잇으리라하야、잠잠하고말앗다。더구나 요새 공부하는것들은 혼인까지라도 저의들끼리 뜻이 맞아가지고 되는것을 알므로 그냥 내버려 두자는 것이다。

밥상이 들어온다。 덕호는 넘석해서 들여다 보앗다。

「이거 찬이없어 되엇는가 어찌나 만히 먹게……그러구 이애 널랑은 저닭국을 먹지마라、 그약먹으면서는 고기는 일점 먹지 안하야 한다더라」

옥점이는 핼금쳐다 보앗다。

「아버지 난 그약 안믹을테야 써서 먹을수가 잇어야시」

「엣그년! 애비가 네몸에 조켓기에 먹으라는데……그앙탈이냐……자네가 좀 착실이모르는 것은 일러주게 키만 컷지、 귀이만 자라서 뭘알아야지?……」

귀여운듯이 옥점이와 신철이를 번갈아본다。 신철이는 속으로 놀랏다。 그말이심상한 말이 아님을 깨다르며、 웬일인지얼굴이 좀 다는것을 느꼇다。 옥점이는 술을 들며、 눈을 내려떳다。 그의 눈섭은 무 짙으게 그린듯하엿다。

「어서 만히 먹우」

부억에서 옥점어머니가 들어오며 이러케 말한다。 신철이는 저를 들다가 흘금바라 보앗다。

「네 만히 먹겟습니다」

「이애 그 국한그릇 더떠오너라」

뒤밎어 선비가 국그릇을 들고 마루로통한 부억문에 빗겨선다。 펄펄 오르는국김에 붉으레하니 타오르는 그의 얼굴!

그리고 언제보아도 선명하게들어나는 그의 눈등에 검은사마귀는 그의 침착한 성격을 대표한 듯 하엿다。 그때 신철이는 옥점의 강한 시선을 전신에 느끼며 옥점어머니의 주는 국그릇을 받아들엇다。 그리고 이국은 선비가 나에게 마즈막 주는국이거니 생각이 들자 그의 손은 약간 떨럿다。 동시에 몇달동안 누르고 눌럿던 정열이뜨거운 국그릇을 향하야 쏟아지는 것을 그는느꼇다。

（37）

가을철 들면서부터 덕호는 읍의 출입이 자자젓다。 그리고 안입던 양복까

지 말숙하게 입은것을 각금 볼수가 잇엇다。 읍에 출입이 잦으면서부터 덕호
는 간난이를 내어보냇다。 그래서 동네사람들은 읍에 기생첩을 햇다거니 처
녀첩을 햇다거니……하고 수군수군 하는말이 만아젓다。 그바람에 옥점어머
니는 화가 치받쳐서 집안에 붓터 잇지안코 남편의뒤를 딸아 역시 읍출입이
자잣다。

요새도 부부가 들어간지가 벌서 닷새나 되어서도 읍에서 아무소식이 없
엇다。 선비와 할멈은 그 크나 큰집에서 쓸쓸하게 지내엇다。 밤이면 일하러
갓던 유서방이 와서 사랑에서 자나 그역시 하로 종일 시달린몸이라、 잠만들
면 그뿐이엇다。 그러므로 할멈과 선비는 밤에도 맘노고 자지를 못하고 방에
불을 끄지못하엿다。

오늘밤도 할멈과 선비는 낮에 따온목화송이를 골르며、 모녀 같이 다정하
게이야기를 하엿다。 웃목에 놓은 화로에서 보굴보굴 끌턴 두부찌개가 차츰
소리가 가늘어진다 이전끈어지고 말앗다。 선비는 화로를돌아 보앗다。

「오늘도 어머니가 안오시러는게요」

「글세 이제야 오기 글럿지、 아마 퍽 오랫을께다」

벽에 걸린 패종시게를 쳐다본다。 선비도 홀금 쳐다보앗다。 시게는 열한
시반을 가르첫다。

「벌서 열한시반이여요」

할멈은 멍하니 바라보며、

「난 저것을 암만 봐도 모르겟으니……저 큰바늘 무엇하고、 작은 바늘은
무얼 하는 게냐」

선비도 이러케 꼭집어무르니、 분명히 알수가 없엇다。 그래서그는 빙긋이
웃으며、

「다 시간 보는게지、 뭐유」

할멈은 머리를 끄덕끄덕 하엿다。 그리고 목화송이 속에 묻치인 고추꼬투
리를 골라 바구미에 너헛다。

「이애 오레두 고추섬이나 조히 딸것같다、 그밭에 목화를 갈지말고、 다 고
추를 심어 밫으면 조켓더라」

「목화는 어대갈구요?」

「목화는 저건너골 밭에갈구 그밭이 목화가 잘될 밭이니라、 목화는 너무 땅이거로도 조치 안쿠、 가는 모래가 좀섞인땅이 조흐니라」

선비는 목화를 들어 할멈에게 보엿다.

「이서보세요 참 이런것은 쐐튼송이시요、 이런것 몇송이만 가저도 저고리 솜은 넉넉하겟어！ 아이 참 크기도해」

휘황한 남포등아래 이 빛나는 목화송이는 얼마나 선비의 조그만 가슴을 흔들어 주엇는지 몰랏다. 그는 문득 이런것도 잘 그려가지고 수놓면 조을지 몰라? 하엿다. 그때에 비단을 찢는듯한옥점의 조소가 들리는듯하야 그는 얼핏 머리를 수겻다. 따라서 그가 싫은 생각이 머리끝까지 훌석 치미는것을 느꼇다.

할멈은 가만히 말을 내엇다.

「올가을에는 이솜으로 우리들의 저고리 솜이나마 주엇으면 조치안켓니? 네」

할멈은 나려덮인 눈가죽을 번쩍들고 목화송이에서 티끝을 골라낸다. 그리고 한숨을 풀쉬인다. 선비는 할멈의 저고리에 두던、 바람가리지 못할시컴한 솜을 생각하엿다. 그솜은 몇해나 묵엇는지 맥이없고 가는 실사를 발견할 수가 없엇다. 그리고 잡아단니어 느리랴면 뚝뚝끊어젓다. 그는 이러한 생각을하며 할멈을 다시한번 처다보앗다. 그의 눈길은 벌서 뻘거케 튀어오른다.

「할머니 오레야 좀주겟지！ 뭘 작년에는 목화를 전부 팔기때문에 그랫지만 오레야 안팔겟지우」

「이애 그만 둬라、 여름에 옥점이가 가저가는 게란바침까지두 이솜으로 햇단다、 너아니?」

선비는 게란이란 말에、 게란바구미를 들고 나오다가 넘어질번하던 생각을 하며、 무의식간에 한숨을 호하고 쉬엇다. 그리고 뜻하지안흔 서울손님이 휙떠오른다. 그들은 참말 복이만흔 사람들이어！ 하엿다. 옥점이와 서울손님이 결혼하야 자미나게 살생각을 하엿던것이다. 그리고 자기의 앞길은 어떠케 될것인지 생각사록 캄캄하엿다. 그때 첫재의 얼굴이 휙 떠오른다.

전에는 그런것을 몰랏는데 이가을철들면서부터 분주해서 일할때는 모르겟으나 밤이되어 자리속에 누우면 웬일인지 잠이 오지를않고 이런생각 저생각끝에번번히 첫재가 떠오르군하엿다.

마츰 중대문 소리가 찌꺽하고 나므로 그들은 놀라 서로 바라보앗다.

(38)

신발소리가 저벅저벅나므로 할멈은、

「유서방이우?」

뒤밀어 문이 열리며、유서방과 덕호가 들어온다. 그들은 뜻하지 안흔 덕호가 들어오매、놀라이러낫다. 할멈은

「영감님 어떠케 밤에 오서유」

유서방은 비츨그리는 덕호의 손을 붙들고 들어와서、아랫목에안치운다. 갑작이 술내가 훅군끼친다. 덕호는 눈을 번쩍뜨고 선비와 할멈을 본후에 들어 누엇다. 선비는 얼른벼개를 꺼내서 유서방을 주엇다.

「선비야 나다리좀 주물러다우」

혀곱은 소리로 덕호는 이러케 말하엿다. 선비는 가슴이 서늘해지며、덕호의곁으로 갈생각이 난처하엿다. 할멈은 속히 주물나는듯이、선비에게 눈짓을 하여뵈엿다.

「큰댁은 안오시는거요」

「음 옥점어미? 온정、온정、아이구취한다、푸푸」

침을 배알으며、덕호는 발짓손짓을하엿다. 그들은 멍하니 덕호를 바라보며、뭐라고 꾸지람이나 나리지 안흐려나하는불안에、덕호가 기침을할때마다 눈을 크게뜨며、그의 눈치를 살폇다.

「진지 지을까유」

한참후에 할멈이 이러케 물엇다. 덕호는 눈을 번쩍뜨고、할멈과 선비를 보앗다.

「아 아니、선비야 나 다리나좀쳐다우」

　선비는 얼굴이 빨개지며、 할멈을 쳐다보앗다。 유서방과 할멈은 선비를 바라보며、 어서 다리를치라는뜻을 보이엇다。

「다리쳐라、 이년같으니、 응 아이구、 다리야、 다리야」

　다리를 방바닥에 궁둥 드노핫다。 할멈은 선비의 엽구리를꾹찌며、 덕호의 다리를 보앗다。 선비는 하는수없이 덕호의 곁으로갓다。 그러고 다리를 붙잡으며 톡톡 첫다。 양복바지에도 술을쏟앗는지 술내가 혹군혹군 끼첫다。 선비는 약간 눈쌀을 찌푸렷다。

「어 내딸 용하다」

　덕호는 머리를 넘석하야 선비를 보다가 도루누며、

「에 취한다、 참취한다、 어서자네는 나가자지」

　덕호는 유서방을 바라보앗다。 유서방은 졸음이 꼬박꼬박 오나 덕호의 앞인지라 혀를깨물고 앉아서 참다가 말이 떨어지자 마자 곧 일어낫다。

「할멈 내일 밥을 일즉하게」

　할멈은 황망히

「예 !」

　하고 대답하엿다。 그리고 머리를 수기며 덕호의 시선을 피하엿다。

「어서 나가 자게 그래야 밥을 일즉하지」

「에」

　할멈은 일어낫다。 선비는 일어나는 할멈을 보며 딸아 일어낫다。

「허 거정 내일부터는 면사무소에를 간단말이지 하기 싫어도 하는수밖에……면장인지 동네 장인지 허허」

　덕호는 혼자 하는말처럼 이러케 중얼그리며 웃엇다。 할멈과선비의 시선은 마주첫다。 그리고영감님이 면장이 되엇는가하는 생각이 들자 그들도조왓다。 그리고 어댄가 몰으게 믿업지 못하던 덕호가 차츰 믿어운것을깨달앗다。

「선비야 자리펴다우 그러구 너두 할멈과가치 나가거라」

　선비는 가벼운 숨을 몰아 쉬엇다。 그리고 어떤 무거운 짐을 벗어난듯이 몸이 가뿐하엿다。 그는 냉큼 자리를 펴노코 나오다가 다시 돌아서서 등불을 가늘게하고 할멈과 함께 밖으로 나왓다.

「영감님이 면장을 하신게지?」

건어방으로 건너온 할멈은 말하엿다. 선비는 빙긋이 웃으며, 자리를 깔앗다.

「이애 영감님이 잘라기는 하섯니라 글세 면장까지 햇으니 이전 이용연서는 누가 그를 당하겟니」

선비는 할멈의 말을 귀담아 들으며 벼개밑에 손을 너코 다리를 쭉폇다. 해종일 피로해진몸이 순간으로 풀이는듯 하엿다. 그는가볍게 한숨을 몰아쉬며, 덕호와 같은 아버지를둔 옥점이가 끝없이 부러웠다. 나도 우리 아버지 어머니가 살아 게신다면…할때 앞집 서분할멈에게 들은말이 얼핏 생각키웟다. 「너의 아버지는 동네 사람들의 말이 덕호에게서 맞은것이 원인이 되어 돌아가섯다더라」 선비는 그후부터 틈만 잇으면 이말이 문득 생각키웟다. 그러나 그말이 참말 같지는 안엇다. 지금 덕호가 선비에게 구는것을 보아서……그는 지금도 굳게그말을부인하면서……이런생각을 하지안흐려고 돌아 누엇다. 그리고 무심히머리맡에 노인 목화송이를 집어다 볼에 꼭 대엇다.

「선비야!」

하는 덕호의 음성이 흘러 나왓다.

(39)

선비는 냉큼 머리를 들엇다.

「선비야」

부르는 소리가 재차 들린다. 선비는 할멈을 흔들엇다.

「할머니 할머니」

할멈은 응소리를 질으며 돌아눕는다.

「웨그러니」

「영감님이 부르시어」

「나를?」

「아니 나를 부르시어」

「이애 그럼 들어가 보려무나」

「할머니두 일어나라우 가치 들어가자우」

「이애 무슨 일이 잇나 무슨 심바람식히려고 그러시는데」

졸음이 오므로 일어나기 싫어서 할멈은 이러케 말하엿다。 그러나 선비는 기어코 할멈을 일으키어 가지고 마루까지 나왓다。

「부르섯습니까」

「오냐 선비냐」

「네」

「물 떠오너라」

할멈은 냉큼 건어방으로 들어가고 선비는 부엌으로가서 물을 떠가지고 마루로오니 할멈이 없다。 그래서 머뭇머뭇 하다가 방문을 열엇다。 그러고 조심히 들어갓다。

술내가 가득한데 가는 불빛에 덕호의 머리만이 히미하게보일뿐이다。 선비는얼른등불을도두엇다 그러고 덕호의 앞으로 갓다。 덕호는 아까보다 술이 좀 깨인 모양인지 눈뜨는것이 똑똑하엿다。

「술먹은 사람 자는대는 으레히 물을 떠다 두어야 하느니라」

덕호는 이불로 몸을 가리우고 일어앉아 물그릇을 받으며 이러케 말하엿다。 선비는 가슴이 뭉쿨해지며 되게 꾸지람이 나리려는가? 하야 머리를 수긴채 발끝만 굽어보앗다。

「참 내가 이젓구나! 그제 옥점이년의편지에 너를 서울로 올려 보내라고 하엿구나! 공부를 식히겟다구」

선비는 생각지안은 이말에 앞이 아뜩해지며 방안이 핑핑 돌앗다。

「그래 너 서울 가고 싶으냐? 내 말년에 아무자식도 없어 너의들이나 공부 식혀 자미 붙이지 붙일곳이 잇느냐」

덕호는 언제나 술이 취하면 자식없는 푸념을 하군 하엿다。 덕호는 한참이나 선비를 물끄럼이 바라보더니、 한숨을 푹쉬인다。

「잘생각해서 말해라、 내가 너는 옥점이년과 조금도 달리생각지 안는다、

너는나를 어떠케 생각하는지는 모르겟다만은……」

그때 선비는 돌아가신 어머니나 아버지가 살아온듯한, 그러한 감격에 눈물이 핑돌앗다. 그러고 뭐라고 말하여, 자기의 맘을 만분의 하나라도 표현식힐까, 두루두루 생각해보나, 그저 가슴만뛸뿐이지, 아무말도생각나지안았다.

덕호는 물한 그릇을 다먹고, 빈그릇을 내준다.

「오늘은 밤두 오랫으니 나가서자구, 잘생각해서 내일이나 모래지간에 대답을하여……너하고싶다는대로 해줄터이니……응」

덕호는 감격에취하야 더욱 발개진 그의 살을 바라보면서 이러케 말하엿다. 지금 덕호의 맘은 선비가 어떠한 요구를하던지 다들어 줄것 같앗다. 선비는 물그릇을 들고 불을 가늘게 낮훈후에 건어방으로 나왓다. 그러고 목화보우에 칵 업디엇다. 「옥점아!」 그는 처음으로 옥점이를 이러케 불러보앗다 캄캄한방에 오직할멈의 코고는 소리가 들릴뿐이고, 잠잠하엿다. 그는 옥점의 그얼굴을 생각하엿다. 쌀쌀해보이던 그눈과 그입모습! 사정없이 나가는대로 말하던 그의말! 그것도 지금생각하면 그리워젓다. 동시에 그것이 참일까, 그가 나를 공부시키겟다고, 서울로 보내라고 햇다지? 그말이 참일까? 영감님이 술취한김에 되는대로 하신말슴이 아닐까? 온가지 의문과 의문이 꼬리에꼬리를 물엇다. 그는 자리에서 일어나서 불을켜고 목화송이를 골르기 시작하엿다.

한송이 또한송이, 힌목화 송이가 치마앞에 모일사록, 그의생각도 이목화송이와같이 덮이고 또덮여, 어느것부터 생각해야 조홀지몰랏다. 어떠커누? 참말이라면 나는 서울을 가볼까, 그래서 옥점이와같이 학교에도 다니고, 그러면 그수놓는것도 배우게될터이지! 하엿다. 그때의 그가 부럽게 바라보던 가지가지의 색실타래가 눈앞에 보이는듯이 나타낫다. 그는 목화송이를 꼭쥐고, 멍 하니 등불을 바라보앗다. 서울을 가? 내가 그러면 이목화는 누가 트나? 그러고 물레질은 누가 하고? 하며 혼곤히 자는 할멈을 돌아보앗다. 그때 뜻하지안흔 첫재의 얼굴이 또다시 휘떠오른다 그는 머리를 돌리며 종래 여기서 살랴나……

（40）

해가 지고 어득어득 해서야 개똥네마당질은 끝이 낫다。 어둠속으로 뿌여케 솟아 오른 나락덤이！ 나락덤이를 중심으로 돌아선 농민들은 술에 취한듯이 홍분이 되어 잇엇다。

유서방과 덕호가 나왓다。 유서방은 들어가서 등불을 켜가지고 나왓다。 땃버리는 대두를들고 나락덤이 앞으로 가서 나락을 손으로 헤쳐가면서 말을 되엇다。

「한말이요는 가서요유」

땃버리는 그둥글둥글한 음성을 길게 빼어가지고 소리곡조로 마디마디를 꺽어돌렷다。 뒤밓어 쏴르르하고 섬속으로 흘러들어가는 볕알소리！ 그들의 가슴은 어떤 충동으로 스르르 뜨거워지는것을 깨달앗다。 그러고 무의식간에 그들은 눈을 썩 썩 부비치고 동무의 어깨를 눌으며 바짝바짝 다가들엇다。 그때마다 옆에 동무는

「이사람아 넘어지겟구먼!」

허허 웃으며、 그들은 이런말을 주고받앗다。 한섬 두섬 석섬 볏섬은 차례로 묶여노인다。 그들은 제각기 몇섬이날까? 하는 호기심에 묶어노흔 볏섬과 나락 덤이를 번가라 비교해보앗다。

땃버리가 마즈막 말수를 되어 볏섬에부으며、

「열닷섬 닷말이요는 기서요우」

수심가라도 한곡조 부르려는듯이、 그러케 흥이나서 음성을 내뿝앗다。

「열닷섬 닷말! 잘은낫다！」

가슴을 조리고 섯던 그들은 똑같이 이러케 중얼거렷다。 땃버리는 툭툭 털고일어낫다。 그러고개똥의 어깨를 탁첫다。

「이사람아 한턱내야되리、 올농사는 자네만큼 된사람이 없으리！」

「암 허허」

개똥이는 이러케 대답하며 홀금 덕호를 쳐다 보앗다。 덕호의 얼굴은 잘보이지 안흐나 그가 가만히 섯는것을 보아 만족해 하는것을 알수가 잇엇다。

곡식이 잘 되지 못할때면 덕호는 신경질을 하며 가만히 서잇지 못하고 왓다
갓다 하면서 밭을 잘거루지를 못하엿느니 미리베다가 먹엇느니 하고 야단을
치군하엿던 것이다.

유서방은 구루마를 갓다대이고 볏섬을 쾅쾅 실엇다. 그들도 벼섬을 받들
어 올려노며

「무겁다! 벼한섬이 이다지도 무거운가!」

덕호가 들으라고 일불어 이러케 말하엿다. 덕호는 어둠속으로 권연만 뻑
뻑빨면서 섯더니

「개똥이! 자네 여기서 다회게 끝내고 말지! 후일에 다시 쓰더라도……응?
자네 빚내온돈이 얼마인지?」

개똥의 말을 들어보려고 덕호는 이러케 물엇다. 개똥이는 덕호가 말하기
전부터 빗말을 내지 안흐려나? 하는 불안에 가슴이 조마조마 하엿다가 마침
이말을듣고보니 전신의 맥이 탁 풀렷다. 아무대답이 없는 개똥이를 안타까
운듯이 바라보던 덕호는저놈이 빗을 물지안으려는 속이구나! 하고 어떻게
하든지 이자리에서 볏섬으로 차지하지 안으면 못받을것같앗다.

「자네 십오원 내온것이 간정월달이 아닌가 그러니 이달까지 꼭 열달일세
그래 이자까지하면 이십원이 넘내그려 우선벼넉섬은 날줘야 하네 그래도 내
가 삼사원 못받는 속일세 그러구 비료값과 장예쌀은 의려히 여기서 회게할
것이지……」

유서방을 돌아보앗다.

「어서 저기서 일곱섬만 가져오게 그래도 나는 십여원을 받지못한셈일세
그러나 할수 잇는가 자네들도 농사를 해먹고 살아 가야겟으니 우리에게로오
는 반섬과 자네게로 가는 반섬 합해서 한섬은 내가 주는것이니 그리알게 그
것은 이번 농사를 잘지엇다는것때문이어 허허」

유서방은 말떨어지기가 무섭게 벼섬을 낑하고 저다가 구루마에 실어 놋
는다. 그들은 이제까지 깜박 잊엇던 하로종일의 피로가 조수와같이 밀려드
는것을 깨달앗다. 그들은 벼집단우에 펄석펄석 주저안앗다. 그때 첫재의 머
리에는 풍헌영감의 모양이 획 떠오른다.

입도차압(立稻差押)을 당하고 정신없이 아래웃동네를 미친듯이 달아다니며 사람마다 붙잡고

「여보게 이런법이 잇는가 벼를 베기도전에 ……」

그다음 말은 막히어 하지못하엿다. 첫재는 무슨말인가하야 풍헌의 뒤를 딸아논까지 가보앗다. 논귀에세운 조그마한 나무판자에 누슨글인지 써잇엇다.

<h2 style="text-align:center">(41)</h2>

풍헌은 그나무쪽을 가르치며、

「글세 집달리라던가? 하는 양복쟁이가 이것을 꽂아노면서、 벼를 베이지못한다구허두먼…」

풍헌은 이러케 말하며 누릿누릿한 벼이삭을 바라본다. 첫재는 다가서며

「누구의 빗을 얼마나 젯읍니까?」

「아 덕호의 빗이지、 그것좀 참아달라구하는데、 이러케까지할께야 뭐잇겟나! 전날 편지배달부가 이런것을 갓다가 주고가두먼、 그래 나는 그게무엇인가? 하고 물엇더니、 글세글세 이런일이 날줄이야 누가 꿈밖에나 생각하엿겟나」

풍헌은 거지안에서 다해진편지 봉투를 꺼내어 보인다. 첫재역시 그것을 한자 알아볼리가없엇다. 그래서 편지봉투만 이리저리만지다가、 풍헌을주엇다.

「거게 뭐라고 햇나」

풍헌은 허리를 굽혀 드려다본다. 첫재는 머리를 벅벅 긁으며

「내니 알겟쉬까?」

「저 노릇을 어찌해야 조켓나」

「덕호한대 가밧읍니까?」

「가보기를 이를까 어제밤에도 밤새끝가서 졸랏네 그래두 소용없네 이를 어찌면 조켓나 자네 좀가서 말해 볼수 없겠나?」

쳐다보는 풍헌의 그눈! 첫재는 그만 머리를 돌리고 말앗다. 그러고 그달음으로 덕호한대 와서、하다못해 주먹 담판이라도하고 싶엇다。그러나 아무 소용이 없을것을 짐작하는 첫재는 애꾸진 한숨만 푹쉬고저 앞을 바라보앗다。

불과 십여일 이내에 베이게될이벼이삭! 벼알이 여물대로 여물어서 머리를 푹수기고잇엇다。

「잘됏지! 저것을 보게나」

풍헌은 벼이삭을 가르치고、달려가더니 벼이삭을 어루만지며、불타산을 멍하니 노려 보앗다。그의 히뜩히뜩 세인 쉬염끝은 무서웁게 흔들리고 잇다。첫재는 뭐라고 위로할말조차 생각나지안앗다。그러고 그들의 주위를 싸고 잇는 공기조차도 무거운 납덩이같음을 느꼇다。

풍헌은 논귀에 펄석 주저않으며、무심히 물에 채여 문어진 논뚝을 다시 고쳐 놋는다。첫재는 물그럼이 그것을 바라보앗다。

「이논이 읍의 사람의 논이라지유」

「그래 읍의 한치수라는 어룬의 논인데」

그는 후하고 숨을 쉬엇다。

「그런법두 잇는가 전에는 그런일이 없엇는데……난암만 생각해두 모루겟어! 내일읍에 들어가서 한치수 어룬에게 물어보겟네」

「그럿케 합슈」

첫재도 그런법이 잇을것 같지 안헛다。풍헌은 벌떡 일어낫다。

「난 지금 들어가 보구오겟네」

이럿케 말을하고 읍가는길로나선다。그러고 뒤도 안돌아보고황황이 걸엇다。첫재는 물그럼이그의 뒷모양을 바라보다가 산모퉁이를 지나간후에 들어왓다。

며칠후에 풍헌이 보이지 안흐므로 누구에게 물으니 그는 벌서 어대론지 가버리고말앗다는것이다。안해와 어린것들을 데리고 박아지 몇짝을 달고 떠낫다고 하엿다。

여기까지 생각한 첫재는 구루마 구르는소리에 정신이 번쩍들엇다。그러고 아버지겸 동무이던 풍헌을 내쫓은 덕호가 또다시 개똥이를 내쫓고 자기

를 내쫓으려는것을 절실히 느꼇다。 그때

「여부수 내가 빗을안물겟답니까！」

개똥의 음성이 무거운 공간을 헤첫다。 무엇보다도 일년농사지은것이라고…그의초가집 문전에나마 노앗다가 이러케 빼앗기엇으면 한결 맘이 나을것 같앗다。 그러고 벼시세도 시금은 한섬에 오원이라하니 좀더 잇으면 육원을 할지 팔원을 할지모르는데 이러케 빼앗기기에는 너무나 억울하엿던것이다。

첫재는 개똥의 말을듣자、 무의식간에 읡하고 달아갓다。 그러고 유서방을 단번에밀쳐 너머첫다。

「뭐야 이게? 야들아！ 다오나라」

남의일이나 자기일 못지안케분하엿던 그들도 읡 쓸어나갓다。 그러고 구루마에 실은 볏섬을 끌어내렷다。 그러고 덕호를 찾앗으나 그는벌서 어대로 빠져 달아낫는지 찾을수가 없엇다。

「이벼만 가저봐라！」

개똥이가 호통을 하엿다。 그때 저편에서 회중전등이 번쩍하고이리로왓다。 그들은 순사가 오는구나！ 직각되자 사방으로 흩터지기 시작하엿다。

개짓는 소리가 여기 저기서 들리엇다。 그러고 신발소리 또 신발소리……

（42）

이튿날 새벽에 개똥어머니는 덕호네집으로갓다。 아직 대문은 걸린채 그대로 잇엇다。 벌서 그가 어제밤부터 이문전에 몇번이나 왓는지 몰랏다。 그는 하는수없이 집으로 오다가、 또다시 무슨 생각을하고 대문옆으로와서、 우묵허니 서잇엇다。 그리고 안에서 누가 나오는가하야、 자조자조 문틈으로 들여다보앗다。 그러나 검정개 한마리 얼신하지 안앗다。 그는 왓다갓다 하면서、 이제 덕호를 만나、 뭐라고 말할것을 입속으로 다시금 외여 보앗다。 어제 밤새도록 생각해온 이말이건만、 이러케 덕호네 문앞까지와서는 캄캄해지군 하엿다。

안에서 신발소리가 나므로, 그는 조금 물러서서 동정을 살폈다. 덜거렁하는 소리가 나더니, 문이 찌꺽열린다. 그리고 유서방이 다리를 절면서 나오다가, 개똥어머니를보고 멈칫섯다.

「웨왓소?」

유서방은 어제밤일을 생각하며 분이 왈칵 치밀엇다. 개똥어머니는 머리를 수겨보이며

「그저 잘못햇읍니다. 용서해주시우 다철이 없어 그모양이지유 한때살려줍시우」

「철없는게 뭐야유 그새끼들이 철이 없어? 흥? 이거보우 내다리가 병신되엇수」

코웃음을 치고나서 도루 들어간다. 개똥어머니는 뒤를 딸앗다.

「면장님 일어나섯우?」

「면장님은 웨찾우」

유서방은 홀금 돌아보앗다.

「그저 한때 살려주 예? 살려주 예」

개똥어머니는 훌쩍훌쩍 울엇다.

「난 몰라유 그까진놈의 새끼를⋯⋯사람의 은혜도모르고 의리도 없는 그놈들 김생같은⋯⋯에이」

유서방은 이러케 소리치며 들어간다. 개똥어머니는 한참이나 머뭇머뭇하엿다. 그때 안에서 덕호의 음성이 흘러나왓다.

「거누구니?」

「개똥어미야유」

유서방이 대답한다.

「개똥어미가 웨」

「모르지유」

개똥어머니는 방문 밖에 서서 머뭇머뭇하다가

「그저 면장님 한때 살려주 그놈들이 철이 없어서⋯⋯」

덕호는 아직도 자리에서 일어나지 안은 모양이다.

「개똥어민가 이리들어오게、늙으니가 치운데、웨 밖에섯는가」

뜻하지 안흔 덕호의 후한말에 개똥어머니는 앞이 캄캄해왓다.

그제야 유서방은

「어서 들어가우」

개똥어머니가 방문을 여니 덕호는 자리에 누어잇나。그는 멈첫섯다.

「어서 들어와」

개똥어머니는 들어가서 머리를 수기며

「그저 한때 살려줍시유、네? 한때만 사정봐 줍슈」

덕호는 기침을 하며 일어나서 자리로 몸을 가리우고 앉엇다.

「글세 그놈들의 행세를 보아서는 분나는대로 용서없이 고생을 시키겟지만 그러나 소위 면의 어룬이라는 나로써 더구나 저런늙은이들이 불쌍해서 그럴수야 잇는가」

개똥어머니는 너무 감격하야 소리쳐 울고싶엇다. 그러고 저런 후한 어룬의 뜻을 몰라주는 개똥이와 그의 동무들이 끝없이 원망 스러웟다.

「그저 살려줍슈 저를 봐서…」

「응 그런데 마침 오늘이 공일이니까 면에 출근도 안하니 내직접 주재소에 가보리…… 저의 놈들이 암만 그래도 몇十년을 내덕에 산것이 아니겟나 배은망득이란말이 이런말을 두고 일음일세그러 허거정 나두 손두없는 사람이라 저의들을 내친 자식들과 같이 사랑한단말이어 어제만 하더라도 내가 생각해서 벼한섬을 거저 주지안앗나 그런데그놈이 그은공을 몰라본단말이어 하필 올뿐인가 작년 재작년에도그래 왓지」

「그까짓 죽일놈들을 생각하실게 잇읍다끼 그저 후하신맘으로 이 늙은것을 한때 보아주서야지우」

「응 그럼 돌아가게 내잇다가 가보리」

개똥어머니는 코가 따에 다토록 절을 하고 밖으로 나왓다. 덕호는 도루 자리에 누워 이놈들을 더 고생시켜세상의법이 어떠타는것을 알리어정신을 들여주럿더니 날은 점점치워오고 어서 눈오기전에 마당질은 끝내야겟으니 부득히 놓아주는수 밖에 별수가 잇나! 하고 생각하였다. 더구나 이가을부터

미곡통제안(米穀統制案)이 실시 된다는 말이 잇으니 그러케 되면 곡가도오를 것이다 어서 바삐 그 놈들의 빗도 현곡가로 청산하여야겟다는 생각이 들자 곡 그는 자리에서 일어낫다.

(43)

어제밤 주재소에서 자고난 그들은 오늘 덕호가 가서야순사부장의 단단한 훈시를 듣고 다시는 그런일을 하지 안키로 약속을하고 놓여 나오게 되엇다. 그들은 나오는 길로 아침밥도 잘먹지 못하고 곧 타작마당으로 왔다. 그래서 어제밤 널어놓은 짚단이며 나락헤진것을 쓸어 모아놓고 한편으로는 도급기를 행행 돌럿다. 그들은 일을하니 안아픈곳이 없엇다. 팔을 놀리면 팔이 아프고 다리를 놀리면 다리가 아팟다. 그러고 허리를 굽힐수도 없고 목을 임의대로 돌리는수도 없엇다. 하로쯤은 쉬어서 햇으면 조켓는데……하는 생각을 그들은 약속이나 한것처럼 똑같이 하엿다.

그때 덕호가 나왓다 그는 권연을 피어 물고 단장을 짚엇다. 그러고 명주 저고리 바지에 세루 조끼를 말근말근하게 입엇다. 그들은 덕호를 보자 가슴이 울울해지며 저절로 머리가 수거진다. 그러고 뭐라고 나물하지나 안으려나 하는 불안에 쩔쩔매엇다.

「어 자네들 어서 일들이나 잘하여……밥만히 먹고 일만히 하는 사람이야말로 튼튼한 면민일세그려 허허 자네들은 나를 오해하지? 아마 어제일을 미루어 보더라도 말이어 그러나 그것은 잘못 안것일세 나는 더구나 면의 어툰이란 지위에 앉아가지고 자네들의 이로움을 위하야 애쓰는것이 나의 의무가 아닌가」

덕호는 큰기침을 하고나서 다시 말을 계속하엿다. 그들은 고개를 수기고 합수를 하고섯다.

「어제만 하더라도 내가 곡식으로 찾이한것이 전혀 자네들을 위함에서 그럿케 한게야……자네들의 형편에 그곡식을 갖다가 팔아서 돈으로 빗을 갚는다고 하세돈을 제때에 갚지도 못하게 될뿐아니라 그곡식을 제값을 못받고

더구나 꼭적당한 시기에 팔지를 못해 그러니 내가 곡식으로 찾이하는게어
나야 손해가 되지만은⋯⋯웨손해가되냐하면 말이어 이제 좀더 잇으면 자네
들이 지내보는바와같이 곡가가 내리는것만은 뻔한사실이 아닌가 응 웨 그런
줄을 몰라주느냐 말이어 나는 자네들을 친자식같이아는데 자네들은 그것을
몰러준단말이어 어제 일만 하더라도 내가 아니고 싼 사람이라면 사네들을
그냥두겟나 그러나 나는 자네들도 생각 할뿐만 아니라 자네들의 가족들을
생각하야 친히 순사부장에게 사정을 하다싶이 한것을 자네들은 아는가 모르
는가 한번 실수는 누구나 잇는것이니 이다음부터는 주의들해」

덕호는 그들을 둘러보며 빙긋이 웃엇다. 그들의 모양을 보아 자기의 말에
얼마나 감격하엿는지를 그는 짐작하엿던 것이다. 따라서 이러케 저들이 서
리마진 풀대같이 후죽은 한것이 전혀 주재소의 힘임을 깨달으며 무식한 놈
들에게는 매가 제일이다하고 생각되엇던것이다.

덕호가 그들의 앞을 떠난후에 그들은 가볍게 한숨을 몰아쉬엇다. 그러고
이재덕호가 한말이 다 옳다고는 생각되지안핫다. 그들은 여전히 일을 계속
하엿다. 도급기 다섯채를 좌우로 갈라노코 한채에세사람씩 맡앗다. 한사람
은 가운대서서 두르고 그남아지두사람은 도급기 곁에서 볏단을 풀어노코 도
급기 두르는 그들에게 번갈아집어 주며 혹은 벼나까리에 올라서서벼단을 내
리고또는 다훌은 짚단을 묶어서 저편으로 날랏다.

「이애 이놈아 빨리다우」

난장보살이 첫재를 돌아보며소리첫다. 그러고 볏모개를 빼앗앗다.

「홍! 어제는 이놈 때문에 우리들이 매를 죽도록맞앗다니」

어제밤 매맞던 생각을 하며 싱앗대를돌아 보앗다. 싱앗대는 볏모개를 빨
리돌려대엇다. 「쥐뿔도 없는놈이 맘만 살아서 그꼴이지 그저 없는놈이야 무
슨 성명이잇나 죽으라면 죽는 모양이라도 내어야지」

곁에서 그들의 말을 듣는 첫재는 버럭 화가 치받치는것을 억제하엿다. 그
러니 배속이 꿈틀 꿈틀하며 얼굴이 빨개젓다.

어제는 이타작 마당에서 그들이 일심이 되엇는데 겨우 하루밤을 지나서
그들은 첫재를 원망하엿다. 첫재는 덕호에게서 욕먹은것 보다도 순사에게

밤새어 매맞은것 보다도 그들이 자기 하나를 둘러싸고 원망하는데는 그만 울고싶엇다. 그리고 캄캄한 밤길을 혼자 걷는듯한 적적함이 그를 싸고 도는 것을 새삼스럽게 깨닳았다. 그는 무심히 벼나까리를 쳐다 보앗다. 전같으면 저벼나까리들이 얼마나 귀여웟으리오만은……그때저리로부터 순사가 왓다.

(44)

첫재는 놀랏다. 가까이오는 순사는 지금 자기가 생각하고잇는것을 다 알고, 자기만 잡으려고 오는듯싶엇다. 그래서 그는머리를 푹수기며 볏단만 헤치고잇다가, 칼소리가 멀어지매 그는겨우 안심하고, 흘금 바라보앗다. 그때 순사의 구두발에 툭툭 채이는 칼은 해빛에 번쩍번쩍하엿다. 순사는 덕호를 만나서 다시 이리로온다. 그는 또다시 아까와 같은 생각으로 겁을 먹엇으나, 그들은 가벼운 권연내를던지고 저편으로 지나간다. 그러고 무슨 이야기를 재미나게 하고는, 하하 웃엇다.

「여보게 자네좀 돌우게」

난장보살이 첫재를보며 이러케 말하고나서, 도급기에서 물러간다. 첫재는 얼른 이편으로왓다. 그러고 한발로 도급기발판을 짚어가며, 볏모개를 훌는다. 그때 무심히 저편을보니, 덕호와순사가 면사무소에 앉아서 유리문을 통하야 이편을 내다본다. 그때에 그는 난장보살이 마주보기 실허서, 도급기에서 물러낫고나! 하고 직각되엇다. 따라서 지금 저들이 자기를 잡아갈 의논을하면서 자기만을 주목해 보는듯하야, 머리를 수겻다.

쏴르르 탁탁 튀어나는 벼알은 그의볼을 가볍게 후려치고떨어진다. 그러고돌아가는 도급기 바퀴에서 일어나는 바람은, 그를 오한이라도 나게 하려는듯이 싫엇다. 전같으면 이바람에 얼마나 속시원 할것이엇만……그때 난장보살이

「담배먹고 싶다！」

그때 첫재도 새삼스럽게 담배 피고 싶은것을 느끼며 난장보살을 바라보앗다. 일하던 농민들은 약조나 한듯이 일시에 시선이 마주첫다. 그들은 누

구나 상대방의 눈동자에서 담배피고 싶다는것을발견하엿다。 그러나 면사무
소에 앉아이야기하는 그들의 눈에 걸리는것이 싫어서 누구 한사람 쉬이려고
하지 안헛다。 그들은 한숨을후쉬고 머리를 수겻다。 그러고 쉴새없이 떨어져
싸히는 벼알을 바라보앗다。 담배한목음 맘노코 먹지못하고서 저러케 애써
지은 쌀알을 넉호네 함석창고를 들여보낼 생각을하니 어세 구무나를 부서트
리던 그순간의 감정이 또다시 폭발되는것을 느겻다。

마당이 보이지 안도록 싸히는 저벼알！ 병아리의 털같이 그러케 노란 수
염이 하늘을 가르치고 자미나게 싸힌 저벼알！ 저벼알은 역시 자기들에게는
귀엽고 아름다운 빛만 보이고나서 맘노코 만저보기도전에 덕호의 창고로 들
어가 버리고 마는것이다。

어린것은 집에서

「아빠 하얀밥 먹지? 오늘은」

오늘 집에 들어가면 아버지를 붙들고 이러케 소곤거릴것이다。 그때에 그
들은 뭐라고 대답하랴！ 여름내 가을에는 하얀밥준다! 고 얼리던 그말！ 지
금와서는 또 뭐라고말하랴！ 그들은 이런 생각을 하며、다시금저벼알을 보
앗을때 벼알이 아니라 그들의 가슴폭을 마디마디 찔르는 살대 같아 보엿다。

그들은 멍하니 어제일을 되풀이하며 첫재를 돌아 보앗다。 그때 순사와 덕
호는 이리로온다。 또다시 그들은 가슴이 두군거리며 하던생각이 끊기고 말
앗다。 덕호는 순사와가치 그의 집으로 들어간다。 그들은 후 한숨을 몰아 쉬
엇다。 그러고 멍하니 불타산을 바라보앗다。 오래잖아 저산에는 눈이 하야케
덮일터인데……우리들은 그때에 뭘먹고 사나? 하엿다。

가을을 맞은 청초한 저불타산

그우로하늘이 파랏게 다름질처갓다。 첫재는 그하늘을 묵묵히 바라볼때
어제밤 순사부장이 자기들을 모아노코「너희들에게 법이란것을 가르쳐야겟
다」하던 말이、그의 머리에 휙떠오른다。

「법……법 법에 걸리면 죽이는법까지 잇다지?」

그가 법이란 막연하게나마 전통적으로 신성불가침의 것으로 알앗지마
는……아니 지금도 그러케 알지마는、어제 일을 미루어 곰곰히 생각하니 웬

일인지 그법에대하야 무엇이라고 형용 할수 없는 엉킨 실마리가 그의 온 가슴을 꽉 채우고 말앗다.

「우리들이 어제 덕호와 싸운것이 법에 걸리는 일이라지? 그법……법……」

그는 머리를돌려가며、 몇번이나 이러케 중얼거렷다。 그러나 점점더 답답만할뿐이지、 그엉킨실끝을 골루는 수가 없엇다。 그때 난장보살이 휙처다보앗다。

「이곰 뭘 그리 중얼거리나?」

첫재는 그의말이 입밖에까지 나간것에 스스로 놀라며 머리를 푹 수겻다.

(45)

추수가 끝난 초겨울이엇다。 읍에서 군수가 나와서 농민들을 모하노코 연설을 한다고 한다。 그들은 군수가 나왓다니까 아무리 바쁜일이 잇어도 가야만 되는줄 알고 그러치 안으면 벌금이나 물리지 안을가? 하야 모두 모엿다.

이십여간이나 되는 면사무소내에 농민들이 빽빽히 들어안젓다。 단상에는 군수와 면장이 안앗고 그옆으로는 면서기들이 안엇다。 그들은 이번 신임된 군수라는 뚱뚱한 양복쟁이를 눈이 둥글해서 바라보앗다。 먼저 면장이 나와서 간단한말로 군수를 농민들에게 소개하엿다。 뒤미처 군수가 나와서 몇번 기침을 한후에

「어……내가 이번에 나온 목적은 여러분들도 이미 면사무소를 통하야 알겟지마는……내가 신임인만큼 군내 상황도 시찰할겸 더욱 여러분들에게 절실하게 이르고 싶은것이 잇어 나온것이요」

「우리 조선으로 말하면……팔활이상이 농민들이요 그러니 농민들의 성쇠는 즉 국가흥망의 기원이 될것만은 사실이요 옛날부터 농사는 천하지대본이니라한말이 잇지안소」

여기까지 들은 그들은 저러케 귀하신 어룬의 입에서 자기들이 하는 농사를 찬사하는 말이 나오니 이것이 꿈인가 하엿다。 그러고 말할수 없는 감격에 붓들리엇다.

「우리가 농사를 부지런히 하여야 할것은 두말할것도 없거니와 어……거기에 대하야 여러가지 방법을 말하고저 하오 재래의 농민들이란 그저 수굿수굿 김만 매면 되는줄 알앗으나 그것은 틀린것이오 어떠케 하면 밭에서 곡식이 만히날가 어떠케 하면 적은 밭을 가지고도 큰밭에서 내는 곡식을 낼가 다시 말하면 농사하는 방법을 쏙 알아 가지고 농사를 지어야 한단말이오 어……예를들어말하면 어……여기 한사람이 잇다고하면 그사람의 재조를 보아 그에 적당한 일을 시겨야 그일이 잘될것이 아니요? 그러니 이것도 역시 마찬가지로 밭에 곡식을 심는것도 만일 어긋나게 심으면 좀더 곡식이만이 날것이로되 적게난단 말이오 수수나 콩을 심어 잘될 밭에다 조나 육도를 심으면 적게 날것이오、 그러니 먼저 그밭에 어떤것이 지당한가를 생각하여 심어야 한단 말이우、 어……그리고 퇴비말이오、 무엇보다도 이퇴비를 만히 저장해두엇다가 봄에가서 밭을 잘거루워야 하우、 여러분이 좀더 부지런을 내이면、 어……일하다가 쉬는 틈을타서 풀을깎아다 퇴적장에싸아 썩이시오、 이것이 봄에 가서는 훌륭한 거름이 될것이오、 공연히 읍같은대 가서 금비를 사다쓸것이 아니라、 그러케 해서 자작 만들어 쓰란말이오」

그들은 자기들의 농사하는 이치를 이러케 꼭꼭 알아내는것이 얼마나 감사하게 생각되엇는지 몰랏다. 그래서 서로 돌아 보며 입을 쩍쩍 버럿다.

「어……그리고 색의를 입어야 하오 우리 조선사람들은 입는것이 못사는 원인의 하나요、 어서 바삐 색의를 입으시우、 흰옷을 입게 되면 자주 빨아 입어야겟으니、 첫재그만큼 시간이 소비되고、 둘째 빠는데 옷이 해지우 어……그리고 고무신을 신지말고 될수 잇으면 노는 시간을 이용하야 짚신을 삼아 신도록하오、 이외에 관혼상제비(冠婚喪祭費)도 절약 하시우、 이러케 하면 당신네들이 앞으로는 다부자가될것이오 그러치 안우? 허허」

그들도 딸아 웃엇다. 그러고 군수의말대로하면、 참말 내년부터라도 풍족한생활을 할 것 같앗다.

「그러고 어……마주막으로 말할것은 면이라는 기관은 당신들이 잘살고、 건강하게 사는 것을 위하야 힘써 지도하는곳이니 조금도 면사무소를 허수히 알아서는 못쓰오、 면에서 지세나 혹은 호세나 기타 여러가지세금을 당신들한태서 받아 내는것은 다당신들을 잘살게하기 위하야 통치하는대 소비하는 것이우 그러니 그런 세금들을 꼭 꼭 잘바쳐야하오할말은만으나 훗기회로 미루고위선그만하니 이면사무소의 지도를 잘받으시오」

군수는 말을 마치고 의자에 거러앉는다. 면장은 만족한 웃음을 띠우고 나왔다.

「이번 군수영감께서 이러케 나오시게되어 우리에게 조흔 말슴을 들리어주시니 우리면민은 군수영감의 말슴대로 이행하기를 서약한다는 증거로 일어나서 경례를 합시다 자 일어나시우들」

농민들은 일시에 일어나서 머리를 따에 닷도록 절을 몃번이나 거듭하고 헤여젓다.

첫재도 그들틈에 섞여서 면사무소를 나왓다. 그는 어정 어정 걸으며 내년부터나는 누구네 땅을 부치나! 하고 우뚝섯다. 그의 동무들은 그를 비웃는 듯이 홀금 돌아보고 저편으로 몰려간다.

(46)

첫재는 드디어 밭을 떼우고말앗던것이다. 오늘 군수영감의 말을 들으면 이 면사무소는 농민들이 잘살기 위하야 힘쓰는 곳이라는데……여기까지 생각한 그는 자기만은 이동네의 농민이 아닌가하는 의심이 부쩍든다. 덕호로 말하면 이면의 어룬인 면장이라는 지위를 가지고 잇는데도 불구하고 부치던 밭을 그에게 떼우지 안앗는가? 응! 나는 그때 그구루마를 깨친것이 법에 걸리엇기 때문이라지. 법 법……오늘 군수영감의 말슴한것도 역시 내가 행하지 안흐면 법에 걸리게 될터이지 그러나 오늘에 부칠 밭이 없는데 거름은 만들어두면 뭘하나? 그법……그는 날이 갈수록 이법에 대하야 점점더 의문의 실뭉치가 되어 그의 가슴을 안타깝게 보채인다. 그는 생각지 말자하다도 가슴속에서 뭉치어 일어나는 이 불덩이! 그스스로도 제어 하는수가 없엇다. 첫재 자신은 이 신성불가침의 법을 지키려고 애를쓰나 웬일인지 날이갈수록 자신은 이법에 걸려들어 가고 잇는것을 안타깝게 발견 하엿던것이다.

집까지온 첫재는 나무까리 옆에 우둑허니 서잇엇다.

「어떠케 한담?」 그는 이러케 중얼거리며 그의 앞길은 암흑으로 변하여지는것을 볼을 후려치는 쌀쌀한 겨울날의 감촉과 같이 확실히 느껴진다.

그때 짚부벼치는 소리가 바삭바삭 나므로 획근 머리를 돌리니 그가 새끼 꼬다가 노코서 면사무소에 갓던 기억이 얼핏 생각히우며 이서방이 농냥하러 가지안코 오늘은 집에 잇는가하야 얼른 들어왓다. 방문을 여니 갑작이누가 방안에 앉엇는지 알수가 없엇다. 그저 캄캄한속으로 짚부벼치는 소리만 들릴뿐이다.

「벌서 오니? 웨 오라던?」

방안에 들어 앉은 그는 어머니가 새끼꼬는것을 비로소 발견하엿다. 첫재는 머리를 벅벅 긁으며,

「군수 연설 들으러오라지」

첫재어머니는 실망을하고 꼬던 짚을 밀어놋는다. 아까 면서기가 면사무소로 첫재를 오라고 할때는、아마 도루 밭을 부치라고 하랴나? 하는 다소의 희망과 의문을 가젓는데、아들의 이러한말을 들으니、아주 낙망이 되엇던것이다.

첫재 역시 어머니의 이러한낙망을 손에든것처럼 꼬여뚤럿다. 그러고 말할수없는 비애가 이방안으로 가득히 들어차는것을 그는 깨달앗다. 첫재는 어머니의 이러한모양이 보기실허서 획 돌아앉아 새끼를 꼬기시작하엿다. 전 같으면 이새끼를 꼬아서 할것이만컷만 이새끼를 꼬기는 꼬나、무엇에다 어떠케 쓰랴는 예정도 나지안헛다. 그저 심심하니 앉아 잇으면 가슴이 터지게 일어나는 이의문과 비애 ! 이것이 안타깝고 귀치안허서 이것을 부처잡고、잇는것이다.

「이놈아 글세 가만히잇지 웨? 그 지랄을 버러저서 그모양을 한단말이냐、암만그래두 우리는 없는사람이니까 잇는사람에게 붙어 살아야 하지안니⋯⋯오늘부터라도 굶고앉앗겟으니 조켓다 ! 이놈 ! 날잡아 먹지못해그래⋯그래도 밭을부치면 장리쌀이라도 얻어올수가 잇엇지만、누가 쌀한줌줄듯하냐」

「이거 웨 귀찬케구는지 모르겟다!」

첫재는 소리를 버럭질럿다.

「오냐 이놈아、어려서부터 네놈이 어미의 머리끄뎅이를 함부로 뜯어내더니、그버릇이 이때껏 남아서 밥굶게되엇으니 조켓다! 이놈!」

「흥 잘하는것 내가그랫겟군!」

「그랴、그래서 너누구덕에 밥먹고 큰줄아냐、이놈 너도 지내봐라! 누가 잘못하고싶어 잘못하는줄 아느냐? 나도 배 고파서 할수 할수 없으니 그랫다! 너두 지내봐라! 어디이놈!」

첫재는 이말에 귀가 번쩍 띠며 이상하게도 가슴이 찌르르 울럿다. 그러고 나도 배가 고파서 할수 할수없으니 그랫다、너두 지내봐라! 하던 어머니의 말이、살대와 같이 그의 가슴폭을 선듯 찔르는듯 하엿다. 할수 할수 없으니 그랫다! 이것또 무슨 말인가? 또다시 그실마리가 두루뭉텅이가 저서 올라오려고 하엿다. 그는새끼꼬든 짚을 밀어내고 벌걱 일어낫다. 그러고 벼락치듯 문을 열어 제치고 나와 버럿다.

어느새에 싸락눈이 바실바실 떨어진다. 뜰 한모통이에 싸하둔 나무까리에 싸락눈 싸이는 소리가 한층더 뚜렷하다. 그는 저싸락눈을 보니、한층 더 가슴이 죄여들엇다. 원 나무나 해다 팔아서、쌀알이나 마련해 올가……그러니 그놈의 산림감시놈들이 나무를 베게해야지……법? 그는 발길을 쿵하고 드노핫다.

(47)

한참이나 우묵허니 섯던 첫재는 어느동무네 집이나 가볼가? 하고 생각해 보앗다. 그러나 아까 면사무소 앞에서 자기를 비웃는듯이 돌아보던 동무들을 얼핏 생각하며、그만 지게를 걸머지고 어정어정 나왓다.

싸락눈이 그의 다는 얼굴을 선듯선듯하게 하여준다. 그는 뿌여케 보이는 앞벌을 바라보며 한숨을 푹 쉬엇다. 아직까지 그의 온갖히망과포부가 이벌

전부이엇던것을 그는 다시금 생각해보앗던 것이다. 그러나 이별을 일어버린 지금에와서는 그에게 무슨히망과 포부가잇으랴! 단지 그의 앞에가로 질린것은 캄캄한 암흑뿐이엇다.

그가 일하러 나올때마다、광이를 높이 둘러메고、끝없는 공상에 잠기군 하엿다.

농사를 잘지어서 먹고、남는것을 팔아서 저축해 두엇다가 그돈으로 밭사고、그러구 선비를 안해로 마지해서、아들딸 나아 가면서 자미 나게 살아 보겟다고 그는 몇번이나 생각해 보앗던가! 그는 자기의 이러한 어리석엇던 공상을 회상하며 픽웃어버럿다. 따라서 히망의 불타던그의 씩씩한 눈망울은 비웃음과 저주로 변하는것을 확실히 볼수가 잇엇다.

어느덧 그는 원소까지왓다. 앙상한 버드나무 숲은 어찌 보면자기의 신세와도 흡사하엿다. 그러나 다시 한번 그숲을 쳐다 보앗을때 오는봄에 싹돋으랴는 씩씩한 기운을 발견 할수가 잇엇다. 그는 버드나무를 의지하야 원소를 나려다보앗다. 그때에 생각히운것은 원소의 전설이다.

「그들도 법에 걸려 혹은 죽고 혹은매를 직사하게 맞앗다지」몇천년이나 몇백년이 되엇는지 분명하지 못한 그옛날의 농민 들도 자기와 같은 그런 궁경에 빠젓던것을 새삼스럽게 느끼며 다시금 원소의 푸른물을 들여다보앗다.

그때 뒤에서 신발소리가난다. 그는누가 물길러 오는구나……하고 생각되엇으나、머리를 돌려바라보고 싶지 안핫다. 누구나 자기를 보면 밭 때운것을 조소하는듯하야、그만 얼굴이 뜻뜻해지군하엿던것이다.

신발소리는 차츰 가까워진다. 그신발소리를 듣고 한사람이 아니고 여러 사람이라는것을 직각하엿다. 그래서 그는 여기 섯기가 좀 열적은듯하야、버드나무 옆을 떠낫다. 그래서 그가 저편가로 옮아섯을때、원소로 가는 두여인을 발견하엿다. 그순간 그는 전신의 피가 갑작이 활기를 띠우고 숨이 가쁘도록 심장이 뛰엇다. 그는 멈칫서서 바라보앗다.

빨래 함지를 무겁게 인 여인중、그하나가 선비가 아니엇느냐! 귀밑까지 폭눌러쓴 흰수건밑으로、껍질 벗긴 밤알처럼 윤택해보이는 그의 얼굴! 내리는 눈에 가리어、아리숭아리숭하게 보엿다. 그러나 전날 선비와 같이 다

정한감을 주지안코 웬일인지차디찬 조소를 그의 윤택한 살갓을 통하야차츰
농후 하게 던져주엇다.

　빨래 함지를 나려 노흔 그들은 빨래를 돌우에 노코 빵빵 두다린다. 그소
리는 「이자식　너 밭떼윗지、너밭 떼윗지」하는 소리 같이 들렷다. 그는 한
참이나 어쩔줄을 몰랏다. 그때 선비가 방망이를 노코 빨래를 헤우며、홀금
바라 본다. 그는 얼핏 돌아서고 말앗다. 갑작이 현기증이 일어나며、앞이
아뜩하엿다. 그는 작대기를 꾹 짚으며、게집은 해서 뭘 하는게냐 ! 그는 이
러케 중얼 거렷다. 그리고 천천히 걸엇다.

　방망이 소리는 그가 걸을스록 점점 히미하게 들렷다. 그리고 선비의 그모
양까지도 차디찬 어름덩이같아 지는것을 그는 웃둑서며 보앗다. 그것은 자
기 머리에 언제부터 들어 앉앗던 그고은 선비의 환영이 이러케 변하여지는
것이、그의눈을 크게 뜰때마다확실히 인식되엇다.

　그는 산등에올라 되는대로 주저앉앗다. 그러고 지게를진채 멍하니 산아
래를 굽어 보앗다. 그때에 떠오른것은、어려서 이산등에 나무하러왓다가、
선비를만나 싱아를 빼앗아 먹던 기억이다. 따라서 그때부터 자기가 선비를
맘한구석에 생각하엿다는것이、옛날을 회상할수록 뚜렷하엿다. 그러나 그
러케 사모하던 선비를 한번 만나 이야기도 못해보고 그만 영원히 만나지못
할 생각을 하여、무의식간에 그는 작대기를 들어 그의발뿌리를 힘껏 후려첫
다. 그러고 벌떡 일어낫다.

　싸락눈은 아까보다 더나리는듯하다. 그속으로 멀리보이는 동네! 벌서 집
집에서 흐르는 저녁연기가 구불구불 선을 긋고 올라간다. 그때 그는 무심히
이서방이 이전 들어왓을가? 하고 생각하엿다.

(48)

　첫재는 산옆으로 돌아가며 마른풀을 베어 가지고 돌아왓다. 그가 동구까
지 왓을때 집집에서 흘러나오는 밥자치는 솥뚜껑 소리며 청어굽는내가 그의
구미를 버쩍 당기게 하엿다. 그순간 그는 어제 저녁에 밥이라고 좀먹어보고

는오늘 아침은국물만 되는 소죽먹은 기억이 그의 가슴을 더 쌀쌀하게 하엿다. 그러나 집에가면 이서방이 그시컴언 밥자루에 밥을 가득히 얻어가지고 왓을 생각을 하니 발길이 얼른얼른 내드뎌젓다.

그가 집까지와서 나뭇짐을 되는대로 벗어놓고 분주히 방으로 들어가며 이서방의 신발부터 잇는가고 보앗나. 그러나 잔바람이 실실도는 봉당에 어머니의 짚신만이 놓여잇다. 그는 멈칫섯다 이서방이 안왓나? 하는 생각을 하며 방문을 열엇다. 어머니는 아랫목에 누엇다가 벌컥일어나며

「이서방이우?」

그때 첫재는 앞이 아뜩해지며 이때까지 이서방이 오지 안앗음을 알앗다. 그의 어머니는 첫재임을 알자、곧도루누어 버렷다. 그러고 으흠하고 신음하는 소리가 방안을 그윽히 울려주엇다.

그는 방문을 쿡닫고 돌아섯다. 이서방이 웨안와하고、차츰 어두어가는 저밖을 바라보앗다. 이서방이 밥자루를 무겁게들고 돌아올길에는 눈만이 푹푹 쌓일뿐이고、검정개 한마리 얼신 하지 안앗다. 그는 무슨 생각을 하고 밖으로 뛰어나왓다. 그러고 읍으로 통한 신작로를 바라고 성큼성큼 걸엇다. 수굿하고 것다가는 한참씩서서 바라보앗다. 그러나 이서방은 보이지 안앗다. 저산모퉁이를 돌아가면、이서방이 오는것이 보이려나? 하고 그산모퉁이를 돌아와도 역시 눈송이만이 벌떼같이 날뿐이고、이서방 비슷한 사람조차도 볼수없엇다. 그러고 이전 사방이 캄캄해서、어대가 어댄지도 분간할수 없엇다. 어찌된일일가 혹길가에서얼어죽엇나? 그러치 안흐면 몸이 아파서 어대 물방아깐같은곳에 누엇는가하는 여러가지 생각이 밤이 되어 갈수록 꼬리에 꼬리를 물엇다.

이밤부터는 바람까지 일어서、휙휙하는소리가 그치지 안햇다. 그러고 싸락눈은 이전 솜눈으로 변하여 무서웁게 뺨을후려친다. 첫재는 우뚝서서 한참이나 생각하다가 아무래도 오늘밤으로 이서방이 돌아오지 안을것을 알고 그만 집으로 오고 말앗다.

그밤을 고스란이 새우고난 첫재네 모자는 아침이면 이서방이 오겟지하고 기다렷다. 그러나 이서방은 아무 소식없엇다. 첫재 어머니는 아무래도 이서방

이 무슨 일을 만난것 같앗다。 그래서 첫재를 보고

「이애! 이서방이 무슨 일을만난것같으니 네읍에 가봐라」

어제저녁만해도 배고픈것이 이러케 견디기 어렵지는 안한것같앗다。 그래서 어제는 것기에도 별한 지장은 없엇다。 그러나 이 아침부터는 너무 배가 고파서、 운신을 하는수가 없엇다。 그는 어머니를 쳐다보며、

「배고파서 갈수 잇어야지? 어대서 밥좀 얻어다주슈」

첫재어머니는 맥없이 누어 이러케 말하는 첫재를 바라보며、 가슴이 찢어 지는듯 하엿다。 그는 어대서 밥술이나 얻어보랴고 박아지를 들고、 밖으로 나왓다。 첫재는 어머니가 나가는것을 보고、 눈을 감앗다。 수없는그릇에밥 담은것이얼신얼신보여서못견딜지경이다。 그는다시눈을번쩍떳다。 첫눈에 띠운것은 며칠전 까지 쌀담아두던 항아리엇다。 그는 무의식간에 벌컥일어 나서 항아리곁으로 왓다。 그러고 항아리를 기울여 보앗다。 휑하니 비엇다。 작년가을만 해도 쌀이 이항아리를 가득찻는데 벌서 그쌀이 다없어젓나? 하 고 그는 다시 생각을 되풀이해보앗다。

가을에 밭떼울때 덕호가 특별히 생각하여 주노라고 하면서 빚과 장리쌀 만 제하고 그외에 비료값이니 이따금 꾸어다 먹은쌀은 제하지안코 그냥 첫 재를 주엇던것이다。 그것이 이항아리로 가득찻던것이다。 그때에는 이쌀이 몇달은 가리라고 생각햇더니 막상 하로이틀 먹어보니 불과 두달이 못가서 그가득하던 쌀이 흔적도 없어젓다。 그는 이러한 생각을 하며 쌀항아리를 다 시금 들여다보앗다。 그러고 행여나 어대가쌀알이 붙엇는가하야 항아리 들 고 문편으로와서 뱅뱅돌려가며 들여다 보앗다。 그러나 쌀 한알 발견하지 못 하엿을때 그는 한숨을 푹쉬며 항아리전에 머리를 푹대고 문을 바라보앗다。 그때 그의 눈에서는 눈물이 술술 흘러나렷다。 마침 밖에서 신발소리가 나므 로 그는 벌떡 일어낫다。

(49)

방문이 열리며、 어머니가 들어온다。

「난이서방이라구」

「잡놈 배는 용이고픈게다」

첫재어머니는 이러케 말하며、손에든 박아지를 그의 앞으로 밀어놋는다。첫재는 얼른 들여다보니、도토리며 밥이 들어잇엇다。그때 첫재는 식욕이 욱하고 치밀어、그의 어머니까지 밥으로 보엿다。그래서 박아지를 빼앗듯이 받아가지고 손으로 움켜쥐어 먹엇다。언제 술을들고 저를 놀리고가、다 배부른사람들의 작난이지 이때 첫재에게 잇어서는 필요하지안핫다。

「이애 작작 덤벼라！」

첫재어머니는 자기도 몇술 얻어 먹을가 하엿다가、아들이 저러케 집어먹엇으니 도토리 한알 입에 대어보지 못하엿다。따라서 첫재어머니는 야속한 생각과가치 못견디게 가슴이 쓰리엇다。

「또 없우?」

눈이 뻘거케 뒤집힌 첫재는、어머니가 밥을더얻어오고도 내어노치안는것만같아서 이러케 대든다。첫재어머니는 아들을 한참이나 노려보앗다。

「이애 무섭다 흥！ 혼자 다처먹구두、뭐가 납버서 그러냐」

이말을 하지안코는 곧 가슴이 바늘로 찌르는것 같아서、참을수 없엇던것이다。그러고 아까 길에서、웨내가 한술이라도먹지안핫나！ 하는 후회가 일어난다。첫재는 먹은것이없이、먹엇다는말만 들으니 기가막헛다。

「날 뭘 주엇기그래！」

첫재는 바싹 대든다。그의눈에서는 불이 펄펄 날아나오는것 같앗다。첫재어머니는 너무나 어이가없어서 돌아앉으며、그만 벽을 향하야 누어버렷다。어머니의 모양을 물그럼이 바라보는 첫재는 어머니가 밥이라면 그저 이 배가 터지도록 먹으련만……하엿다。

「그밥은 어서 난게유?」

아무래도 그밥의 출처를 알아가지고 좀더 먹어야지、배속이요동을 해서 못견딜지경이다。그의 어머니는 그린듯이 누어 잇을뿐이고 아무대답도 하지 안앗다。첫재는 어머니의 궁덩이를 냅다 차고싶은 것을 꾹참으며 천정을 멍하니 처다보앗다。누구네 집에 가서 밥을 좀 얻어먹나? 개똥네 집에나 가

볼가? 하고 발칵 일어날때 생각지 않흔 트림이낄하고 올러온다. 그의 어머니는 갑작이 방바닥을 차며

「이놈아 너만트림까지 하도록 처먹을것이 뭐냐!」

자기도 몇술 주어서 가치 먹엇다면 이러케 가슴은아프지안엇으리라는생각이 들엇던것이다. 첫재는달려 들어 어머니의 궁덩이를내려밟앗다.

「날 뭘주엇어? 한바리를 주엇어? 한대접을 주엇어、 뭘 얼마나 주엇어?」

그의 어머니는 악이 치밭쳐서 벌덕 일어나며 첫재에게로 달려들엇다.

「이애이놈의 새끼야、 넌트림까지 하지안니 처먹엇기에 트림을 하지、 이놈아 그래 너만 처먹고 살려느냐 다른사람은 다죽고……그것을 가치 먹겟다고 가지고 오니께 저만 다처먹어 어데 보자 이놈아 에미를 그러케 하는데가 어대 잇냐 하늘이잇니라! 응…응……」

목을 노코 운다. 첫재는 우는 꼴이 보기 실여서 밖으로 뛰어나왓다.

뜰우에 소북히 싸힌 눈우에는 신발자욱이 뚜렷이 낫다. 그는 멍하니 그자욱을바라보다가 이서방이 오늘은 오려나하고 저 앞을 바라보앗다.

어머니는 여전히 뭐라고 몹시 떠들면서 운다. 첫재는 이서방이 오는가? 오는가하야 가슴을 조리다 못해서 그만누구네집에든지 가서 한술 얻어먹으리라하고 문밖을 나섯다. 그가 개똥네 싸리문안에 들어서니、 개똥어머니가 문을 열고 내다본다. 전같으면 어서 들어오라고 할터인데 그런말은 없고 거칠게 눈을뜨고

「웨 왓는가?」

「개똥이 잇수?」

「이재 면장댁에 일하러갓네…웨?」

그는 할말이 없다. 그래서

「그저 놀러 왓댓우」

얼른 이러케말하고 돌아서 나왓다. 이전 누구네집에를 좀가볼가하며 어정어정 것다가 멈칫섯다.

저리로부터 덕호와 어떤 양복쟁이가 권연을 피여물고 이리로 온다. 그는 머리를 푹숙이고 이편골목으로 들어섯다. 그들은 무슨 이야기를 하며지나

간다。 그때 덕호는 손에든 단장을 휭휭돌인다。 덕호의 단장을 대하는순간
첫재는 전신의피가 머리로 치밀고 온몸이 푸르르떨리엇다。

(50)

　그날밤 밤이 퍽깊은후에 첫재는 밖으로부터 들어왓다。
　「어머이!」
　방안으로 들어선 첫재는목메인소리로 어머니를 불럿다。 첫재어머니는 이
서방인줄 알고 일어낫으나 첫재음성임에 대답도 하지안코 도루누어버렷다。
첫재는 어머니손에 무엇을 들여준다。 그때 그의 어머니는 쌀내를 혹군느끼
며 손에든것이 쌀자루라는것을깨닷자 단숨에 일어낫다。 그러고 부엌으로
나가며
　「이애 어서 널랑 나와서 불때라」
　첫재는 어머니를 딸아 부엌으로 나왓다。 그러고 아궁에 불을살라녀헛다。
그의 어머니는 쌀을 줄줄 일어내리우며 아궁에서 흘러나오는 불빛에 비취이
는 아들의 하반신을 흘금 바라보앗다。 그때그는 놀랏다。 그러나 다음순긴
그는 무슨 못볼것을 본것처럼곧머리를 돌리고 말앗다。 그의옷은 갈갈이 찢
기엇던것이다。 첫재는 오래간만에쌀일어내리는 소리를 들으니 얼마나 좋은
지 몰랏다。 그래서 불빛에 어림해 보이는 물속으로 하야케 보이는 쌀을 바
라보며 몇번이나 침을 모아 넘기다가 종내못견디어서 물독곁으로 가서 물
한박아지를 떠서들려마시엇다。
　그들이 밥을퍼가지고 방으로들어왓을때 대문소리가 쿵쿵낫다。 첫재는 눈
이둥굴해지며 뒷문을열고 나가버렷다。 첫재어머니는 얼는 밥그릇을 감추어
놓고 귀를 기우럿다。
　「자우?……첫재야 자니?」
　그음성에 첫재어머니는 왈칵내달앗다。
　숨이차서 헐떡헐떡 하는소리가들린다。 첫재어머니는 봉당까지 나오기는
하고도 손이떨리어 문을 열수가 없엇다。 그러고 누가 딴사람이 이서방이라

고 거짓말을 하지않는가하는 불안이 든다.

「문열어주 아이구? 에…으흠」

「아니 정말 이서방이유?」

첫재어머니는 문새에다 입을대고 이렇게 물엇다. 이서방은 기가 막히는 모양인지 머리로 대문을 쿵받는다.

「아이참 이서방이구려! 이서방 어서어서」

그제야 첫재어머니는 안심을하고 문을열엇다. 이서방은 벌벌기어들어온다.

「아니 나무다리는 어찌햇우」

「아이구!」

소리를내며 그는 아무말없이 방안으로들어와서는 맥없이 누어버렷다. 그러고 않는 소리를무섭게 하엿다. 첫재어머니는 감추어두엇던 밥그릇을 꺼내놓고 밥한그릇을 다먹은후에야 정신이 조금 들엇다. 그러고 이서방의 몸이 불편 하다는것을 깨달앗다.

「그런데 어대가 아프시유」

이서방은 역시 아무말이 없다. 그때에 첫재어머니는 겁이나서 바싹 닥아앉아서 그의 머리를 짚어볼때 방안이 캄캄하다는것을 비로소 알앗다.

「불이나 좀켯으면 좋겟는데…기름이 잇어야지」

이렇게 중얼그렷다.

「첫재는……첫재는」

이서방이 말하는것을 들으니 겁나던것이 조금 덜리는듯 하엿다.

「어디 아푸 웨 그러우」

「고뿔에 걸렷우」

「고뿔이요……그래못왓구려」

그때 뒷문이 부시시 열리며

「이서방 왓우?」

첫재가묻는다.

「그래 너……」

그다음말은 하지못하고 우는모양이다. 첫재는 저윽히 안심하고 들어왓다.

「어머이 밥!」

첫재어머니는 밥그릇을 그의손에 돌려주엇다. 이서방은

「내자루에 밥잇다!」

눈물을 씻으며 이러케 밀하엿다. 첫새어머니는 부엌으로나가서 나무한뭇을더넣고 들어왓다.

그밤을 무사히 지난 그들은 다음날정오쯤이나 되어 눈을떳다. 방문에는 햇빛이 밝아케 비치엇다. 첫재는 머리를 넘석하야 이서방을 보앗다. 본래부터 뼈만 남앗던 그가 한층더하야 마치 해끝을대하는듯 하엿다.

「이서방!」

「왜」

감앗던 눈을 번쩍뜬다. 어제밤 덥게자서 그런지 오늘은 덜아파하는것 같앗다.

「어대 가서 그러케 안왓우」

첫재는 원망스러운듯이 바라보앗다.

(51)

「난 아파서 죽을번 하엿다……네가 기다리는것을 뻔히 알지만、몸을 운신하는수가 잇드냐. 그러구 그납분놈의 애새끼들이 내나무다리를 어따가 감추고 주어야지……흠!」

한숨을 푹쉬며、첫재를 바라보는 그눈에는 세상을 원망하는 빛이 가득하엿다. 첫재는 가슴이 찌르르 울렷다. 그러고 이서방이없는 동안에、자기가 당한일에 얼핏생각하엿다. 불과 四、五일동안이건만、몇十년동안이나 지난 것처럼、지리하고 아득해보이엇다.

첫재어머니는 불을 한화리 담아가지고 들어온다. 방안이 훈훈해지는것을 그들은 느꼇다. 이서방은 그의 동량자루를 보앗다.

「첫재 떡구어주」

떡이란말에 첫재는 구미가 버쩍당기어서 벌떡 일어나 앉앗다. 그리고 어머니가 시컴한 자루안에서 한개씩 꺼내놓는 떡을 얼른 집어 뚝뚝 무질려먹엇다.

「이애 귀먹어라」

첫재어머니는 불속에 떡을 집어넛는다.

이서방은 물그럼이 이것을 바라보며、가슴이 후련해 젓다. 어제밤 그가 떡자루를 목에 매달고 눈우를 기어올때는、그만 머리가 떨어지는듯하고、숨이차서、떤자루를 몇번이나내어 버리려다가도、집어서 첫재와 첫재 어머니가 배를곯아가며、이 떡덩어이를 눈이 감기도록 기다리고 앉앗을 생각을 하고는、가다가 죽더라도 이자루는 가지고 가야한다하고、필사의힘을다하야 가저온 저떡! 그들 모자가 그떡을 저화로불에너코、어서 익으면 먹겟다고、머리를 기웃하야 화로만 들여다보는 저모양! 이서방은 이전 이자리에서 숨이 끈허저도 원통할것이 하나도 없을것같잇다. 차라리 지금 먹을것을 앞에 논 저들을 보고、그만 죽엇으면 조흘것갓앗다. 이전 더밥을 얻으려 다니기도괴로워서、못견딜 지경이다. 이러한 생각을하며 그는 무의식간에 다리를 만져보다가、

「그놈의 새끼들! 글세 남의 다리는 웨가져가」

그때 다리를 빼앗기던 장면이획떠오른다.

「누가 다리를 앗아 갓우?」

「애새끼들이 나 연자 방아깐에 누엇는데 달려들어오더니 글세그것을 빼앗아갓지! 흥 그놈의 새끼들」

「그놈의 새끼들을 그대로 둬요? 모두 목을 꺽어주지!」

첫재는 눈을 부릅뜨며 이러케 말하엿다. 첫재어머니는 첫재를 노려보앗다.

「이애! 너두 그버릇좀 고쳐라! 북하면 목을 부러친다는 말은 그웬 수작따위냐」

「아 그래 그따위 새끼들을 그만두어야 옳겟우」

「세상에 옳은 일은다 맘대루하는줄아니? 홍저놈의……」

그때 모자의 머리에는 어제밤일이 휙 지나친다。첫재는 머리를 푹 수겻
다。그리고 한참이나 화로를 들여다 보던 그는머리를 들며、

「이서방 법이 뭐나?」

뜻하지 안흔 이말에、이서방은 무슨말인지 알수가 없엇다。

「법?」

첫재는 이서방이 알아듣지 못한것을 알고、무엇이라고 설명하여 깨치어
주렷으나、뭐라고 말을할지 몰라、멍하니 바라보앗다。

「법이 무슨말이야 법?」

이서방은 안타까워서、또 다시채쳐 묻는다。

「아니 웨 법이라구 잇지웨」

「아? 이애 똑똑히 말해 법이뭐냐」

그의 어머니도 첫재를 바라본다。첫재는 눈쌀을 찌푸리렷다。

「몰으겟으면 그만두!」

소리를 가만히 치고나서、화로불을 헤치고 떡을 꺼내먹는다。첫재어머니
는 그중 말큰말큰하게익은 찰떡을 골라、이서방을 주엇다。이서방은 받아서
한입씹을때 눈물이 주루루 흘러나렷다。첫재 어머니도 이모양을 바라보며
목이 메어 울엇다。첫재는 휘 돌아 앉엇다。

「울기는 웨들 울어 정 보기 실여서」

이러케 중얼거리며 빨간문을 시름없이 바라보앗다。그때 원소에서 빨래
하던선비가 보인다。그리고 그날 군수가 연설하던 말이며 개똥네집에 밥얼
어 먹으러 갓던것 길에서 덕호를 맞나던 일이 휙휙 지나친다。

「법이 무슨말이냐」

이서방이 다시 묻는다。첫재는 얼른 돌아보앗다。

「참 답답해 죽겟수 왜 법에 걸리면 주재소에 잡혀 가지안후」

첫재는 전신에 소름이 쭉 끼쳐진다。

(52)

첫재는 법을 설명하누라 이러케 말하는새 어제밤 자기의 행동이 역시법에 걸린 노릇임을가슴이 뜨끔 하도록 느꼇던것이다。 그의 가슴에는 또다시 그실뭉치가 울쓸어 올라온다。 그리고 어머니가 하던말이 얼핏 생각키운다。

「배가 고파서 할수 할수 없이 그랫다!」 역시 자기도 배가 고프니 할수 할수 없이 그랫다。 그러나 법에는 걸려들 일이다。 그때는 배고픈차이라 아무 것도 생각 나는것 없이 그저 답답히먹을것만 찾기에 몰랏으나 이러케 떡이며 밥을먹고나니 자신은법에 걸린 노릇을또한가지 하엿던이다。

이서방은 그제야 알아는 들엇으나 뭐라고 설명할 아무것도 없다。

「법이 법이지 뭐냐 볼래 법이란것이 잇는이라」

「그저 볼래부터 잇는게나?」

「암! 그러치! 그저 법이니라」

이서방은 이법이란것이 어떤사람이 맨든것이 아니라 사람이 나기전부터 이세상에는 벌서 이 법이란 잇엇는것 같이 생각 되엇던것이다。 이말을 들은 첫재는 한칭 더 말로 형용할수 없는 비애를 느꼇다。 동시에 벗어 나지 못할 철측인 이법! 어째서 자기만이 아니 그의 앞에서 신음히고잇는 이서방、 그의 어머니 만이여기에 걸려 들지 안코는 못견딜까?……

그는 이러한 생각에 그의 온가슴은 뒤끓기 시작하엿다。 그리고 쌀잃어버린집에서는 지금쯤 떠들것이다。 물론 주재소에 가서 도적맞앗다는말을 하엿을터이지…순사는 조사하러떠낫는지도 모른다。 보다도 우리집 문밖에 서 잇는지도 모르지? 이러케 생각을 하며 문편을 홀금바라보앗다。

바람이 불어도 순사가 오는것같고、 이서방이 뒤쳐만 누어도누가 문을열고 들어오는듯하야 첫재는 그큰눈을 둥그러케 뜨고 홀금홀금 문편을 바라보군 하엿다。

이러케 가슴을 조리면서도、 첫재는 또 다시 이노릇을하지 안코는 견디지 못하엿다。 그래서 밤마다 그는 나가군 하엿다。 이서방과 그의어머니는 첫재를 대하야 아무 말도 못하면서도 날이갈사록 가슴만은 바짝바짝 타들어왓다。

어떤날밤에 첫재가 들어왓을때 이서방은 그의 곁으로 바싹 앉앗다.

「첫재야! 너 그만 이동네를 떠나라!」

첫재는 씩씩하며

「웨?」

「웨는웨! 떠나야하지、여기만사람 사는대냐……말들으니、서울이나 평양에는 공장이라는것이 잇어가지고、우리같이 없는사람들이 그곳에 들어가、돈밭고 일하며 살기 조타더라、너두 그런곳에나 가보렴」

오늘 낮에 순사가 왓다간후로 이서방은 번쩍 더 겁이낫다. 그리고 첫재가 이밤으로라도 잡힐것만 같앗든것이다.

「나는 이웨……이러케병신이니까、어대를못가나 너갓이 다리만 성하다면 이구석에만 박혀잇겟니」

말을 듯고보니 그말이 올흔듯하엿다.

「이서방 꼭알우? 뭐…응…공장? 이라는것이 잇는것을 꼭 알어?」

「내니 똑똑히야 알겟니…만은 서울이나 평양에서온 동무들이 그렁하두나! 그들도 젊엇을때는 모두 공장에 다니다가 늙으니까 그만두고 나와서 얻어먹누라고 허더라」

「그럼 나가 보겟우!」

공장에서 돈받고 일한다는 말을 들으니 그의 캄캄하던 앞길에는 다시 서광이 환하게 비쳐지는것을 깨달앗다. 그리고 한시라도 이런곳에 잇고 싶지 안핫다. 그래서 그는 벌떡 일어낫다.

「이서방 난 그럼 이번 나가서는 평양이나 서울까지 가보겟수」

이서방은 그가 불시에 잡힐것같아서 이런말을 하엿으나 금방 떠나겟다는 말을 들으니 앞이아뜩해젓다.

「뭐 그러케가?」

「가지! 그럼……몰라서 이런곳에 잇지」

그는 밖으로 나가며

「이서방 잘잇우 내 돈만히 벌어가지고 올께……어머니보군 잠자꾸 잇우……」

이서방은 요새 첫재가 맨들어준 나무다리를 짚고、 그의 뒤를 딸앗다。

「이애 나두 잘몰라 공장이라는 것이 잇는지 없는지、 그러니 내가 읍에 들어가서、 잘 알아보고 떠나라 그저 가기만 하면 어떠케한단 말이냐」

첫재는 아무말없이 달아난다。 이서방은 기가나서 쫓아간다。 이제 떠나면 다시 볼지 말지한、 첫재! 그는 마즈막으로 손이라도잡아보고 싶은 맘에、 허둥지둥 동구밖을벗어 낫다。 그러나 첫재는 보이지 안헛다。 그때 저산등우으로 금음달이 뾰죽히 내밀엇다。

(53)

함박눈이 소리없이 푹푹 나리는 十二월二十五일 아침 용연동네는 높은집 낮은집 할것없이 함박꽃 같은 눈송이로덮여젓다。

이윽고 종소리는 댕그렁 댕그렁 울려온다。 그종소리는 흰눈을 뚫고 멀리 멀리 사라진다。

「이애 벌서 종을 치누나」

옥점어머니는 말근말근한 명주옷을 갈아 입으며 길에서 그에게 옷을 입혀주는 선비를 보고 속히입히라는 뜻을보엿다。 그는 치마를 입히고 나서 저고리를 들엇다。 옥점어머니는 입엇던저고리를 얼른 벗엇다。 그의 토실토실한 어깨우는 둥그러케 들어낫다。

「내딸 용키는해! 벌서 내뜻을 알고 따땃이 해두엇구나」

아랫목에 미리놓아 두엇던것이므로 잔등이 따뜻 하엿다。 그때 문이 열리며 덕호가 들어왔다。

「당신은 안가려우?」

덕호는 아랫목에 와서 앉아 담배를 피어 문다。

「사무는 안보고 갈까?」

「이러케 기쁜날 사무좀 보지안으면 못써우 뭐」

웃음을 먹금고 옥점어머니는덕호를 쳐다 보앗다。 간난이를 내쫓은후부터는 별로이 싸우지를안핫다。

「오늘 연보를 해야겟는데……좀 주려우」

옥점어머니는 저고리 고름을매고 버선을 싯는다.

「무슨 연보를 또하나?」

「오늘은 특히 없는사람……저걸인들말이요 그런 불상한 사람들을 구제하기위하야 연보를한나우 좀주오 그런네 만히 하는사람은 특히 이름을 써서 벽에 붙인다우 하필 믿는 사람만 연보를 하는게 아니라 구경왓던 사람들 중에서도 연보하고 싶은 사람은 연보를 한다우 당신도 좀가서 한五원 내구려……」

덕호는 픽 웃으며

「웬 돈이 잇나?」

「글세 내낯을 보아 하는게지、뭘그리시우 그러지 안허도 면장댁 면장댁 하는데……」

「아 저사람은 뻔히 보면서도 저래 웬돈이 잇는가」

「글세 오늘만 줘요 내몫으로한 二원하고 당신몫으로 한五원해서 합해서 七원만 합시다」

남편의 이름과 그의 이름이 교회당벽에 가즈런히 씌여질 생각을 하며 이러케 말하엿다. 덕호는 담배 꼬투리를 재터리에 팽개치며

「그정 어데 살겟기 작고 쓰는대는 만코 벌지는 못하고 어쩐단말이……」

덕호는 혼자 하는말처럼 중얼그리며조끼 주머니에서 지갑을꺼내인다. 옥점어머니는 손을 버리고 대들엇다.

「이사람 글세 돈은 어디서 낫는가」

十원짜리 지화를 내쳐준다. 그는 입을 실룩 실룩 하엿다. 그가조하 할때마다、이런 버릇이 잇엇다.

「할멈 어서 가우」

옥점어머니는 지화를 주머니에너며、소리첫다. 뒤밎어 할멈이 들어왓다.

「그러커고갈테야? 남부끄럽게」

그의 시컴한 저고리를 보며 소리첫다. 할멈은 머뭇머뭇 하엿다.

「어서 다른 저고리 갈아 입어! 그게뭐야、무명 저고리 잇지 웨?」

선비는 냉큼 일어나서, 할멈방에서 무명저고리를 가지고 들어왔다. 할멈은 올가을에 새로한 이무명저고리를 아까워서 입지못하고 두엇던것이다. 할멈은 선비가 주는 무명 저고리를 받아입고나서, 옥점어머니가 깔아 앉을 방석과 책보며 신녀홀주머니까지들고 나섯다. 옥점어머니는 덕호를 돌아보며

「그럼 저녁엘랑 꼭가우?」

대답을 듯고야 가겟다는듯이 말동말동 쳐다본다. 덕호는 빙긋이 웃어보이며

「글세 형편봐서 가지 나거……예배당에가면 기도하는꼴 보기실허서 못가겟두먼 그것 뭐야……눈을감고……허허」

옥점어머니는 또저소리가 나오누나하고 돌아서 나간다. 선비는 나두 가보앗으면 하며 널어 노흔 옥점어머니의 옷을 건두어 착착개고 잇엇다. 옆에서 물그럼이바라보던 덕호는

「너 전날 내가 말한것은 생각해 두엇느냐?」

선비는 놀라 덕호를 바라보다 머리를수긴다. 선비는 말 한지가 오래도록 덕호가 뭇지안흐으므로 아마 술낌에 한말인게다하고 스스로 풀어버리고 말앗던것이다.

선비는 언제까지나 잠잠하엿다.

(54)

「선비야 내가 곧 묻고저 햇으나 사무에 분주해서 그만 잊엇구나 허허 아무래도 이겨을이야 되겟니? 오는봄에 가도 갈터이니까 그러치? 선비야」

그의 말은 몹시도 부드러웟다. 선비는 치미는 감격에 귀밑까지 빨개젓다.

「요새 사람치고 글몰라서는 시집도 번번한곳에 못간다 내가 너를 기위 내 집안 사람으로 인정하는 이상 너하나의소원이야 못들어 주겟니……자식도 없는놈이 허허허허……」

덕호는 언제나 말끝마다 손없는것을 너헛다. 그가 너코 싶어 넛는것 보다고 무의식간에 이러케 너케 되는것이다.

「이애 어서 말을해」

덕호는 앉은 거름으로 선비곁으로 와서 그의 머리를 내려쓸엇다。 선비는 조금 물러 앉앗다。

「그럼 공부가고 싶지 안느냐?」

머리를 기웃하여 들여다 본다 그는 너무 어려워서 부시시 일어낫다。

「웨 대답이 없어? 허허……나는 너를 친딸같이 아는데……웨 너는 그러케 어려워하니? 응 선비야! 거게 앉아서 말을 좀해」

선비는 엇결에 일어는 낫으나 도루주저 앉기도 실고 그러타고 나가기도 어려웟다。 그래서 선채 우두먼히 서잇엇다。

덕호는 시계를 쳐다 보더니 벌컥일어낫다。

「그럼 후일 또 무를터니……이번에는 똑똑히 대답해……어려울것이 뭐냐、 부모 자식새 같은 우리새에……글세 어려울게 뭐야 이애!」

덕호는 선비의 다는 볼을 손으로 가볍게 후려쳣다。 선비는 저춤 물러섯다。

「허허……그년 이전 제법 내우를 하랴고 든다 말이어」

덕호는 이러케 말하며 문을 열고 나간다。 그의 신발소리가 중대문밖을 나갓을때、 그는 호! 한숨을 쉬고、 두손으로 얼굴을 부비첫다。 그때 이재 덕호의손길이 부디치던것을 얼핏 느끼며、 참말나를 공부시켜 주려는셈인가? 하며 주저앉엇다。 후일 또다시 물으면 뭐라고 할까 나서울 가겟소! 그럴까? 아니! 나 공부 시켜주! 그러지……아버지 나 공부시켜주、 그래야지! 이러케 입속으로 중얼거리고나니、 참말그가 서울로 공부를 가는듯싶엇다。 그러고 그가 철알면서부터、 입에올려보지못한 아버지를 부르고나니、 웬일인지 어색한맛이 잇으나、 그러나 아버지를 오래동안 보지못하다가 맛난듯한、 그러한 감격에 그의 가슴은 두근거렷다。

아버지가 웨 옥점어머니 잇을때는 그런말을 하지 안흘까? 무의식간에 이러케 생각하고나니、 옥점어머니 역시 어머니라고 불러야 될것같엇다。 그러나 옥점어머니만은 그의 진심으로 「어머니!」하고 선듯불러지지를 안앗다。 어머니하면 벌서 돌아가신 그의 어머니가 얼른 생각키우며 말할수없는 슬픔과 그리움에 잠기군 하엿다。

덕호가 옥점어머니 없는곳에서만 선비에게 이런말을 해주는것은 옥점어머니가 이말을 들으면 으례히 반대할것이므로 이러케 몰래 말하는것이라고… 그는깨달앗을때 덕호의대한 감격이 한칭더 해지는것을 느꼇다。 그러나 결국은 옥점어미몰래만은 할수없는일이다。 아마 나종에 나서울보내 노코 말을 하려나? 그러지 안흐면 내일처럼 서울을 가게되면 오늘밤쯤 이야기 하려나? 하고생각하니 옥점어머니의 놀라는표정과 까칠하게 거슬린눈섭이 시재 보이는듯하엿다。 체 그러면 소용이 잇나? 벌서 언제부터 아버지가 나를 공부시키려고 햇는데…하며 문편을 홀금 바라보앗다。

그가 이때까지 이집에서 잇게된것도 덕호가 자기를 끝까지 옹호 하여준 것이라고 생각하엿다。 그리고 앞으로 자기의 장래까지도 덕호가 돌아 보아 주지안흐면 안될것이라……하엿다。 보다도 주리라고 그는 믿고 잇엇다。 그러므로 어떤때 밤오래도록 이생각 저생각을 하다가는 큰집영감님이다 알아서 해줄터인데……하고、끝막음을이러케 막고는 그만 돌아누워서 잠이들곤 하엿던것이다。

어려서부터 그의 어머니가 덕호를 가르쳐 큰집영감님 큰집 영감님하고 불럿으므로 그도 항상 큰집영감님하고 불러젓다。 그러나 오늘아침 처음으로 불러본 아버지! 그는 앞으로 맘먹고 아버지라고부르리라 굳게 결심하엿다。

「아버지! 나 공부 시켜주」 그는 다시 한번 되푸리 하엿다。 그때 그는 극도의 감격에 눈물이 글성글성 해젓다。

중대문소리가 찌꺽 하고낫다。

(55)

선비는 얼른 눈을 부비치고 유리창으로 내다 보앗다。 유서방이 짚신을 삼아가지고 들어온다。 선비는 문을 열고 나왓다。

유서방은 빙글빙글 웃으며 마루까지 와서

「이거 신어봐라!」

선비는 가는 웃음을 눈섭끝에 띠우며 짚신을 받아 들엇다. 어제 유서방이 그의 발을 재어 달라고 하므로 실을 끊어 재어 주엇던것이다.

「어서 신어봐 신어봐서 안맛으면 또삼지」

「유서방두……」

선비는 유서방을 흘금 쳐나보며 이러게 말하고는 신어보라고도 하지인힛다.

「이애 신어보라구……」

유서방은 자기가 정성을 다하야 삼은것이 선비의 발에 꼭 들어맞는것을 보고야 안심될것 같앗다. 선비는 신어보려는 눈치를 보이고 허리를 굽혀 그의 발을 들여다보는 순간 그는 갑작이 얼굴이 빨개지며

「후일 신어봐요」

하고 얼른 방으로 뛰어 들어왓다. 그리고 다시 버선을 굽어보며 이게 무슨필까? 어서 떨어진게야……아이참 망신을 하랴니까……별일 다잇어! 하며 버선코밑에 빨가케 물들어진 동글한 흔적을 만져보며 들여다 보앗다. 그것은 김치물이 떨어저 말라진 자리엇다. 그제야 그는 가볍게 한숨을 몰아쉬며 유서방이 이것을 피로 보앗으면 어찌나? 하며 유리알로홀금 내다 보앗다. 유서방은 눈우에서 이리뛰고 저리뛰는 검정이를 바라보며 빙글빙글 웃고잇다. 검정이는 유서방의 웃는 눈치를 짐작함인지 혹은 눈이 오니까 조와서 그러는지 주둥이로 눈을 헤치며 혹은 발로 끌어다리며 이리뛰고 저리뛰다는 딩굴딩굴 굴엇다. 그때마다 유서방은

「잘논다! 하하…잘논다! 하하」

입속으로 이러케 중얼거리며 웃엇다.

유서방에게 잇어서는 저검정이가 유일한 동무엿다. 역시 선비도 그러하엿다. 웬일인지 검정이는 유서방과 선비와 할멈을 딸앗다. 그것은 막연하나마 검정이에게밥을 주는 까닭이라고 생각되엇다.

한참이나 웃던 유서방은 유리창으로 흘금 들여다 보앗다.

「신맞니?」

선비는 얼른 곁에 노인 신을보며

「네」

하엿다. 유서방은 만족한듯이 중대문을 향하야 나간다. 검정이는 눈을 하야케 뒤집어 쓴채 그의 뒤를 딸아 나간다. 선비는 짚신으로 눈을 옴겻다. 그리고 신어보니 꼭맞는다. 「아이 곱게두삼앗어」 그는 발을 들여다 보앗다 그때 그는 유서방이 자기를 생각하야 이러케신까지 삼아주는것이 끝없이 고마웟다. 반면에 그의 장래까지 누가이러케 신을 삼아 줄것인가하며 첫재를 생각하엿다. 그는 나갓다지 나쁜일을 하다가 나갓다지…참 그가 웬일이어 어미가 그러니 그속에서 나온 자식인들 온정할수가 잇나 그는 이러케 생각 하면서도 어쩐지 심심 하엿다. 그리고 나가기전에 한번그의 얼굴이나마 보 앗더면하는 아수함이 새로삼은 짚신을 싸고 언제까지나 돌앗다. 나는 공부 할터인데 별것을 다 생각해……

그날밤 덕호네 집에서는 온집안이 다 예배당으로 갓다. 오늘 밤은 특히 애들의 자미난 유히가잇다고해서 유서방이며 덕호까지도 모두 갓던것이다.

크나큰 방안에 선비혼자 앉아서 낮에 틀던 목화를 틀며 여러가지 생각을 되풀이 하엿다. 씨앗에서는 힌구름같은 솜이 둥실둥실 피어오른다. 마치선 비가 지금생각하는 여러가지 생각과같이 그러케 꼬리에 꼬리를 물고 피어오 른다.

아까 낮에만 하여도 오늘저녁에는 나도 예배당에나 좀 가보앗으면 하엿 더니, 뜻하지안흔 덕호의말을들은담부턴는 혼자 이러케 앉아 서울공부갈생 각을 하는것이자미나고 조핫다. 그러므로 옥점어머니가 할멈은 집이나보고 자기를데리고 가랴는것을 일불어 할멈을 보내엇던 것이다.

학교공부할 생각을할때마다 언제나 앞서 생각키우는것은、 수놓는것을 배 우는것이다. 그가 직접 본것이란 그것뿐이니까 그러하엿던것이다. 그리고 공부를 하는학생은 옥점이와같이、 분과 크림과 배니칠을하고、 또양복을 입 어야하는것같앗다. 따라서 남자들과도 부끄럼없이 가치다니고、 가치밥먹고 가치공부하는것이라……하엿다. 그는 이러케 생각하니、 한편으로는 부끄럽 고 괴롭고 그러고도 기쁜감정이 서로 교착이 되어가지고、 삐꺽삐꺽하는 씨 아 소리를 딸아 돌아가고잇엇다. 그때 방문이 바시시열린다.

(56)

뒤밎어 찬바람이 선비의 등허리에 훌신 끼친다. 그는 놀라 뛰어 일어낫다.

「누구요?」

엇길에 소리를 지르며 돌아 보니 뜻하지 안은 덕호엿다. 선비는 너무 놀란것이 무한하야 얼굴이 빨개젓다.

「놀랏니?」

덕호는 눈을 툭툭털며 아래목에 앉앗다. 그러고 수염을 쓰다듬엇다.

「뭐 볼것없더라、웬 잡것들이 그리만이 왓는지 구경이 아니라큰 고생이 두구나」

묻지도 안는 말을 덕호는 널어놋는다. 선비는 씨앗틀을 가지고 일어낫다.

「웨……웨……일어나니?」

「건너방에 가서 틀래요」

「웨 여기서 틀지……이애 이애나가지말아、나좀 할말이 잇다」

선비는 씨앗틀을 노코 앉으며 아마 서울 공부간 말을 물으려는 것이구 나……생각되엇다.

「그씨앗틀은 노코、이리와 앉아 응이애」

선비는 씨앗틀도 만지지안으면 앞이 헛쩐한것 같아서、그냥 붙들고 잇엇 다。 덕호는 조금 올라와 앉는다.

「너 정말 공부 가고 싶으냐?」

웬일인지 선비는 가슴이 답답해지며 얼른 대답이 나가지 안핫다.

「웬 말을 안해 이년아、어른이 물으면 냉큼 대답 하는것이 아니라、허허 그년」

선비는 약간 웃움을 띠우며 머리를 폭수긴다. 그의 가슴은 부끄러움과 감 격에 교착이 되어 무서웁게 뛰기 시작하엿다.

「그럼 안갈터이냐?」

덕호는 아는듯 모르는듯、선비의 앞으로 조금식 다가왓다。 선비는 씨앗 틀을 보며

「공부 하겟어요……」

겨우 이러케 말하고보니、 낮에부터생각해 두엇던 아부지가 빠젓다。 그래서 다시 말하까하고 덕호를 흘금 처다 보앗다。 덕호는 빙긋이웃엇다。

「공부 하겟어……」

씨앗틀에 가리워 반만큼 보이는 선비의 타는듯한 볼! 덕호는 참을수 없는 정욕의 불길이 울컥 내밀치는것을 깨달앗다。 그는 무의식간에 바싹 다가 아젓다。

「가만이 안젓어! 누가 어찌냐」

꿈칠 놀라 일어 나려는 선비의 손을 덤석 쥐엇다。 덕호의 손은 불같이뜨거윗다。 그러고 약간 술내를 섞은 강한장년 사나이의 냄새가 선비의 얼굴에 컥덮시운다。 선비는 어쩔줄을 몰라 부들부들 떨엇다。

「노서요!」

점점 닥귀쥐는 덕호의 손을 뿌리치며 선비는 으악 쓸어나오는 울음을 억제하엿다。 그러고 벌컥 일어 나렷을때、 누런살이 투벅투벅찐、 늙은 호박통 같은 덕호의 볼이 선비의 볼우에 힘끝 부비첫다。

「선비야! 너 내말 들으면 공부 아니라 그우엣것도 네가 하고 싶다는것은 다시켜 줄게! 응! 이년」

선비는 얼굴을 휘 돌렷다。

「아부지! 이것 노세요」

「허허허 허……아부지! 아부지! 이귀여운년아、 아부지라면 웨 그러케 무서워하누 응이년 같으니……」

덕호는 이러케 중얼그리며 진저리가 나도록 선비를 꽉껴 안앗다。 선비는 덕호가 취햇어도 너무 취한듯 하엿다。

「아부지 취하섯세요」

「응 그래 이년 나 취햇다」

덕호는 씩씩하며 그의 입에 닥치는대로 모주리 빨아 넘긴다。 선비는 덕호가 웨 이러는지? 아뜩하고 얼핏 생각나지 안핫다。 그러고 그의 품을 벗어 나려고다리 팔을 함부로 놀렷다。 덕호는 생선과 같이 그러케 매끄럽게 뛰노는선비를 든째 홀딱 들어마서도 비린내도나지 안을것같엇다. 그래서 그는 씨앗틀을 발길로 차서 밀어 노코 선비를 안고 넘어젓다. 그러고 치마폭을 잡아 다렷다.

「아부지 아부지 나잘못했우! 잘못했우」

무의식간에 선비는 이러케 숭얼거리며 흙흙느껴울엇다. 그러고 넉호를 힘끝밀엇다.

「이년 가만이 안잇겟니? 나 하라는대로 안하면 이년 나가라! 당장나가!」

덕호는 시뻐건 눈을 부릅뜨고 방금 조일듯이 위험을 한다. 전날에 믿고또 의지 햇던 덕호! 그러고 돌아가신 그의 아버지와 어머니 같이 그의 장래를 돌보아주리라고 생각햇던 이덕호가…불과한시간이 지나지못해서 이러케무서운 덕호로 변할줄이야 꿈밖에나 상상햇으랴! 선비는 그무서운 덕호를 보지안흐려고 머리를 돌리며 눈을 감아버렷다.

(57)¹⁾

밤 늦게 돌아온신철이는 대문을 가만이 열고 들어왔다. 그러고 그의 방문 앞까지 왓을때 소곤소곤하는 소리에 그는 멈칫서서 들엇다.

「……저야뭐……신철씨가 요새 애인이잇는 모양이여요」

옥점의 음성이다.

「아이 그애가 애인이뭐유」

그의 의모의 변명하는 소리다 그는으흠하는 아부지의 기침소리에 안방을 홀금 바라보구나서 구두를 벗고 방문을열엇다. 그들은 놀라 눈을 둥그럿케 떳다. 그순간 신철이는 옥점이가 그의 의모와 흡사 하다는것을 새삼스럽게 발견하엿다.

「아니 웨그리 신발소리가 없이다니냐」

신철이는 빙긋이 웃으며 옥점이를 보앗다. 그러고 외투를 벽우에 걸엇다.

---

1) 동아일보에서는 발표할 때 58회로 오기를 하였는데 이번에 정리를 하면서 순서대로 바로 잡았다.

「오섯수……」

「어대를 그럿케 다니세요? 아마……」

중도에 말을 끊으며 옥점이는 생긋웃었다. 그의 의모도 딸아웃었다.

「옥점이는 초저녁에와서、 입때 너를기다럿다」

「아 그랫수 실례 햇오이다」

신철이는 산듯한 방에 주저 앉앗다.

「방두 어지간히 차다」

그의 의모가 밀어 놓는 방석을 그는 깔고 앉앗다. 그의 의모는 해맑숙한 얼굴에 동굴한눈을 대굴대굴 굴리며 신철이와 옥점이를 번갈아 본다. 그러고 그의 독득한 덧니가 입술새로 뽀쭉 내밀었다. 옥점이는 신철의 빨개진코 끝을 보았다.

「저 집에서 편지 왓는데요」

「편지…」

신철이는 얼핏 선비를 생각 하였다. 그러고 선비를 올려 보내겟다고 편지를하엿나? 하는 호기심이 당기었다.

「아버지 안녕 하시다고 하섯수」

「네……그런데 저 선비는 말이우 오는틈에 보내겟다구 햇구려」

신철이는 다소 섭섭함을 느끼면서

「조치요 더구나 그때가야 입학하기도 조치요」

그의 의모는 일어난다.

「난 이전 들어가우 놀다가 가시우에」

옥점이는 냉큼 일어낫다.

「안녕히 들어가세요」

그의 의모가 뜰밖을 나갓을때 옥점이는 한숨을 호쉬엇다. 그러고 멍하니 전등불을 바라보앗다. 멀리 택시 소리가우루루난다. 그러고 뿡뿡하는 경적 소리가 가는 철사의 울림과 같이 귓가을 스친다.

「요새 어댈 그리 다니세요? 아마 애인이 잇지요」

신철이를 똑바루 쳐다보앗다. 신철이는 양복 바지 갈래를 툭툭털며 입으로 후불엇다.

「글세요……제게 말입니까?」

「아이 남의 말은 듣지 안코 딴생각만 하신다니……누굴 생각허세요?」

「내가요? 누굴 생각할까?」

머리를 돌려 생각해 보는 모양을 보엿다.

「참 죽겟네……어째서 내말은 말갓지안아요? 웨 그러세요、 밤낫……」

유리알 같이 빛나는 그의 눈에 눈물이 핑돌앗다. 그는 신철이를 보려고 밤마다 이집주위를 돌아서 가던 생각이 얼핏 떠오르며、 저러케 성의없는 말을 들으려고 자기가 그랫나하는 후회가 일어난다. 그는 벌떡 일어낫다.

「난 가겟어요!」

「가겟어요?」

신철이는 일어 나는 옥점이를 바라보앗다. 그러고 빙긋 웃으며

「혼자 가시겟수」

「가지 못할게 뭐야요!」

장갑을끼며 목도리를 하엿다. 그러고 목도리에 입김이다혀 후끈하고 그의 볼을 적시울때 그는 울음이북받치는것을 깨달앗다.

「자 좀 더앉아 게시다가 가시유、 그러면 내가 집까지 바라다 올리지유」

그는 옥점이가 일어나니 방안니쓸쓸해 지는것 같앗다.

「정말?」

바라다 주겟다는 말에 그의 가슴에 엉기엇던 어떤뭉치가 절반남아 풀리는것 같앗다.

「참말이지유」

옥점이는 잠간 무슨 생각을 하더니

「선생님이 날보고 나물 하시겟어요」

하며 홀금 문편을 바라보다가 다시 신철이를 보앗다.

「우리집가요 그러면 내 멀 사다줄께」

머리를 개웃하고 어린애 같이 조른다.

신철이는 벌떡 일어낫다. 그러고 외투를 입으며 박으로 나왓다.

(58)[2]

문 밖을 나선 그들은 가즈런히 걸엇다. 거리에는 뻐스도 택시도 보이지 안코 오직 골목을 직히고섯는 가로등만이 히미하게 빛날뿐이다. 그들은 긴 그림자를 따우에 던지며 천천히 걸엇다. 그러고 겨울날 산듯한 바람이 그들의 옷가을 싸늘하게 스친다. 한참이나 말없이것던 옥점이는 가로등을 흘금처다 보앗다.

「내 이길로 몇번이나 다녓는지 몰라요……나혼자……」

이러케 중얼거리며 히미하게올려다보이는 박석고개를 바라보앗다. 그러고 한숨을 호쉬엇다. 신철이는

「저……선비가 몇살이오?」

「열여덜살인지? 그것 웨 물으세요?」

「글세 알일이 잇어서」

「알일이 무슨 알일이여요?」

옥점이는 신철이를 쳐다보앗다. 그러고신철이가 선비를 잊지 못함에서 저런말을 하지안는가? 하는 의문이 불시에든다.

「아니 글세 그것 웨 물으세요」

「그거요 이제 봄에 온다면……학교에 입학 시기려면 나히를 알아야 하지요」

신철이는 이러케 돌라대엇다.

「아이……참……나는……웨 호호……」

옥점이는 웃엇다. 신철이도 딸하 웃엇다.

「나히가 만아서 소학교에도 다니지 못하겟구 학원 같은곳에다 입학 시켜야겟구먼요」

「그러케 되겟지오……웬걸 공부야 제대로 하게 되겟우 그저신철씨 발슴대로 올라와서 내시중이나 좀 들어 주다가 서울구경이나하고 그러고는 여기

---

2) 동아일보에서는 발표 할 때 59회라 오기를 하였는데 이번에 정리하면서 순서대로 바로잡았다.

서 참한곳이 잇으면 시집이나 주지……그나마 촌구석에서는 그인물이 아까
우니」

　옥점이는 눈앞에 선비를 그려 보앗다。 그러고 그런 시굴구석에묻어 두기
가 아까운 외모만은 가진것이라……다시금 생각되엇다。

　「저……그때 발슴한 사순 동생이라는이가 참말 시굴처녀를 잇겟다나요?」

　「네! 그애는 저역시 공부한것이 변변치못하니까……배우자도 아주 시굴
뚝이를 얻겟답니다」

　「그러치요 뭐 상대가 짝이 기울면 길게 살게 되나요 어찌나 그애를 올려
다가 학원에나 몇달 보내여 국문이나 배운후에 그이를 주게하지요」

　「네 글세……그것은 추후 문제구……하여간 서루 만나 봐야 알것이 아닙
니까 그래서 맘에 서루 들면 되는것이니까요 허허」

　「암! 그게야 그러치요 호호 당자끼리 맘에 들어야허지우」

　옥점이는 이러케 말하며 신철의 곁으로 바싹 다가서서 걸엇다。 그러고 자
기들의 결혼도 빨리 성립이 되엇으면……그만 오늘밤에 내가 물어볼까? 하
고 생각하엿다。

　어느새 그들은 박석고개를 넘어섯다。 대학병원을 싸고돈 컴컴한 수림속
으로 불어오는 약간 약내를 섞은 바람이 그들의 코끝을 흔들엇다。 그리고
별 밑에 히미하게 보이는 창경원의 앙상한 나무가지며 그주위를 싸고 구불
구불 달아 나려온 담은 그나마 이조五백년의 역사를 회상케 하엿다。

　「이거 보세요、 난 여기 혼자 다니기가 제일 실허요」

　「실허요?……실흐면 다니지말으시죠」

　「아이 참죽겟네」

　옥점이는 신철의 외투짜락을 잡아 다렷다。 그러고 이런 으슥한 곳에서는
손이라도 따뜻이 쥐어 주엇으면 조를것 같앗다。 신철이는 어찌 보면 감정을
가진사람 같지 안하보엿다。 그러고 대체 이사나이가 불구자가 아닌가? 하는
의문도 들엇다。 이러한 생각을 하는새벌서 옥점의 하숙까지 왓다。 신철이는
웃뚝섯다。

　「자 들어가십시오 여기가 댁이지요」

「가치 들어가요」

옥점이는 길을 막아섯다. 신철이는 이게집애가 단단히 몸이 단모양인데……하며

「밤이 오랫는데……가서 자야하겟읍니다 그래야 학교에도 가지오…」

「글세 잠간만……」

옥점이는 신철에게 거이 매어달리다싶이 하엿다. 신철이는 게집이 달려때는것이 그리 실치는 안엇다. 그러나 그리조흘것은 되지 못하엿다. 더구나 오늘독서회에서 여자 교제에 관한것을 토의하던것이 얼핏 떠올랏다.

「자 내일 또 오지우」

「오기는 뭐와요 그짓말만 하시면서……들어가세요」

옥점이는 신철의 손을 잡아 끌엇다. 신철이는 들어갈까? 말까……주저하엿다.

(59)

망서리던 신철이는 자기도 모르게 대문안에 들어섯다. 그때 신철이는 과오만 범하지 안앗으면……된다! 하는 결심을 하며 방으로 들어왓다. 책상우에는 책들이 되는대로 싸혀잇으며 방바닥에는 사과껍질이 널려 잇엇다. 그러고 이불도 둥글둥글 말아 구석에 밀어둔 것을 보아 누엇다가 그의 집에 왓던것같앗다. 옥점이는 돌아가며 사과 껍질을 모아 놓며 방석을 찾어 밀어 놓앗다.

「뒤숭숭 허지요……허허」

이렇게 신철이가 올줄 알앗더라면 깨끗이 소제를 해둘것을…하는 후회가 일며 동시에 신철이가 자기를 게으른 여자라고 볼것이 곧 두려웟다. 그러나 할수 없는 일이다. 그는 이런생각에 얼굴이 화끈 달앗다.

신철이는 방석을 깔고 앉으며 돌아가며 치우는 옥점이를 물그럼이 보앗다. 그러고 전등 갓에 뿌엿케 들어앉은 먼지며 되는대로 벌려 잇는 화장품들이며 구석구석에 밀어 노흔양말을 보앗다.

「편지 보시겟어요」

옥점이는 이 모든것을 물그럼이 바라보는 신철의 눈을 돌리기 위하야 책상우 편지함에서 푸른봉투를 꺼내 그를 주엇다. 신철이는 봉투속에서 편지를 꺼내 거듭히 읽은후에 도루 돌렷다. 옥점이는 벌서 그의 앞에 마주 앉아서 배를 깎는다. 칫눈에 그배 한개에 사오진을주잇으리라고 직직되잇다. 옥점의 뾽족한손끝이 깎인배에 발가우리하게 보이엇다. 그때 그는 문득 바자 밖으로 넘어오던 그미운손! 그러고 호박을든그손이 얼핏떠오른다. 그게누구의 손일가? 다시 한번그는 생각하엿다. 옥점이는 배를 쪼겨 그중 한쪽을 칼 끝에 찍어 주엇다. 신철이는 받아 들엇다. 옥점이는 책상 뺄합에서 쵸코레트 곽을 내노앗다.

「이것도 벗기서요……뭐? 잡수시고 싶어요……주인 깨워서 사오게 할테니?」

개웃하야 들여다보는 옥점의눈은 정이 뚝뚝 듣는듯 하엿다.

「아 이게면 조치유、여기서 더 조흘것이 어대 잇어요」

「그래두…뜻뜻한것으로 뭘좀……」

「그만두서요 저는 이것이면 만족합니다。 」

「숫불이라도 피워 오랄까요、방이 춥지」

「괜찬아유、좃습니다」

신철이는 배를 먹고나서、이번에는 쵸코레트를 벗기엇다. 옥점이는 어석어석 배를 씹으며 말뚱말뚱 쳐다보앗다.

「집의 어머님 퍽두 조흔 어룬이야요」

「예……그럿습니다」

옥점이는 무슨 생각을 하고 생끗웃는다.

「신철씨 어대 애인 잇지요」

「글세요」

「어머니가 잇다고 그러시던데요」

「어머니가? 글세 모르겟습니다」

옥점이는 호호 웃으며

「신철씨는 웨 늘 저를 싫어 하는것같아요、 그러치요?」

「옥점씨를 싫어한다……그못알아 드를말슴인데요……허허」

신철이는 웃음이 나왓다. 옥점이가 자기의 맘을 알아보려는것이 웃으웟던 것이다. 그러고 공연히 쓸대없는 시간을 허비하지 말고 어서 가서 푹잠을 자야겟다……하엿다. 신철이는 수건을 내어입을씻으며 일어 낫다.

「잘먹고 가겟읍니다」

「아이 웨 일어나세요」

옥점이는 놀라 쳐다 보앗다. 그러고외투 자락을 힘끗 잡고 늘어진다. 오늘은 좌우간 끝을 내리라고 결심하는 빛을 신철이도 짐작하엿다.

「내일 또와요 가서 자야 내일 학교에 가겟읍니다」

「조금만 더……삼십분……아니이십분만」

「글세 내일 또온다니까요」

「싫어요 내일은 내일이구요」

신철이는 난처하야 조금 망서렷다. 옥점이는 외투짜락을 잡고 일어나며 신철이를 아랫목으로 밀엇다.

「오늘 못가요!」

옥점의 숨결은 색색하엿다. 그러고 얼굴이 빨개것다. 신철이는 이것이 웃우워서 픽 웃엇다. 그러고 속으로는 이제는 대담하게 달려 붙기 시작하누나……하고생각하엿다. 「웨 웃어요? 홍! 내가 웃읍지요 다 알아요! 웨 나를 놀립니까?」

시굴집에서 그의 허리를 힘끗 껴안아주던 때를 회상하며 옥점이는 이러케 말하엿다. 신철이는 멍하니 옥점이를 바라보앗다.

(60)

몇일후에 신철이가 학교로부터 집에 돌아왓을때 저녁상을 받은 그의 아버지는 얼굴에 희색을 띠우며

「요새도 도서실에서 그러케 돌아오냐」

전부터 신철에게 고문시험 준비를 하라고 말하엿으므로 신철이가 시험준비를 열심으로 하거니⋯⋯생각하엿든것이다。 신철이는 그의 동생인 영철이를 안으며

「네」

'나 미두꾸 수」

영철이가 그의 턱 밑에서 말꼼히 쳐다 본다。 신철이는 푸캣트를 뒤지 보앗다。

「오늘은 잇고 못 사왓구나 내일 사다줄께⋯⋯웅」

「또 형두 거짓말 하나? 아까아까 사온다구 했지」

「아이 저애는 하루종일 그것만 외이구 앉앗어⋯⋯내원⋯⋯」

그의 어머니는 귀여운 듯이 영철이를 바라본다。 신철이는 영철이를 들여다보앗다。

「내일은 꼿 사다 주마 웅⋯⋯」

영철이는 그의 깜안눈을 똑바루떳다。 그때 어멈이 들고 들어오는 화로를 신철의 의모는 받아서 신철의 앞으로 밀어노앗다。 신철이는 양볼우에 솜털이 까칠하게 일어낫다。

「이애 밥마자 먹어⋯⋯」

영철이는 그의 어머니 곁으로 와서안긴다。 그의 아버지는 손을 내밀엇다。

「영철아 이리와」

「그만두⋯⋯어서 이국에 밥 먹이게」

그의 어머니는 영철이를 굽어보앗다。 그러고 새불새불 웃어보인다。 그의 뾰죽한 덧니를 내노코 신철이는 아버지가 술을 들지 안코 자기를 기다리고 잇으므로 그만 밥상 곁으로 다가 안젓다。 신철이는 무슨 말을 하랴누? 하는 생각을 하며 그의 의모의 얼굴부터 살펴보앗다。 의모도 신철이를 바라보며 웃음을 띠웟다。 그의 아버지는 밥상을 물리우며

「너 이전 장가도 가야지⋯」

신철이를 똑바루 쳐다본다。 신철이는 가슴이 선듯하며 가벼운 부끄러움이 눈가를 사르르 스쳐가는것을 느겼다。 그는 머리를 푹수겻다。

「이젠 네나히 스물다섯……또는며칠이안가서 학업도 마칠터이니…그만
하면 장가도 가야허지……혹시 네맘에 드는 여자가 잇느냐?」

신철이는 어디서 혼인자처가 일어낫는가? 하엿다.

「아직 결혼에 대해서는 생각해 본일이 없습니다」

그순간 신철의 머리에는 국사발을 든 선비의 모양이 휙떠오른다. 따라서
용연동네가 시재 눈앞에 보이는 듯 하엿다.

그의 아버지는 얼굴에 만족한 빛을 띠웟다. 그러고 전날 안해에게서 들엇
던 말이 얼핏 생각키운다. 「옥점이가 우리 신철에게 짝사랑을 하나 봐! 호
호」 그때 그는 자기 아들이 공부에만 열중한다는것을 가슴이 뜨거워 지도록
느꼇던것이다.

「그럼……」

그의 아버지는 모엇을 생각하는듯 하더니

「여기 늘 오는 옥점이를 어떠케 생각하느냐?」

그순간 신철이는 전날밤에 악을쓰고 매여 달리는 옥점이를 사정없이 물
리치고 나오던 때를 다시금 되풀이하며 양미간을 약간 찌그렷다. 그의 아버
지는 권연을 피어 물엇다.

「뭐 그애가 외딸로 자라서 좀 「와가마마갓데」한곳이 잇니라…만은 내보
기에는 그애의 인간됨인즉은 괜찬타고 보앗다. 어떠내?」

신철이는 아버지가 이러케 옥점이를 변호하는 이면을、곁에 노힌 화로의
불을 바라보면서 생각하엿다. 그러고 아때까지 결백하게 맡엇든 아버지에
대한 신념이、화롯가에 수북히 싸힌 시컴한숫덩이와같이변해감을 그는 슬
픈 듯이 바라보앗다. 따라서 그는 이 자리에 더앉어 잇고 싶지 안핫다. 그래
서 그는 머리를 번쩍 들엇다.

「아버지……아직 저는 장가 가고 싶지않습니다」

(61)

신철이는 벌컥 일어 낫다. . 그의 아버지는 얼굴에 위엄을 띠웟다.

「가만이 앉았어…옥점의 아버지가올라 오신것 아느냐?」

신철이는 발길을 멈추고

「모릅니다. 언제 올라 왔나요」

「그래 오늘 낮차에 왔다구 하면서 아까 집에 오셨다가 가섯다. 좀 가보아라 온 어름내 페를 끼치고도 서울 올라 오섯는데 가도 안보면 되겟니…가봐」

신철이는 비로소 덕호와 아버지 새에 밀의가 있었음을 깨닷고 더욱 놀랏다. 동시에 덕호가 올라오면서 혹시 선비를 데리고 오지 안았나? 하며 가슴이 설레기 시작하였다.

「네 가보겟습니다」

신철이는 이러케 대답을 얼른 하고 밖으로 나왓다.

「형 나 미루꾸 사다주 응」

영철이가 문을열고머리를내밀엇다. 마루에 불빛이 가루질리며 영철의 머리그림자가 동굴하게떨어진다. 신철이는 구두를 신으며

「오냐」

「응 꼭 사우」

「뭘 좀 사가지고 가게 허지」

그의 아버지가 이러케말하엿다. 신철이는 선비가 꼭 온 것을 알면 아무것이라도 사가지고 갈 맘이 들엇다. 그러나 왓는지 안왓는지 모르는 지금에 꼭 사가지고 가고싶은맘이 없어서 포케트에 손을 넣어 지갑을 만지면서 밖으로 나왓다.

저편으로부터 뻐스가 뻘건눈퍼런눈을 번쩍이면서 우루루 달아온다. 그리고 늘보는 뻐스낄의낯익은 얼굴이 차츰 가까워 진다. 그는 저뻐스나 타고 갈까하고 몇발거름 옮기다가 에라 천천이 걸어가지…하며 뻐스를 등지고 돌아서 걸엇다.

이번에는 택시와 뻐스가 앞서거니 뒤서거니하며 이리로 달아온다. 신철이는 휘발유내를 강하게 느끼며 길 옆에 비껴섯다. 그러고 행여나 저속에 옥점이 선비 덕호가 잇지안는가? 나를 찾아 오지안는가? 하는 생각이 그속에 앉은 젊은여자를 볼때마다 들군 하엿다. 그는 천천이 거르며、 선비 옥점

이 두여자를 노코 바라보앗다. 그러고 아까 그의 아버지가 하던 말을 다시 곰곰이 생각하엿다. 따라서 자기가 지금 결혼을 해야 조흘것이냐? 안해야 될것이냐?를 리론으로 따져 보앗다. 그가 이때까지 결혼 문제같은것은 아직 생각해 안앗던 것이다.

옥점의 하숙이 가까워 질사록 이여러문제는 뒤범벅이 되어、 팽팽 돌아가고잇다. 더구나 선비가 이번에 올라 왓다면 어쩔까? 하고 그는 웃둑섯다. 그가 선비를 서울로 올려오게 하라고 방법수단을 다하야 옥점이를 꾀엿으나 그실 선비가지금 올라 왓다고 가정하고나니 뒷문제 해결할것이 난처하엿다.

「신철군 아닌가?」

어깨를 툭치는 바람에、 신철이는 놀라돌아보앗다. 그는 그와한학급에잇는 인호엿다. 그는 사각모를 팽팽이 눌러쓰고、 대모테안경을 썻다. 그러고 언제나처럼 권연을 피어 물엇다.

「어대 가나?」

「나? 누가 좀 오라구해서」

「누가? 아마 러부한테 가는 모양이지……」

그의 안경이 뻔쩍 빛난다.

「글세……」

신철이는 빙긋이 웃으며 걸엇다. 인호도 딸앗다.

「요새 카페 따리아에는 옙뿐게집애가 하나 시굴서 왓는데……가보지 안흐려나?」

「예쁜 계집애가 시굴서……」

신철이는 이러케 중얼그리며、 선비의 얼굴을 그려보앗다. 그때 강하게 궐연내가끼치므로 신철이는 머리를 돌렷다. 그러고 이자가 늘 피우는 시끼시마인것을 신철이는 느꼇다.

「자네 어델가? 똑바루 말해」

「나 우리 아버지 심부름 가댓네」

인호를 떨어치려고 이러케 꾸며대고보니 그실은 아버지의 심부름에서 지나지 안는것 같앗다. 선비가 왓을까? 그는 다시 한번 생각하엿다.

「심부름?……에이 이사람아! 젊은 사람이 그 뭐란 말인가 자네는 너무 고린내가나나서 틀렷데……허허허허」

「고린내가 나허허」

신철이는 코안이 짜하게 찔리드록 시끼시마내를 맡으며、저편으로 지나가는 야끼구리 상사를 바라보앗나.

「자 후일 다시 만나세」

인호는 악수를 건니우고나서 절반도 타지안은 시끼시마를 휙 집어 뿌렷다。길바닥에서 불티가 발가케 일어난다。

(62)

용산행 전차를 타려고 뛰어가는 인호를 바라보며 신철이는 저자가 또 카페로 가는구나……하엿다。그러고 무의식간에 예뿐게집애 시굴서……하고 중얼그렷다。

그가 옥점의 하숙까지 와서는 곧 들어가지 못하고 한참이나 동정을 살폇다。그러고 뛰노는 가슴을 진정하며 기침을 하엿다。기침소리에 옥점의 방에서는 누가 나오는 모양이다。

「누구요?」

방문을 빠끔하고 내다보는 것은 옥점이엇다。신철이는 방문앞으로 닥아섯다。

「나외다」

「아이 신철씨! 우리아버지 올라오신것보섯세요? 이재 댁에 가섯는데요」

「아버지가 오섯세요? 난 못뵈엇습니다」

「아니 그럼 길이 어긋 낫구면요……어서 들어오세요」

신철이는 방안에 선비가 앉앗는가하야 얼굴이 화끈 다는것을 느꼇다。그는 구두를 벗고 방안을 얼른 살펴 보앗다。그순간 그는 이방안에 아무도 없는것을 보앗다。

「어서 들어오세요」

　머뭇머뭇하고 섯던 신철이는 비로소 방안에서 옥점이를 발견한 듯 하엿다。 그는 그만 돌아서 가고싶엇다。 그러고 신철이를 바라보며 생글생글웃는 옥점이조차 원망스럽게 보엿다。

　신철이는 안들어가는 발을 억지로 몰아 너엇다。 그때 가벼운 약내가 방안에 떠도는것을 느꼇다。 그러고 옥점이가 누엇다 일어날듯한 아랫목에 깔아노혼자리를 보앗다。 옥점이는 면경앞으로 가서 얼굴을 비춰어 보며

　「난 세수도 안햇어요 아이 숭해라」

　머리를 매만지며 얼굴을 약간 찡그렷다。 그때 신철이는 옥점어머니가 선비를나물 할때 찡그리던 얼굴임을 얼핏 발견 하엿다。 그러고 선비는 안다리고 온모양이지…하고、 방안을 휘둘러보앗다。

　「안 입때 알앗어요」

　「어대를?」

　옥점이는 얼굴이 붉어지며、

　「그날밤부터……」

　그들의 머리에는 전날밤일이 떠오른다。 신철이는 빙긋이 웃엇다。 그러고 지금 덕호가 그의 아버지와 결혼문제를 걸어노코、 이야기할것을 얼핏 깨달엇다。

　「아버지 혼자 오섯나요? 웨 옥점씨 어머니도 가치오실것이지요」

　신철이는 선비가 안왓음을 뻔히 보면서도、 그래도 이러게까지 묻지안코는 견디지 못하엿다。

　「글세요…난 어머니를 오시라고 햇더니만、 아버지 혼자오섯구먼요」

　신철이는 어떤실망이 저빛나는 전등을 싸고도는것을 느꼇다。

　「난 도모지 안오실줄 알앗어요 이전다시는 신철씨를 뵈옵지못하고 죽는 줄… 알앗어요」

　옥점이는 머리를 수기며、 울멍울멍한다。 신철이는 그의 밝으레한 볼우으로 흐르는눈물을 보니 그도 따라서 속이 언짢아 젓다。

　그러고 자가도 시원하게 울어봣으면…하엿다。 동시에 자기가 선비를 사랑하는 셈인가? 하며…아까 아버지가 맘에드는여자가 잇느냐고 묻던것이、

또다시 들리는 듯 하엿다. 옥점이는 깜박잊엇던것이 생각난 듯이 일어나더니、고리를 열고、사과 배 감 밤 떡…이런것들을 차례로 꺼내노앗다.

「잡수세요……아버지가 지금 집에도가저갓서요、이게다아버지가가져온게야요……호호」

눈물고인 눈에 웃음을 띠웟나. 신철이는 넝하니 바라보며、「삭으만한 잔채 채릴만이나 합니다그려」

「아이 잔채에 이까짓것이 뭐겟어요」

옥점이는 신철이를 바라보며이러케 말할때 어서 우리도 결정하고 결혼식을 꿩장히 합시다 하는 말이 거의 입밖에까지 나오는 것을 참아버렷다.

「어느것이나…잡수시고 싶은것으로 택하세요 요거? 요거? 요거요」

옥점이는 손까락을 내밀어 꼭꼭 짚어가며 물엇다. 그러나 웬일인지 신철이는 먹고 싶지 안핫다. 그러고 속이 뒤숭숭 한것이 마치 자기가 항상 가지고잇던 어떤 물건을일허 버린것도 같고 누구한테 몹시 속앗을 때의 기분같기도 하엿다.

「그럼 이것을 잡수시겟어요?」

책상에서 전날밤먹던 쵸코렛트곽을 내려노앗다. 그러고 그중한개를 정성스레 벗겨서

「자 업버리고 받으세요 내여기서 팔개칠터이니」

옥점이는 얼굴이 빨개지며 신철이를보앗다. 신철이는 약간 얼굴을 찡그리다가 웃어 보엿다.

(63)

「자 이리 주세요」

신철이는 손을 쑥 내밀엇다. 옥점이는 원망스러운듯이 힐끗처다보구나서 초콜렛트곽을 댕기어한개 꺼내 벗기는체 하다가 밖에서 신발소리가 나므로 그만노코 말앗다.

「아버진가몰라」

이러케중얼거릴때 문이 열리며 덕호가들어 온다. 신철이는성큼 일어낫다. 그러고 머리를 수겨 보엿다.

「아이 사람 여기 왓구먼……난 이재 댁에 갓댓지……그새 공부나 잘햇는가」

덕호는 외투를 벗어 노핫다. 그러고딸을 홀금 돌아 보구나서 다시 신철이를보며 눈가으로 가는 주름을 잡히고 웃는다.

「글세 저애가 아프다고 허기에 만사를 전폐하고 올라 왓구먼…이애 어서 뉘」

아까 같아서는 방금 죽는줄 알앗더니 지금 보니 아무러치도 안은듯이 앉아잇다. 덕호는 한편으로 딸의 병이 중하지안흔것이 맘이 노히나 반면에 신철이와의 결혼을 어떠케 하든지 하루라도 속히결정하여야겟다는것이 염려가 되엇다.

「그래 자네 이번 졸업이라지?」

「네」

「자…이거 변변치는 안치만은 좀 자겨보지……졸업하구는 또 무슨 시험을친다구?……」

신철이는 자기 아버지에게서 무슨말을 들엇구나……직각하자 불쾌하엿다.

「글세요……아직 분명치 안습니다」

「음……어째뜬 성공만 바라네……난급하니 내일차로 그만 내려가겟네 사무보던 것을 그만버리고와서 맘이노혀야지……」

그때 신철이는 전날 옥점에게서 들은말이 얼픗 생각 낫다. 그러고 이자가 면장이 되엇다드니 저러케 값비싼 양복까지 입엇구나……하엿다.

「그런데 넌 어떠케 하겟느냐? 보아하니 병은 그리 되지 안흔모양인데……나하고 나려 가련? 여기서 그렁저렁 치료하겟느냐? 바로 말해라」

옥좀이는 눈을굴러 생각해 보더니、

「우리 시굴 가시지 안켓어요?」

신철이를 바라본다. 신철이는 선비를 생각하며、나려가 볼까하는 생각이 부쩍든다。 그러나 그순간 자기가 맡은 사명을 깨달으며、 동시에 이번에 나려가면 결혼하지 안쿠는 견디어 박이지 못할것을 알앗다。

「저야 뭘 가겟습니까、 그때도 우연히 몽금포가는길에 옥점씨를 만낫으니、 가서 페를 끼쳣습니다만은……」

덕호는 신철의 말을 일언 일구 새겨들으니、 다소 불안도 없지안하 들게 되엇다。 그때 자기들은 신철이와 옥점이 새에 의심없이내약이 잇는것으로 알고、 한방에서 딩구는것을 「묵과 하엿는데 지금 자기앞에서 저러케 말하는 것을」들으니 발을 빼기 위한 변명같기도 하엿던것이다。 그러나 오늘 신철의 아버지를 만나본결과 혼인은 다된혼인 같앗다。 그는 스사로도 안심하고

「지금이야 갈 형편도 되지 안켓지만……봄에 졸업이나하고 날이나 따뜻해지면……그때는 우리 저년의 몸도 쾌차해질터이니……함께 다녀가게나……우리집 사람은 저년보다도 자네를 더 보고싶다고 야단일세……」

「천만에……」

신철이는 모리를 숙여 보엿다。 그러고 눈을 나려뜨며 무릎우에 그의 큰손을 올려 노앗다。 옥점이는 그의 남자답고도 으젓한 얼굴과 그손! 아버지만 아니면 덥석 쥐어보고 싶게 가슴이 울렁거렷다。 덕호는 물그럼이 신철이를 바라보며 어댄지 모르게 신철이가 옥점이에게 짝이 좀 지나치는것소같앗다。 사위감인즉은 훌륭한데……하며 신철이를 다시금 바라보앗다。

아까 옥점의 말을 들어 보건댄 신철이가 옥점이를 사랑은하면서도너무 점잖코 수집어서이때까지 노골로 들어내지를 안는다는 뜻이엇던 것이다。 그러나 이러케 마주 앉고 보니 그럴 사나히 같지도 안헛다。 보다도 신철이가 옥점이를 눌러보는데서 이때까지 침묵을 지키고 잇지 안는가? 그러치 안흐면 둘새에 벌서 육적관계까지 되어 가지고 지금은 실증이 나니깐그러는것이 아닐까? 어쨋든 이 두 문제중에 어느것 하나가 꼭 맞으리라……하니 더욱 불안이 일어나며 따라서 이번에 결혼문제도 정식으로 낙착하지 안흐면 안될 것 같엇다。

「서울 올러오신 바에는 좀 노시다가 가시지요」

「글세 말인즉은 자네 부친님과 함께 며칠이든지 놀고 싶네마는……어디

사정이 그런가……내가 없으면 면의 일이 다 틀리네그려」

　신철이는 이까 인호에게서 들은 말이 얼핏 생각난다. 「자네는 고린내가 나서 틀렷네」 신철이는 속으로 웃으며 일어낫다.

　「또 다시와서 뵈겟습니다……」

(64)

　식당에서 가께우동 한그릇을 먹은 신철이는 여전히 도서실로 들어왔다. 도서실안을 휘둘러 보니、식당으로 가기전보다 인수가 좀 줄어든 듯 하엿다. 나도 어대로나 가볼가하며、포켓에서 시계를 꺼내보니 여섯시 십분…그는 의자에 걸어 앉으며、엉덩이가 아픈것을 새삼스럽게 깨달앗다. 그는 하로종일 이도서실에 앉아서、강의 시간에도 강당에 들어 가지 안앗던것이다. 그는 다시 일어나서 자세를 바르게 해가지고、도루앉앗다. 그러고 가방속에 집어 너허두엇던 책을 꺼내어 펴들엇다.

　책을 펴드니、아까와 같이 또다시 여러 가지 생각에 머리가 떵하엿다. 아침학교에 올때、그의 아버지는 오늘은 좀 일즉 오너라…하던말이、또다시 가슴에 쿡 마찔리운다. 필연 오늘은 결정적으로 그의 대답을 들으려고 하는 모양이다. 어젯밤 덕호와 아버지는 단단한 의논이잇엇든 모양이다. 그러니 오늘은 그하나를두고、여럿이 강박하다 싶이 대답을 요구할 것 같았다.

　어쩌담…그는 이러케 중얼거리며、팔로 머리를 괴엿다. 그의 아버지는 말할것도 없이、옥점이가 재산가집 외딸임에、이러게 서두르는 것이 뻔한일이다. 돈…돈! 그돈때문에자기 아버지는 환장이 되어、아들의 일생을 망치려고 덤비는것 같앗다.

　신철이는 눈을 꾹감앗다. 그의 머리에는 옥점이가 보인다. 그러고 선비가 떠오른다. 내가 선비를 사랑한다하고 선듯 대답이 나오지는 않앗다. 따라서 선비와 결혼까지 하기도 그의 마음이 허락지를 않앗다. . 그것은 웨 그런지는 몰라도、어쩐지 그러케 생각이 된다. 그러면 웨 내가 선비를 잊지 못하는가? 그것도 역시 꼭 집어 낼수는 없엇다. 그러나 최대원인은、선비가 자기가 조하하는 타입의 미를 구비하한것이며 그러고 그의 근실성! 그것뿐이다。 그후에 두달동안이나 한집에 잇으면서도、 말한마디 건네여보지보지 못한 것이、 자신으로하여금 이러케 생각나게 하는것 같앗다。

만일에 선비도 옥점이와 같이 그러케 여지 없이 놀앗다면、 역시 지금 자기가 옥점이를 대하는것과 같은、 그러한 감정으로 선비를 대할는지도 모른다。

여기까지 생각하고 나니 그가 이때까지 맞당해본 여성이 그리 적은수는 아니나 그러케 맘에 드는여성이 하나도 없음을 깨달앗다。 그나마 억지로 골라내라면 역시 선비일것 같앗다。

처음부터 옥점에 대하여는 그러케 생각 하엿지만은 옥점이야말로 여행중에나 잠시 사귀어 심심 풀이나 할여성에서 지나지 안는다。 그러한 여자와 결혼을 하랴…그는 픽웃어버렷다。 그러고 자기 아버지의 대한 이때 까지의 신념이산산이 부서지는것을 느꼇다。 동시에 자기아버지 역시 박봉을 받아 가지고 너무 생활에쪼들리어 이전 돈이라면 물불을 헤아리지 안코 덤벼들게 된것같앗다。

오늘 저녁에 집에가면 아버지는 늦게왓다고 불호령이 나릴것이다。 그러고 또다시 결혼 문제를 꺼내놀터이지……홍 나실흔것야 어떠케 한담……이러케 생각하며 덕호가 오늘나려 갓는가? 아직 잇는가? 그는 다시 덕호와 마주앉기도 실엇다。 그러나 내려가기전에 덕호를 만나 선비를 꼭오는봄엘랑 올려 보내도록 꾀엿으면…도 하엿다。 그런데 이것은 옥점이와의 결혼을 승낙하기전에는 도저히 불가능한 일이다。 ……안되면 말지……내……일개 여자로인하야 머리를 썩일내가아니니까…이러케 생각을 하엿으나……그러나 선비만은 꼭 한번 만나고 싶엇다。 그러고 그의 음성을 듣고싶엇다。

옥점이와의 결혼을 그가 거절한다면 이선비와의 앞길도 막히는 것이 무엇보다도 섭섭한 일이다。 그래서 이여러문제가 일어나기전에 선비를 서울로 올려 오게 하랴든것이 그만 실패되고 말앗다。 이겨울 지나 봄만 되어도 선비를 어대로 출가시키고 말든지도 모르지……그는 무의식간에책을 덮어 놓고 멍하니 전등불을바라보앗다。 빛나는 전등? 거문 사마귀?……그때 중얼중얼 하는소리에 신철이는 휘끈 돌아 보앗다 병식이가 육법전서를 가슴에 붙안고 눈을 찡그려 감앗다. 그러고는 일백삼십일조……일백 삼십일조……일백 삼십일조……일백 삼십일조……응 일백삼십일 조하고 외우고 잇다. 그의 얼굴은 폐병초기를 지난것같고 그의 독특한 이마는 전등불에 비춰어 한층더툭솟아 나올듯 하엿다. 그는 생각지 않은 웃음이 픽 나왓다. 지금 저들은 사무관이나 판 검사를 머리에 그리며 저모양을 하고 잇을것이다. 그는 불시에 이도서실이 실어젓다. 그래서 그는 가방을 들고 벌컥 일어낫다.

(65)

밖으로 나온 신철이는 푸뚝푸뚝 떨어지는눈송이를 얼굴에 느꼇다. 그는 눈이 오는가…하며 바라보앗다. 가로등에 비춰어 떨어지는 눈송이는 마치 여름날 전등불을 싸고 날러르는 하루사리떼 같앗다. 그는 어정어정 걸어 정문까지 나왓을때 도서실에서 흘러나오는 페실(閉室)종이 뗑궁뗑궁울렷다. 그는 벌서 아홉시로구나!……하며 휘끈 돌아 보앗다. 캄캄한 공간을 뚜루고 시컴어케 솟은 저건물 저것이 조선의 최고학부다! 그는 웃둑섯다. 그러고 자기가 삼년동안하로 같이 저안에서 배운것이란 무엇이엇던가? 하는 트다란 퀘스쫀마―크(?)가 눈이 캄캄해지도록 그의 앞에 가로 질리는 것을 똑똑히 바라보앗다.

도서실에서 흐터져 나오는 학생들의 말소리를 들으며 그는 다시 걸엇다. 그가 그의 집까지 왓을때 아버지의 으흠하고 기침하는 소리가 전날같이 무심이 들리지를 안헛다.

「신철이냐?」

신철이가 그의 방문을 얼때、아버지의 이러한 말이 그의 뒷덜미를 후려치는듯이 높이 나왓다.

「네」

「웨 일즉 오라니까 늦게 오느냐? 어서 저녁먹게 하여라」

신철이는 잠잠히 들어와서 가방을 책상우에 노코 책들을 가방속에서 끌

어내어 차례로 「혼다데」에 꽂아노앗다. 맘은 부절히 분주하지만은 이러케
착착 정리하지 안코는 맘에 걸리어 그는 견딜수가없엇다. 그래서 다시 책상
우를 정돈하고 걸레로 훔쳐낸후에 벽을 기대어 아버지가 또뭐라고 하는가?
하며 귀를 기우렷다.

신발소리가 콩콩 나더니 그의 의모가 방문을 얼엇다.

「어서 들어와 저녁먹어」

「난 먹엇수」

「어대서?」

「저 누가……동무가 한턱내서」

의모는 말끔히 그의 눈치를 채이더니 방안으로 들어온다.

「웨 일즉 나오지…안나앗니?」

「웨? 나와서 할 일 잇수?」

의모는 생긋 웃엇다. 그러고 다가않으며

「아까 아버지와 옥점의 아버지가 너를 기다렷다. 아마 결혼을 아주 결정
하랴나 부더라……어떠냐 아주 재산이 만타지?」

신철이는 멍하니 그의 의모의 나불거리는 입술만 바라보기에 무슨 말을
햇는지 몰랏다. 「이애 어서 오늘 저녁 결정하게 하여라…좀 조흐냐! 사람이
결점없는 사람이몇이나 잇는줄아니? 아버지는 꼭 마음에잇어서 그러시는
데……넌 그러니?」

신철이는

「내가 뭐라우?」

「아 글세 말이야……그럼됏지 어서 방안으로 건너가자 이에 좀 잇으면 옥
점아버지가 오실지 모르니……」

「뭐 오늘 안갓수?」

「아이 그일 때문에 못갓지…이밤차로 나려가랴다가 어데 네가 오더냐?
하루종일와서 기다렷다」

신철이는 픽웃엇다. 그때

「신철아!」

하고 아버지가 부른다。 신철이는 무슨생각을 잠간하구나서 벌컥 일어낫다。 그의 의모는 또다시

「이애 아버지 속태우지말구 얼른 대답해……웅」

신철이가 방으로 들어오니 아버지는 안경을 벗어노흐며

「어서 저녁 먹게하지」

안해를 바라보며 밥상 차리라는 뜻을 보엿다。

「먹구왓다우……어느 동무가 한턱을내서」

「웅……」

그의 아버지는 신철의 숙인머리를바라보면서 한참이나 무슨 생각을 하더니

「너 옥점이와의 결혼에 대해서 벽이의가 없을터이지……?」

신철이는 머리를 들며

「실습니다!」

이외로 명확한 대답에 아버지의 얼굴은 순간으로 변하야진다。

「어째서?」

「별 깊은 이유는 없습니다」

그는 이러케 뚝잘라 말하며 다시 머리를 숙엿다。 신철의 아버지는 조금 다가 앉엇다。

「이유 없이 실타?……그럼 네맘으로 정해둔 여자가 잇느냐?」

그순간 신철이는 선비를 멀리 바라보앗다。 그러나 그환영은 순간으로 히미하게 사라젓다。

「없습니다」

「그러면 이번에 정하고 말아! 무슨 잔말이냐」

그의 아버지는 이러케 말하엿다。

(66)

그의 아버지는 평상시의 신철의 성격을 미루어서 자기의말이라면 아무리

그의 비위에 다소 틀리는 점이 있다고 하더라도 묵과할것만 같아서 이러케 명령하듯이 말하였다。 신철이는 아버지의 이러한말을 듣고 적지 안케 놀랏다。 자기의 인생에 관한 중대사를 당자의 의사는 무시하고 저러케까지 덤벼들게 상식이 없는아버지라고는 생각지 않았기 때문이다。 그저 다소 권해 보나가 싫나면 말셋거니…하엿던것이다。

「이재 옥점의 아버지가 올터이니、 너는 잔말말고 쾌히 승낙해라……글세 그런자리가 쉽겟느냐…생각해 봐라 너는 지금 쓸대 없는 공상에 묻떠서 모르지만은 현실사회란 그러치 안은게야 나두 한때는 공상에서 대가리만 커서 한동안 감옥생활까지 해보았다만은…그래서 지금 이러케 달달 꾀어 돌아간다。 그러니 시재라도 내가 저개서 나오게 되면생활도 딱하지 안흐냐?……네가 이봄에 졸업하고 고문시험이나파쓰되면 걱정 없지만…그래도 뒤에서 후원이 상당해야 네가 출세하기도 힘이 들지 안는게다…알아 들엇니? 이번결혼만 되게 되면 네앞길은 아주 유망하다。 그러니 아비는 너의 장래를 생각해서 그러는 게야」

그의 아버지는 음성을 낮추어가지고 이러케 간곡히 말 하엿다。 신철이는 처음부터 아버지의 뜻을모른것은 아나나 이러케맞당해서 그의 간곡한 말을 들으니 아버지의 그머리로써는 이러케밖에 더생각할수가 없으리라…하엿다。 지금 이집의 유일한 후계자는 자기라고 아버지는 생각할것이다。 동생인 영철이가 잇으나 아직 그는어리고 더구나 영철이는 항상 알아 가지고 잇으니 장차 생존여부조차도 믿지못할만큼이엇다。 그러타고 그는 아버지의 말 대로 고문시험을 파쓰하고 재산가집사위가 되고 또이집의 후계자로 만 끄칠 생각은 추호도 없엇다。 더구나 결혼 상대가 맘에 들지 안흐니 그것은 두말 할 여지가 없엇다。

「아버지 상대는 맘에 잇거나없거나 재산만 보고 결혼을 하랍니까」

신철이는 아버지를 정면으로바라보앗다。 그의 아버지는 아들이 이럿게까지 노골로 대어들줄을몰랏다가 저윽히 놀랏다。

「음……상대가 맘에 없다? 그러면 왜옥점의 집에가서 근석달이나 가치 잇엇냐? 그러고 날마다 함께 밀려 다니구?」

신철이는 딱쏘아보는 아버지의 시선을 약간 피하엿다.

「총각의 몸으로써 처녀의 집에 가서 하로 이틀도 아니요 두석달씩이나 잇엇으니 누가 평범하게 본단말이냐? 응 어데말해봐」

「………」

신철이는 대답에 궁하야 가만이 잇엇다.

「그럼 네가 색마란 말이냐? 며칠 데리고 놀앗으니 실증이 난단말이지……」

이말에는 신철이도 참을수가 없엇다. 그러고 반항의 불길이 확일어남을 깨달앗다.

「아버지! 너머하십니다 동무로 인정하는이상 얼마든지 함께 다니고 함께 잇을수도 잇지안습니까 그것은 아버지의 봉건적 선입관으로 남자와 여자는 함께만잇으면 서로관계가 잇는가? 하고 생각하는데서 하시는 말슴이시지……어대 그럴수가 잇습니까 그러고 그때만해두 아버지의 제자란 명칭하에서 간곡히 권하니 그저 하로 이틀 하로 이틀 물린것이 그러케 되엇지…… 절대로 옥점이를 배우자로 인정함은 아니엇습니다」

「이애 이애 듣기 싫다 봉건적이니 무어니 해두 사내와 계집이 함께 몰려다니면 별수가 잇니? 네가 이제와서 결혼을 하지안켓다면 젤단 내가 낯을 들수가 없게 되엇다. 그러고 너……네책상에는 그게 다 뭐하는 책들이냐? 아비가담배 한갑을 맘노코 사먹지 못하고 애쓰는줄은 모르고 쓸대 없는 책만 사들여다 보구는 봉건적이니 무슨적이니하고 애비 대답만 기성스레해? 이놈! 그런버르장이를 어따대고 하니? 대학까지 다녓다는 놈이……」

아들의 말 나오는 것을 들으니 그의 아버지는 이때까지 자식에게 취하여왓던 히망이 졸지에 전부가 부서지는 것을 느깻다. 동시에 참을수 없는 분이 머리털끝까지 칩다미는 것을 깨달앗다.

「고문시험 칠게나보지……이놈! 별책 다사다보더니……」

「그책들이 나의 교과서외다…아버지는 고문시험을 치라지오? 내 이때껏 노골로 말을 안햇지만 고문시험은 처서 뭘하는겝니까!」

「이애 잘한다……허허 이놈아! 무슨 개소리를 치고 앉앗냐! 썩나가지 못하겟냐?」

그의 아버지는 달려 들어 신철의 따귀를 후렷첫다。 그러고 그의 앞 가슴을 움켜쥐고 문밖으로 내몰앗다。

「너와 나와 아무 상관없다。 남이다。 우리집에 잇을탁이 없어! 나가!」

（67）

신철의 의모는 남편을붓들며、

「아이 망녕이시네、 이거 웨이러세요」

「나가! 난 네아비 될것없고、 넌또 내아들 될것이 없어」

신철이는 허둥허둥 건넌방으로 건너와서 몇권의책과 몇벌의양복가지를 가방속에 너허가지고、 뛰어나왓다。 그의 의모는 안방에서 달아나왓다。

「이애 너 미첫구나、 오늘 네가 웬일이냐、 아버지가 다소 꾸지람을 하시기 어던 너이게 웬일이냐」

신철의 외투자락을잡고 늘어젓다。 신철의아버지는 벼락치듯 문을열고 나와서、 안해를 끌고들어간다。

「어서 나가! 나가지 못하는것도 아주비겁한 놈이야、 응 어서 어서」

자던 영철이가 문소리에놀라、 으야하고 울며나온다。 그의 아버지는 신철이가 이러케 극단으로 나갈줄까지는 꿈에도 생각지못하엿다。 더구나 나가란다고 신철이가 가방을들고 나오는 것을 보니 분이 아뜩하야지며、 전신이 사시나무 떨리듯하엿다。

신철이는 영철의 우는소리를들으며 문밖을나섯다。 눈은 아까보다 더퍼붓는다。 삽시간에 그의옷은 눈에 허여케되엇다。 그가 박석고개까지 왓을때、 뒤따르는 신발소리가 흡사히 그의 의모의 신발소리같아、 휘끈 돌아보앗다。 그는어떤낯설은부인이엇다。 . 순간에 신철이는 말할수 없는 쓸쓸함을 느끼는 동시에 새삼스럽게돌아가신 어머님이 눈물 겨웁게 떠올랏다。

그는 천천히 걸으며 어대로가나? 하며 생각해 보아도 갈곳이 없다。 그는 이런생각 저런생각을하며 종로까지 왓다。 종로에도 이전 적적헌검을 주엇다。 간혹 사람들이 다니기는 하나、 자기와 같이 갈곳이 없어 헤매는 사람들 같지 안핫다。 모두 활개를 치며 분주히 걸엇다。 그러고 카페에서 흘러나오는 쟈—즈 레코—드 소리만이 요란스럽게 들린다。

그는 파고다 공원앞까지 와서 우뚝섯다。 그러고 「그동무의 집에라도 가 볼가?」이러케 중얼거렷다。 전날밤에 이파고다 공원에서 만낫던 동무의 생각이 얼핏 낫던것이다。 그는 조선극장앞을 지나 안국동 네거리로 들어섯다。

그때 비장한 어떤 결심이 그의전신을 뜨겁게 하엿다。 그러고 다시는 집에 발길을 들어 노치안흐리라…하엿다。 그나마 자기 뒤를 딸아 의모가 나오거니…나오거니…생각했다가 이안국동 네거리에 들어서면서부터 아주단념이 되고말앗던것이다。

의모가 그의 뒤를 딸아와서 집으로 끈다하더라도 이미 나온 신철이라、 다시 집으로 들어가지는 안켓으나 그러나 웬일인지 자꾸 의모가 그의 뒤를 따르는것만 같앗던것이다。

보성전문학교 앞을 지나칠때

「이게 누구요?」

손을 내민다。 그는 놀라 자세히보니 그가 찾아가던 동무엿다。

「아 동무! 난 지금 동무를 찾아가던길이요」

「나를?」

그는 의심스럽다는듯이 말끔히 쳐다본그는 얼굴빛이 히며눈까풀이 엷다。 그러고 몸이호리호리하면서도 키가 적다。 그러나 툭솟은 그의 앞가슴과 올빽으로 넘긴 그의 머리카락이 밤송이 같이 까칠하게 일어선 것을 보아、 누구나 그의 담력을 엿볼수가 있다。 그래서 그런지 그를 대하면 다정해 보이기도하고 쌀쌀해 보이기도하엿다。 한참이나 뚫어보던 동무는

「웬일이요? 이토랑크는 웨 밤중에 가지고 다니우?」

신철이는 주저주저 하다가

「동무 난 우리집에서 아주 나왓소이다」

「아주 나왓다?」

동무는 무슨말인지 잘 아라듣지 못하고 이러케 되풀이 하며 신철이를 똑

바로 쳐다보앗다. 신철이는 묵묵히동무를 바라보다가

「웨 아주 나온 것이 안되엇소?」

「아니 어떠케 하는 말인지! 동무가 아주 나왓어요?」

「예……」

신철이는 쓸쓸한 웃음을 웃엇다. 동무는 무슨 일인기?… 생각히며 눈이 둥글해서 쳐다 보앗다.

「그런데 동무는 아델 가댓수?」

한참후에 신철이는 물엇다.

「나요? 지금 저녁 얻어 먹으러 떠낫소 허허」

동무는 어깨의 눈을 툭툭 털엇다.

「그럼 나와 가오」

(68)

우동 한그릇식 먹은 그들은 빵 몇개를 사가지고 동무의 집까지 왓다.

「자 빵이오 손님이오」

신철의 앞을 서서 문을 열고들어가는 동무는 웃으며 이러케 말하엿다. 육촉 밖에 안되보이는 컴컴한 전등을 가운대두고 마주 앉아 사쯔를 벗어들고 이산양을 하던 그들은 놀라 사쯔를 입으며눈이 둥글해 바라보앗다. 그러고 동무의 내처 주는 빵을 들고 뚝뚝 무질러 먹는다.

신철이는 무슨 고리타분한 냄새를 혹군 맡으며 방으로 들어앉앗다. 불은 언제 때 봣는지? 안때봣는지? 맡이 어름덩이 우에 앉는것같앗다.

「이동무 유신철이라는 동무요」

동무는 그들에게 소개 하엿다. 그들은 빵을씹으며 서로 인사를 하고 픽 웃엇다. 그들의 입모습에는 일종의 비웃음이떠돌앗다.

「우리 셋이서 자취 생활을 하엿오 이제부터 동무도우리와같이 고생을 하여야 하오 하하」

동무는 그밤송이 머리카락을 흔들며웃엇다. 그러고 새캄한 내의를 입고

치워서 웅쿠리고 잇는 그들을 바라보며

「오늘 굶지 안을수가 나려니…별일이다 잇거든! 이동무가 나를 찾아온단 말이어하하」「그러니 내일 아침 먹을것이 걱정이지……」

얼굴 둥근 기호라는 사람이 말하엿다.

「무슨 내일 일까지 걱정하고 잇어……그래도 사람은 살아 나가는 수가 잇는지라……」 동무는 신철이를 돌아보앗다. 신철이는 멍하니 그들을 바라보며 이밤을 여기서 지날것이 난처하엿다. 무엇보다 이토굴 같은 방에서 자리도 없이 더구나 살을 에워 내는듯한 찬방에서 지낼것이기가 막혓다. 그러고 내일아침부터라도 신철의 가방이며외투까지……그가 몸뗑이하나를 내노코는 다 전당포로 들어가야 할 것을 절실히 느꼇다. 그는 앞이 아뜩하엿다. 그가 집에서……책상머리에서 생각하던바와는 너무나 현실이 무서움을 깨달앗다. 동시에 이제 앞으로 닥쳐올현실! 그것을 상상하여볼때、그의앞은아무것도 보이지 안코캄캄하엿다.

그밤을 고스란히 새운 신철이는 지갑을 툭툭 털어 동무를 주엇다. 그는 쌀과 나무를사왓다. 그래서 한사람은 쌀일고 한사람은 불때고 이러케 서둘러서 밥을 지어낫다.

「이애 이거 오늘은 상당하구나!」

밤송이 머리에 재티가 뿌여케 앉앗다. 신철이는 빙긋이 웃엇다. 그러고 동무의만족해 하는 모양을 바라보며 오냐 나도 견디자! 이러케 굳게 결심하엿다.

밥을 다먹고난 그들은 저만큼 설거지를 하라구 내밀다가 나중에는 각기 한그릇식 들엇다가 부엌 구석에 몰아 두엇다.

「여보게 오늘은 안간모양이지」

일포가 눈을 끔쩍이며 앞문을 바라보앗다.

「어제 야근 아니어?……그러니 오늘은 한결부터야 출근하실터이지……오늘은 좀가서 맞나보게나 라자」

기호가 맞장구를 친다. 동무는 신철이를 바라보고 소리를낮후며

「무슨 말인지 알아 듣겟나? 저 건어방에 말이지……방직공장에 다니는

미인이 잇단말이어…그러니 저놈들이 저마큼 연애를 걸어보려누먼……」

「이애 이놈아 누가 연애를 걸야냐 실은 네놈이 몸이 백파센크로 달지 안앗냐」

그들은 일시에 웃엇다.

이튼닐 신철의 동무는 신철이와함께잇는 것이 재미저다고 생가해서두리서의논한 끝에 동무는 다른곳으로 옮기게 되엇다. 그러고부득히 맞날일이 잇어야 혹간오군하엿다.

그후로부터 신철이는 자취 생활에 익숙해져서 밥도 짓고 내의도 빨아 입군하엿다. 그러고 밥해먹구나서는 돌아 앉아 이산양으로 양말 뚫어진것을 깁기에 분주하엿다. 더구나 신철이는 착은착은하게 무엇이든지 잘하므로 그는 주부역을 맡앗다.

일포나 기호는 이미 감옥생활을 거친사람들로써 지금은 그저 픽픽 웃기만하고 여기도 저기도 가담하지 안핫다. 그러고 하로종일 누구는 어떠코……어떠코하면서 비웃기로 소일을 하고 잇엇다. 더구나 여자말이라하면 기를쓰고 덤벼들엇다.

「여보게 신철군! 어제밤 이앞다리에서 그미인과 마주첫구먼……그런데…」

앞방 여직공을 가르쳐 그미인이라하엿다.

(69)

피아노를 뚱뚱 치고 잇던 옥점이는 창문으로 쏘아 들어오는 달빛을 쳐다보며 한참이나 무슨 생각을 하더니 머리를돌려 선비를 바라보앗다.

「선비야 너 그날밤에 신철이가 뭐라고하지 안턴?」

문앞에서 낮에 따온 외를 다듬던 선비는 외를 든채 멍하니 옥점이를바라보며 그게 무슨 말인가? 하엿다. 옥점이는 성을 발칵 내엇다.

「너 이따금 혼이 나가는 모양이구나 그게 뭐야 어따 조타!」

선비가 돌려 생각할새도 없이 옥점이는 이러케 비웃엇다. 선비는 「그날밤 신철이가 뭐라고 하지 안턴? 그게 무슨말이야?…」하고 입속으로 외여 보나 도무지 그의 기억에서 찾아 낼수가 없엇다. 그가 하필 이말귀만을 못 알아들은게 아니라 종종 그러하엿다. 웬일인지 몰랏다. 언제부터인지 모르나 그의 머리에는 뭐라고 형용하기 어려운 안타갑고 초조함이 저바구니에 외가 들어잇는것 보다도 더가득히 들어찬것을 그는 새삼스럽게 깨달앗다. 동시에 그가 언제부터 옥범의 말과같이 정신이 나갓는지 몰랏다. 어쩌면 그의 맑고 선명하던 그무엇인지는 모르나 그것이 확실히 자신에게서 떠나간 듯하엿다. 그는 칼로 외꼭지를 자르며 한숨을 가볍게 쉬엇다.

「그래 아직도 생각 안나?」

한참후에 선비는 머리를 들며

「안나」

「아이 저런! 바보가 어디잇나? 참죽겟네! 아 작년 녀름에 서울서 왓던 손님 말이어……」

「손님이 뭐?」

「아이구 저걸 어째! 재가 저러다 정말바보가 되랴나봐 에익 모르겟다. 어서외나 다듬어서 김치나 담거! 네게 말하느니、쇠귀에 경을 읽어야 나겟다、그게 뭐야……참」

옥점이는 휭 돌아앉는다. 그러고 다시피아노를 치며、그소리에 마춰 무슨 노래인지 슬프게 부른다. 선비는 물그럼이 그의 모양을 바라보앗다. 그러고 그노래를 들엇다. 그노래는 선비의 모든것을 비웃는 듯、조롱 하는 듯 하엿다. 그리고 창문으로 쏘아 들어오는 무지개 같은 달빛에 비춰어 그의 백어 같은 손길은 가볍게뛰놀앗다.

「이애 선비야! 그방에 불켜노려무나」

옥점어머니가 밖으로부터 들어오며、이러케 소리첫다. 선비는 깜작 놀라 일어낫다. 언제나 그는 옥점어머니의 음성만 들으면 가슴이 후닥닥 뛰며、그담말에는 자기를 나물하지 안흐려나? 혹은 이년 더러운년! 나가라! 하지 안흐려나? 하는 불안에 도무지 마음을 진정 할 수가없엇던것이다.

「그만둬라……어머니 난 이대로가 조와 저 달빛이면 그만이지……불은 켜서 뭘해……아이 난 죽으면 조켓서 어머이」

방안을 들여다보는 그의 어머니를 쳐다보앗다. 옥점 어머니는 딸이 죽고 싶다는 말에、앞이 아뜩해서、

「그게 무슨말이냐? 소위 배웟다는년의 입에서 그런 말이나오냐? 다시는 그런말 내앞에서 내지 말아!」

옥점 어머니는 목이 메어 할말이 아직만흔데、그만 끝이고 말앗다.

「넌 무슨 오이를 아직도 다듬냐? 어서 그걸랑 들여다 두고 안방에 불도 켜고、자리도 펴고、이 방에도 그러케해! 원? 어쩐일로 계집년이 질질 느린 느릿하냐、그나마 그할멈을 그냥 두엇으면 조흘 것을……」

옥점이가 졸업하고 나려오니 선비가 할멈 방으로 쫏기어나게 되엇다. 그 바람에 덕호가 할멈을내보냇던것이다.

「어머이 나……참……저……온정서 말이야……할멈을 맞낫지! 그런데 작구 울겟지! 불상해!」

「아 글세 네아비라는 물건짝이 기어코 할멈을 내보냇구나! 내야 할멈이 불상해서…그냥 두려고햇지…」

그순간 옥점어머니는 외바구니를들고、부엌으로 들어가는 선비를 홀금보며、전부터 마음속에깊이 자라오던 질투의불길이 그의 젓가슴을 따굽게 스치는것을 느꼈다.

「그것도다 저년까닭이지……글세…」

할멈과 함께잇으면 어드래서할멈을 내보냇겟니? 아무래도 네아비가 수상하니라…하고 말이 나오는것을 그만 꾹늘러버렷다.

옥점이는 피어노에 엎디며、

「참、이상해…」

하며 젓가슴을 꾹쥐엇다. 옥점어머니는 신이나서 들어온다. 그리고 옥점이를 들여다보앗다.

「너두 이상하게 생각햇니?」

(70)

옥점이는 어머니를 말뚱말뚱 쳐다 보앗다.

「글세 늙은 첨지가 뭐겟니? 아무래도수상하지?」

옥점이는

「아이 참 죽겟네……어머니는 뭐그래? 뭘 수상하단 말이어? 호호호」

옥점어머니는 그제야 딸이 딴말을 한것을 잘못 알아들은것으로 눈치 채엇다. 동시에 말할수 없는 노염이 치반첫다.

「넌 그게 무슨 우슴 소리냐」

「어마이는 그게 무슨 말이요」

옥점어머니는 부끄러운 생각이 들어 그만 획 돌아섯다. 안방에서는 섯냥 켓는소리가 박 낫다. 뒤밎여 불이 빨가케 키여진다. 옥점어머니는 안방으로 들어왓다. 그리고 자리를 펴는 선비를 노려보앗다.

「좀 똑바루 펴라!」

선비는 벌서 가슴이 진정할수없이 뛰엇다. 그리고 손끝이 가늘게 떨렷다. 동시에 그는 눈한번 맘노코 뜨지못하고、자리를펴노흔후에 마루로 나왓다. 옥점이는 여전히 의자에 앉아 머리를 수기고 잇다. 자는지、혹은 무슨 생각을 하는지 몰랏다. 선비는 아까 옥점이가 불켜는 것이 실타고 한것만은 기억하고、건어방문편에 비껴 앉아、그의 동정만 살피고 잇엇다. 불켜랴? 하고 묻고싶으나 옥점이가 또 뭐라고 알아듣지못할 말을하고 비웃을것만 같아서、그는 우둑허니 앉아 잇엇다.

「내일 그만 경성에나 갈까?」

자는 듯이 엎디어잇든 옥점이는 벌컥 일어나며、이러케 중얼그렷다. 그러고 의자에서 물러 나며

「이애 불켜! 워그리고 앉앗니? 이바보야! 에크! 뭐이 쏟아젓나봐!」

옥점이는 물바리를 쏘다치고、이러케 소리첫다. 선비는 얼른 뛰어들어가며、불을켜놧다. 물바리에 물이 전부 쏟아졋다.

「아니、넌 불을켤것이지、그리하고 앉아서、이런일이 나게할탁이 뭐냐?

아이구! 참 죽겟네! 저런 꼴보기실허서 난더 속이 상한다니…얼른 펄쩍 치워
놔라」

옥점이는 냉큼 안방으로건ᄆ너간다。 그리고 모녀가 주거니 받거니、 무슨
말인지 하고잇다。 선비는 걸레로 방을 훔처낸후에 빈바리를 들고 할멈방으
로 나왓다。 그가 방안에 들어서면서야、 아이 내이 빈바리를 부엌에 들여다
두자고한것을 가지고 왓네…이러케생각을하며、 도루 문밖으로 나오다가 에
라내일아침에 들어가지…하고 주저 앉앗가、

그는 불도 켜지 안흔채 우두먼히 앉아잇엇다。 너무도 하로종일들복어서
어리 뺑뺑할뿐이고、 아무런 생각도 나지안핫다。 그저 창문으로 새어드는 달
빛을 보며 저 달빛을 딸아 이집을 벗어나고 싶은 생각만이 시간이지나갈사
록 농후해 짐을 느꼇다。「어떠케 하누?」 그는 한숨섞어 이러케 중얼거렷다。

그는 밤마다 저 창문을 바라보며 그몇번이나 이집을 벗어 나겟다고 결심
하엿다가도 막상 나가랴고 봇짐을들고나서면 갈곳이 없다。 그래서 그는 할
수없이 주저 앉군 하엿다。 그는 무심히 이재 들고 들어온 빈바리를 어루만
지며 오늘 밤에는 아주 단단한맘을 먹고 나가 볼까? 나갈때는 이바라도 가
지고 가지……할때 옥점어머니의성난얼굴이 휙 지나친다。 그는 진저리를
치고 바리를 저편으로 밀어낫다。 그러나 그바리만은 웬일인지 노코 나가기
가 아까웟다。 보다도 섭섭하엿다。 불시에 부엌 찬장에 가득히 들어잇는 바
리 사발이며 탕끼 대접、 접시 온갖 그릇들이 그의 눈에뚜렷이 나타나 보인
다。 그가 하로같이 알뜰히도 만지는 그그릇들! 꽃문이에 짐생문이를 돋쳐
동글하게 혹은 네모나게 크고 또는 작게 맨든 그 그릇들! 그가 그나마 이집
에 정붙인곳이 잇다면 이 그릇들일것이다。

그는 다시 바리를 끌허 다리어 가슴에 꼭 부텨 안앗다。 그리고 창문을 멍
하니 바라보앗다。 그때에 불시、 이방을 떠나고 싶은 맘이 들어 가만히 일어
낫다。 그리고 그의 봇짐을 쥐어 보며……가면 어대로 가나? 만일 밖에 나갓
다가 덜호보다도 더 무서운 인간을 맞나면 어찌나? 하는 불안에 봇짐을 술
몃이 노코 물러낫다。 그러나 아무리 돌려 생각해도 이집에서는 오래 잇지못
할것 같앗다。

덕호가 들어 오기전에 어디로든지 가야할터인데……하고 선비는 우선 사 알에 덕호가 잇는지? 없는지? 알고저하야 밖으로 나왓다. 사랑에는 불도 켜 지안코 문우에 달빛만이 환하게 드리윗다. 그는 가볍게 한숨을 몰아 쉬며 그의 방으로 도루 들어왓다.

(71)

방으로 들어온 선비는 몇번이나 봇짐을 들어 보다가 아무래도 대문밖에 덕호가 섯는것 같고 그가 나가다가 길거리에서라도 맞날것 같아서 그만 봇 짐을 노코 한참이나 망스리다가 우선 밖에 누가 잇지 안나? 보려고 문밖을 나섯다. 중문 밖을 나서니 유서방의 방에불이 발갓다. 그는멈칫섯다가 대문 밖으로 쫓겨 나오는 듯이 나와버렷다.

대문밖을 나선 그는 휘휘 돌아보앗다.

그러나 아무도 보이지 아니 하엿다. 그는누가 볼세라하야 바자곁에 착 붙 어서서 조금씩 조금씩 앞으로 나왓다. 그가 나간대야 너 이년 어대가니…… 하고 붙들사람조차 없는것 같은데 그는 이러케도 나가기가 무서웟다. 그래 서 그는 이러케 숨어 것지 안코는 견디지 못하엿다.

한참이나 나오던 그는 멈칫섯다. 읍으로 들어가는 새로 닦은 신작노가 달 빛에 뚜렷이 바라다보엿다. 그는 언제나 이길을 바라 볼때마다 그가 이길로 외롭게……쓸쓸하게 나가게 될날이 머지안으리라…하엿다. 그러케 막연하 게 생각은 들면서도 마침 나가랴고 단단히 맘을먹고 이길우에 올라서면 멀 리 바라보이는 컴컴한 솔밭과 솔밭새로 뿌여케 사라저간 이길 저편에는 덕 호보다도 몇배 더 무서운 사나히가 눈을 부릅뜨고 자기를 기다리는것 같앗 다. 그는 전신에 소름이웃삭 끼치며 무의식간에 휙 돌아섯다. 그의 앞에 나 타나보이는 이 용연동내! 보다도 함석 창고를보아란 듯이 앞세우고 즐비하 게 들어앉은 덕호의집! 다시 그집으로 들어 갈생각을하니、뭐라고 형용할수 없이 왼가슴이 쓰리고 아팟다. 그는 다시 돌아서며 솔밭길을 바라보고 몇발 거름 옴기다가는 「어찌나? 난! 난어째!」 이러케 중얼그리며 지달을 처다 보앗다。 달은 언제나처럼 저편하늘가을 향하여슬슬다름질첫다。

그때 그는 얼핏 생각나는것이 잇엇다。 그것은 간난이엇다。 그가 덕호에게 유린을 받기전만 하여도、 간난이를 아주몹쓸 여자로 앓앗지만은、 그가 한번 그리된후에는、 웬일인지 꿈에도 간난이를 종종 맞나 보고、 서로 붓들고 울기까시하군 하엿나。 그리고 이러케 나갈까 말까 하고 낭스틸때마나、 문득 그의 머리에는 간난이가 떠오른 것이다。 그가 어디라던가? 가서 돈버리를 잘한다지……편지나 좀 할줄 알면 해보앗으면……하고 생각할때、 그의 발길은 어느듯 간난네집을 향하야 옴겨젓다。 그는 몇번이나 간난의소식을 알고자、 달밤이면 이러케찾아오군 하엿다。 그러면서도 참아 들어가지는 못하고、 바자 밖으로 오실어실 돌아가다가는、 에라 후일알지、 간난이 어머니라도 나를 수상히 보면 어쩌나 하는 불안에 돌아서군 하엿다。 그때마다 그는 「간난아!」이러케 목이 메어 입속으로 부르면서、 그와 자기가 어려서놀던 생각을 하엿다。 그러고 간난이가 여기 잇을 때、 어째서 자기는 그의말을 이해 해주지 못하엿던가? 따라서 다만 한마디로 그를 붙들고、 위로나마 해주지못하엿던가…하니、 기가 막혓다。

그는 이러한 생각을 되풀이 하는새、 벌서 산난네 집까지 왓다。 그는 멈칫 서서、 이번에는 꼭들어가서、 그의 소식을 알아 가지고 가리라……굳게 결심 하엿다。

그는안에누구들이마을이나오지 않앗는가를 살폇다。 그담엔 간난이아버지가 집에 잇는가고 동정을 보앗다。 그러나 안은 괴괴하엿다。 그리고 어슴푸레한 불빛만이 문우에 비취어 잇을 뿐이고 그리고 누구의 기침소리인지 쿨룩쿨룩……하는 소리가 들엿다。 벌서들 다 자는 모양인가、 그만 갓다가 내일낮에 올까…하고 돌아서다가、 에라 들어가 보자하고 안들어가는 발길을 힘끝 들여몰앗다。 신발소리에 안에서는

「누구요?」

간난의 어머니의 음성이 흘러나온다。 선비는 멈칫서서 주저하다가 방문이열릴때에야 하는수 없이 앞으로 나갓다。

「저여요」

간난이 어머니는 나와서 선비를 자세히 들여다보더니,

「난 누구라고…네가 어찌 우리 집엘 다왓느냐」

간난의 어머니는 선비의 손을 붓들고 방안으로 들어왓다. 그리고 이애가 어떻게 우리집엘 왓을까? 혹은 덕호란 그죽일놈이 간난이가 서울가서 돈버리를 잘한다니까 알아 보려고 보내지나 안앗나? 하는생각이 불시에 든다. 그러나 또 한편으로는 선비 역시 간난이와 같은 경우를 당하지 안앗나? 하엿다. 그래서 간난어머니는 눈을 둥그렇게 뜨고 눈치를 살폇다.

(72)

「너뵌지가 얼마 만이냐 어머니 상사낫을때 보고는 여지 못봣지……그새 넌 퍽이나 고하졋다」

풀끼 없이 앉아 잇는 선비를 보며 간난어머니는 이러케 말하엿다. 그리고 선비입에서 무슨 말이 나오기를 기다렷다.

선비는 이러케 들어오기는 하구서도 옥점어머니나 혹은 덕호가 자기의 뒤를 딸아와서 문밖에 섯는것 같고 그리고 자기가 이집 문밖만 나서면 너 이년 여기는 뭣하러 왓느냐고 달려 들것만 같아서 말한마디 맘노코 할 수가 없엇다. 그래서 그는 문편만 흘금흘금 바라보면서 가만히 잇다. 간난어머니는 그의 태도를 이상하게 바라보앗다. 그리고 딸이 서울 가기전에 밤잠을 못자고 돌아 다니다가 들어와서는,

「어마이 아무래도 덕호가 선비를 얼으랴나부야! 날버리고……」

이러케 한숨섞어 하던말이 방금 귀에 들리는듯하며 이계집애가 역시 우리간난이와 같이 배척을 받지 안앗는가? 하는 생각이 시간이 오래질사록 차츰 농후해졋다. 딸아서 한편으로는 너이년 우리간난의 맘을 그러케 아프게 하더니, 잘되엇다! 하엿다. 그러나 반면에 선비의 풀끼 없는 것을 바라볼때 흡사히 자기딸이 앉아잇는것 같고, 그래서 그의 눈에는 간난의 모양이 뚜렷이 보이는 듯 하엿다.

한참후에 선비는,

「어머이 지금 간난이가 어디가 잇우?」

「웨 그것은 알아 뭘하랴고?」

덕호가 보내어 묻는것만 같아서、간난어머니는 이러케 쏘는 듯이 반문 하엿다. 선비는 다시 물을 용기가 나지 안앗다. 그래서 그는 또다시 잠잠하고 고름끝만 돌돌말고 잇엇다. 간난어머니는、

「글세 그애 간곳은 알아 뭘 하겟다디? 남의 딸의 일생을망처노코 또 무엇이 부족해서 그런다더냐?」

간난어머니는 나오는줄 모르게 이렇게지끄렷다. 선비는 볼이나 쥐어박힌 것처럼 얼떨한 것을 느끼며 안올대를왓다…하는 후회까지 일엇다。그러고 자기의인생이란것도 덜호로 인하야 망치게 되엇다는 것을 명확히 깨달아젓다. 동시에 참을수 없는 분이 울컥 내밀치며 그나마 간난이는 부모라도 잇으니 저렇게 분해서 그러지만은 자기의 배후에는 저렇게 분해서 해줄사람조차 없는것을 또한 발견 하엿다. 그는 엇결에 눈물섞어、

「어머니!」

하고 불럿다. 간난어머니는 머리를 번쩍 들엇다. 그리고 선비를 뚫어지도록바라보며 무슨 말을 하랴누……하엿다. 선비는 엇결에 이렇게 불러놓고 보니 할말이 없다. 그리고 자기가 부르는 그어머니가 아닌것 같고 어찌 보면 자기가 부른 어머니 같아서 갈피를 잡을수가 없었다. 그는 한참이나 멍하니 바라보다가 문바람에 꺼질 듯 하는 등불로 시선을 옴겨버렸다. 그의 눈에는 눈물이 샘솟듯 하였다. 간난어머니는 이순간 저것이 확실히 간난이와 같은 경우를 당하였다는것을 무언중에깨달았다. 동시에 저것의 맘이 오작하랴! 아 죽일놈저놈이 내생전에 벼락을 맞지 안으려나…하누님은 참 무심하다! 하고 그는 맘속으로 덕호를 눈앞에 그리며 이러케 부르짖었다.

「선비야! 너웨 그러케 덜조하하니…」

말 끝에 간난어머니는 목이 메어 머리를 수기며 치마귀를 당겨 눈믈을 씻었다. 선비는 간난어머니가 우는것을 보니 참을수 없이울음이 응응 쓸어 나오는것을 입술을 꼭 깨물며、

「어머니 간간…간난이가 어디 잇우」

「너두 그애 있는데 가보련?」

「네」

간난어머니는 일어 나더니 농문을 열고 편지 봉투를 꺼내가지고 선비 앞으로 왔다。

「서울 아이 어대라던가? 난 들으면서도 모른다디、네 이것봐라여기에는 그애잇는곳이 쓰여잇다고 하더라…죽일놈 그놈의원수를 어떠케해야 갚겟니 너의 어머니가 살아 계섯더면 오작이나 하시겟니! 아이구 가슴 아파라!」

간난어머니는 가슴을 툭툭친다。 선비는 봉투를 쥐며 간난 어머니가 덕호와 자기새를 눈치 채인것을 느끼자 덕호의대한 증오심 과 함께 부끄러운 생각이 그의 전신을 잡아 흔드는듯하엿다。 그는떨리는 손으로 봉투를 쥐고 들여다보니 원악 불도 히미하야 잘보이지 안치만은 그가 국문이나 겨우 아는 터이라 이런한문으로 쓴것은 알수가 없엇다。 그는 봉투를 쥔채 일어낫다。

(73)

일어나는 선비를 바라본 간난어머니는

「그봉투는 이전 다보앗겟지……이리다오」

선비는 서서 한참이나 주저 하더니

「어머니 이걸 나를 주시오」

「못한다! 만일에 덕호가 보면 자미 없는것 아니냐」

「어머니두 내가 뭐 그러케 하겟기……그래요」

「그럼 꼭 간수 햇다가 가져 오너라 부대 그놈 보여서는 못쓴다 응 이애」

문밖을 나서는 선비의 뒤를 따라 나오는 간난어머니는 재삼 부탁 하엿다。 선비는 봉투를 가슴속에 집어 너타가 덕호의 손이 그의 젖가슴을 어루 만지는 생각이 얼픗 들자 봉투를 꺼내 들엇다。 동시에 이봉투 하나도 감출곳이 없이 자신의 비밀을 여지없이 그늙은 덕호에게 빼앗긴 생각을하니 금방 푹 엎뎌죽고 싶도록 안타까웟다。

그는 간난어머니를 작별하고 역시 아까와 같이 바자와 바자곁으로 붙어서서 덕호의 집까지 왔다. 이봉투는 어떠케 할까? 한참이나 주저하던 그는 버선속에다 쓸어 너코나서 대문을 가만히 열엇다. 이전유서방의 방문까지는 컴컴 하엿다. 그리고 첨아끝 그림자가 뚜렷이 드리웟다. 그리고 사랑은 여전 하다. 그는 가슴을 설레며 덕호가 나없는새 방에 들어와 잇지나 안나? 하는 불안으로 중내문까시 와서는 한참이나 주서하엿나. 그러나 사방이 죽은 듯이 고요하므로 그는 소리없이 대문을 닫고 들어와서 그의 방문을 열엇다. 맞받아 나오는듯한 이어두움! 그는 잠간 주저하며 덕호가 술이 취하야 저안에 누엇는것만 같앗다. 그는 휙돌아서서 어디로든지 달아나고 싶은 충동이 강하게 나는것을 느겻다. 동시에 버선 갈피에 들어 잇는 그의 유일한 비밀을 다시 한번 생각하엿다.

마침내 방안에 아무도 없는것을 알자 선비는 들어 갓다. 그리고 오늘은 이문을 여러주지 안흐리라 결심을하며 문을 힘껏 잡아다려 걸고 자리도 펴지안흔채 누어버렷다. 누으니 일만가지 생각이 뒤끌허 마치 환등을 보는것 같앳다. 그리고 저문밖에서 덕호가 문을 잡아 다리는것만 같앗다.

□□□□□ 정말 문이 바짝하엿다 □□□ 꼭 감아버렷다. 그러나 가슴만은 못견디게 벌렁 거렷다. 또 다시 바짝 바짝 하엿다. 덕호가 전날을 미루어서 자기가 자지 안흔것을 뻔히 알것이다. 그런데 이러케 문을 안여러 주면 덕호가 자기를 미워 할것만은 사실이나 상에 쫓겨 나기 밖에는 더하겟니? 하고 가만히 잇엇다. 문은 점점 더 바짝거렷다. 그러다 어떠케나 하는지 짝짝하는 문창지 찢는 소리가 들리더니 문고리가 쩔걱 벗겨진다. 선비는 그냥 누어자는체 하엿다. 덕호는 씩씩하며 문을걸고、 선비의 곁으로 오더니 발길로 그의 엉덩이를 나려 밟앗다.

「이년의 계집애、 웨 문을 안열어、 건방진놈의 계집애、 저를 이뻐하니까……아주 버티운단 말이어……어디 보자!」

선비는 이제야 깨여 나는 듯이 부시시 일어 앉앗다.

「이에 문열나는것 들엇지?」

「못들엇게요」

「이놈의 계집애」

선비를 끌어안는 덕호에게서、항상 그에게서 만히 맡을수 잇는 독특한 냄새가 흑군 끼친다。선비는 덕호의 품에 오래 안겨 잇으면 모르나、이러케 처음 안기게 될때마다、이러한 강한냄새를 느끼곤 하엿다。그는 머리를 돌렷다。그리고 그의품을 벗어나려고、몸을 꼬며 내려앉으려 하엿다。덕호는 더욱 쓸어 안앗다。

「이년 너 내가 실흔 모양이지…딴 계집 얻으리? 응 이애 말을 좀 들어보자」

덕호는 씩씩하며、선비의 귀에다 입을대고、이러케 수군 그렷다。선비는 소리치게 간지러움을 느끼며、물러 앉앗다。

「너 이년 딴사내가 잇는게로구나……그러키 안흐면 그럴수야잇나? 계집이란 것이 사내가 들어오도록 잠을 자지 않다가 사내 들어오는것을 맞바다 들여야 허는게고、또는 아양도 떨어서 사내의 환심을 사도록 하여야 허는게지……그게 뭐냐 잔뜩 자빠져서 자고 잇어? 에이 고약한년같으니 내 저를 예뻐 하니까 버릇이 사나와 젓단말이어……너이달월경은 어찌 되엇냐?」

선비는 옥점어머니가 밖에 섯는것만 같아서、그의 조고만 가슴이 탈랑탈랑하엿다。그리고 덕호의 지껄이는 말이 하나도 귀에 거치지 안핫다。언제나 선비는 덕호가 들어올때마다 이러하엿다。

(74)

「이애 대답을해」

덕호는 선비의 배를 어루만진다。선비는 대답을 안하랴니 작고 여러말을 널어 놓는 것이 싫어서

「아직 안나……」

「음……이번에는 무슨 수가 잇나부다。뭐 먹고 싶은게 잇으면 꼭꼭 말해 감추어노코 우물 쭈물 말도 하지 안코 잇지 말구……뭐 먹고 싶으냐?」

선비볼에다 입술을 들여대고 슬슬 할트면서 이러케 말하엿다。선비는 구역이 금방 나오는 것을 참으며 나려 앉앗다。

「갈비나 한짝 떠오랴?」

「아이 참 듣기 싫어요」

「어……그년 듣기 싫다고만 하면 되나 이속에 내아들의 생각을 해야지」

덕호는 선비를 껴안으며 진저리가 나도록 선비의 귀가을 빨앗다. 그러고 지갑에서 논을 꺼내 선비에게 수엇다.

「이것가지고 너쓰고 싶은대 써라、그러고 뭐먹고싶은게 잇으면 날보고 말해 응」

선비는 돈을쥐며、버선 갈피의 봉투를 생각하엿다. 그러고 이것이 얼마인지는모르나、이것을 여비로 간난이한대 가야지…하는맘을 단단히 먹엇다.

「어서 들어가세요、어머이가나와요」

「나오면 어떠냐? 네가 이전 제일이야、이속에 내아들이 잇는데…그까진 년이 뭐기 그러냐, 걱정없다. 너이제 두달만 지나면 완전히알것 아니냐、그러면 저년은 내보내구…너를 아주 내정실로삼겟다 알앗니?」

「가만가만히 하세요 누가들겟어요」

「들어도 일이없어、네가 이전 이집안에서는 제일이야、그런데 이애! 애가 배면 신 것이 먹구싶다는데…넌 그러치안흐냐?」

선비는 아이에 미쳐 덤비는 덕호가한층더 밉쌀 스러웟다. 반면에이때까지 월경이 나오지안흔 것이 덕호의 추측과같이 참말임신이아닌가? 하엿다. 따라서 차라리 이러케 몸을 더럽힌바에는 아들이라도 나하서 이집안의 세력을 모두 주엇으면…하는 생각도 이러케 덕호를 마주 안즐때마다 어느구석엔가 모르게 자라오는것을 그는 깨달앗다. 그는 마츰내 구역질을 욹하고 하엿다.

덕호는 놀라면서 선비의입술밑에 손을 대엇다. 선비는 머리가 지끈 아프고 그손끝에서 한층더 그내가 나는 것을 느끼자 머리를 돌렷다.

「이애 너 정말 임신이구나 구역질이 언제부터 나느냐」

선비는 그의 무릎에서 물러앉으며

「어서 들어가세요 난 몸이 아주 괴로우니…제발 오늘만은 어서 들어가세요」

「음 몸이 괴로워…필시 잉태중이다. 애배엇다! 밥맛이 없지? 과실이나 좀 사다주랴?」「싫어요、어서 들어만 가주세요」

밖에서 옥점어머니가 이말을 다 엿듣는것만 같앗던것이다.

「오냐、그러면 내 들어 갈것이니、이배를 잘 간수해라、그러구 내일은 갈비를 떠올터이니…배끝 먹어! 웅? 이귀여운년아! 너내아들 배엇지?」

덕호는 선비를 힘끝 껴안아보구나서 밖으로 나갓다. 선비는 가볍게 한숨을 몰아쉬며、손에쥐인 지화가 열마짜리인지를 몰라、애가 씨윗다. 밖으로 나간 덕호는 이제야 큰대문 소리를 찌꺽내며 쿵쿵하고 중대문을 들어선다. 언제나 그가 이러케 선비의방에 들어 왓던날은 소리없이 밖으로 나가서、저 모양을 하는것이다. 으흠하는 덕호의 기침 소리와 함께 중대문 거는소리가 떨그등하고난다. 그러고는 안방을 향하야 충충 들어가는 신발소리가 뚜렷이들럿다. 그때 선비는 웬 일인지 가벼운 한숨과함께 질투 비슷한 감종을 확실히 느꼇다. 선비는 안방문이 열렷다 닫치는 소리를 들으면서야、다시 그의손에 지화가 들어 잇는것을 깨달앗다. 그리고 얼마짜린지 알고싶은 궁금증에 등아래를 어루만저 석냥을 가만히 거어보앗다. 석냥불에 비취는 지화, 그것은 똑똑히는 몰라도 옥점의 지갑에서 늘볼수잇는 십원짜리 같앗다. 선비는 불꽃만 남기고 꺼지는 불을 바라보며、이것과 어머님 살아계실때 준 것과 합하면、십원하고 오원이나? 그럼 얼마가 되는 셈일까、백양하고 또 쉰양하고……하니까…… ―백쉰양이나? 그러면 항용 부르기는 십오원이라지? 그는 난생에 처음으로 십오원을 불러보앗다. 이걸 가지면 서울을 갈지 몰라? 그는 지화를 꼭쥐엇다. 그리고 아는 듯 모르는 듯이、그는 안방으로 귀를 기우리엇다. 어떤 불쾌한 생각과 아울러、자기도 모를 감정에 떠돌고 잇는것을 깨달앗다.

(75)

여름철이 잡힌 어느날 저녁이엇다.

하로종일 흐려잇는 하늘을 쳐다보면서 선비는 부엌으로 나왓다. 옥점어머니는 요새 확실하게 눈치를 채인 모양인지 어제밤에도 자지안코 덕호와 밤새도록 싸윗다. 그러고 아침도 안먹고 점심도 면소사를 시켜서 국수를 사다먹고서는 사뭇 앓는 사람모양으로 머리를 동이고누어 잇엇다. 선비는 그들과 같이 어제밤도 고스란히 새윗으며 지금까지도 부엌문으로 바라보이는 저하늘과같이 그의 맘은 갑갑하게 흐리고 것잡을수 없는 불안에 가만히 앉아 잇을수가 없엇나. 그는 쌀을 일어서 솥에 해앉지고 나서는 무잇을 해야 조흘지 몰라 한참이나 왓다 갓다하다가 광에가서 쌀을 퍼내오고 생각을하니 금방 솥에 쌀일어 해앉친 것을 깨다르며 그는 웃둑섯다. 내가 웨 이래……그는 실엉을 붙잡고 좀마음을 진정하려 하엿다.

그러나 그것은 쓸대 없엇다. 옥점어머니가 그일을 알앗어! 글세모를 리가 잇나……아니야 아직도 몰랏어! 알앗으면야 내가 견디어낼수가 잇나? 어제밤으로 당장 쫓기어 낫지……무엇이 짝근하므로 그는 깜짝 놀라 굽어보앗다. 그의 손에든 쌀담은 박아지가 나라지면서、그아래 노하둔 가싯물 자배기가 깨어젓다. 물이 와르르 흘러지며、박아지 역시 깨어져서 쌀이 물과 가치 흘러 나린다. 그는 숨이 차서 쌀을 주어모앗다. 신발소리가 쿵쿵 낫다.

「저년이 무슨 지랄을 저리 버러저! 이년아!」

머리를 갈래갈래 해친 옥점어머니가 마루로부터 뛰어 내려와서 선비의 머리끄뎅이를 움켜 쥐엇다.

「이애 이계집애야、우리집에잇기 싫거든 나가지 그릇은 웨 짓모코잇어! 이주리를 틀년의 계집애 나가라!」

무슨 흠을 잡지 못해서 애쓰던 차이라 옥점어머니는 선비의 머리채를 움켜쥐고 소리가 나도록 쥐어 뜯엇다. 선비는 반항 하랴고도 하지 안코 그저 얼굴이 새캄앗게 질려가지고 그가 하는대로 가만히 잇엇다. 옥점이가 눈이 둥글해서 나왓다.

「웨들 이래……아이거 저꼴 호호호호」

선비의 옷이 쏟아진 물에 적시우고 흙에 이겨진것을 보매 옥점이는 이럿케 웃엇다. 그러고 그날그날에 아무 새로운일이 없이 밥먹고 피아노치고 잠자고 이럿케 단순하게 되풀이하던 그로서는이럿케 싸우는 일도 한새로운 일이므로 일어나는 홍분과함께 통쾌감을 느꼇다. 그러고 막연하나마 신철이가 자기보다 선비를 더 생각하엿거니하는 질투심에서 항상 밉게 보던 선비라 그도 달려가서 어대든지 쥐어박고 싶은 충동까지 일어낫다. 옥점어머니는 흘흘하면서 양과같이 아무 반항이 없는 선비를 눅첫다 닥첫다하면서 부엌 바닥에 굴리엇다. 선비는 처음에는 아프기도 하고 쓰리기도 하엿지만은 시간이 오랠사록 의식이 몽롱해지며 아픈것도 아무것도 몰랏다. 그리고 이 매맞은끝에 그만 죽어버렷으면 이부끄럼 이고통을 면할수 잇으려니……보다도 무서운 이집을 벗어날수가 잇으려니…생각하니 오히려 이런매를 맞기 전보다 맘의 고통은 좀 덜리는것 같앗다.

옥점어머니가 기운이 진하야 물러나며 머리를 매만진다.

「이년 당장에 나가라、내 너를 친딸과 같이 길럿지……너두 생각이 잇으면 알겟구나 그런데 이년……네가 가만히 잇어도 너의 년놈들의 일을 다알아、응 이년、이죽일년의 계집애」

「어머니 남부끄럽소! 설마한들 그따윗짓이야 아버지가 햇겟오? 그러나 저께집애 맘으로는 그러키 안을게야……그때도신철이와 밤에마주서서 어쩌구 어쩌구……하는것을 잡엇다니……그때 신철이놈은 저계집애와 무슨 관계가 잇엇는지몰라 저년이 같으로는 바보같이 가만히잇으나 속으로는 한목 더해……」

옥점이는 어느때나 신철이를잊지못하는 반면에 그만큼 더 미웟던것이다. 그래서 별별 추측도 다해보군 하엿던것이다. 옥점이는 달려들어 피가 흐르는듯한 선비의 볼을 철석 후려첫다. 선비는 부엌 구석에 박히며 어서 죽어지면 하엿다.

그때 덕호가 들어왓다.

「웨들 이러냐?」

옥점이는 아버지를 돌아 보며

「아버지 내 입때 말안햇지만…저계집애와 신철이와 아마 관계가 잇엇나봐」

「뭐? 신철이와……」

덕호는 의심 스럽다는듯이 눈을 크게 떳다.

（76）

「네가 꼭아냐?」

「알구 말구요 달밤인데 저계집애와 신철이가 마주서서 무슨이애기를 자미나게 하더란이요 그러고 서울가서도 신철이가 저놈의 계집애를 올려 오지 못해서 한동안 애쓰지 안앗우? 그때는 몰랏지만 지금 생각하니 저계집애와 상관이 되어가지고 그랜것을 내가 몰랏다니」 옥점이는 다시돌아 섯다.

「너 참말 신철이와 관계 되엇지? 말안하면 이년의 계집애 죽이고 말겠다!」

옥점이는 대들엇다. 덕호는 눈을 무서웁게 뜨고 선비를 노려보앗다. 무엇보다도 간봄에 어린애를 배인줄 알고 가지 각색으로사다먹인 생각을하니 분하기 이를대 없엇다. 선비는 덕호를 보니 이때끝 불이 붙는 듯 하던눈에 눈물이핑돌앗다. 그나마 덕호만 이야 그의 억울함을 아라 주려니하엿던것이다. 덕호는 선비 앞으로 조금 닥아섯다.

「네정말 신철이와 관계가 잇엇나?……저계집애를 뒤두기때문에 애매한 헌멍덕만나까지 쓰게 되엇단 말이어…하 거정자네 나를 의심하지만은 재보고 물어보라구 아 신철이 녀석과 벌서부터 관계가 잇어가지고 서울가랴고 애쓰는 계집애가 내말을 들을까? 응 이사람아 사람을 의심해도 분수가 잇지…응 이사람? 오늘뭐좀 먹어봤나? 아까 면소사 국수 가저온것 먹어봤나?」

덕호는 선비와 마주섯기가 거북해서 옥점어머니의 손을 끌고 방으로 들어간다. 옥점이는

「이게집애 당장 나가라 우리집에 이전못잇어」

소리를 치고나서 그들의 뒤를 딸앗다. 선비는 나가야 할것을절실히 느꼇다. 그나마 믿엇던 덕호까지도 저런 싯벍은 거짓말을 하는것을 들으니 이전 다시는 선비를 가차히 하지안코 내보내랴는 심산인것을 깨달앗다. 잘되엇다! 선비는 이러케 속으로 생각하며 그의 방으로 들어왔다. 그러고 악이 치받쳐서 부들부들 떨릴뿐이지 눈물 한방울 나오지안앗다. 그는 봇짐우에 콱 엎어지며 어서밤이되기를 기다렷다.

그날밤! 선비는 봇짐을 옆에 끼고 덕호의집을 벗어낫다. 사방은 먹칠을

한듯이 캄캄하엿다. 그러고 낮에부터 쏘다질줄 알앗던 비는 쏘다지지 안흐나 바람만 실실불기시작하엿다. 선비는 읍으로 가는 신작노에 올라섯다. 선들선들한 바람이 그의 타는 볼우에 훅군훅군 부디치고 지나친다.

저편 동쪽하늘에는 번개불이번쩍 일어서 한참이나 산과 산을 밝아케 비치어주엇다. 그때마다 우루루…타는소리가 들린다. 선비는 전같으면 이런 것들이 무서우련만 이순간 그에게 잇어서 아무것도 두려울것이 없엇다. 그는 죽음으로써 모든 것을 당하리라고 최후의 결심을 굳게 하엿던 것이다.

길가 좌우로 빽빽히 들어선 수수대며 종잇대는 바람결을 딸아 시르르 쏴르르 소리를 내엇다. 그소리는 물결처럼 멀리흐터젓다가는 또다시 밀려오군 하엿다. 그물결을 타고 넘실넘실 넘어오는듯한 피아노소리! 뚱뚱! 어찌 들으면 길에서 듣는것 같고 또다시 들으면 꿈속에서 듣는것처럼 히미 하엿다. 그러나 그소리는확실히 선비의 가슴 복판을 찔러 주엇다. 선비는 눈앞에 옥점의 피아노 치는것을 그리며 귀를 막앗다.

그때 낑낑하는 소리가 나며 선비의앞을 막아서는 무엇이 잇으므로 선비는놀라서 물러섯다. 다음순간 그것은 자기가 항상밥을 주던 검둥임을 알앗을때 선비는 와락 검둥이를 쓸어 안으며 머리털끝까지 치받첫던 악이 울음으로 변하야 쏟어 나왓다. 검둥이는 꼬리로 선비의 얼굴을 툭툭치며 한층더 낑낑거렷다. 그리고 쥬둥이로그의 볼을 핥앗다.

「검둥아!」

선비는 검둥이의 목에다 볼을 대며 길에 펄석 주저 앉앗다. 멀리 마을에서 깜박여 오는 저불빛! 붉은 실타래 같이 갈갈이 찢기어 그의 눈에 비춰어진다. 그순간 그는 그불빛이 그의 어머니를 숨지어노코 바라보든 그등불과 흡사함을 느꼇다.

「어머니!」 그는 무의식간에 이러케 부르짖엇다. 그리고 어머니가 묻친산편으로 얼굴을 돌렷다. 그때 얼핏 떠오른것은 소태뿌리엿다. 뒤밎어 눈이 둥그러케 큰 첫재의 그눈망울이 뚜렷이 떠올랏다. 그는 머리를 푹수겻다. 그때의 일이 번개같이 그의 머리를 싸고도는것이다. 덕호가 주는돈은 이불속에 너코 첫재가 캐온 소태나무 뿌리는 웃방구석에 내어던지고……그는 이러케 생각하엿다.

「검둥아! 너 나하고 가치 가련?」

번개불이 환하게 일어낫다꺼진다.

（77）

「이사람아、잠을 자도 분수가 잇지、이게 무슨 잠이람」

신철이는 깜짝놀라 깨엇다. 벌서 동무들은 일어나서 세수까지 한모양인지 이맛가이 반들반들하엿다. 기호는 신철이를 들여다보앗다.

「오늘 조반 할것이 없네그려、어서 자네 일어나서 좀 변통하여야갯네…」

「가만히 잇어 나 조금만 더 자구」

「어서 일어나게 해가 중낮이나 되엇네 아침은 못 먹는다더라도 점심이나 저녁이나 그어느 한끼는 먹어야지…긴긴해에 이러케 굶고야 사는수가 잇나? 허허참」

신철이는 벌떡 일어낫다. 해빛이 산듯하게 방가운대떨어젓다.

「이거 물어 살겟기…어데」

신철이는 내의를 훌떡 벗엇다. 그러고 보리알 같은이를 잡아내기 시작하엿다. 일포가 문곁에 바싹 붙어 앉아 그나마돈 푼이나 잇을때 사다 먹고 내친 담배 꼬투리를 붙여서 한목음 쑥빨앗다. 코구멍 으로 내뽑는 연기야 말로 제법 길게 올라간다. 그러고 건넌방을 홀금홀금 내다보는것을 보아 건넌방 미인이 오늘은 집에 잇는 것을 짐작할 수가 잇엇다. 일포는 언제나 저러케 뚱뚱한채 살폭이조왓다. 시재먹을것이없고땔것이없어도 그는 한번도 초조한빛을 남에게 보이지 안는다. 그러고는 아침만 되면 일어나서 저러케 문곁에 앉아 가지고 담배를 피우지 안으면 코안을 우벼 내고 발새를 우벼내어 그손을 코에 대고 홍홍 맡아보면서 건어방을 홀금 홀금 내다 보는것이다. 신철이는 이모든 것을 못본체하고 곁눈질도 해보지 안는것이다. 그러나 기호만은 일포가 발새를 우벼서 홍홍하고 맡아볼때 마다

「이 사람아! 저…또 저짓이야 그웨 사람이 그러케 고리 타분해! 그래 맡아

보니맛이 어떤가?」

일포는 못들은체하고 잇다가여전히 또 우벼내서 맡아보군 하엿다. 그러고는 순끝은 의례히양말짝에 부벼치는것이 그의늘하는버릇이다.

오늘은 다헹이 담배 꼬투리나마 잇으니 그것을 빨면서 발새를 우벼내지 않앗다.

「오늘은 자네 좀 구해보지못하겟나?」

기호는 일포를 바라보앗다. 일포는 역시 못들은체…하고 열심히 담배꼬투리만 얻는다. 일포가 흥이나서 짓거리는 것이란 건어방 미인이야기와 누구의 흠담밖에 아무것도 없엇다. 그러나쌀이나 나무를 구해오라든지 발새와 코구멍을 우벼댄다고 기호가 벌컥 뒤집고 웃어도 그저못들은체 하엿다. 일포는 담배 꼬투리를 얻어가지고 빙긋이 웃엇다. 신철이는 이를 다잡고나서 내의를 입엇다. 그러고 무엇이든지전당잡힐것이 없는가 하고 두루두루 생각해보앗다.

그나마 그의 전재산이 다 싶이한 책권까지도 다갖다 잡혓으니! 이제야말로 제몸뚱이 밖에 남은것이 없엇다. 신철이는 밤송이 동무한테나 가서 또 물어볼까? 하엿다. 요새밤송이동무는 어떤 신문사의 배달부로들어가기 때문에 돈푼이나 조히잇엇다.

그래서 신철이는 늘그에게서 십전 오전 얻어서는 빵이나 쌀을 사오군 하엿던것이다. 신철이는 세사람의 출입옷으로 정해잇는 그의 양복을 입고 나왓다.

「꼭 구해가지고 오게…정 할수없거던 자네네댁에 가서라도 좀 변통해가지고 오게나 배고픈데야 무슨 염치를 보겟나　허허…그러치 안혼가」

「암 그러치」

이말에는 비위가 당기는지 일포는 이러케 동을 단다. 신철이는 빙긋이 웃으며 대문밖을 나섯다. 그는 일포의둥근얼굴과 건어방으로 추파를 건니우는 그의긴 눈을 눈앞에 그리며、일편으로는 그뱃장실하게 구는 모양이 밉살스럽기도하나、코구멍과 발끄락을 우벼내서 맡아보군하는것을 생각하니 웃음이 혼자 픽 나왓다. 일포야말로 전락된 인테리의 전형적 인물과 같이 생

각 되엇던 것이다。 자신도 인테리라면 인테리층으로 꼽힐것이나 그러나 요
새 신철이는 인테리에대한 실증을 극도로 느꼇다。 그러고 어딘지 모르게 일
포가 발새를 우벼 맡아보는듯한 그러한 고리타분한 냄새를 피우는것이 인테
리의 특증일 듯 싶엇다。

　그는 이러한 생각을하며 바라보니 빌서 풀에는 사람들이 많이 모혀서 와
와떠들고 잇다。 그러고 해빛에 번쩍이는 물우으로 헤염쳐 돌아가는 빨간모
자 파란모자가 그의 눈에 선 듯 띠웟다。 그는 작년여름에 옥점이와 같이 그
넓은 서해에서 뛰놀던 생각이 얼핏 들엇다。

（78）

　어느덧 신철이는 뜨거운 햇빛을 잔등에 느끼고 그의 배에서는 꼬루
룩……하는 소리가 들려왓다。 그는 천천히 삼청동 비탈길을 나려오기 시작
하엿다。 거게서 구하지 못하면 또 어디가서 구한담…너무 돌아가면서 몇십
전식 취해놔서 이전 달라고할 염치도 없엇다。 그러나 지금은 아직 이르니까
배가 덜고파서 그러치 한결만 지나면 그때야말로 아무동무에게나 가서 다리
아랫 소리를하지 안코는 견디지 못할것이다。

　신철이는 관철동 밤송이 동무의 집까지 왓다。 그러나 마침 동무는 금방
나갓다고 하엿다。 그는 입맛을 쩍쩍 다시고 돌아 나왓다。 그러고 종노까지
나와서는 우뚝허니 섯다。 동소문을 향하야 닷는 뻐스가 먼지를 뿌엿케 피우
며 지나친다。 그는 집이 그리웟다。 그러고 누구보다도 나미루꾸주……하고
손내밀던 영철이가 그리웟다。 보다도 빨간 고추장에 두부와 고기를 너허 끌
려서 마눌양념을푹쳐서 상에 노하주던 그두부찌개가 그리웟다。 그는 이런
생각을 하며 어정어정 걸엇다。 배는현저히 고파 왓다。 이놈이어댈 갓을까?
갈만한곳을 짐작해 보아도 알수가 없엇다。 조간은 벌서 배달 햇을터이고 석
간은 아직 멀엇구……그놈이 어댈갓어?…그는 이러케 생각을 해가며 종노를
한박휘 돌아 황금정으로 향하엿다。 윙달아오고 달아가는 전차는 끈치지 안
엇다。 그러고 수없는 뻐스며 택시가 서로 경쟁을하야달아 오고 달아간다。 신

철이는 목구멍이 알알 하도록 먼지를 먹으며 아스팔트우를 힘없이 걸엇다. 차침 햇볕은강하게 나려쪼인다. 신철이는 아직도 겨울중절모를 그냥 쓰고 잇엇다. 그는 누가 볼새라……하야 더구나 아버지나 의모라도 나왓다가 만날새라하야 모자를 푹눌러쓰고 발끝만굽어보며걸엇다.

학교 갈때마다 닦던 이구두도 약이없어서 닦아 본지가 언제인지몰랏다. 코끝이 히뜩히뜩 벗겨지고、먼지가 부여케 오른 구두는말숙하게닦은 때보다 발이달고 한층더 무거웟다.

「이사람아 오늘 얼마나 팔엇는가?」

「오늘은 미천이나 건젓지……자네는?」

「나두 역시 한모양 일세」

신철이는 머리를 들엇다. 그들은 지게를 지고 갈려서 가면서 이런말을 하엿다. 그때 신철이는 나도 저 지게꾼이나 해볼까……그래서 뭐든지 지고 다니면서 팔지、지금 흔한 배채같은것이나、그타 아무것이라도……이러케 생각되엇다. 그러나 참아 지게를지고 이거리를 저들과 같이 활보할수는 없을 것 같앗다. 웨? 무엇때문에? 그것은 역시 일포가 발새와 코구멍을 쑤시고 앉아 고스란히 앉아 굶어 잇을지언정 선 듯 나가서 하다못해 저런 지게꾼 노릇이라도 못하고 잇는것과 조금도 다름이 없는 그런 고리타분한 싸닭이라고 막연히 생각되엇다.

여개일은 딴동무에게 맡기고난시골같은데로 전임이 되엇으면…좋겟는데 그러면 땅도파보고 농부들과 함께 아무것이라도 배워가면서 할것 같앗다. 그러나 이 서울에서만은 참아 그런일을 할것같지 안앗다. 자기낯을 아는사람이 만코 더구나 아버지 의모가 잇고 아는 여자가많고……아스팔트우에 그들의 비웃는눈매가 또렷또렷이 나타나보인다.

어느덧 신철이는 발길을 멈추고 우뚝섯다. 홀금쳐다보니 미쓰고시엇다. 저게나또 들어가보자…하고 몇발거름 옴겨 놀때 저안에 혹은 나아는 사람들이 무엇을 사러오지나 안앗는지? 하며 주저하엿다. 그는 언제나 여기 올때마다 그러한생각을하며 그의 초라한 모양을 다시 한번 굽어보군 하엿다.

미쓰고시를 향하야 들어가고나오는사람은 모두가 맑숙한 신사고 숙여엇

다。 자신과 같이 이러케 초라한 양복에 중절모를아직까지 쓴사람은 하나도
발견하지못하엿다。 모두가 햇빛에반짝반짝 빛나는 여름모자이엇다。 그러고
여름 양복을시원스레 입엇다。 그는 다시 한번 주저하엿다。 그러나 신철이는
그나마 여기 아니면 곤한다리를 쉬일곳조차도 없엇다。 남산에나 가야 할터
이니 그곳까지 가자면 더웁고 우선 여기 들어가서 쉬어 가지고 가리라……
하고 발길을 옴겻다。

　에레베타를 타고 미쓰고시 삼층까지 올라온 신철이는 의자에 걸어 앉아
멍하니 분수를 바라보앗다。 곁의 의자에 앉은 어떤남녀는 빙수를청하야 노
코 먹으면서 무슨 이야기를 자미 나게 하다가는 호호 웃엇다。 그때마다 신
철이는 그들이 자기의 초라한 모양을 바라보고 웃는듯하야 한참이나 그들을
노려보다가 휙돌아앉앗다。 그러고 그는 도리혀 그들을 대하야 떳떳한 길을
밟지못하고잇는 인간들아! 하고 소리쳐 주고싶은 생각을 억지로 해보앗다。

(79)

　곁에서 빙수를 마시며 호호……하하……하는 두 젊은 남녀의 웃음소리에
비위가 상해서 신철이는 그만 돌아 안잣으나 그들의 시선이 그의 잔등팍 뒤
떨미를 향하야 여지 없이 썰아지는것을 깨달앗다。 동시에 해볏이 못견디게
내려 쪼인다。 그는 포케트에서 수건을 내어 이마를 싯엇다。 수건 역시 이것
이 마즈막이다。 집에서 나올때 사오개가지고 나왓지만은 동무들에게 하나
하나 빼앗기고 그나마 해여진것 이것이 잇을 뿐이다。 그는 곁에서 빙수를
먹는여자의 음성이 차츰 옥점의 그음성과 흡사하엿다。 옥점이는 어디로출
가 햇는가? 아직도 나를 생각하고 잇는가? 이런생각이 내려쪼이는 해볏과
같이 강하게 이러나는것을 깨달앗다。 그는 픽웃어버렷다。 그리고 그생각을
묻어 버렷으나 웬일인지 그때가 그리운 듯 하엿다。 아니! 확실히 그리워젓
다。 그나마 그때가 자신에게 잇어서는 얼마나 행복스러운 시절이엇는지 몰
랏다。 그는 그만벌떡 일어낫다。 그생각이 마치일포가 코구멍을우벼내고 발
가락을 우벼 내는것 보다도 더 고리타분하게 생각되엇던 때문이다。

그는 달아가고 달아오는 전차――또전차를 바라보앗다. 그리고 끝일새 없이 뒤를 이어오는 택시며 또 뻐스를 눈이아물아물 하도록 바라 보앗다. 따라서 그가 바라보면 바라볼사록 자기가 이높은데서 그것들을 아득하게 바라보는것과 같이 전차며 택시며 뻐스가 그러케도 자기와 거리가 멀어진것을 그는 가슴이 뜨겁게 깨달앗다. 생각해보아도 저 전차를 타고 한강에 나가본 것이 작년 여름에 옥점이와 함께 나갓던 기억밖에는 찾아 낼수가 없엇다. 물론 그가 그후에도 몇번이나 전차를 탓을것만은 분명한데 도무지 그기억은 몽농하고 오직 옥점이와 가치전차를타고 혹은 택시를 타고 드라이브하던 기억만이 뚜렷하엿다.

그는 불쾌하엿다. 빙수먹는 게집으로 인하야 이런 불쾌한 아니 비열한 생각을하게 된것이라고 생각 되엇기 때문이다. 신철이는 어정어정 걸으며 어제 저녁에 밤송이 동무에게서 얻어 두엇던 신문을 포켓트에서 꺼내 들엇다. 그는 신문을 펴들자 정치면부터 보기 시작하엿다. 그는 뚜렷이 들어난 미디시를 죽홀터 보며 약간 양미간을 찡그렷다. 점점 더 못견디게 배가 고파오고 그리고 골머리가 뺑하니 아파낫던것이다.

그는 눈결에 보니 남녀는 저편 화초진열장으로 들어간다. 그는 다시 의자에 주저 안젓다. 싸이렌이 난것을 짐작하야 아마 오후 세시나 두시반은 넉넉히 되엇으리라고 하엿다. 사람들은 부절이 이삼층에 올라왓다 내려가군 하엿다. 그러나 이제는 정신을차려 그들을 볼수가 없이 배가 몹시 고파온다. 입에서는 침조차 나오지 안코 배는 등에붙은것같다. 그는 눈을 감고 의자에 기대엇다. 돌아 가신 어머님이 계섯으면 자기가 뛰어나온다고 하더라도 뒤밋어 딸아와서 자기를 집으로 다려갓지 아직까지도……아니 이러케 배가 고파 운신을 하지 못하게까지 내바려두엇으랴! 하엿다. 그는 아버지가 원망스러웟다. 그리고 의모는 더말할 여지가없엇다. 따라서 아무 철없는 영철이까지도 원망스러웟다. 그러나 그것은 비겁한 생각이라……하엿다.

단 오전만 사젓으면 이러케 배는 고프지 안흐련만……오전! 오전! 그의 눈에는 오전짜리 백동전이 뚜렷이 나타나 보인다. 십전보다도 좀 적은듯한……그리고 좀 엷은듯한 그오전! 그것이 없어서 자기는이러케 배를 꼴는

것이다! 그는 이러한 생각을 하며 휘돌아 보앗다. 행여나 그남녀가 빙수값을 치루다가 그오전을 떨어치지안핫는가? 하여 보고 또 보나 아무것도 발견치 못하엿다.

남녀는 앵무새를 사가지고 나왓다.

「곤니찌와……」

계집이 조롱을 들여다 보며、이러케 말하엿다. 그리고는 호호……하하……웃엇다. 신철이는 저것에 오전짜리를 몇 개나 주엇을까? 생각을하며 그오전을 멍하니 헤어 보앗다. 난녀는 이전 집으로 가는 모양이다. 신철이는 그들의 모양을 홀금 바라보며 내가 옥점이와 결혼을 하엿다면 아마 지금쯤은 저런것이나 사러 다니겟지……하엿다. 그들이 살아진후에 신철이는 그놈이 들어왓을까? 어서 가야지……석간 돌우러 가겟으니까……하고 일어낫다. 앞이 아뜩해지며 횡잡아 돌우는듯하야 그는 의자를 붓들고 멍하니 서 잇엇다. 그때 그의 머리에는 이러한것을 생각 하엿다. 누구든지 돈오전만 주면서 너여기서 저아래까지 뛰어 나려라하면 그는 서슴치 안코 뛰어 나랄 것 같앗다. 그러케 생각하고나니 그런지 이꼭대기와 저아래 땅과의 거리가 차츰 가까와오는것을 그는 보앗다.

(80)

에레베타를 타고 하층으로 나려온 신철이는 저편으로부터 아는 여자가 맞바오는것을 보고 그만 당황하엿다. 그리고 진열대에 진열한 상품을 보는 체하면서 그여자가 어서 상층으로 올라가기만 고대 하엿다. 그러나 그여자는 돌아가며 무엇을 부지런히 찾고 잇다. 신철이는 초조한 맘으로 얼굴을 돌리니 유리알속으로 빛나는 가레라이쓰、다마고돈부리 스시、등의 요리 표본이 보기조케 진열되어 쓸쓸히 말라가고 잇을뿐이엇다. 순간에는 그는 참을수없는 식욕을 느끼며 휙 돌아섯다.

「아니? 신철씨 아니세요」

마츰내 그여자는 신철의 앞으로 다가왓다. 신철이는 엇결에중절모를 벗

어움켜쥐고 뒷짐을것다. 그리고 해여진 구두를 보이지안으려고 진열대 앞
으로 바싹다가섯다.

「네 참 오래간만입니다」

「웨 놀라 안오세요」

「네…네…뭐그저 바빠서…」

식당 곁에섯는이만큼 한층더어려웟다. 그리고 어서 이여자가 물러낫으면
하나 좀처럼 물러 나지 안흘 모양이다. 그는 하는수 없이 이편으로 슬슬 뒷
거름질 하엿다.

「자 저는 먼저 갑니다」

그여자는 이상한 듯이 신철의 아래우를 훌터 보앗다.

「네 안녕히 가세요 그리고 놀라오세요」

「예……예」

신철이는 도망하듯이 미쓰고시 문밖을 나섯다. 그는 한숨을 후내쉴때 땀
방울이 등허리를 쎗어 근질근질하게 흘러나리는것을 느꼇다. 동시에 이가
무는것 같이등허리가 가리우나 지나가고 오는사람들의 눈이 어려워서 서서
긁지도 못하고 걸어가려니 땀만 부진부진더낫다.

그는본정으로돌아섯다. 좌우상점에서 울려 나오는 레코—드소리며 아스
팔트우를 걸어오고가는 게다소리、각상점에서 상품을 사고 파는 부산한 소
리、이모든소리가 교착이 되어가지고 흐르고 또 흐른다. 그리고 그새를 물
고기같이 헤염쳐 나가고오는 사람의 홍수! 그들은 모두가 앞가슴을불숙 내
밀고 생기잇게 팔과 다리를 놀렷다.

신철이는 더욱 어깨가 느러지고 잔등이 몹시 가리웟다. 그때 포마드 향유
내가 물큰스치므로 얼른 바라보니 그의 앞으로 다가오는 어떤 젊은 일인은
유가다를서늘하게 입엇으며 머리에서는 향유가 빛낫다. 그리고 새로 목욕
이나 하고 나온듯이 그의 얼굴은 윤택하엿다. 순간에 신철이는 자신의 몸에
서 발산하는 악취를 느끼며 다리는 천근이나 만근이나 무거운 듯 하엿다.

그는 영낙정을 거쳐 황금정을 건너서서 수표교까지 왓다. 그때 얼른 샅에
손을 너코 잔등에 팔을돌려 시원히 긁고나서 이놈이 이전신문사에 들어 갓

끼 쉬운데……혹시 지금쯤 배달하러 나오지안는가……하엿다. 구리고중국
인거리를총총히지나서 종노까지나왓다. 확실히 이종노는 횡비인듯한느낌
을 그에게 던져주엇다. 간혹 전차가 달아오고 달아가나 그안은 몇사람이 탓
을뿐이고 쓸쓸하엿다. 그는 밤송이동무의 집까지왓으나 그를맞나지 못하엿
다. 그래시 그의 배딀구역을 향하아 길잇다. 마침 저편으로부터 빙울소리가
나며 밤송이동무가 이리로 오다가 신철이를 보고 눈을 껌벅하며 오라는뜻을
보엿다. 신철이는 그를딸아 골목으로 들어갓다. 밤송이동무는 좌우를 휘휘
돌아본후에 소리를 낮후어

「자네 인천으로 가게되엇네 오늘 저녁차로나 내일 아침까지 곧 떠나게」

「인천? 조치! 나역시……」

신철이는 땀을 씻츠며 쓸쓸한 웃음을 입모습에 띠웟다. 밤송이동무는 지
갑을꺼내어 일원짜리 지화 석장을 그에게 주엇다.

「이것으로 여비와 그타 비용을 쓰도록하게 인천가면 아마 뇌동시장에 직
접나가야허리……그런데 인천가서 이주소를 찾아가게」

그는 종이조각과 연필을 내어 신철에게 무엇을 써서 뵈이엇다. 신철이는
한참이나 들여다보다가 고개를 흔들어보인다. 밤송이 동무는 그종이조각을
입에 너코 씹으며 좌우골목을 살펴보고

「자 그러면……알령히……」

밤송이 동무는 껑충껑충 달아낫다. . 신철이는 돈三원을 쥐엇으니 그런지
아까보다 발길이 거분거분해 진것을 깨달으며 위선 우동이나 한그릇 사먹으
리라…하고 그골목을 빠져 나왓다. . 그리고 밤송이 동무가 써서뵈던 중이
조각을 다시 생각해 보앗다. 「인천부 외리 십번지 김철수」 신철이는 입속으
로 다시 외어 보앗다.

(81)

신철이는 우미관앞에서 오전짜리 우동 두그릇을사먹고 나서야 기운이낫
다. 그리고 봉투쌀과 빵몇개를 사가지고 그의 집까지 왓을때、 일포와기호는

다오루로 머리를동이고 누어잇다가、신철이를 보고 벌떡일어낫다. 그리고 빵을 저만큼빼앗아들고、맛잇게 뚝뚝 무질러 먹엇다.

「이거 웬일이야? 오늘은 빵사오고、쌀사오고、횡재수가낫지아마?」

기호는 빵한개를 다먹고나서야 이런말을하며、신철이가 무엇이든지 배부르게먹고 들어왓다는것을 깨닷는동시에 저놈의 포켓트에 돈이 좀 들어잇는 모양인가하고 눈치를 살피고잇다. 일포는

「나 오전 한입만 주게、막걸레한잔먹겟네、이게야 어디살겟나」

눈가이 뻘개서、아편쟁이의 손같이 피끼없는 손을 내밀엇다.

「이사람아 ! 나무도 없는데 술만 처넛겟다? 어서 돈내게 나무 사다가 밥해먹세」

두놈이 손을 저만큼 내밀엇다. 신철이는 술값으로 十전 나무값으로 三十전을 주고 나서 양복을 활작 벗어 던젓다. 그리고 중절모를 방바닥에 들어메치엇다.

일포와 기호는 기가 나서 밖으로 나간다. 그는 땀에 젖은 내의를 벗어 밖에 내다 널며 다시는 그런 비겁한 생각을 하지 안흐리라……결심하엿다. 자기가 아버지앞을 떠날때부터 아니 ! 그전부터 모든것은 각오해온바가 아니냐 그런데 지금와서 약간의 고통이 된다고 다시 옛날을 회상하는 그러한 비겁한 자식 ! 그는 입속으로 이러케 자신을 꾸짖으며 인천의 월미도를 얼핏 생각하엿다.

인천만 가면 그는 모든 이 비겁성을 획 풀어던지고 아주 노동자의 씩씩한 참동무가 되리라고 굳게 결심하엿다. 그리고 오늘밤차로 나려갈까? 철수 ! 외리 三번지 그는 이러케 되풀이하며 방으로 들어 왓다. 기호는 장작을 사가지고 약간의 반찬감도 산모양이다.

「여보게 우리는 자네 기다리누라 아주 죽을번 햇네……나거 일폰가 그자식보기 실허서 그저 발까락새만 하루종일 쑤시고 앉앗데그리」

기호는 웃어가며 발까락 우벼내는 모양을 흉내 내인다. 신철이는 빙긋이 웃엇다. 그리고 이동무들이 그나마 자기가 인천으로 가면 어찌할셈인가? 하엿다. 차라리 저러고잇을바에는 시굴집으로 나려가서 안해가 하는 농사일

이나마뒷배를 보아 주엇으면 조흐련만 그고생을 하면서도 그래도 이서울구석에 붙어잇으랴는 그들의 심리가 생각사록 웃웁고도 맹낭하엿다.

그들의 유일의 희망은 어떤 자본가를 붙잡아 가지 잡지나 신문사나 경영해 볼까하는 그런심산 이엇다. 어째떤 민중의 지도자가 되는 동시에 그들의 일홈을 적으나마 진신직으로 휘닐리는데는 반드시중앙에 안사가시고 그런 잡지나 신문사를 경영하는데서만이 가능한것으로 인정하는모양이다. 저러케 배고플때에는 아무말이 없다가도 배만 부르고 나면 어느신문이 어떻구 어느잡지가 어떻구 시비를 가려가며 비평을 하군하엿다. 한참떠들때에 보면 모두가 일류 논객이엇다.

신철이는 이러한 봉건적 영웅심리에서나온 야욕과 가면을 몇겹식 쓰고 회색적 행동을 하고안은 그야말로 고리타분하고 얄미운 소뿌루조아지의 근성을 철저히 버려야 할것을 그는 일포나 기호를 바라볼때마다 절실히 느끼군하엿다. 그러나 자신도 역시 그들의 근성을 어딘가 모르게 끼고다니는것을 오늘 일을미루어 생각하면 뚜렷이 들어난다.

이튿날 아침 신철이는 그들에게 어디잠간 다녀온다고……말하고 나왓다. 그가 종노까지 나와서 상점 시게를 보니 거의 차떠날시간이 되엇으므로 전차를 탈까 혹은 뻐스를 탈까? 하엿다. 어제만해도 오전짜리가 큰돈 같더니 막상 돈푼이나 지갑속에 잇으니 정거장까지 걸어가기가실헛다. 에라! 전차나 오래간만에 타보자하고달아가는 전차를 딸아가서 올라섯다. 전차는 윙하고달아난다. 벌서 화신상회앞으을 지나 황금정으로 달아난다. 황금정에서는 용산으로가는듯한 월급쟁이들이 가뜩 들어온다. 신철이는 좁은자리에 끼어 불편함을 느꼇다. 보다도 월급쟁이들의 시선과 마주칠때마다 저가 운대는…? 하고 가슴이 선듯해지군하야 머리를 돌려버렷다.

그때 조선은행앞 저리로부터오는 인력거한채가 보인다. 인력거에앉은색시는 웬일인지 인력거를 처음탄듯하게 몸가짐이 어색하다. 신철이로하여금 그를 자세히 바라보게하는 순간 자기도 모르게 「아!」소리를 지르고 벌떡 일어나게 하엿다. 신철이는 사람들의 틈을 삐개보려고 애를 썻으나 불가능하엿다.

(82)

어느날 새벽에 일어난 신철이는 철수 동무가 갓다준 잠뱅이적삼을 입고 각반을치고 지까다비를 신고 밖으로 나왓다.

아직도 인천시가는 뿌연 분위기속에 잠겨 있었다. 그러고 전등불만이 여기저기서 껌벅이고 있다. 신철이는 어제밤동무가 세세히 말해준대로 다시 한번 되풀이하며 거리로 나왓다. 인천의이새벽만은 노동자의 인천같다! 각반을치고 목에 다오루를 건 노동자들이 제각기 일터를 찾아가느라 분주하였다. 그러고 다오루를 귀밑까지 눌러쓴 부인들은 변또를 들고 전등불아래로 히미하게 꼬리를 물고 나타나고 또 나타난다. 나중에 알고보니 이부인들은 정미소에 다니는 부인들이라고하였다.

신철이는 위선 조반을 먹기 위하야 길가에 널어 앉은 국밥집을 찾아 들어갓다. 흡사히 서울에선술집 모양이다. 벌서 노동자들은 밥에다김이펄펄나는국을 부어가지고 먹는다. 그러고 어떤 사람은 부어 놓은 탁배기를 선채로 들여 마시엇다. 일변 저편에서는 끓는국을 사발에 떠서 날라준다. 노동자들은 문에 불이 나게드나든다.

신철이는 나무 판자에 거터앉앗다. 어떤노동자는 날라주는 것이 성이 차지 안아서 자작그릇을 가지고국솥앞에까지가서 국을 받아 왓다. 신철이는 국을홀홀마시며 곁눈으로 보니 그의 곁에앉은 노동자 하나는 그와 가치들어와서 앉았는데 벌서밥을 거의다먹어간다. 그의 밥술을 보니 끔직하엿다. 원 저러케 먹고야 소화가 될수잇나? 신철이는 이러케 생각하여 다시 보앗을때 그는술을 놓고나서 부어노흔 막걸리를 쭉들여 마신다. 그러고는 주먹으로 두어번입가를 씻더니 신철이를 홀금 바라보며 벌떡 일어나 나간다. 신철이는그밥을못다먹고 그만 일어나 나왓다. 막걸리 뒤맛이 씁쓸하엿다. 그는 천석정을 향하고 걸엇다. 천석정에는 대동방적공장을 새로 건축하므로 하루에 노동자를 사오백명을 부린다고 하엿다.

차츰 밝아오는 인천의 시가를 걸으면서 그러고 저 영종섬뒤로 부엿케 보이는 하늘에 닷는듯한 수평선을 바라볼때 용기가 부쩍나는것을 깨달앗다.

동시에 전날 전차속에서 바라본 뜻하지 안흔 인력거우에 어색하게 앉은 선비의 그모양이 다시금 떠오른다. 따라서 그가 미친듯이 전차에서 뛰어 나려 인력거의 행방을 찾어 한결이나 헤매던 무책임하고도미련이만흔 그러케도 의지가 연약한 자신을 얼굴이 뜨겁도록 깨달앗다. 다음 순간 나는 이전 노동자다! 입으로민 띠드는 그리힌인데리는 아니다. 더구니 여지의꽁문이를 딸아 헤매일 자신이 아니라는것을 그는 잇는 용기를 다하야 부인하여 보앗다.

그가 천석정까지 오니 벌서 수백명의 노동자는 「시루시 반땡」을 입은 일인감독을 둘러싸고 제제히 일표를 타누라고법석 하엿다. 신철이도 그틈에 섞여 한참이나 돌아가다가 겨우 일표를 얻엇다. 그는 일표라는 조끄만 나무쪽을 들여다보니 六0번이라는 번호가 쓰여 잇엇다.

「어서 빠리빠리 하라」

감독의 고함치는 소리를 딸아 일표를얻은 노동자들은 흥이나서 감독의 지정하는대로 일을 붓잡앗다. 그나마 일표를 얻지 못한 노동자들은 실망을 하고 그들을 부럽게 바라보면서 머리를 빠트리고 돌아선다.

「이리와서 이것을 저리로 가져가」

여러사람이 밀려가는 틈에 섞여 신철이도 딸아갓다. 세멘 포대를 세멘가루게는 곳으로 나르라는것이다. 노동자들은황지 포대에 넣은 세멘을 어깨우에올려노코 펄펄 뛰어 달아난다. 신철이 차례가 오므로 그는 메여주는 세멘포대를 어깨에 메엇다. 그순간 그는 어깨에서 웃찍하는 소리가들리는듯 하엿다. 그러고 다음에는 가슴을 내려 눌러 숨을통할수가 없엇다. 그가 노동자들이 메는것을 바라볼때에는 이러케가지 무겁지 안흐리라 하엿는데 그러고 세멘포대가 밀가루포대보다 조금 클까 말까하므로 가볍거니 하엿던것이다. 그러나 막상 메고보니 이것이 돌가루가 되어서 이러케 무겁다는것을 깨달앗다. 신철이는 메기는겨우 메엿으나 발길을 잘떼놋는수가 없엇다.

「이자식아! 빨리 가거라!」

십장의 호통소리에 신철이는앞으로나갓다. 숨이 가뻐오고 가슴이 죄여오고 어깨우가 부서지는것같다. 신철이는 죽을힘을다하야 세멘포대에 볼을 깍붙이고 비틀거름으로 오십간 가량이나 와서 쾅하고 나려왓다.

(83)

　신철이는 세멘포대와 함께 너머젓다가 일어낫다. 곁에서 삽을가지고 물을 쳐가며 세멘가루를 벅벅벅벅 별찌갈기듯이 개는 노동자들을 멍하니 바라보앗다. 그들은 일하기가 조금도 힘들어 하는것 같지 안앗다. 눈깜박할새에 세멘가루를 개군 하엿다. 신철이는 그들을 부럽게 바라보며 돌아설때 다시는 그세멘 포대를 멜것같지안앗다. 그러나 일표는 탓으니 하루만참자 설마한들 죽겟냐 해보자! 이러케 생각하며 천근이나 만근이나한 다리를 옴겨놧다.

　이번에는 벽돌을 나르라고 하엿다. 노동자들은 철사를 두겹으로 길게 굽혀가지고 그새에다벽돌을 두겹으로、 한겹에 열셋、 잘지는 노동자는 열다섯、 열여섯까지 올려 노앗다. 그리고는 그철사끝에는 마대를 베어서 달아가지고 한번동인후에 낑하고 젓다. 물론 등에는 섬띠를 대고、 벽돌을지는것이다. 신철이는 지는데 혼이나서이벽돌은 손으로 나르리라하고、 열장을 포개들고 날랏다. 몇번나르고나니 손이 마치가시로 찌르는듯이、 따가우므로 들여다보니、 열손까락에 피가배어빨개젓다. 그리고 다시 벽돌을옴기려고쌓아놀때、 전신에 솔음이 오싹끼치며、 왼몸에 벽돌이 안가닷는곳이없는듯하엿다. 그리고 그 벽돌에돌가시가 무섭게 돋아잇는것을그는 깨달앗다.

　「여부슈 손으로나르면、 손이아파서못합니다. 당신 일처음해보는구려」

　신철이는 얼핏바라보니 아까국밥집에서 한자리에 앉어먹던 그노동자엿다. 왼눈만이 쌍가풀진 그의눈에 약간웃음을 띠웠다. 그리고 이리로와서、 신철의 등에섬피를 대어주엇다.

　「이러케대구서、 벽돌을 지시우 그러면 손으로 나르는것보담 낫지유、 자 지시우」

　신철이는 지다가 다리가 휘친하며 푹꺼꾸러젓다. 그의 다리는 사시나무 떨리듯 부들부들 떨렷다. 그리고 경연이 여기 저기서 불숙불숙 일어낫다. 그는 아픈손을 입에 물고 어린애 같이 울고싶은 충동을 느끼며 흩으러진 벽돌을 다시 싸하 노코 그의 지워주는대로 젓다.

　「저 이거보슈 이거 이러케 지면 힘듭니다 이것을 이섬피에 꾹달라 붙게지며 몸을 이러케 허시유」

외눈 까풀이는 허리를 굽우려 보인다.

그때 뒤에서

「이놈의 자식들빨리 날라라!」

「홍! 저놈 또 야단이군」

외눈까풀이는 입속으로 이러케 중얼거리며 자기도 벽돌을지고신철이와 가지런히 걸엇다.

「당신 미두에 손해 밧구려」

미두에 손해본 사람들이 가분작이 객리에서 어쩔수는 없고、 또는 가산을 탕진하야노코 먹을것 없으니 하는수 없이 노동시장으로 나오군 하엿던것이다. 그래서 여지 해보지안턴일을 하랴니 물론 노동자들과 같이 일이 손에익지못하고 섯툴러서 애쓰는것을만히 보앗던것이다.

신철이는 땀을 뻘뻘 흘리면서 숨이 차서 대답도 못하엿다. 그리고 작고 꺼꾸러 지려구만 하엿다. 외눈까풀이는 뒤에서 벽돌을 받들어 주엇다. 신철이는 그만 이짐을벗어 던지고 달아 나고싶엇다.

점심먹는 시간 사십분동안을내노코、 아침 여섯시부터 저녁 여덜시까지 일을마친 신철이는 전신에 맥이라고는 다 끈어진듯 하엿다. 신철이는 외눈까풀의뒤를 딸아、 이번에는 돈표를 타러갓다 「바락크」식으로 지은 임시사무소 앞에는 노동자들이 들어 몰리어 저마큼 돈표를 타려고 덤볏다. 사무실에서는 몇번호 몇번호 하고 번호를 불럿다. 거이 한시간이나기다려서、 신철이는 돈표라는 종이 조각을 타가지고 이번에는 돈과 바꾸는 사무실로 달아 갓다.

거기에서 비로소 돈사십육전을쥐인 신철이는、 하로의 품값이오십전임을 알앗다. 그리고 사전은 돈바꿔주는중간착취배가또하나나타나서오십전에사전을벗겨먹는것임을알앗다. 그는 한숨을 후유내쉬고 돌아보니、 인천시가는 또다시 전등불로 장식되엇다. 외상값을 받으러온 국밥장사들이며、 남편을 찾아서 이저녁거리를 사려는 노동자의 안해들까지 몰리어뒤끌엇다.

신철이는 외눈까풀이를 일허버리고 한참이나 찾다가、 그만 나와버렷다.

그는수없이 깜박이는 저전등을 바라보며 잉여노동의착취! 하고 생각하엿다. 그가 책상에서 자본론을 통하야 읽는 잉여노동의 착취보다、오늘의 직접당 하는 잉여노동의 착취가 얼마나 무섭고 또( )중이잇는가를 깨달앗다.

(84)

집까지온 신철이는 자리에 쓸어지고 말엇다. 그때 노동자시장으로부터 돌아온 철수가들어왔다.

「동무、몹시 힘들지유」

신철이는 머리를 들며、

「동무 왓오! 난 어려워서 일어나지 못하우」

「예 좃습니다、저 코피가 흐릅니다!」

「내가요?」

신철이는 그제야 자기 코에서피가 흐르는것을 느겻다. 철수는 냉수와 걸네를 가지고 들어왔다. 신철이는 일어나려니、전신이 무거워서 깜작 하는수가 없엇다. 그러고 말이 벽돌 질때와같이 힘이쥐어지고 전신에서 경연이 무서웁게 일엇다. 그는 철수의 손질해 주는대로 맡겨 버리고 말엇다.

「동무 노동못하겟우」

신철이는 이러케 전신이 녹아오는듯하면서도 철수의 이말에는 자기를 모욕하는듯한 기분을 느겻다 그는 눈을꾹감고 으흠하고신음을 하엿다. 눈을 감으면 감을사록 무겁게 벽돌지던 광경이 끊치지 안고 보인다. 그러고 긴장이 되고 어깨가 무거워지며 금방 자신이 벽돌을 지고걸어가는듯 하엿다.

「뭐좀 자서 밧우」

「예 국밥을……」

「좌우간 동무는 노동은 그만두고 그저……」

중도에 말을 끊치며 신철이를 바라보앗다. 신철이는 눈을 뜨고 철수를 올려보다가 벽으로 시선을옮긴다. 철수는 일어낫다.

「난 아직 저녁을 못 먹엇는데 가서먹구오리다」

「예 뭐 오실것 없지오 곤하신데 지무서야지오」

철수는 부두에 나가서 하로종일 노동햇을것만은 틀림없는데 별로히 곤해하는 기색을 보이지안앗다. 신철이는 누어서 철수를보내고、 벽을 향하야 돌아누엇다. 아! 소리를 지르도록、 전신의뼈가 저마큼노는듯하엿다.

잉여노동의 착취! 그는 벽을바라보며、 입속으로 되풀이 하엿다. 그의 입속에서 돌아가는 잉여노동이란 그것은、 그얼마나 무게가 잇는가를 다시 한번 생각하엿다. 그러고 그속에는 노동자의 피와 땀이 섞여잇는까닭에、 아니 그들의피와땀의 결정체인까닭에、 그러케도 무게가잇다는것을 신철이는 절실히 느꼈다.

이러케 무게가잇고、 깊이가 잇는 잉여노동을、 말하기 조하하는 자칭논객들과 자칭민중의지도자들은、 아무 무게없이 아무생각없이、 한행세거리로 한술어로 밖에 부르지못하는것이다.

그는 두번부르기가 어려운 무게가잇음을 알앗다. 동시에 수없는 벽돌이 잉여노동의착취란 문구를 싸고、 그의 가슴을 암박하야 그는견딜수가 없엇다. 그는눈을 똑바루뜨며 내가 무슨환영을 보는 셈인가…하엿다.

그는 그생각을 하지 안흐려고 하엿다. 그러고 그것을 피하기위하야 일불어 엣날을 회상해 보앗다. 따라서 인력거에앉아 서울의 번잡한 도시를 향하야 달려오던 선비를 눈앞에 그려 보앗다. 그가 뭘하러 서울에 오는가? 혹은 남편을 얻어 오는가? 남편을 얻어 오면 그래 마중 나간 사람들이 잇겟지? 혹 어떤 몹슬놈에게 유인이나 받지 안앗는지? 덕호가 선비를 공부시키기는 만무할터인데…필경 옥점이가 중매를 해서 서울로 시집온것이겟지? 옥점이! 옥점이、 옥점이! 신철이는 웬일인지 옥점의 그손! 그눈이 생각되엇다. 여자 선비를 어느구석엔가 잇지못하고 생각해온것을 미루어 더구나 전날 아침、 길꺼리에서 선비가 지나친것을 봣으니 당연하게 선비를 그리워하여야할터인데 그저 몽농하게 온갓 의문만 선비를 싸고돌뿐이지 호기심은 언제 어대서 새여빠젓는지 몰랏다. 그러고 도리혀옥점의 그활발하게 뵈던 그눈! 그손! 그 얼굴이 금방 눈앞에 보이듯 하엿다.

옥점이 그는 시집을 갓을까? 그러케 나를 못잊어 하더니……내가 너무 과

햇어! 그의눈에는 요령부득의 눈물이 고엿다.

그러고 옥점이가 쵸코레트를 벗겨가지고 자기를 바라보면서、 입을 버리라고하며 빨개지던 그얼굴이 지금와서는 귀엽게나타나보인다. 만일 지금 이자리에 잇으면…할때 그는 눈을 크게뜨며

「에이 비굴한놈!」하고 그는자신을 향하여 소리첫다.

그때 멀리들리는 택시의 경적소리가 뿡빵하고 들려왔다. 그러고 안방시게가 열한시를 땡! 땡! 첫다. 그는 잠을 들려고 눈을 꾹감아 버렷다. 벽돌벽돌이 보인다.

(85)

며칠후에 신철이는 철수를만나또다시 노동시장에 나가 보겟노라고하엿다. 철수는 빙긋이 웃엇다.

「동무 이번에 나가면 곱질러십여일이나 알으리다 그만두시오」

애써 노동을 해보겟다는신철의 생각만은 조으나 그러나 노동에세련되지 못한 그의 육체가 난처해 보엿던것이다. 신철이는 철수를 딸아웃으면서도 맘속으로는불쾌하엿다. 그러고 철수와 자신을 비교해 본다면 위선 신체의 장대함이라든지 어느모로 보나 철수에게서 떨어질것은 없다고 생각되엇다. 오직 자신이 노동에 달련되지 못한까닭이니 어느정도의 고개만 넘으면 별로히 힘들것이 아니리라고 생각하엿다. 오냐! 철수가 하는일을 아니 인간이 하는 노동을 내라고 못할까닭이 잇느냐? 하자! 죽도록 해보자! 요즘동무들이 노동을하여 벌어다주는 밥을 앉아먹고 잇기는 무엇보다도 더 고통이엇던것이다. 철수는 신철의 기색을살폇다.

「그럼 하루만 또 고생해 보시우 허허……내일 아침 나와 부두로 나가봅시다 그런데 임금이 낮아서 그러치 실은 벽돌 나르는것이 제일 헐하리다」

신철이는 약간 눈쌀을 찌푸렷다가 웃엇다. 그러고 머리를 설레설레 흔들엇다.

「아니 벽돌은 실어」

벽돌 말만 들어도 전신이 오싹해지며 손끝이 따거워짐을 깨달앗다. 그러고 아무리 벽돌 나르는것 보다 힘든 노동이라 하여도 지금 같아서는 힘든 그일을 하지 벽돌은 나르지 못할 것 같앗다. 보다도 벽돌은 두번 바라보기도 실헛다.

그밤이 오래도록 부두 노동의 몇가지 종듀를 절수에게서 자세히 들은 신철이는 그이튼날 새벽에 철수를 딸아부두로 나오게되엇다. 그들이 세관 앞을지나섯을 때 벌서 몇십명의 노동자가 백통테 안경을 둘러싸고 십장님! 십장님! 하고 덤볏다. 철수는 물러선 사람을 빼기며 들어섯다.

「십장님！ 저하나 주시우」

백통테 안경은 안경너머로철수를보더니 손에들엇던 붉은끈을 봐라한듯이 내처준다. 철수는 얼른받아가지고 돌아보앗다.

「이끈이 일표입니다. 이걸 손목에다 꼭동이시오」

철수가 동여주는 붉은끈을 들여다보는 신철이는 벌서 속이 두근두근함을 느겻다.

「난 정거장으로 짐메러가니…하루 또고생하시우」

철수는 말마치기가 무섭게뛰어간다. 신철이는 어제 철수에게붉은끈들이 하는 노동을 자세히들엇으나 철수가 저러케 자기앞을 떠나가는것을 보니 도무지 두서를 찾을수가없엇다. 그래서 손목에 붉은끈 동인사람들만 주의해보고 그들뒤를 슬금슬금 딸아섯다.

조선의 심장지대인 인천의 이축항은전조선에서 첫 손까락에곱힐만큼 그 규모가 크고 또 볼만한것이었다. 축항에는 몇천돈이나 되여보이는 큰 기선이 뱃전을 부두에 가로대고 열을 지어 들어서있었다. 그러고 검은 연기는 뭉실뭉실 굵은 연통우로 피어 올라온다. 월미도 저편에 컴컴하게솟은 섬에는 등대가 허여케 바라보이고 그뒤로 수평선이 멀리 그여있었다.

노동자들이 무리를 지어 쓸어나온다. 잠간 동안에 수천명이나 되여보이는 노동자들이 축항을둘러싸고 벌떼같이 와와하며 떠들엇다. 그들은 지게꾼이 절반이나넘고 그외에 손구루마를 끄는 사람 창고로 쌀가마니를 메고 뛰어 가는 사람 몇명씩 짝을지어목도로 짐을나르는사람 늙은이 젊은이 어린애할것 없이 한뭉치가되어 서루 비비며 돌아가고있다.

백통테 안경은 기선 갑판우에 올라섯다.

「이자식들아! 여기어서 다리를 놓아!」

호통소리를 딸아 붉은끈들은달려가서 세멘콩크릿트로된 부두와 기선새에 나무를 건너지르고 그우에 넓은 나무판자를 척척 올려놔서 다리를 만들엇다. 그러고기중기(起重機)앞에붉은끈이하나가 서서 손잡이를 놀리니 기중기가 왈랑왈랑 소리를 지르며 쇠줄이 기선밑에 화물창고를 향하야나려간다. 갑판우에는 감독이라는 일인이 서서 들어가는 쇠줄을 들여다보며 손질을 하다가 뚝멈추니 기중기운전수도 역시그군호를 딸아 손잡이를 눌러 멈추엇다. 한참후에 감독이 손을 재쳐가지고 손질을하니 운전수가 또다시 손잡이를 제끼엇다. 기중기는 다시왈랑왈랑 소리를 지르고 올라오는 쇠줄에는 집채 같은 짐짝이 달려잇엇다. 이편 부두에 빼듯이 물러선 노동자는 짐짝을 쳐다보며 한층더 아우성을 첫다.

(86)

기중기에 달린 몇백관이나되는 짐은 마침내 와르르하고 부두에 쏟아젓다. 서루밀거니하며 섯던 노동자들은 일시에 달려 들어 저만큼 짐을 부뜰고 붉은끈들에게로 대여들엇다. 붉은 끈들은 분주히 돌아가며 짐짝을 쇠갈쿠리로 대어서 지게우에 실허주엇다. 신철이는 철수가 주던 갈쿠리를 사용하려니 쓸줄을 몰라 쓸수가없엇다. 그래서 그는 할수 없이 갈쿠리를 꽁문이에 차고 붉은 끈과 마주 서서 쉴새없이 손으로 짐짝을 올려노쿤하엿다.

짐은 뒤를 이어 와르르하고 부두에쏟아젓다. 신철이는 차츰 숨이 차오고 팔이 떨어져 오는듯하엿다. 짐은 큰 상자며 철판이며 대두박이며…이런종류엿다.

「이놈들아 빨리 짐을 메여 줘라!」

백통테 안경은 눈알을 구루마바퀴 굴리듯하며 호통을하엿다. 신철이는 언제손끝이 상하엿는지 피가 줄줄 흘른다. 그는 흐르는 피를 어찌는수가 없어서 그의 잠뱅이에 북씻고나서 연달아 오는 노동자들에게 짐을 메여 준다.

「여보! 갈구리를 써야지 손아파 못하우!」

마주선 붉은끈은 웃으며 소리첫다。 신철이는 꽁무니에 찾던갈구리를 빼어가지고 짐을 끼어 들다가 잘못하야 짐꾼의 얼굴을 냅다첫다。 짐군은 얼른 머리를 돌릿다。

「이자식아! 미첫니? 남의 얼굴은 웨후려……하마트면 눈이꿰질번햇다 이자식! 정신차려!」

눈을 부릅뜨고 대든다。 신철이는 참앗던 눈물이 핑돌앗다。 그는 아무 말 없이 머리를 돌리어저퍼런물을 바라보앗다。 그 순간에 신철이는 저 퍼런물에라도 뛰어들어서 이자리를 벗어나고 싶엇다。 그들의 무뚝뚝한말과 행동은 마치 그의 상한 손에 사정없이 맞찔리우는 철판과 상자귀에 박힌못과무엇이 다르랴!

「여보! 어서 들어유!」

신철이는 풀풀떨리는 팔로 큰상자를들려니 작고 나려만오고 올라 가지는 안앗다 마침내 그는 상자에 푹거꾸러젓다。

「이그…웨이래 바뿐데 너머 질랴거든저리가!」

마주선 붉은끈은 차라리 신철이가 물러낫으면 조홀것 같앗다 신철이가 도리여 맞들어 주기는고사하고 그의 짐이되엇던것이다 신철이는 겨우 정신을차려 일어낫다 차라리 넘어진바에는 아주 어대가 콱상하엿으면 그것을 핑게로 이자리를 벗어 나고 싶엇다 그러나 돌아보니 아무대도 상한곳은 없는듯 하엿다。

짐에서 떨어지는 먼지며 바람결에 불려오는 먼지가 수천명의 노동자의 몸부림치는바람에 가라앉지를 못하고 공중에뿌엿케 떠돌앗다 그러고 사람을 달달 볶아죽이고야 말려는듯한 지독한볕은 신철의 피부를 벗기는듯하엿다。 그는 숨이 칵칵막히며 입안에 춤끼라는것은 조금도 없이 먼지만 들여쌓이는듯 하엿다。 물물물이 먹고싶다! 그러나 잠시라도 몸을빼어 낼수가 없엇다。 따라서 그는 그의주위를 싸고 도는 수없는 사람들중 어린애까지도 자기와 같이 무능하고 연약한 육체를가진 사람은 하나도 없는것 같앗다。

멀리 재목공장에서는 기게로재목 가르는소리가 짜아 짜아하고 유달리새여들려온다. 그러고 마주 건너다보이는 부두에는 산떼미 같은 석탄이 여기저기 쌓인것을 보아 그편에 대인 기선에서는 석탄을 푸는 모양이다.

「이애 이놈들아 저게가서 실컷 싸우라!」

신철이와 마주선 붉은끈이 이러케 소리치며 바라보므로 신철이도 흘금 돌아보앗다. 저마큼짐을 잡아당기다가 마침내서로 주먹으로 쥐어박기 시작한다. 나중에는 짐짝은 버리고 두놈이 데둥데둥굴엇다. 그틈에 그짐짝은 딴놈이 메고달아난다. 그때 싸우던 놈들은 부시시 일어나서 짐짝을 다우처가서는 또 쌈이버러진다. 그러고는 세덩이 네덩이가 되어싸우는것이다.

그중에 한사람이 외눈까풀임을 알자、 신철이는 달려가서 말리고싶은 생각도잇엇으나 맘뿐이지그의몸하나도 건사하기가 큰일이엇던것이다. 더구나 이곳에서는 싸우면싸왓지、 누가 눈한번 거들떠보는사람이없엇다. 저의들끼리실컨 싸우다가、 진하면 툭툭 털고일어나는것이다.

전기불이 와서도 한참이나되어 신철이는 임금을 타려고 붉은끈들과함께、 백통테 안경을 딸아섯다. 그때 뒤에서 휘바람소리가나므로 돌아보니、 외눈까풀이가 지게를지고、 맥빠진 거름세로 천천히 이리로온다. 그도무던히 피로한모양이다.

(87)

「이동무!」

외눈까풀이가 신철의 앞을 지나칠때 이러케 불럿다 외눈까풀이는 웃둑서서 누가 불럿는지 몰라 두리번두리번 하엿다.

「내가 찾엇수」

외눈까풀이는 그제야 싣철이를 흘금 처다보더니

「어기 또 왓구레」

그의 곁으로 다가온다. 신철이는 그가 낮에 싸우던 생각을하며

「오늘 돈 얼마나 벌엇소!」

「돈이다 뭐유 쌈만 햇수」

「웨 쌈은 햇수」

「괘니 싸우지우」

외눈까풀이는 머리를 벅벅 긁엇다.

「우리십에 놀러오시우」

「집이 어대유?」

「시정으로 올라 가누라면 천수교회당이 잇지오」

「천수?……멀유 생각안난다. 천수담엔 뭐라구 햇는지오?」

신철이는 손으로 십자가를 그허 보엿다.

「이러케 된것이 지붕우에 삐죽하니 솟아잇는집이오」

「네 성당말이구려 알앗슈」

「그집을 지나 공동변소가 잇지유」

「네 네」

「그우에는 장작패여 파는집에 잇습니다」

「네 잘알앗수」

「그집뒷방이 바루 나잇는방이오」

「네 네 그럿쉬까! 가지유」

「꼭 오시우」

「예」

외눈까풀이는 인사도없이 성큼성큼 걸어간다. 신철이는 그의뒤꼴을 물끄럼이바라보며 저러한놈이 의식이 제대로만 들엇으면 훌륭한데⋯하엿다.

백통테 안경은 어떤 여관으로 쑥들어갓다. 뒤따르던 붉은끈들은 멈칫서서 그가 나오기를 기다렷다. 그러고 신철이를 돌아보며 킥킥 웃엇다. 신철이는 그들이낮에 자기가 노동하던것을 흉내 내이며 웃는것임을 알앗을때 불쾌하고도 무어라고 형용 못할 쓸쓸함을 느끼며 으흠하고 나오는줄 모르게 신음소리를 질럿다. 그러고 신철이는 땅에 풀썩 주저앉아 붉은끈들이 서잇는 반대방향을 바라보앗다. 못견디게 전신이 무거웟던것이다.

저편으로 보이는 세멘으로 바른벽에는 긴바아(キンパー)라고 쓴 글자가

전등불에 빛낫다。 그는 웬일인지 눈물이핑돌앗다。 그러고 자기의 초라한 모양을굽어 보앗다。 순간에 그는 세상에서 버림을 받은듯한 고적함을 깨달앗다。 자기는 노동자의 동무가 되려고 필사의 힘을 다하야 노동시장에 나왓거늘 그들은 저러케 자신을 비웃고 조그만 동정을 기우리지 안는다。

아니다! 내뒤에는 수만은 동지가 잇지 안흐냐! 그는 이러케 부루짖엇다。 그러나 자기를 싸고도는 환경만은 이러케 쓸쓸하고 고적만 하엿다。 그때 저리로부터는 모던껄 모던뽀이가 어깨를나란히 하야、 마치 딴쓰 하듯이 발거름을 마춰 이리로 온다。 그는 벌떡 일어나 벽에 몸을 기대엿다。

남녀는 오루지날의 항내를혹군던지고 지나친다。 그는 얼핏옥점이를 생각하엿다。 그러고 옥점이와 자기가 바다가에서 낙조를 바라볼때 펄펄일어나는 불기둥을향하여 선것처럼 그볼과 그옷이 빛나던광경이 떠오른다。 그는 엇결에 한숨을 푹쉬엇다。 그러고 못견디게 옥점이가 그리워젓다。 혹시 월미도에나 놀러오지 안엇나? 아직도 나를 생각해서 그조고만 가슴이 아프지나 안나? 내가 웨그리했나! 그는 이러케 생각하엿다。

반면에 무슨 더러운 생각이야 하고 무엇이 뒷덜미를 툭치는듯하엿다。 그는머리를 번쩍 들엇다 그는 여전히 쓸쓸하게 벽을기대고 선것을 발견하엿다。 동시에잠간 잊엇던 아픔이 그의 전신을못견디게 습격하엿다。 그는 또다시 주저앉엇다。 저들이 아니면 잠간이라도 여기에 눕고 싶엇다 그는 벽을 기대고 으흠하고 신음을하며 오늘 신문에나 무슨 특별한 소식이 실렷는가? 하엿다。

그가 재학당시만 하여도 신문을 대할때마다 목전에 정세가흔들일것같고 무슨일이 곧되는것같아 가슴이 조마조마 하더니 막상 이러케뛰어 나오고보니 일년전그때나 지금이나 변한 이상이 없엇다。 이현상대로 몇십년을 지날지 혹은 몇백년을 지날지? 하는 막연한 생각이 아는듯 모르는듯 그의 가슴한편에서 떠나지 않앗다。

백통테안경이 나왔다。

(88)

여기 저기 벌려 잇던 붉은끈들은 백통테 안경을 중심으로 돌아앉앗다。그러고 손목에 동엿던 붉은끈과 점심값 五전을 제한 九十五전과 바꾸엇다。

신철이는 九十五전을 타가지고 일어섯다。헤여지는 그들은 신철이를 흘금흘금 돌아보며 킥킥 웃엇다。신철이는 그나마 하루종일 가치 일을 햇으니、작별의 인사라도 건니우고 싶엇으나 그들이 이러케 픽픽 웃는데는、그만 입이 깍물고 말엇다。그는 어정어정 발길을 옮겨 낫다。그러고 웬일인지 노동자와 자기사이에는、언제부터인가 짐작할수없는 그때부터、어떤 보이지안는 간격이 칵 가루막혀서 잇음을、그는 절실히 느꼇다。동시에 자신은 좌우편을 가차히 할수 없는、그러한 입장에 서잇는듯하야、그는 불쾌하엿다。

마침 어떤 노동자가 지게에 한되나들어보이는 쌀자루와 솔나무한단을올려놓고 그우에약간의 찬거리까지 곁들어가지고 그의앞을 총총히 걸어간다。그도 역시부두에서 돌아오는 모양이다。오늘일을 미루워 보건대 하루종일 그몬지판에서 쌈을 해가며 짐을 저야만 겨우 오륙십전이나 벌까 말까하엿다。그나마 부두 노동에 잇어서는 신철이가 맡앗던붉은 끈이 제일 임금이 만흔듯 하엿다。

그는 길가 국밥집에서 국밥을 한그릇사먹은후 집으로 돌아왓다。

그후부터 신철이는 노동시장에 나갈생각을 단념하고말앗다。그러고 철수가 벌어다 주는것으로 그날그날을 겨우 살아갓다。

어떤날 밤이 퍽이나 오란후엿다。

「잇우」

굵은 음성과 함께 외눈 까풀이가 성큼들어왓다。신철이는 밤송이 동무에게 편지 쓰던것을 얼른뒤로 밀어 노코 손을 내밀엇다。

「아 이거! 반갑소 그동안 난동무를 기다리다 안오기에 아마 나를 잊은것으로 알앗구려……자앉으시오」

신철이는 진심으로 반가워서 그의 꿋꿋한 손을 잡아 흔들엇다。외눈까풀이는 빙긋이 웃으며 신철이가 주저앉치는데로 앉아서 방안을 휘 돌아 보앗다。

「어대 알앗우?」

외눈까풀이가 기색이 전만 못한것 같아서 이러케 물엇다.

「아니유」

외눈까풀이는 그의 머리를 내려쓸며 약간 머리를 수겻다 그의 오래 깎지 안흔듯한 조흔 머리카락에 몬지가 뿌엿케 안젓다 그러고 그의 턱밑으로는 굵단 수염이 삐죽삐죽 나와잇엇다 신철이는 그가말치 안하도 오는 노동시장 에서 얼마나 피로해진 몸임을 직각 하는 동시에 자신이 쇠철판을 들려고 애 쓰던 생각이 들며금방 팔이 찐찐해오는것을 깨달앗다. 그래서 신철이는 머 리맡에 노인 몇권의 책을 척척 덧노아서밀어 노앗다.

「여기 좀 누、동무 대단히 곤하시우?」

외눈까풀이는 신철이를 흘금바라보더니 조금 물러 앉앗다.

「아니유…」

「누시오 어서 누시오」

신철이는 바짝 다가 앉았다. 땀내와함께 고리타분한 냄새가 혹 끼친다. 그는무의식간에 약간 눈쌀을 찌푸리다가 얼른웃어보엿다 그러고 그의 옷이 땀에 배여 어룽어룽 하니 말라진것을 보앗다 외눈까풀이는 신철이가 그의 곁으로 다가올사록 어려운빛을 얼굴에 띠우고 점점더 물러 앉는다 그러고 머리만 벅쩍벅쩍긁엇다.

「웨 올라가시우 좀 누라니까… 오늘도 일하러 가섯지오?」

「네」

「어대로 가섯소 또부두로?…」

「아니유 웨? 월미도앞 개천 메우는대 잇지우 거기로 갓댓유」

「그것은 하루의 임금이 얼마입니까」

외눈까풀이는 머리를 들며 머뭇머뭇하엿다. 신철이는 그가 임금이란 말 을 잘알아 듣지못하엿나? 하며 동시에 자신이 이후 부터 노동자들이 쓰는 말부터 배워야 하겟다는것을 절실히 느꼇다.

「저…품값 말입니다」

「예예…그거 잘하면 칠 팔십전 못하면 사 오십전 되지우」

「예…평안히 앉아서 우리 맘놓고 이야기 합시다。웨그리 힘들게 앉아게 시우 그런데 참 우리사귄지는 오래되 피차에 이름 만은 모르지 안소…난 유 신철이라하오 동무는?」

신철이는 외눈까풀이를 똑바두 보앗다。

(89)

「나유?……첫재유」

「첫재……그이름 좃습니다。고향은?」

첫재는 속으로 고향을 말할까말까 망스렷다。그러나 고향을말하는것이 자미없을듯하야 눈을나려떳다。

「나 고향 없어유」

「고향이 없어요……」

신철이는 이러케 중얼그리며、고향없다는 그말이 이상하게도 그의 가슴 을 찡하니 울려 주엇다 그러고 첫재와 같은 그런 사람에게 잇어서는 그말이 진심에서 나오는 말일지 몰랏다。

고향말이 나니 첫재는 이서방과 어머니가 머리에 떠오른다。지금쯤은 죽 엇는지? 혹은 살아서 자기가 돈 벌어가지고 돌아 오기를 기다리는지? 할때 이때끝무심하던 가슴이 갑작이 어수선 해젓다。그가 집을 떠날때는、돈을벌 어가지고、이서방과 어머니를 다려 오랴고 생각햇지만 그가 생각햇던바와 같이 돈을 벌수도 없지만 그의 몸이 항상분주한가운대 이렁저렁 지나니 어 머니와 이서방도 그의 머리에서 차츰 히미하게 사라젓던 것이다。

「좀 누시오 일하기 힘들지유?」

신철이는 첫재의 손을 물그럼이 보며 자기의 손과 비교해 보앗다。그때 그는 부끄러운 생각과 함께 무쇠 같은 팔뚝을 가진 첫재가 얼마나 부러워보 엿는지 몰랏다。동시에 자기가 이때까지 배웟다는것은 자기로 하여금 이러 케 연약한 몸과 맘을 가지게한것밖에 더없는것 같앗다。

「동무는 일하기 힘들지 안소?」

「아침에는 괜찬유 그래두 해질때쯤 가서는 좀 어려워유」

「네 그래유? 동무는 어려서부터 노동일하섯오?」

「아니유 김매다기 노동을 햇우……」

신철이는 꾸밈없는 그의말과 굵은 음성이 퍽이나 조핫다. 동시에 어댄가 모르게 믿는 맘이 차츰 강해짐을 느꼇다.

「동무 난 일하는데는 도무지모르니, 이후부터 종종와서 나에게 일하는것 가르쳐주」

「일두 뭐 가르쳐 주나유, 그저 하면되지유, 허허」

첫재는 가르쳐 달라는 말이 웃우윗다. 더구나 전날 벽돌 나르면서 애쓰던 신철의 모양을 생각하엿던 것이다. 신철이는 그가 웃는 것을 보니 한충더 그에게 맘이 쏠리엇다.

「그런데 거…부두에서 말이오, 짐짝이나, 쌀가마니 나르는것은 어떠케 품값을 회게하오」

「그거유 무게에 딸아 다르지우 쌀한가마니에는 오리아니면 육리하고 대두박은 사리, 그타짐짝은 오리지유」

「그럼! 쌀 백가마니를 날라야 오십전아니면 육십전이구려!」

신철이는 눈쌀을 찌푸리며 쌀백가마니를 나를 생각을 해보앗다. 따라서 부두에서 그먼지를뒤집어 쓰고 일하던 몇천명의 노동자를 생각하엿다. 동시에 그는 뜻하지 안헛던 한숨이 푹 나왓다 그러고 자기의 사명을 강하게 느꼇다.

「동무 전날 돈얼마나 벌엇우? 그날 말이유」

「몰라유 잊엇지유」

「아 그 쌈하던날 말이오 웨 짐짝을서루 뺏으랴고 쌈하지 안헛우」

「글세 몰라유」

「그런데 동무 이후부터 쌈하지마시오 쌈해야간 손해만 나지안우 쌈할곳에 가서는 끝까지 싸와야 겟지만 서로 동무들끼리 싸와서야 피차에 손해가 나지 안소……」

「그래두 그놈이 남의 맡아논짐을 제가 지고 가랴니께 싸우지우…… 그런데 웨? 노동일을 하시우?」

「나요? 노동을해야 벌어 먹지유……」

「당신 같으신 어툰은 면서기나 순사도 꽤 허시겟지유」

아까 이방에 들어 설때 신철이가 글을 쓰는것을 보앗고 그리고 벽에걸린 그의 옷이라든지 등아래로 노인 약간의 책권을보니신철이가노동일이나 할 사람같아 보이지 안헛던것이다. 신철이는 웃음을 참으며

「면서기나 순사가 조하 보이시우?」

「그럼 조치유」

「난 당신들이하는 노동일이 부럽소」

첫재는 허허웃엇다. 그리고 순사와 면서기를 부르고나니 고향서보던 면서기와 순사들이 그의 앞에나타나 보엿다. 그리고 가슴이 뜨구워지며 신철이를 대하야 무엇인지 모르게 묻고싶은 충동을강하게 느껏다.

「저……순사는 말유」

첫재는 무슨말을 하려다가 말끝을 잊엇다. 신철이는 그를 똑바로 바라보앗다.

「네 순사가 뭐……」

「저 저 ……어떠케 하면 법에 안걸리우? 법에 안걸리게 좀 가르쳐주……」

(90)

밤늦게 돌아온 간난이는 잠들엇다가깨여 나는 선비를 보며 생긋 웃엇다.

「빈대 물지 안니?」

「웨 안물어물지……어대를 갓엇니?」

「나 저게……누가 좀 맞나자고해서」

간난이는 나드리 옷을 훌훌 벗어 벽에 걸고나서 선비 곁으로 바싹 다가앉앗다.

「이애 지금 인천시는 말이야 아주큰방적 공장이 낙성 되엿는데 그곳에는

지금 내가 다니는 방적공장과 달리 여직공을 만히쓴다두나……근 천여명의
여직공을 쓴대……」

선비는 눈 졸음이 홀랑 달아낫다. 그러고 빛나는 눈에 이상한 광채를 띠
웟다.

「난 그런곳에 못들어 갈까?」

「들어갈수 잇지―나두 거게로 갈생각이다! 우리 두리서 그리로가자……
응 선비야」

간난이는 생긋 웃엇다. 그러고 그의 머리를 매만지며 빠저 나오랴는핀
을 다시 꽂는다. 멍하니 바라보는선비는 얼굴이 빨개젓다. 그러고 간난에게
서 들엇던 방적공장의 온갓 기게들이 얼신얼신 나타나 보이엇다.

「내가 그런것을 할지 몰라……그러다 잘못하면 내쫓나?」

간난이는 선비의 얼굴을 바라보며 그가처음 서울에 올라와서는 아무것도
모르고 그저 무섭고 부끄럽기만하던 생각을 하엿다.

「웨 네가 그런것을 못하겟니베우면잘할터이지……너만 못한 애들도 만히
들어와서 베워나면 곧 잘하더라야 걱정마라」

선비는 한숨을 가볍게 쉬엇다 그러고 웃엇다.

「그래서 선비야! 난 오늘 방적공장을나오기로 햇단다……」

「그럼 언제 가니?」

「곧 가지……그런데 볼일이 잇서 아무래도 한이틀은 지체 될듯하다」

간난이는 아까 태수가 전해주던 밀령을 다시금 생각하며 유신철이……인
천부사정 五번지하고 외여 보앗다.

「인천이라는대는 이서울 안에잇니?」

간난이는 얼른 선비를 보며 호호 웃엇다.

「아니야 여기서 한백여리 차타고 가야 한다더라」

선비는 한층더 얼굴이 확근 달며 간난이는 이제 누구한테 배워서 말도 자
기가 알아듣지 못할 유식한 말을 하고 또는 모르는 것이 없이 저러케잘아는
가……하엿다. 그러고 자기는 언제나저애처럼 되나……하엿다.

그때 마즌편 방에서는 웃음소리가 허하하고 홀러 나왓다. 그들은 말을 끊

지고 홀금 문을 바라보앗다.

「오늘은 굶지들은 안앗나봐…저러케 웃음이터질때에는……」

선비는 일어나서 자리를 펴노면서

「그사람들은 뭘 하는 사람들이어?」

선비는 방문을 밤노고 얼어놀수가 없이 거북한깃을 느낄때마다 밀히는 사내들이 해종일 어대도 가지안코 저러케 방구석에만 들어 잇는가? 하는 의문이 들군하엿든것이엇다. 그리고 간난이가 공장에 간후에는 무서워서 앞문을 닫아걸고 잇엇다.

「그사람들 그저 실업자지……뭐겟니」

실업이란말은 또 무슨 말인가? 하며 선비는 묻고 싶은것을 그만 눌러버렷다.

「얼굴들이야 좀잘생겻디……그래도 이사회에서는 그들에게 직업을 안주니…어떠케 하니…」

간난이는 등불을 멍하니 바라보며 사정 五번지 유신철……이 번지와 일홈을 잊을까하야 그는 이러케 되풀이 하엿다. 그리고 태수가 하든말을 곰곰히 생각하엿다. 선비는 간난이가 저러케 늦게 돌아올때마다 무엇을 깊이생각 하는것이 수상스러웟다. 그러고 자기가 시굴잇을때 밤마다 덕호에게 당하던것을 생각하며 무의식간에 그는 진저리를 첫다. 따라서간난이 역시 그러한 일을 저질르지 안는가? 하는 불안과 의문에 슬금슬금 그의 눈치를 살폇다.

「선비야! 네가 서울 올라온지가 오래두 내가 바빠서 너를 구경도 못식혀 주엇지 내일 우리 남산공원에 가볼까?」

「남산공원? 그게는 뭘하는데야」

「우리동네 웨 원소우에 재뚱이라고 잇지 안니? 그런 산이지…뭐야 거게 우리들이 밤낮 올라가서 싱아를 캐먹엇지……참 우리어머님 보고싶다!」

그때 선비에 머리에는 그의 눈등을 아프게찌르던 첫재의 시컴한 손이 문득 떠오른다. 그러고 간난에게 너 첫재를혹시 맞나 본일이 잇니하고 묻고 싶은 충동을 강하게 느꼇다. 그러나 선비는 간난이 모르게 가슴을 죄이며 첫재가 서울안에 잇는지 몰라…선비는 머리를 숙엿다.

(91)

이튼날 그들은 창경원을 둘러서 남산까지 왔다.

「저기 조선 신궁이라는게다」

간난이가 들여다보이는 조선신궁을 가르켯다. 선비는 머리만 끄떡일뿐 무슨말인지 알아 듣지 못하엿다. 그리고 이제올라온 돌층게가 무서웁게 그의 앞에 앗질앗질하게 나타난다.

「이따 갈때도 저리가니?」

선비는 돌아서서 돌층게를 가르쳣다.

「웨?」

「딴길 없나?」

그제야 그가 선비의 눈치를 살피고 생긋 웃엇다.

「에이 시굴뚝이년 같으니 거기서 떨어져 죽을까 겁나니? 그럼 다른길로 가자꾸나」

그들은 호호 웃으며 조선신궁앞을지나 솔밭으로 나려와서 가즈런히 앉앗다.

우수수하는 바람결에 나무잎이 그들의 치마가를 가벼웁게 스치고 천천히 떨어진다. 선비는 무심히 나무 잎을 쥐엇다.

「벌서 가을이야! 세월두 어지간히 빠르지」

간난이는 선비의 손에 쥐어진 나무잎을 바라보며, 이라케 말하엿다. 선비는 휙 머리를 돌려 간난이를 바라보다가, 빙긋이 웃엇다. 간난이가 자기의 생각한말을 하엿기 때문이엇다.

그들은 저 앞을 바라 보앗다. 붉고도 힌벽돌집은 저마큼 높음을 자랑하누라 우뚝우뚝 솟앗고 북악산밑 백아관은 몇천년의 튼튼함을 보여 주는듯이 앉아 잇다. 그뒤로 게딱지같은 집들이 오글오글 쫏겨서 몰려들어간다.

윙달아 오는 전차소리、택시소리……그들이 시선을 옴기니、옛날의 비밀을 혼자 말하는듯한 남대문이 컴컴하게 솟아잇다. 그곳을 중심으로 수없이 얽혀나간 거미줄 같은 전선이며、각상점 간판이 어지럽게 빛나고잇다.

「저집이다 사람사는 집일까?」

간난이는 옆에 선비가 잇는것을 느끼며、돌아 보앗다.

「그럼 사람이 살시、뭐가 살겟니……호호」

그가 처음 돌연히 선비를 맞낫을때에도 선비의 미모에 놀낫지만은、몇달을 지난 오늘에 보니 그때는 오히려 파리해젓든것을 짐작할수가 잇엇다. 비록 반찬없는 밥을 먹으나 서울온후로부터 그가 저러케 살이 오르는것을 보니 간난이는 기뻣다. 그리고 저애를 어서 가르쳐서 게급의식에 눈을띠워 주어야겟는데……하엿다.

「선비야 너 덕호가 밉지?」

선비는 얼굴이 빨개진다. 자기가 덕호와의 관계를 말하지 안하서도 간난이는 벌서 짐작한듯 하엿다. 그러므로 선비는 고향말만 간난의 입에서 떨어지면 불쾌하고도 겁이나서 가슴이 울울하군하엿다.

「내가 조용한때 널보고 하고싶은 말이 만타 아직까지 널보고 조용히 말할 짬도 없엇지만은……우선……너 덕호라는 놈을 어떠케 생각하니? 그것부터 내게 말해라」

선비는 귀밑까지 빨개지며 머리를 수긴다. 그리고 손에쥐인 나무잎만 바삭바삭 소리가 나도록 손끝으로 누른다. 간난이는 선비를 바라보며 선비가 아직도 덕호를 못잊어 하는가? 하는 의문도 들엇다. 그것은 자기의 과거를 미루워서 그러케 짐작 되엇던것이다. 간난이가 태수를 맞나 지도받기전에는 그나마 덕호를잊지 못하엿다. 그래서 그런지 꿈에도덕호를 맞나 영감님! 나는 월경을 건넛에요! 아마 애기가잇지오……하고 목이 메어 울다가는 깨군하엿다. 그뿐이랴! 그가 상경하기전에 덕호가 선비에게사랑을 옴기는것을 샘하야 밤중에 돌아 다니다가 어떤놈이 다오치는 바람에 질겁을 해서달아나다 개똥네 집으로 들어갓던 어리석은 자신을 다시금 그는 굽어보앗다. 따라서 선비가 더 불상하게 보이엇다. 선비는 머리가 눌리는듯한 부끄러움에 얼굴을 들지못하고 언제까지나가만히 잇엇다. 그리고 덕호의 그얼굴이 무섭고도 느글느글하게 떠올라서 어서 간난이가 화제를 돌렷으면 조흘것같 엇다.

간난이역시 덕호의 얼굴이 떠올라서불쾌 하엿다. 그래서 그는 선비에게 서 시선을 옴겨 저앞을 바라 보앗다. 저 번화한도시에도 얼마나 만흔덕호가 들어 잇을까? 하는 생각이 번개 같이 그의 머리에 떠올랏다.

그때 요란스러운 소리에 그들은 머리를 돌리엇다. 솔나무 아래로 작은 게다 큰게다가 뒤섞여서 비탈길을 올라가고잇다. 게다를 딸아 시선을 옴기 니 푸른솔밭속으로 화강석으로 깍가 세운 도리이(鳥居)가 반공중에 뚜렷하 엿다.

(92)

이틀후에 인천으로 나려온 간난이와 선비는 우선 간난이가 공장에서 사귄 어떤 동무집에서 유하게 되엇다. 그리고 그동무의 주선으로 대동방적공장 에 들어가게 되엇으며 경찰서에서 신원보증까지 헐하게 맡게 되엇다. 동시 에 대동방적공장에서는 사숙을 허하지안코 전여공을 기숙사에 수용한다는 것이 한철측이 되어잇다는것도 알앗다. 내일은 세동무가 일시에 기숙사로 들어가기로 생각을하고 월미도로 만국공원으로 해가 질때까지 돌아다녓다.

저녁을 맛잇게 먹은 그들은 상을 물리고 앉아서 이런이야기 저런이야기 를 주고 받앗다. 간난이는 일어낫다.

「인숙아 나잠간 저기 다녀 올께」

인숙이를 바라보고 선비를 보앗다.

「어대를……응 너 아까 묻던 그사람 찾아갈래?」

아까 만국공원에 갈때 서울서 어떤동무의 부탁으로 그의 오빠를 찾아봐 야겟다고 말하야 사정을 돌아다니며 신철이가 잇는 번지를 간난이는 알아 노코도 찾지 못한체하고 밤에 찾아본다고하며 말앗던것이다.

「너혼자 가서……번지도 똑똑히 모른다면서 찾겟니?」

「글세……뭘가서 좀 찾아보다가 오겟다야 그애의 말값으로 찾아나 봣으

면 되는것 아니냐 난정정신 없어서 큰일낫다니! 번지를……아이 몇번지라던
가……」

「아이구! 이바보야 번지도 모르면서 찾겟대……어디 찾아봐라……」

「좌우간 내 나가서 오래 잇으면 찾아간줄로 알려무나 그러고 곧 들어오
면말할것 없고」

간난이는 빙긋이 웃으며 밖으로 나왓다。 그러고 사면을 휘휘 둘러본후에
사정으로 향하엿다。

사정 오번지까지 온 간난이는 좌우를또다시 살펴 본후에대문안으로들어
섯다。 그러고 신철이가 어느방에 잇을까하고 돌아보앗으나안방이외는 방이
없는듯하엿다。 그래서 그는 잘못 찾어왓는가 하야 도루 나와서 주저하다가
다시들어 갓다。

「말 좀 물읍시다」

뒤 미처 안방문이 열리며 부인이 내다 본다。 간난이는 잠간 망스리다가

「저 여기 하숙 하는 손님방…」

말이 끝나기전에 부인은 마루로 나왓다。

「이리로 들어가 물어보시요」

부엌 뒤ㅅ골목을 가르친다。 간난이는 컴컴한 골목을 빠저서 조고만 문앞
에 섯다。 차츰 가슴이 두군거리며 숨이가빳다。 안에는 누가 혼자 잇는 모양
이다。 문에 그림자가 얼신하며 신문뒤쳐지는 소리가 들린다。

「여보세요!」

간난이는 이러케 찾아보앗다。 그때방문이 열리며、 어디서 만히 본듯한사
나히가 나타난다。

「유신철동무 입니까」

신철이는 누군가? 하야 방문을 열엇다가、 어떤 젊은여자가 이밤에 문앞
에 서서 자기이름을 부르는데는 놀랏다。 그러나 다음순간 철수한테서 통지
받은 생각이 얼핏들자、

「예! 그럿습니다。 들어 오시지요……」

간난이는 방으로 들어가서야、 신철이가 자기가잇던 앞방에서자취를해가

며 고생하던 청년임을알앗다. 신철이 역시 간난이를 보자 곧 알앗다.

「경성서 늘 뵈우시던 동무아닙니까、바루 우리자취하던 앞방에게섯지요」

「네! 참 웃읍습니다 호호…」

「허허 곁에다 동무를두고도 몰랏습니다그려、언제 나려오섯습니까」

신철이는 간난이가 이러케 속히 올줄은 몰랏던것이다. 그러고 자기가 경성 잇을 때에는 한낱의 방적 여공으로 밖에그의 눈에 비취지 안턴 그가오늘 이러케 마주앉고 보니 새삼스럽게 용감하고도 씩씩해 보엿다. 더구나 화장하지 안은 그의 얼굴이 전등불빛에 붉으레하니타오른다.

「어제 낮 차로 왓습니다. 동무는 얼마나 고생을하섯습니까?」

간난이는 말끄럼이 신철의눈치를 살피엇다. 그러고 그의입에서 무슨 말 나오기를 기다렷다.

「네뭐……고생이 무슨고생이겟습니까 여기 무슨 볼일이 계십니까 혹은 아주살으시랴고 오섯습니까?」

신철이 역시 간난이가 먼저 말하기전에는 아무러한 눈치도 간난에게 보이지 안을모양이다. 간난이는 한참이나 무엇을 생각하다가、

「저는 여기 방적공장에 취직하라 왓습니다 혹 먼저 아섯는지오?」

(93)

그밤을 자고난 세동무는 드디어 대동방적공장 안에잇는 기숙사로 들어오게 되엇다. 새로 회벽을한 한간이나되는 방에 역시 세동무가 함께 잇게 되엇다. 그들은 백여간이나 넘는듯한 기숙사를 둘러보고 공장안을 살펴보앗다. 서울 T문밖에잇는 제사공장은 여기에대면 아무것도 아니엇다. 우선 기숙사며 공장은 내노코라도 그안에 설비된 온갖 기계가 서울서는 보지도 못하든것이엇다. 대개 발전기라든가 제사기라든가 흡사한것이 일부일부에 없지는 안흐나 서울의것보다는 아주 대규모적이엇다.

고치를 삶는 가마도 서울서는 대개 세수대야만 하고 와꾸(자새)도 하나엿는데 여기것은 가마가 장방형으로 길게 되엇으며 서울의 가마의 십배는 될것같엇다。 그러고 와꾸도 한사람의 앞에 십여개 내지 이십개까지 쓰게 된다고 하엿다。 선비는 처음이니 아무것도 모르나 간난이와 인숙이는 입을 쩍쩍 버렷다。

한결부터 간난이와 인숙이는 제오백번 제오백일번이라는 번호를 타가지고 공장으로 들어가 일을 하게 되엇다。 그러나 선비만은 아수 저음이라고 해서 간난이가 맡은 오백번호에 곁들여서 실켜는법을 배우게 되엇다。

저편 발전소에서 일어나는 소음과 돌아가는 와꾸의 소음이 합치여서、 공장안은 정신차릴수가 없이 소란하엿다。 선비는 멍하니 서서 간난이가 실켜고 잇는것을 보고잇다。 간난이는 늘 해보든것이되어서 모든것을 손익게 하엿다。

위선 남직공이 갖다주는 초벌삶은 고치를 펄펄 끌는 가마속에 들어붓고 조고만 비로 돌아가며 꾹꾹 누른다。 그러니 실끝이 모두 비에 묻어 나왓다。 처음에 나뿐 실끝은 비로 끌어내어 가마좌우에 꽂힌 못에 걸어노코나서 다시비를 넣어 실끝을 끌어 올리엇다。 이번에는 약간 누런색을 띠이운 정한 실끝이엇다。 간난이는 실끝을 왼손에 걸어줘고나서 바른손으로 실끝을하나식 끌어 사기바눌에 붙엿다。 그러니 실이 술술풀려 올라간다。

서울공장에서는 이사기 바눌이 한개아니면 혹 두개까지는 잇엇으나 이렇게 수십개식 되지는 안앗다。 간난이는 세개의사기 바늘에 실을 붙엿다。 우선 능해지기까지 세개를 사용하다가 차차로 느릴모양이다。

공장 남쪽벽은 전부가 유리로 되엇으며 천정까지도 유리를 달앗다。 그러고 제사기도 두줄식마주놓고 그가운데는 길을내엇으며 그리로는 감독들이 왔다갓다 하고잇다。 서울서는 감독이다섯사람이엇는데 이곳은 감독이 삼십명은 되는 모양이다。

오백번호나 나왓건만 여기서도 아직도 수백번호가 나가리만큼 아득해보엿다。 선비는 얼굴이 뻘개서 가마에서 뽑혀 나오는 실끝을 들여다보앗다。 벌서 간난이의 손은 끓는물에 익어서 빨가케 타오른다。 그러고 손끝은 물에 부풀어서 허여케 되엇다。

「간난아! 내좀 하리!」

선비가 그의 귀에다 입을 대고 말하엿다. 간난의 귀밑으로는 땀이 비방울같이 흘러나린다. 간난이는 생긋 웃어보이며 머리를 흔들엇다. 그러고 여전히 실을끌러 사기바눌에 붙인다.

「처음 와서도 아주 잘해」

바라보니, 감독이란자가 마주서서 들여다본다. 그러고 선비를 바라보며

「어서 잘배워야해……그래서빨리 일을해야 돈을 벌지」

선비는 가만히 섰는 자신이 끝없이부끄럽게 생각되었는데、 또 이런말을 들으니 기가 막혓다. 감독은 선비의 숙인볼을 곁눈질 해보며 그들의 앞을 떠나지않앗다.

그때 전기불이 환하게 들어왔다. 선비는 놀라 전등불을 바라보며、 그러고 그의 눈앞에 벌려잇는 온갖기게며 여직공들을 볼때 자기는 어떤 딴세게에 들어왓는가? 하리만큼 그의 주위가변한것을 느꼇다.

「선비야、 너좀 해봐」

간난이가 물러난다. 선비는 실끝을쥐니、 손이 떨리며 손발이후둘후둘 떨려서 맘대루 손을 놀리는수가 없엇다.

「가마이! 실이 끓어젓구나!」

간난이가 발판을 꾹눌럿다 노니、 기게가 정지되엿다. 간난이는 실끝을 사기바눌속으로 너허서 저편끝과 꼭부비치며、

「실이 끓어지면 이러케 실끝을 맺는다、 봐라 선비야! 그러고정지 시키랴면 이러케 하면 돌던기게가 멋는다」

그때 싸이렌의 소리가 우렁차게 일어난다. 선비는 눈이 둥글해서 둘러본다.

(94)

「선비야! 저싸이렌이 울면 우리는 나가고 야근할 동무들이 들어와서 다시 일을 계속한단다」

말도 채마치지 못하야 야근할 여공들이 우루루 밀려 들어온다 간난이는

얼른 기계를 정지시킨후 실감긴 와꾸를 뽑아들고 공장밖을 나와 감정실앞에 느러선 여공들뒤에 가섯다.

「선비야、 넌 먼저 가거라」

선비는 공장문밖에 나와 서잇엇다。 공장안에서는 여전히 기게가 요란스 러운 소리를 발하고 잇다。 간난이가 놀아오는것을 보고 선비는 걸엇다。 벌 서 식당에서는 종소리가 울려나왔다。

「어서 가자! 저기 밥먹으라는 종인가부다 아마……」

간난이도 기숙사 생활을 하는이만큼 모든것이 분명하지를안엇다。 그들이 식당까지 왓을때는 몇백명의 여공들이 가뜩 들어앉앗다。 식당은 기숙사의 윈하층으로 지하실이엇다。 장방형으로된 방안에 밥김이 어리워 훈훈하엿다。 그러고 길단 나무판자를 네줄로 이편끝에서부터 저편 끝까지 이어놓으며 그 우에는 밥통이며 공기가 보기 조케정리 되어 잇엇다。 그들은 밥을 보자 식 욕이 버쩍 당기어 술을 들고 한참이나 퍼먹다가 보니 쌀밥은 틀림 없는 쌀 밥인데 식은밥쩌놓은것 같이 밥에풀기가없고 석유내 같은 그런내가 혹군혹 군 끼첫다。 간난이는 술을 들고 멍하니 선비와 인숙이를 번갈아 보앗다。 그 들도 역시 그랫다。

「이게 무슨 밥일까?」

저편 모통이에서는 이런말을주고 받앗다。 그나마 반찬이나 맛이 잇으면 먹겟지만 반찬 역시 금방 저린듯이 소금덩이가 와그르르한 새우젓인데 비린 내가 나서영 먹을수가 없엇다。 그들은 식욕이 일어 배에서는 꼬륵꼬륵 소리 가 낫다。 그러나 입에서 당기지를 안허서 술을 들고 저마큼 멍하니 바라보 다가는 마침몇술떠보는체하다가 눈물이 글성글성해서 술을 내치고 식당을 나가는 여공들이대부분이엇다。 그때 먼저 이공장에 들어와서 이밥에 낯익힌 여공들은

「너의들이 배고픈 맛을 못봐서 그러누나! 여기 들어와서는 이 알람미 밥 을 먹어야 한단다! 백날 굶어보렴! 알람미가 없어질가? 홍」

그들도 처음 며칠은 배탈을 얻어 십여일이나 설사까지 하고도 할수없이 이 밥을 먹게되엇던것이다。 그러나 먹어나니 이전 배를 알커나 또는 처음

먹을때처럼 석유내가 몹시는 나지는 안핫다. 그래서 그들은 사람이 배고픈 것처럼 무서운것은 없다고……하엿다. 시재 못먹을것이라도 배만 고프면 먹지못할것이없으리라……하엿다.

식당에서 올라온지 한시간이 되엇을까말까 한데 기숙사 종이 댕그렁댕그렁 울렷다.

「이게 뭐하란 종이우?」

간난이가 놀러온 여공에게 물엇다. .

「아이 모루우? 이게 야학 종이라우……어서들 준비하우」

「안가면 안되우?」

「그럼 안되구말구 별일 잇수어찌나 배우는게야 조차안우? 어서들 가요」

그는 종종 거름을 처나간다. 간난이는 입모습에 어느듯 비웃음을 띠우고 인숙이와 선비를 돌아보앗다. 그들은 배가고파서 창문에 맥없이 기대어 저 밖을 내다보고잇다.

「간난아! 우리가 오늘 아침 집에서 너무 잘먹어서 그밥이 맛이없나봐」

「글세……그쌀이 알람미라고하지?」

「알람미?」

「그래…… 」

「웅 그러니 석유내같은 내가나누나! 야! 그게야 어디 먹을것이더니?……」

「홍 그래두 먹으라고 삶아 놋는데야 어쩌란 말이야! 자 여러말 할것 없이 야학에나 가보자! 무엇을 가르치나……」

선비는 배가 좀 고프나 야학이라는말에 귀가 띠워서 부시시 일어 낫다. 그때 그는 덕호가 공부시켜 주겟다는것을 미끼삼아 그의 정조를 유린하든 장면이 휘떠오른다. 그는 다리가 후둘후둘떨리는것을 진정하며 그들을 따라 강당으로 들어 앉앗다.

단상에는 낮에 간난이를 칭찬하든 감독이 대모테 안경을 시컴어케 쓰고 서서 들어오는 여공들을 홀금홀금 바라보앗다. 눈가장자리가 퍼룻퍼룻한 감독에 잇어서는 그안경이 유일한 미안제가 되엇다. 여공들이 다 모인후에 감독은 이러케 말하엿다. 오늘은 신입여공들이 많으니 공부는 그만두고 공쟁내의 온갓 규칙에 대하여 말하겟다고 하엿다. 그는 기침을 하고 휘돌아본 후에 말을 꺼냇다.

(95)

「이공장은 다른 적은공장과 달리 직공들의 장래와 편의를 생각해주는 점이만습니다. 그것은 여러분이 눈앞에 보는바와 같이 이 기숙사라든지 또 야학이라든지 그타 여러분이 소비하기위한 일용품까지 배급하는 설비라든지 다대한 경비를 들여 맨들어 노치 안핫소?……」

감독은 장한듯이 상반신을 뒤로 재치고 배를 내밀며 장내를 한번 돌아 본다.

「여러분이 늘쓰는 화장품이나 양말이나 그타 일용품을 시가에 나가 산다고 합시다. 값이 비쌀뿐아니라 속기도 쉽습니다. 그러니 여러분이 필요한 경우에는 이공장에서 원가대로 배급해주는 시설이잇습니다. 이시설은 전혀 여러분을 위함이니 공장측에서는 도리혀 손해를 봅니다. 」

이때 긴장하엿던 여공들은 한숨을 내쉬엇다.

「그러고 에……이공장에는 여러분의 장래를 생각하야 저금제도를 맨들엇소 저금은 인생의 광명이요! 그러니 여러분들은 노동만하면 공장에서밥을먹여주고 일용품을 대주고 남어지는 저금을 시켜주니 여러분의 맘에따라 얼마든지 벌수가 잇지 안소 여러분은 그저 저금통장만 가지고잇다가 三년후 나갈때 그것으로 결혼비용에 쓸수도 잇지안소? 허허……」

감독은 입모습에 야비한 웃음을 띠윗다. 여공들도 딸아 웃는다.

「그러니 三년만 꿈참고 일하면 그때는 이공장을 나가 안락한 가정도 이루어 아들딸 나코 잘살수가 잇소 여러분이 여게 들어 올때 三년을 계약맺고 들어왓으나 그三년이 절대로 긴세월이 아닙니다. 그때가면 더잇겟다고 할 것이오 이공장은 이같이 우대를 하느니만큼 들어올때 경찰서에서 일일이 보증까지 받아가지고 들어 온것이 아니오? 그래서 여러분들은 만흔 사람들중에서 뽑혀들어온것이니 큰행복이 아닙니까 이대도 또 이러케 조흔 곳을 본일이 잇소? 밖에서는 일할대가 없어서 돌아 다니는 사람이얼마나 만흔지 아오?」

　여공들은 자기들이 시굴에서조밥도 잘못먹고 김매던생각을 하니 가슴이 벅차도록 행복을 느꼇다. 감독의 안경은 불빛에 번쩍하엿다. 그는 수염을 꼬고 나서

「이공장에서는 여공의 장래를 그르칠가봐 풍기를 엄밀히 감독하는까닭에 개인의외출을 불허하느니만큼 여러분은 딱박이 그리울것이오 그러나 매해 춘추로 조흔음식을 맨들어가지고 산보를가오 오는 봄에는 여러분에게 구두를 원가로 배급하야 신기고 월미도에 가서 원유회를 할 게획을 지금 사무실에서 하고잇는 중이오…」

　여공들의 눈에는 히망과 환히의빛이떠올랏다. 이때 간난이는 벌떡 일어나서 감독의말을 일일히 반박하고 싶은흥분을 가슴이 뜨겁도록 느끼엇다.

「또 이공장에서는 삼주일에 한일요일은 휴일로 정하고 그날은 앞의 운동장에서운동과 유희를 시키우 이것은 여러분의 건강을 위하야 하는일이니 참 이공장의 특전이오 마주막으로 이공장을 내공장으로 생각하고 소제를 깨끗이하며 또 일의 능율을 내어서 임금외에 상금도 만히 타도록하오 그러나 게으른사람에게는 도리허 벌금이 잇을터이니 특별히 주의하여야 하오」

　그들은 일시에 일어나 감독에게 경례를하고 강당에서 물러 나왓다.

　또다시 종이 울럿다. 이종은 자라는종이라고 그들은 소변 대변을 보고나서 방안에 전기불을 껏다.

　간난이는 곤하던차이라 한잠푹자고나서 벌떡 일어낫다. 사방은 고요하다. 다만 공장에서 들려오는 기게 소리만이 요란스레 들일뿐이다. 그는 창문 겻으로와서 우묵허니 밖을 내다 보앗다. 어제밤 신철의 앞에 잇을때에는 기운이 버쩍버쩍 나더니 오늘 이러케 혼자 앞으로할일을 생각하니 앞이 캄캄하다. 물론밖에서동지들의끈임없는 조력이 잇을것은 아나 시컴언 저담안에 가친 자신은 몹시도고적해 보아엇다. 유리문 밖에 운동장을 거쳐 높이솟은 저담! 간난이는 아까 이기숙사에 들어오면서부터 저담이몹시 걱정이 되엇다. 행여나 그담밑으로 어떤 구멍이라도 할까함이엇다. 그러나 벽돌로 깜아케

올려싸코 그밑으로 몇길이나 세멘콩크리트를한 그절벽같은 담에서는 바눌구멍만 한것도 하나 얻어볼수가 없엇다.

그는 가만히 일어나서 문을열고 나왓다. 복도 지편뜰에 달빛이 길게 떨어져 흡사히 사람이섯는듯하엿다. 그는 멈칫서서 좌우를 휘휘 돌아보앗을때 어내서문소리가 나는듯하야 벽에 붙어섯나.

(96)

간난이는 숨을 죽이고 문소리 나는곳을 바라보앗다. 여공하나가 신발소리를 죽이고 감독숙직실편으로 가는듯하야 간난이는 뜻밖에 호기심이 당기어 그의 뒤를 살금살금 딸아섯다.

숙직실 앞에서 그는 발길을 멈추고 머뭇머뭇 하더니 문을 열고 들어간다. 간난이는 거누굴까? 하고 생각해 보앗으나 짐작하는수가 없엇다. 어쨋든 여공이 감독과 밀회하러 들어간것만은 틀림없엇다. 그때 간난이는 어제밤 신철이가 하던말을 다시금 되풀이하며 이대로 두면 이공장내에서 일하는 수만흔 순진한 처녀들이 감독의 농락을 어느때나 면하지 못할것 같앗다. 따라서 어리석은 저들의눈을 어서 띠워주어야 하겟다는것을 깨달은 동시에 하루라도 속히 천여명의 여공들이 한몸이되어 우선 경제적 이익과 인격적 대우를 목표로 항쟁하도록 인도하여야 하겟다는 책임을 절실히 느겻다. 옛날에 덕호에게 인격적 모욕을 감수하던 그 자신이 등허리에서 땀이 나도록 떠오른다. 그는 한참이나 서서 이런생각을 하다가 숙직실 문앞에까지 가서 귀를 기우렷다. 아무소리도 들리지 안핫다 그는 중대한 그의사명이 없다면 당장에 이문을 두다리고 이공장안이 벌컥뒤집히도록 떠들어 이사실을 여공들앞에 폭로시키고 싶엇다. 그때 유리문이 우릉릉 소리를내며 나뭇닢 떨어지는 그림자가 얼신 얼신 비취인다. 그는얼른 뒷문편으로 몸을 피하엿다.

공장에서 기게소리는 요란스레 울려나온다. 그는 이순간에 비장한 결심이 그의 조고만 가슴을 벅차게 하엿다. 그는 단숨에 밖으로 나왓다. 그러고 담밑으로돌아가며 구멍을 찾앗다. 아무리 둘러봐도 차디찬 벽돌만 그의 손에 만져질뿐이고 조고만 구멍도 발견치 못하엿다. 다만 담밑에 수채구멍으로 내인 구멍만이 몇개 잇을뿐이다. 이구멍은 겨우 손이나 들어 갈는지 물론 사람은 나들수가 없엇다. 더구나 이구멍은 누구의 눈에나 띠우는 구멍이니 이리로 연락을 취하다가는 위험천만이다. 그러나 다시 돌려 생각하면 오히려 누구나 다알고잇는 이구멍이 어떤점으로 보아서는 그들로 하여금 무관심 하게 보일는지 모른다 그는 이러케 생각하며 위선 며칠더 적당한 구멍을 찾아보다가 결정 하리라 하고 들어오고 말엇다. 강당의 시계가 세시를 땅땅 친다. 그가 자리에 누울때 선비가 돌아 누엇다.

「어대 갓엇니?」

「응 너 안잣니?」

「아니 잣어……이재 깨보니네가 없기에」

「변소에 갓댓지」

「응」

「그런데 선비야 너 아까 감독이 한말을 다 고지 들엇니?」

그는 이경우에 어떠케 대답할지 몰라한참이나 망서리다가

「그건 웨 물어? 갑작이」

「아니 글세……감독의 한말이 참말일까」

「난 몰라 그런것……」

「선비야! 그런것을 몰라서는 안된다. 저봐라 지금 야근까지 시키면서도 우리들에게 알람미 밥만 먹이고 저금이니 저축이니하는 그럴듯한 수작을하야 우리들을 속여서 돈한푼 우리손에 쥐어보지못하게하고 죽도록 우리들을 일만시키자는 것이란다. 여공의 장래를 잘지도하기위하야 외출을 불허한다는둥、 일용품을 공장에서 전까로 배급한다는둥、 전혀 자기들의 이익을 표준이로하고세운규칙이란다. 원유회를한다느니 야학을 한다느니 또 몸을 튼튼케하기위하야 운동을 시킨다는것도、 그이상 무엇을 더 빼앗기위하야눈가리고 아웅하는 수작이란다……」

선비는 간난이가 어째서 이런말을 하는지 알수가없엇다. 그러케 그런줄을 아는바에는 첨부터 공장에 들어오지 말것이지 웨 서울서 그만두고 이리로 오고서는 하루도지나기전에 이런 불평을토하는가? 하엿다.

「선비야! 우리들을 부리는 감독들과 그들뒤에잇는 인간들은덕호보담도 몇천배 몇만배 더무서운 인간이란다」

간난이는 여공이 들어가던 말까지 하려다가 이런말은 좀더 기다려서 해주리라 하엿다. 선비는 그리치 안아도 수염을 올러 붙인 호랭이감독이 자기게로만 눈꼬리를 돌리고 웃는 모양이 무섭고도 보기가 싫엇는데 간난의 말을듣고나니 그눈매가 곧 눈앞에 나타나 보이엇다. 그러고 그감독이덕호로 변하여지는것을 그는 가슴이 울울하도록 느꼈다.

「선비야! 너지금 내말이 무슨말인지분명하지 안치? 좀 지나면 다안다」

간난이는 선비의 허리를 껴안으며 이러케 중얼거렷다. 그러고 감독의 방으로들어 가던 여공을 다시 한번 생각하엿다.

(97)

며칠후에 간난이는 공장 뒷담밑에 뚤린 수채구멍으로 긴나무쪽 끝에 새끼를매어 밖으로 밀어내노앗다.

그후로는 여공들이 아침에 일어 날때마다 자리 밑에서나 방한구석에서 이상한 종이 조각을 발견 하군 하엿다. 그종이에는 전날밤 야학에서 감독이 연설한것을 한조목 한조목씩 띠워 쓰고는 그에 대한 해설이 알기 쉽게 써잇엇다.

그들은 이종이 조각을 발견 할때마다 머리를 맞대고 자미나게 읽어 보앗다.

「이애 이종이를 누가 들여 보내 주는지는 모르겟으나 여기 써잇는 글이 꼭맞는다야! 감독이 웨 그때 하루에 이십전씩 상금을 준다고 하더니 어디 상금주디? 말만 상금이야!」

기숙사 상층 사호실에서는 여공들이 자리에 누며 이런 말을하엿다.

「그래 헤영이는 그러케 일을 잘해두 말이어 상금 타보지 못햇대…아이참 어찌면 그런 그짓말을 하는지몰라!」

「그래두야 아이 인물고흔 저 칠호실에잇는 신입생은 벌서 상금을 탓다더라…」

「상금을 탓대? 거누구여」

웃기 잘하는 여공이 이러케 물엇다.

「이애는 누구 듣겟구나! 좀 가만히 말하렴」

웃기잘하는 여공은 킥킥 웃으며 이불속으로 손을 너허 꾹질럿다.

「누가 듣기는 누가 듣니? 이밤에」

「이애봐라! 너 감독이 밤마다 순시돈다. 너 그런줄 모르니?」

「순시 돌면 어때! 이불속에서 하는 소리가 밖에 나갈까 좌우간 누구여……아 요새 가지 들어온 엡뿐이 말이구나」

기숙사에서는 선비를 엡뿐이라고 별명을 지엇다.

「이애 말마라 혜영이가 그러는데 말이야 바루 혜영이 앞에 신입여공이 잇지안니? 그런데그앞에서감독이떠나지를안코, 자꾸만 싱글싱글웃더래! 아이 참죽겟어! 그꼴보기실허! 웨 그때는 용녀를 그러케허지! 안핫니?…네…」

「홍 용녀보다 신입여공이 더 고흐니 그러치 사실 곱기는 고와요! 내가 남자라도 반하겟더라 그눈이며 코를 봐라네」

「곱기는 뭣이 고아 그손이 웨 그러냐난손을 보니 무섭더라」

가는귀어두운 여공이 이러케 말하엿다.

「아따 이귀먹어리! 뭘좀 들엇다베 히히 후후…이손이이손이히히」

가는귀 어두운 여공이 귀에다 손을대고 듣는것을 웃기 잘하는 여공이 손으로 더듬어보고 이러케 웃엇다.

「이애 웃지마라 어따! 잘웃는다、얼씨구재가 웨저래」

가운대에 누운 여공이 웃기잘하는 여공의 입을 틀어 막앗다.

「그런데 이애 효순아、이종이가 어서 누가 이방에 갖다줄까? 다른방에도 오는지 몰라……아무래도그러치 안흐면、이기숙사내에 잇는여공이 그러케 허는게야、필시어쨋든 우리는 이종이에 써잇는것과같이、이공장내에잇는 여공들이 합심해서……」

여기까지 말한 가는귀 어두운 여공은 가슴이 벅차는듯하야、이불을 조금

벗으며 숨을돌리엇다.

「이애 말마라、 나두 서울서 미루꾸공장에 잇을때、 글세 감독놈이 하도 미꼴스레굴고、 품값도잘 안주어서、 우리들이 동맹파업인지를 일쿠려안햇니、 그랫더니 그 그중에 몇게집애가 싹 돌아서서 글세 감독에게 고해 바첫구나、 그래시 모두 쫓기이닛딘다。 그때 나는 다헹히쫓기이 나지는 인헷으나、 김독놈이 미워서 견딜수가 없어야、 그래 나오고 말앗다。 뭘 그래 다 그런데……」

「그런 게집애들은 모두 죽여버려! 흥! 그런것들은 말이다。 감독놈과 연애하는 게집애 들이어……」

「이거봐라 일은 죽도록 하구서는 손에 돈도 쥐어보지 못하구 우리는 그래 이게 무슨 꼴이냐 어머니 아버지 앞에서 고히 자라가지고 이모양을해! 난 오늘 이손이 하마트면 와꾸에 끼워 잘라질번 하엿다! 들어 올때는 누가 이런줄 알앗니?」

그는 손을 볼에대며 진저리를첫다。 핑핑 돌아가는 와꾸를 금방 보는듯 하엿다。

「이종이 갓다주는 사람을 만나봣으면 좋겟어! 어디 우리 지켜볼까?」

「그러다가 아지못할 남자면 어떡허니?」

그들은 갑작이 부끄러움과 함께 무시 무시한 생각이 그들의 젖가슴을 사르르 시처 가는것을 느끼엇다。

「아 무서워!」

무의식간에 그들은 꼭부둥켜안앗다。

(98)

인부들은 철사 주머니에 돌맹이를 쓸어 너허서 해면에 동을싸으며 한편으로는 흙을 날라다가 감탕밭에 쏟앗다。 첫재도 그들틈에 섞여 흙을 날랏다。 그는 흙을 나르면서도 어제밤 밤새도록 신철이와 자유 노동자의 조직에 대하야 토의하던것을 생각하엿다。

그가 신철이를 만나 본후로는 세상에 모를것이 없는듯하엿다. 그가 반생을 살아 오면서 막히고 얽혓던 수수거끼는 바라보이는 저신작노 같이 그러케 뚤려보이엇다. 그러고 그가 걸어갈 장차의 앞길까지도 저길과 같이 훤하게 내다 보이엇다. 동시에 칼칼하던 그의 가슴은 해빛에 빛나는 저바다 같이 그러케 히망에 들떳다.

「여보게 저거 보게나 오늘이무슨날이기에 학생들이 통 떨어 낫는가」

첫재는 얼른 돌아 보앗다. 수백명의여학생들이 행열을지어 이리로 왓다. 그때 첫재의 머리에는어제대동방적공장에서 나온 보고서를신철이가 보고 그에게 이야기 해주던 생각이 떠올랏다. 그들이 아닌가? 신궁에 참배인가를 하러가누라 구두까지 새로들지어 신엇다지……하며 어정어정 걸엇다.

「이놈들아 어서 일들이나 해라 뭘 보느냐!」

벌떡벌떡 일어나던 인부들은 감독의 소리에 놀라 도루 허리를 굽히며

「사람죽인다! 저게 모두 게집이구먼」

「이애 이자식아 하나 데리고 도망가라 하하……」

그들은 이러케 농을 하며 홀금홀금곁눈질을하야 지나치는 행열을 보앗다. 그들은 일제히 감정치마에 힌저고리를 입엇으며 감정구두까지 신엇다. 첫재는 흙을지고 끙끙하며 오다가 참말 여공들이나 아닌가? 하는 의문과 무어라고 형용못할 반가움에 홀금바라 보앗다. 그때 첫재는 마주치는시선과 함께 깜작 놀랏다. 그러고 무의식간에

「선비?」

하고 중얼그렷다. 상대 여자도 비상히 놀라는 빛을 띠우고 멈칫섯다가 거이 끌리워가는듯이 차츰차츰 앞으로 나간다. 그순간첫재는 흙짐을 벗어던지고 딸아가서 그가 참말 선비인가 아닌가를 알고 싶엇다. 그러고 그의발길은 무의식간에 몇발 거름 나아갓다.

「이놈의 자식아 어서일해라!」

첫재는 말할수 없는 섭섭함을 꾹누르며 감독을 돌아 볼때 가슴이 뛰는것을 깨달앗다. 그러고무거운 발길을 옮겨놓며 선비? 선비가 여기를 올수가 잇나? 혹은 덕호가 공부를 시켜? 아니 덕호가공부를 시켜줄수가 잇나? 그래

두 알수없어 선비가 고으니까 혹시는 야욕을 채우기위한 수단 으로 공부를 시키는지 아나? 아니어 내가 잘못본게지 선비가 여기를 뭘하라 온담 벌서시 집가서 살터이지…하고 다시 한번 그들을 바라보앗다. 그때 저들이 방적여공들이 아닌가? 하는 생각이 어제밤 신철의 말을 다시금 생각하며 불숙 일이닌다. 그러면 선비가 방적공장에 다니는가? 그는 여러가지 생각이 뒤범벅이 되어 일어난다. 그는 감탕밭까지 와서 흙을 쏟으며 다시 바라보니 벌서 그들의 행열은 월미도 어구에서 깜웃깜웃하게 사라져간다. 선비? 여공들? 참말 저들이 여공들인가? 하여간 기다려보자! 이뒤로 여공들이 또 지나칠런지 모르니까…하엿다. 첫재는 그들의 옷채림이 암만해도 여공들 같지는 않앗던것이다.

빤히 건너다 보이는 월미도 조탕의 붉은집웅을 바라보는 첫재는 여공들이냐? 선비냐? 이두문제를 몇번이나 되풀이 하엿다. 그러고 뒤로 그런행열이 또 오는가하야 주의를 게으르지 않앗다.

「아따! 이사람아、 뭘그리 생각하나? 이제 여직공들을보니 맘이 싱숭생숭…」

「여직공! 자네 여직공인줄 꼭 아는가?」

「에이! 미친놈아! 여직공이지 그게 뭣들이냐」

「공부하는학생들이아니어?」

「아따 이놈아? 꿈을 꾸나베…인천에서 몹슬기로 이름난 수염이 빠딱한 호랭이감독 지나가는것도 못봣구나…」

첫재는 그의말을들으며 또월미도를 바라보앗다、여공들… 과연 그가 선비인가하엿다. 그들을 여공들이라고 단정하고나니 역시아까본 선비같이 보이던 그여자도 확실한 선비같앗다.

「이놈? 단단히…하하…그러니 이게 잇어야지 이놈아」

동무는 손까락을 동그라케굽히엇다. 첫재는 흙짐을 지고 낑하고 일어나며 멀리 대동방적공장의 연통을 바라보앗다. 여전히검은 연기가 풀풀흘러 나온다.

(99)

하늘을 찌를듯이 올라간 저연통! 그는 바라보기만 하여도 아뜩 하엿다. 그가 대동방적공장이 낙성 할때까지 거의 매일 인부로 채용이 되엇다. 그때 그는 그공장 건축만은 아무러한 위험을 느끼지 않엇으나 저연통을 쌓아올라 갈때 벽돌나르던 생각을하면 지금도 앞이 아질아질하고 핑핑 도는듯 하엿다.

벽돌 삼십장씩 지고 휘친휘친하는나무판자 다리로 올라갈때 나무판자가 금방부러지는듯하야 굽어보면 몇십장이나 되어 보이는 아득아득한 지하가 마치 깊은 호수를 들여다 보는듯이 핑핑 돌앗다. 동시에 그의 다리가 풀풀 떨리며 머리털끝이 전부 하늘로 올라가는것을 느꼇다. 그러고 앞이 캄캄하야 한참식이나 정신을 가다듬어 올라가누라면 그연통이 움실움실 확실히 움직이는 것이다. 그것은 그가 그만큼 위험을 느끼는데서 그런지는 모르겟으나 연통의 높이가 높아갈사록 명확하게 움직이는 것을보앗다. 그때마다 그는 이연통이 금방 쓸어 지는듯하고 그가 연통과 함께 저 지하에 떨어져 죽을것만 같앗던것이다.

그러케 위험을 느끼면서도 그는 아침이면 번번히 그 나무길을 다시 올라가군하엿다. 그때 마다 에크! 내가 여기를 또 왓구나! 하고 새삼스럽게 깨달군하엿던것이다.

그는 이러한 생각을 할때 그가 지금 연통우에 올라선듯하야 무의식간에 우뚝섯다. 그러고 등에진 흙짐이 흡사히 벽돌 같아 등허리에서 땀이 버쩍 낫다. 따라서 손발이 가늘게 떨리므로 그는 사면을 휘 돌아보고 눈을감아 겨우 정신을 진정하엿다. 그는 그의 목숨이 끈허질때까지 그연통만은 그의 머리에서 빼낼수가 없음을 이자리에서 발견하엿다. 보다도 요즘 꿈속에 그 연통을 보는것이 아주 질색이다. 그러고 어떤때는 그연통에서 떨어지는 꿈을 꾸는것이다. 저연통! 그때! 저연통에서 떨어저 죽은동무도 몇몇이엇는가? 하루의 임금에 몸덩이와 내지 생명까지 그들에게 맡기어버리지 안을수 없는 우리들!……

첫재는 또다시 여공들과 선비를 생각하엿다. 이러케 해종일선비를 머리에그리며、 아까 본것이 선비냐? 선비가 아니냐? 하고 다투며 일을 끝내고、 그는 늦어서야 인천시가로 돌아왔다。 그가 국밥집까지 왔을때、 그들의 동무들은 벌서 노동시장으로부터 돌아와서 국밥을 먹으며 농을주고 받앗다。 그들에게잇어서 가장 위안을 얻는곳이란 이국밥집이며、 동시에 막걸리나마 얼근히 먹고나서 농지거리나 하는것이다。

첫재는 위선 막걸리한잔을 마시고나서、 펄펄끌는 국밥을 단숨에 먹엇다。 그러고 슬금슬금돌아보앗다。 그는 신철이를 알면서부터 웬일인지 이러케 사람 만히 모인곳에 오게 되면、 벌서 저들중에 스파이가 섞여 있지 나안나? 하는 불안이 들군 하였던것이다。 그러고 거리로 나오게되면 양복이나 맑숙하니 입은 사람을보면、 또한 이러한 생각이 들군하였다。 어쨋던 신철이와、 자기와 함께 노동시장에서 노동하는 동무 약간을 제하구는、 모두가그의 눈에 그러허게 비쳐젓던 것이다。

한참이나 둘러본 그는 비로소 안심하고、 방으로 들어 왔다。 그는 뜻뜻한 이방에서 한잠자고 그의 숙박소로 돌아가고 싶엇던것이다。 방안은 찔찔 끓엇다。 그러고 술내가 가는 연기처럼 떠돌앗다。 그는 아랫목으로가서 목침을 얻어베고 누으니、 아까 낮에본여공들의긴행열이떠오르며 선비가 나타난다。 그가 참말 선비인가? 하며 눈을 감앗다。 그때 밖으로부터 그의 동무가 무어라고 떠들며 들어 오는것을 알앗다。

「아따! 이놈 보게、 벌서 자네 이애 이놈아!」

첫재의 궁덩이를 발길로 차는 바람에 첫재는 눈을 번쩍 떳다。

「이놈아! 좀 가만이 잇어라! 나좀 자자」

동무는 술이 취하야 비칠비칠하며 첫재를 흘겨보앗다。

「이놈 요새 한턱도 안내구 오늘 돈얼마나 벌엇나 술한잔 사내라 이놈 돈 내 돈」

머리를 기울기울 하더니 펄석 주저앉엇다。 그의 옷갈피서는 가는 모래가 부실부실 떨어진다。

「허허……이자식아! 공장게집애들! 아그게다 게집이어…이애 사람죽인다 허허……

　오동동 추야에
　달이 동동 밝은데
　임의 동동 생각이
　저리 둥둥 나누나

가을하니 달이 밝거던 에이 이놈아임이 없단 말이어! 허허……이애 너 장가 가보앗니?」

(100)

첫재는 말없이 그의 얼굴을 바라보앗다. 주기에 붉으레한 그의 눈에 이성을생각하는 빛이 뚜렷이 보이엇다. 그는얼핏 선비를눈앞에 그리며 이상스러운감정에가슴이 뒤설레엇다. 그래서 그는일어나고 말앗다. 동무는 일어나는 첫재를바라보앗다.

「이자식 웨 대답이 없니?」

첫재는 대답 대신에 픽웃어 보이고는 부엌으로 나왓다. 국밥집부인은 부엌에서 분주히 돌아가다가 첫재가 나오는것을보고

「아재 오늘 돈좀 줘야겟수」

첫재는 멈칫 서서

「얼마유? 모두」

「오십전이지」

남작한 얼굴을 쳐들고 첫재의 눈치를살살 본다. 저편 밥상에는 아직도 노동자들이 죽둘러 앉아 훅훅하고 국밥을 먹고잇다.

「엣수、위선 삼십전만받우」

「내일 또 오겟수?」

「봐야 알지유、좌우간 남어지는 곧들이겟수」

「예……」

국밥집 부인은 이십전을 마자주엇으면하는 눈치를 뻔히 보앗다. 첫재는

방안에서 동무가나오는것을 보며,

「이놈아 취햇다、 거게 누어 자라!」

「이놈 술한잔 안사주겟니?」

「훗날 사줄라、 오늘은 돈없다」

「이자식 뫼게、 돈이없나?」

달라붙는 동무를물리치고 첫재는 밖으로나왓다。 그러고 언제나 저들도 게급 의식에 눈이 뜰까? 하엿다。 첫재역시 신철이를 만나기전에는 돈만생기면 술만 먹엇다。 술먹지안코는 맥맥하고 답답해서 못견딜지경이다。 남들은 그나마 어려운 살림이나、 게집잇고 어린것들이잇어 일하고 돌아오면 「아빠 아빠」 「여보돈내우 쌀사오게」 이런말에나마 위안을 얻지만 그는 답답하게 벽만 바라보고 앉을뿐이다。 그러니 화가나서 술집으로 달아오군 하엿던 것이다。 그러나 신철이를 만나본그는 술을끊고 담배를 끊엇다。 그러고는 전같이실없은말도 하지안코 그저 가만히무엇을 깊이 생각하엿다。 그래서 동무들은

「이자식이 웬일이야? 술도 안먹고 어대게집을 얻어 두엇나베」

이러케 놀리군 하엿다。 그는 어정어정 걸으며 사면을 휘휘돌아보앗다。 그러고 스파이 같은것이그의뒤를 딸으지안나? 하는 불안에 골목골목을 주의하며 주인집까지왓다。

전등불도 커지안흔채 그의방은 쓸쓸하게 그를맞아주엇다。 그는 웬일인지 가깝함을 느끼며 신철이 한테라도 가볼까 하엿으나 그가지금 집에 없는것을 짐작하며 벽을 기대엇다。 그는 언제나 전등불을 켜지 안흔채 자고 만다。 그가 어려서부터 캄캄한 방에서 자란까닭에 이러케 캄캄한 가운대 앉은것이 퍽이나 조핫다。 만일 어찌다 불을 켜면 도리어 답답하고 눈등이 거북해서 못견디엇던 것이다。

선비? 그가 참말 선비인가? 그러면 내가 날마다 전해주는 그종이도 보겟지 그가 글을 아는가? 아마 모르기 쉽지! 참공장에는 야학이 잇다지 그러면 국문이나는 배윗을는지 모르겟구면……하엿다。 이러케 생각하고나니 자기 역시 국문이라도 배워야만 될것같앗다。 어대서 배울곳이 잇어야지! 신철이

보고 가릇처 달랄까? 그는 빙긋이 웃엇다. 삼십에 가차워오는 그가 이재야 국문을 배우겟다고 신철의 앞에서 가갸거겨 할생각을하니 웃어웟던것이다. 보다도 필요와 여유도 없엇던것이다.

그는 한잠을 푹 자고 부시시 일어낫다. 그는 기운이 버쩍남을느꼇다. 그가 방문을 소리없이 열고나서니 옆집에서는 시게가 새루두시를 친다. 그는 언제나 저시게가 두시를 칠때 이 문밖을 나서는것이다.

번화 하든 이거리도 어느덧 고요하고 전등불만이 이따금 껌벅이고 잇다. 그는 한참이나 서서 주위를 살피며 말할수없는 흥분과 감격을 느꼇다. 그때 멀리 들리는 기선의 기적소리가 우웅하고 인천시가를 은근히 울려 주엇다. 그는 슬금슬금 것기 시작하엿다. 그리고 주의를 게을르지안앗다. 그가 신철의 하숙까지 왓을때 신철이는 반가히 맞아 주엇다. 그는 일을 마치고 이제야 돌아온 눈치다. 그의 긴눈에는 피곤한 빛이 뚜렷이 보이엇다. 신철이는 눈을 부비치고 첫재를 바라 보앗다. 첫재의 시컴한 얼굴에는 긴장한빛과 아울러 어떤 위엄이 씩씩히 빛나고 잇엇다.

（101）

신철이가 처음 첫째를 만낫을때는 다만 순직한 노동자밖에 그의 눈에비취지 않든 그가…… 보다도 순직함이 도수를지나 어찌보면 바보 비슷하게 보이던 그가 불과 몇달이 지나지 못한 지금에보면 아주 딴사람을 대하듯이 되엇다. 그러고 이런때에 마주보면 신철이는 어떤위압까지 느껴진다. 신철이는 묵묵히 앉은 첫째를 바라보며 이런 생각을 하다가

「그런데 동무 주의하시오. 지금 경찰서에서는 삐라를 단서로 냄새를 맡은 모양이니 조심하지 않으면 안되겟소. 」

첫째는 눈을 번쩍 뜨며 신철이를 바라보다가 시선을 떨러뜨리엇다. 그러고 자기들이 가까운 시일안에 붙잡힐것 같앗다. 그러고 붙들릴바에는 자기와 같이중요한 역할을 하지 못하는 무식한 사람들만 그리되엇으면 하엿다. 만일에 신철이같은 중요인물이붙들리게 되면 바야흐로 계급의식에 눈떠오

려던 인천의 수만흔 노동자들의앞길은 암흑 천지로변할것 같앗다。 보다도 자기들이 붙들리게되면어떠한 무서운매라도 넉넉히맞고 견디어 내겟으나 신철이 같이 저러케부드럽고 히맑은 육체를 가진 그들이 그매에 견디어낼까? 그것이 무엇보다도 의문이오 걱정이다。

신철이는 첫째와 마주앉아 말힐때마다 그러고 중요한심부름을 시킬때마다 우리들은 이렇게 하여야 하오! 하고 언제나 우리들이라고 노동자들을 가르쳐 불럿다。 그러나 첫째의 귀에는 신철이만은 자기들과는 무엇으로 보든지 딴사람 같앗다。 그래서 신철이가 말할때마다 저가우리들을 생각하야 우리들의 눈을 밝혀주려고 애쓰거니… 하는 일종의 말할수없는 감격이 치밀군 하였던것이다。

「이제부터는 일개월에 한번으로 정하엿으니 오는달 심오일에 또 오시오 하여튼 조심해야 하오 그러고 동무를 주의하며 술과 계집같은것은 물론 삼갈것으로 아니까 더 말하지 않으나……」

신철이는 첫째의 눈치를 살핀다。 첫째는 씩씩하며 앉아있다。 마치 말치 않는 소모양으로 그러케 충실되는 반면에 움직일수 없는 그무엇을 은연중에 발견할수가 잇엇다。

「자! 그럼 갓다 오시우!」

신철이는 일어낫다。 첫째는 그의 뒤를딸아 밖으로 나왓다。 신철이는 손빠르게 격문 뭉텅이를 그의 손에 힘잇게 들려주엇다。

「조심하시오!」

첫째는 얼른 받아 바지 가래속에 쑤시어 너코 나서 신철의 손을 힘잇게 흔들엇다。 그러고 도리우찌를 푹 눌러쓴후에 대문밖을 나섯다。

이제 신철에게서 그런말을 들어서 그런지 그의 신경은 날카로워진다。 그러고 그의 전신은 수없는 눈과 귀로만 된듯하엿다。 그는 이러케 가슴을 조리며 대동방적공장까지 왓다。 위선 한박휘를 돌앗다。 그러고 어댄가 사람이 숨이 엿보지나 않는가? 하야 구석구석이 살펴보았다。 공장에서는 발전기소리가 우렁우렁하고 흘러나온다。 그러고 깜앗케 쳐다보이는 연통에서 나오는 연기가 달빛에 히게구비친다。

그는 다시 이편 골목으로 와서 한참이나 보앗다. 그러나 인기척이라고는 발견할수 없으며 고요하엿다. 그는 이번에는 살살 기어서 동북편 담모퉁이로 향하엿다. . 그는 담밑에 착붙어섯다. 그러고 바지가랭속에서 뭉텡이를 내어 얼른 구멍속에 쓸어너코 돌아섯다. 그는 숨이 가뿌게 이편 집모퉁이로 와서 한참이나 그곳을 바라보앗다. 그때에 그의 머리에 떠오른것은낮에본 여공들의 긴 행열이엇으며 그중에 섞여 잇든 선비엿다. 선비! 그는 자기도 모르게 이러케중얼거렷다. 선비가…참말 그선비엿는가? 그러고 저안에서 지금 실을켜고 잇는가? 혹은 잠을자고 잇는가? 그도 나를 확실히 본 모양인데……나를 알아 보앗을가?

선비도 자기가 넣어주는 그종이를 보고 똑똑한 선비가 되었으면……하엿다. 과거와 같이 온순하고 예뿌기만한 선비가 되지 말고 한보 나가서 씩씩하고도 지독한 계집이 되엇으면……하엿다. 그때에야말로 자기가 믿을수잇고 가치 걸어갈수가 잇는 선비일것이라……하엿다.

그는 이러한 생각을 하며 걸엇다. 인간이란 그가 속하여 잇는 계급을 명확히 알아야하고 동시에 인간사회의 역사적 발전을 위하야 투쟁하는 인간이야말로 참다운 인간이라는 신철의 말을 다시한번 생각하엿다.

(102)

야학을 마치고 삼호실로 돌아온 선비는 입은채로 자리에 누엇다. 칠호실에서 간난이와 가치잇을때는 야학만마치고 돌아오면이불속에 엎디어 밤가는줄을 모르고 이야기를 하엿는데 삼호실로 올마온후부터는 아직도 한방에 잇는 그들과 친해지지를 안해서 그런지 마치 남의 집에 나들이로온것같고 방안이 맘에 들지 안헛다 그놈의 감독놈이무슨짓이어? 나를 이방에다 끌어두면 제가 어떠케 하겟단말이어…아무래도 수상하지 간난의말과 같이 그놈이 간난의 눈치를 채임인가? 그러지 안흐면 내생각대로 그놈이나한대 반한 셈인가? 하엿다 그러케 생각을 하고나니또다시 첫재의 얼굴이 떠오른다. 그러고 자기들이월미도를 향하여 가던그때 그해변돌길에서 눈결에 본 아니 똑

똑히 바라본 첫재 그가 참말 첫재인가

뜻하지 안흔 곳에서 첫재를 눈결에 지내친후로 선비는 밤마다 첫재를 생각하엿다。 그러고 옛날에 그가 나물 하러 잿등에 올라갓다가 첫재를 만나 싱아를빼앗기고 울면서 나려오던 그때 일을 다시금 회상하여 보군하엿다。 동시에 그의 어머니가 가슴으로 알아 돌아가실때 어느 새벽에 갖다주던 소태나무뿌리! 지금 생각하면 그때에 자기는 너무나 첫재를 몰라본것 같앗다。 지금 같으면 그소태뿌리가 얼마나 귀한것이며 얼마나 고마운것이랴! 첫재의 결백한 순정의 전부가 그싱싱한 그러고 아직도 흙이 마르지 안핫던 그소태 뿌리에 은연중에 들어 잇던것을 그는 몰라 보앗다 그러케 고마운것을……밤 을 새워가며 캐온듯한 그의정성을 대표한 소태나무뿌리를 웃방구석에 팡개 친 자기! 생각하면 생각할사록 그는 자기의 그때 행동에 대하야 분하고도 부끄러웟다。

단 한번이라도 조하! 그를 꼭 만나볼수가 없을까? 선비는 돌아누며 한숨 을 폭 쉬엇다。 그의 뜨거운 숨결은 그의볼에 따끈 따끈하게 부딪친다。 그때! 그는 씩씩하며 자기를 껴안아 주던 덕호가 떠오른다。 그는 진저리를 첫다。 그러고 자기는 첫째를 만나볼 그 무엇을 일흔 듯 하엿다。 그는 안타까웟다。 분하엿다。 이십년이나 고히 싸두엇던 그의 정조를 늙은 호박통 같이 생긴 덕호에게 빼앗긴 생각을 하니 그는 생각할사록 분하엿던것이다。 그때에 자 기는 반정신은 나가서 분한것도 아무것도 몰랏으나 지금 이러케 누어서 눈 감고 생각하니 그때에 자기는 덕호에게 일생을 망친 것이다。 여기까지생각 하면 선비는 얼굴이 화끈 달앗다。 그러고 첫재의 얼굴을 다시 그려보앗다。 자기를보고 놀라는듯한 첫재의 표정을 보아 그도 역시 선비 자신을 알아본 듯하엿다。 따라서 잠시간이나마 첫재가 자기를 어느구석에 잊지 안코 이때 까지 생각해 왓다는것을 할수가 잇엇다。

그것은 선비 자신이 흥분이 되어 그를 바라본까닭에 그러케 그의 눈에 비 취어 젓는지 모르나 어쨋든 첫재가 자기를 얼른 알아본것만은 사실인듯 하 엿다。 그때 선비의 가슴은 뭐라고 말할수 없는 감회와 슬픔、 그러고 반가움 이 교착이 되어가지고 그의 조고만 가슴을 잡아 흔들엇다。 동시에 언제까지나 그의 앞을 떠나고 싶지 안헛다. 그러나 뒤에서 밀고 앞에서 재촉하는 무서운 현실! 번개 같이 만나자 번개 같이 들엇던 일만가지 감회를 쓸어 안흔 채、 선비는 그현실에 순응하지 아니하지 못하엿던것이다.

몰라보리만큼 각세인 첫재의 몸집、그리고 거칠고 거칠어진 그의 얼굴에 그나마 옛날 싱아를 빼앗아 먹으며 빙긋빙긋 웃던 그눈만이 아직도 혁혁히 빛나고 잇는것을 볼수가 잇엇다. 그러나그눈 역시 세고에 부다끼어 전과같은 순진하고 맑은기운은 약간보이고 반면에 무서우리만큼 강하게 빛나는 그의 눈동자! 그러야만 덕호에 대한 자기의 원을풀어줄것 같앗다.

그때 그는 간난이가 일상 하던 말을얼핏깨달르며 세상에는 덕호와 같은 우리들의 적이 만흔 것이다 그것을 대항하랴면 우리들은 단결 하지안흐면 안될것이라던그말을 그는 다시 생각하엿다. 선비는 어떤 힘을 불숙 느꼇다. 그리고 간난이가 가르쳐 주는 그대로 하는대서만이 선비는 첫재의 손목을 쥐어보리라 하엿다. 흙짐을저서 과라진 첫재의 등허리! 실을 켜기에 부르튼 자기의 손끝! 그리고 수만흔 그등허리와 그손들이 모혀서 덕호와 같은 수없는 인간과 싸우지 안으면 안될것이라…하엿다. 보다도 선비의 앞에 나타나는 길은 오직 그길뿐이다. 으흠하는 기침소리에 그는흠칫했다.

(103)

선비는 놀라 숨을 죽이고 들엇다. 또다시 기침 소리가 들릴때 그는 그기침 소리가 숙직실에서 나오는 감독의 기침소리인것을깨달앗다. 벽을 새로 감독과 그가 마주 눈것이 직각되자 불쾌 하엿다. 그리고 간난에게서 들은 용녀의 이야기를 다시금 되풀이 하며 이를테면 나도 용녀 모양으로 그러케 지내자는 심중에 이방으로 옴기게 하엿으나 내가 웨 말을 듣나 만일 용녀 같이 그러케 농낙 하랴고 그가 덤벼 들면 망신을 톡톡히 시켜놓고 나는 나가지 이공장 아니면 딴 공장은없을까 이러케 그는 결심은 하나 그러나 그의 앞에는 불길한 예감만 그의 머리를 작고 싸고 돌아 어쩻던 불쾌하엿다. 이런때 간난이가 곁에 잇으면 어떠한 말을 하여서든지 자기의 말을 시원하게

해주는 것이다。 그는 간난이를 찾아가서 덤벼드는 감독을 대항할 방침을 문의하고 싶엇다。 벌서부터 이런 생각을 가젓으나 용의하게 기회를 타는수가 없엇다。 낮에는 바뿌고、 하루건너서 야근을 하고 시간이 좀잇다더라도 그틈을 타서 옷해입기에 눈코 뜰짬이 없엇다。 그러므로 이런밤에나 기회를 만들지안으면 몇달 내지 몇해를 간다더라도、 마주앉아 말한마디할 틈이란 바눌끝 만치도 없엇다。

그러나 지금 감독이 기침한것을 보아 아직도 잠이안든 모양인데 문소리를내면 필시 쫓아 나올것같앗다。 그래서 그는 에라 후일 간난이를 만나지! 오늘만 날인가? 하엿다。

그때 문소리가 난다。 선비는얼른 문편을 바라보앗다。 그의 방문이 열리는것이 아니라、숙직실감독의 방문이 열리는듯하엿다。 뒤미처 신발소리가 가늘게낫다。 선비는 몸이 한줌만해지며、 참말 자기의 몸에 위기가 박두 한것을 느꼇다。 그는 이불을 막쓰고 숨을 죽이엇다。 신발소리는 들리지 안헛다。 그러나 선비는 감독이 저문밖에 서서 이방사람들이자는가안자는가를 엿보는듯 싶고그러고 금방 감독이 들어와서 그에게 덤벼드는듯 하야 가슴이 울렁울렁뛰놀앗다。 따라서 철모르고 자는 옆의 동무를 깨울까 말까 망설이엇다。

한참후에 선비는 가만히 이불을벗으며 신발소리와 문소리를 들으려 하엿다。 그때 옆의 동무도 역시 머리를 내노코 잇다가 선비를 바라보며

「이재 문소리 낫지?」

선비는 너무 반가워서 바싹 다가 누엇다。

「너도 깨엇니?」

「그래 그무슨 문소리어…… 감독의 방문소리가 아니어?」

「그런것 같애……」

옆의 동무는 선비의 귀에다 입을 대엇다。

「저 요새 말이어……감독이 저러케 가지를 안코 순시를 돌아 그런데 넌 그이상스러운 조히 조각을 보지 못하엿니?」

선비는 얼른 조히 조각이 떠오른다。 그러나 그는 시침미를 떼고

「몰라……무슨 조히냐?」

「딴방에는 안그런가 모르거니와 우리방에는 요전에는 날마다 아침에 일
어날때보면 무슨 종이 조각이 떨어저 잇는데 그것에는 우리 공장안의 일을
모두썻겟지 네 전날 우리 월미도에 가면서 구두를 신고 가지 안앗니?…」

「그래」

「그런데 그구두도 말이어……이애 후일말하자」

동무는 문편을 바라보며 말을 끈엇다. 선비는 미리 간난에게서 들엇던 말
이므로 더추궁하야 묻지 안앗다. 더구나 감독이 저말을 듣지나 안나? 하는
불안에 가슴이 한층더 조리엇다가、 잘되엇다하엿다. 따라서 수없는 여공들
의 수수거끼인 그종이 조각은 아무래도 간난이가 어떠케든지해서 도루는것
같앗다. 간난이가 말하지안허도 그의 하는말이며、 동작이 아무래도 그수수
거끼의 주인공인듯싶엇다. 그러고 그의 이면에는 어떤사람들이잇는듯 하엿
다. 간난이가 자기에게는 무엇이나 숨기는비밀이 없으나、 오직그일만은 숨
기는듯 하엿다. 그것이 무슨말이며、 누구들이 뒤에서 조종하는지모르나 어
쨋던 그비밀은 말하지안핫다. 그래서 선비는 처음에는 수상하게 생각되엇
으나、 시일이 지날사록 그일이 무슨일이라는것을 막연하게 짐작은되엇다.
확실하게 자기가 짐작하는그런일이라고는 꼭 말할수없으나、 그저 막연하고
분명하지안흔 생각이엇다.

그때 별안간 문이 바시시 열리며 회중전등이 쏴하고 비첫다.

(104)

그들은 얼른 이불을 막쓰고 잠든체하엿다. 문이 가만히 닫치며 신발소리
가 가차워 진다. 선비는 두손을 가슴에 부디안고 머리를 벼개아래로 내리우
며 숨을죽엿다 그러나 가슴은 무서웁게 뛰엇다 무엇보다도 이제 자기들이
한말을 문밖에서 다 듣고 뭐라고나물하려고 좇어 들어온것만 같앗던것이다.

한참후에 선비는 그의 이불에 감독의 손이 닿는것을 알자 이불이 벗겨진
다. 선비는 몸을 흠칫하며 머리를 수기엇다.

「웨들 이때까지 잠을안자?」

감독의 무거운 음성이 방안을 울려주엇다. 선비는 가만히 잇엇다.

「잠을 푹 자야 내일일하기가힘들지안치」

감독의 손길이 선듯하고 선비의 볼에 부디치므로 선비는 무의식간에 손으로 내밀엇다. 그러고 이불을 슬어 넣으며안으로 미끄러서 들어삿나.

「이방에는 종이가 떨어지지 안앗더냐 떨어진것이 잇으면 내놓아라」

이번에는 선비의 머리를 툭툭첫다. 선비는 옆에 동무가 잠든줄을 알면 대단히 무서울것이나 그러나 잠들지 안흔것을 뻔히 아는고로 한결 무섭기가 덜하얏다 그러나 그만큼 감독이 그의 얼굴을 쓸어보고 머리를 툭툭치는것을 옆에 동무가 알것이 부끄럽고 안타까웟다. 그러고 맘대루하면 일떠나며 감독의 상통을 후려치고 싶엇다. 그러나 역시 맘뿐이지 손까락하나 까딱하는 수가 없엇다. 그때 그는 덕호에게 그의 처녀를 유린 받던 장면을 다시금 회상하며 부루루 떨엇다.

한참이나 우묵허니 섯던 감독은 이불을 끌어당겨서 푹씨워 주엇다.

「잡 생각들 말고 잠자」

말을 마치고 감독은 돌아서 나간다. 선비는 그제야 숨을 몰아쉬며 벼개를 베고 제대로누엇다. 그러나 감독의 손길이 부디친 그의볼에는 벌레가 지나친것처럼 그러케 불쾌한감상이 오래 사라지지안핫다.

며칠후에 선비는 감독에게불림을받아 사무실에 들어 가게되엇다. 감독은 의자에 걸터 앉아서 종이조각을 자세히 들여다보다가 흘끔 처다보앗다.

「거기 앉아…」

책상 곁에잇는 의자를 가르첫다. 선비는 주저주저 하엿다.

「이런것 선비에게도 잇지?」

감독은 선비의속까지 뚫어보랴는듯이、 눈한번 깜박이지안코 똑바루 처다보앗다. 선비는 얼굴이 빨개젓다.

「없어요」

「없는게뭐야、 거짓말말어 이기숙사안에는 안간방이 없는데、 선비게라구 안갓을 탁이되나? 바루 말해」

선비는 약간 얼굴을 수기며、 버선갈피속에 깊이 너허둔 종이 조각을 생각하엿다。 그러고 감독이 혹시 그것을 미리보고서 하는말이 아닌가? 하는 불안이들엇다。

「이리 가까이 와」

감독은 올빽으로 넘긴 머리를 쓰다듬으며 의자를 가지고 조금다가 왓다。

「이거봐、 이런종이를 만일 선비도 가젓다면 찢어버리고 이런말에 귀를 기우리지 안하야해 선비만은 내가 잘아라 온순하고 얌전하지허허……그런데 한고향서 왓다는 간난이가 혹 밤에 나가는것을 보지 못하엿는가?」

선비는 놀랏다。 한방에 잇는자기도확실하게눈치채이지못한것을 감독이 어떠케 짐작하엿는가? 하엿다。 그러고 간난이가그일로 인하야 불행이 쫓기어 나가게나 되지안흐려나하는 걱정이들며 어떠케 감독을 골리어서라도 그러한 의심을 풀어 버리게 하여야 겟다고생각되엇다。 그것은 감독이 그에게만은절대로호감을 갖은것을 아는이만큼선비가 변호를 하면 아직확실한증거가 들어나지안혼 이상 가능하리라는것이다。

「그런일 없어요」

선비는 용기를 내어 이러케 대답하엿다。 감독은 입모습에 웃음을 띠우며 조금 다가 앉앗다。

「한고향서 왓으니 변호 하는셈인가?…거개 좀 앉아! 응 자」

선비는 갑작이 무서운 생각이 홀신끼처진다。 그러고 그가 처음 덕호에게 유린받던 그날밤 같아서 몸이 한줌만 해젓다 그래서 그는 조금 뒤로 물러섯다。

감독은 선비의 눈치를 슬금슬금 보면서 권연을 피어 물엇다。

「선비 금년에 몇살?」

감독은 권연재를 털며 물엇다。 선비는 가슴이 답답해지며 어서 나오고싶엇다。

(105)

선비의 초조해하는 양을 바라보는 감독은 다소 위엄을 비첫다.

「누가 뭐라는가 어서 거게 좀 앉앗어 뭐 물을말이 만하 응 거기……」

의자를 가르첫다。 선비는 당황하엿다。 그러고 그의 신변에 위기가 박두한것을 느끼며 어떠케서라도 이 자리를 벗어나지 안흐면 안될것 같앗다。 그러고 숨이 가뻐오며 방안의 공기가 자기 하나를 둘러싸고 육박 하는 듯 하엿다。 그때 선비는 덕호에게 유린받던 경험을 밀우어 감독이 어떠케 어떠케 할것이 선듯 떠오른다。

「저 난 일하던것을 노코 들어 들어………… 왓에요」

「응 무슨일?」

선비의 붉으레한 얼굴을 곁눈질해 보는 감독은 귀여운듯이 빙긋이 웃엇다。

「저 저고리를……」

「저고리를?……돈 잘벌어서 사주지 허허허허 그런데 말이어 이런 종이에 혹해가지고 만에일이라도 그릇 생각을 하면 안되어 이 공장은 여러 여공들을 위하야 온갖 이익과 편리를 도모하는데 그러한 은혜를 모르고 이따윗 말이나 고지 들으면 되는가 후일 선비에게도 이런 종이가 가거던 내게로 가져와…… 응 그러겠나?」

선비는 화제를 돌린것만 다행으로 생각하고 얼른 대답하엿다。

「네」

「그런것을 써서 돌리는것은 법이없는 놈들이 남 벌어먹는것이 심술이나서 그러는게야 선비는 그런데 떨어지지말고 나하라는대로만 잘 순종하면 매일 상금을 줄테야 또는 이기숙사에 잇는 여공들을 맘대로 부리는 감독을 하게 할테야 이를테면 내 대리격이지 알아 들엇어?」

감독은 만족한듯이 웃엇다。 선비는 발끝만 굽어보앗다。

「내가 선비는 아주 참하게 보앗으니 내말만 들으면 그러한 권리를 줄테야」

선비는 어서 말이 끝나기를 기다리나 감독은 이런 부실한 말만 작고 늘어
놋는다. 그러고 가만이 보니 별로히 할말도 없고 그를 세워 노코 저런말이
나 언제까지나 되풀이 할모양이다. 선비는 머리를 번쩍 들엇다.

「저는 나가서 일마자 하겟습니다」

「어 그런데 저」

돌아서서 나오는 선비에게 이러한 말이 치근치근 하게 뒤따른다. 선비는
못들은체하고 밖으로 나왓다. 그가방으로들어오니 간난이가 와서 그의 하
던일을 하고잇엇다. 그때 사무실 문소리가 요란스레나며 감독이 아래층으
로 내려가는 구두발소리가 들린다. 그들은 다행으로 숨을 몰아 쉬며 선비의
입에서 무슨말이 나올까하고 쳐다보앗다. 선비는 그들을 대하니 반갑고도
다소 부끄러웟다. 한참후에 간난이가

「우리방에 가서일할가?」

「그래」

간난이는 주섬주섬 일감을 겁어서 선비를 준다. 선비는 받아가지고 간난
의뒤를 딸앗다.

「이애들 모두 어대 갓니?」

선비가 방안에 들어서면서 물엇다. 그리고 속으로는 조은 기회를 맛낫다
하고 생각 하엿다.

「야근하러들 갓지……그런데 뭐라던?」

선비는 얼굴이 붉어지며 무슨 생각을 하엿다.

「저 감독이말이어너와가까히하지말구 하누나 그러구 저……」

간난의 귀에다 입을 대고 선비는 한참이나 수근거렷다. 간난이는 머리를
끄덕이며

「홍 나두 짐작은 하엿다……선비야!」

간난이는 갑작이 정색하고 불럿다. 선비는 무슨 일인가하야 눈이 둥글해
젓다. 간난이는 이러케 선비를 불러노키는 하고도 말은 꺼내지 못하엿다.
그리고 이러케 선비를 바라보는때에 아직도 선비가 그의 확실한 친구가 되
지못하는것이 안타깝게 생각되엇다. 만일선비가 확실히 계급의식에 눈이

띠엇다면 감독을 그의 손가운대 너코 농낙해 가면서 얼마든지 일을 할 수가 잇는것이다. 그리고 언제든지 급한일이 생기면 저 선비에게다 모든 중대사를 밀어 맡기고 자기는 마음노코 이공장을 벗어날수가 잇도록 되엇으면 조흘것 같앗다. 무엇보다도 간난이는 그가 오래 이공장안에서 일하지 못할것을 슬프세 깨달앗던것이다. 그래서 신비에게 이러한 뜻의 말을 미리 비추려고 엇결에 불러노코보니 아직도 선비는 시일을 좀더 지나지 안으면 안될것을 간난이는 알앗던것이다. 선비는

「뭐? 어서 말하렴아」

간난이는 눈등이 불그레해젓다.

「후일 응 후일!」

（106）

인천의 새벽.

검푸른 회색빛을 띠우고 산듯하고도 향기로운 공기가 무언중에 봄소식을 전해주는 그어느날 새벽이다.

부두에는 벌서 몇천명의 노동자가 빽빽하니 모여 들엇다. 그들은 장차 새 어오랴는 동편하늘을 바라보면서 다시금 굳은 결심을 하엿다.

백통테 안경은 붉은 끈을 가지고 머리를 휘두루며 여전히 눈알을 굴리어 노동자를 바라보앗다 전같으면 저마큼 붉은 끈을 얻으려고 대가리 쌈을하고 덤벼들것이나 오늘은 백동테안경이 붉은끈을 봐란듯이 팔에다 걸고 그들의 앞으로 왓다갓다 하여도 그들은 눈한번 깜박하지 안는듯 하엿다. 백동테안경은 이상스러운 반면에 뭐라고 형용할수 없는 무서운 생각이 들엇다. 그러나 그는 시침미를 떼고 그중 친한 노동자를 불럿다.

「이리와! 일끈을 줄테니」

그때 전기불이 꺼풋하고 꺼저버렷다.

「일 안하겟수!」

백동테는 머리를 벅벅긁으며、갑판으로갓다.

축항에는 기선이 죽 들어와서 부두에대엇다. 그러나 노동자들은 손발하나 까딱하지안코, 바라만 볼뿐이엇다. 그때노동자 몇사람은 그들의 대표로, 요구조건을 제출하려고, 해륙운수조합 사무실로들어갓다. 그들은 그들의대표 노동자들이 무슨소식을 전하기까지 깜작하지안코 사무실만바라보고 정열하야 서잇엇다.

축항의 기선은 연기만 풀풀토하고잇다. 그러고 선원들이 죽나와서, 이상한듯이 그들을 바라보앗다. 전같으면 지금쯤은 짐을 푸누라고, 버리때같이 덤빌터인데, 오늘은 이축항이 쓸쓸 하엿다.

그러고 눈을 구루마 바퀴 굴리듯잠시도 제대로 두지 못하던 벡동테안경도 오늘만은 날개부러진 새모양으로 머리를수기고 한편모통이에 서잇엇다.

해가 벌거케 타올랏다. 그들은 저해를 바라보면서 단결의 힘이란 얼마나 위대함을 깨달앗다. 그러고 오늘의 저햇발은 그들의 이 단결함을 보기 위하야 저러케 씩씩하게 솟아 오르는듯 하엿다. 그들은 저햇발에 비치어 빛나는 저바다물결을 왼가슴에 안은듯 하엿다. 그러고 그들의눈에는 비치는 모든 만물은 새로움을 가지고 그들을 맞는듯 싶엇다. 동시에 무력하고 성명 없던 자기들이 오늘 이순간에는 이우주를 지배하는모든 권리란권리는 다가진듯이 생각되엇다. 자기들이 단결하므로써 이러하고 잇으니 기세를 부리던 백동테안경을 위시하야 기선의 기중기며 선원들까지 아주 동작을 잃어버리고 깜짝하지 못하엿다.3)

---

3) 이하 한 단락이 이상경 편 『강경애전집』에는 있는데 동아일보에는 루락되였다. 아마 납본에서 삭제하고 발표시킨 듯 하다. 아래에 그 한 단락을 보충한다.

「이애, 지금 정미소 여공들은 무섭더라. 저들끼리 싸이렌을 울리고 막 대항하여 싸우는데 야단이더래!」
한 노동자기 이렇게 말하며 첫째를 돌아보았다. 첫째는 상대를 바라보며 빙긋이 웃었다.
「그런데 우리두 말이다, 우리들의 요구조건을 들어주지 않으면 그저 이게거던, 알아있어?」
주먹을 불끈 쥐고 첫째를 향하여 겨눈다. 첫째는 그를 바라보며 눈을 끔쩍하였다. 그때 저리로부터 정복순사들이 우르르 밀려왔다. 그래서 한 패는 해륙운수조합사무실을 에워싸고 한 패는 이리로 밀려와서 군중을 경계한다. 그들은 경관들을 보자 어떤 반항의 불길이 욱하고 치밀었다. 그러나 아직도 사무실에 들어간 동무들이 무슨 소식을 가지고 나오기까지 답답한 대로 참아야 될 것 같아 꾹 참고 있었다.

　경관들은 눈을 밝히고 군중들을 뚫으며 행여나 선동자를 발견할까하야 주의를 게을르지 아니하엿다.

　인천의 시민들은 종래의 없던 부두노동자들의 단결을 구경하기 위하야 골목골목에 나와섯다. 그러고 끊임없이 경관들은 오트바이를 타고 달려온다. 그래서 축항을 둘러싸고 무서운 내지로 공기가 팽팽히 긴장되어잇는 것을 누구나 느낄수가 잇엇다.

　짐싫은 기선은 하나 둘 작고몰려들어와서 우묵허니 맹낭하게서잇엇다. 그때 요구조건을 제출하랴고 해륙운수조합으로 들어갓던 노동자들은 경관들에게 호위되어 나왓다.

　「우리들의 요구조건은틀렷오!」

　「카이상!」

　보고가 끝나기도전에 곁에 섯던 금줄만이 둘린 경관의 입에서 해산의 명녕이 떨어젓다. 그때욱하는 무서운 움직임이 들려 왓다.

（107）

　군중은 분기하야 인천시가를시위행렬까지 하려다가 다수한 검속자를내엇다. 첫재가 집에 돌아오니、주인 할멈이 맞받아 나왓다.

　「저 누가 아까찾아왓어!」

　첫재는 아직까지도 숨이가쁘게 뛰엇다. 그래서 숨을 돌려쉬인후에、

　「누가? 어떠케 옷을입은 사람이유?」

　첫재는 얼핏 형사? 신철이를 번가라생각하엿다. 할멈은 빙긋이웃엇다.

　「글세 어떠케 옷을 입엇던가?…자세히 생각나지안허……하여튼 곧 또 오겟다구、어대 가지말고 기다리라고하두면…」

　「기다리라고?…」

　첫재는 때가때니만큼 퍽이나불길한 생각을하며、눈쌀을 찌푸렷다. 그러고 할멈보고 무슨 말을 더 물어보려다가、누가 왓댓을가? 신철이가 무슨 급한 일이 잇어오지 안핫나? 하며 망서릴때 문이 버썩 열린다. 첫재는 깜짝

놀라 바라보앗다. 부두에서 낯익히본 사나이엇다. 더욱 신철의집에서 몇번 보기도 하엿다.

「동무가 첫재 동무요?」.

그는 방안으로 들어오며、이러케 물엇다. 첫재는 어떤 영문인지 몰라 두 리번 하다가、

「예……?」

첫재가 그의 내미는 손에 악수를 건니우자、

「동무 큰일 낫우!」

첫재는 무슨 말인가? 하야 그를 자세히 바라보앗다.

「아까 새로한시쯤해서 신철동무가 잡혓우!」

첫재는 그제야 눈을 크게 떳다.

「잡혓어유? 어대서?」

「집에서 잡혓는데、지금 그집주위에는경게가 심하오 동무도이집을 곧옮 겨야겟우 위선 내가집하나를얻어 놋으니 그리 옮겻다가 다시또 적당한대로 옮기오 어서 빨리일어나시우」

방안을 휘 둘러보며 일어 낫다 첫재는 신철이가 잡혓다니 앞이 이뜩 하엿 다。물론 신철이 아니라도 자기들의 배후에는 자기가 아지 못하는 수없는 동무들이 잇을것을 뻔히 아나 그러나 신철의 지도를 받아 오던 첫재는 마치 어린애가 어머니를 떨어진듯한 그러한 형용할수 없는 감정에 안타까웟다. 더구나 저일이 끝도 나기전에 잡혓으니……하며 첫재는 머리를 수겻다. 그 는 첫재의 귀에다 입을 대고 뭐라고 수군수군하고 나가 버렷다. 첫재는 그 뒤를 따라 동무가얻어 놋다는 집으로 옮아 오고 말앗다. 낯선 방안에 홀로 앉아 잇는 첫재는 일만가지 생각에 가슴이 뒤설레엇다.

어느듯 날도 저무러진모양이다 첫재는 벌렁 누어버렷다. 첫재는 부두노 동자들의움직임이 자꾸눈에 얼른그리고 그러고신철의 결박당한모양이 떠오 른다。……中略

이러케 생각하다가 바라보니 벌서 밤이 이방안을 찾아 왓다. 첫재는 벌떡 일어낫다. 그때 문이 부시시 열리며、

「웨? 불도 안켜시우」

「동무유……」

첫재는 딴놈이면 한개 붙이려다가 주저 안젓다. 웬일인지 누구와 실컨 몸 부림을 쳐가며 싸웟으면 이안타까운 맘이풀어질것같앗다.

「어찌 되엇우、 부두 노동자들은?」

첫재는 가만이 말하엿다. 동무는전등불을 켜노코나서 사온빵을 가지고 첫재곁으로 왔다.

「자시우! 그런데 부두 노동쟁의는 딴동무들이 맡아보기루 햇으니 가만히 앉아 잇우!」

첫재는빵을 들어 무질러 먹으며 머리를 끄떡이엇다. 그들의시선이 마주 칠때마다 뜨거운 사랑이 무언중에 알리워진다.

「어서 다 자시유」

동무는 일어난다. 첫재는 인사도 없이동무를 보낸뒤에 전등불을 죽이고 빵을 다 먹엇다. 그러고 우둑허니 앉아서 부두노동자들의 장래승리를 생각 하며 빙긋이웃엇다. 그러고 대동방적공장을 눈앞에 그리며 그것들은 웨가 만이 잇어? 답답해서 원! 선비가 정말 그선비인가? 하엿다. 그도 눈이 떠주 엇으면……할때 신철이잡힌생각이 다시 떠오르며 가슴이 뜨거워지고 머리 가 확근 달기 시작하엿다.

(108)

공장에서 야근교대를 마치고나오는선비는 얼핏그의 손에 무엇인가 쥐여 지는것을 느끼며 돌아보니 간난이가 시침이를 뚝따고 옆으로 지나친다. 그 는 간난이를 보고야 그의 손에 쥐여진것이 무엇이라는것을 짐작하며 꼭 쥐 엇다. 그리고 함께 밀려나오는 효애의 눈치를 살퍼엇다. 효애는 여전히 뭐 라고 소군소군 이얘기를 하엿다. 선비는 그의 말은 한마디도 알아듣지못하 고도

「응 응 그래……」

하엿다。 효애는 그의방으로들어가며

「그럼 내일 꼭 그래?」

선비는 무슨 말끝인지 알아듣지 못하엿으나 다시 묻지는 못하고 돌아섯다。 그러고 삼층으로불이낫케 달아 올라와서 그의 방으로 들어왓다。 마침 동무들은 아직 돌아오지 못햇다。 그는 가슴을 울렁그리며 줌안의 조고만 종이를 펴어 보앗다。

「밤 세시쯤해서 밖의변소로 나와다고」

선비는 누가 볼세라하야 얼른 종이를 입속에 너어 씹엇다。 그때 웃층으로 올라오는 신발소리가요란스레 들리엇다。 선비는 자리를 펴기 시작하엿다。 그때 문이 열리며 동무들이 들어왓다。

「선비는 참 빨라! 벌서왓어」

동무하나가 이러케 말하며 웃는다。

「아이구 고마워라 내자리까지 펴주네!」

나중에 들어오는 동무가 선비를 쳐다보며 주저 앉는다。

「이애! 오늘 너 실 얼마나 감앗니?」

그들은 옷을 훌훌 벗고 자리에 누면서 이러케 서로 묻는다。 선비는 못들은체하고 이불을 막쓰며 무슨 통지가 또들어온 모양이군하엿다。 그러고 뒷이어서 낮에감독놈이 마주서서 싱글벙글웃던것을 다시금 생각하며 그놈 참 죽겟어! 남 부끄럽게 내앞에만 와서 그모양이야! 하엿다。

숙직실 시게가 한시를 치는것을 듣고、 어렴푸시 잠들엇던 선비는 놀라 일어낫다。 그러고 벼개를 자리속에 집어너허서 마치 사람이 누은것처럼 꾸미고 그는 문밖을 벗어낫다。 그가 이층에서 나려와서 큰문을 소리나지 안케 잘 비틀어서 열고 나왓다。

기숙사 큰문우에 환하게 켜노흔 전등불빛이 그의 왼몸을 분명히 나타내준다。 그는 깜작 놀라 어둠속으로 얼른 몸을피하엿다。 그는 다시 사방을 둘러보며 혹시 감독이 나와 섯지안핫는가? 하는 불안에 한참이나 머뭇그렷다。 그러나 아무것도 눈에 비춰지 안으니 그는 다시 발길을 옮겻다。 그가 변소까지 오니 간난이는 벌서 와서 잇엇다。

「기다렷니?」

변소깐으로 들어가며 선비는소군그렷다. 간난이는 선비귀에다 입을대고、

「이제방금 감독이 이 앞을 지나갓다」

선비는 흠칫하며 감독이 그의 뒤를딸아 오지나 안앗나하고 뒤를흘금 돌아보앗다. 그들은 마주앉고 한참이나말을 건니우지 안앗다. 간난이는

「내잠간 가서 동정을보고 올것이니 여기잇거라」

이러케 말하며 그는 변소 밖으로 나갓다. 선비는 우묵허니서서 귀를 기우렷다. 한참후에 간난이가 돌아 왓다. 그는 숨이 차서 홀덕홀덕하면서

「감독이 기숙사로 들어가는 것을 보고 왓다……그런데 선비야XX의 지령에 의하야모든 것을 네게 인게하고 나는 오늘밤이공장을 벗어 나야 하겟구나!」

간난이는 선비의 손을꼭쥐며 히미한 변소깐 전등불에 비취는 선비의 얼굴을 뚫어저라하고 바라보앗다. 선비는 너무나 뜻밖의말에 멍하니 간난이를 보며 어깨가 차츰 무거워오는것을 그는 깨달앗다.

「그러케 가분작이 오늘밤 으로 뭐?」

이때 우수수하는 소리에 그들은 발을 멈추고 귀를 기우렷다. 바람소리다. 공장에서 흘러 나오는 소리는 더욱 요란하다.

「아무렴 긴급한 지령이다. 밖에서 무슨일이 생겻나 보다……」

선비는 두다리가 후루루 떨리며 가슴이 무서웁게 물렁그린다 더구나 언니겸 동무이든 간난이가 그의 앞을 떠나 갈생각을 하니 눈이 캄캄하엿다.

「선비야 우리는 목숨을 받쳐서라도 싸워야 한다! 너도 맹세 하엿지?」

간난의 눈이 흥분으로빛낫다. 그러고 선비의 볼에볼을 맞대엇다.

「염여말아! 나가서 몸조심 해라!」

선비는 간난이를 쓸어 안앗다 간난이는 선비의 눈물을 씻어 주엇다.

「선비야! 어떠한 일이 잇다더라도 낙심말고 싸워야 한다. 이러케 눈물 홀러서는 못쓴다 대답해라 어서 난 가야겟다. ……」

그들은 변소밖을 나섯다.

(109)4)

간난이와 선비는 살살 기여서 담벽까지 왔다. 그리고 간난이는 바지가랭 속에서바줄을 꺼내들엇다.

「네 어깨에 올라설테니 단단히 힘을 써라. 그리고 이바줄을 꼭 붙들어다오」

그때 바람이 휘몰아온다. 그들은 사람의 신발소린가 싶어 휘근 돌아 보앗다. 바람은 점점 기세를 더하여 불엇다. 그들은 바람소리로 알앗을 때 겨우 안심은 하였으나 가슴이 울렁거리고 숨이 차왓다. 그리고 번번히 바람소리 인줄을 알면서도 바람이 불때마다 뒤에서 감독이 칵 내닫는듯하엿고 그들의 몸에 어떤 손이 감기는듯하야 등어리에 땀이 버쩍 나군 하엿다.

선비는 담밑에 붙어 앉엇다. 간난이가 선비어깨에 올라서자 선비는 담을 붙들고 일어나려 하엿다. 선비의 양어깨가 빠지는듯만 햇지 아무리 힘을 드리나 일어 날수가 없엇다. 선비는몇번만에 겨우 일어낫다. 간난이는 후들후들 떨리는 다리를 겨우 일어 세우며 담우를 붙들기는 했으나 몸을 솟구는수가 없엇다. 그는 손에 든 바줄을 입에 물고 두팔로 담우를 꼭 붙든후에 다시 몸을 솟구었으나 힘만 들뿐이고 손에는 땀이 나서 손이 미끄러워 떨어질듯 하엿다.

간난이가 몸을 솟우려고 움찔하는 바람에 선비가 푹 거꾸러젓다. 요란스러운 소리를 내고 간난이까지 떨어져 굴엇다. 선비는 얼른 간난이를 일으켜 세우며 뒤를 돌아보앗다. 여전히 바람만 지동치듯 불뿐이엇다. 이런때에 그 바람소리는 자기들을 위하여 부는듯하여 다행 하엿다.

「내가 나간담엔 이신을랑 넘겨다우!」

선비는 머리를 끄덕이며 여전히 담에 손을 대고 앉앗다. 간난이가 선비의 어깨에 올라서서 다시 담우를 붙들엇을때 획하는 휘파람소리가 나는듯하므로 간난이는 놀랏다. 그러나 선비는 어깨에 힘을 쓰기때문에 그소리는듣지

---

4) 동아일보에서는 발표할 때 110회로 오기를 하였는데 이번에 정리하면서 순서대로 바로잡았다.

못한모양이다。 간난이는 이소리가 담안에서 나는소린지、 담밖에서 나는 소
린지 혹은 바람소리가 그러케 들리는지하야 숨을 죽이고 가만히 들엇다。 그
회파람소리는 어떠게들으면 담안에서 나는것같고 또다시 들으면 담밖에서
나는듯하엿다。 간난이는 몸을 솟우지도 못하고 어찌할줄을 몰랏다。 봅바람
이되어 그기세가 무서웟다。 간난이는 바람에 흔들니시 않흐려고 머리까지
담에 꼭 붙이고 회파람소리를 분간하야 들으려하엿다。

　한참후에 그 소리는 바람소리인것을 짐작하며 간난이는 힘껏몸을 솟구었
다。 그러나 솟구어지지 않앗다。 한참후에 간난이는 선비의 어깨만은 벗어났
으나 아직도 담우까지는 못 올라왓다。 아래서 선비는 발돋움을 하고 손으로
간난의 밑을 받들어주엇다。 이러케 애쓰기를 거의 한시간이나 넘어서야 간
난이는 비로소 담우까지 올라 왓다。 선비는 밧줄을 꼭 붙들엇다。 밧줄이 몇
번 잡아씨이우더니 담우에 올라섯던 간난이는 보이지 않앗다。 선비는 얼른
신을 밧줄에 동여서 올리치엇다。 북북 소리를 바람결에 이따금 던지며 밧줄
조차 어둠속에 감추어젓다。 선비는 이마에 땀을 씻으며 사면을 살폇다。 그
러고 한숨을 푹 쉬인후에 불행히 간난이가 어대 상하지나 않앗는지? 하는
불안에 담밑에 붙어서서 간난의 신발소리를 들으려 하엿다。 반면에 이편 담
안에는 누가 숨어서 이모든것을 보지나 않앗는가 하야 역시 주의를 하야 살
펴보앗다。 공장의 소음을섞은 바람만이 그의 타는듯한볼에 혹군거릴뿐이고
아무 소리도 발견할수 없엇다。 그러나 아까보다 무서운 생각이 한층 더하엿
다。 그러고 그의 방까지 갈것이 난처하엿다。 어둠속 저편에는 감독의 그 눈
알이 선비를 노려보는듯하고　그의 신발소리가 뚜벅뚜벅 들리는듯하엿다。
그는 담을 붙들고서서 한참이나 망설이다가 발길을 옮겻다。

　그는 그의 방까지 아무 변동없이 잘들어와서 자리에 누웠다。 벼개우에 볼
이 선듯하고 다을때 뜻하지 않흔눈물이 주르르 흘러나리는것을 그는 느꼇다
다。 그는이러케 무사히 방까지 들어와서 누웠으나 바람결에 유리창문이 흔
들릴 때마다 누가 방문을 열지나 안나? 그러고 너이년네가 간난이를 내보냇
지하고 위협하는것만 같앗다。 동시에 간난이가 저 무서운 바람을 안고 지금
어대로 분주히 갈터이지! 하엿다。

「간난아! 간난아!」 선비는 몇번이나 입속으로 간난이를 불럿다. 웬일인지 선비는 간난이를 다시는 맞나 보지 못할것만 같앗다. 더구나 앞으로 일해 갈것이 또 난처하엿다. 지금 생각하니 그에게 묻고 싶은것이 얼마든지 많앗든것이다.

(110)5)

이튼날아침 기숙사에서 무슨 큰일을 만난듯 하엿다. 간난이와 함께 잇던 여공들은 감독이 불러다가 위협을 하다 하다가、 내종에는 때리기까지 햇단 말이 돌앗다. 그래서 이모퉁이를 가도 수군수군 저모퉁이를가도 수군수군 하엿다.

선비는 감독이 그를 부를터이지하고、 하로 종일 가슴이 두군거렷다. 그러고 일이 손에 붙지를안코 툭하면 실이 끈허지군 하엿다. 평시에 간난이와 친하던동무며、 간난의방옆에잇는 여공들까지 다 불러가나、 웬일인지 선비는 부르지안엇다. 그러니 선비는 한층더 가슴이 설레엿다. 간난이와 그가 친하다는것은 왼기숙사가 다아는터이고 물론 감독까지도 잘알터인데 그러므로 누구보다도 선비를 먼저 부를줄알앗으나 해가지도록 아무 소식이 없으니 도리어 선비는 겁이나고 이상하게 생각되엇던 것이다.

「이애 뭘 잘햇지! 여기 잇으면 뭘하니」

「잘해기야 열번 스무번 잘햇지만、 글세 어떠케 나갓는지、 참귀신이 놀랄 일이아니냐」

「사랑하는 남자가 잇엇는지 뉘아니? 그래서 다려 내간게지…」

「사랑하는 사람이 잇다드라도 하여간 그높은 담을 넘지는 못햇을터이고 어대로 나갓겟니?…」

식당에서 밥을 먹는 여공들은 이러케 하늘이 문허저도 못나가는것으로

---

5) 동아일보에서는 111회와 112회 내용이 바뀌었으나 정리하는 과정에서 이를 시정하였다. 그리고 순서대로 하면 응당 110회로 돼야 하지만 동아일보에서는 111회로 오기를 하였는데 이번에 다시 정리하면서 바로잡았다. 이하 116회까지 모두 그러하다.

알앗든 그들에게 비상한 센세이숀을 일으키엇다.

「선비야 넌 알겟지? 그러니 너 보고야말하고、 나갓겟지 그러치?」

선비와 마주 앉은 농잘하는 여공이선비를 보며 웃음섞어 말하엿다. 선비는 그가 미리알고 말하는것같아서、 다소 얼굴이 붉어지려는 것을、 머리를 숙여그들피하엿나. 그러고 밥에 돌을고르는체하나가 버리를들며 빙긋이 웃엇다.

「간난이가 나가면서야 나두 나가자고 하는것을 나는 이공장에서 일하기가 퍽조아서 안나갓단다」

그들은 허허호호 웃엇다.

「사실이지 나갈수만 잇다면 나두 나가겟다 그까진것 여기 잇어 뭘해」

「이애 간난이가 요새 선비하고 덜조하햇단다 내말을하리?」

눈까풀 얄분 여공이 선비를 말끔히 쳐다보며 입을 오믈오믈 벌렷다. 선비는 무슨 말인지를 알아 들으면서 전같으면 얼굴이 붉어질것이나 지금에 잇어서 여공들이 그러케 해석해 주는것이 도리어 다행하엿다.

「말할까? 말까?」

눈까풀 얄분 여공은 웃음을 띠우고 물엇다.

「이애 넌 무슨말을 하랴면 속시원하게얼른 하지、 고 버릇이 무슨버릇이냐 주리틀게 눈치만 살살보면서 무슨 말이기에그모양이야? 극상해야 감독이 선비를고와한단 말이겟구나 그까진 말에 그리얌통을 부릴게 없지안니? 윈기숙사가 다아는데……」

얼굴긴 여공은 이러케 말하며 시침이를 뚝따고 밥만 푹푹 퍼넛는다. 선비는 윈기숙사가 다 아는데……하는 그의 말에는 다소 불쾌하엿다. 그러나 이 자리에서 여러 말하기는 선비의 가슴이 너무나 복잡하엿다. 그래서 그는 억지로 웃어보이고 말엇다.

선비가 식당에서 올라 왓을 때

「선비!」

하고 사무실에서 감독이 불럿다. 선비는 가슴이 쿵 나려 앉는것을 확실히 느꼇다. 그러고 감독이 물으면 대답하려고 어제 밤새도록 준비하엿던 말이 어디로 달아나 버리고 말엇다. 선비는 어찔줄을 몰라 멍하니 서잇엇다.

「죄없으면 일없지, 무슨걱정이야」

옆에서 바라보는동무가 이러캐 말하엿다. 선비는 다리가 가늘게 떨렷다.

「방에 선비 없어!」

재차 부르는소리를 듣고야, 선비는 발길을떼엇따. 그가 문밖을 나서며, 다는 얼굴을 부비첫다. 그러고 떨리는가슴을 진정하엿으나, 작고 뛰놀앗다. 선비는 안타까웟다. 그래서 그는 한발거름에 주저하고, 두발거름에 망서렷다. 「내가 이래가지고야 앞으로 일해갈수가잇나? 나는대담해야한다, 그러고 그들앞에 거짓말을 곧 잘해야한다!」 선비는속으로 이러케 부르짖으며, 사무실문을 열고들어섯다.

감독은 권연을 피어물고 들어오는 선비를바라보자, 빙긋이 웃엇다. 선비는 마음껏 용기를내어 가만이 서잇엇다. 감독은 기침을 하고 말을 꺼냇다.

(111)

「요새 어디 알엇는가?」

선비는 뜻밖의 물음에 무슨 말인지 잘알아 듣지 못하엿다. 그래서 머리를 조금 들고 감독을바라 보앗을 때 보기실게 눈을 홀금 그리는 호랭이 감독이 아니라, 공장안에서 까불이라고 별명이잇는 고감독이엇다. 선비는 다소 맘을 까라 앉치엇다. 고감독은 체가 적으니만큼 까불으기는하나 눈치것 빨라서 여공들이 가장 친하게 대하는 감독이엇던 것이다.

「웨 얼굴이 전만 못하구면 몸간수 잘해야해」

감독은 기침을 칵하고나서 선비의 수긴 얼굴을 똑바루 보앗다 요새 동요들중의 암투의초점인이게집! 언제도 새로운미를 또다시 그에게서 발견하게 되는것이다. 장차 저게집은 누구의 손에 쥐어질지 모르나 어쩨뜬 지금 동요들끼리 맹렬한 알륵을 계속하고 잇는것만은 틀림없엇다. 그래서 그들은 제각기 기숙사당번을 즐겨하고, 집에 나가기를 실허 하엿다. 그리고 서로 질시가 심하니, 누구나 적극적으로 선비에게 대들지는못하고, 다만 선비의 호의만 사려고들 애썼던것이다。

「여기 좀앉아、응 자」

까불이는 의자를 버쩍들어 옴겨놔주엇다。선비는 의자에 주저앉으며、그의 치마주름을 내려쓸고잇엇다。그리고 감독의 입에서 어서 간난의말이 나와서、얼튼내답을한후에 감독앞을 벗어나고싶엇다。신비는 감독만 대하게 되면 어쩐지 어렵고、덕호를 대하는듯한 불쾌함이 그를 싸고도는듯하엿던것이다。

「선비、이번 나간 간난이와 한고향이라지?」

「예」

「나가기전에 선비보고 무슨말이든지 하던말이없던가?」

약빠른 까불이 감독이 그의 모든것을 미리알고、저러케 묻는듯싶어 얼굴이 활짝 달아왔다。그러고 어떠케 대답말까하고 두루두루 생각하다가、

「그저……무심히 대하엿으니、지금 특별히 생각 나는것이 없습니다」

까불이는 눈을 깜박깜박하고나서、

「별다른말이 아니라……말하자면、공장에서 일하기 힘든다는지 어느 감독이 몹시 군다는지、그리한 불평을 말하지안턴가?」

「잘 생각 나지 안습니다」

「음」

까불이는 선비의 임금빛 같은 두볼을 바라보면서、저게집을……하고 안타깝게 생각하며 몸이 달앗다。그래서 담박에 달려들어 그를 쓸어안고 싶엇다。그러나 자기들의 동요중에 그어느누가 알는지하면、두말도 없이 상부에 보고되어 생명줄이 떨어질것이 무서웟다。

「간난이가 저러게 나간것을 선비는 어떠케 보는가?」

까불이는 선비의 태도를 보아 그리고 그의 으젓한 성격을 미루어 그를 의심하지 안핫다。더구나 딴방에 잇엇으니 선비는 모를것이라…하엿다。그러나 선비와이러케 마주앉고 이애기 하기위하야 일불어 불러 노코는 이리저리 묻는것이다。동시에 선비가 어느정도를 자기에게 호의를 가젓는가? 하야 눈치를 살살 보앗다。

「잘못된 행실이지요」

선비는 맘에 없는 말을 겨우뱉앗다. 감독은 빙그레 웃엇다.

「암! 잘못된 행실이고 말구 게집이혼자 나갈수는 없고 어떤놈과 짜구 나 갓을께야 제가 혼자서야 어디로 나가?………이감독이 자네보고 하는말 없 던가?」

이말을 미루어 감독자기네끼리도 의심하는 모양이다.

「없어?」

다시한번 재쳐 물엇다. 선비는 입에 손을 대고 기침을 가볍게 하엿다. 그 리고 감독이 자기를 의심하지안는것을 짐작하며 가볍게 숨을몰아 쉬엇다.

「응 웨? 대답이 없어 뭐라고 말하지안하?」

「예!」

「덮어 놓고 예예만 하니까 알수가 잇나? 이번일에 대하야 선비에게 뭐라 고 묻지안아?」

치근치근한 이감독의 성질에 선비를불러다 놓고 뭐라고 물엇을것이 틀림 없는데 선비가 이감독과 벌서 무슨약조가 잇는새가 되어서 저러케 숨기나? 하는 의문이 들엇던것이다. 그때 선비는 간난이가 일상 하던말이 문득 생각 키윗다. 「감독을 맞나면 너는 뾰루퉁해만 잇지말고 덜어 웃는체도 햐보이렴 그래서 네태도를 저들이 분간하지 못하도록 하여라」 선비는 간난의 말이 웃 어워서 빙긋이 웃엇다. 그때 충계를 올라오는 구두소리……

(112)

감독은 정색을 하엿다.

「아주 간난이가 나간일에 대하여서는 모른단 말이지……나가!」

선비는 말이 떨어지자 나왓다. 그리고 그의 방까지 왓을 때 감독의 방에 서 두런두런하는 이야기 소리가 들려왓다. 그의 동무들은 선비가 무슨말을 할까하고 그의 입술만 말뚱말뚱 쳐다보다가

「뭐라던?」

선비는 자리를 내려폇다.

「뭐라기는 뭘해、 그저 그말이지」

「웨 야학에 안가런?」

「몸이 좀 아프구나」

「이대가?」

「글세……맥이 없어」

그들은 풀끼 없는 선비를 보며 감독에게서 단단한 나무람을 들은듯 하엿다. 그리고 자기들도 감독에게 불림을 받을까? 하는 불안에 눈에 겁을먹고 밖으로 나갓다.

선비는 언제부터인지는 알수없으나 이러케 맥을 노면 몸이 오실오실 치우면서도 이마에는 땀이 척척하게 흐르군하엿다. 이럴때마다 그는 따뜻한 온돌방이 그리웟다. 그의 어머니와 단둘이서 살던 그초가! 나무 반단만 너으면 잘잘 끓던 그아랫목! 그아랫목에서 이불을 막쓰고 땀을푹내엇으면 그의 몸은 가뿐해질것 같앗다.

그가 한잠자고 어느때인가 눈을 번쩍뜨니 유리창에 달이 둥글하엿다. 그는 이마에 척척하게흐른땀을 씻으며 달을향하야 누엇다. 아까 감독이 묻던 말을 다시금 생각하니 그는 감독이 그를의심하지 안는것을 짐작할수가 잇엇다. 그러니 그일때문에 조리던맘은 좀풀리나 그러나 어깨가무겁도록 질머진 이사명을 어떠케 하여야 잘이행할것이 난처하고도 답답 하엿다. 간난이가 가르쳐주던 공장내부 조직방침、 밖의 동지들과민활하게 열락취할것、 그러고밖에서 들어오는 문서며삐라등을 교묘하게 배부 할것들이、 그의 머리에 번갈아 떠오른다. 한참이나 생각하던 선비는、 좀더잇다가 간난이가 나갓으면 내 이러케 답답하지 안흘것을……하며、 그가 무사히 나갓는가 하엿다. 그러고 밖에서 무슨일이 일어낫기에、 그러케 가분작이 간난이를 불러 냇는가?……그들이 혹 잡히지나안핫는지? 할때、 적지안흔 불안이 일엇다. 동시에 미지의 동지들이 모두 어떤 사람들인가? 첫재와같은 그런사람인지도 모르지? 혹 첫재도 그들중에 한사람인것을 자기가 모르는가……하엿다. 그러나 그때 월미도 가는 길에서 첫재를 만낫을때 일을 미루어 생각하니、 첫재는 어떤 공장내에 잇지지안코、그날그날 품팔이를 하는것 같앗다。그러니 웬걸 지도자를 만낫으리……아직도 그는 암흑한 생활속에서、그의 나갈길 을 찾지 못하고 동분서주만하는것같앗다。이러케 생각하고나니 선비는첫재 를꼭만나보고싶엇다。그래서 무엇보다도 먼저 게급의식을 전해주고싶엇다。 그러면 그는 누구보다도 튼튼한 그러고 무서운투사가 될것 같앗다。그것은 선비가 확실하게는 모르나 그의 과거 생활이 자신의 과거에 비하야 못하지 안는 그런 쓰라린 현실에 부닥기엇으리라는 것이다。그는 아직도 도적질을 하는가…?……지금생각하니 어째서 그가 도적질을 하게 되엇으며 매음부의 자식이엇던것을 그는 깊이 깨달앗다。그러니 선비는 어서 바뻐 첫재를 만나 서 그런 개인적 행동에 그치지말고 좀더 대중적으로 싸워야 한다는것을 가 르쳐 주고 싶엇다。그가 인천에나 잇는지? 혹은 딴곳으로 갓는지? 웨 나는 시굴 잇을때 그를 무서워 하엿던가? 이러케 생각하고나니 그가소태나무 뿌 리를 캐여들고 새벽에 찾아왓던 기억이 떠오르며 소태나무뿌리를 웃방구석 에 던지던 자기가끝없이 원망스러웟다。그러고 그느글느글한덕호가 주던 돈을 이불속에 너튼자신을 굽어볼때、등허리에서 땀이 나도록분하고 부끄 러웟다。그뿐이랴! 마침내는 그에게 정조까지 빼앗기고 울던자신! 몇번이나 죽으려고 햇든 자기! 얼마나 유치하고 어리석엇는가! 그러고 그덕호를 보고 아버지! 아버지! 하며 부르던 그때의 선비는 어쩐지 지금의 자기와같지 안 헛다。여기까지 생각하니、이때껏 의문에 붙엿던 그의 아버지의 죽음이 얼 핏 떠오른다。올타! 서분할멈의 말이 맞엇다! 그는 무의식간에 벌떡 일어낫 다。그때 손끝이 몹시 아파왓다。그래서 손끝을 볼에 대며 덕호를 겨우벗어 난 자신은、또그보다 더무서운 인간들에게 붙들려잇다는것을 강하게 느끼 며、오늘의 선비는 옛날의 선비가 아니라…고부르짖고 싶엇다。

(113)

    아버지와 면회를하고 돌아온신철이는 감방문 닫기는소리를 가슴이 울리 게 느끼며 맥없이 주저앉앗다。그가 처음으로 이방에들어 올때 저 문닫기는

소리란 기가 막히게 그의 자존심을 저상시켯으며 반면에 비창한결심까지나
도록 반발력을 돋아주엇는데 오늘의 저 닫기는 소리는 그의 자존심이 이때
까지 허위요 가장이엇다는것을 느끼게 하엿다. 그는 머리를 움켜쥐고 얼굴
을 찡그렷다. 아버지의 그초라한 모양이안타깝게 떠오른다. 아버지는 그로
인함인시 혹은 생활난으로 인함인시 이내선과는 아주 딴사람을 대하는듯 하
엿다. 아버지의 그 우울한 모양이며 뼈만 앙상하게 남은 그얼굴! 아들을 대
하자 아무말도못하고 눈가이 뻘개서 바라만 보던 그눈! 그때의 아버지의
심정이야말로 말하지 안아도 너무나 그의가슴속에 뚜렷하엿다. 일초 이초
지나는 동안에 부자는 언제까지나 입을열지못하엿다. 한참후에 신철이는、

「영철이 잘잇나요?」

그때 아버지는 눈물이 그뜩 해지며

「응응」

하고 어리뻥뻥하게 대답을 하면서 머리를 돌려 버렷다. 아버지의 모호한
그때의 대답을 들을때 신철이는 가슴이선듯해지며그놈이 죽지나 안앗나?
하는생각이 번개 같이 들엇던 것이다.

「미루꾸 사주!」

하던 그음성도 이전 다시 듣지못할겐가? 하며 신철이는 벽에의지하야 눈
을꾹감앗다. 아버지 는 마즈막으로、

「너 박판사를 만나 보앗니?… 박판사의 말대로 하여…응 공연한 고집을
부리지말고…」 말이 마치자 면회는 끝나고 말앗던것이다. 아버지의 그 떨리
는 음성! 그것은거의 애원 이엇다. 그러고 이때까지 그어느구석에 숨어잇던
그의 어떤 생각을 정면으로 찔러주는듯 하엿다. 어떠케 하나? 어제 맞나본
병식의 말대로 해버릴까?

병식이는 그가 최후로 도서실에서 어리석고 비열하게보앗던、육법전서를
안고외이던 학생이엇다. 그는 벌서 예심판사가 되엇던것이다.

병식이를 만나는 첫순간、신철이는 저윽히 놀라면서도 반면에 그의 자존
심이 강하게동하엿다. 보다도 억지로 그의 자존심을 불러 일으켯던것이다.
그래서 그런지 그때에는 그가 권고하는 말에 귀를 기우려 듣지도 안앗지만

젤단 그와마주 안자 잇기가 웨그리 불쾌하엿는지 몰랏다。 그러므로 신철이
는 머리를 돌린채 그의 묻는말에 한마디도 대답하지안엇다。 그러나 병식이
는 그의 직무상 옛날 동무로써의 우정을 생각해서 그랫는지 어쨋든 간곡히
말하엿던 것이다。

지금 생각해보니 그의 아버지가 병식이를 찾아가서 간곡한부탁이 잇은것
만은 틀림이 없다。 그러케 깨닫고나니 병식이가 열심으로 지껄이든 말이 그
의 머리에 명랑하게 떠오른다。

「위선 나부터도 이 자본주의사회 제도를 전부가 다 올타고 긍정할수는 없
네 따라서 이 제도를 부인하고 새로운 사회를 건설해보겟다는 용감한 투사
들이 일어나는것도 당연한 일이야! 그러나 이제도를 없이 하려면 상당히 오
랜역사를 요구하게될것이 아닌가 즉 장구한시일과 다수한 히생이 잇어야 될
것은 자네가더잘알것일세 그러나 이같은 떳떳한일을 위해서는 나개인하나
는 히생한다고……하는것이 남아로써 장쾌한일이라고하는 생각도 없지 않
아 잇게되나 다시 한번 도리켜 생각하면 나혼자가 더그랫대자 오늘낼로 곧
혁명이 될것도 아니요 또 안그랫대자 될혁명이 안될것도아니니 이세상에 한
번 나서 어찌 나개인을 그러케도 무시할수가 잇는가? 더구나 자네나 나는
집안형편이 딱하게되지 안앗는가……자네나 내가없으면 집안식구는 내일부
터라도 문전걸식할형편이니、지금부터 이감옥에서 십년이될지 몇해가 될지
모르는 그세월을 히생할 생각을 해보게……요즘 일본에서도 XX당의 거두들
이 전향한것도 잘알터이지그들도 만흔 생각이 잇엇을것일세、자네는 이말
에 대해서 어떠케 생각하는가?」

병식이는 얼굴에 비창한빛을떠우고 신철이를 바라보앗다。 신철이는 그의
타산에 밝은 개인주의적 그 리론으로 자기를 설복시키려는것이 웃읍기도하
고 일종의모욕도 느끼엇다。 그래서 그는 아무대답도 아니하엿다。 이 눈치를
채인 병식이는

「그러면 돌아가서 깊이 생각해보게、나는 나의 직무를떠나 옛날의우정을
가지고 진심으로 권하네……」

그때 옆에 섯던 간수는 호령을 하엿다。

「일어서!」

(114)

　오늘 아버지의 애원을 듣던그때 그러고 아버지의 파리해진 얼굴을 바라보는 그순간에 자신의 그비장한 결심이란얼마나약한 것이엇던가? 신철이는 한숨을 후쉬엇다. 그때 이형무소에 가치들어온 밤송이 동무며 그밖에 여러 동지의얼굴이 번갈아 떠오른다. 특히 인천에잇는 첫재의 얼굴이 무서웁게 확대되어 가지고 그의 앞에 얼른 거려보인다. 신철이는 그얼굴을 피하랴고 눈을 번쩍떳다. 어제 밤만해도 첫재의 얼굴을 그려보며 그리워 하엿는데 이 순간에는 어쩐지 첫재의 그얼굴이 무섭게 보이엇던것이다.

　창문으로 쏘아 들어오는 붉은실타래 같은 햇발이 벽우에 아루삭여젓다. 유리、철창 굵은 철망 가는 철망의 네겹을뚫우고 들어오는 저햇빛! 그에게 잇어서는 유일한 동무가 되는 것이다. 그러고 간수가 「미하리」구멍으로 들여다 볼때마다 시간을물어가지고 그해빛을 딸아벽우에가는 금을 것어놓앗다그래서 시간을짐작하군 하엿던 것이다. 신철이는 저햇발을 바라보면서지금 열한시 반이나 되엇을것을 짐작하엿다. 그러고 아버지가 지금 집에 돌아가셔서 몹시 번민 하시겟지…하엿다. 아버지의 모양을 보아 말하지는 안허도 그나마 학교에서도 나온것임을 알수가 잇엇다. 몇식구가 오직아버지만 바라보고 잇던터에 아버지 마자학교에서 나왓다면 그생활의 궁함이야말로 보지 안앗서도 능히 짐작할수가 잇엇다.

　어떠케 한담? 그의 집안을 돌아보아서 여기 꼭나가야 하겟고 보다도자신의 약한 육체를 보아서 여기서벗어 나지 안으면 안될것같앗다. 그때 그는 경찰서에서 고문 받던생각을하고 소름이 쭉끼첫다. 두번을 못당할 노릇이엇다. 그러고모르고나 당할 노릇이지 지금과같이 그맛을 뻔히 알고서는 넙쩍죽으면 죽엇지 그노릇은 다시 당하지 못할것 같앗다.

　확실이는 모르나 미결에서 기결로 옮아가게 될것도 일이년은 걸릴 듯 하엿다. 그러고 다시 기결에 들어서는 십년이될지? 십오년이 될지? 그것은 짐작 할수가 없었다. 그러나 십년밖이지 십년내로는될것 같지는 안헛다. 그러니 인생은 이감옥에서 보내지 안흐면 안될것이엇다. 생각만해도 앞이 아뜩해젓다. 그때그는병식이를 생각하엿다. 그러고 그의 하던말을 곰곰히 되풀이 하엿다. 어제 병식의앞에서는 그의말에 구역증이 나고 듣기도 실터니 불과 하로를 지난 오늘에는그말이 그럴 듯 하게 생각 되엇다. 그럿타고해서 병식의 앞에서 머리를 굽혀보이기는 그의 자존심이 아직도 강하엿다. 그는 한숨을 푹쉬고 무심히 발끝을 굽어보앗다. 그때 발까락에 개미 한 마리가 오르고 나리는것이 보엿다. 신철이는 반가운 생각이 들어 개미를 붙잡아 손바닥에 놓앗다. 개미는 어쩔줄을 몰라 발발 기어 달아난다. 달아나면 또붙잡아다노코서 멍하니 들여다보앗다.

그가 개미를 들여다보면 볼사록、 자신이 이개미와 같이 헛수고를 하는듯 싶엇다. 개미야 말로 모르고서나 이감방에를 찾아 들어온것이지 아무 먹을 것이 없는 이쓸쓸한 감방에 들어올 까닭이 없엇다. 오늘 이 개미는 먹을것도 얻지못하고、 자기에게 붙잡혀서 □□□것밖에없엇다. 마친가지로 이몸은 아무 소득도없는 고생을 이때까지 해오다가 또다시 여기까지들여온것같을뿐 아니라 앞으로 멋십년을지나고、 다행히 목숨이붙어서 밖에 나간댓자、 벌서 자신은 그만큼 뒤떨어져서、 여기도저기도 섞이지 못하고、 결국은일포나 가호같은 그런 고리타분한전락된인테리 밖에 될것이 없엇을것 같앗다.

그러타고 이 자리를 벗어날것일까? 신철이는 머리를 설레설레흔들엇다. 그러나 그의 머리는 강하게 흔들리지를 안고 아주 약하게 흔들리는것을 그는 깨달앗다.

마침 버들피리 소리가 끊어질듯 질듯하게 들리므로 그는 벌떡 일어낫다.

(115)

신철이는 얼른 「마하리」구멍부터 돌아 보앗다. 그러고 어대서 간수의 신발소리가 나는가하야 귀를 쫑끗 세우며 창앞에 다가섯다. 창의 높이는 신철의 턱을 지나쳐 입술과 거의 맞다앗다. 신철이는 한숨을 푹 쉬면서 인왕산을 바라 보앗다。 따스한 햇볕을 안고 반공중에 뚜렷이 솟은 저인왕산…그때 가차히서 새소리가나므로 시선을 옴것다。

창밖에는 조고만 못이 잇고 그옆에는 그리 적지도 크지도 안흔 수양버들 나무가 마치 여인의 풀어헤친 머리카락처럼 가지가지가 척척 휘어 느러젓다。 그러고 버들잎이 파릇파릇하엿나。 신철가 저음 여기와서 저버늘나무를 볼때에는 앙상한 가지만이 봄바람에 휘날리더니 어느덧 벌서 잎이 저러케 조하낫다。 하로에도 몇번씩이나 바라보는 저 버들나무! 바라볼때마다 그는 새로운 느낌을 가지고 대하군 하엿다。 그러고 용연의 원소가 떠오르고 선비가 눈결에 지나첫다。 그러나 그선비는 옛날의 그선비와는 어댄지 모르게 거리가 먼것을 그는 느끼군 하엿다。 지금 그의 머리에떠나지안코 잇는것은 반대로 옥점이엇다。 옥점이! 그는 다시한번 옥점이를 불러보앗다。 아직까지도 그가 시집가지 안코나 를기다릴까? 그럿치야 못하겟지? 벌서어떤사람의 안해가 되엇겟지! 그러나 나를 아주 잊지는 못하리라……하고 멍하니 못을 바라 보앗다。 못속에는 버들가지 그림자가 파랏케 떨어져 깔리엇다。 그의 가슴속에 옥점이의 얼굴이 파묻친것처럼……

그때 잠간 끈허젓던 버들피리소리가 아우아우하고 들려왓다。 그가 어려서과부의 넉두리라고하며 버들피리 끝에 손을대고 마디마디를 꺾어불던 그 곡조엿다。 신철이는 머리를 번쩍 들어 피리소리나는 곳을 찾앗다。 봄을 만난 인왕산…어린애들이며 청춘 남녀 가가즈런히 같이서서 올라가는것이 보인다。 그러고 애들의 떠드는소리가 푸른하늘가에서 재재거리는 종달새 소리 같이 그러케 명랑하게 들리엇다。 그가 동무들과 저 산에올라가던 그때가 엇그제 같건만…그는이러한 생각을하니 발버둥을 치고 싶게안타까웟다。 그러고 차라리 아버지의 말슴대로하엿더면하는 후회까지 절실히일어난다。 그는 이러한 생각이 아주 비열하고 더러운 생각이라고하면서도 어쩔수 없엇다。 그러고 이 꽃다운 청춘기를 그가 이철창속에서 이러한 망상과 공상에서 썩힐 생각을하니 기가막혓다。 그러니 나혼자자만 무의미한 히생이지…그는 인왕산에오른 남녀를 바라보면서 이러케까지 생각하엿다。 그러나 맘은 보채엿다。 안타깝게보채엿다。 이러케 번민과 쓰림을 당하는것이 자기만이 아니고 이안에 들어잇는 수없는 인간들인것을 그는 깨달앗다.

피리소리는 차츰 가늘어진다. 그의안타까운 이가슴의 구비구비를 바늘 끝으로 꼭꼭 찌른다고 할지? 예리한 칼끝으로 심장의일부를 살짝 살짝 저민다고나 할지?…저푸른 하늘아래 가는연기와같이 떠도는 저피리 소리! 신철이는 어느덧 머리를 움켜 쥐엇다. 그러고그의 눈에 시컴하게 가루질려 나간 철창을 노려보앗다. 그리고 물먹고 싶듯이 저세상이 그립다. 저세상의 푸른 공기를 맘껏 들여마시고 싶다.

그때 절거럭 하는 소리에 신철이는깜작 놀라 펄석 주저앉앗다.

「이놈아!」

간수의 호통소리에 그의 가슴은 푸르르 떨렷다.

「이리와 앉아!」

신철이는 하는수 없이 이편으로 와서 주저 앉앗다.

「내다 보면 못써 이담엔 벌이 잇을테야!」

신철이는 울분이 목구멍까지치받치는것을 꾹참앗다. 그는 기가 막혀서 묵묵히 앉앗을뿐이다. 간수는 한참이나 서서 신철이를 노려보다가 절거럭 하고 「미하리」구멍을 닫는다. 그는 벽에비스듬이 기대어 앉아 땅이 꺼지게 한숨을 내쉬엇다. 그러고 손을 펴보니 개미는 어대로 갓는지 몰랏다. 개미 동무를 일허버린그는 곁에노힌 법학경(法學經)을 끌어 당기어 펴들엇다.

(116)

입맛이 당기지를 안해서、저녁도 먹지안흔 선비는 여러 동무와 가치 공장으로 들어 왓다. 이날 선비는 야근할 차례엿든것이다. 여공들은 누구나 다 밤일은 실혀하엿다. 그래서 제각기 야근차례만 돌아오면、얼굴을 찡그리고 머리를 흔들엇다. 그러나 남직공과 친해진 여공들은 야근하기를 조하햇다. 물론 밤에도 감독이 감독을 하지마는、감독들은 하로밤에도 몇번식이나 교대를 하엿다. 그러므로 교대하는 그틈마다、꼬치통을 들고 들어오는 남직공과 눈을마치엇다. 그리고 밤이니、감독들은 낮과같이 그러케 심하게 보지를

안햇다. 그래서 그들은 밤에 남직공을 틈틈히 만나보려고 애를 쓰군 하엿던 것이다.

요새는 남직공과 여공들이 배가 맞아서 나간것이 하나 둘이아니엇다. 그러니 감독들이 눈을밝히고 감독은 한다면서도 어쩐지 그런일이 작고 일어낫다.

선비는 육백삼호인 가마곁으로 와서 동무의어깨를 가볍게첫다.

「이전 나가세요 제시간이어요」

동무는 가마소지를 하다가 획근돌아본다.

「내 소--지 하지요」

「아슴차나라…… 참 아픈것 낫소?」

동무는 손빠르게 와꾸를 뽑아서 통에 너허가지고 돌아서간다.

선비는 솔을들고 가마를 얼핏 가신후에 낡은물을 내뽑고 새물이 들어오게 하엿다. 이러케 기게를 소지하는동안에도 기게의운전은 쉬지안햇다. 그래서 선비는……아니 이공장안에 여공들은、이기게란 쉬일줄 모르는것으로 알고잇다. 그러고 그들은 기게에 머리카락이나 혹은 옷이 끼일가바 무서워서 머리에 수건을 막쓰고 검은통옷을 맨들어서 우에서부터 아래까지 시컴어케 내려입엇다. 전에는 이런일이 없엇으나 간봄에 여공하나이 머리카락이 와꾸에 끼워서 마침내는 기게에말려들어 무참하게도 죽엇던것이다. 공장에서는 이것을 극비밀에 붙이고、거게 대한 이야기도 못하게하나、곁에서 이 참경을본 몇몇의 여공들이 잇으므로、아는듯모르는듯、그말이 전공장안에 쪽퍼젓던것이다. 그후로 이공장에서는、여공들에게 이런작업복과 수건을 쓰라고 엄명하엿다. 물론 공장에서 내준 것이 아니고、여공들 스스로 해입게하엿던것이다.

선비는 남직공이 갓다 주는 삶은 고치를 가마에 들어 부엇다. 꿀른물소리가 와시시하고 나며、고치는 가마물속에서 핑핑 돌아간다. 그때 어깨우가 오싹해지며、오실오실 치워왓다. 그러고 기침이 연달아 칵칵 일어난다. 그는 기침을 안하랴고、입을 꼭 다문후에 숨을 쉬지 안헛다. 그러나 기침은 안타깝게 목구멍에서 간지름을 태우며、올라오랴고 애를 썻다. 선비는 이러

케 기침을참아가면서、 조고만 비를 들고、 끓어오르는 고치를 꾹꾹눌러가며、
비 끝에 묻어 나는 실끝을 왼손에감아쥐엇다。 가마에서 끓어오르는 물김에
그의얼굴이 확근확근달며、 벌서 손끝이 짜르르해왓다。 그러나 반대로 등허
리는 오싹오싹 오한이난다。 선비는 간봄부터 확실하게이러한것을 느끼면서
도 그저 일시 일어나는 몸살이거니 하엿다。 그러나 여름철이 닥친 지금까지
도、 이치운증세는 떨어지지 안코 기침까지 겯드럿다。 그래서 그는 슬그머니
걱정이되엇으나、 그러나 의사에게 보이고싶지는 안핫다。

선비는 비를 노코、 왼손에 쥐인 실끝을 한오래기씩 돌아가며 사기 바늘에
번개치듯붙인다。 그러나 바늘하나에 여러번 붙이면、 실오래기가 너무굵어
지니 사기 바늘 하나에 다섯번 이상은못붙이는것이다。 사기바늘을 통하야
뽑히는실들은、 마치 재봉침실끝이 용쇠를 통하야 올라가는것처럼、 비틀비
틀 꼬여져서、 와꾸를 향하야 쭉쭉 올라가서 감긴다。 와꾸 옆에는 유리갈구
리가 공중에 매여달려서 와꾸에 실이 고루루 감기도록 실끝을 물고 왓다갓
다한다。

전등불이 낮같이 밝은데 그우에 유리창문과 유리천정에 반사가 되어 눈
이 부시게 휘황하엿다。 그러고 발전기 소음때문에 귀가 막막하게 메어지는
것 같앗다。 선비는 기침을 칵칵해가면서 자리를 붙지 못하고 몸부림을 첫다。
그것은 이십개나 되는 와꾸를 혼자서 조종하려니 그러지 안코는 도저히 불
가능 하엿던것이다。

오실오실 칩던것은 이전 반대로 뜨거운 열이 되어 옷이 감기도록 땀이 흘
럿다。 이마에서는 땀방울이 사뭇 비방울같이 흘러서 어쩌는수가 없엇다。 그
러고 숨이 차와서 흑흑 느끼엇다。 손끝은 뜨거움이 진해서 차츰 무지경 상
태에 들어간다。 그래서 남의 손인지 내손인지 분간할 수가 없엇다。

(117)

마침 실이 여기 저기서 끊젓다。 선비는 발판을 꾹눌럿다 노하 기게를 정
지 시킨후에 손빠르게 실끝을 쥐엇다。 그때 옆에서 감독이 소리첫다。

「얼른 이어! 요새 선비가 웬 일이어?」

감독은 들엇던채직으로 와꾸를 툭치어 기게를 돌리엇다. 그러니 실끝은 채 이어지지 못한채 와꾸는 핑글핑글 돌앗다. 선비는 울고 싶엇다. 오늘 밤 새도록 일한것이 헛수고엿던 것이다. 감독이 이러케 와꾸를 돌리게되면으레히 이십선 벌금을 물게되는것이다. 선비는 어쩔줄을 몰라서 돌아가는와 꾸를 바라보며 실끝을 찾으려고 애를썻다. 그러고 앞이 아뜩아뜩해지며 기 침이 작고 기어나오려고 하엿다.

「무슨 딴 생각을 하는게야! 이러케 일에 성의가 없이 할때에는 응 그러하 지?」

선비는 가슴이 뜨끔해지며 정신이 바짝 들엇다. 그러고 이자들이 눈치를 채이지나 안앗는가? 하엿다. 따라서 요새는 거의 날마다 선비를나물하는 이 유가 그것때문인가? 하엿다. 그래서 선비는 한층더 가슴이 떨리고 다리가허 둥그렷다.

한참후에 선비는 겨우 실끝을 이엇다. 벌서 감독은 수첩에 무엇인가 쓰고 잇다. 그러고 선비를 홀금홀금 곁눈질해보며 수첩을포켓에 집어너코 그 의앞을 떠낫다. 선비는 비로소 한숨을 후쉬엇다. 기침이 야무지게 칵나왓다 그는감독이 그의 기침 소리를 들엇을까하야 얼른 감독의 뒷모양을 바라보앗 다. 감독은 요새 갓 들어온 여공앞에 서서 무어라고 웃으며 이애기하엿다. 그러고 그의 실팍한 궁덩이를 툭첫다.

「일 잘해! 그래야 상금을타지」

여공은 몸을 꼬며 애교를 피웟다. 그러고 감독의 눈을 슬쩍 마추고 눈을 스르르감으며 웃엇다 이여공의 특색은 웃으면 저러케 눈이 되군하는것이다 선비는 요새감독이 그의 앞을 떠나 신입여공에게 저러케 구는것이 잘되엇다 고 생각은 되면서도 그것으로 인하야 그의맡은 사업이 속히 들어날 위험을 느끼엇다. 그러고 전에는 이따금 상금을 주엇을망정 이러케 와꾸를 돌리며 나물하지는 안앗는데 신입 여공이 감독의 비위를 마추어 주면서부터는 감독 의 태도가 아주 냉냉해젓다. 그러고 오늘까지 하면 벌금 물은것이 세번재나 되엇다. 선비는 여전히 바쁘게 손을 놀리면서도 한숨을 폭 쉬엇다. 그리고

아까보다 몸이 더괴롭고 기침만 나오랴고 가슴이 죄어 들엇다. 그나마 아까
는 다만 몇十전의 버리라도 되거니……햇다가 그희망조차 아주 끈허지고나
니 북받치는것은 아픔과 설음뿐이엇다. 그때 그는 간난이가 하던말을 다시
금 생각하고 어느 정도까지 감독의 비위를 마추어 둘것을……하는 후회도
다소 일엇다.

선비는 안타깝게 올라 오려는 기침을 막기위해서 얼른 비끝으로 번덕이를
건지려 하엿다. 전등불에 비춰어 금빛같이 빛나는 가마물속에서 끈임없이
뽑히어 올라가는 저실끝! 하루에도 저실을 수만 와꾸나 감아 놓는것이다.

선비는 번덕이를 건저 입에 물며 머리를들어 와꾸를 바라보앗다. 번개치
듯 돌아가는 와꾸에 힌무지개같이 서기를 뻗치며 감기는 저실! 처음에 그가
저와꾸를 바라볼때는 뭐라고 형용 못할 애착을느끼엇으며 그러고 저것들을
뽑아서 「하꼬」에 담아가지고 감정실로 들어갈때의 만족이란 말할수가 없엇
다. 그러나 지금에 저것을 바라볼때는 그것들이 그의 생명을 좀집어 들어가
는 어떤 크다란 벌레같이 생각되엇다.

감독이 이리로 오는 눈치를 채고 선비는 얼른 머리를 수겻다. 그러고실끝
을 골라바짝쥐고 사기바늘에 붙엿다. 이번에는 감독이 눈도거절떠 보지안
코 지나간다. 선비는 감독이 지나친것만 다행으로 하던생각을 다시 게속하
엿다.

감독의 소리가 크게 나므로 흘금 바라보니、곁의동무의 와꾸를 툭처서 돌
린다. 동무는 얼굴이빨개서、실끝을 이려고 허둥그린다……그팔! 그손끝!
참아 눈가지고는 바라보지 못할 것이다. 선비 이마에 땀을씻으며、그의손가
락을 다시보앗다. 빨가케 익은 손등! 물에부풀어서 허여케된 다섯 손가락!
산손등에 죽은 손가락이 얼마든지 싸인것을 그는 깨달앗다.

　　　와꾸 와꾸 잘 돌아라
　　　핑핑 잘 돌아라

발전기 소음을 타고、이런노래가 꺼젓다… 살앗다… 하엿다.

(118)

선비도 어느덧 그노래에마추어

와꾸 와꾸 잘 돌아라
펑펑 돌아라
네가 잘 돌면 상금
네가 못돌면 벌금

겨우 이러케 입속으로 부른 선비는 눈등이 뜨거워지며 눈물이 주루루 홀러나렷다。 괴롬을 잊기위한 이노래! 일에 자미를 붙이기위한 이노래도 선비에게 잇어서는 아무런 효과를 내지 못햇다 활활 닳는 가마속에 그의 몸뎅이를 너코 달달 복는것 같앗다。 목이 타고 가슴이 울렁거리고 코안이 달고 눈알이 뜨거웟다。 그는 맘대로 하면 이자리에 칵 엎어저서 몇분동안이나마 쉬엇으면 이 아픈것이 좀 나을것같앗다。 선비는 지나는 감독의 구두소리를들으며 몸이 아파서 오늘은 일을 못하겟어요하고 몇번이나 말을하렷으나 입이 깍붙고 떨어지지 안앗다。 어딘지 전날에도 선비는감독들만대하면 이러케 입이 굳어젓는데 더구나 몸이 아프니 말할것도 없었다。

선비는 이제야 자기의 병이 심상하지안음을 알앗다。 그러고 기침할때마다 침에섞여 나오는 붉은 실같은 피도 더욱더욱 관심되엇다。 내일은 병원에를 가야지! 꼭가야지! 꼭가야지! 하엿다。 그러고 예금통장에 적혀잇는 돈액수를 회게 하여 보앗다。 선비가 이공장에 들어온지가 벌서거의 일년이 되어 온다。 그동안 식비제하고 그러고 구두값으로 일용품값으로 제하고 겨우 삼원 오십전가량 남아 잇다。 이제 그것으로 병원에까지 가면 도리어빚을 지게 될것이다。 무슨 병이기에 삼원씩이나 들까? 그저 극상해야 한일원어치약먹엇으면 낫겟지? 하엿다。

그는 저편 벽에 걸린 크단 괘종시게를 바라보앗다。 새루두시십분을 가리치고 잇다。 선비는 그의 닳는 가슴에나마 한줄기의 히망과 기쁨을 느끼고잇엇다.

실이 끈어져 너풀거리므로 선비는 얼른 실끝을 이으며 감독의 눈에 띠우지 안핫는가하야 머리를 들때 앞이 아뜩해지며 쓸어지려 하엿다. 그바람에 그의바른손이 가마물속에 미끄러져 들어 갓다. 그는

「아!」

비명을 내며 얼핏 손을 챗다. 그때손은 이미 뜨거운물에 담기엇섯으니 아픈지 어떤지 분명하지 안핫으나 이윽고 손과팔이 저리고 쓰리어서 죽을 지경이엇다.

「어대 몹시 다앗수?」

선비는 머리를 들고 바라보앗다. 그순간에 자기에게 말을 던진것이 고치통을 들고온 남직공이라는것을 알자 첫재의 그얼굴이 획 떠오른다. 선비는 눈물을 뚝뚝 흘리며 머리를 돌렷다. 남직공은 멍하니 섯다가 돌아간다 전같으면 부끄럼이 앞을 가리 윗을터이나 오늘은 왼몸이 아프고 팔목까지 데엇으니 그런지 부끄럼도 아무것도 모르겟고 그저 남직공에게 무엇인가 호소하고 싶은 충동을 강하게 느끼엇다. 그러고 그가 첫재라면 선비는 서슴치 안코 그의 몸에피로해진 자신의 몸덩이를 맡기고싶엇다. 선비는 못견디게쓰린 팔목을 혀끝으로 핥으며 돌아가는 남직공을 흘금 바라보앗다. 눈물이 앞을가리워 그의얼굴이 히미하게보인다. 선비는 아무래도 이밤을 새워 일할 것같지가 안핫다. 그는 시게를 바라보면서 감독이 이리로오면 말하겟다하고 생각하엿다.

멀리서잇는 감독이 그림자같이 눈앞에 히미하게 얼른 거리므로 그는 정신을 바짝 차리엇다. 그때 감독이 그의 앞을 지나치는듯하야 그는 얼른 입을 떼이려 하엿다. 그순간 기침이가 나오며 가슴에서 가래가 끓어 올라 오므로 그는얼핏 입에 손을 대엇다. 기침이 뒤를 이어 작고 나오려하는것을 참으려고 애를 쓸때 마침내 그의 입에댄 다섯 손가락새로 붉은 피가 주르르 흘르며 선비는 고만 그자리에 쓸어지고 말앗다.

(119)

어떤 토굴속 같은 방안에 첫재는 우둑허니 앉아 잇엇다. 매일같이 노동하던 그가 이러케 우둑허니 앉아 잇으려니 이이상 더안타까운 괴롬은 또 없을 것 같앗다 그러나 숨지 안흐면 안될형편이므로 동무들이 전전푼푼 갖다주는 것을가지고 요새 이러케 들어앉고만 잇엇던 것이다.

잡생각이라고는 해본적이 없는 그도 하루종일 하는일이 없으니 별의 별 생각이다 일어 나군 하엿다. 그는 요새 신철이를 몹시 생각하엿다. 철수를 통하야 신철의 소식을 가끔 들으나 언제나 시원치 안흔 소식이엇다. 어서 빨리 나아가서 다시 손에손을마주잡고 전날과 같이 일을 햇으면 조흘터인데⋯⋯여기까지 생각한 첫재는 월미도를 향하야 가던 긴행열을 다시금 눈앞에 그려보앗다. 그러고 선비의 놀라던 모양이 문득생각난다. 참말 선비엇던가? 그가 참말 선비라면 어느때든지 만나볼것같앗다. 그때 그는 어제밤 철수에게로 나왓을 대동방적공장의보고를 듣고 싶은 생각이 부쩍낫다. 그러고 속이 달아 못견디겟으므로 밖으로 나왓다.

그가 철수의 집까지 오니、마침 철수는 집에 잇엇다. 철수는 소리를 낮후어、

「서울서 어떤 동무편에、신철의 소식을 알앗오⋯⋯」

첫재는 머리를 번쩍들엇다. 그러고 그크단눈을 둥그렇게떳다.

「불기소가 되어서나왓대우⋯⋯리유는 사상전환이라우」

「전환?⋯⋯」

첫재도 무의식간에 그의 말을 받고나서、이말을 믿어야 할까? 믿지 안허야 올흘까? 갈피를 잡을수가 없엇다. 그러고 갑작이뭐라고 형용할수가 없는 함이 그의 가슴을 싹채우고 말앗다. 철수는첫재의 낙심하는 모양을살피고、

「동무! 신철이가 전향햇다는것이 그리 놀랄것이 아닙니다. 소위 지식게급이란 그러치오。신철이는 나오자 M국에 취직하고 더욱 돈만흔 게집을 얻고햇다우」

취직하고⋯⋯돈만흔 게집을 얻구⋯? 이새로운말에 첫재는 무엇인가 번개

같이 그의 머리를 찔러주는것이 잇엇다. 그러나 무엇이라고 꼭 집어대여 철수와같이 술술 지꺼릴수는 없엇다.

그때 밖에서 신발소리가 벼락치듯 나더니 문이 획 열리엇다. 그들은 벌떡 일어 낫다.

(120)6)

그들은 뒤문편으로 다가서며바라보앗다.

간난이엇다. 철수는 나물하듯이 간난이를 보앗다. 간난이는숨이차서 한참이나 머뭇머뭇하다가

「지금……곧 와주셔야 하겟우 네? 빨리……」

간난이는 겨우 이러케 말하고 획 돌아서 나가 버렷다. 그들의 놀란 가슴은 아직도 벌렁그린다 첫재는 간난이를 바라볼 때、몹시 낯이 익어보이는데도 얼핏누구인지는 생각나지 안앗다. 철수는첫재를돌아보앗다.

「가치 갑시다……아마 죽어 가는 모양이오!」

첫재는 철수의 눈치를 살피며 그의뒤를 따라 밖으로 나왓다. 철수는 급하게 거르며 앞뒤를 흘금 흘금 돌아본후에 가만히 말을 꺼냇다.

「어제밤 대동방적공장에서 여성동무 하나가 병으로인하야 해고 되엇는데……」

그때 자전거가 획 지나치자、물고기 비린내가 훅끼치운다. 첫재는 물고기 장사를 눈결에보고 철수의 말을 다시한번 속으로 되풀리 하여보앗다. 그때 그는 가슴이 묵직함을 느꼇다.

「병인즉은 페병인데……후!」

철수는 그조고만 눈을 쪽 찌어지게 뜨며 입슬을 꾹 다물어 보인다. 그때 첫재는 멀리 수림우으로 보이는 대동방적공장의 연통을 바라보앗다. 여전히 시컴한 연기를 풀풀 토한다. 첫재는 선비도 그러한 병에나 걸리지 안헛

---

6) 동아일보에서는 120회를 (完)이라고 표시했는데 이번에 정리하면서 수자로 표시하였다.

는지? 하엿다.

그들이 간난의집까지 왓을때 간난이는 맞받어 나왓다. 그리고 입을 실룩 으리며 무슨 말을 하기는 하나 음성이 탁갈리어서 무슨 소리인지 알아 들을 수가 없엇다. 그들은 벌서 눈치를채고 나는듯이방으로 뛰어들엇다 철수는 병사의 겯으로와서 들여다보며 흔들엇나.

「동무! 정신좀 차리우 동무!」

병자의 몸은벌서 싸늘하게 식엇으며 얼굴이 파라케 되엇다. 철수는 후하 고 한숨을 쉬고 첫재를돌아 보앗다. 가슴을조리고 섯떤 첫재가 한거름다가 서며 들여다보는 순간

「선비!」

그도 모르게 그는 소리를 지르고나서 웃뚝섯다. 그의앞은 아득해지며 어 떤 암흑한 낭아래로 채여 떨어지는것을 느꼇다. 그가어려서부터 그리워하 던 이선비! 한번 만나보려니……하던 이선비、이선비가 인전 저러케 죽지 안앗는가! 찰라에 그의 머리에는 아까 철수에게서들엇떤말이 번개같이 떠오 른다. 「돈만흔 게집을 얻구 취직을 하구……」 그러다! 신철이는 그만한 여 유가 잇엇다! 그여유가 그로하여금 전향을 하게한게다. 그러나 자신은 어떤 가? 과거와 같이 그러고 눈앞에 나타나는 현재와 같이 아무러한 여유도 없 지 안는가! 그러나 신철이는 길이 만타. 신철이와 나와 다른것이란、여기 잇엇구나!

이러케 생각한 첫재는 눈을 부릅뜨고 선비를 바라보앗다. 어려서부터 그 러케사모하던 저선비! 안해로 맞아 아들 딸나코 살아보랴던 선비! 한번 만 나 이애기도 못해본 그가 결국은 시체가 되어 바루눈앞에 노히지 안핫는가! 이제야 죽은 선비를 엣다 받아라! 하고 던저주지 안는가.

여기까지 생각한 첫재의 눈에서는불덩이가펄펄나는듯하엿다.

그러고 불불 떨엇다. 이러케 무섭게 첫재앞에 나타나 보이는 선비의 시체 는 차즘 시컴한 뭉치가 되어 그의 앞에 칵가로 질리는것을 그는 눈이 뚫어 저라하고 바라보앗다.

이시컴한 뭉치! 이뭉치는 점점 크게확대 되어가지고 그의 앞을 캄캄하게

하엿다。아니 인간이 걸어가는 앞길에 가루 질리는 이뭉치……시컴한 뭉치、이뭉치야말로 인간문제가 아니고 무엇일까?

이 인간문제! 무엇보다도 이문제를 해결 하지안흐면 안될것이다。인간은 이 문제를 위하야 몇천만년을 두고 싸워 왓다。그러나 아직 이문제는 풀리지 안코잇지 안는가! 그러면 앞으로 이 당면한 큰문제를 풀어 나갈 인간이 누굴까?

(끝)

염상섭 씨의 논설 「명일(明日)의 길」을 읽고◉

玄卿駿

초월은 회피하기 때문에 명일의 길이 없다고 상섭 씨가 첫대 외쳐 부르짖었으나 상섭 씨 자신이 벌써 초월하려고 애쓰는 것을 깨닫지 못하는 모양이다. 상섭 씨도 '마네킹 걸' 구경 가는 '마네킹 보이'가 아닐까? 상섭 씨뿐 아니라 요새 문단에서 뒤떠드는 사람들을 보면 속계(俗界)를 멀리하고 심산유곡에서 신선들이 노는 듯이, 아니 구름에까지 올라가고 싶을 터이다. 대중들로 하여금 그 정체를 붙들어보기 어렵게 함으로써 초인적 신비젓 존재의 재적(才的) 위력(威力)으로 대중을 매혹하여 맹목적 존숭과 추수(追隨)적 행동을 받아보려 하는 무모를 그들의 이상(理想)으로 하는 것 같다.

다시 한보 들어가 그들은 초인적 불세출(不世出)의 재사로 자호(自號)하며 대중보다 훨씬 초월한 단계에 있는 것으로 자임하는 방종심을 끝까지 채우기 위하여 문예의 민중화를 꺼려하며 따라서 대중이 그 영역을 침범하여 드디어 그 정체가 나타나면 대중의 뒷발길에 채여 떨어질 것을 아는 소위 소부르조아지 문인들은 의식 무의식으로 그저 대중을 초월코자 하는 것이다. 조선의 거인(?) 양주동 씨가 이 표본이요 향자(向者)에 본지 발표 박영희 씨 「부패의 와중에서」에 대한 양씨의 답변은 종내 『문공(文藝公論)』 발매 선전 광고문으로 되고 말았으니——손을 두드리며 웃지 않을 수 없었다

◉ 강경애의 이 수필은 이상경 편 앞의 전집에 수록된 것을 그대로 옮겼다. 이상경은 이 작품을 수록하면서 다음과 같은 주석을 달고 있다.
염상섭, 「명일의 길-다시 기계 정복에」(『조선일보』1929. 9. 7~21)에 대한 비판의 성격을 띤 글로 '문예작품 독후감'이라는 독자투고 형식으로 실린 것이다. '장연 근우회 지회 내 강경애'라고 밝히고 있어 이 시기 강경애가 근우회 활동을 했음을 알 수 있다.

——두 손을 허공에 헤매이며 영락하여 가는 참태(慘態)는 가긍(可矜)하나 홍미있게 안 볼 수가 없었다. 상섭 씨를 이런 데 비견하는 것은 아니다. 그러나 우리 조선대중을 지남(指南)할 만한 '길'은 고사하고 아직 자신의 길조차 확실히 잡지 못하고 운애 저편에서 논봉을 들고 고함만 치고, 소위 초월을 면치 못하고 현대의 사명을 완전히 깨닫지 못한 것이 아닐까?

대중은 종하(重荷)요 현실은 판로(坂路)라 하였으나 이와 반대로 대중은 '힘'이요 현실은 '길(道)'이라 하고 싶다. 우주에 상하가 없는 것같이 문명과 야만도 상하 분별이 없을 것이니 반드시 문며을 산령(山嶺)으로 야만을 산록(山麓)으로 비유할 것도 아니다. 대중의 힘은 그때 그때 현실의 길을 문명 야만 어느 것을 막론하고 향하는 대로 쉴 새 없이 몰아 나갈 것이니 여기 있어서 즉 핸들이 필요할 것이며 또 핸들을 잡는 영적 동물을 요구할 것이다. 영적 동물을 상섭 씨가 이른바 '지혜의 씨'라 하여보자(?) 그러면 나는 핸들 하나를 더 요구하는 것이니 방향만 잘 잡으면 지름길로 앞섰던 것을 떨어뜨릴 수도 있다는 말이다. 이것은 결코 공중누각을 짓자는 말이 아닌 것을 부언하여 둔다.

나도 과학문명 찬양자요 열렬한 한 사람인 동시에 그의 공리와 병폐도 부정할 수 없는 것은 사실이다. 그러나 과학문명은 사람을 기계의 노예로 만든다고 직단(直斷)하는 것은 너무 과언이 아닐까? 엑케너는 '자아'를 포기치 않으면 쳅백호에 오를 수 없으니 자신이 기계의 노예화하였다. 하나, 나는 그렇지 않다고도 생각된다. 쳅백호를 조작한 사람의 의사로 부여한 그대로 쳅백호는 충실히 성능을 가졌을 뿐이며 여기 엑케너의 정력이 움직여 비로소 사람의 어떤 욕구를 만족케 할 것이니, 다시 말하면 조작자와 조종자의 종합의사를 쳅백호에 전하여 표현한 결과로 보아 엑케너 의사의 일부가 쳅백호로부터 표현된 것이니, 엑케너 자신이 기계의 노예화하였다고만 볼 수 있을까? 요새 흔히 유행되는 기계의 노예화라는 것은 자본주의 가공장 속에 시달리는 피용계급, 과학문명 반동 사상 분자의 과학문명 저주어나 혹은 진화 부인론자, 열광한 종교가들의 역설이 아닐까 한다. 기계로부터의 해방(?) 이따위 호사스러운 말은 귓등으로도 안 들린다. 우리 땅에서는 연돌을 볼 수

없다. 치차(齒車) 엔진이 또 그러하다. 기계로부터의 해방보다 차라리 기계에 계류될망정 악수하고 싶다. 우리들은 엔진에 주린 사람이다. 우리 생계는 주위의 엔진국 때문에 나날이 줄어들어 가지 않는가(?) 엔진국 제4계급—— 피용계급의 사람들도 우리들보다 기름져 있다. 상섭 씨! 이른바 이런 의미가 아니고 따로 철학직 예술직 고상한 깊은 의미가 있다 하씨, 나로서 도저히 엿볼 수 없는 심극한 암시와 풍자가 있다 하더라도 기계에서 해방 운운은 30세기쯤에 가서 발표하는 것이 어떠할까? 더욱 '다시 기계 정복에'라고 표제를 내붙인 것은 '명일의 길'치고는 우리로서 너무나 현실을 초월한 망상이 아닐까?

무산계급의 ××! 약소민족의 ××! 상섭 씨 말과 같이 기운꼴 차고 어깨춤 나오는 말이다. 그러나 자유, 평등, 박애라는 말은 하지도 말 것이다. 부르조아지 자신의 안전을 도모하기 위하여 인류적 결합의 원리로 내놓은 사기적 표어요, 썩은 그들의 무기니, 아무 소용 없기 때문이다. 현대과학문명은 온전히 유산계급이 독점하고 그 혜택을 입고 있을 뿐이다.

그들은 엔진, 치차, 모터 내지 전기, 모든 과학문명의 이기를 응용하여견성(堅城)과 포루(砲壘)를 쌓고 무산계급 진지에 육박하여 살생, 약탈, 능욕의 폭위를 마음대로 부린다. 금일로 명일, 계급적 투쟁은 점점 백열 내지 첨예화하여 간다. 기계 점령! 이것이 무산계급 약소민족 최후 승리다. 이것이야말로 '금일의 길'이요 또 '명일의 길'이 아닐까?

과학의 폭위(暴威)가 예술의 영역을 침식하는 원인이 속도 제일주의로 '문예민중화'를 책(策)함에 있다고 지적하였고 그 결과로 문예의 예술적 가치가 저하하는 경향을 보이는 것을 상섭 씨는 탄식하였다. 이 같은 인습은 소위 부르조아지 문인들로는 도저히 선탈(蟬脫)치 못할 것이며, 곰팡이 슬고 썩은 그들의 일반적 관념이다. 인간 사회를 떠나가지고는 예술이 없다. 예술은 인간 사회를 초월할 수 없다. 예술은 시대에 따라 취하는 소재가 다를 것이며 예술적 가치는 그 예술에 대한 사람의 인식을 따라 결정될 것이므로 가치 저하 운운이라고 독단하는 것은 당치 않은 말이다. 문예에 있어서 문장미 문체미의 가치를 제2의적으로 인정하는 경향은 확실히 있으나, 이것으로 그 가치가 음악적 미술적으로 주객 전도 되기 때문에 문학의 생명과 공효를 보존할 수가 없다고 직단할 수 없겠다. 물론 음악적 미술적 영향을 받기는 받으나 그 이면에 흐르는 예술적 가치는 조금도 손모(損耗)되지 않을 것이다. 영화, 토키, 라디오 등은 활자나 윤전기보다 좀더 발달된 문자보급기관에 지나지 않는 것으로 생각하기 때문에 별 문제로 할 것이다.

예술은 결코 선반에 얹어놓고 '오! 예술이여!' 하고 경배할 것은 아니다. 상섭 씨는 기계를 정복하고 예술을 신격화하려 함은――문인인 만큼 문예의 충복(忠僕)이 되려는 것은 동정하나――이야말로 예술을 상섭 씨의 제2주인공으로 삼겠다는 말인가? 예술의 노예가 되겠다는 말인가?

현대 문예가 기계문명을 중심으로 하게 되었고 또 기계문명을 이용하여 문예민중화의 실현을 보게 되었다. 민중화됨으로써 비로소 더 이상의 가치 있는 예술을 창조할 수도 있을 것이며 여기 있어서만 문예의 생명도 용약될 것이 아닌가? 태서인(泰西人)보다 우리의 살림에 확실히 예술미가 결핍한 것을 발견할 때마다 예술을 선반에 얹어놓고 경원하던 우리의 선조가 얄미워 보이며 비겁함을 엄매(嚴罵)하고 싶다.

과학문명의 병폐를 생각해볼 여유가 없이 과학문명 회오리바람에 휩쓸려 들어가기를 일각도 주저치 말 것이며 추호도 피역(避役)치 말 것이다.

비행기에서 떨어지자! 치차에 끼어 들어가자! 피대(皮帶)에 말려 버리자. 심지어 예술까지 과학문명에 희생시켜 버리자. 그리고 온전히 기계를 점령하자! 말라 가는 민중은 먹을 것을 찾아야 하겠다. 그래야 살 것이 아닌가?

하여간 상섭 씨의 본 논설은 철학적이며 구상이 원활(遠滑)하므로 이해키 어렵다. 첨예화한 계급적 투쟁에는 하등의 효과를 보지 못할 것이며 오히려 무산계급으로서는 안개가 될 것이니 고만 각필(閣筆)하고 말겠다. 그러나 상섭 씨의 결론을 보지 못하고 무모히 대담히 단정해버린 것은 사과한다. 상섭 씨도 우리 조선문단에 빛을 내는 없지 못할 거성(巨星)이니, 나는 상섭 씨에게 많은 기대를 두고 있다.

다사(暴言多謝) 9. 17. 추석 달밤
―(『조선일보』, 1929. 10. 3~7)

양주동 군의 신춘평론

─ 반박을 위한 반박 ─

『조선』『동아』양 지를 통하여 금년 신년 문예란에 군의 문예평론이 굉장히도 대서특서로 발표되었다. 적어도 우리 조선의 대표적 대신문이니만치 나는 경건한 마음으로 읽어보았다. 그러나 나는 처음의 예상이 속아 넘어 가고 나중에는 실망, 아니 군을 타매치 않을 수가 없었다. 일껏 희망에 넘치는 마음으로 맞는 이 신년을 그만 불쾌한 감상으로 맞게 되었다. 나는 이 감상조차도 쓰지 않으려 하였으나 그러나 군이 던진 장난의 돌이 불행하게도 혹 누구에게 맞을까 하는 염려와 또 나에게도 묵과할 수 없는 관심사이기 때문에 이 붓을 들게 되었다.

군의 평론을 보아 나가다가 끝까지 보아야 또 그 소리기 때문에 그만 중도에서 내던지고 말았으나 그 내용과 주장이 여전히 이전 치의 '야끼나오시(재탕)'다. 작년에 쓴 것을 또 금년에, 또 『동아』와 『조선』양 지의 평론 제목은 설사 다르다 하나 그 내용은 별것이 아니다. 마치 어린애들이 완구를 이리 뒤적 저리 뒤적거리거나 뜯었다 고치고 하는, 즉 눈 가리고 아웅 하는 셈이다. 다시 말하면 군을 몬예소아병자(文藝小兒病者)라 할는지? 또 박영희 씨 말과 같이 악희(惡戱) 대장이라고 하는 것이 적당할는지도 모른다.

혹이 악희를 천진으로 돌리고 말면 용서할 점이 있다고 할 수는 있을 터이나, 그러나 그 악희의 이면 심사를 가만히 살펴볼 때 참말 고약한 것이 보인다. 그것은 양편으로 볼 수가 있는데, 첫째는 그 평론에 우월적 태도가 노골 보이는 것과 둘째는 자기선전 도전의식을 은연히 나타내고있다는 것이다. 그것을 다시 상세히 말하면, 군의 문단 좌우파를 초월한 고답적 지위에 있어 가지고 양 파를 두 손으로 주무르려는 듯한 우월적 태도가 「좌우 양 파에게 질문」이라는 제목에서부터 벌써 엿볼 수가 있었다. 아마 군은 일본의 정객 오자끼(尾崎行雄)가 정단에서 민정·정우 양당을 질타한 그 쾌감을 머리에 그리고 있는지는 모르나.

또 다음에는 군이 일반 문사들――그 중에도 춘원――의 반박을 일신에 받아보려 하는 자기선전적 도전의식이 풍부히 보인다. 물론 자기의 철저한 주의 주장을 끝까지 관철하기에 반박은 상당히 각오할 것이며 또 일신에 그것을 받는 것이 퍽 아름다운 일이나…… 그러나 군의 글 가운데서 그만한 열과 성을 도대체 골라내려 해도 못 골라내니 걱정이다.

군은 아마 춘원을 동경하고 경앙하는 모양이다. 가령 군이 춘원을 우리 문단에 제1위로 올려놓고 본다면, 자신은 그 다음쯤 놓고 볼 군으로 보인다. 군은 그만큼 자부심이 많을 것이다. 사실 춘원은 문사 중에 제일 많이 독자를 가졌을 것이다(그러나 나는 춘원에게 좌단하려는 것은 아니다). 그렇기 때문에 군이 춘원을 논박의 목표로 더욱 삼는 것은 춘원의 반박을 내심 갈망하는 것이 아니냐? 왜 그러냐 하면 제일 독자를 많이 가진 춘원을 자기선전적 도구의 대상으로 삼는 영리한 군인 까닭이겠다. 군은 삼년 전에도 어느 때인지 춘원과 열과 성이 없는 다툼을 한 것을 나는 기억한다.

내가 여기까지 써온 것도 혹 나 자신이 역시 군의 자기선전적 도구의 대상이 얼마간 될지는 모른다. 그러므로 나는 길게 말하지 않고 오직 군에게 충고하는 것은 좀더 깊은 수양을 쌓은 뒤에 진지한 의식과 신중한 태도로 우리 문단에 빛을 돋워주기를 바라는 동시에 군의 대서특서로――더욱 독장군 모양으로――양 지를 장식한 평론은 도리어 우리 문단의 빈약을 폭로시킨 데 지나지 않았다. 이것이 어찌 나에게도――독자의 한 사람으로서도――

관심사가 아니리요? 이것이 부르조아 문단의 몰락을 표징하는 한 비명이라
면 묵과할 수 있으나…… 그러나 군도 프롤레타리아 문단에 얼마간 굴복이
되었고 또 반성의 기분이 약간 보이는 것은 다소간 진보되었다고도 볼 수
있을는지?(각필)

—(『조선일보』, 1931. 2. 11)

간도를 등지면서◉

차 안에서 만난 아이

1932년 6월 3일 아침.

씻은 듯이 맑게 개인 하늘가에는 비행기 한 대가 프로펠러의 폭음을 발사하면서 배회할 제 용정촌(龍井村)을 등지고 떠나는 천도 열차(天圖列車)는 외마디의 이별 인사를 길게 던졌다.

나는 수많은 승객 틈을 뻐기고 자리를 잡자마자 차창을 의지하여 돌아보니 얼신얼신 멀어가는 용정촌.

그때에 내 머리에 얼핏 떠오르는 것은 내가 처음으로 발을 들여놓던 작년 이때다. 그때에 용정 시가는 신록이 무르익은 가로수 좌우 옆으로 청천백일기(靑天白日旗)가 멋있게 나부끼었고 붉고도 흰 벽돌집 사이로 흘러나오는 깽깽이의 단조로운 멜로디는 보랏빛 봄하늘 아래 고이고이 흩어지고있었다.

그러나 가로에서 헤매이는 걸인들의 이 모양 저 모양. 그들에게 있어서는 봄날도 깽깽이 소리도 들리지 않는 듯 역두(驛頭)에서 흩어지는 낯선 사람의 뒤를 따르면서 그 손을 벌릴 뿐 그 험상진 손!

나는 이러한 옛날을 그리며 아까 역두에서 안타깝게 내 뒤를 따르던 어린 거지가 내 앞에 보이는 듯하여 다시금 눈을 크게 떴을 때 차츰 멀어가는 용정 시가 위에 뜬 비행기 그리고 늦은 봄바람에 휘날리는 청·홍·흑·백·

◉ 강경애의 이 수필은 작자가 1932년 ≪동광≫ 8월호와 10월호에 련재시킨것인데 본고는 소재영 편 ≪간도유랑40년≫(조선일보사, 1989년 9월 제1판)에 수록된 것을 그대로 옮겼다. 소재영 편에는 9개의 주석이 달려있는데 다시 옮기면서 그 주석들은 없애버렸다.

황의 오색기가 백양(白楊)나무 숲 속으로 번듯거렸다.

✕

차창으로 나타나는 논과 밭, 그리고 아직도 젖빛 안개 속에 잠든 듯한 멀리 보이는 푸른 산은 마치 꿈꾸는 듯, 한 폭의 명화를 대하는 듯, 그리고 아직도 산뜻한 아침 공기 속에 짙은 풀 냄새와 함께 향긋한 꽃 냄새가 코밑이 훈훈하도록 스친다.

밭둑 풀숭쿠리 속에 좁쌀꽃은 발갛게 피었으며 그 옆으로 열을 지어 돋아나는 조싹은 잎새를 두 갈래로 벌리고 붉게 타오르는 동컨 하늘을 향하여 햇빛을 받는다. 마치 어린애가 어머니 젖가슴을 헤치듯이 그렇게 천연스럽게 귀엽게! … 어디선가 산새 울음 소리가 찍찍하고 들려온다. 쿵쿵대는 차바퀴에 품겨 들리는 듯 마는 듯.

"어디 가세요!"

하는 소리에 나는 놀라 돌아보니 어떤 트레머리 여학생이었다. 한참이나 나는 그를 바라보다가

"서울까지 갑니다. 어디 가시나요."

생긋 웃어 뵈이는 입술 속으로 하얀 이가 내밀었다.

"그러세요. 그럼 우리 동행합시다."

마침 나와 맞은컨에 앉은 어린 학생이 졸다가 옆에 앉은 일인(日人)에게로 쓰러졌다.

"아라!"

내 옆에 앉았던 여학생은 날래게 일어나 어린 학생을 붙들어 앉히며 유창한 일어로 지껄인다. 일인은 어린 학생을 피하여 앉다가 이켠 여학생에 끌려 어린 학생을 어루만지며 서로 말을 건네었다.

✕

나는 그들의 말을 귓결에 들으며 다시금 창 밖을 내어다 보았다. 금방 내 앞으로 다가오는 밭에는 어쩐지 조싹을 발견할 수가 없어 나는 자세히 둘러보았을 때 '지금 촌에서는 밭갈이를 못 해서 묵히는 밭이 많다지. 올해는 굶

어죽을 수 났다.' 하던 말이 내 머리를 찡하니 울려주었다. 나는 뒤로 사라져 가는 그 밭을 안타깝게 바라보았다. 거기에는 온갖 잡풀이 얽히었을 뿐이었다. 그때에 내 가슴은 마치 돌을 삼킨 것처럼 멍청함을 느꼈다. 따라서 농부들이 저 밭을 대하게 되면 어떨까, 얼마나 아까울까, 얼마나 애수할까, 흙의 맛을 알고 그 흙에서 매일 달라가는 조싹의 자라나는 그 자미 그야말로 농부 자신이 아니고서는 알지 못 할 그 무엇이 들어 있겠구나. 이렇게 생각하며 얼핏 이러한 노래가 떠올랐다.

지금은 봄이라 해도
만물이 소생하는 봄이라 해도
이땅에는 봄인 줄 모를레 보를레

안개비 오네 앞산 밑에 풀이 파랬소
이 비에 조싹이 한 치 자라고
논둑까지 빗물이 가득하련만

아아 밭갈이 못 했소
논갈이 못 했소
흙 한 줌 내 손에 못 쥐어봤소

나는 이 노래를 금방이라도 종이 위에 옮기고 싶은 충동을 느끼며, 빠스켓(바스킷)을 뒤졌으나 종이도 붓도 없어서 그만 꾹 참고 보누라 없이 획근 돌아보니 옆에 앉은 그 여학생은 <주부지우(主婦知友)>를 들고 들여다 본다.

일인은 그침없이 여학생에게 시선을 던지며, 방긋방긋 웃고 있었다.

마침내 일인은

"회령 어디 계십니까?"

하고 묻는다. 그는 가볍게 머리를 들며

"도립 병원에 있습니다."

이 말에 나는 그가 간호부인 것을 직각하며 다시금 그를 쳐다보았을 때, 어디선가 그의 몸 전체에서 흘러나오는 약냄새를 새삼스럽게 느꼈다.

✕

아까 내 맞은편에서 졸던 어린애는 어느덧 여학생 곁으로 와서 앉아 물끄러미 책을 들여다본다.

"글세 이 애 혼자서 상삼봉(上三峰)까지 간다지요."

그는 어린애를 가리키면서 나를 쳐다본다. 나도 그 말에는 놀라서 그 애를 자세히 들여 다보았다. 얼굴이 둥글둥글한데다 눈이 큼직한 보암직스러운 사내였다.

"너 몇 살이냐?"

그는 머리를 숙이며

"일곱 살이여요."

"응, 용쿠나, 너 혼자 어디 가니?"

"삼봉가요."

"응, 아버지 어머니 다 계시냐?"

어린애는 우물쭈물하며 말 끝이 입술 속으로 숨어들고 있다.

"애 똑똑히 말해."

그 여자는 어린애를 들여다보며 이렇게 상냥스럽게 말하였다. 그러나 그는 끝까지 말을 아니하고 있었다. 나는 웃으며 무심히 앉았을 때

"이 애가 울어!"

그 여자는 어린 학생의 머리를 들며 들여다본다. 나도 얼핏 그편으로 보았을 때 그 까만 눈 속 사이로 커다란 눈물이 뚝뚝 흘렀다. 그때에 나는 그 애가 아버지도 어머니도 없는 고아였음을 짐작하자 내가 왜 그런 말을 함부로 물었던가. 내가 짐작하는 그대로 참으로 그 애 아버지 어머니가 없었다면 저 어린 것의 가슴이 얼마나 내 물음에 아팠으랴 하고 생각하면서

"이리온 이거 봐."

그 여자의 손에서 <주부지우>를 옮겨 내 무릎 위에 놓으며 표지의 그림

을 내보였다. 어린애는 눈물을 씻으며, 슬금슬금 바라볼 때 여러 사람의 시선은 어린애게로 집중됨을 나는 느꼈다.

×

어느덧 차는 도문강(圖們江) 안참(岸站)에 이르렀다. 중국인 순경에게 나는 일일이 짐조사를 받은 후, 어린애와 몇 마디 이야기를 주고 받는 사이에 벌써 차는 슬슬 미끄러졌다.

옆의 여자는 내 어깨를 가볍게 흔들며

"도문강이여요. 에그 저 고기 봐!"

말 마치기가 무섭게 나는 머리를 돌려 굽어보았다.

강변 좌우로 늘어진 버들가지에 강물 속까지 푸르렀으며 그 속으로 헤엄쳐오르는 금붕어 · 은붕어를 보고, 나는 몇 번이나 하나, 둘, 셋, 넷 하고 입속으로 그 수를 헤이다가 잊어버렸는지

"고기 고기도 있어요!"

조그만 손을 쑥 내밀어 가리키는데, 나는 어린애의 손을 꼭 쥐며 이렇게 중얼거렸다.

"네게도 뵈니, 어디 있어, 어디 가리켜 봐. 또."

어린애를 쳐다보았다. 그는 무심코 이런 말을 했다가 내가 재쳐 묻는 결에 그만 부끄러운 생각이 났던지 머리를 숙이며 잠잠하다. 순간에 나는 그 애가 아버지 어머니 틈에서 자라지 못한 불쌍한 애였음을 확실히 알았다.

강물 사이로 바라보이는 조선땅! 산색조차 이편과는 확연히 다르다. 산봉이 구비구비 높았다 낮아지는 곳에 그침없이 아기자기한 정서가 흐르고 기름이 돋는 듯한 떡갈나무와 싸리나무는 비오는 날 안개 끼듯이 산봉 끝까지 자욱하여 푸르렀다.

×

차가 상삼봉 역에 닿자마자, 내곁에 앉았던 어린애는 냉큼 일어났다. 그 뒤를 따라 나도 빠스켓을 들고 일어나며

"이젠 다왔지…정 네 이름 무어냐."

찻간에서 정들인 이 어린 것의 이름도 모르고 보내는 것도 퍽도 섭섭하였다. 어린애는 잠잠히 차에서 내려서며

"순봉이."

"응 순봉이, 순봉아 잘 가거라."

나는 해관 검사실(海關檢查室)로 들어가며 돌아보았을 때 순봉이는 개찰구로 나가며, 다시 한 번 이켠을 돌아보고 사람들 틈으로 사라지고 만다. 어쩐지 나는 무엇을 잃은 듯한 느낌으로 그에의 사라진 곳을 한참이나 바라보았다.

30분 후에 우리는 상삼봉 역을 출발하였다. 간호부와 나는 순봉의 이야기를 주고 받으며 다시금 순봉의 그 까만 눈을 그려보았다.

×

형사는 차례로 짐뒤짐을 하며 우리 앉은 앞으로 오더니, 역시 내 짐이며 몸을 뒤지보고 몇 마디 말을 물어본 후 간호원에게로 간다. 그는 언제나 삽삽한 태도와 유창한 일어로 대하여 준다.

차는 도문강을 바른편에 끼고 빙빙 돌았다. 실실이 늘어진 버들가지 사이로 넘쳐흐르는 도문강 물, 언제 보아도 싫지 않은 저 도문강 물, 네가슴 위에 뜻있는 사람들의 상기된 얼굴이 몇몇이 비쳤으며 의분에 떨리는 그들의 몸을 그 몇 번이나 안아 건네었느냐,

숲속으로 힐끔힐끔 뵈이는 가난한 사람들의 우막은 작년보다도 그 수가 훨씬 늘어보였다. 그 속에서도 어린애들이 소꿉놀이를 하며 천진스럽게 노는 꼴이 뵈인다.

×

나는 이켠으로 머리를 돌리니 길회선(吉會線) 철도 공사 인부들이 까맣게 쳐다뵈이는 석벽 위에 귀신같이 발을 붙이고 돌을 쪼아내린다. 나는 바라보기에도 어지러워서 한참이나 눈을 감았다. 다시 보면 볼수록 아찔아찔하였다. 아래 있는 인부들은 그 돌을 이를 맞추어 차례차례로 쌓아올라가고 있다.

나는 차 안을 새삼스럽게 둘러보았다. 그러나 누구 한 사람 그곳을 주시하는 사람조차 없는 듯하다. 모두가 양복쟁이었으며 학생이었으며 숙녀이었었다. 우선 나조차도 저 돌 한 개를 만져보지 못한 사람이 아니었더냐.

학생들은 무엇을 배우나, 소위 인텔리층 신사 나으리들은 어떻게 살아가나, 누구보다도 나는 이때까지 무엇을 배웠으며 무엇으로 입고 무엇으로 먹고 이렇게 살아왔나.

×

저들의 피와 땀을 사정없이 긁어보아 먹고 입고 살아온 내가 아니었느냐! 우리들이 배운다는 것은 아니 배웠다는 것은 저들의 노동력을 좀더 착취하기 위한 수단이 아니었느냐!

돌 한 개 만져보지 못한 나, 흙 한 줌 쥐어보지 못한 나는, 돌의 굳음을 모르고 흙의 보드러움을 모르는 나는, 아니 이 차 안에 있는 우리들은 이렇게 평안히 이렇게 호사스럽게 차 안에 앉아 모든 자연의 아름다움을 맛볼 수가 있지 않은가.

×

차라리 이 붓대를 꺾어버리자, 내가 쓴다는 것은 무엇이었느냐, 나는 이때껏 배운 것이 그런 것이었기 때문에 내 붓 끝에 쓰여지는 것은 모두가 이런 종류에서 좁쌀 한 알만큼, 아니 실오라기만큼 그만큼도 벗어나지 못하였다. 그저 한 판에 박은 듯하였다.

학생들이여! 그대들의 연한 손길 그 보드러운 흰 살결에 태양의 뜨거움과 돌의 굳음을 맛보지 않겠는가. 우리는 먼저 이것을 배워야 하지 않겠느냐, 그리하여 튼튼한 일꾼 건전한 투사가 되지 않으려는가.

돌에 치어 가로 세로 줄진 그 손이 그립다. 그 발이 그립다. 햇볕에 강철과 같이 굳어진 그 뺨이 그립다! 얼마나 믿음직스러운 손이랴.

간도여 잘 있거라

이런 생각에 잠긴 새 기차는 어느덧 회령에 도착하였다. 동행하던 여성을 따라 역에 내리니 역두에는 출영인(出迎人)으로 잡답하였다. 웬일인가 하여 휘휘 돌아보니 맨 앞에 달린 화물차 속에서는 군인들이 꾸역꾸역 몰려나온다. 나중에 알고 보니 혼춘(琿春) 지방에 출정하였던 군대라고 한다. 그러자 이켠 뒤 객차에서는 수백 명의 중국인들이 남부여대(男負女戴)하여 밀려나온다. 이들은 조선을 거쳐 중국 본토로 가는 간도의 피난민이다.

나는 한참이나 멍하니 그들의 이 모양 저 모양을 바라 볼 때 무어라고 말로 옮길 수 없이 가슴이 답답함을 느꼈다.

×

나는 얼결에 구외(構外)로 밀려나왔다. 군대는 행렬을 정돈하여 유량(嚠喨)한 나팔 소리에 맞춰 무보(武步)당당히 군중 앞으로 걸어간다. 우렁차게 일어나는 만세 소리! 그 중에도 천진한 어린 학생들의 그 고사리 같은 손에 잡혀 흔들리는 일장기! 그 까만 눈동자!

×

햇볕에 빛나는 총검에서는 피비린 냄새가 나는 듯 동시에 ××당의 혐의로 무참히도 원혼으로 된 백면장정(白面狀丁)의 환영이 수 없이 그 위를 달음질치고 있었다. 나는 발길을 더 옮길 용기가 나지 않았다. 동행 여성은 내 손을 쥐고 작별 인사를 하였다.

"안녕히 가세요."

겨우 입 속으로 중얼거린 나는 그의 사라지는 뒷꼴을 바라보며 아차 이름이나 서로 알았으면 하는 후회를 하였다.

×

수없는 피난민들은 군대의 행보하는 것을 얼빠지게 슬금슬금 바라보며 보기만이라도 무섭다는 듯이 그들의 몸을 쪼그린다. 정든 고향을 등지고 생명의 보장이나마 얻어볼까 하여 누더기 보따리를 짊어지고 방향도 정하지

못하고 밀려나오는 그들… 아니 그들 중에는 백의 동포도 얼마든지 섞여 있다.

×

오후 6시에 기차는 회령 역을 출발하였다. 경편차(輕便車)보다는 마음이 푹 놓여 차창을 의지하여 밖을 내어다 보았다. 마침 형사들이 와서 지분거리기에 그만 눈을 꾹감고 자는 체하던 것이 정말 잠이 들고 말았다. 이따금 잠결에 눈을 들어보면 높고 낮은 산봉 위에 저녁 노을빛이 불그레하니 얽혀 있었다.

×

이튿날 아침 이른 새벽.

검푸른 안개 속으로 어렴풋이 나타나보이는 솔포기며 그 밑으로 흰거품을 토하며 싹 내밀치는 동해 바다물, 그리고 하늘에 닿은 듯한 수평선 저쪽으로, 꿈인 듯이 흘러나리는 한 두 낱의 별, 살았다 꺼진다.

×

벌써 농부들은 괭이를 둘러매고 논둑과 밭머리에 높이 서 있었다. 금방 이앙한 볏모는 시선이 닿는 데까지 푸르러 있었다.

×

이따금씩 숲 사이로 뵈이는 초라한 초가집이며 울바주 끝에 널은 흰빨래며 한가롭게 풀 뜯는 강변에 누워 소의 모양이 얼핏얼핏 지나친다.

잠시나마 붉은 구릉으로 된 단조 무미한 간도에 살던 나로서는 이 모든 경치에 취하여 완연히 선경으로 들어가는 듯한 느낌이 있었다. 그러나 이곳저곳에 흩어져 있는 큰 공장에서 시커먼 연기를 토하고 있는 것은 장차 무엇을 말함일까.

×

대자본가의 잠식(蠶食)이 그만큼 맹렬히 감행되고 있는 것이 파노라마 모양으로 역력히 보여진다. 기차는 이 모든 것을 보여주면서 산구비를 돌고 '돈넬(터널)'을 지나 숨차게 경성을 향하여 달음질친다. 그러나 나의 마음만은 반대 방향으로 간도를 향하여 뒷걸음친다. 아, 나의 삶이여.

전란의 와중에서 갈 바를 잃고 방황하는 가난한 무리들!

✕

그나마 장정은 죽었는지 살았는지 다 어디로 가버리고 오직 노유부녀(老幼婦女)만이 그래도 살아보겠다고 도시를 향하여 피난해 오는 광경이 다시금 내 머리에 떠오른다.

✕

부모 형제를 눈뜨고 잃고도 어디가서 하소연 한마디 할 곳이 없으며 그만큼 악착한 현실에 신경이 마비되어버린 그들! 눈물조차 그들에게서 멀리 달아나버리고 말았다. 오직 그들 앞에는 죽음과 기아만이 가로놓여 있을 뿐이었다.

✕

그러나 간도여! 힘있게 살아다오! 굳세게 싸워다오! 그리고 이같이 나오는 나를 향하여 끝없이 비웃어다오!

열차는 원산(元山)을 지나 삼방(三防)의 험산을 바라보며 여전히 닫는다.

커다란 문제 하나[●]

세계 풍운은 뒤숭숭한 채 겨우 1932년을 마치고 미결산 그대로 1933년을 맞게 되었다. 나는 반드시 자기의 희망과, 또는 나 자신의 관념적 태도를, 객관적 현실과 바꾸어 놓고 선동적 언사를 희롱하려는 위험한 과오를 범하지 않으려고 함쓰고 있으나, 나는 이 해를 어쩐지 폭풍우의 잔날 밤을 맞는 듯한 느낌으로써 보지 않을 수가 없다. 그러면 이때에 처한…… 인 동시에…… 의 하나인, 더욱 이 땅 여성 동무들은 일대 각성이 있지 않으면 안 될 것이다.

그런데 지금의 우리 여성들은 일반적으로 명일의 푹풍우를 깨닫지 못하고 오늘밤의 고요한 것에만 단꿈을 꾸려 드는 느낌이 없지 않다.

현하 세계 정세를 한번 보면 ××주의 국가는 그의 최후 과정인 ××××의 길을 밟게 되었으며 생산 조직의 질곡은 백도의 팽창을 보게 되었으니 ××의 ××진출과 동양 몬로주의, 미국과 영국의 경제 블록…… 등 세계 열강은 종내 관세의 대장벽으로 내부의 모순을 일시나마 미봉하려고 한다.

필경 열강간의 세계 제2대전이 일지 않을 수 없을 것이 명약관화이다. 보라. 국제연맹의 위신은 무여지하게 떨어지고 방금 열강은 군비 대확장에 몰두하고 있으니 그 결과는 장차 무엇을 일으키려느냐? 인류의 사멸 그것뿐이다. 그러므로 1933년을 맞는 이때는 과연 폭풍우의 전날 밤으로 안 볼 수가 없다. 그러면 이때를 당한 ××××은 그 선동에 휩싸여 그만…… 되고 말아야

할 것이냐. 아니다. 우리들은 이…… 전쟁을 방지하여 인류 사멸의 몰락에서 구원하기 위하여, 역사적 필연적 진행에 대하여 변증법적 자기 운동에 의식적 적극 행동을 취할 것이다. 이것이야말로 실로 ××××과 ×××을 해방하는 동시에 세계인류를 도탄에서 구원하는 것이 될 것이니, 무엇보다도 이것이 우리들의 앞에 놓인 딩연의 위대한 사업이다.

—(『신여성』, 1933. 1)

간도의 봄
- 심금을 울린 문인의 이 봄 -

간도라면 듣기만 하여도 흰 눈이 산같이 쌓이고 백곰들이 떼를 지어 춤추는 황원한 광야로만 생각될 것이다. 더구나 이런 봄날에도 꽃조차 필 수 없는 그런 재미꼴 없는……

사실에 있어서 시력이 못 자랄 만큼 광야는 넓다. 그리고 꽃 필 새 없이 봄은 지나가버리고 만다. 그 대신 무연히 넓은 광야니 만큼 이 봄날이 오면 황진(黃塵)이 눈뜨기 어렵게 휘날리고 있다.

그러나 나는 간도의 그 봄…… 내 눈 속에 티끌만 넣어주던 그 봄을 잊을 수가 없다. 진달래꽃 속에서 봄맞이를 하는 나임에 한 원인도 되겠지마는 무엇보다도 그 봄에 안긴 인간 생존이 너무나 봄답지 못한 살풍경을 이룬 때문에 한층 더하였다.

어떤 날 나는 빨래를 할 양으로 해란강으로 향하였다. 간도의 명산인 백양나무숲은 벌써 봄빛이 푸르렀고 강물소리는 제법 높아졌다. 그리고 강물 위로 뗏목들은 슬슬 달음질친다.

나는 빨래를 돌 위에 놓고 샘 구멍을 파기 시작하였다. 이 강물은 언제나 흐려 있는 탓으로 모래 밑에 샘 구멍을 파가지고야 빨래를 한다. 벌써 몇몇 낯익은 부인들이 돌아가며 샘 구멍을 파고 있다. 물에 적신 그들의 불그레한 팔뚝 밑으로 산에서나 들에서 얻어볼 수 없는 그런 심연한 봄빛을 볼 수가 있었다.

저켠 언덕으로 국자가를 내왕하는 호로마차가 손님을 가들히 태우고 구름같이 먼지를 피우며 지나친다. 뒤이어 철교 위에는 경편차가 쿵쿵 소리를 내며 내닫는다. 기계문명의 이기는 벌써 이곳까지 개척하기 시작한다. 일방

만철(滿鐵) 경영으로 부설 중인 ?선 광궤(廣軌) 철도는 그 시(時)로 이 경편차를 구축할 것이며 동시에 대자본의 위세는 이 지방 샅샅이 미치고야 말 것이다.

모아산(帽兒山)을 넘어오는 산산한 바람은 우리들의 옷깃을 향기롭게 스치고 돌아간다. 그리고 방망이 끝에 채어 오르는 물방울은 안개비가 되어 보슬보슬 떨어진다. 나는 잠깐 봄에 취하여 어디라 할 곳 없이 바라보고 있었다. 잿빛 벌 속으로 힐끔힐끔 보이는 중국인과 조선인의 초가며 그 위를 파랗게 달음질쳐 나간 봄하늘, 그리고 두어 마리 산새 울음 소리……

갑자기 프로펠라 소리가 머리 위에서 들리며 두 셋의 비행기가 지나차다 앞산 위에다 쾅! 하고 폭탄을 던진다. 나는 공포에 가슴이 벌렁벌렁 뛰기 시작하였다. 뒤이어 저켠으로 사람들이 욱욱 밀려오기에 나는 그만 벌떡 일어나서 그들의 말을 개어 들으니 방금 비적(匪賊)을 내다 목베는 것을 보고 오는 모양이다.

빨래하던 우리들은 손에 맥을 잃어버리고 되는대로 주섬주섬 빨래를 짜 가지고 돌아오고 말았다.

시가에서는 군경을 실은 트럭이 종횡으로 질구(疾驅)하며 그 안에는 우렁차게 흘러나오는 승승(乘乘)의 군가(軍歌), 그리고 바람에 휘날리는 일장기로 시가를 단장하였다. 용정의 치안을 맡으신 만주국 경관 나리들은 이 모든 것을 얼빠지게 바라본다. 마치 탄알없는 총 모양으로.

집에 돌아오니 남편은 벌써 학교로부터 돌아와 있었다. 하루 종일 교단 위에서 피로했을 줄은 번연히 알건만 무어라고 입을 떼려니 말이 나오지를 않았다. 남편도 역시 묵묵히 바라만 볼 뿐. 즐거워야 할 이 봄…… 기뻐야 할 이 봄이건만.

그때 불안과 공포에 싸여 그 봄을 맞던 간도! 이 봄은 또 어떻게 맞았는지? 그러나 간도여, 너는 그 봄을 용감히 맞았다. 피에 물들인 그 봄! 나는 비록 너의 가슴을 떠났으나 그때 받은 그 봄의 힘은 내 가슴에 아직도 물결치고 있다. 아니 영원히.

—(『동아일보』, 1933. 4. 23)

나의 유년시절(幼年時節)

　5세에 아버지를 여읜 나는 일곱 살에 고향인 송화를 등지고 장연으로 오게 되었습니다. 말할 것도 없이 어머니는 생계가 곤란하시므로 더구나 장차 의지할 아들도 없고 다만 딸자식인 나를 믿고 언제까지나 살아가실 수 없는 고로 개가를 하셨던 것입니다.

　그때에 의붓아버지에게는 남매가 있었으니 남아는 16, 7세 가량이었으며 게집애는 내 한 살 위가 되었습니다. 그러므로 내가 온 지 이틀도 지나가 전에 벌써 우리들은 싸움을 시작하였습니다.

　날이 갈수록 어머니의 속상하실 것은 말할 것도 없고 의붓아버지까지라도 적지 않게 실망을 하여 나중에는 몇 번이나 헤어지려고까지 한 기억이 아직껏 남아 있습니다.

　우리들이 싸움을 하고 울 때마다 어머니는 너무 속상해서 우시면서,

　"경애야 너 싸우지 마라. 너 정말 늘 그러면 난 이렇게 눈 감고 죽고 말겠다."

　하시는 것이 거의 날마다 하시는 말씀이었습니다. 철없는 나이라 죽는다는 말에는 그만 겁이 나서 그렇게 북받치는 울음도 마음껏 내 울지 못하고 어머니 일하는 곁에 성명 없이 따쪼그려 앉아 있었습니다. 아버지의 돌아가시는 것을 본 까닭으로.

　그러나 웬일인지 날이 갈수록 어머니를 빼놓고 그 집안 식구는 나를 몹시도 미워하는 것 같았습니다. 무엇보다도 어머니가 잠시만 빨래 같은 것을 하시게 되어 집에 안 계시면 의붓아버지까지라도 한목이 되어 나에게 무서운

눈을 흘기며 조금만 잘못하면 때리는 것이었습니다. 인생의 반길에 가까워 오는 저이건만 아직까지도 그 눈 흘기는 기억이 문득문득 생각키울 때가 많습니다.

제가 바로 열 살 나던 때의 봄입니다. 지금도 이렇게 적으니까 그때에는 모두가 날 보고 도토리알이라는 별명까지 지어주었습니다. 그러나 이지는 엉뚱하게 발달되었던 것입니다. 그때에 벌써 『조웅전』이며 『숙향전』 할 것 없이 내 눈에 띄인 소설책이라고는 기어코 독파하고야 견디었습니다.

봄! 우리집 뒷산에는 살구꽃 앵두꽃 복숭아꽃이 피어오르는 솜뭉치같이 아주 온 산을 푹 덮어버렸습니다. 따라서 우리들이 각시를 만들어 가질 달래풀까지 길이길이 좋았습니다.

어머니는 그날도 빨래를 가시며 싸움하지 말고 잘 놀아라고 몇 번이나 부탁하시며 누룽지를 두 아이에게 똑같이 나누어주시고 가셨습니다. 우리들은 누룽지를 먹으며 소꿉지를 하다가 싫증이 나서 산으로 기어올라 달래풀을 뜯기 시작하였습니다.

큰년이는 몸이 비둔하여 빨랑빨랑치를 못함으로 언제나 산에 오르게 되면 내 뒤꽁무니를 쫓아다니며 내가 먼저 뜯은 나무가지에 손을 대었습니다. 역시 그날도 그러하였습니다. 한참 후에,

"경애야 경애야, 이리 오라우, 여기 달래풀 많아"

큰년이가 부름에 생각 없이 깡충깡충 뛰어갔더니 덮어놓고 내 치마앞을 헤치고 들여다보며 그 중 좋은 것으로 움켜 쥐었습니다. 불의지변을 당한 나는 그만 너무 분하여 큰년의 손을 쥐며 뿌리치니 그는 담박에 달려들어 나의 머리를 잡아 숙치며 꼬집어 당겼습니다. 그의 힘을 잘 아는 나는 어쩌는 수 없이 힘껏 뿌리치고 도망쳤습니다. 그는 씩씩하며 무섭게 따라왔습니다.

집으로 내려가니 어머니가 아직도 안 오셨을 터이고 그래서 산 위로 도망질치다가 내가 매일 잘 오르는 살구나무를 타고 잔나비 모양으로 발발 기어올랐습니다. 그가 나무를 타지 못하는 줄 잘 알기 때문이었습니다. 마침내 큰년이는 살구나무 아래까지 와서는 나무를 사정없이 흔들어 놓으니 마치 겨울에 눈 내리는 것처럼 꽃송이가 펄펄 날아 내 머리와 옷이며 그 애에게

까지 빨갛고 희게 떨어집니다.

한참이나 흔들던 그는 싫증이 났던지 뭐라고 욕을 퍼부으며 집으로 내려갔습니다. 나는 적이 가쁜 숨을 몰아쉬고 어서 바삐 어머니가 오시기를 눈이 아물아물하도록 바라보고 있었습니다. 그때에 내 눈이 뚫어지도록 바라보던 어머니가 오실 그 길! 이 봄을 맞는 나에게 아직까지 그 길이 아득하게 나타나 보입니다.

─(『신동아』, 1933. 5)

이역(異域)의 달밤

1933년도 저물었다.

이 밤의 교교한 월색은 여전히 나의 작은 몸뚱어리를 눈 위에 뚜렷이 던져준다. 두 달 전에 저 달은 내 고향서 보았건만……?

이곳은 북국. 북국의 밤은 매우 차다. 저 달빛은 나의 뺨을 후려치는 듯 차다. 그리고 사나운 바람은 몰려오다가 전선과 나뭇가지에 걸려 휙휙 소리 쳐 운다. 그 소리는 나의 가슴을 몹시도 흔들어준다. 때마침 어디서 들려오는 울음 소리…… 나는 문득 이런 노래가 생각난다.

> 이 밤에
> 어린애 우네
> 밤새껏 우네
>
> 아마 뉘 집 애기
> 빈 젖을 빠나부이
> 밤새워 빠나부이

못 입고 못 먹는 이 땅의 빈농들에게야 저 바람같이 무서운 것이 또 어디 있으랴! 사의 마신이 손을 벌리고 덤벼드는 듯한 저 바람! 굶주린 저들은 공포에 떨 뿐이다.

이곳은 간도다. 서북으로는 시베리아, 동남으로는 조선에 접하여 있는 땅이다. 영하 40도를 중간에 두고 오르고 내리는 이 땅이다.

그나마 애써 농사를 지어 놓고도 또다시 기한(飢寒)에 울고 있지 않는가!

백미 1두(斗)에 75전, 식염 1두에 2원 20전, 물경 백미값의 3배! 이 일단을 보아도 철두철미한 ××수단의 전폭을 엿보기에 어렵지 않다. '가정이 공어 맹호야(苛政 恐於猛虎也 - 가렴주구하는 정치가 사나운 호랑이 보다 더 무섭다)'라던가? 이 말은 일찍이 들어왔다.

황폐하여 가는 광야에는 군경을 실은 트럭이 종횡으로 질주하고 상공에는 단엽식(單葉式) 비행기만 대선회를 한다.

대산림으로 쫓기어 ××를 ××××××하는 그들! 이 땅을 싸고 도는 환경은 매우 복잡다단하다. 그저 극단으로 중간성을 잃어버린 이 땅이다.

인간은 1937년을 목표로 일대 살육과 파괴를 하려고 준비를 한다. 타협, 평화, 자유, 인도 등의 고개는 벌써 옛날에 넘어버리고 지금은 제각기 갈 길을 밟지 않을 수 없게 되었다.

군축(軍縮)은 군확(軍擴)으로, 국제 협조는 알력으로, 데모크라시는 파쇼로, 평화는 전쟁으로…… 인간은 정반합의 변증법적 궤도를 여실히 밟고 있다.

이 거리는 고요하다. 이따금 보이느니 개털모에 총을 메고 우두커니 섰는 만주국 순경뿐이다. 그리고 멀리 사라지는 마차의 지르릉 울리는 종소리…… 찬 달은 흰 구름 속으로 슬슬 달음질치고 있다. 저 달을 보는 사람은 많으련마는 역시 환경과 입장에 따라 느끼는 바 감회도 다를 것이다.

붓을 들고 쓰지 못하는 이 가슴! 입이 있고도 말 못하는 이 마음! 저 달 보고나 호소해볼까. 그러나 차디찬 저 달은 이 인간사회의 애닯은 이 정황에 구애되지 않고 구름 속으로 또 구름 속으로 흘러간다.

대자연은 크게 움직이고 있다.

33년 11월 용정촌에서

-(『신동아』, 1933. 12)

간도

나는 간도를 안 지 불과 이태에 지나지 않지만 누구에게나 간도를 자랑하고 싶다. 그것은 자연의 풍경도 아니오, 또 산물의 풍부함도 아니다. 오직 이곳에 있는 사람들은 씩씩하다는 것이다.

어떤 날 나는 시장에 가서 나무를 한바리 사왔다. 처음 시장에서 보기에는 나뭇단이 수더기가 상당하기에 두 말 안짝에 값을 결정하고 집으로 데리고 온 것이다. 그러나 집에 와서 나뭇단을 옮기면서 보니 겉에 몇 단만 처음과 다름이 없고 속으로 들어가면서는 나뭇단이 형편이 없이 작았다. 속은 것이 분하여 얼굴을 붉히며 말아였다.

"이게 무슨 나뭇단이란 말요. 도로 가지고 가시오. 그렇지 않으면 값을 좀 내리든지"

나무장사는 아무 대답 없이 그 나무를 다 가리고 나서 나무값을 달라고 하였다. 나는 눈을 노리며,

"왜 대답이 없소. 글쎄 저게 뭐란 말이요. 당신도 눈이 있으면 보우. 속여도 분수가 있지. 어떻게 하겠소?"

나무장사는 담배를 피워 물고 나뭇단 위에 앉으며 입을 열었다.

"이 아저머이가 정말 말썽을 부리랴냐? 왜 이러시우. 값을 내리려면 그 당장에서 잘 조사해보고 내리든지 올리든지 하지. 이미 값을 결정해놓고는 무슨 잔 말씀이요. 이 나무값 주시오. 난 바쁘오"

눈을 크게 뜨고 나를 보았다. 나는 가슴이 선뜻해지며 알 수 없는 ○○과 함께 일상 그들에게 품었던 나의 호기심이 바짝 당기었다.

“난 속았으니 못 주겠소. 왜 속인단 말요.”

나무장사는 코웃음을 쳤다.

“온갖 것이 다 그러한데 나무라고 그렇지 않을 리가 있소?”

하고 대답하였다. 나는 그의 평범한 대답에 놀라지 않을 수가 없었다. 나는 결국 결정한 대로 나무값을 주었다. 그날 나는 그에게서 간도의 농민이 어떻다는 것을 직접 맛보았다. 그 다음부터 나는 시장에를 가면 ○○을 주의해 보군 하였다. 한번은 시장에를 갔는데 때마침 비행기 한 대가 머리 위로 우두두 지나쳤다.

“흥 누가……(중략)”

돌아보니 어떤 촌할머니가 계란바구니를 앞에 놓고 비행기를 쳐다보면서 하는 말이었다. 봄날에 돌아오는 간도의 풀은 노마(路馬)의 발굽에 몇 번이나 밟히었는지 모른다. (하략)

—(『조선중앙일보』, 1934. 5. 8)

두만강 예찬

두만강이라면 조선·만주·러시아의 국경이니 만큼 거기에 대한 역사나 재미있는 전설 같은 것이 많을 것이다. 그러나 역사의 소양이 없는 나로서는 극히 난처한 일이다. 더욱 두만강이라면 우리로서는 예찬보다는 원한이 많을 것이다. 좌우간 예찬이 될지 원한이 될지 생각나는 대로 붓을 옮겨보자.

두만강은 백두산에서 발원하여 동해로 흐르는 일천오백여 리나 되는 장강이다. 두만강수의 분량은 조선에서 흐르는 물의 분량보다도 만주에서 흐르는 분량이 더 많다. 간도 용정촌으로 흐르는 해란강이며 국자가의 연길강, 백초구의 백초구강, 훈춘의 훈춘강 등이 고려령(高麗嶺)을 넘어 두만강에서 합류된다. 그리고 두만강이란 이름도 만주어에서 나온 이름이니 즉 도문색금(圖門索禽)이란 만주어에서 색금을 떼고 도문만을 붙여 두만이라 하였다. 도문색금이란 뜻은 새가 많이 사는 골짜기로 해석이 된다고 한다. 그런 것을 보아 두만강 일대에는 새가 많이 깃을 들이고 있던 모양이다. 역사적으로는 분명하지 않으나 금국(金國) 당시에 천조제(天祚帝)가 신하를 많이 데리고 꿩사냥을 하곤 하였다는 전설이 있다.

지금으로부터 사천여 년 전에 만주는 부여족이 개척하였다. 부여족에서 갈라진 읍루족이 이 근방에서 살았고 고구려가 망하고 발해가 일어나자 여기에는 발해 동경인 솔빈부(率濱府)가 되었으며 요나라가 흥하면서 이곳을 동변성(東邊城)이라 하였다. 다음에 요나라를 치고 금나라가 들어서면서 여기를 동변도라 하여 전자에 말한 바와 같이 여기에는 사람을 살지 못하게 하고 꿩사냥을 하는 놀이터로 만들었다는 전설이 있다. 그후 몽고족이 원이라는 국호를 가지고 중원에 호령하자 여기다 동변도 총독부를 두게 되었고 원나라가 망하고 명나라가 되면서 회령(會寧)이라 하였다. 지금의 회령이란 이름이 그때부터 시작되었다. 회령에는 모린위(毛嶙衛)라는 군대주둔소를 두게 되었으며 여전히 이 지방에는 부여족에서 내려온 여진족이 살고 있었다. 명국이 망하고 청국이 성하자 그때 조선에는 이조 세종 3년이었다. 세종 왕은 신하인 김종서를 이 지방에 보내어 여진족을 토벌한 후에 두만강을 국경으로 정하였다. 그 전에는 회령에서 청진까지 일직선을 그어 이남이 조선이었다. 그러던 것이 이때에 와서야 비로소 두만강이 국경이 되었다. 당시에 여진족은 눈으로 차마 보지 못할 압박을 받으며 죽지 못하여 살았다. 지금도 그러하거니와 권력자 앞에 그들의 생명은 풍전등화였다. 불교를 강제로 믿게 하는데 너희들은 가족을 데리고 집에서 믿어라 하였다. 그래서 그들은 산에서 믿는 불교를 집에서 믿게 되었다. 이른바 재가승(在家僧)이란 말이 여기서 나온 것이다.

그들의 항복의 기념으로 지은 종성(鍾城)에 있는 수항루(受降樓)를 그들은 얼마나 원망하였을까. 그리고 수항루를 끼고 굽비굽비 감돌아 내리는 두만강을 얼마나 넘고 싶었을까. 그러나 국경의 수비가 엄하니 어찌 감히 넘으랴, 달 밝은 밤 그들은 고달픔에 못 이겨 아마도 두만강에 몸을 맡겼을 것이다. 연대는 분명하지 않으나 필경 이때로부터 두만강을 넘는 페이지가 시작되었을 것이다.

당시에 조선은 청국과의 국제문제를 두려워하여 국경을 넘는 자에게는 용서 없이 처치하였다. 그리고 양국은 통상조약이 성립되어 회령에 개시장(開市場)을 열게 되었으며, 두만강 이북으로부터 간도 국자가 근방까지는 완충지대라 하여 통상(通商)시에만 인마가 빈번할 뿐이요, 그 시기가 지나면 완충지대는 공지이었다. 그러므로 두만강 일대에 있는 여진족이야말로 이 자유천지를 날마다 밤마다 넘겨다 보았을 것이다.

이렇게 내려오던 것이 지금으로부터 66년 전 기사(己巳) 경오(庚午)년에 무서운 흉년을 만난 백성들은 이제야말로 막다른 골목에 달했으니 죽을줄 뻔히 알면서도 두만강을 넘기 시작하였다. 죽이기로 당치 못할 것을 안 정부에서는 나중에는 방임하여 버렸다. 그러니 백성들이 막 쓸어 간도로 나오게 되었다.

지금의 간도라면 왕청, 연길, 화룡, 훈춘 이 4현을 말함이니 이 넓은 지광(地廣)에 조선인이 사십만이다. 이 사십만은 누구나 두만강과 인연이 깊을 것이다.

재미있는 이야기가 두만강에 있다. 종성 대안(對岸)인 두만강 가운데는 간도라는 조그만 섬이 있었다. 그 섬은 아주 옥토이어서 곡식을 심으면 조선 땅에서 나는 곡식보다 배나 더 나곤 하였다. 그러니 백성들은 몰래 건너가서 농사를 짓곤 하였다. 그러나 강국인 청국이 무섭고 국경의 수비가 엄하여서 그들은 마음을 놓고 농사를 짓지 못하였다. 그래서 하루는 밤중에 백성들이 모여서 간도를 조선으로 옮겨오자고 의논이 되었다. 그들은 즉시 두만강으로 나가서 조선 쪽으로 흐르는 물줄기를 만주 쪽으로 흐르는 물줄기로 옮기기 위하여 흙으로 메워서 종내는 간도를 조선땅으로 만들었다고 한다. 지금도 종성에 가보면 그 자취가 남아있다.

이렇게 간도를 조선땅으로 만들기 전에 몰래 이 섬에 농사 짓는 것을 간도농사라고 하였다. 그래서 그 후부터는 간도가 아니라도 두만강을 건너 농사 짓는 것을 모두 간도농사라고 하였다. 지금의 간도란 두만에서 나온 말이다. 이 전설을 미루어 간도는 두만강이 낳아 놓은 듯싶다. 간도의 어머니인 두만강.

누구든지 간도를 알아보려면 이 두만강부터 먼저 알아야 할 것이다.

내가 처음으로 두만강을 대하기는 1931년 봄 바야흐로 신록이 빛나는 그 때이었다. 나는 차창에 의지하여 두만강을 바라보았다. 신록이 무르익은 버들숲을 끼고 흐르고 흐르는 저 강수(江水)!

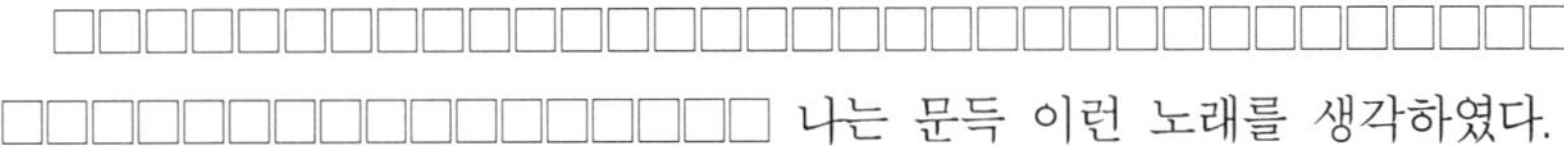 나는 문득 이런 노래를 생각하였다.

여인은 애기 업고
사내는 쪽박 차고

지친 다리 끌면서
강가에 섰소.

강물에 발 담그며
돌아다 보니
강변엔 봄이오.
버들가지 푸르렀소.

강물은 무심히도
흐르고 흐르는데
애기는 울고 울고
석양은 기오.

아직까지도 이 노래가 내 머리에서 감돌다가 펜을 드니 술술 달려 나온다.
□□□
□□□□□□□□□□□□□□□□□□□□□□□□□□

—(『신동아』, 1934. 7)

작가, 작품 년보

전성호 작성

1906년 4월 20일, 황해도 송화군 송화의 한 가난한 농가에서 출생.

1909년 겨울, 아버지 별세.

1910년, 어머니가 황해도 장연군 장연의 최도감의 후처로 들어가면서 강경애도 따라감.

1913년, 의붓아버지가 보던 소설 ≪춘향전≫에서 한글을 깨쳐 구소설을 독파, 동네 로인들에게 읽어주어 ≪도토리소설장이≫라는 칭호를 들음.

1915년, 열살이 지나서야 장연녀자청년학교를 거쳐 장연소학교에 입학.

1921년, 형부의 도움으로 평양숭의녀학교에 입학, 당시 평양의 진보적인 학생들로 조직된 친목회 독서조 등에 가입하여 교양을 쌓음.

1923년 봄, 장연태생의 동경류학생이였던 양주동을 만남.

10월경, 숭의녀학교 3학년 때에 학생들의 동맹휴학사건과 관련되여 퇴학을 당함. 그후 강경애는 양주동과 함께 서울에 옮겨가 동덕녀학교 3학년에 편입되여 1년간 학습.

1924년 5월, 양주동이 주재하던 ≪금성≫지에 강가마라는 필명으로 단시 ≪책 한권≫을 발표.

9월초, 양주동과 헤어져 장연에 내려와 언니가 경영하는 려관에서 지냄.

1925년 11월, ≪조선문단≫에 시 ≪가을≫을 발표. (1920년대후반에 강경애는 주로 장연에 있으면서 문학공부를 하는 한편 무산아동을 위한

≪흥풍야학교≫를 개설하고 학생들을 가르쳤다고 함.)

1929년 10월, ≪조선일보≫(10. 3~7)에 독자투고로 ≪염상섭씨의 론설 <명
　　　일의 길>을 읽고≫를 발표.

1930년 11월, ≪조선일보≫(11. 28~29)에 독자투고로 ≪조선여성의 밟을
　　　길≫을 발표.

1931년 1월, ≪조선일보≫(1. 27~2. 3) 부인문예란에 단편소설 ≪파금≫을
　　　발표.

　　　2월, ≪조선일보≫(2. 11)에 강악설이라는 필명으로 평론 ≪양주동
　　　군의 신춘 평론－반박을 위한 반박≫을 발표.

　　　6월경, 처음으로 중국 간도지방에 이르러 이듬해 6월까지 방랑생활
　　　을 함.(룡정 일대에서 교육기관의 강사로 있기도 하고 무직업으로
　　　있으면서 고통스러운 나날들을 보냈다고 하는데 이 기간에 장연군
　　　청의 서기 장하일과 결혼한 것으로 추측하고있음.) 단편소설 ≪그
　　　녀자≫를 창작.

　　　8월부터 이듬해인 1932년 12월까지 ≪혜성≫지에 장편소설 ≪어머
　　　니와 딸≫을 련재.

　　　12월, ≪신녀성≫지에 시 ≪오빠의 편지회답≫을 발표.

1932년 1월, ≪신녀성≫지에 수필 ≪커다란 문제 하나≫를 발표.

　　　6월경, 일본군의 간도토벌과 중이염으로 룡정을 떠나 1933년 9월
　　　이전까지 장연과 서울에서 머무름.

　　　8월과 10월의 ≪동광≫지에 수필 ≪간도를 등지면서≫, ≪간도야 잘
　　　있거라≫를 발표.

　　　9월, ≪삼천리≫에 ≪그 녀자≫를 발표.

　　　12월, ≪신동아≫에 수필 ≪꽃송이 같은 첫눈≫과 시 ≪참된 어머니
　　　가 되어주소서≫를 발표.

1933년 2월, ≪신동아≫(2월호)에 콩트 ≪월사금≫을 발표.

　　　3월, ≪제일선≫에 단편소설 ≪부자≫를 발표.

　　　4월, ≪신가정≫에 련작소설 ≪젊은 어머니≫를, ≪동아일보≫에 수

필 ≪간도의 봄≫을 발표.

5월, ≪신동아≫에 수필 ≪나의 유년시절≫을 발표.

6월, ≪신동아≫에 시 ≪숲속의 농부≫를, ≪신가정≫에 수필 ≪원고 첫 낭독≫을 발표.

7월, ≪신가정≫에 수필 ≪여름밤 농촌의 풍경 점검≫을 발표.

9월, ≪신가정≫에 단편소설 ≪채전≫을 발표. (9월경에 다시 간도 룡정에 이름, 이후 간혹 서울이나 장연을 왕래하는 일이 있었지만 많게는 룡정에 거주하면서 작품활동을 함.)

12월, ≪신가정≫에 단편소설 ≪축구전≫을, ≪신동아≫에 수필 ≪이역의 달밤≫을, ≪신가정≫에 수필 ≪송년사≫를 발표.

1934년 2월, ≪신가정≫에 단편소설 ≪유무≫를 발표.

5월, ≪중앙일보≫에 수필 ≪간도≫를 발표, ≪신가정≫ 5월호부터 10월호까지에 장편소설이라 명명한 작품 ≪소금≫을 발표.

6월, ≪신가정≫에 수필 ≪표모의 마음≫을 발표.

7월, ≪신동아≫에 수필 ≪두만강 례찬≫을 발표.

8월~12월, ≪동아일보≫에 장편소설 ≪인간문제≫를 발표.

10월, ≪청년조선≫에 단편소설 ≪동정≫을 발표.

12월, ≪신가정≫에 시 ≪오늘 문득≫을 발표.

1935년 1월, ≪개벽≫에 단편소설 ≪모자≫를 발표.

2월, ≪신가정≫에 단편소설 ≪원고료 이백원≫을 발표.

3월, ≪신동아≫에 단편소설 ≪해고≫를 발표.

5월, ≪신가정≫에 수필 ≪고향의 창공≫을 발표.

6월~7월, ≪신가정≫에 단편소설 ≪번뇌≫를 발표.

7월, ≪신동아≫에 수필 ≪장혁주선생에게≫를 발표.

9월, ≪조선중앙일보≫에 수필 ≪어춘점묘≫를 발표.

12월, ≪북향≫에 시 ≪이 땅의 봄≫을 발표.

1936년 룡정에서 안수길, 박영준 등과 함께 ≪북향≫의 동인으로 가담.

1월, ≪북향≫에 수필 ≪단상≫을 발표.

3월, ≪조선일보≫에 단편소설 ≪지하촌≫을 발표.

5월, ≪신가정≫에 련작소설 ≪파경≫을 발표.

6월, ≪동아일보≫에 수필 ≪불타산 C군에게≫를 발표.

8월, ≪신동아≫에 단편소설 ≪산남≫을 발표.

이해에 단편소설 ≪장산곶≫을 ≪오사까 마이니찌≫(大阪每日新聞) 조선판에 발표. 이 작품은 이듬해에 일본문예잡지 ≪文學案內≫ (1937년 2월호)에 수록되었고 1989년 12월호 ≪한국문학≫에 번역 소개됨.

1937년 1월~2월, ≪녀성≫지에 단편소설 ≪어둠≫을 발표.

8월, ≪녀성≫지에 수필 ≪기억에 남은 몽금포≫를 발표.

11월, ≪녀성≫에 단편소설 ≪마약≫을 발표.

1938년 5월, ≪산천리≫에 미완성작 단편소설 ≪검둥이≫를 부분적으로 발표하고 수필 ≪봄을 맞는 우리집 창문≫을 발표.

1939년, 조선일보 간도지국장을 력임, 약 3년전에 얻은 신병이 악화되자 고향인 장연으로 귀향, 남편 장하일은 좀 늦어서 귀향.

1940년 2월, 상경하여 경성제대병원에서 치료를 받기도 하고 삼방역수터에도 다녀감.

7월, ≪인문평론≫에 수필 ≪악수≫를 발표.

1944년 4월 26일, 병의 악화에 의하여 38세를 일기로 사망.